CW01666326

**Nermin Bezmen,** liseyi burslu olarak Amerika'da bitirip, yüksek tahsilini İstanbul'da tamamladı. Aktif iş hayatının yanı sıra sanat eğitimine devam etti. Minyatür, özgün baskı, süsleme sanatçısı, restoratör, yazar Bezmen, kendi atölyesinde yetişkinlere ve çocuklara yirmi yedi yıl resim dersi verdi, altı yıl yoga eğitmenliği yaptı. TRT'de canlı yayın sunuculuğu, çeşitli dergilerde, *Akşam* ve *Vatan* gazetelerinde köşe yazarlığı, dizi röportajları, halkla ilişkiler ve panel organizasyon yönetimi, senaryo yazarlığı ve danışmanlığı da yapan Nermin Bezmen'in birçoğu çok satanlar listesine giren yirmi altı kitabından *Kurt Seyt & Shura* diziye uyarlandı, tüm dünyada milyonlarca izleyiciye ulaştı; romanlarının tercümeleri de on iki ülkedeki okurla buluştu.

Her sene, Türkiye ve Amerika'da onlarca, muhtelif kurum, dernek ve kuruluştan; çocuk, kadın, insan hakları, sevgi, fedakârlık, aşk, tarih, göç, çevrecilik gibi konularda konuşmak üzere davet alan, gruplarla bilfiil buluşarak online yazarlık atölyesi çalışmaları yapan yazar iki çocuk, üç torun sahibi olup tiyatro ve sinema oyuncusu aktör Tolga Savacı'yla evlidir.

Eserleri:

*vandıran Aşk* (şiir, 1991), *Kurt Seyt & Shura* (roman, , *Kurt Seyt&Murka* (roman, 1993), *Mengene Göçmen-* man, 1994), *Zihnimin Kanatları* (denemeler, 1995),

*Türkuaz'a Dönüş* (derleme roman, 1996), *Bir Gece Yolculuğu* (fantastik roman, 1999), *Bir Duayenin Hatıratı* (derleme anı, 2002), *Sır* (roman, 2006), *Kırk Kırık Küp* (hikâye, 1999, 2006), *Aurora'nın İncileri* (roman, 2007), *Sırça Tuzak* (roman, 2007), *Bizim Gizli Bahçemizden* (anlatı, 2009), *Gönderilmeyen Aşk* (roman, 2010), *Hayâl Takımı-Sonsuzluk Bahçesine Yolculuk* (çocuk romanı, 2011), *Şeytanın İflâsı* (roman, 2011), *Dedem Kurt Seyit & Ben* (roman, 2014). *Shura-Paris, 1924-1926* (roman, 2016), *Bir Harp Gelini* (roman, 2017), *Havva'nın Cezası* (roman, 2018)

Ödülleri:

Haliç Rotary Kulübü "Meslek Ödülleri" (2002)

İstinye Rotary Kulübü "Üstün Meslek Ödülü" (2009)

Altın Çınar "Edebiyat Onur Ödülü" (2010, *Kurt Seyt & Shura*)

Kocaeli Üniversitesi, "Televizyona Uyarlanan En İyi Roman Ödülü" (2014, *Kurt Seyt & Shura*)

Selçuk Çağdaş Yaşamı Destekleme Derneği "Kadına Karşı Şiddete Hayır" Sosyal Sorumluluk Ödülü (2019, *Havva'nın Cezası*)

ATA (American-Turkish Association) Washington D.C. "Uluslararası Kadınlar Günü, Liderlik Ödülü" (2019)

# Unutkan Aşk

**DOĞAN KİTAP TARAFINDAN YAYIMLANAN DİĞER KİTAPLARI**

Bizim Gizli Bahçemizden
Gönderilmeyen Aşk
Şeytanın İflası
Aurora'nın İncileri
Kırk Kırık Küp
Sırça Tuzak
Shura
Sır
Bir Harp Gelini
Havva'nın Cezası

**UNUTKAN AŞK**

**Yazan:** Nermin Bezmen
**Editör:** Necla Feroğlu

**Yayın hakları:** © Doğan Egmont Yayıncılık ve Yapımcılık Tic. A.Ş.
Bu eserin bütün hakları saklıdır. Yayınevinden yazılı izin alınmadan kısmen veya
tamamen alıntı yapılamaz, hiçbir şekilde kopya edilemez, çoğaltılamaz ve yayımlanamaz.
1. baskı / Haziran 2020
**6. baskı** / Temmuz 2020 / ISBN 978-605-09-7465-2
Her 2000 adet bir baskı olarak kabul edilmektedir.
**Sertifika no:** 11940

**Kapak tasarımı:** Pamir Cazım Bezmen
**Kapak uygulama:** Serçin Çabuk
**Kapaktaki yazar fotoğrafı:** Pamira Bezmen Photography
**Baskı:** Mega Basım Yayın San. ve Tic. A.Ş.
Cihangir Mah. Güvercin Cad. No: 3/1
Baha İş Merkezi. A Blok Kat: 2
34310 Haramidere-İstanbul
Tel. (212) 412 17 00
Sertifika no: 44452

**Doğan Egmont Yayıncılık ve Yapımcılık Tic. A.Ş.**
19 Mayıs Cad. Golden Plaza No. 3, Kat 10, 34360 Şişli - İSTANBUL
Tel. (212) 373 77 00 / Faks (212) 355 83 16
**www.dogankitap.com.tr / editor@dogankitap.com.tr / satis@dogankitap.com.tr**

# Unutkan Aşk

Nermin Bezmen

Doğan Kitap

Bu romanımı, dünyanın dört bir yanında sessizce tükenen, ölmeden defalarca ölen Alzheimer hastalarına ve onların iki dünya arasında kalıp çaresiz, umutsuz mücadele eden yakınlarına adıyorum.

# Teşekkür

Sevgili Gülgün Çarkoğlu liderliğinde Yayın Direktörümüz Cem Erciyes ve romanın hazırlık-basım sürecinde emeği geçen tüm Doğan Kitap aileme teşekkürler.

İstanbul-New Jersey arası saatleri yakalama mücadelesinde geçen yazar-editör çalışmamızda gece, gündüz, hafta sonu mevhumu kayboldu. Olağanüstü gayreti ve özverisiyle sevgili editörüm Neclâ Feroğlu yine harikaydı! Ellerine, sabrına sağlık!

Sayfa mizanpajındaki emeği için sevgili Hülya Aktaş'a, pazarlama bölümünden Merve Sarıtepe'ye ve kapak tasarımını uyarlayan Serçin Çabuk'a teşekkürler.

Kıymetli vaktinden ayırıp romanımı okuyan ailemizin sevgili doktoru Uzman Doktor Hasan Alyeşil ile Prof. Dr. Işın Baral Kulaksızoğlu'na tıbbi açıdan gerekli gördüğüm değerli yorumları ve hatırlatmaları için minnettarım.

Beyaz Ruslarla ilgili bölümde lisan bilgisi açısından ihtiyacım olan desteği veren sevgili Elvira Kazas'a teşekkürler.

Yazdığım süreçte, kahramanımla birlikte Alzheimer'ın çöküşe götüren ruh hallerinde, medcezirlerde dolaşıp durdum. Tahammülü zorlayan günlerim olduğunu biliyorum. Gösterdiğin anlayış, hazırlayıp tepsilerde masama sunduğun yemekler, verdiğin şartsız sevgi ve destek için, sevgili eşim, hayat arkadaşım Tolga Savacı, sana yürek dolusu teşekkürler!

Eserlerinde mükemmeliyetçilik ve orijinâllik düsturu güden canım oğlum Pamir Cazım Bezmen, bir kez daha zengin hayâl dünyası ve titiz tasarımıyla bu romanımın da ruhunu, anlamını kapağa taşıdı. O okurken tam olarak neler hissetti bilemiyorum. (Her zaman hissettikleri anlattıklarından daha derindir.) Ama ben kapağa bakınca anlattığım hikâyenin özetini görüyorum. Yüreğine, emeğine, sanatına sağlık Cazımaçim!

Acıları, hüzünleri, endişeleri, korkuları, umutsuzlukları yazarken; varlıkları, sevgileri, hayatıma sundukları zenginliklerle ne kadar şanslı olduğumu tekrar tekrar bana hissettiren, varoluşuma anlam katan çekirdek ailem; bu romanımın duygu nakışını işlerken sizlerle beraber aldığım her soluğun, paylaştığımız her anın hatırasına ve birlikteki geleceğimize tutundum. Hayatıma girdiğiniz sırayla; canım kızım Pamira, canım oğlum Pamir Cazım, kızım gibi gelinim canım Ariella, sevdiceğim Tolga, sevgili damadım Shawn ve canım meleklerim Pia, Shaya, Luna, Atilla sizleri seviyorum. Teşekkürler!

# 1

Atlas'ın gözleri kan çanağı gibi, yüzü allak bullaktı. Gece lâmbasının ışığında, şöminenin karşısındaki kanepede oturuyordu. Kadehi tutan elinin bileğinde dışına kan sızmış geniş bir bandaj vardı. İçkisini bir defada dikti başına. Sehpada dibine inmiş viski şişesinden tekrar doldurdu kadehini. Başını avucunun içine bıraktı yorgun bir tavırla, dirseği dizi üzerine düştü. İnler gibi bir ses çıktı dudaklarından. Ardından hıçkırıklara boğuldu, "Tanrım... Buna nasıl dayanırım? Nasıl yaparım bunu? Yardım et..."

Yerinden kalktı. Gözyaşlarını eliyle sildi ve mutfağa doğru ilerlerken, halıların ve parkenin üzerindeki kan damlalarına basmamaya çalıştı. Davlumbazın üzerindeki ışığın aydınlattığı mutfak bir deprem yeri gibiydi. Yere, tezgâhların üzerine dağılmış cam ve porselen parçaları, kanlı musluk tezgâhı ve büyük doğrama bıçağı, yaşadıklarının üzerine dinlenmeye çekilmiş şahitlerdi sanki. Bir müddet evvel olanları tekrar izler gibi, ağır adımlarla ilerledi Atlas. Ayaklarının altındaki bardak, tabak kırıkları çıtırdıyordu yürürken. Kapının sağındaki duvarda çerçeve içinde, seloteyple yapıştırılmış onlarca fotoğrafın önünde durdu. Kiminde kendisi ve aynı olgun yaşlarda güzel, alımlı, zarif bir kadın, kiminde daha genç yaşlarda iki erkek ve hoş bir kadın ile delikanlının sevgi, tebessüm dolu sıcacık duygular veren fotoğraflarına baktı, gözlerinde yaşlarla. Birkaçında da hep beraberlerdi. Tüm fotoğraflardaki kişilerin üzerinde itinalı bir el yazısıyla isimleri ve resmin dibinde de mekân ve tarihler yazılmıştı: Atlas, Maya, Ege, Ezel, Bahadır; sarı yaz, Kaliforniya, Van, Göreme, New York, yılbaşı... Filiz, Dilek, Hülya, Canan, oyun galası... Erkek, kaybettiği ve bir daha yerine koyamayacağı bir şeylere bakar gibi seyrediyordu fotoğrafları. Özellikle o kadını... Fotoğraftan bile enerjik, sıcacık, sevgi veren ve sevgiyi çağıran bakışlarla, iç eriten bir tebessümle bakan kadın... Bir zamanların yolculuğundan, teknenin güvertesinden bronz teni ve yeşil gözleriyle çıkıp o an mutfağa girecekmiş gibi canlı bakan kadın... Kendisinden çok sevdiği ama artık var olmayan kadın...

Kendini tutamadı, yine ağlamaya başladı. Duvardan dönüp birkaç adım attı ve mutfağın ortasındaki mermer bar tezgâhına bandajlı elini hırsla vurdu. Canı acımıştı ama şu an ruhunu ondan daha çok acıtan bir şey vardı ve başka hiçbir ıstırabın farkına varacak hali yoktu. Lâvaboya doğru ilerledi. Önce suyu açıp ellerindeki kanı yıkamaya yeltendi ama sonra vazgeçti. Elleri musluğun kenarında, başı önünde, kısa bir müddet düşündü. Birden kararını vermiş olarak toparlandı ve mutfaktan çıktı, tekrar salona geçti. Sehpada duran cep telefonunu aldı ve bir numarayı otomatik çevirdi. Cevap alması uzun sürmedi. "Murat..." dedi, "Yardımına ihtiyacım var. Çok kötü şeyler oldu."

## İki yıl üç ay önce

Tüllerin arasından sabahın tatlı serinliğiyle içeri süzüldü sonbahar rüzgârı. Çiy kokusu taşıyan soluğuyla, yatakta uyumakta olan bedenlere doğru uzandı. Yüzlerini, çıplak omuzlarını usulca okşadı nefesiyle. Kadının uykulu gözleri aralandı, uzun kirpikleri mahmur titreşti. Henüz çok uykusu vardı. Ama olağan dışı bir hisle uyarılmıştı sanki. Tarifini yapamadığı bir huzursuzluk bedeninin içini, dışını, tenini âdeta kıskaca almıştı. Gördüğü bir rüya mı uyandırmıştı onu acaba? Ama yok, hiçbir şey hatırlamıyordu. Başının içinde bir ağırlık, vücudunda nahoş bir duygu belirmişti. En kötüsü vicdan azabıyla karışık bir eziklik hissediyordu, nereden peydahlandığını anlayamadığı bir şekilde.

Bedenine sımsıkı sarılmış, derin uykudaki kocasının, karnının üzerindeki kolunu sevgiyle okşadı, sırtını onun sıcak bedenine biraz daha dayadı. Hep huzur bulurdu onun kolları arasında. Erkeğinin, saçları arasına gömülmüş dudaklarından çıkan küçük, derin, ılık nefesleri içine tatlı bir ürperti bırakıyordu. Tekrar gözlerini kapadı. Dün gece içkinin ölçüsünü kaçırmıştı, biliyordu. Sersemlik ve boşlukta duygusu bu gereksiz tüketimin kimyasal etkisinden mi geliyordu, yoksa vicdan hesaplaşmasından mı, anlayamadı. Huzursuzluk girdabına çekilivermişti sanki. Vücudunu, nasıl rahat ettireceğini anlamak üzere dinledi ama fayda etmedi. Gözünü açsa, bir an evvel tekrar uyuyup bu nahoş histen kurtulma; kapasa, yerinden fırlayıp kendine gelme ihtiyacı duyuyordu. Ancak, bedeni kendisini saran sevginin sıcaklığından da ayrılmak istemiyordu. Yattığı yerden, dışarıda gökyüzünün değişen renklerini izledi. Lâciverdin derinliğinden süzülen kobalt mavileri güneşin ilk renkleri kovaladı. Sanki sonbaharı içeriye taşır gibi; turuncu, sarı huzmeler pencerenin önündeki koltuğa sabırsızca atılmış giysilerin üzerinde yayıldı. Renkli gölgeleri izlerken bir gece evveli düşündü.

Yirmi yıl... dile kolay, tam yirmi yıl olmuştu evleneli. O gün doğan bebekler şimdi kocaman adam olmuşlardı. Atlas'la evlendiğinde onun henüz on dört yaşındaki oğlu, on altısında delikanlılığını yaşayan kendi oğlu, her ikisi de şimdi olgun erkeklerdi. Torunu bile on dördüne girmişti. İkinci baharıydı son yirmi sene. Nasıl geçmişti o kadar zaman? Tanıştıkları gece, "Ne kadar sürer acaba bu beraberlik?", dört ay sonra

"Artık aynı evi paylaşsak mı?", bir sene sonra, "Acaba evlenir miyiz?", "Nerede yapacak acaba teklifini, nasıl yapacak?" derken işte yirminci yıllarını kutlamışlardı bile. Mum ışığında yedikleri yemek, taze sevgililer gibi geçirdikleri muhteşem gece, Milonga'daki tango saatleri, eve yeniyetme genç âşıkların ihtirası içinde dönüşleri, ilk defa buluşmuş hasret çeken sevgililer gibi tutkulu sevişmeleri gözünün önünde, teninde resmigeçit yaptı.

Sabahın ilk saatlerine dek süren gecenin hatırası başının ağrısını, sebebi meçhul huzursuzluğunu tam geçiremese bile, kesinlikle kendisini çok daha iyi hissetmesini sağlamıştı. Mutluluk bütün hislerden güçlüydü. İnsanı bezdiren, yoran, hastalandıran, çaresiz, bedbin, âtıl hissettiren ne kadar duygu varsa hepsini azımsatan bir kuvvete sahipti. Dünyada milyonlarca insanın düşünü kurduğu, birçoğunun aramaktan, denemekten yorulup düşlemekten bile vazgeçtiği bir duyguyu doya doya yaşıyor olmanın farkındalığı dahi kendi başına bir mutluluk kaynağıydı. Yaşamı anlamlı kılan, insana var olduğunu hissettiren derin algılamalar sıkıntılı zaman aralarına ilâç gibi geliyordu. Aynen, şu an, odadaki eşyaları, giysileri boyamakta olan güneşin ilk renkleri, tenini okşayan ılık esinti, vücudunu saran güçlü kolların arasındaki sevgi dolu sıcaklık, onu çok özel hissettiren mutluluğu gibi... Şanslıydı... çok şanslıydı. Birden, yüreği coşkuyla doldu. Olduğu yerde, kocasının kolları arasında, onu uyandırmaktan çekinerek, usulca diğer yanına döndü. Sağ kolunu yastığın üzerinde başının altına yerleştirip diğeriyle onun bedenine sarıldı. Erkek, uykusunun arasında hafif bir mırıltıyla onu biraz daha sıkı kucakladı. Kocasıyla temaslarında hem coşkulu tutkularını, hem şefkati, hem de huzurlu bir rehaveti aynı anda hissederdi hep. Bu duygu zenginliğinde onun yüzünü izlemeye başladı. Tanıştıklarında erken kırlaşmaya başlamış saçları seneler içinde gümüş rengine teslim olmuş, gür, kısa dalgalarla yakışıklı yüzünü çevreliyordu. Alnında, gözlerinin, dudaklarının kenarındaki ince çizgiler, altmış yaşına dokunup geçmek istemişler de, mecburen kalmış gibi nazik yerleşmişlerdi. Uzun, gür kirpikleri düzensiz aralıklarla titreşiyor, sanki gözkapaklarından geçen bir rüyayı yakalamaya çalışıyorlardı. Şimdi kapalı da olsa gözlerinin derin mavisini görebiliyordu neredeyse. İzlerken içi titredi sevgiyle. Şu an uyanık olsa, o da ona aynı şekilde bakardı, çok iyi biliyordu. Zaten aşklarının en güzel tarafı da bu değil miydi? Bütün duyguları karşılıklıydı. Konuşmadan bakıştıklarında da, karanlıkta bir diğerine dokunduklarında da bunun farkında olmuşlardı hep. Yirmi senedir bir nebze değişmemişti bu. Hâtta paylaştıklarının pekiştirmesiyle daha da yoğunlaşmıştı. Aynı anda aynı şeyi söyledikleri çok olurdu. Gülerlerdi beraber, birbirinin dudağında yankılanan kelimelere, bir diğerinin gözünde yansıyan hislere. Bazen de duygulanır, susar kalırlardı. İkinci bahar bu olmalıydı gerçekten. Ona bu armağanı vermişti Yaradan. Mutluluk yaşları bulutlandırmıştı gözlerini. Usulca çekti elini kocasının bedeninden, onun koluna narin bir öpücük kondurup ayırdı kendinden. Çarşafı örttü onun omuzlarına doğru ve bir tüy hafifliğinde kalktı yataktan. Sabahlığını üzerine geçirirken boy aynasındaki aksinden memnun, gülümsedi. İnce uzun parmaklarını saçlarının arasından geçirip omuzlarından geriye attı. Sessiz adımlarla odadan çıktı.

♡ ♡ ♡

Koridor boyu ilerlerken duvarlardaki aile fotoğraflarından yayılan mutluluk içini ısıttı. Karı koca kendilerinin, oğlanların, gelinin ve torunun bebeklik fotoğrafları, sonra her birinin çocukluktan bu yana aşağı yukarı aynı yaşlardan görüntüleri; müşterek çekilmiş kutlama günlerinden, tatillerinden sahneler, birbirleriyle uyumlu, dore, krem, beyaz renkli çerçeveleri süslüyordu. Duvara eşit aralıklarla monte edilmiş zarif gece lâmbalarından yayılan amber rengi ışığın altında tatlı, sıcak gölgeler belirmişti fotoğraflardaki yüzlerde. Bu renk huzur verirdi ona hep. Hele son birkaç senedir baktığı her yerde bu rengi veya tonlarını arıyordu gözleri. Evin her köşesi vanilyadan bal rengine, bronza geçişler yapan renk yelpazesindeydi. Sade, rafine, sakin ama kendinden emin ve gizli gizli kanı kaynayan bir renkti amber. Sevilmeyecek gibi değildi. Belki de kendi karakterine en benzeyen renk olduğu için bu kadar seviyordu.

Kocasının, kapısı açık çalışma odasının önünden geçerken duraksadı bir an. Kapının ağzında durup odanın içinde gözlerini gezdirirken dahi içi ısınmıştı. Masif aslan ayaklı gürgen masa, toplanmaya hazır ıhlamurların kokusuna açılan teras kapısının karşısındaki kahverengi Chesterfield deri kanepe, duvarda asılı antika katanalar, konsoldaki av tüfekleri odanın erkek sahipliğine imza atarken diğer tarafta boydan boya kütüphanenin önünde duran asırlık çello derin bir duygusallık ve romantizm kokusu yayıyor, odanın kapı çerçevesini iç taraftan çerçeveleyen muhtelif tiyatro maskları mekânı zamanın ötesinde, görünmeyen, bilinmeyen sahnelere taşıyordu. Aynen, Atlas'ın kendisi gibiydi objelerinin verdiği duygu. O ne ise, içinde kaç duygu hali var ise, eşyaları da onu yansıtıyordu... ve işte bu sevdiği adamdı... âşık olduğu adam... yirmi sene sonra bile, ilk günkü kadar, hâtta belki daha fazla âşık olduğu, heyecan duyduğu, sabahtan akşama, hâtta yanında yatarken bile özlediği erkek... Dudaklarına yayılan tebessümle döndü ve tam karşısındaki odaya baktı; kendi çalışma odasına. Yeni romanı için tertipleyip hazırlamış olduğu masası onu bekliyor gibiydi. Masanın ardındaki geniş pencere evi çepeçevre dolanan terasın üzerinden aşağıdaki vadinin sarı, turuncu, kızıl renklere dönüşmekte olan muhteşem sonbahar tablosunu çerçeveye almış gibiydi. Durağanlıktan uzak, içinden hayat akan bir tabloydu karşısındaki. Bulutlar akıyor, ağaçlar salınıyor, gökyüzünün, gölün rengi an ve an değişmeye devam ediyordu. Masanın üzerini süsleyen saksıdaki beyaz orkide, beyaz opalin bardak içinde muntazam açılmış on kurşun kalem, not defteri, bilgisayar, masanın üzerinde sabahın ilk ışıklarını kucaklamış, güne başlamak için sahiplerini bekliyorlardı. Masaya yaklaşıp ajandasını açtı. Bir akşam evvelin anılarını şifre niteliğinde not düştü. Muhakkak not alırdı her gününü. Uzun uzun yazmasına gerek yoktu. Yıldızlar, ünlem işaretleri, saat, mekân ve olayı anımsatacak küçük başlıklar, duygu tarifi veren bir tek kelime yeterliydi. Notlarına bir bakışta, ne kadar eski yazılmış olurlarsa olsunlar, tüm gününü hatırlayabiliyordu. Uzun zamandır anı defteri tutmaktan vazgeçmişti. Artık eskisi kadar detaylı anlatmak zorunda değildi kendisini, yaşadıklarını. Duygularını, algılarını ve hayâllerini stenografik işaretler içine sığdırabilmeyi ve sonra onları en geniş anlamıyla çözebilmeyi öğrenmişti. Önceleri, tembelleştiğinden geliştirdiğini sanmıştı bu stili. Ama artık biliyordu ki kendini çözmüş, kendini anlamakta mükemmelleşmişti. Çok uzun yazmasına gerek kalmıyordu. Bu kısacık, başkasına anlamsız gelecek notları tekrar okuduğunda geniş bir zaman diliminde olanları, hissettiklerini, düşüncelerini birebir hatırlayabiliyordu. Matematik işaretleri, rakamlar, ikişer-üçer harflerden oluşan ifadeler, yaşanmış, bitmiş zamanları o kısacık notlardan dışarıya çıkarıyor, geride kalan zaman dilimini hareket halinde akıp giden sinematografik görüntülere çeviriyordu, renkleri, ruh halleri, sesleri, koku ve dokularıyla birlikte. İşte, dün geceye de böylesine bir not düşmüştü: 19 ktyls, 20 ymk @ sset ♡♡♡♡ 23 mlnga 1.30 ev Y çel X !!! (X (7)+ Y (5) ) x 3 = ♡♡♡♡ İşaretparmağıyla takip ederek okşadı notları. Dudaklarına gayriihtiyari bir gülümseme, yüreğine bir sıcaklık yayıldı. Dün geceyi tekrar yaşayıvermişti sanki o birkaç saniyede. Sonra romanının tüm karakter tahlillerini, kurgusunu, sürprizlerini içinde barındıran defterin üzerinde parmaklarını gezdirdi. Avuçlarının kaşındığını hissetti. Her kitabın başlangıcı aynı duyguyu verirdi ona. Bir an evvel masasına yerleşip ilk başlığı koymak, ilk cümleyi yazmak istiyordu. Niyeti, güzel bir kahvaltı hazırlamaktı aslında. Ne de olsa yirminci evlilik yıllarının ilk sabahıydı. Gecesi gibi sabahı da kutlanmalıydı bu özel günün. Masanın kenarında duran cep telefonuna göz attı. Henüz altıydı saat. Kocası belki daha uyanmazdı. Ani bir kararla iskemlesini çekip yerleşti. Bilgisayarının tuşuna bastı. Belgeleri akmaya başladı ekranda. Birine tıkladı: Ophelia ile Orpheus.

Yeni romanının birinci sayfası açıldı karşısında. Kâlbinin hızlandığını hissedebiliyordu. Bu da farklı bir aşktı işte; yazmak. Hayâl dünyasına can verebildiği, kelimeleri ete, kana, cana, en önemlisi ruha kavuşturabildiği için bu kadar coşturuyordu onu yazmak. Uzun zamandır kurgulamıştı bu romanı. Yazmaya dünden hazırdı hikâyesi. Tarihin hiçbir devrinde, hiçbir anlatımda asla bir araya gelmemiş iki kahramanı buluşturacaktı bu fantastik aşk öyküsünde. Karakterlerin zamanlarının buluşmamış olması ne gamdı ki? Hayâl kurmak zamanda yolculuk, zamanın kendisi de tamamen hayâli bir olgu değil miydi? Demek ki hayâllerini genişletebildiği kadar uzaklara gidebilir, uzaklarla yakınları kendi düşlediği gibi birleştirebilirdi.

Kahramanlarının birini antik Yunan mitolojisinden, diğerini Shakespeare'in *Hamlet*'inden çıkarmıştı. Biri binlerce, diğeri yüzlerce yıldır, kendi trajik hikâyelerinin çaresizliğinde hapsolmuşken, şimdi yeniden toprağın üzerine, gün ışığına çıkacaklar, tekrar can bulacaklardı onun satırlarında. Hem de iki âşık olarak. Bugüne dek bilinen, okunan, sahnelenen hayatlarından çok farklı yeni yaşamları olacaktı beraber. Aynı zaman diliminde, aynı mekânda bedenleri, ruhları, yürekleriyle bir diğerine ait olacaklar, yarım kalmış, hüsrana uğramış diğer aşklarını tedavi edecek kadar muhteşemini yaşayacaklardı. Henüz tertemiz ekran sayfasının en başındaki isimlere bakarken harflerin ardında kahramanlarının yüzlerini görüyormuş gibi hissetti. Sanki bilgisayar tuşlarının siyah lekelerinin ardından ona sesleniyorlardı, "Haydi yaz artık bizi!" diye. İki avucunu yavaşça birbirine sürttü. Anlatacakları, avuçlarının içinde bir kesecikte saklıymış da, onları dışarı çağırıyormuş hissiyle, nazik, sevecen dolandı parmakları birbirinin etrafında ve birden döküldü harfler, kelimeler ekrandaki yerlerini almaya başladılar, ardı ardına.

Parmakları delice bir süratle tuşların üzerinde uçuşurken âdeta görünmeyen bir piyanoyla CD çalarda kısık sesle çalmakta olan çelloya eşlik eder gibiydi. Az sonra, düşündeki Ophelia ve Orpheus'un zamanlarına ışınlanmış, onların hikâyelerinin içinde kaybolmuştu.

Duygu yoğunluğundan gözlerine yaş gelmişti. Gözyaşları sadece yazdıklarıyla ilgili değildi. Aynı anda, bir yerlerde, hüzünlerle sonlanan aşklar olduğunu, ıstırap çekenlerin varlığını düşünmek de içini acıtıyordu. Aşk zannedilen aşklar değildi tabii aklından geçenler. "Aşk aşk" olanlardı. Böylesine derin, katmerli yaşanan duygunun sonlanışı aslında bir başka trajedinin varlığını hatırlatıyordu, kendi bitmişliğinin ardında. Farklı bitişlerdi hepsi. Kimi fiziksel, kimi ruhsal, kimi duygusal, kimi hepsi birden... Acısının, hüznünün derecesi değişen, farklı yok oluşlar getiren... Kâlp acısından, güven kaybından, hayâllerin yitişinden memleket hasretine; terk edilen hayatlardan, kaçılan uzaklara, bir daha dokunulamayacak sevdik tenlere, gözbebeğine bakılamayacak yüzlere uzanan çeşitli yok oluşlardı bunlar. Kimi ölümle, kimi ayrılışla, terk edişle, kimi savaşla, göçle son buluyordu aşkların, aynen kendisini yüreklerinde taşıyan insanlar gibi. Kimi de aşkı sadece bir sözcük olarak biliyor, ne olduğunu keşfedemeden yaşayıp ölüp gidiyordu. Hiç bulamayanları, bulup da kaybedenleri düşündüğü zaman aşkı hakkıyla soluyor olmak, hayatı tüm derinliğiyle hissedebilmek, duyabilmek, böylesine duygu yüküyle yaşayabilmek de hüzünlü bir mutluluk veriyordu ona. Gözünden akan yaşlarda bütün bu düşüncelerin ve hislerin izi vardı aslında. Bir an için yazmayı durdurdu ve iskemlesinde arkasına dayandı. Islak gözlerini pencereden dışarıya doğru çevirdi. Güneş çoktan yükselmişti. Camdan yansıyan ılık temas yüzünü okşadı. Sağ eliyle yanaklarından süzülmekte olan yaşları sildi. Ekranın dibinde sayfa sayısını gördüğü anda masasına oturduğundan beri ne kadar zaman geçmiş olduğunu anlamak için saate baktı. Demek ki bir buçuk saattir düş dünyasında yolculuk yapmaktaydı. Kendisini içine daldığı ruh halinden çıkarıp gerçek hayatına döndürmek üzere gözlerini kapayıp başını iki yana salladı. Plânladığı o muhteşem sofrayı hazırlaması lâzımdı. Sabah onu uyandıran o garip huzursuzluk duygusu geçmişti. Kesinlikle dün gece içtiği içkiden duyduğu vicdan azabı olmalıydı her neyse o hissettiği. Bilgisayarını kapatırken ekranın gerisinde bıraktığı karakterine hitaben, "Görüşürüz" dedi, "şimdilik hoşça kal."

Birden, ensesindeki sıcaklıkla yerinden fırladı. Nasıl da duymamıştı ayak seslerini. "Nereye gidiyorsun?" dedi, kocası o çok sevdiği tok, sıcacık sesiyle. "Korkuttum mu seni?" derken kulağının ardına ikinci bir öpücük kondurdu sevgiyle, "Özür dilerim." diye fısıldadı.

Maya kocasının omuzlarındaki ellerini tuttu. "Dalmışım" dedi, "duymadım gelişini. Kahramanlarımla vedalaşıyordum, şimdilik." Onun ellerini bırakmadan iskemlesini döndürüp ayağa kalktı. "Günaydın sevgilim." diye mırıldandı, kolları arasına sokulurken. "Günaydın benim güzel sevgilim." dedi kocası. Maya dudaklarını onun bornozunun açık yakasından göğsüne dokundurdu. CD'de, iki çello eşliğinde Piazzola'nın

"Libertango"su çalmaya başlamıştı. Kocası belinden kavrayarak dans etmeye başladığında Maya hiç nazlanmadı. Kendisini onun güçlü ellerinin sıcaklığına ve yirmi senedir alışık olduğu beden ritmine teslim etti. Çalışma odasının içinde, hiç konuşmadan zarif, uyumlu adımlarla en sevdikleri dansın tadını çıkardılar bir kez daha. Müzik bitmişti. Odaya aniden çöken sessizlikte sarmaş dolaş kaldılar bir müddet, hiç konuşmadan, bir diğerinin sıcaklığını hissederek yaşamakta oldukları anı özümsediler. Sessizliği Atlas bozdu. Elleriyle karısının başını kavradı, gözlerinin içine bakarak sordu:

"Her şey yolunda mı? Niye bu kadar erken kalktın?"

"Sanırım kahramanlarım rahat bırakmadı."

Bu cevabı verirken, uyanmasının esas sebebinin duyduğu huzursuzluk ve yataktan çıkmasının da özenli bir kahvaltı hazırlamak olduğunu unutmuştu bile.

"Belli" dedi Atlas tebessümle, "yaklaştığımı duymayacak kadar esir almışlardı seni. Umarım çok çalmazlar seni benden."

"Biliyorsun, hiç kimse çalamaz beni senden." Ardından şirin bir tavırla ekledi, "Belki biraz ödünç zaman alabilirler."

"Kolay olmayacak ama razı olmalıyım."

Maya parmak ucuna kalkarak kocasının dudaklarına sıcacık bir öpücük kondurdu, "Teşekkür ederim." dedi, "Hayatımı paylaştığın için teşekkür ederim."

"Sen benimle hayatını paylaştığın için ben teşekkür ederim sevgilim. Senden başka kiminle bu kadar seneyi bitmeyen heyecanla, aşk ve tutkuyla geçirebilirdim?"

Maya çok iyi biliyordu, bunun aslında bir soru olmadığını. Parmak uçlarıyla onun dudaklarını okşayarak karşılık verdi. Atlas, karısının elini avuçlayarak öptü ve bakışlarını gözlerinden ayırmadan onun narin bedenini kucakladı. "Şimdi de ben kahramanlarından biraz zaman çalabilir miyim?" diye sordu kulağına doğru fısıldayarak. Maya kollarını onun boynuna doladı ve başını teslimiyetle göğsüne bıraktı. Yatak odasına doğru giderlerken sevdiği erkeğin kâlbinin sesi kulağında, kendi yüreğinin çırpıntısı göğüs kafesinde, sabahın köründe onu uyandıran o garip duyguyu, az önce gözüne yaş getiren Ophelia ve Orpheus'un hikâyelerini unutmuştu. Tek gerçeği, içinde olduğu andı şimdi. Ama nereden bilebilirdi ki...

# 2

Maya erkenden uyanmış, bilgisayarının ekranında bir gün önce bitirdiği bölümü okumaktaydı. Atlas'ın çellosundan yükselen notaları duyduğu anda bilgisayarındaki müziği durdurdu. Koltuğunda arkasına yaslanıp gözlerini kapadı. Eugenie Doga'nın "My Sweet And Tender Beast" valsi tatlı hüznüyle, kapalı kapıları aşıp ruhunda yankılandı. İçinde umut, coşku olan bir hüzündü bu, kederden uzak. Tam, şu an yazmak istedikleri gibiydi aslında. Gerçi, kocası ne çalıyor olsa, yazdıkları içinde muhakkak o ruh haline uyan bir bölüm olurdu. Onun için seviyordu o çalışırken yazmayı. Daha sıcak, daha gerçek geliyordu hissettirdiği duygular. Yeniden romanına döndü. Parmakları müziğe eşlik ederek, coşkuyla klâvyenin üzerinde gezinmeye başladı:

... Argo, sonsuzluğa uzanan karanlığın içinde, derin denizin dev dalgaları arasında bir kaybolup bir yükseliyordu. Altın Post'un peşinde Iolcus'tan yola çıktıklarından beri yaşadıklarıyla âdeta yeni bir Odisseus destanı yazmaktaydılar. Önce Afrodit'in gazabındaki kadınların adası Limni'de soluklanmışlardı. Uzun bir soluktu bu... Adadan ancak üç sene sonra ayrıldıklarında artlarında âşık, tutkulu adalı kadınlarla birlikte onlardan doğan ve her biri kendi adlarını taşıyan çocuklarını bırakmışlardı. Yolculuk boyu kimi zaman tanrıların, tanrıçaların yardımıyla, kimi zaman da onların kızgınlığı ve şart koydukları yeni mücadelelerle başa çıkarak yol almaktaydılar.

Altın Post'u bulmak Jason'ın hayâliydi. Kendisine açıklanan kehânetin ışığında yola çıkmıştı. Argo, Tanrıça Athena tarafından plânlanmış ve onun yardımıyla inşa edilmiş bir savaş kalyonuydu. Athena, pruvaya kutsal Dodona ormanlarından sihirli bir kereste yerleştirmişti. Bu parçanın, dile gelmek ve kehânette bulunmak gibi bir gücü vardı. Argo'nun tayfası tanrıça Hera tarafından korunmaktaydı. Jason'un bu yolculuk için seçtiği kırk dokuz kişilik mürettabatın hepsi, soyağacı itibarı ile birbirlerinden soylu, saygın ve kudretli idiler. Her biri ya tanrıların, ya yarı tanrıların ya da tanrı kavgalarında hâkimlik yapan güçlü kralların soyundan geliyordu.

Orpheus, Charops'un oğlu Trakya kralı Oeagrus ile epik şiir ve destansı ifadenin perisi Calliope'nin oğluydu. Ama esasında tanrı Apollon'un oğlu olduğu söylentiler arasındaydı. Ancak Argo'daki görevi diğerlerinden çok farklıydı Orpheus'un. Dost, düşman herkesi mest eden bir gücü vardı lirinin tellerinde. Apollo hediye etmişti lirini Orpheus'a, henüz küçücük bir çocukken ve ilk müzik hocası o olmuştu. Annesi harika sesli, Calliope de derin anlamlı güfte yazmanın ve lirle seslendirmenin inceliklerini öğretmişti. Tanrısal yeteneği onunla birlikte büyümüş, dinleyeni teslim alan sihirli bir güce dönüşmüştü. Efsane olmuştu, Orpheus'un şiirleri, besteleri ve lirinin tınısı. O lirini çalmaya başladığında sadece insanlar etkilenmezdi; ağaçlar melodisinin ritmiyle salınmaya başlar, vahşi hayvanlar uysallaşır, kayalar transa geçer, deli dolu nehirlerin suları durulurdu. Jason bu sebepten davet etmişti Orpheus'u, bu uzun, maceralı yolculuğa. Yolculuk boyunca vahşi denizle, kayalıklarla, tanrıların gazabıyla, yarı canavar varlıklarla mücadele edecek olan mürettebatı sakinleştirmek, çıldırıp olay çıkarmalarını engellemek ve aynı zamanda kürekçilerin uyumla, var güçlerince küreklere asılmasını sağlamak için onun lirinden dökülen sihirli tınılara ihtiyacı vardı.

Dalgalar açık denizden, her biri diğerini yutarak, vahşi dev atlar gibi geliyor ve Argo'yu ekibiyle beraber yutarcasına içine alarak üzerlerinden geçiyor, sonra dipten gelen bir başka dalgayla kalyon yükselip tekrar suya vuruyordu. Denizlerin, depremlerin, fırtına ve atların tanrısı Poseidon'un, savaş tanrısı Ares'in, servet, şans, bereket, yolculuk tanrısı Hermes'in, şarap, festival, keyif, çılgınlık ve coşku tanrısı Dionysos ve tanrıların tanrısı, gökyüzünün ve gök gürültüsünün sahibi Zeus'un, onun oğlu Apollon'un ve diğer nice tanrısal soylunun yarı tanrı oğulları küreklere asılmış, cetlerinin ve koruyucu tanrıçaları Hera'nın verdiği güçle Argo'yu suyun üzerinde tutmaya çalışıyorlardı.

Jason, mürettabatının pes edeceğinden endişeli, Orpheus'u dinlenmeye göndermemiş olmayı diliyordu. Onun müziği şimdi tek çareydi, Argo'yu ve ekibini yaşatmakta. Birden, uzaklardan harika bir ses duyuldu; iç gıcıklayan, davetkâr, mistik, buram buram aşk kokan kadın sesleri... Jason, tayfasının yüzündeki ifadeyi görünce endişeleri katlandı. Fırtınayı atlatabilirlerdi ama Sirenaların tuzağından bu adamları koruması mümkün değildi. Nitekim şimdi hepsi seslerin geldiği kayalıklara doğru çekmek istiyordu kürekleri. Jason, avazı çıktığı kadar haykırarak, bunun ölüm olduğunu anlatmaya çalıştı ama yorgun, bedbin, kadın özleminde yarı tanrılar kendilerini çağıran o güzel seslerin sahiplerine doğru gitmek istiyorlardı.

Orpheus ambarda çekildiği molasından fırtınayla uyanmış, ancak lirini alıp güverteye çıkması kolay olmamıştı. Üzerinden aşan sular ve sallantı arasında sürüklenerek ana direğe kadar ulaştı ve bin bir gayretle kendisini belinden bağladı. Hiç beklemeden enstrümanının tellerinde dolaştırmaya başladı parmaklarını. Dalgalar üzerinden geçiyor, tekne suya vurduğu anda iki yandan yükselen sular rüzgârla dağılarak havada savrulan köpüklere dönüşüyordu. Orpheus biliyordu melodisinin zor duyulacağını ama duyulduğu zaman ne kadar tesir edeceğini, hayatlarını kurtaracağını. Diğerleri de bunun farkındaydı. Onun için daha Orpheus'u gördükleri anda, şevkleri yerine gelmiş ve bileklerindeki, kaslarındaki gücün katlandığını hissetmişlerdi bile. Gemilerini sallayan, gövdesini çatırdatan, bedenlerini, yelken direğini sular altında bırakan açık denizden de korkmuyorlardı artık. Ama Sirenaların çağrısına kayıtsız kalamıyorlardı. Orpheus, lirinin gücünün onları ancak daha büyük bir hızla kayalıklara yaklaştıracağından korkuyordu. Nitekim Atinalı Coronos'un oğlu Butes kendisini bırakıverdi sulara ve Siren kayalıklarına doğru yüzmeye başladı, dalgaların arasında. Orpheus, onun ardından kalyonu terk etmeye hazırlanan diğerlerini görünce, son bir umutla, tarihin en eski lir bestesini, zamanlarından yüz sene önce Anadolu Hurrianlarının bestelediği ayin melodisini çalmaya başladı. Enstrümanının sesi birden katlanarak, sanki yüzlerce lirin telinden dökülüyor gibi yükseldi, yükseldi ve çevredeki her sesin üzerine çıktı. Fırtınanın uğultusuna, dalgaların hırçınlığına, Sirenaların tutkuyla çağrılarına rağmen yavaş yavaş bütün sesleri bastırmaya başladı.

O kadar duygusal, o kadar yüreği titreten nağmeler çıkıyordu ki lirinden, Argonotlar kendilerini ölüme çekecek deniz kızlarının iç gıcıklayan, aşk kokan şarkılarını dahi duyamaz oldular. Hepsinin yüreği kendilerini senelerdir bekleyen sevgililerinin, ailelerinin hasreti, onlara kavuşacak olmanın heyecanı ve yaşam umuduyla dolmuştu. Yaşamaktan, sevdikleriyle mutlu olmaktan başka bir şey düşünemez olmuşlardı. Var güçleriyle küreklere, yelkene asıldılar. Hepsinin bedenine sihirli yeni hayatlar dolmuş gibiydi. Kendisini en yorgun, en güçsüz hissedenler dahi birer Herkül kesilmiş, canla başla açık denizin sonsuzluğuyla mücadele ediyorlardı. Orpheus, müziğinin yarattığı tesiri, adamların artan cesareti ve mücadele gücünü gördükçe daha şevkle çalıyor, çalıyordu.

Açık denizin dev dalgaları Orpheus'un lirinden yayılan melodiye karşı daha fazla mücadele edememiş, durulmaya başlamıştı. Genç adam, kendisini şımartmasa bile, gücünün verdiği hazzı yaşamayı seviyordu. Sadece güzellik, sevgi, huzur getiren bir güçtü onunki. Kızgınlıkları yatıştırıyor, kavgaları sonlandırıyor, kötülüğe uzanan çağrıları etkisiz hale getiriyordu. Son vahşi rüzgâr kendini yelkenin içinde hapsederek sessizleşti. Çılgın deniz, Argo'yu iri ölü dalgalara teslim edip duruldu. Şimdi sadece küreklerin dalıp çıkarken öptüğü ve kalyonun yardığı suların tatlı bir şırıltıyla akışı duyuluyordu. Sirenalar pes etmiş, susmuşlardı. Adalarının kumsalında bir sonraki gemiyi beklemek üzere kayalıklarına çekildiler... Aşkın, güzelliğin tanrıçası Afrodit bile duyduğundan o kadar etkilenmişti ki, Sirenalara doğru ölüme giden Butes'in ölmesine izin vermemişti. Argo, geride kalan kırk sekiz kişilik mürettabatıyla güneşin adası Sicilya'ya doğru yol almaya başladığında Butus çoktan Afrodit'in kollarından adanın en kuzeybatı ucunda Marsala sahiline bırakılmıştı bile...

Maya son cümleye noktayı koyup derin bir soluk aldığında epeydir nefesini tutmuş olduğunu fark etti. Memnun, tebessüm etti, kendi kendine. Kocası bitirmiş olmalıydı müzik çalışmasını. Ses kesilmişti. Birden ona sarılma ihtiyacını hissetti. Bilgisayarını kapamadan odadan çıktı. Açık kapısından Atlas'ın çalışma odasına baktı. Orada değildi. O kadar dalmıştı ki yazmaya, ona eşlik eden müzik bittikten sonra hiçbir ses duymamıştı. Bu kadar iç içe, ama birbirlerini bu kadar hür hissettirerek yaşamalarını seviyordu. Şimdi daha da çok sarılmak istiyordu kocasına. Duyduğu duş sesiyle yatak odasına doğru yönlendi. Atlas'ın yatağın üzerinde hazırladığı giysilerine bakarken içi ısındı. Onun kot pantolonuna ve siyah pamuklu kazağına parmaklarının uçlarını değdirerek geçti yatağın yanından ve banyoya yöneldi. Kapı ardına kadar açıktı. Atlas'ı duş panelinin ardında gördüğü zaman kapıya vurup seslendi:

"Sıhhatler olsun sevgilim!"

Atlas paneli açtı ve ıslak başını uzatarak. "Teşekkürler karıcığım." dedi, "Ara mı verdin?"

Maya midesinde kelebekler uçuşarak yaklaştı kocasına. Sağ eliyle onun su süzülen yanaklarını, alnını okşadı ve dudaklarına bir buse kondurdu, nefesini içine çeker gibi.

"Hımmmm" diye mırıldandı Atlas, "ne yazdıysan, bunu daha sık yaz." Ardından uzun bir öpüşle hapsetti onun dudaklarını. Sonra gözlerinin içine aşkla baktı.

"Sadece sana sarılmak istedim." diye mırıldandı Maya, gözlerini ondan ayırmadan. Sonra hemen ekledi, "Biliyor musun? Antik Yunan'da âşıklar öpüşmenin ruhlarını birleştirdiğini düşünürmüş. Çünkü ruhun nefeste olduğuna inanılıyormuş."

"Öyle mi?" derken sesi ve bakışları davetkârdı Atlas'ın.

"Öyle" diye fısıldadı Maya, sıcacık sesiyle, "ayrıca, ben de inanıyorum öyle olduğuna."

Kocası, onu belinden kavrayıp duşa çektiğinde saçlarının, giysisinin ıslanmasına hiç aldırmadı. Tam aksine, mutlulukla kanatlandı. Kaç çift, geçmişti ikinci baharını yaşamaktan ve yirmi sene evlilikten sonra, ilişkilerinin başında bile böyle bir aşk yaşıyordu ki? Yüreği çarparak, bedenini akan suyun altında kocasının kollarına teslim etti. Ruhların birleşmesi işte buydu. Öpüşler, nefesler, bakışlar, dokunuşlar, sarılmalar, paylaşılan derin duygular, güven, huzur ve ah aşk! O güzel aşk! Kendi tarifiyle; aşk aşk!.. Duşun suyu nasıl huzurlu akıyor, ne güzel sesler çıkarıyordu bedenlerinden kayıp inerken, mermerin üzerine vururken... melodi vardı içinden aşk akan, muhteşem bir melodi... Sirenaların sesleri böyle miydi acaba? Orpheus'un lirinden bu tınılar, bu melodi dökülmüş müydü? Limnili kadınlar Argonotlarla öpüşünce böyle hissetmişler miydi? Suyun hafızası olduğuna hep inanırdı. Bugüne dek seven, sevilen bedenlerden akmamışsa bile, şu andan sonra aşk taşıyacaktı gittiği yere bu akan sular, hiç şüphesi yoktu... Dudakları sevdiği erkeğin dudaklarında, ruhlarının bir kez daha birleştiğinden emin, kendini ve yaşadıkları anı suyun hafızasına bıraktı...

♡♡♡

Maya, aynanın karşısında ıslak saçlarını atkuyruğu yaparken kendisine omuzlarından sarılan kocasına gülümseyerek baktı.

“Ruhdaşım benim.” dedi Atlas, onu alnından öperken. Maya, elindeki fırçayı konsola bıraktı, cevabını iki avucuyla onun yanaklarını okşayarak verdi. “Çıkıyor musun?” diye sordu ardından.

“Evet sevgilim. Provalar bir saat sonra başlayacak. Ancak giderim. Gelmek istemez miydin izlemeye?”

Maya, hevesli, bir an düşündü, sonra vazgeçti, “Bir başka gün belki. Roman çok iyi gidiyor.” dedi, “Hayâl gücüm yüklüyken yazmak istiyorum.”

“Tamam canım, keyfine bak. Zaten daha oturmadı sahne. Sürekli tekrarlardan sıkılabilirsin. Hele kendi hikâyende.”

“Hiç sanmıyorum. Keyif alacağımdan eminim. Ama sadece...”

“Biliyorum, hayâl gücün yüklüyken çalışmak istiyorsun. Sadece rolümün hakkını veriyor muyum, bir gör isterdim.”

“Ondan hiç şüphem yok bir tanem.”

Maya ayağa kalktı, kocasının boynuna doladı kollarını ve “Ama keşke hep çello çalsan da, ben daha hızlı yazsam.” diye mırıldandı.

“Ben de çok isterdim ama tiyatroyu bırakmam gerek o zaman.”

“Sakın! Şaka ediyorum biliyorsun. Sadece bencilce aklımdan geçeni söylemiş bulundum. Ciddiye alma.”

“Seni her zaman ciddiye aldığımı biliyorsun. Bunu da aklımın bir kenarına yazdım. Emekli olduğumda sadece sen yaz diye çalacağım.”

Maya işaretparmağıyla kocasının çenesine dokundu, “Tiyatrocunun emekli olduğu nerede görülmüş? Hiç kendini aldatma.” dedi.

“Evet, ne sen, ne ben emekli olacağız.”

“Böyle bir şeye mecbur kalmak korkunç olmalı. Düşünsene yazmak istiyorsun, aklında hikâyeler, romanlar uçuşuyor, yazamıyorsun. Oyunların içinde geziniyorsun ama sahnede olamıyorsun. Gerçekten, düşüncesi bile ürkütücü.”

Maya'nın yüz ifadesi, söylediği ihtimâl gerçekleşmiş gibi, endişeli bir hüzne bürünmüştü. "Böyle bir şey olmayacak, biliyorsun." dedi Atlas.

"Evet, ben yazarken, sen sahnede öleceğiz, herhalde."

Bu defa ölümden bahsediyor olmasına rağmen, belli ki duygusu yazamadan yaşamaktan daha iyi gelmişti, güldü. Dışarıda tatlı bir yağmur başlamıştı. Açık teras kapısına doğru ilerledi. "Ne güzel bir bahar yağmuru." dedi, "İddiasız, sakin, yumuşacık ve ılık ama güçlü."

"Benim karım gibi."

"Bahar yağmuru gibi miyim ben?"

"Evet. Aslında bütün mevsimlerden var sende."

"Zamansız kadınlardanım desene."

"Evet, aynen öylesin."

Atlas onu dudaklarından öptü ve "Görüşmek üzere sevgilim." dedi, "Sana iyi çalışmalar."

Maya sokak kapısına kadar yürüdü onunla birlikte. Çok hasta, yatakta değilse muhakkak geçirirdi kocasını ve muhakkak yine kapıda karşılardı o geldiğinde evdeyse.

"Sırtına bir şey al lütfen bu yağmurda." diye anaç bir sesle uyardı.

"İşte, ceketim var ya." dedi Atlas, elindeki kısa montu gösterirken, her yağmurlu veya soğuk havada tekrarlanan diyaloğa gülerek. Maya da eliyle, "Boş ver dediğimi." der gibi bir işaret yaptı tebessümle, senelerdir ısrarla yinelediği cümlenin anlamsızlığının farkında.

"Güle güle bir tanem. Keyifli bir prova olsun. Arkadaşlara selamlar."

"Söylerim canım. Hoşça kal."

Bir çabuk buse daha ve kapı kapandı. "Zamansız kadın" diye mırıldandı Maya, çalışma odasına doğru ilerlerken, "Zamansız kadın". Nereden gelmişti aklına? Ama güzel gelmişti. Bunu romanında bir yerlerde kullanmalıydı.

# 3

Maya, bilgisayarında son bir saati, yeni yazacağı bölüm için müzik aramakla geçirmişti ve bir türlü anlatmak istediklerinin ruhuna uygun bir beste bulamamıştı henüz. Önce boşluğa düştü, zihninden geçenleri hemen ekrana aktaramadı her zaman olduğu gibi. Ama birden, tiyatroya, provaları izlemeye gitmek fikriyle yeniden neşelendi.

Yıllar önce "Albay Vladimir'in Evi" hikâyesini yazarken nereden aklına gelirdi, sahnelenmek isteneceği? Bu da kaderin karşısına çıkardığı güzel rastlantılardan biriydi. Belki de rastlantı değil de, emeklerinin bir başka alanda değerlendirilmesiydi. Her halükârda çok heyecanlanıyordu. İyi olacağından şüphesi yoktu ama yine de ilk defa bir eseri sahnede tiyatro izleyicisiyle buluşacağından midesinde kelebekler uçuşmasını engelleyemiyordu, gala gecesini düşündüğü zaman. İyi ki elinde çalışacağı bir romanı vardı, yoksa gecesi, gündüzü bu oyunu düşünmekle geçecekti.

Bolşevik ihtilâlinden kaçıp İstanbul'a yerleşen aristokrat bir Rus subayının Beyoğlu'ndaki evinde geçen trajikomik bir devir öyküsüydü, "Albay Vladimir'in Evi". Bir başka romanı için araştırma yaparken tanımış olduğu karakterlerden biriydi Albay Vladimir Nicholaevich Semenovich. Konusu Jacques Deval'in *Tovaritch*'ini andırsa da, bambaşkaydı hikâyesi. Anlattığı karakterleri gerçek hayatta tanımış, onlarla defalarca, neredeyse iki sene boyunca her hafta, aynı masayı, sohbeti paylaşmış olmasından dolayı içi rahattı; bu kendi öz hikâyesiydi. Kimse Deval'i kopya çektiğini söyleyemezdi. Hikâyeyi oyunlaştırmak isteyen yönetmen de böyle düşünmüş olmalıydı ki, ısrarla istemişti "Albay Vladimir'in Evi"ni. Atlas'ın harika bir Albay Vladimir Semenovich olacağından emindi. Diğer kişiliklerin rolleri de o karakterlerin renk yelpazesini hakkıyla yansıtacak harika oyunculara verilmişti. Bildiği kadar onlar da çok heyecanlıydı. Hepsi sevmişti, kültürleri, geçmişleri, anadilleri, dinleri birbirinden farklı ama aynı masada toplanan masalsı tiplemeleri. Sevdiği erkekle müşterek bir eserde buluşmak ayrıca keyif veriyordu Maya'ya. Bilgisayarını kapadı. Üzerindeki eşofmanını değiştirmek üzere çalışma odasından çıktı.

Giyinme odasındaki gardırobunu açtığında bir an için donup kaldı. Sanki oraya gelene kadar bildiği şey, dolabın sürgüsünü açar açmaz kaybolmuştu. Askıda, açıktan koyuya kendileriyle aynı renk askılara asılmış gömleklerine, pantolonlarına, boy sırasında düzenlenmiş elbiselerine, yan raflarda aynı düzende katlanmış süveterlerine, kazaklarına baktı, baktı, baktı ve neyi aradığını, ne yapmak üzere orada olduğunu hatırlamaya çalıştı. Geriye, çalışma odasına gidip yine dönmeyi düşündü. Bir müddettir ne yapacağını unuttuğu zaman hep böyle hallediyordu. Bir önceki mekânına geri dönüyor, oradan tekrar aynı noktaya geliyor ve hatırlıyordu aklından uçanları. Ama gerek kalmadı, hatırlamıştı. Elini alnına vurup, "Off!" dedi. Tabii ki, üzerini değiştirmek için gelmişti dolabına. Kafasındaki fazla düşünceleri temizlemek ister gibi, başını iki yana salladı. Orpheus, Sirenalar, Limnili kadınlar, Eurydice, Argonotlar, Ophelia derken şimdi de Albay Vladimir ve evindekiler beynindeki gri hücreleri doldurmuş olmalıydı. Kendisine ait hatırlayacakları zorlanıyordu belli ki dışarıya çıkmaya.

Az sonra, kahverengi, kırmızı ve toprak renginin hâkim olduğu pantolon, kazak, kısa trençkot kıyafetiyle evden çıktığında sonbaharı üzerine giymişti sanki. Ancak iri, yeşil gözlerinde ilkbaharın müjdeleri parıldıyordu, her zamanki gibi. Hâlâ yağmur yağmasına rağmen, açmadı şemsiyesini. Her zaman sevmişti bahar yağmurlarının tenindeki temasını. Arabasına bindiğinde, çantasını yan koltuğa yerleştirdi. İçinden cep telefonunu çıkarıp gerekirse uzanabileceği gibi koydu kapı cebine. Motoru çalıştırdı. Tam hareket etmek üzereydi ki birden, evin anahtarı aklına geldi. Alıp almadığını hatırlayamadı. Çanta değiştirdiği zaman unutabiliyordu. Gerçi bugün böyle bir değişiklik yapmamıştı. Ama aklına takılmıştı bir kere. Çantasını açıp anahtarlığını aramaya başladı. İki büyük gözü, fermuarlı, çıtçıtlı bölümlerini teker teker karıştırdı. O arada güneş gözlüğünü, eldivenlerinin birini düşürdü, ütülü kumaş mendili buruştu. "Murphy kanunları" diye mırıldandı. Aradığın her zaman en son bulunurdu.

Birden, nereden nereye, Atlas geldi aklına. Bir yandan çantayı karıştırmaya devam ederken bir taraftan da düşünüyordu. Sevdiği adam nasıl çıkıvermişti karşısına? Tabii ki aramadığı için. Hiç aklında yokken, hiç beklemezken girivermişti hayatına ve girdiği gibi de kalmıştı. İşte, Murphy kanunlarına muhteşem bir örnekti. Önce gülümsedi aklından geçenlere, sonra kendisine kızdı, anahtarıyla bir ilgisi olmayan, romantik bir aşkı kıyaslama konusu yaptığı için. Anahtarı yoktu, yoktu, yoktu... Daha çok aramak çantaya yerleştirmiyordu bulamadığını. Niye bu kadar telaşlandığını bilemiyordu, dünyanın sonu değildi. Nasılsa kocasının anahtarını alıp dönebilirdi geriye. Ama şu an duyduğu garip huzursuzluk, anahtarsız olmasının endişesini bastırmıştı. Birden, evlilik yıldönümlerinin ertesi sabah onu uyandıran duyguyu hatırladı. Evet! İşte, bu, aynen o duygunun bir başka türlü tezahürüydü. Konu her ne ise, hallolacağını bildiği halde ona endişe veren, kendisini boşlukta hissettiren duygu. Garip bir duyguydu, çok garip. Yazar olmasına rağmen ifade edecek bir kelime bulamıyor, yaratamıyordu. Pes etmişti. Dağılan çantasını yeniden düzene soktu, fermuarını çekti, yine yan koltuğa yerleştirdi ve arabayı vitese geçirip yola çıktı.

Yolda, aklı yine romanına dönmüştü. Az önce yaşadığı gereksiz telaş sırasında Atlas'la olan karşılaşmasındaki rastlantıyla ilgili düşüncesini pekâlâ Orpheus ile Ophelia'nın Acheron nehirlerinde karşılaşmalarında kullanabilirdi. Ophelia'nın ağaçtan düşüp de boğulduğu nehir, yerin altında Acheron'a doğru akar ve Hades'ten karısı Eurydice'i bırakıp ayrılmak zorunda kalan Orpheus'la karşılaştırabilirdi. Evet, evet, karşılaşmaları böyle olmalıydı! İki ayrı zaman diliminden çıkan kahramanlarını buluşturmak için harika bir kurguydu bu. Tarihin iki ayrı zaman dilimindeyken, bir diğerinin arayışında değilken, yeraltındaki suların buluşmasıyla bin yıllık zamanı aşıp karşılaşacaklardı. Hiç daha evvel düşünmediği bir şekilde kahramanlarını tanıştıracak olması fikriyle heyecanlanmıştı.

Tiyatronun olduğu semte gelmişti. Hades'in girişini kurgularken neredeyse otoparkı kaçıracaktı. Aniden durdu. Arkasındaki arabanın kızgın klâkson sesine cevap hemen sinyalini yakıp döndü ve kapalı parka girdi. Arabasını park ettikten sonra durduğu yerin numarasını çantasındaki karalama defterine not düştü. Bugün kafası karışıktı, farkındaydı ve dönüşte bir de arabasını aramak zorunda kalmak istemiyordu.

Park yerinden çıktığında yağmur hızlanmıştı. Koşar adımlarla tiyatronun kapısına geldiğinde yaşlı görevli onu tanıyarak hemen kapıyı açtı.

"Hoş geldiniz Maya Hanım."

"Hoş bulduk Cemil Bey. Nasılsınız?"

Bedbin bir tavırla, "Teşekkür ederim." diye cevap verdi emektar adam, "Değişen bir şey yok. Tiyatroyu bekliyoruz işte."

Maya, saçlarını parmaklarıyla karıştırdı, yağmurun bıraktığı nemi silkeler gibi. Tatlı bir tebessümle, "Siz tiyatroyu bekleyeceksiniz ki kapıları açık kalacak Cemil Bey." dedi.

Yaşlı adam ona şükran dolu bir ifadeyle baktı. Mahcup, "Aman Maya Hanım, sağ olun ama öyle bir söylüyorsunuz ki sanki ben olmasam bu tiyatro kapanacak."

"Yaptığınız işi hiç hafife almayın Cemil Bey. Elbette sırf sizin eksikliğinizle kapanmaz tiyatro ama siz de açık durmasını sağlayanlardan birisiniz."

Yaşlı adam, belki de hiç duymadığı kadar önemsenmekten mutlu cevapladı: "Sağ olun Maya Hanımcığım ama bunca dev gibi oyuncu varken bana mı düşmüş tiyatroyu açık tutmanın şerefi?"

"Aktörler başka, sizin yeriniz başka Cemil Bey. O dev oyuncular kapı açıp kapar mı? Hayır. Bilet keser, yer gösterir mi? Hayır."

Cemil Bey yıllardır yaptığı işin önemsendiğinden mutlu, gözlerini düşünceli bir ifadeyle döndürdü. Birden duruşu dikleşmişti. "Doğru ya, haklısınız Maya Hanım." dedi. "Nasıl ben oyunculuk yapamazsam, onlar da benim işimi yapamaz, değil mi?"

Maya gülmemek için kendisini zor tutarak, sevecen bir tebessümle onun omuzuna dokundu. "İşte, benim de dediğim o Cemil Bey." dedi. "Sizin yeriniz ayrı. Yaptığınız işi azımsamayın sakın."

"Vallahi, kaç yıllardır bu işi yapıyorum. Hiç böyle düşünmemiştim."

"Gerçekten, kaç senedir buradasınız?"

"Yirmi beş oldu."

Maya, hayretini saklamayan bir bakışla, "Ooo" dedi, "bakın, kaç senedir sizin yerinizi alan kimse olmamış. Halbuki oyuncu kadrosundan kim bilir kimler gitti, kaç yenisi geldi. Değil mi?"

Emektar, naif karakterine uygun bir şekilde rahatlamış, sohbet havasına girmişti. "Ah, bir anlatsam, kimler geldi, kimler gitti, kimler göçtü... Kaç hikâye, kaç roman çıkarırsınız anlatacaklarımdan."

Maya, artık bir an evvel provaya yetişmek telaşında, çenesi düşmeye hazır adamcağızın sözünü kesme ihtiyacını hissetti, elini hafifçe onun omuzuna koyarak, kâlbini kırmamak için özenerek konuştu:

"Eminim, kim bilir ne kadar çok hikâyeniz vardır anlatacak Cemil Bey. İlk fırsatta oturup dinlemek isterim sizden, neler görüp geçirdiğinizi yirmi beş senede."

"Ne zaman isterseniz Maya Hanım. Ne zaman isterseniz. Neler anlatacağım size, bir bilseniz."

Maya sessizce, tiyatro salonuna girdiğinde sahnedeki uzun masanın etrafında yerleşmiş oyuncular Albay Vladimir'in evindeki yemek sahnelerinden birinin prova okumasındaydı. Ara vermiş olmalıydılar, herkes önündeki kâğıtlardaki diyaloğunu gözden geçiriyor, kimi gözleri kapalı, sessizce dudaklarını kıpırdatarak ezber çalışıyordu. Yönetmen, elinde notlarıyla ve yanında yardımcılarıyla salonun ön sırasında oturmaktaydı. Yavaşça en arka sıradaki ilk koltuğa yerleşti Maya ve izlemeye başladı. Daha dekor yoktu, masa da boştu, oyuncular günlük kıyafetleri içindeydi. Ama o, iki sene boyunca her karışını ezberlediği ve hikâyesinde anlattığı evi şu an gerçeğindeki gibi canlandırabiliyordu.

Masanın başında oturan Atlas, beden diliyle çoktan Albay Semenovich kimliğine bürünmüştü bile. Sağında en saygın misafiri Barones İrina Clodt von Stroganova, solunda Lola Davidova oturuyordu. Kadın ve erkek sayısı eşit olmadığından, diğerleri serbest yerleşmişti. Masa düzeninde çok ciddi bir protokol olmamasına rağmen kendi içinde belli bir hiyerarşisi vardı. Hikâyesinde bu detayları özellikle çok iyi anlatmıştı Maya. Zira ev sahibi ve misafirlerinin çoğu bir zamanların Çarlık Rusyası'nın önemli isimlerindendi ve günün şartları ne olursa olsun, aristokratlıklarını yaşamayı seviyorlardı. Bu bir hayat tarzıydı onlar için. Piyanist Natasha Oblonskaya, Fransız Başkonsolosluğu Kültür Dairesi'nde çalışan Leonid Senko-popovskiy, Rusça hocası Lola Davidova, bale eğitmeni Lidya Lebedeva da bir aristokrat titrleri olmamasına rağmen, burjuva geçmişleriyle aynı hayat anlayışını soluyorlardı. Hepsi bir zamanlarki Rusya'nın imtiyazlı ailelerinden geliyordu. Onlar dışında masada oyuncuların canlandırdığı iki İstanbul Rumu vardı; biri yaşlı baronesin uzatmalı sevgilisi, gitarist ve şarkıcı Demitri ve Leonid'in karısı Agafya. Masadaki boş iki iskemleye az sonra kimlerin oturacağını biliyordu Maya. Bir Arnavut göçmeni olan ve eve yemek yapmaya ve temizliğe gelen Sıdıka Hanım ile ayak işlerine koşturan Armen henüz sahneye girmemişlerdi. Okuma başlamıştı. Heyecanla pür dikkat izlemeye koyuldu.

♡♡♡

Albay Vladimir'in cümlesinin bitmesiyle yönetmen sağ kolunu havaya kaldırarak seslendi: "Mola!"

Sahnedekilerin hepsinden birden bir rahatlama nefesi ve bedenlerinde rolleri dışındaki hareketlenme görüldü. Maya yerinden kalkıp oyuncuları alkışlayarak sahneye doğru ilerleme arzusundaydı ama yönetmen konuşmaya devam ediyordu. Koltuğunun önünde ayakta durup bekledi.

"Gayet iyiydi." dedi yönetmen, "Çok iyi. Ama aksanları daha bastırmamız lâzım. Aksanlar istediğim gibi değil. Konuşanlar Rus, Arnavut, Ermeni, Rum. Yazar hikâyesinde açıkça yazmış, telaffuz farklılıklarını. Oyunun özünde bu farklılıklar var. Onları oya gibi işlememiz lâzım."

Bu arada, sahnedekiler salonun arkasında ayakta durmakta olan Maya'yı fark etmişlerdi. Önündeki kâğıtları toplamakta olan Atlas'a işaret ettiler. Atlas'ın yüzünde aniden çocukça bir heyecan sevinci belirmişti. Elindekileri bırakıp sahneden inmeye başladı. Oyunculardan birkaçı uzaktan Maya'ya el salladı. Yönetmen kendisinin dışında dikkat çeken biri olduğunun farkında, geriye döndü. Elini gözlerine siper ederek baktı ve sessiz izleyicilerini gördüğü anda ayağa fırladı, "Vayy! Kimler gelmiş!!!"

Sırasından çıkmış yürümekte olan Maya'ya doğru ilerledi. El sıkıştıklarında Atlas da çoktan yanlarındaydı. "Hoş geldin Maya." dedi, yönetmen, içtenlikle, "Ne kadar zamandır buradasın? Ne kadarını izledin? Nasıl buldun? Aksanlar hakkında haklı değil miyim? Sen tanıyorsun bu insanları. Gerçek karakterlerin aksanları daha bariz değil miydi?"

O cevap beklemeden, sorularını ardı ardına sıralarken Atlas karısının beline sardı kolunu ve saçlarının arasına bir öpücük kondurdu. Maya gülümsedi sevdiğine ve yönetmene cevap vermek için onun bir nefes almasını bekledi. Nihayet durduğundan emin, fikrini söyledi:

"Bunlara cevap vermek benim haddim değil. Ben sadece bir yazarım. Ama izlediğim kadarıyla benim anlattığım karakterlere çok benziyorlardı."

"Ya aksanları? Aksanlar sırıtmıyor muydu?"

Yönetmenin arkasında durmakta olan Leonid, Lola, Lidya, Armen karakterleri prova esnasında en çok uyarı alanlar oldukları için özellikle keyifsiz dinliyorlardı. Hepsi, Maya'nın senelerdir tanıdığı arkadaşlarıydı. Maya kendisini çok zor durumda hissetti.

"Ama daha çok provanız var değil mi? Eminim, herkes istediğiniz aksanı verecektir sonunda."

"Aksan oturmadan beden dili de oturmaz. Sanki uzağız daha, gerçek karakterlerden."

Maya birden aklına gelen fikrin kurtarıcı bir cevap olacağına emin, rahatlamış bir tavırla cevapladı:

"Bir şey düşündüm... ama tabii sizin kararınız. İster misiniz, bilmem?"

"Nedir o?"

"Hikâyesini yazdığım bu insanların birkaçı hâlâ yaşıyor. Oyundaki diyalogları onların okumalarını ve oyuncuların dinlemelerini ister miydiniz? Onlardan dinlersek Türkçelerini, daha otantik olur diye düşünüyorum. Bir şekilde dil koçluğu yapabilirler."

Yönetmenin gözleri açılmıştı heyecandan. "Nasıl düşünmedik bunu daha önceden? Hay aklınla bin yaşa Maya. Ama gelirler mi tiyatroya?"

"Her provada gelmeleri zor olabilir. Hepsi çok yaşlandı ama her arkadaş, kimin rolünü üstlendiyse, onun evinde buluşup çalışabilir. Ben randevularını ayarlarım. Beni kırmazlar."

Yönetmen iki avucunu keyifle birbirine vurdu. Boynunda yana kaymış turuncu atkısını düzeltip arkaya savurdu ve "Oldu bu iş!" dedi, "Hatta umduğumdan da iyi olacak. Çok teşekkürler. Burada mısın daha? Tekrara geçiyoruz şimdi."

Az önceki hafif gergin ortam rahatlamıştı. Maya memnun, "Teşekkür ederim." diye cevapladı, "Çalışmama dönmem lâzım." Sonra diğerlerine seslendi: "Çok keyifliydi arkadaşlar sizleri izlemek. Hepinize başarılar diliyorum."

"Karakterlerin müthiş Maya." dedi, Valentine Stroganova'yı canlandıran aktris, "Çok keyifle oynayacağız."

Maya şakadan bir reverans yaparken, "Teşekkür ederim barones, teveccühünüz." dedi. Herkes gülüşerek ona el salladı ve çay servisinin açıldığı masaya doğru ilerledi.

Atlas, karısının omuzundan sarılıp onu dışarıya kadar götürmek üzere yanında yürürken durdurdu onu Maya, "Hiç gerek yok sevgilim, çocuk değilim, giderim. Sen dön ekibinin yanına lütfen. Zamanınız kıymetli. Haydi git, boğazını rahatlat biraz sıcak bir şey iç. Akşama görüşürüz."

"Geldiğine çok sevindim karıcığım. Bana güzel bir sürpriz oldu."

"Kaçıramazdım. Aksanı falan dert etme sakın, harikaydın! Hepiniz harikaydınız."

Salonun çıkış kapısında durdu, kocasının dudaklarına çabuk bir öpücük kondurdu ve eliyle "Hoşça kal" işareti yaparak uzaklaştı. Fuayeye geldiğinde gerçek Albay Semenovich'i ve diğerlerini arayıp nasıl bir program yapacağını düşünmekle meşguldü. Birden, evden ayrıldığında anahtarını bulamadığını hatırladı ve çantasını bir kez daha yoklayınca, her zamanki fermuarlı gözde olduğunu gördü; rahatlamıştı.

Cemil Bey ortada yoktu. Sokak kapısını açtı, adımını dışarı attığı an birden bir sisle sarılmış gibi hissetti. Sola mı sapması gerekiyordu otoparka gitmek için, sağa mı? Kapıyı kapamadan öylece durdu ve yaşamakta olduğu şaşkınlığın geçmesi için bekledi. Daha bir saat önce gelmişti. Ne taraftan gelmişti? Korkmuştu. İçeri girdi tekrar. Kâlbi deli gibi çarpıyordu. Kapı arkasından kapanmış olsa, dışarıda, bilmediği bir dünyada kalacaktı sanki. Büfenin yanındaki koltuklardan birine oturdu, şaşkın, ürkek, olanı anlamaya çalışarak. Derin bir nefes aldı. O esnada arka taraftan Cemil Bey gelmişti. Maya'nın yüz ifadesi yaşadığı endişeyi gösteriyor olmalıydı, adamcağız merakla sordu:

"İyi misiniz Maya Hanım? Her şey yolunda mı?"

"Evet..." diye mırıldandı Maya, "Sadece biraz oturma ihtiyacı hissettim."

"Atlas Bey'e haber vermemi ister misiniz?"

"Yok! Yok! Sakın! Hiç gerek yok. Bana bir bardak su verir misiniz Cemil Bey?"

"Tabii, hemen."

Emektar koşturarak büfenin arkasına geçti ve doldurduğu bir bardak suyu getirdi. Maya, gözlerini kapayarak ağır yudumlarla içti. Sonra sokak kapısına doğru baktı. Yine açınca aynı sisle mi karşılaşacaktı acaba? Nereye döneceğini hatırlayacak mıydı? İçindeki ürperti devam ediyordu ama deneyecekti. Görevliyi daha fazla telaşlandırmamak için zoraki bir tebessümle konuştu:

“Kafam karıştı Cemil Bey, otopark ne taraftaydı Allah aşkına?”

“Götüreyim mi sizi?”

“Yok, sağ olun, sadece biraz kafam karıştı. Hatırlatırsanız kendim giderim.”

“Sağdaki ilk sokağa sapınca az ileride sağınızda. Göreceksiniz zaten kocaman tabelâsı var.”

İçi nispeten rahatlamıştı. Ayağa kalktı ve teşekkür ederek açılan kapıdan çıktı. Sis falan yoktu dışarıda. Sadece yağmurlu bir sonbahar günüydü işte. Geldiği zamankinden farklı değildi. İçinden tekrarlayarak yürümeye başladı:

“İlk sokaktan sağa, sonra az ileride sağda... ilk sokaktan sağa, sonra az ileride sağda... ilk sokaktan sağa, az ileride sağda...”

Kocaman kırmızı harflerle yazılı otopark tabelâsını gördüğü zaman içine su serpildi. Parasını ödedi, karalama defterindeki kaydına baktı, arabasına bindi. Yaşadığı onu sarsmıştı. O, korkunç boşlukta kalmış hissiyle sarılmıştı yine. Arabasına binince bir müddet, elleri direksiyonda, öylece oturup bekledi. Neyi beklediğini bilmiyordu. Sadece içine, bugüne dek hiç tanımadığı gibi bir korku yerleşmişti. Ya buradan çıktıktan sonra da aynı şey olursa? Ya bambaşka yollara girerse? Belki de yine tiyatroya dönüp Atlas'ın çıkışını beklemekte fayda vardı. Ama bu düşüncesinden çok çabuk sıyrıldı. Fazla büyütüyordu. Zihni çok yoğun, kafası çok doluydu. Belki de üst üste proje almaya biraz ara vermeliydi. Motoru çalıştırdı ve otoparkın çıkışına doğru yöneldi.

Apartmanın garajına vardığında kendi kendine gülmeye başladı. Her şey yolundaydı işte. Dünyanın yolunu gelmişti pekâlâ, kaybolmadan. Neden o kadar endişelenmişti ki? Belli ki geçici bir şeydi. Asansörde çıkarken keyfine kavuşmuştu yeniden. Kapıyı açıp daireye girdiğinde müthiş bir rahatlama, gevşeme hissetti. İlk iş çalışma odasındaki CD çalara Dvorjak CD'si yerleştirdi. Russalka'nın mehtaba yakarışına mırıldanarak eşlik ederken kendisine bir bardak viski hazırladı ve çalışma odasında ışığını yakmadan masasına yerleşti. Yağmur başlamıştı yine. İnce ince, tabiatı ıslatmaktan çekinir gibi yağıyordu. Yağmur bulutlarının ardında kalmış mehtap derin gri lâciverdin içine garip puslu, hüzünlü, belli belirsiz bir ışık yayıyordu. Orman, göl görünmüyordu hiç. Vadinin içinden geçen yollardaki lâmbalar incecik çiseleyen yağmurun altında göz kırpar gibi titriyorlardı. Müziği kapadı. Derin sessizlikte sadece tabiatın sesini ve renklerini izlemek istemişti. "Sessizliğin sesi" bu olmalıydı. Bir müddet, içkisini ağır ağır yudumlarken manzarayı içine sindirerek oturdu. Belli ki akşamüzeri yaşadığı kısa ama korkutucu zaman diliminin, üzerindeki tesiri daha yeni geçiyordu. Artık çalışmaya başlayabilirdi. Masasındaki lâmbayı yaktı. Tekrar CD çalarına bastı. Ajandasında ertesi günün sayfasına takip edileceklerin listesine not düştü: Volodya ve ekibi aranacak. Bilgisayarını açtı. Az sonra Orpheus'un Argonotlarla serüveninin içine dalmıştı bile.

# 4

Sonbaharın belki de en güzel cumartesi sabahlarından biriydi. Maya mutfakta, dudaklarında Anthony Hopkins'in bestesi "The Waltz Goes On" melodisi, aralarda kahvesini yudumlarken son hazırlıklarını yapmaktaydı. Çok keyifliydi. Uzun zamandır ilk defa çekirdek ailesi bir araya gelecekti. Son iki aydır bir türlü fırsat yaratamamışlardı, programlarını ayarlayıp. Seviyordu, hep sevmişti aile sofralarını. Hiçbir misafir, çocukları bir araya topladığı zamankinden daha fazla heyecan vermezdi ona. Aralarındaki güzel ilişkinin, uyumun, beraber eğlenebiliyor olmanın büyük tesiri vardı bu keyfinde.

Oğlanlar daha ilk tanıştırıldıklarında ısınmışlardı birbirlerine ve çok iyi arkadaş olmuşlardı. Aralarında sadece iki yaş olmasına rağmen Bahadır, Ege'yi çok daha büyük bir ağabeyiymiş gibi sayar ve sözüne kulak verirdi. Maya ve Atlas çocukların kendilerine isimleriyle hitap etmelerini istemişlerdi ilk günden. Kimse kimsenin annesinin, babasının yerini tutamazdı. "Abla", "Ağabey" de gereksizdi. Ege, üniversite arkadaşı ve büyük aşkı Ezel'le mektep biter bitmez evlenmiş ve şimdi on dört yaşında olan harika torun Sümer doğmuştu. Bahadır, şimdilik bekâr yaşamından memnun görünüyordu. Onun sürekli değişen kız arkadaşları ve bir türlü hiçbirine bağlanamayışı aralarında espri konusu olurdu sık sık. Herkes rahat, herkes huzurluydu bir aradayken. Çok da eğlenirlerdi.

Maya, çocukların her birinin en sevdiği yemeği, tatlıyı pişirmek için iki gündür uğraşıyordu. Masayı dün geceden hazırlamıştı. El işi organze masa örtüsünü yaymış, sonbahar dekoru içinde en şık sofra takımlarını yerleştirmişti. İyisini, güzelini misafire saklayanlardan olmamıştı hiçbir zaman. En kıymetlileri aile bireyleriydi ve onlar her şeyin en güzelini hak ediyordu. Bahçeden ve terastan topladığı sarı, turuncu, kırmızı, kızıl kahve rengârenk sonbahar yapraklarını tabaklar, amber rengi kadehler arasına serpiştirmiş, kabuklarını cilâlı gibi parlattığı elma ve hurmalarla, bronz şamdanlara sardığı kırmızı, yeşil üzümlerle âdeta bir Rönesans tablosu yaratmıştı. Bal rengi saten kurdelelere sarılı peçetelerin her birinin üzerinde, isimlerin yazılı olduğu birer kuru yaprak iliştirmişti. Misafirlerinin sayısı az da olsa, baş başa da olsalar böyle özen göstermeyi seviyordu.

Son defa tezgâhın üzerinde, buzdolabında hazırladıklarına, masaya, bardaki düzene göz attı ve içi rahat, duşunu almak üzere banyoya yöneldi. Henüz öğlen saatleriydi. Atlas'ın, sabah erkenden gittiği provadan dönmesine epeyi vardı. Bir ihtimâl, çocuklar ondan önce gelirlerdi. Yatak odasına gitti, üzerindekileri çıkarıp kirli sepetine attı ve duşa girdi. Musluğu açıp suyun ısınmasını bekledi. Elini uzatıp kontrol etmek istediği anda, parmaklarının yanmasıyla geri çekti. Canı yanmıştı. Hemen soğuk suya sokması lâzımdı. Musluğu çevirdi ama soğumak bir yana su kaynar akmaya başladı. Ayakları da yanmaya başlamıştı sıcaktan. Kapamak istedi. Armatürü ne tarafa iteceğini bilemedi. Sol tarafa çevirdi bir kez daha. Su biraz daha kaynar aktı. Çaresizlik içinde, kendisini duş kabininden dışarıya attı. Çıkmayı akıl edene kadar ayaklarının derisi kıpkırmızı olmuştu, üstelik fena acıyordu. Duşun suyu buhar bırakarak akmaya devam ediyordu. Maya musluğu kapamak üzere uzandı ama sadece bakıp kaldı. Armatürün hangi parçasını ne yapacağını, hangi kolu, musluğu, nasıl, nereye çevireceğini bilemiyordu. Tekrar pufa çöktü. Öylece oturup, akan suyu izlemeye devam etti. Oradaydı ama orada değildi gibi bir duygu gelmişti. Sanki bedeninin dışına çıkmış, kendisini banyonun tepesinden bir yerlerden izliyor gibiydi hissi. Duşun ve lâvabonun musluklarında, iki yanda kırmızı ve mavi noktalı parçalarında tekrar tekrar gezdirdi gözlerini. Ona hiçbir şey ifade etmiyorlardı şu an. Niye ikişer taneydiler? Niye biri mavi, biri kırmızıydı? Nasıl kullanılıyorlardı? Hepsi yabancı bilgiydi onun için. Evinde olduğunu biliyordu ama onun dışında her şey kopuvermişti ondan. Olduğu yerden ayrılmaya da cesareti yoktu. Ayakları, bir diğerinin acısını almak ister gibi, birbirinin üzerinde, kollarıyla çıplak bedenini sarmış, gözleri akmakta olan kaynar suda, oturup kaldı.

Atlas eve geldiğinde, banyo kapısının ardından suyun akmasına rağmen Maya'ya seslenişine cevap alamaması üzerine endişelenmiş, bir kez kapıyı vurduktan sonra girmişti. Buhar içindeki banyoda karısını sessiz, korkmuş ve kayıp bakışlarla otururken görünce telaşla dizleri üzerinde karısının yanına çöküp onu kucakladı: "Ne oldu sevgilim? Neler oluyor?... İyi misin bir tanem? Ne oldu canım? Söyle bana, ne oldu?"

Elini karısının bedeninden ayırmadan uzanıp duşun musluğunu kapadı. Maya, yarı uyuşuk bir sesle sordu:

"Nasıl yaptın onu?"

"Neyi bir tanem?"

"Nasıl kapadın onu?"

"Musluğu mu?"

"Evet."

"Her zamanki gibi."

"Nasıl yani, nasıl her zamanki gibi?"

Atlas, duyduklarından endişelenmek bir yana, korkmuştu. Karısının gözlerinin içine bakarak, olan biteni anlamaya çalıştı ama hiçbir ipucu bulamadı. Tek gördüğü, Mayasında hiç tanımadığı, daha evvel hiç görmediği uzak, ürkek ve kaybolmuş bakışlardı.

"Bir şey mi oldu ben yokken?" diye sordu, "Bir şeyden mi korktun? Ne ürküttü seni?

"Hayır. Sadece yıkanmak istemiştim... Ama neredeyse yanacaktım."

"Sevgilim, en kaynar yerindeydi musluğun ayarı."

"Ama başka yeri yoktu zaten."

"Nasıl yoktu bir tanem? Sağa çevirince soğuk, ortada ılık oluyor, biliyorsun."

Maya kocasının gözünün içine, yeni, önemli bir bilgi veriyormuş gibi baktı, "Öyle mi?" dedi, "Ben niye beceremedim o zaman? Sadece ısınmaya devam etti, ben çevirdikçe. Gittikçe kaynar aktı."

Atlas onu ayağa kaldırıp askıdan çektiği havluyla sardı bedenini. Yüzünü avuçları içine alarak dudaklarını, göz kapaklarını öptü ve "Şimdi" dedi, "hiç itiraz istemiyorum, hemen yatıyor ve istirahat ediyorsun biraz."

Maya, kocasının göğsüne başını yasladı. "Neler oluyor bana? Biliyor musun, tiyatro çıkışımda da kaybolmuşum hissi geldi geçen gün." diyecekti ama yuttu kelimelerini. Onu, şu an olduğundan daha fazla telaşlandırmak, ne zamandır bekledikleri günü berbat etmek istemiyordu. Atlas'ı rahatlatmak için tebessümle gözlerinin içene baktı, "İyiyim şimdi." dedi, "Çok daha iyiyim. Nedense dalgınım bugünlerde. Geçer."

"Yine de şimdi doğru yatağa gidiyorsun ve uyu, uyuma, gözlerini kapatıp dinleniyorsun."

"Ama çocuklar..."

"Çocuklarımız... yabancı değiller. Üstelik gelmelerine daha en az iki saat var. Ben seni uyandırırım."

"Söz ver."

"Söz."

Atlas da yüksek sesle ifade etmemesine rağmen, allak bullak olmuştu. Ne düşüneceğini, olanları nasıl yorumlayacağını bilemiyordu. Görünenin ardında, şu an tahmin edemediği kadar büyük bir problem olmasından korkuyordu. Karısını yatağa sokup üzerini örttü ve o derin nefeslerle uykuya dalana kadar saçlarını, yüzünü okşadı. Bu saatte, bu kadar çabuk uyuması da olağan değildi Maya için. Atlas, endişe içinde onun yüzünü izleyerek bir müddet daha oturdu başucunda. Karısının yüzünün o yabancı, ürkek ifadeden sıyrılıp normale dönüşüne, rahatlamış olmasına rağmen ayrılamadı yanından. Örtünün üzerinde, yanına, bir kolunun üzerine uzandı ve onu seyretmeye devam etti. Onu böyle ilk defa seyretmiyordu. Karısını yazarken, sohbet ederken, yemek yaparken, kitap okurken, tatlı kahkahalarıyla neşe saçarken, duygusallıkla gözleri yaşlandığında, evin içinde bir işlerin peşinde koşuşurken, sevişirken, hayatının her adımında, her duygusunda seyretmeyi severdi. Sevgiyle, aşkla, tutkuyla, karısı, sevgilisi, hayat arkadaşı olduğu için mutlulukla, hep izlerdi. Ama ilk defa sebebini anlayamadığı, yüzünde ifadesini, anlatımında nedenini çözemediği bir sebepten izliyordu. Neler olmuştu, neydi yaşadığı... Onun artık rahatlamış, her zamanki ifadesine kavuşmuş yüzüne bakarken derin bir nefes aldı ama içinde bir ses artık hiçbir şeyin aynı olmayacağını fısıldıyordu sanki...

Uykuya dalmasının üzerinden sadece yarım saat geçmişti ki Maya uyandı. Her zamanki Maya'ydı. Kendisini çıplak, yatakta, kocasını yanı başında uzanmış görünce, biraz hayretle, yerinde doğrulurken sordu.

"Çok mu uyudum? Çok mu geç oldu?"

"Hayır canım, ancak yarım saat kadar daldın."

"O kadarcık mı? Çok derin uyudum demek. Saatler gibi geliyor."

"İyi misin? Nasıl hissediyorsun kendini?"

Yüzünde kocaman bir tebessümle, kocasının yanağını okşadı ve "Çok iyiyim sevgilim." dedi, "Bu dinlenmeye ihtiyacım varmış demek. Hemen duşumu alıp üstüme bir şeyler geçireyim. Sen aşağıda müziği ayarlar mısın lütfen. Ben de hemen inerim. Umarım, çocuklar gelivermez o arada."

Maya, kısa bir süre önce banyoda yaşadıklarını konuşmak istemiyordu belli ki. Atlas, konuyu açmak için uygun bir zaman olmadığını fark etti. Onun neşeli, enerjik yüzüne bakarak gülümsedi, "İçin rahat etsin, daha vaktimiz var. Mesaj atmışlar, biraz gecikiyorlar."

Maya kocasının dudaklarına bir öpücük kondurup enerjiyle fırladı yataktan. Hâlâ daha ince, mevzun vücudu, özgüvenli küçük adımlarla banyoya doğru ilerlerken yarım saat evvel banyoda kaygı, ürküntü içinde kendisine sarılmış oturan kadın değildi. Maya, ne oldu, nereye gittiyse, şimdi yine kendisine dönmüştü belli ki.

"Yardımcı olmamı ister misin?" diye seslendi Atlas.

"Neye canım?"

"Suyu ayarlamaya?"

Maya çocuk gibi şen, bir kahkaha attı, "Yok canım, bu kez becerebilirim sanırım. Başka bir şey için bahane arıyorsan, çocukların gelip gitmesini beklemen lâzım..."

Atlas, yatakta uzandığı yerden karısının Eugen Doga'nın "Güllerin Valsi"ni mırıldanarak suyu açtığını, duş panelini çektiğini ve yıkanmakta olduğunu takip etti. Şu an kafası karmakarışıktı ama izahını ve Maya'yla bu konuyu nasıl konuşacağını bilemiyordu.

Çocuklar gelmeden ikisi de hazırdı. Atlas salondaki şömineyi yakmış, CD çalara Bach'ın konçertolarını koymuş, hazırladığı martiniden kendilerine birer kadeh doldurmuştu bile. Çocuklar, anlaşmış gibi aynı zamanda vardılar. Antrede uzun süren bir kucaklaşma, öpüşme süreci oldu. Gençler, Bach'ın neşeli müziği, mis gibi yemek kokuları ve şöminenin ateşiyle karşılandı salonda.

"Kayınvalideciğim, yine konuşturmuşsunuz sanatınızı." dedi gelini, hayranlıkla.

"Annem bu, başka türlü olamaz ki." derken Maya'nın yanağına bir öpücük kondurdu oğlu.

"Ciddi bir kız arkadaşım olursa muhakkak sana derse getireceğim Mayacığım." diye araya girdi Atlas'ın oğlu.

"Bahadırcığım, ilişkiniz ciddi olmadan da kız arkadaşını getirebilirsin, biliyorsun."

"Sanki hiç getirmemiş gibi." diye, şakayla ekledi Atlas.

"Onlar biraz olsun ümitlendiklerimdi." dedi Bahadır, "Şimdilik sadece restoranda yemeğe gelenler var." diye güldü delikanlı, "Bir mercimekli köfte yapanı vardı, o da evli çıktı zaten."

Hep beraber güldüler. "Sahi" dedi Ezel, "birkaçı hariç hiç tanışmadık sevgililerinle, neden kaçırıyorsun bizlerden?"

"Sanırım, Bahadır bizden kaçırmıyor da, aslında kendisi kaçıyor onlardan."

"Doğru söylüyor Ege. Aynen öyle oluyor." dedi genç adam sonra yanındaki Sümer'in saçlarını okşayarak ekledi, "Sen de kaçabildiğin kadar kaç yakışıklı. Benden sana söylemesi."

Henüz ilk plâtonik aşkını yaşamakta olan genç çocuk, özel hayatı orada deşifre edilmiş duygusuyla hafif kızardı. Maya, durumu kurtarmak için, boyu şimdiden kendisinden uzun torununun koluna girip konuyu değiştirdi.

"Evet çocuklar! Ne içiyorsunuz? Barı açtık. Sanırım hava bize izin verir, birer kadehimizi dışarıda içmek için."

"Çiçekleriniz hâlâ yaşıyor, ne güzel." dedi gelini, saksılardaki gülleri gösterip.

Atlas güldü. "Maya'nın onca sevgisinden sonra kendilerini açmaya mecbur hissediyorlardır. Konuşuyor onlarla, okşuyor."

"Takılıyor, bakma sen ona." dedi Maya, "Gül çok cefakârdır aslında. Hiç de fazla bir şey istemez. Bit dadanmasın, zamanında buda, kuruyanları tamam yerinden kes, yeter."

Bahadır, "İşte, tamam, babamın dediği şeye geliyoruz. Bu

kadar bakıma ben de çiçek açardım." derken güldü.

Kadehlerini kaldırdılar mutluluğa. Sümer babaannesinin ev yapımı limonatasıyla eşlik etti onlara.

"Bize çello çalacak mısın bu akşam?" diye sordu Maya. "Uzun zamandır dinlemedim seni. Ne kadar ilerlediğini merak ediyorum."

"Tabii. Dinlemeye tahammülünüz varsa, neden olmasın? Annemle babam bıkmış olabilir."

"Bakmayın siz ona. Harika çalıyor." diye araya girdi Ezel.

"Haydi o zaman." dedi Maya, "Şimdi niye çalmıyorsun Sümerciğim? Bu manzarada, içkilerimizi senin müziğin eşliğinde yudumlasak, fena mı olur?"

"Tabii babaanneciğim. Atlas izin verirse..."

"Şaka mı ediyorsun?" dedi Atlas, "İlk dersini kim vermişti senin?"

Sümer az sonra Atlas'ın salona getirdiği çellonun başına geçmişti. Tabureye yerleşti, yayı sağ eline aldı, kısa bir an düşündü, "Bu benim sizlere sürprizim. Kendi bestem." dedi, "Bu parça dünyanın en mükemmel babaannesi için." Ege, annesinin omuzundan sarıldı, oğluna gururla bakarken.

Çellodan yükselen notalar daha ilk baştan her birinin yüreğine dokunmuştu. Ama hepsine yabancı bir melodiydi. Ege ile Ezel de diğerleri kadar merakla bekliyorlardı.

Duygulanan Maya'nın gözleri yaşarmıştı. Ege annesinin omuzuna daha sıkı sarılıp yanağından öptü. Ezel de gururla izliyordu oğlunu. Parça bittiğinde kadehlerini bırakıp çılgınca alkışladılar. Maya doğru torununun yanına gitti, kollarını açıp sarıldı ona ve defalarla öptü yanaklarından. "Teşekkür ederim canım torunum." dedi, "Çok teşekkür ederim. Ben dünyanın en mükemmel babaannesi olmayabilirim ama en şanslısıyım, onu biliyorum. Ağlattın beni kerata."

"Ne zaman besteledi bunu, bizim de haberimiz yok." dedi Ezel.

"Babaannemin yaş gününde sürpriz yapacaktım ama bu akşam da sanki uygun bir zaman gibi geldi."

"Çok iyi yaptın canım benim." dedi Maya, "Bazı şeyleri hiç geciktirmemek lâzım. Yaş günüme daha çok var. O zaman kulağım duyacak mı, duymayacak mı, Allah bilir. İyi ki şimdi çaldın. Haydi, şimdi bu harika dinletinin üzerine yemeğe geçebiliriz."

♡ ♡ ♡

Son derece keyifli bir yemek olmuştu. Masada sohbet devam ederken herkes neşesinin doruğundaydı. Maya tatlı servisini yapmak üzere kalkınca hepsi, âdetleri olduğu üzere, tabağını, servisini mutfağa getirdi ve lezzetler konusunda arka arkaya metihler sıraladı. Sümer Maya'nın buzdolabından çıkarmakta olduğu tatlıya bakarken sevinçle sarıldı ona. "Vay!!! Babaanneciğim! Krep süzet mi var? Favori tatlım!"

"Sevdiğini biliyorum canım benim. Hem de dondurmalı."

"Harikasın! Yeniden acıktım bile."

"O zaman, tezgâhın üzerindeki tatlı tabaklarını, çatal bıçakları alıp masaya yerleştirir misin canım, sana bir zahmet."

"Ben ne yapabilirim? "diye sordu tabakları eviyenin içine yerleştiren gelini, "Bulaşığı yıkayayım siz krepi hazırlarken. Bu takımları makineye koymuyordunuz, değil mi?"

Maya büyük bir çelik tavaya tereyağını koyarken güldü, "Evet canım, bunlar elde yıkanıyor. Ama sakın şimdi yıkamaya kalkma. Bu hazır olur birazdan, günün keyfini çıkaralım. Sonra ben hallederim."

"Ama hiçbir işe yaramıyoruz, yiyip içip gidiyoruz."

"Sizi yiyin için diye çağırıyoruz zaten. Bütün hafta çalışıyorsun, hiç değilse bugün tatil yap."

"Siz de çalışıyorsunuz. Adil olmuyor bu."

"Benim çalışmam keyfe keder. Saatlerim, günlerim, programım bana ait. Sizler gibi sabah sekiz, akşam dokuz çalışmıyorum."

Ezel, havluya ellerini kurulayıp, kollarını kavuşturdu ve tereyağında şekeri eritmekte olan kayınvalidesini izlerken konuştu.

"Gerçekten, imreniyorum size. Bütün seçimlerinizi hayatınıza hâkim olarak yapmışsınız."

Maya bakışlarını çevirdi gelinine doğru. "İşten bahsediyoruz, değil mi?"

Ezel, birden, onu endişelendirmiş olduğunu fark etti, atıldı:

"Yok, yok, merak etmeyin. Evde her şey yolunda..."

"Sevindim. Aksini beklemiyordum zaten ama konuşman biraz telaşlandırdı beni açıkçası."

"Hiç telaşlanacak bir şey yok, inanın. Siz aşklarınızı da aynı şekilde yaşamışsınız ama şu anda ben mesleğinizle, yaşam şeklinizle genel olarak hayatınıza hâkim oluşunuzdan bahsetmiştim."

Maya daha önceden sıkmış olduğu taze portakal suyunu bir ve bir kadeh Cointreau'yu tavaya eklerken, "Hayatı kendine ait kılmanın tek çaresi budur Ezelciğim. Başkalarına göre yaşarsan, onların hayatını yaşamış olursun. Bir ikincisi de yok, farklı yaşanacak." dedi. Sonra incecik açılmış ve yarıya bölünmüş hazır krepleri ikiye katlayarak kaynamakta olan karışımın içine yerleştirdi, ocağın altını kıstı. "Herkes benim yaptığımı yapabilir." diye devam etti Maya, "Ne kadar istediğine bağlı. Sonuçta her şey bizim kendi seçimimiz."

"Haklısınız. Ama bazı seçimler cesaret istiyor. O da hepimizde yok."

"Bir şeylerden sıkılmışa benziyorsun Ezelciğim. Konuşmak ister misin?"

"İşle ilgili bir karar arifesindeyim..."

"Yeni bir iş mi?"

"Evet, başka bir tekstil firmasından teklif aldım. Pozisyonumun da, maaşımın da çok daha iyi olacağı bir görev."

"Ne kadar güzel. İstediğin hep bu değil miydi?"

"Evet ama şimdi gerçekleşmek üzere olunca pürüzleri de düşündürüyor. Çok seyahat etmem gerekecek."

"Düzeninizin bozulacağından mı korkuyorsun?"

"Evet, her ay en az bir hafta-on gün yurt dışında olmam gerekecek."

"Ege bunu anlayışla karşılayacaktır."

"Bilemiyorum... İtiraz etmez ama çok memnun da olmayacak diye düşünüyorum."

Maya ocakta kaynamaya başlayan sostan kaşıkla alarak kreplerin üzerinde gezdirdi. Amber renkli ağdalı sıvı tül gibi kreplerin üzerinden akarken, görüntülerinden memnundu. Ama bakışlarını hemen gelinine çevirdi tekrar, "Ege'yle konuştun mu bu konuyu?" diye sordu. "Henüz değil." diye cevapladı gelini, "Daha kendi kafamda oturtamadım."

"Madem kocanın nasıl karşılayacağıyla ilgili endişen, o zaman kendi kendine düşüneceğine onunla konuşmalısın. Seninle gurur duyacağından eminim."

"Her şey o kadar güzel gidiyor ki beraberliğimizde, şimdi düzenimizi değiştirecek bir konuyla ağız tadımız kaçsın istemiyorum."

"Sence kaçar mı?"

"Bilemiyorum. Böyle bir konu konuşmamız gerekmemişti daha önce. Çok yabancı bir durum."

"Ama Ege yabancın değil, kocan, sevdiğin erkek. Konuş onunla. Konuşmak her kararsızlığın, her endişenin çaresidir."

"Netice negatif olsa bile mi?"

"Evet. En azından konuşulduğu zaman neyle karşılaşacağını düşünmek ve kendi kendini yemek sürecinden kurtulursun. Bak canım, kaldı ki ben oğlumun böyle bir durumda seni ancak destekleyeceğinden eminim."

"Zaten sıkıntım o. Kendisi mutlu olmayacak olsa da, benim bu imkânı tepmemem için onay verecek ve sonra pişman olacak diye endişeleniyorum açıkçası."

"Bu da onun seçimi."

Sonra gülerek ekledi, "Ne olur bu kadar karamsar olma. Göreceksin, her şey yolunda gidecek. Oğlumu tanıyorum ben."

"Ayrıca, Sümer tam buluğ çağında, Ege'ye çok sorumluluk bırakmak zorunda kalacağım bu işi kabul edersem."

Maya ocağın altını kapadı "Bak Ezelciğim, bir yanda senin mesleki tatminin söz konusu, diğer tarafta endişelerin. Burada da kendini tart. Sen, kocanı ve oğlunu mutsuz edecek bir işe gireceğini hissediyorsan ve rahatsız oluyorsan, demek ki hep öyle hissedeceksin ve yeni işin sana başarı mutluluğundan çok manevi sıkıntı getirecek. O zaman da kararını sana en tamam gelen seçimden yana verirsin. Ama bu endişelerini de Ege ve hâtta Sümer'le konuşmadan gideremezsin."

"Sümer?"

"Gayet tabii, madem onu da ilgilendirecek bir karar olacak, onun da kendi düşüncelerini söylemeye hakkı var. Öyle değil mi?"

"Haklısınız."

"Bence, bir an önce, hiç geciktirmeden onlarla otur, konuş, Yeni işinin hayatına getireceği değişiklikleri, birlikteliğinizden çalacağı zamanı anlat onlara. O zaman samimi duygularını öğrenebilirsin. Kendi kendine onlar adına düşünüp, onlar adına hissetmeye uğraşma. Bu hem çok yorucu, hem çok vakit kaybettirici bir şey. Gereksiz, bana göre."

Ezel sarılıp öptü Maya'yı, "Çok teşekkür ederim." dedi, "Her zaman çok desteksiniz bana. Çok teşekkür ederim. Yarın hemen açacağım bu konuyu onlara."

Maya gelininin elini avuçları arasına aldı, "Bak canım" dedi, "Sümer aklı başında, yaşından çok daha olgun, projeleri olan, sportmen, hayattan ne istediğini bilen bir çocuk. Üstelik, ailece geçirdiğiniz zamanların süresinden ziyade, ne kadar dolu dolu yaşadığınız önemli. Sen kocana da, oğluna da, ilgini, sevgini, alâkanı hiç eksik etmiyorsun ki. Ben eminim ki sen iş seyahatinde olduğun zamanların kaybını hayli hayli telâfi edersin. Hem biz de buradayız. Ege'nin bir programı olursa biz Sümer'e göz kulak oluruz. O faslı dert etme."

Kapıdan giren Sümer'in sesiyle susup baktılar. "İsmim mi geçti?" diye sordu. Maya krepleri geniş, oval porselen servis tabağına dökerken cevapladı.

"Evet, annenle senin dedikodunu yapıyorduk. Ne kadar güzel yetiştiğin üzerine." Ama Sümer'in ilgisi çoktan Maya'nın böğürtlen ve bademlerle süslemekte olduğu krep süzete dönmüştü bile.

"Babaanneciğim, muhteşem görünüyor!"

"Haydi o zaman, seni daha fazla bekletmeyelim. Buzluktan dondurmayı da alırsak, masaya dönebiliriz."

Maya masanın başındaki yerine oturmadan, tatlı servisini yapmaya başladı. İlk tabağa üç parça krep, üzerlerine dondurma koydu ve portakallı, likörlü sosuyla süsleyip tepesine birkaç böğürtlen yerleştirdi ve dekorunu iki yaprak taze naneyle noktaladı. "Alan başlasın lütfen. Krep soğumadan, dondurma da erimeden yiyin." dedi ve o ilk tabağı Sümer'e uzattı. "Tatlı küçüğün." diye ekledi, gülerek.

"Teşekkürler babaanneciğim! Resim gibi..."

"Afiyet olsun canım benim."

Maya aynı titizlikle, ölçüsü milim şaşmadan, diğerlerinin tabaklarını da doldurdu. Onun uyarısına rağmen herkes servisi tamamlamasını ve oturmasını bekliyordu. Önünde son iki tabak boşken iskemlesini çekip yerleşti ve "Haydi, afiyet olsun, daha fazla bekletmeyin." dedi. Dirseklerini masaya koyup ellerini çenesinin altında birleştirdi ve ikramından memnun, yiyecek olanların mutluluğunu bekler gibi, tebessümle onları izlemeye başladı. "Eee, haydi çocuklar, afiyet olsun. Ne bekliyorsunuz?"

"Senle ben cezalı mıyız?" dedi Atlas, masanın karşı tarafından.

Maya anlamayarak baktı.

"Mayacığım, sizi bekliyoruz." diye araya girdi Bahadır.

Maya bir an bakındı, sonra masada, önünde duran iki boş tabağı fark etti. Hayretle, "Aaaa! Kendimize servis yapmamışım." dedi gülerek, "Kusura bakma sevgilim, hemen geliyor."

Az sonra herkes, bir kez daha, yediklerinin damaklarında bıraktığı muhteşem lezzet çeşnisinin keyfine ve sohbete dalmıştı. Maya, son romanı için yaptığı araştırma sırasında kendisini etkileyen mitolojik detayları anlatıyordu, heyecanla. Atlas, karısını, sadece anlattıklarından etkilendiği için değil, aynı zamanda onu hissetmeye çalışarak izliyordu. Öğleüzeri yaşadıklarının üzerine, onun az önceki önemsiz gibi görünebilecek unutkanlığından rahatsız olmuştu. Ama şimdi Maya'nın gayet net, masalsı bir ifadeyle, kendini kaptırmış, ezberden aktardığı antikçağ mekân ve kahramanlarının isimlerini, tarihleri, serüvenleri dinlerken onun unutkanlığını problem edinmek aptalca geliyordu. Gerçekten de çok ciddiye alınacak bir durum olmayabilirdi. Sohbeti arasında bakışlarını yakaladığı karısına kadehini kaldırdı, aşkla bakarak. Maya onun duygularını belleğine hapsetmek ister gibi, gözlerini yavaşça kapayıp açtı ve ona kadehini kaldırdı. Çocuklar onların bakışmalarını yakalamıştı, gülümsediler.

"Darısı başımıza." dedi Ege, karısının kulağına eğilerek.

Şu an masada sadece mutluluk vardı.

♡ ♡ ♡

Çocukları geçirmiş, şömine karşısındaki kanepede yan yana oturmuşlardı. Maya ayaklarını altına alıp, kocasının göğsüne dayanmış, ateşin dalga dalga sarıdan, turuncuya, kırmızıya dönen alevlerini, huzur bulduğu belli bir ifadeyle izliyordu. Müzik susmuş, gittikçe artan ve rüzgârla savrulan yağmurun dışarıda balkonda, saçaklarda bıraktığı ses, şömineden çıkan odun çıtırtılarıyla birleşiyor, muhteşem doğal bir melodi yaratıyordu. Aniden çakan şimşek ve ardından duyulan gök gürültüsünü salondaki eşyalar, duvarlar sanki içine çekiyordu. "Ne kadar güzel!" diye mırıldandı Maya, kocasına biraz daha yanaşarak, "Ne kadar huzur verici..."

"Sensin huzur veren." dedi Atlas, onun saçları arasına bir buse kondurup, "Hiç kimsede, hiçbir şeyde bulamadığım huzuru veriyorsun bana... yirmi senedir... bir sene de evveli, etti yirmi bir."

Maya, "Ne mutlu bana." derken başını yasladı sevdiğinin göğsüne.

"Yorgun musun?" diye sordu Atlas.

"Hayır canım, yorgun değilim. O kadar güzel bir akşam oldu ki, yorulduysam bile fark etmedim."

"Her şey nefisti. Ellerine sağlık."

Birkaç dakika sadece yağmuru ve ateşi dinleyerek sessiz oturdular. İlk konuşan Maya oldu. Ancak ses tonu, söyleyeceklerinden henüz emin değilmiş gibiydi.

"Atlascığım..."

"Söyle canım."

"Büyük bir ihtimâl çok önemli değil... ama beni rahatsız eden bir şeyler var."

Atlas, endişelerinin doğrulanıyor olduğu hissiyle, "Nedir canım?" diye sordu.

"Birkaç defadır garip bir duyguyla garip şeyler yaşıyorum."

"Bugün duşta olan gibi mi?"

"Evet."

"Daha önce oldu mu aynı şey?"

"Evet, sana tiyatroya geldiğim gün..."

Atlas yerinde huzursuzlukla kıpırdadı ama telaşını belli

etmemek için gayretle, karısının yüzüne bakarak sordu:

"O gün ne oldu?"

"Tiyatronun kapısından çıkana kadar her şey yolundaydı. Dışarı adım attığım anda sanki etrafımda bir sis perdesi oluştu. Hiç bilmediğim bir yerdeyim, kaybolmuşum gibi hissettim. Otoparkın yönünü kestiremedim..."

Atlas, bir an için diyecek kelime bulamadı. Maya, yağmurun melodisini bozmamaya özen gösterir gibi, yavaş bir ses tonuyla devam ediyordu:

"Çok kötü bir duyguydu Atlasçığım. Kaybolmuş bir çocuk gibi kalakaldım."

"Sevgilim, bunu şimdi mi söylüyorsun bana? Aşk olsun! Niye geri dönüp söylemedin o gün? Beraber dönerdik eve."

"Gerek kalmadı. Cemil Bey tarif etti."

Atlas, karısının, öyle bir durumda araba kullanırken başına gelebilecekleri düşününce gerildi. Yerinde doğrulup onun elini avuçları arasına aldı, "Sonra? Sonra nasıl geldin?" diye sordu.

Maya gülümsedi, "Gayet güzel geldim." dedi, "Hiç problem olmadı. O öyle bir anlık bir kayboluştu sanki. Eve dönerken hiçbir yanlışlığım olmadı."

Atlas derin bir nefes aldı. "Bir doktora gitsek iyi olur bence."

"Şu an gerek var mı, bilmiyorum. Anlatacağım fazla bir şey yok ki doktora."

"Sevgilim, bak bana şimdi söylüyorsun, o gün yaşadığın da bugün duşta olanlara eklenince... sonra... belki diğerleri kadar önemli değil ama masada kendinle bana tatlı servisini unutman... bence, senin gibi hafızası, dikkati güçlü bir kadın için, bunlar doktora gitmeye yeterli sanki. Eminim, yorgunluk, stres çıkacak sebebi ve güzel bir dinlenme tavsiyesi alacaksın."

"Stresim yok ki. Gayet huzurluyum."

"Evet, huzurlusun ve huzur dağıtıyorsun ama bu, streste

olmadığın anlamına gelmez. Bir sürü sosyal sorumluluk projen var. Herkesin derdini, üzüntüsünü dinliyor, dinlemekle kalmayıp sahipleniyorsun. Bir taraftan üretmek için hayâl gücünle yolculuklardasın. Bence bütün o duygular, yanı sıra yoğun çalışma seni yordu. Beynin biraz kaçmak, dinlenmek istiyor olabilir."

Sonra akşamüzerinden beri duyduğu endişelerini açtı:

"O gün tiyatro çıkışında yanında değildim ama bugün banyodaki halin beni çok korkuttu Mayacığım. Ne beden dilin, ne yüz ifaden sendi. Boşlukta, yabancı bir yerde, kaybolmuş, zamanına, mekânına yabancı gibiydin. Ürkek, soru dolu bakıyordun."

"Zaten hissim de öyle oluyor. Aynen, bu anlattığın gibi."

"Onun için bunun ne olduğunu anlayacak bir doktor şart canım."

"Belki de haklısın." dedi Maya düşünceli bir tonda. Sonra gülerek ekledi, "Ama bak, sen zaten teşhisi koydun, tedaviyi de söyledin. Doktora gerek kalmadı."

"Benimki seven bir erkeğin endişeleri. Bir de profesyonel bir görüş alalım. Yarın ilk iş Murat'ı arayıp pazartesi için randevu isteyeceğim."

"Murat nörolog. Onun alanına girer mi ki?"

"Girmiyorsa en azından güvendiği birine yönlendirir."

"Tamam canım. Ama ben yalnız giderim. Senin her gün provan var. Hiç kesintiye uğratma."

"Bugün zaten herkes aksan çalışmasında olacak."

Maya, kocasının, karar verdiği zaman, fikrinin değiştirilmesinin ne kadar zor olduğunu bilirdi. Hiç üstelemedi. Munis bir tavırla yeniden onun kolları arasında göğsüne uzanırken, "Peki bir tanem." dedi, "Beraber gideriz... Seni seviyorum."

"Ben de seni seviyorum sevgilim."

"İşte huzur, mutluluk bu." diye düşündü Maya. "Birbirinin sevgisinden, arkadaşlığından, desteğinden emin olmak, güven duymak... ve çok insanın sahip olmadığını, olamadığını ya da farkına varmadığını yaşayabilmek."

Başını kaldırıp kocasının dudaklarına bir öpücük kondurdu ve fısıldar gibi konuştu:

"Haydi, yarını boş verelim şimdi sevgilim. Gel, bu anı yaşayalım."

Bu, Maya'nın sıkıntılı anlarda, keyifli zamanlarda, hep söylediği bir şeydi. Ama şu an sadece düşünsel olarak değil, tensel olarak da anı yaşamak istediğini söylemekteydi. Atlas için karısının öpüş şekli bile yeterliydi bunu anlatmaya. Onu konuşmadan da hissedecek kadar iyi tanımıştı yirmi bir senede. Parmaklarını okşayarak onun saçlarından geçirirken dudaklarını dudakları arasına hapsetti. Şimdi, şimşeğin aydınlattığı bedenlerini yağmur camın dışından okşuyor, ateş ısıtıyor, gök gürültüsü coşturuyordu. Bir bütün olup gecenin içine daldılar... aşkla, aşk yaparak...

# 5

Pazartesi sabahı evden çıkarlarken Maya kapının eşiğinde bir an için durup gözlerini etrafta gezdirdi.

"Bir şey mi unuttun sevgilim?" diye sordu Atlas.

"Hayır canım, evimize şöyle bir bakıyorum..."

Atlas, bir şey demeden, soran gözlerle baktı.

"Döndüğümüzde aynı duygularla giremeyebilirim içeriye." dedi Maya, kapıyı çekerken. Kocası hiçbir şey demedi, diyemedi. Onun, sezdirmemesine rağmen telaşlandığını anlayabiliyordu. Zira kendisi de aynı duygular içindeydi. Asansörde karısının omuzuna sardı kolunu ve alnını öptü, "Göreceksin, önemli bir şey çıkmayacak." dedi, söylediğinden olabildiğince emin görünmeye çalışarak. Maya gülümsedi, sevdiğini rahatlatmak için, "Bence de." dedi.

Arabada yol alırken tiyatro oyunundan, yeni romandan bahsettiler bir müddet. Dün gecenin deli yağmuru duruluvermişti bu sabah. Rüzgâr daha dinmemiş, gökyüzünde bulutlar sürüklenerek akıyordu. Maya bakışlarını onlardan ayırmadan mırıldandı:

> Bulutlar 'Sonbaharlıyız' diye haykırarak geçiyorlar, Boğaziçi'nin üzerinden. Kulağımda Smetana'nın 'Ma Vlast'ı...

Atlas, göz ucuyla, hayret ve merakla baktı karısına. Maya fark etmişti, gülmeye başladı, "Merak etme sevgilim." dedi, "Aklımı kaçırmış değilim. Sadece bulutlar bana Nermin Bezmen'in *Zihnimin Kanatları* kitabının başlangıç cümlesini hatırlattı."

Kocası rahatlamıştı. Alçak, sakin bir sesle devam etti Maya, bakışlarını gökyüzünden ayırmadan:

> Bulutlar müzikle dönmeye başlıyor. Karadeniz'in suları Marmara'ya doğru bulutları takipte. Nereye varmak stedikleri meçhul ama göğün ve suyun anlaşmış bir birlikteliği var akışlarında..."

Sonra durup sordu, "Aynen şu andaki gibi, değil mi?"

"Ne zaman okumuştun bu kitabı?"

"Onu unuttum, herhalde on sene olmalı, belki on bir, belki dokuz..."

"Ama cümleleri unutmamışsın."

"Kitabı elime aldığımda 'Ma Vlast' çalıyordu radyoda. Sanırım bütünleştiler hafızamda."

"Müthiş bir hafızan var."

Maya cevap vermeyip sadece güldü. Çok iyi biliyordu ki Atlas bu söylediğiyle, hiçbir problem çıkmayacağına hem kendisini, hem de onu inandırmak istiyordu.

♡ ♡ ♡

Doktor Murat onları şahsen karşıladı. Hemşiresi gelmemişti henüz. Muayenehanesini aslında öğleden sonra açıyordu. Sabahları ortaklarından olduğu bir bakımevinde, Altın Göl Dinlenme Evi'nde meşgul oluyordu. Atlas'ın telefondaki endişesine kayıtsız kalamamış ve günün erken saatine randevu vermişti. Candan bir kucaklaşmadan sonra onları kabul odasına aldı. Arkadaşlıkları gençlik yıllarına dayanıyordu. Üç, beş hatır sohbetinden sonra konuya gelindi.

"Evet, Mayacığım, seni dinliyorum." dedi doktor, ona dönerek.

"Üst üste garip bir unutkanlık şekli yaşadım Muratçığım. Atlas'ın sana telefonda anlattığı gibi."

"Bir de senden dinlemek istiyorum, tam olarak ne yaşadığını, ne hissettiğini."

Maya birkaç gün arayla başına gelenleri, tüm duygularıyla aktardı. Murat onu dinlerken bir taraftan da önündeki deftere notlar düşüyordu.

"Daha önceden buna benzer herhangi bir şey yaşamış mıydın? Yakın veya uzak bir zaman diliminde aynı duygularla, aynı rahatsızlıkla yaşadığın bir şey oldu mu?"

"Hayır. Ufak tefek, olağan unutkanlıklarım olurdu ama filmi geri sarınca veya biraz ısrarlı düşününce hatırlardım hep. Bunlar bambaşkaydı Murat. Korkuttu beni çok. Kendimi yapayalnız, kaybolmuş gibi hissettim."

"Uykuların nasıl?"

"Az uyuyorum şu aralar ama uyuduğum zaman bir problemim yok."

"Baş ağrısı, sendeleme, denge kaybı?"

"Hayır."

"Herhangi bir şeye çok sıkıldığın, aşırı yorgunluğun oldu mu son zamanlarda?"

"Her zamankinden farklı bir şey yok hayatımda, özelikle sıkılmamı gerektirecek."

Atlas, hasta-doktor konuşmasını kesmiş olmaktan çekinerek yavaşça araya girdi:

"'Her zamanki' dediği; roman çalışması, kırk yardım kurumuna koşması, bir yandan dersleri, tüm aileye yetişmesi, mecmua yazıları, gazete köşesi ve tabii sosyal hayatımız..."

Maya gülerek kocasına bakarak, "Öyle bir anlattın ki, duyan esir kampında çalışıyorum zanneder. Bunların hepsi zaten senelerdir yaptığım ve uğraşmaktan zevk aldığım şeyler. Beni yormuyor."

"Pekiyi." dedi Murat, "Beslenmen nasıl?"

"Bilirsin beni."

"Evet, bilirim seni. Hep zarif, incecik, sportif. Ama ben nasıl beslendiğini sordum. Özel bir perhiz falan yapıyor musun?"

"Hayır. Her sevdiğimi, istediğimi yiyorum. Abartmıyorum ama kısıtlamalarım yok."

"Herhangi bir kafa travması, sarsıntı, düşme vesaire yaşadın mı?"

"Son zamanlarda hatırladığım böyle bir olayım olmadı."

"Daha önceden?"

"Muratçığım, bilemiyorum. O veya bu sebeple düştüğüm olmuştur tabii, herkes gibi. Ama bedenimde, kafamda hasar bırakan bir kaza hatırlamıyorum."

"Bir araba kazası, ani bir çarpma, ani fren falan?"

Maya bir an düşündü, "Hayır." dedi, "Hayır, yaşamadım öyle bir şey."

"Anne ve babanın da son senelerinde doktorları olduğum için genetik olarak bir rahatsızlığın olmadığını sanıyorum. Peki yemek masasındaki unutkanlığından sonra o üç olaya benzer bir durum tekrarlandı mı?"

"Hayır, olduysa bile hatırlamıyorum."

"Pekiyi. Bir mini mental testimiz var, izninle onu yapmak istiyorum şimdi. Son derece basit..."

Maya kendisiyle alay eder bir ses tonuyla, "Musluğu kapamak da çok basitti." dedi.

"Lütfen, kaygılanma. Birçok sebebi olabilir. Anlamak için buradayız."

Sonra boş bir kâğıt ve bir kurşun kalem verdi Maya'nın eline. "Bana bir saat çizer misin lütfen. Zaman da dörde on kalayı göstersin."

Atlas, arkadaşının yüzüne, "Karımla alay mı ediyorsun?" gibilerinden baktı ama onun yüzündeki ciddi ifadeden bunun bir şaka olmadığını anladı. Maya hiç tereddütsüz önce bir dikdörtgen çizdi, onu bir çerçeveye aldı. Tereddütsüz, önce kalemin hafif bir temasıyla şekli dörde böldü, her bölümü tekrar ikiye ayırdı ve en tepede on ikiden başlayarak Romen rakamlarıyla saatleri oturttu, sonra araya daha kısa saniye çizgilerini işaretledi. Gayet zarif bir çizimle akrep ve yelkovanı doktorun istediği saate göre yerleştirdi. Ardından emin hareketlerle saatin kayışını, üzerindeki yılan derisi desenini ve sağ tarafına yuvarlak ayar düğmesini çizdi ve Murat'a uzattı. Murat gülümsedi, "Harika, genellikle yuvarlak tek çizgi çizerler. Fotoğraf gibi detaylı bu." dedi.

"Hiç kullanmadığım bir saatim var, Cartier, onu çizdim sana." diye güldü Maya. Atlas bu mini deneyin nereye uzayacağını merakla, gergin, yerinde kıpırdandı. Maya ise rahat, keyifli bir oyun arasındaymış gibi, bacak bacak üzerine atarak, doktorun şimdi ne diyeceğini bekledi.

"Şimdi Maya, sana birkaç soru soracağım."

"Pekiyi..."

"Hangi mevsimdeyiz?"

Maya başını pencereye doğru çevirip henüz kuru yapraklarının hepsini atmamış ağacın dallarındaki hazan renklerine baktı, "En sevdiğim mevsim." dedi, "Sonbahardayız."

"Bugün günlerden ne?"

"Pazartesi... 7 Ekim Pazartesi..."

Doktor duyduğu cevaplarla kendisini nispeten rahatlamış hissediyordu belli ki. Tebessümle, "Kusura bakma Mayacığım. Biliyorum bunlar çok aptalca geliyor ama sormam gerek."

"Yoo hayır, hiç aptalca gelmiyor. Bana neler olduğunu anlamak istiyorum."

Atlas uzanıp karısının elini tuttu ve "Her şey yoluna girecek." gibilerinden baktı, sonra arkadaşına dönerek, "Murat, bütün bunlar bir şey anlatacak mı gerçekten?" dedi, "İnanmazsın, daha demin yolda gelirken on sene evvel okuduğu kitabın giriş cümlelerini ezbere söyledi. Romanı için yaptığı çalışmaları ezbere, isimlerle, tarihlerle anlatıyor kesintisiz."

"Maya'nın zekâsını ve hafıza gücünü biliyorum Atlas. Ama anlattıklarınız üzerine, çocukça da gelse bu testi uygulamam lâzım ki, neleri elimine edip neleri incelemeye almamız gerekecek, bir işaret olsun bize."

"Tamam tamam, kusura bakma. Ukalâlık etmek istemedim."

Doktor çekmecesinden, kapakları içeriğinin rengini taşıyan kalemler çıkardı ve kapaklarını çıkarıp bıraktı Maya'nın önündeki sehpaya.

"Tekrar takar mısın lütfen bunları kendine ait kalemlere?"

Maya tereddütsüz yaptı kendisinden isteneni. "Renklerle aram iyidir, biliyorsun." derken tebessüm etti.

"Bilmez miyim? Aldığımız en güzel evlilik hediyesi senin o duvar resmin. Üstelik, genellikle, üçüncü evliliklerde pek hediye falan gelmiyor kimseden."

Güldüler. Sonra Murat sohbete bahane birkaç soru daha sordu:

"O resmi ne zaman yapmıştın, hatırlıyor musun?

"Dört-beş sene olmuştur herhalde."

Doktorun ondan daha kesin bir cevap beklediğini fark edince bir an için düşündü, gözlerini uzaklara daldırdı onun yüzüne bakarak, "Yine bir sonbahardı." dedi, "Son yılların en sıcak sonbaharıymış, öyle demişlerdi..."

Sonra birden, daha önemli bir detayı hatırlamış heyecanıyla, "Beş sene!" dedi, "Beş sene önceydi..." Maya o geçmiş zamanın huzurlu bir rüyasını anlatıyormuş gibi devam etti:

"Olağanüstü bir yıldı. Gittiğimizde armut ağaçları ikinci defa çiçek açmıştı... Ekim başıydı... ayın tam kaçıydı hatırlamıyorum. Bembeyaz çiçekleriyle, gelin duvağı takmış gibiydi armut ağaçları. Hiç unutamam o görüntünün güzelliğini. Biz İstanbul'a dönmeden onlar meyveye dönmüştü bile. Yelkenliyle açılmış, denize girmiştik, hiç üşümeden..."

Hülyalanmış sesiyle anı olmuş sonbaharın resmini çizerken kocasına döndü, gözlerinde sevgiyle, "Hatırlıyor musun Atlasçığım" dedi, "akşamları ya teknede ya da bahçede, kameriyede yemiştik yemeğimizi, taş şöminenin karşısında..." Birden durdu, gerisini anlatmak istemeyen dudaklarında müstehzi bir tebessümle.

"Evet, harika bir sonbahardı." diye cevapladı Atlas, keyifli bir sesle.

"Ne zaman isterseniz ev sizin, biliyorsunuz." dedi Murat, "Lütfen, ne zaman vakit ayırabilirseniz gidin, istediğiniz kadar kalın. Evi hiçbir zaman tamamen kapamıyoruz. Personel zaten orada."

"Teşekkürler Muratçığım. Şu roman bitsin. Atlas'ın da oyunu başlasın. Muhakkak değerlendiririz bu davetini... Kaldı mı başka test?"

"Şimdilik bu kadar yeterli. Bellek muayenende tanı konulabilecek bir şey görmedim. Hafızan inanılmaz. Şu kadarı ile kognitif azalma emaresi görmedim."

"Pardon? Türkçe söyler misin Muratçığım?"

"Yani bilişsel fonksiyon değerlendirmesi..."

Maya gülerek tekrarladı:

"Türkçe lütfen."

"Yani dikkat, bellek, dil kullanma, anlama, değerlendirme, sorun çözme, karar verme gibi zihinsel yetilerin hepsi mükemmel görünüyor. Ancak, birkaç da laboratuvar testi isteyeceğim."

"Ne gibi?"

Doktor Murat istediği tahlilleri yazarken konuşmaya devam etti:

"Troid hormonları, glukoz, B12, folik asit ölçümleri, tam kan sayımı, sedimantasyon, üre, karaciğer fonksiyon testleri. Ayrıca olası enfeksiyon hastalıklarını ekarte edebilmemiz için de birkaç test var."

Maya, onun kendisine uzattığı tetkik istek formuna bakarken güldü, "Bu kadarcık mı? Aman Tanrım, bütün kanımı çekmezler inşallah bunların hepsine bakmak için."

Murat yeni bir kâğıda notlar düşmeye devam ederken konuştu. "Bir de beyin MR'ı ve EEG istiyorum. Önce bunların neticesini alalım. Bulgulara göre ya başka bir şeye gerek kalmaz ya da araştırmaya devam ederiz."

Atlas duyduklarından hoşnutsuzdu. "Az önce, her şeyin mükemmel olduğunu söylemiştin..."

"Evet, ben burada yapabildiğim en basit test için yorumumu yaptım ama Maya'nın sıkıntı yaşamasına sebep olan nedir, bulmamız lâzım."

Maya'ya dönerek devam etti:

"Mayacığım, bana anlattığın tarz kayboluş ve bilgi kaybı, türlü sebeplerden demans hastalıklarında ilerleme safhasında görülür ve o evredeki kişilerin az önce seninle kontrol sırasında yaptığımız testin, sohbetin, anlatımın büyük birçoğunu gerçekleştirmesi imkânsız hale gelir veya zorlaşmıştır. Senin o yaşadıklarınla bu halin hiçbir yakınlık göstermiyor. Onun için sıkı araştırılmasına ve gözümüzden bir şey kaçmamasına özen göstereceğim."

Karı koca, "çocuk oyunu test"inin "mükemmel" çıkmasına rağmen arkadaşlarının durumu bu kadar önemsemesinden işin anlayabildiklerinden daha farklı bir boyutu olduğunun farkındaydı.

"Peki... gelen testler seni tatmin etmezse ne yapacağız?"

"Belki de hiç gerek kalmayacak. Kafanı bunlarla doldurmak istemiyorum şimdi."

Maya ciddileşmişti.

"O zaman ne olacak, söyler misin lütfen."

"Öncelikle, tahliller tamam gelirse ne olacak söyleyeyim: Seni takipte tutacağız. Her gününü not alacaksın."

"Zaten alıyorum."

"Çok iyi. Alışkanlığın ise daha da kolay. Her gün yaşadığın ruhsal, fiziksel değişiklikleri özellikle not almanı istiyorum. Unutkanlıklarını, ağrılarını, olursa ruhsal değişikliklerini... Kendinde izah edemediğin farklılıklar yaşadığında, bana anlattığın gibi kaybolmuş duygusunu, senin için yapması olağan olup da birden yapamadığın, bilgin dahilinde olup da birden anımsayamadığın, melekelerin, becerilerin, olağan kabiliyetin dahilinde olup da kısa süre kesintiye uğrayan, nasıl yapacağını çözemediğin, garipliğin farkında olduğun ama tekrar hatırladığın herhangi bir şey olduğu zaman, gününde, saatinde not almanı istiyorum."

Sonra Atlas'a dönerek devam etti:

"Atlasçığım, senden de yardım isteyeceğim bu konuda."

"Ne olursa."

"Şayet, Maya söylediğim aksaklılardan herhangi birini yaşamış, sen de şahit olmuşsan, yanındaysan, defterine not almayı kendisi unutmuş veya sonradan hatırlamamışsa senin aynı titizlikle o deftere not düşmeni istiyorum."

"Ama ben hayatımda karımın günlüğünü açıp bakmadım bile."

"Hiçbir mahsuru yok sevgilim." dedi Maya.

"Olsun. Ben rahat etmem."

Murat araya girdi:

"O zaman ayrı bir defter açın, sadece Maya'nın, şayet olursa, değişimlerini takip etmek için."

"Bir şeyler olacağından eminmiş gibi konuşuyorsun." dedi Maya, endişeli.

"Olacak demiyorum ama olursa da atlamamanız için şimdiden izah ediyorum."

"Sonra?"

"Çok bariz bir değişiklik yaşamazsan dahi, bir ay sonra defterinle bana gelmeni istiyorum. Bir de ben bir nörolog olarak okumak isterim yazılanları. Bu şekilde, yani hayatın normal aktığı takdirde, iki-üç defa, aylık takip ederiz. Her şey yolundaysa bir sene sonra tekrar genel kontrole gelirsin. Ancak, şu son bir haftadır olanların tekrarını veya benzerini yaşarsan beni hemen aramanızı istiyorum. Bazen anlık bir isim unuturuz veya ocağı kapamayı ama unutmuş olduğumuz şey bize kendisini tekrar hatırlatıverir ve yerine koyar, eksiğimizi tamamlarız çok geçmeden. Senin yaşadıkların doğrultusunda örnek vermek gerekirse sen tiyatrodan çıktığında istikametini kaybettin ama bunun farkındaydın. Banyoda o musluktan akan suyu ılıtmak istediğini biliyordun, nasıl yapılacağını hatırlayamadın. Her ikisinde de çaresizlik ve korku yaşadın çünkü dağarcığındaki bilgin, alışkanlığın kendisini hatırlatmadı sana. Bildiğini unuttuğunu, çok iyi bildiğin bir şeyi yapamadığını bilmek korkuttu seni, o boşluk duygusuna itti..."

"Benzeri bir şeyler olursa?"

"O zaman bir ayı falan beklemeden geliyorsun. Gün, gece, saat kaç olursa olsun beni arıyorsunuz ve hemen geliyorsunuz o durumda. Şimdi, laboratuvar testlerini derhal yaptırın, benim adımı vererek. Bilgiler bana gelecektir, çıkar çıkmaz."

Maya düşünceli bir ifadeyle, "Neticeler çok parlak olmazsa?" diye sordu.

Atlas, aslında sormak istediği ama olumsuz bir ihtimâlden bahsetmek istemediği için kendisine sakladığı soruyu karısından duyunca, merakla arkadaşının yüzüne baktı.

"Parlak olmayan ne, ona göre değişir. Onun için şimdi daha fazla bir şey söylemem mümkün değil. Lütfen Maya, bunlardan hiçbir şey çıkmayacağı olasılığını yüksek tutarak düşün ve hayatına normal devam et. Ancak tavsiyem, durumdan emin olana kadar araba kullanmaman. Hem kendin, hem sevenlerinin huzuru için."

Maya, biraz sinirli, güldü, "Çok haklısın." dedi, "Düşünebiliyor musun, musluğun nasıl kapanacağını unuttuğum gibi direksiyonu nasıl döndüreceğimi veya frene nasıl basacağımı unutursam..."

Cümlesi biter bitmez de, olabileceklerin düşüncesiyle titredi. "Her şey için çok teşekkürler, Muratçığım." dedi, "Çok zaman ayırdın."

"Rica ederim canım. Herhangi bir hastama ayırdığımdan daha fazla zaman vermedim sana. Umuyorum ki benim başka zamanıma ihtiyacın olmayacak. Hele bir neticeleri alalım."

Murat'la öpüşüp ayrıldıktan sonra, laboratuvara ve Murat'ın güvendiği bir doktor arkadaşından aldığı randevuyla beklemeden görüntüleme merkezine gittiler. Öğleden sonra dönüş yolunda ikisi de sessizdi. Yine kara, gri bulutlar çökmüş, yağmur başlamıştı. Maya elini uzatıp kocasının dizine yerleştirdi, "Teşekkür ederim sevgilim." dedi.

"Ne için?"

"Yanımda olduğun için."

"Niye varım ki hayatında?"

"Seni seviyorum."

"Ben de seni bir tanem... Yorulmuş olmalısın."

"Yorgunluk mu bilmiyorum. Bildiğim tarz bir yorgunluk değil, daha ziyade endişeli bir bekleyiş sürecinin sıkıntısı sanırım hissettiğim."

"Çok sürmeyecek. Birkaç gün içinde neticeler elimizde olacak."

"Bir taraftan zaman hızlı geçsin, cevabı alalım istiyorum, diğer yandan da birkaç gün sonrasından endişe duyuyorum."

"Heyy! Ne oldu benim her sıkıntıya tavır koyan karıma? Sıkma canını canım benim. Göreceksin, hiçbir şey çıkmayacak. Murat'ın dediklerini hatırla. Korktuğu şeyler ile senin bugünkü durumunun bir bağlantısını kuramadı."

"Ben de en iyisini ummak istiyorum Atlasçığım. Sanma ki karamsar olmak istiyorum. Ama bu ilk defada, "Hiçbir şeyin yok, git evine." deseydi daha mutlu olacaktım.

"Geçecek canım. Bu da geçecek."

"Bu arada senin provan falan da atladı tabii..."

"Mayacığım, sabah söyledim ya, bugün herkes aksan çalışmasına dağılıyor diye."

"Doğru, söylemiştin." dedi Maya mırıldanarak, "Dalgınlığıma gelmiş olmalı, kafam kendi konumla meşguldü herhalde." Belki de konu hassasiyet kazandığı için daha fazla işkillendiğini düşündü her ikisi de, bir diğerine bir şey söylemeden. Arabaya tekrar sessizlik hâkim olmuştu.

Atlas, "Müzik ister misin?" diye sordu.

"Lütfen."

"Ne çalalım?"

"Hafif, yumuşacık, sakin bir şey..."

"Chopin?"

"Harika canım."

Atlas, kırmızı ışıkta durmuş CD'yi yerleştirirken aklına geleni paylaştı:

"Bir yerlere gitmek, bir şeyler yapmak ister misin? Kafanı dağıtacak bir şeyler?"

"Evimize gidelim."

"Emin misin?"

"Evet canım."

Maya birden gülmeye başladı. "Ne var? Ne oldu?" diye sordu Atlas.

"'Kafanı dağıtmak.' dedin ya, ona gülüyorum. Zaten başıma ne geldiyse o sebepten geldi. Daha fazla kafamı dağıtmasam iyi olacak."

İkisi de gülüyordu şimdi. Farkında olmadan gerilmiş sinirleri birden boşalmış gibiydi. "Peki canım." dedi Atlas, "Sen nasıl istersen."

"Bir müzik koyalım, içkimizi alalım, yağmuru izleyelim... Belki sen bana çello çalarsın..."

"Hayhay! Memnuniyetle."

Atlas elini vites kolundan çekip, dizi üzerindeki, karısının elini avuçladı. Dudaklarına götürüp sıcacık bir öpücük kondurdu ve bırakmadan öylece göğsünde tuttu.

♡ ♡ ♡

Atlas, artık iddiasız çıtırtılarla yanmakta olan şöminedeki ateşe iki odun daha atıp küllerini karıştırdı, dizleri üzerinde. Maya, şöminenin önünde, yattığı yerden onun yaşına rağmen hâlâ antik zaman heykelini andıran çıplak vücuduna bakarken gülümsedi. Kocası pirinç tel örgü paravanı yerleştirip karısının yanına uzandı, onu yeniden kolları arasına aldı. Maya mutlulukla gömüldü onun göğsüne ve kolunu bedenine sardı. Kaç kez sevişmişlerdi ama hâlâ bir diğerine hasret gibi, sarmaş dolaş uzandılar. Berger koltuğun yanında duran çello gecenin aşk melodisini ladin ve akağaçtan oluşmuş bedeninde hapsetmiş, ikinci baharını deli dolu yaşayan âşıkları seyreder gibiydi. Sehpanın üzerinde boş şarap şişesi, kadehleri, geceye yıllanmış üzümlerin kokusunu bırakmıştı. Yağmur hiç durmamıştı. Düştüğü yerin dokusuna göre muhtelif tınılar çıkararak yağmaya devam ediyordu. Atlas alnına bir buse kondurdu kolları arasındaki karısının. "Uykun gelmedi mi?" diye sordu, eliyle saçlarını okşarken.

"Hayır canım." dedi Maya, "Anın tadını çıkarıyorum." Kocasının elini aldı eline ve dudaklarına götürüp parmaklarını öptü birer birer. Sonra hafifçe doğruldu yerinde ve yanaklarını avuçladı gözlerinin içine bakarak. Atlas onun bileğinden tuttu ve avucunun içine uzun, tutkulu bir buse kondurdu. Maya sevdiğinin dudakları ucunda nabzının hızlandığını hissetti. Atlas nazikçe belinden kavradı karısını ve arkaüstü yatırdı. Yüzüne doğru eğildi, dudaklarıyla dudaklarını örttü. Maya yeniden tatlı bir sarhoşluk duygusuyla sarılmıştı; aşk sarhoşluğu.

"Seni çok seviyorum." diye mırıldandı Atlas, dudaklarını onun boynuna doğru kaydırırken.

"Ah! Ben de seni canım kocam, ben de seni çok seviyorum..."

Atlas'ın öpüşleri, okşayışları karısının alevlerin renkleriyle boyanan bedeni üzerinde gezinirken sanki tapınır gibiydi. Arzu dolu bakışlarını onun gözlerinden ayırmadan aşk yaptı onunla. Onun her nefesini dinleyerek, her duygusunu, tepkisini izleyerek sevişti, sanki onu bir kez daha yeniden keşfeder gibi. Maya, onunla yaşadığı ve yirmi bir senedir değişmeyen duygularına teslim, kâh çılgın, fırtınalı bir deniz gibi tutkulu, kâh dışarıdaki yağmur kadar sakin ve sevecen dokunuşlarla erkeğine karşılık verirken hem kadınlığının, hem ruhunun, hem de bedeninin yaşadığı tatminden mutlu, gözlerinden iki damla yaş süzüldü.

♡ ♡ ♡

Yağmur durmuş, şöminenin ateşi son demlerini yaşamaktaydı. İçten içe yanıp dayanmış son kor kırmızı odun nihayet siyah damarlarından çatlayarak dağılıverdi ızgaranın üzerinde, kül kül döküldü tepsiye. Başı kocasının göğsünde uyumakta olan Maya'nın gözleri aralandı. O esrarengiz, çılgın kuş şakımaya başlamıştı yine dışarıda. Yaz kış demeden, gecenin karanlığında nağmeler düzerdi böyle. Hiç görememişti şimdiye kadar kendisini ama her defasında dudaklarına bir tebessüm yayılıyordu onu duyduğunda. Minicik, narin bir şey olmalıydı. Sesi dağ bülbülü ile çütre birleşimi, keyifli, coşkulu ve sabırsızdı. Belki de bir öter ardıçtı, kim bilir? Gündüzden mahcup olan, nağmelerini geceye saklayan... Derken puhu kuşunun bilge sesi duyuldu, arka arkaya, sanki kendi ismini bir boru içine hecelermiş gibi. "Pu hu! Pu hu! Pu hu!..." Maya, yavaşça battaniyenin altındaki bedenini çekti kocasının bedeninden, yavaşça öptü onu ve uyanmasını bekledi. Atlas rehavet içinde bir sesle sordu:

"Burda mı uyuyup kalmışız? Üşümedin inşallah. İyi ki örtmüşüz üzerimizi."

"Üşümedim canım. Haydi artık, yatağımıza gidelim. Neredeyse sabah olacak."

Salondan çıkarken, sağa sola dağılmış eşyalarını, iç çamaşırlarını topladılar. Atlas gördüğünden keyifle, "Şu halimize bak, yirmilik âşıklar gibi." dedi.

"Evet, yirmiliğiz. Yirmi senedir evliyiz." diye cevapladı Maya ve yatak odasına doğru ilerledi. Atlas, arkasından yürürken onun koridorun amber ışıklarında süzülen narin endamını beğeni ve sevgiyle izledi. Yatak odasına girdiklerinde "Sevgilim" dedi Maya, "ben şu anda uyuyabileceğimi sanmıyorum. Duşumu alıp çalışmaya oturacağım."

"Emin misin? Yetti mi yerdeki uyku sana?"

Maya aşk dolu gecenin hatırasıyla gülümseyerek, "Eminim canım." dedi. Sonra sordu: "Hangimiz akıl etti üstümüzü örtmeyi?"

"Kim olacak? Evin anacı kim? Tabii ki sen."

Maya düşünceli, elinde giysileri, çıplak bedeniyle yatağın kenarına çöktü.

"İnan o kısmını hatırlamıyorum Atlasçığım... Bu... bu çok kötü... Başka neler oldu? Daha neler unutmuş olabilirim? Belki de hatırladığımı zannettiğim her şeyi eksik hatırlıyorum. Bunların hepsi içkiden olabilir mi? Ürkütüyor beni."

Atlas yatağa, karısının yanına oturdu ve onun elini tuttu.

"Sen bana hatırladığın kadarını anlat sevgilim. Eksik bir şey kalırsa ben tamamlayayım."

"Pekiyi..."

Maya gözlerini, geçmiş zaman dilimini izlemek ister gibi, görünmeyen, sabit bir noktaya daldırdı ve saymaya başladı:

"Önce Murat'a gittik dün. Oradan kan tahlillerimi yaptırmaya gittik. Sonra MR vesaire çekildi. Sonra eve geldik... Sen şömineyi yaktın... içki hazırladın. Sonra çellonla bana müthiş bir konser verdin..."

"Ne çaldığımı hatırlıyor musun?"

"Ah, tabii! 'Fields of Gold' ilk çaldığındı. Sonra 'Liebesleid', sonra 'Oblivion' ve ardından şeyi çaldın... dur, söyleme, hatırlamak istiyorum... *Gladyatör* filmindendi... Ne olur söyleme... Hatırlamak istiyorum... Hatırlayacağım... Evet! Evet! 'Now, We Are Free' parçasını."

Maya'nın endişeli bakışları birden neşelenmişti, "Değil mi?" diye sordu, "Doğru sıraladım mı?"

"Evet bir tanem, aynen bu sırada çaldım."

"Sonra benim içkimi tazeledin ve öptün..."

"Ve öpüş o öpüş, sonra müzik falan bitti." dedi gülerek Atlas.

Maya kocasına aşkla baktı, "Harika bir geceydi." dedi ve hatırladıklarını sıralamaya devam etti: "Şöminenin karşısında seviştik, tekrar seviştik..." durup bir kahkaha attı, "Galiba sonra hep seviştik, sadece seviştik..."

"Arada konuşmalarımızı hatırlıyor musun?"

"Konuşmalarımızı?"

"Evet..."

"Ben de konuştum mu?"

"Evet, en çok da sen konuştun?"

Maya'nın gözlerinde yeniden telaş belirmişti. "Biraz ipucu verebilir misin bir tanem? Hiç hatırlamıyorum. Şarabın tesirinden belki de. İçince çenem açılmış herhalde."

"Hiç şarabın tesirinde gibi değildi konuşman. Gayet düzgün ve akıcıydı."

Maya durumu hafifletmek ister gibi güldü, "Sen de şarabın tesirinde dinlediğin için öyle gelmiş olmasın." dedi.

Atlas, onun saçlarını okşarken, "Düşün bir tanem, senin çok mutlu olduğun bir seyahatimizi konuştuk." dedi. "Aynı yere tekrar gidip yine benzer bir tatil yapmak istediğinden bahsettin... Güneyde... Daha dün Murat'ın muayenehanesinde söz konusu olmuştu."

"Ah, o müthiş yolculuğumuzdan mı bahsettik?"

"Evet canım."

"O sohbetimizden en ufak bir ayrıntı hatırlamıyorum. Hayret..."

Rahatsızdı unutuşundan ama bir özür bulmak daha kolay geldi ona. "Bu sayılmaz." dedi gülümseyerek, ayağa kalkarken, "O kadar içkiden sonra bu kadarcık unutkanlık affedilir herhalde."

"Bence de." dedi Atlas, aslında pek de inanmamış. Maya dolaptan bir tayt ve süveter aldı, hızla giyindi. Kocasını öptü ve odadan çıktı. Atlas, banyonun açık kalmış ışığını kapadı ve yattı. Ama uyuyamadı. Kolları başının altında öylece uzandı. Zihninde gezinen düşüncelerin hepsi, Maya'nın durumunun önemsizliğine inanmak ihtiyacıyla, olanlara bir özür arıyor ama hiçbiri huzursuzluğunu engelleyemiyordu.

Maya çalışma masasına oturduğunda, vadinin bir tarafı henüz geceyi yaşamaktaydı. Ama doğusundan, derin lâciverdin içinde sarı, turuncu, ateş rengi çizgiler yeni doğacak günün habercisi olarak belirmeye başlamıştı. Birkaç dakika, manzarayı içine çeker gibi izledi. Gri-beyaz bulutlar rüzgârla sürüklenip geçti gökyüzünden, iç içe geçerek. Derin bir soluk alarak, "Şükürler olsun Ya Rabbim." dedi mırıldanarak, "Şükürler olsun verdiğin güzellikler, şükürler olsun vermediğin dertler için. Bana bu duyguları yaşattığın, hayatıma sevgi, aşk doldurduğun için şükürler. Benden, verdiğin güzellikleri, mutluluğu esirgeme Ya Rabbim..." Birden, şu anda en çok ihtiyacı olan şey hatırlattı kendini ve döküldü dudaklarından:

"Benim dimağımı, hayâl gücümü koru, benim aklımı alma benden Tanrım."

Sonra bilgisayarını açtı. Bu küçük, aptal unutkanlıkların

hayatını karartmasına izin vermeyecekti. Yapacak işi vardı. Hiçbir şeyin enerjisini çalmasına da... CD çalara Chopin'in Noktrünlerini yerleştirdi, bilgisayarını açtı ve yeni romanının satırlarına döndü.

Geçen zamanın farkında değildi. Yeni günün ilk renklerinin gökyüzüne, vadiye göz kırpmasıyla geceyi ardında bıraktığını fark etti. Yazdığı bölümü duygulanarak bir kez okudu. Memnun, arkasına dayandı. Kollarını kaldırıp esnetti. Derin bir nefes aldı. Lâmbasını kapadı ve masadan kalktı. Odadan ayrılmak üzereydi ki aniden bir şey hatırlayarak geri döndü. Dosyalarının durduğu dolabı açarak, hiç kullanılmamış birkaç not defterinden birini seçti. Koridora çıktığında Atlas da yatak odasının kapısını açmıştı. "Günaydın sevgilim." deyip ona doğru yürüdü. "Nasıl bu kadar enerjik olabiliyorsun, bu kadar az uykuyla, aklım almıyor." dedi, onun yüzünü okşarken. "Çok mutluyum, çok iyi bir bölüm oldu." diye cevapladı Maya, "Adrenalinden sanırım. Senin oyun gecelerinde olduğun gibi, pek farkı yok."

"Kahve ister misin?"

"Memnuniyetle."

Mutfağa doğru yürürlerken Maya elindeki defteri işaretle, "Defterimiz bu olacak." dedi.

"Ne defteri bir tanem?"

"Murat'ın söylediği anı defterimiz; beraber takip edeceğimiz."

"Pekiyi..."

"Sen kahveyi hazırlarken ben de dünkü notlarımı düşerim şimdi. Dün sabahtan başlayacağım ve şu ana kadar hatırladıklarımı yazacağım. Sohbetimizde senin tamamladıklarını eksik bırakacağım. Onları yine sen doldurursun. Kopyacılık yapmış olmayayım sonra."

Maya, çok eğlenceli bir konudan bahsedermiş gibi keyifli görünüyordu. Kocasıyla bir bilmece çözmeye hazırlanıyordu sanki. Mutfağın ortasındaki ada tezgâhın önündeki tabureye yerleşti, aynen plânladığı gibi bir gün evvelinin tarihini atarak, Atlas'ın hatırlatmaları dışında, kendi hafızasında kalmış olanları not aldı ve yanında oturmakta olan kocasına uzattı. "Sıra sende." dedi, "Şimdi sen, bana sözlü olarak anımsattıklarını ekle sol sayfaya ama öyle bir yaz ki saat olarak tam karşılığına otursun..." Sonra gülerek ekledi: "'Unutma Beni' defteri olsun adı."

Atlas kahve fincanlarını doldururken ister istemez bir kahkaha attı, "Unutkanlığın bile bu kadar plânlı, programlı işlendiği herhalde görülmemiştir." dedi.

"Şimdilik" diye mırıldandı Maya, dudaklarında hafif buruk bir tebessümle, "Şimdilik... umalım bu kadarla kalsın..."

"Bence bu deftere de gerek kalmayacak, görürsün. Baksana şu haline. Sende unutkanlığa teslim olacak bir hal var mı hiç? Bence bu defter böyle güzel bir hatıra olarak kalacak, birkaç sayfa sonra rafa kaldıracağız."

"Ne düşünüyorum, biliyor musun? Bence, şayet bir problemim yok ise bile bu defteri beraber işlemeye devam edelim."

"Ciddi misin?"

"Evet, çok ciddiyim."

"Bir problemin yok ise neden gerek olacak ki böyle bir şeye?"

"Çünkü, çok inandığım bir şey var, 'Aynı mekânda, aynı olayı yaşayanların her biri o mekânı ve olayı farklı hatırlar.' diye. En azından detaylar farklılık gösterir herkes için. Her birimizin yaşadığı zaman dilimleriyle ilgili olarak kendi algıladığımız, o anki ruh halimiz, hassasiyetimiz, dikkatimiz, beklentilerimiz doğrultusunda farklı bir hikâyesi vardır. Biz de o gözle yazmaya devam edelim defterimizi. Sadece müşterek yaşadığımız zaman dilimlerini kapsayan bir defter olsun. Bakalım biten günün beraber yaşadığımız anlarını aynı mı anlatacağız, hangimiz ne detayı kaçıracak. Güzel olmaz mı?"

"Bence de enteresan olur. Haklısın. Ver canım, ben de başlayayım kendi sayfamdan."

Atlas, defteri önüne alınca karısının yazdıklarına baktı ve "Bir de hiyeroglif öğrensem..." dedi gülerek. Maya, elini alnına vurarak, "Ah! Kusura bakma." dedi, "Alışkanlık... günlüğüme not aldığım gibi yazmışım. Yeniden yazayım."

"Evet, benim, senin hatırladıklarını bilip eksik varsa tamamlamam için okuyabilmem lâzım."

Maya defteri tekrar kendi önüne çekti. Yer yer ünlem, yıldız, parantez, rakam, geometrik işaretlerle bezenmiş geçmiş günün anısını arka sayfaya yeniden yazmaya başladı.

Atlas kahvesini yudumlarken onu izledi. Ne kadar ince detaylarla yaşıyor ve bu detayları ne kadar net hatırlıyordu sevdiği kadın. Unutkanlığının problem veya bir hastalık boyutuna varması imkânsız olmalıydı. En azından şimdilik böyle umutlanması için sebepler vardı. Ama gelecek? O, ikisi için de meçhuldü.

# 6

Keyifli bir hüzündür, her sonbaharla başlayan. İnsanın kendisini, sebepli sebepsiz üzüntülü, melânkolik hissetme ihtiyacını karşılar sanki sonbahar. Gerçekte, ne biten bir şey var, ne de giden. Hepsi yeniden hayata dönmek üzere, çarkın bir diğer yanına geçiyor. Aslında coşkulara, topraktan fışkırmaya, çoğalmaya, sevmeye, sevilmeye başlangıçtır sonbahar ve bir kere daha hüzünlenmeye. Her sonbahar, gelecek ilkbaharın rahmi değil midir?

Maya başını okuduğu kitabın satırlarından kaldırıp balkonun camlarından dışarıya baktı. Aynen Nermin Bezmen'in *Zihnimin Kanatları*'nda şu an okumakta olduğu gibi bir sonbahardı yaşanan. "Sis öylesine hâkim ki, mevsim anlaşılmıyor artık." diyordu yazar. Şu an karşısındaki manzara da farklı değildi, mekân ve zaman aynı olmasa bile. Duman içinde duman, bir sis aşağılara doğru çökmüş, evin olduğu tepe ile vadiyi açık gri tül katmanlarıyla birbirinden ayırmıştı. Köpük köpük bulutlar akıyordu pencerenin önünden. Yeryüzünden kopuk, mistik, başka bir boyutta olduğu duygusu veriyordu. Gözlerini kitabına çevirdi. On, belki dokuz, belki on bir sene evvel evvel okuduklarını tekrar canlandırmaya çalışarak.

... Notaların arasından bir ses duyuldu... Işıklar beliriverdi karşı sahilde. Sanki biz seyircilerden uzak bir oyun başlamakta, uzakta bir sahnede... Gökyüzüne bakıyorum. Gökyüzünü alıyorum içime, yüreğime, damarlarıma. Artık gökyüzünde olan her şey bende var. Hepsi benden birer parça. Gördüklerim, görebildiklerim ve asla göremediklerim... hepsi içime sığıyor. Hepsi damarlarımda... yüreğime akıyorlar. Yüreğim büyüyor, kocaman oluyor. Sığamıyor yüreğimin büyüklüğüne rağmen, damarlarıma, beynime taşıyor gökyüzü, içindekilerle beraber...

"Hazır mısın karıcığım? Çıkma vaktimiz geldi."

Maya, Atlas'ın sesiyle başını kaldırdı kitabından. Bir an tereddütle baktı, sonra "Ah! Tamam canım." dedi, "Hemen geliyorum, çantamı alıp." Antredeki konsolun üzerinde kocasının elindeki oyun dosyasını görünce hatırladı, bu sabah tiyatroya gidecekti onunla beraber. Oyunun gerçek kahramanlarından bir grup da provayı izlemeye gelecekti bugün. Kesinlikle kaçıramazdı. Maya bu detayları hatırladığına memnun, omuz çantasını alıp döndü. Ancak yolda, dayanamayıp sordu:

"Atlasçığım, bugün provaya geleceğimi ne zaman konuşmuştuk?"

"Üç gün evvel canım. Senin Beyaz Ruslar da gelecek."

"Hıhımmm..."

"Ne oldu?"

"Senin oyun notlarını görünce hatırladım bu programı. Yoksa unutmuştum."

"Olabilir."

"Olmasa daha iyiydi... 'Unutma Beni' defterime bunu da not düşmem lâzım..."

"Ama hatırladın."

"Hayır, hatırlamadım. Hatırlatıldım, senin notların tarafından."

"Kendine biraz acımasız davranmıyor musun canım? Kendi bu kadar işinin arasında bunu unutmuş olman tabii geliyor bana."

"Ajandama baktım, ona da not düşmemişim."
"İyi ya, unutman için mükemmel bir sebep."
Derin, sıkıntılı bir nefes aldı Maya. "Neyse" dedi alçak sesle, "şimdi bunu sıkıntı yapmayalım. Güzel bir gün var önümüzde. Anın tadını çıkaralım." Sonra düşünceli havasından sıyrılıp ışıklı bir tebessümle baktı kocasına. "Volodya ve ekibinin gerçekleri koltuklarda, oyuncuları sahnede... nasıl bir çalışma olacak çok merak ediyorum." dedi heyecanla.
Atlas, karısının az önceki endişeli düşüncelerinden sıyrılmasından memnun, onun elini tutup avucunun içine aldı. "Ben de." dedi, "Ben de."
Az sonra tiyatronun kapısından girerken yepyeni bir enerjiyle sarılmıştı Maya. Kendisinden bir hikâyeyle minicik yaşından beri hayranlık duyduğu bu gizemli dünyanın bir parçası olmaktan müthiş heyecan duyuyordu. Kocasıyla bu deneyimi paylaşmak da apayrı bir tatlı maceraydı.
Tiyatroya vardıklarından yarım saat sonra tüm ekip salonda toplanmıştı. Yönetmen sabırsızca saatine bakıyordu ki gerçek Albay Vladimir ve ekibi içeri girdiler. Herkes hayranlık taşıyan bir tebessümle baktı misafirlere. Sanki zamanda bir perde açılmış, bu defa tiyatronun kulisinden değil de, o geçmiş zaman ve diyardan gelmişti oyuncular.
Albay Vladimir tek başına teatral bir karakterdi. Bir asrı devirmiş yaşına rağmen, uzun ve heybetli boyu, dimdik duruşu, beyazlanmış pos bıyıkları, subaylık yıllarına has saç tıraşı, astragan yakalı, dizlerinin altına uzanan siyah kaşmir paltosu ve gümüş bastonunu taşıyışıyla zamanı dondurmuş, 1900'lerin St. Petersburg'undan, sepya bir fotoğraftan çıkmış gibiydi. Keza, ondan çok daha genç olmalarına rağmen Lola Davidova, Lydia Lebedeva, Natasha Oblenskaya, hâtta en bitirim Leonid Senko-popovskiy de, beden dilleri ve tavırlarıyla albayın hâkim olduğu tablonun su götürmeyecek şekilde parçasıydılar. Türkçelerinin düzgünlüğüne rağmen, kimi-

sinin Rusça'dan, kimisinin daha ziyade Fransızca'dan çalan aksanları barizdi. Maya ve Atlas'la öpüştüler, diğerlerinin ellerini sıkarak, kibarca selamlaştılar. Maya'nın bu öyküyü yazdığından bu yana kayıpları olmuştu grubun. Barones İrina Clodt von Stroganova artık hayatta değildi. Şimdi Feriköy Rus Ortodoks Mezarlığında, emektar Armen de Şişli Ermeni Mezarlığındaki mermerlerinin altında derin uykusundaydı. Baronesin vefatından sonra, kaç göbek İstanbul Rumu sevgilisi Demitri Yunanistan'a, çocuklarının yanına dönmüştü. Sıdıka Hanım'ın ise nerelerde olduğunu kimse bilmiyordu. Kim bilir, belki o da Arnavutluk'un yolunu tutmuştu tekrar.

Oyuncular sahne arkasına geçmiş, Maya ve diğerleri salonda, yönetmen ve yardımcılarının arkasındaki sırada yerlerini almıştı. Işıklar hafifledi. Bordo kadife perde ağır ağır açıldı.

Perde kapandığında ilk alkış albayın kocaman ellerinden duyuldu.

"Bravo!"

Maya'nın elini tutarak, "Harika bu Mayecka" dedi, vurgulu aksanıyla, gür sesini kısmaya çalışarak, "Ne güzel yakalamışsın bizi. Ah! Ne kadar gerilere götürdü beni, nerelere götürdü..."

"Gerçekten de böyleydi haller bizim." dedi, Lola Davidova oturduğu yerden Maya'ya doğru eğilerek. Onun bir diğer yanındaki Lydia Lebedeva araya girdi:

"Ah! Canım barones burada olacaktı da, görecekti. Ne kadar keyiflenirdi."

"Hepsi çok mutlu olurdu. Toprakları bol olsun." dedi albay. Onunla beraber diğerleri de oturduğu yerde haç çıkardı.

"Nasıl buldunuz?" diye kibarca, biraz da çekinerek sordu yönetmen ayakta, onlara dönerek.

"Tebrik ediyorum." dedi albay, kibarlıkla yerinden kalkarken, bu defa gür, bas bariton sesini sakınmayarak. "Bizim küçük ama renkli dünyamızı çok iyi yakalamış hikâye de, oyuncular da... ve tabii bunun mimarı sizsiniz. Çok teşekkürler."

Yönetmen, sahnede hayatını şekillendirdiği Beyaz Rus aristokratın onayını almış olmaktan duyduğu memnuniyetle rahatlamış, kocaman bir tebessüm yayılmıştı dudaklarına, "Teşekkür ederim albay." dedi, "Sizden bunu duymak beni çok mutlu etti. Gerçek hayatları sahneye aktarmak her zaman risklidir. Hele ki gerçek kahramanlar gelip izleyecekse..."

"Tahmin ediyorum... pekâlâ tahmin ediyorum. Onun için de size özellikle teşekkür ediyorum. Ayrıca, biliyor musunuz, ne kadar az anıldık biz Beyaz Ruslar burada, neredeyse hiç denecek kadar... Halbuki, İstanbul'un hayatında çok önemli bir yeri oldu bizlerin. Aynen, bizim hayatımızda İstanbul'un çok ama çok önemli bir yeri olduğu gibi. Bize vatan oldu İstanbul, kucak açtı, unutamayız."

Burada yanına dönerek Maya'nın elini tuttu sıkı sıkı ve iki avucu arasına alarak dudaklarına doğru götürdü, tenine değdirmeden bir reverans busesi verip devam etti:

"İşte, bu yanımdaki güzel, zarif hanımefendiye de aynı sebepten şükran borçluyuz. Sırf ben değil, bütün Beyaz Ruslar. Bizi yılların içinden çıkarıp yeniden hayat verdi, canlandırdı. Ölmüş olanlarımız bile, eminim, cennetlerinden mutlulukla izliyorlardır bizi."

"Aksanları nasıl buldunuz?" diye sormadan edemedi yönetmen, aklı hâlâ o konuda takılıydı.

"Çok iyiydi." dedi Albay, "Ayrıca kendimi hiç bu kadar yakışıklı bilmezdim. Atlas'la aynı devrin erkeği olmadığıma memnunum. Karımla hiçbir şansım olmazdı."

Maya gülümseyerek, "Sizin o zamanki fotoğraflarınızı da gördüm sevgili Vova." dedi, hiç kendinize haksızlık etmeyiniz."

"Beni benden iyi konuştu sizin aktrissa." dedi Lydia yan taraftan uzanarak.

Yönetmen telaşlanmıştı. "O zaman olmadı demek." diye atıldı hüsranla, "Ben aynen sizler gibi konuşmalarını istiyordum."

"Siz ona aldırmayın." diye araya girdi Leonid, "Lidoçka'nın aksanı içtiği votka sayısına göre değişir. İçmediği zaman sizin aktrist gibi konuşabilir."

Lydia çaktırmadan onun koluna bir çimdik atarken tıslar gibi uyardı dudaklarının arasından. "Leoniddd..."

"Gördünüz mü..." dedi Leonid hiç keyfini bozmadan, "Bakın, kızınca da son harfi böyle bastıra bastıra söyler."

Hep beraber güldüler, Lydia hariç. O alınmış ve kızgın bir tavırla Leonid'e bakmaya devam etti. "Lyonya, üzme Lidoçka'yı." dedi albay. Leonid Lydia'nın omuzuna nazikçe dokunarak özür diledi, yüzündeki haylaz çocuk ifadesini kamufle etmeye çalışarak.

"Geldiğiniz için çok teşekkür ederim." dedi yönetmen. "Ayrıca, her birinizin oyuncularıma gösterdiğiniz özel ilgi ve zaman için de minnettarım. Gala akşamı yerleriniz hazır, biliyorsunuz. Sonra da hep beraber kutlama yapacağımız bir supe olacak. Ona da katılırsanız çok mutlu edersiniz bizleri."

"Burada olacağız." diye cevapladı albay hepsi adına. Maya onların provanın devamına kalmayacaklarını anladığı zaman ısrarcı da olmak istemedi. Zira baronesin cenazesinden sonra mezarı başında ve evinde yaşananların anlatıldığı bölümü kendisi de daha izlememişti ve kâğıt üzerinde yazdıklarının sahnede seslendirildiği zaman kulağa nasıl geleceğini kestiremiyordu. Trajedi içindeki esprinin dozunu ayarlamaları gerekebilirdi. Atlas'ın tarifiyle "Beyaz Ruslarının" kâlbini kırmak istemezdi.

Prova çok başarılı geçmiş, dağılıyorlardı. Yönetmen memnun, coşkuluydu. Oyunculardan kimi bir bara gitmek üzere lobide gruplaşıyordu. Onlarla vedalaşıp Atlas'la el ele tiyatronun kapısından çıkarken Maya'nın zihni zamanda geriye sarıverdi aniden ve aynı yerde hafızasının sislendiği günü düşündü. Kocası kapıyı açarken endişeli ve sabırsızdı. Ama hayır, korktuğu başına gelmedi. Tek benzeyen şey yine yağmurun çiseliyor olmasıydı. Son günlerde yaşadığı her biri diğerinden farklı ama ardı ardına gelince korkutucu unutkanlıkları da olmasa belki şu an biraz huzur bulabilirdi. Fakat şimdi gereksiz yere bu konuyu konuşmak istemiyordu. Eve gidince başlayacağı yepyeni bir bölüm vardı romanında. Kafasını sıkıntılı düşüncelerle bulandırmaması lâzımdı. "Sen benimle dönmek zorunda değildin sevgilim." dedi Atlas'a, "Gitseydin ekiple, bir kadeh bir şeyler içmeye."

"Sen de gelseydin, giderdim." dedi kocası, ona arabanın kapısını açarken, "Benim evde beraber içeceğim harika bir sevgilim var."

Arabada Maria Callas'ın CD'sini dinleyerek yol aldılar.

"Nasıl bir sestir bu?" dedi Maya, "Yüreğinden geliyor... Belki de özel hayatının acıları, hasretleri sesleniyor, kim bilir."

"Büyük bir ihtimâlle."

"Neyi anlayamıyorum biliyor musun, o kadar hassas, duygu yüklü, ince ruhlu bir kadın, nasıl olur da öyle kütük gibi kaba, incelikten yoksun bir adama öylesine âşık olup hayatını perişan eder? Bir türlü kafam almıyor."

"Kim bilir, aşk bu. O kütük adamın da aşkını gösterdiği kendine has bir inceliği vardı belki."

Maya alaylı, "Evet" dedi, "Jacqueline Onassis'le evlendiğinde, Christina yatında balayı yatağındaki çarşaflar Callas'ın monogramlarıyla süslüymüş. Bu da bir kütüğe yakışan aşk ifadesi herhalde."

"Jacqueline Kennedy Maria Callas'ın çarşaflarında mı yatmış?"

"Okuduğum kadarıyla; çok alınmış ama ses çıkarmamış."

"Tam sana göre." diye güldü Atlas, "Seni Jacqueline Kennedy'nin yerinde düşünemiyorum... Maria Callas'ın da."

"Düşünme zaten. Mümkün değil! Ancak topyekûn Alzheimerlı olmam lâzım ya da kafayı başka türlü yitirmiş olmam."

Gülerlerken, Maya birden, sohbetinin içinde o nazik kelimeyi kullanıvermiş olduğunun farkında, sustu. Şaka içinde kullanmak için bile ağırdı.

Eve geldiklerinde önce sabah yazmaya fırsat bulamadığı bir gün öncesinin anılarını not almak üzere "Unutma Beni" defterini çıkardı mutfaktaki çekmecesinden ve mermer tezgâhın önüne yerleşti. Geçmiş altı güne şöyle bir göz gezdirdi defterin sayfalarında. Atlas'ın tamamladıklarına, kendisinin unutmuşken muhtelif çağrışımlarla hatırlayıp işaretlediklerine baktı. Bilemiyordu... belki herkes bu kadar ciddi, yakın plândan incelemeyle yazsa hayatını, bu tarz unutkanlıklar söz konusu olabilirdi. Ya da bunlar gerçekten büyük bir problemin habercisiydi. İç sesini dinlerse o ses ona kendisinden memnun olmadığını, bu hafıza kayıplarını kendisine hiç yakıştıramadığını ve endişelendiğini söylüyordu. Henüz bağırmıyor, fısıldıyordu ama yine de o ses oradaydı. Kahvesine biraz daha süt eklemek isterken kefir doldurduğunu, diş fırçasına macun yerine nemlendirici kreminden koyduğunu, çay ve un kutularını buzdolabında bulduğunu işaretleyen satırları tekrar tekrar okudu. Daha bu sabah prova ziyaretini hatırlayamaması da ekleyince kendisini hiçbir şey olmuyormuş ya da yaşadıkları önemsizmiş gibi hissetmesi mümkün değildi. Hüzün sarmıştı yüreğini. Birden, bundan yararlanabileceğini düşündü. Şu anki ruh hali yeni yazacağı bölüm için idealdi. Yaratıcılığa çevirebilirdi içinde olduğu duyguları. Hemen romanına dönmeliydi. Defteri kapayıp bıraktı tezgâhın üzerinde ve çıktı mutfaktan. O salondan geçerken kocası şömineyi yakmış karşısındaki kanepede bir şeyler okumaktaydı. Maya kanepenin arkasından, kollarını doladı sevdiğinin boynuna ve yanağını öptü.

"Repliklerine mi çalışıyorsun hâlâ bir tanem?"

"Yok canım. Senin bana verdiğin notları okuyorum, albayın hatıratı üzerine."

Maya, kollarını ondan ayırmadan, çenesini kocasının omuzuna dayadı nazikçe.

"Hem çok keyifli, hem çok acıklı, değil mi?" diye sordu.

"Evet. Hele baronesle hikâyeleri, o savaş gemisinde..."

"Evet, o sebepten, barones, albayı hep özel bir yere koyardı hayatında. Çok korumuş o yolculukta İrina'yı."

"Aralarında bir romans yaşanmış mıdır acaba? Çünkü senin bu yazdıklarında hep gizliden gizliye, hayranlığın ötesinde bir aşk hissediyorum."

"Ben Vova'nın cephesinden plâtonik bir aşk olduğuna inanıyorum. Sonra, İstanbul'da, baronesin kocası öldükten sonra bir şeyler yaşadılarsa, onu bilemem."

"Ama oyuna bile yerleştirmişsin o romantik düeti. Albay çelloda, barones piyanoda. Bence oyunun en duygusal sahnelerinden biri."

"Sevgilim, onlar çok farklı bir devrin insanları. Romantizmin doruğunda insanlar. Bunu hissetmeleri için ille de cinsellik yaşamış olmaları gerekli değil ki."

"Gayet tabii ama kesinlikle bir aşk var ortada, öyle veya böyle."

"Onlarınki sanırım antik Yunanlıların tarifiyle *Philia* ve *Storge* birleşimi bir sevgiydi."

"Arkadaşlık ve kardeşlik sevgileri."

"Evet. Çok zor, çok yalnız ve çok maceralı bir yolculuğun, ihtilâlden kaçışın bir araya getirdiği, ama hiyerarşinin de sınırladığı, kadının zaten kocasına âşık oluşunun getirdiği karmaşık duyguların arkadaşlığı onlarınki."

Atlas, başını karısının yüzüne doğru çevirdi. Gözlerinde oyuncu bir bakış vardı sorusunu sorarken.

"Bizim arkadaşlığımız hangi evrede? *Eros* mu?"

Gülümsedi Maya, dudaklarını öptü kocasının, "Hayır."

dedi, "*Eros*, dehşetle ve kontrolsüz bir şekilde 'Seni seviyorum!' deme arzusu yaratan kademesi. Bizimkisi *Agape*." dedi, "Aşkın en hayran hali, eylem hali... en çok cesaret, en çok fedakârlık ve büyük güç isteyeni..."

İçine mi doğmuştu, neden bunları konuşmuşlardı, söz nasıl buraya gelmişti, o meçhuldü. Ama *Agape,* tüm bilinen ve bilinmeyenleriyle takvimin çok yakın bir sürecinde denemek için onları beklemekteydi, boşlukları doldursunlar diye.

# 7

Son iki gündür yağmur yine göz açtırmıyordu. Maya'nın bir şikâyeti yoktu. Böyle havalarda yazmaya bayılırdı. Ancak bugün konsantre olamıyordu. Doktora gittikleri ve tahlillerini yaptırdığı günden bu yana beş gün geçmişti ve henüz hiçbir haber yoktu. Zaten bir haftadan önce bir netice beklemiyorlardı ama bugün sabahtan beri konu Maya'nın aklından çıkmıyordu. "Unutma Beni" defterinde Atlas'ın tamamlaması gereken notları düşündükçe, çalışmaya konsantrasyonu azalmıştı. Aslında yazmak onun kaçışıydı, biliyordu ve bugüne kadar işe yaramıştı ama şimdi olmuyordu işte. Belki de en iyisi yine romanının trajedisine dalıp kendi sıkıntısını unutmasıydı. Tekrar satırlarına döndü.

Eurydice'nin gömülmesinin üzerinden günler geçmiş olmasına rağmen Orpheus karısının mezarı başından ayrılmamıştı. Yüreği yanıyor, güzeller güzeli karısının canını alan yılana sessiz lânetler yağdırıyordu. Tüm acısı, hasreti, isyan çığlıkları lirinin nağmelerinden dökülüyor, durmaksızın çalıyor, çalıyordu gözyaşları içinde. Derin acısının ilham verdiği yeni besteleri tüm tabiatı, çevredeki insanları, hayvanları, hâsılı canlı cansız her şeyi sarıyor, hepsinin bedeninde yankılanıp daha uzaklara yayılıyor, kayalardan, ağaç gövdelerinden yansıyıp gökyüzüne kadar uzanıyordu. Yağmur damlaları bile neredeyse donup kalacaklardı gökyüzünden akarken, ama sırf onun gözyaşlarına eşlik etmek için yağıyorlardı.

Yarı tanrıların da ölümle yüzleşmesi gerektiğine inanmasına rağmen, Apollo oğlunun acısına kayıtsız kalamamıştı. Onca çocuğundan en duygusal, en hassas olanıydı Orpheus. Onu bu büyük acısıyla başbaşa bırakamazdı daha fazla. Onun omuzuna dokundu güçlü eliyle, saçlarını okşadı şefkatle. Hiç konuşmadan tanrıca fısıldadı yüreğine.

"Ne çok acı çekiyorsun, yakışmıyor bu yarı tanrılığına." dedi, "Ama kabahatli sen değilsin, babanım sonunda. Anneni de ben seçtim, o ince, narin, duygulu, hassas sözlerin perisini, annen olsun diye. Onun için çare olmak isterim yüreğinin yarasına."

Lirinin nağmeleriyle sordu Orpheus, "Nasıl olacak bu kudretli babam? Mümkün müdür buluşmak o güzeller güzeli karımla? O şimdi Acheron'un sularında, ben ise burada."

"O buraya gelemez ama sen gidebilirsin onun yanına." Orpheus birden durdu, parmakları hâlâ lirinin tellerinde, "Ölmem gerek o zaman." dedi.

"Hayır oğul, hayır canım oğlum Orpheus, sen ölmeden gideceksin Acheron'a. Tanrılar koruyacaktır seni yolculuğunda."

Orpheus'un yaralı yüreği coşmuştu birden. Sordu, duyduğu sonsuz heyecanla.

"Bağışlar mı sevdiğimi Hades'in tanrıları bana? Geri bırakırlar mı benimle tekrar bu dünyaya?"

"Sen hele bir var Acheron'a." dedi Apollo, "O dünyanın kararları, Pluto ile karısı Persophon'de... Duygularınla konuşursan izin vereceklerdir karına bir kez daha sarılmana. Lirini unutma. Bütün kuvvetin onda."

Orpheus, zambak, karanfil, balla ovulmuş mis kokan bembeyaz teni bembeyaz giysileri içinde, başında altın defne yapraklarından tâcıyla öbür dünyaya yolcu ettiği büyük aşkını canlandırdı zihninde. Eurydice'yi Hades'e taşıyacak sandalcı Kharon'un hakkı olan altını karısının cansız dudakları arasına yerleştirdiği günü hatırladı, içi ürpererek. Ama şimdi... şimdi yeniden sevdiğini görebilecekti. Son bir defa ona sarıldığını, bedenini kucaklayıp dudaklarını öptüğünü hayâl etti. Acıdan donmuş yüreği ısınıvermişti bile. Dönmekten vazgeçer, yanında kalırdı belki, izin verirlerse şayet. Onsuz burada canlı olmaktansa, Hades'te ölüler diyarında Eurydice ile kalmak evlâydı. Ölüler dünyasının hâkimlerine söyleyecekti bu isteğini. Minos, Rhadamanthus ve Aeacus birlikte tartıyorlardı ölümlünün günahlarını ve onlar karar veriyordu cezasını nasıl ödeyeceğine. Bütün kurallar o üçünden sorulurdu o dünyada. Anlaşmanın bir yolunu muhakkak bulacaktı, bulmalıydı...

Maya sokak kapısının açılmasıyla durdu. Yerinden kalktı ve antreye doğru ilerledi. O anda Atlas içeri girmişti. Boynuna sarıldı sıkı sıkı, "Hoş geldin sevgilim." dedi.

"Hoş buldum bir tanem. İyi misin?"

"Evet, çok iyiyim. Özledim seni."

"Ben de seni özledim."

"Nasıl geçti prova?"

"Çok iyi. Bugün dekorlar gelmeye başladı. Müthiş bir iş çıkarmış Canan."

"Harika! Heyecan verici."

"Sen neler yaptın?"

"Pek verimli bir gün değildi. Kafamda tahliller, MR falan, konsantre olamadım." diyecekti, demedi Maya. Onun yerine bara doğru ilerlerken, "Romanla haşır neşirdim." dedi.

Atlas'ı huzursuz etmenin bir faydası yoktu akşamın bu saatinde. "Ne içersin?" diye sordu.

"Bir viski alırım sevgilim. Ama önce bir duşa gireceğim."

"Tamam canım."

Atlas yatak odasına giderken Maya önce bir CD yerleştirdi; Petrut Çeku'nun gitarı ve ve Stejpan Hauser'in çellosundan Albinoni'nin "Adagio"su salona yayılırken sehpanın üzerindeki mumları yaktı. Şimdi Orpheus'un dünyasından, Hades'in sularından sıyrılıp kendi dünyasına, kendi aşk dolu dünyasına, kocasının yanına dönme zamanıydı. Yazarken içine daldığı hiçbir âlem, ona sahip olduklarını unutturamazdı. Hepsinin yeri, zamanı ve duygusu başkaydı. Romanını iyi bir yerde noktalamış olduğuna seviniyordu. Yoksa, aklı, biraz da olsa, şimdi Orpheus'un acı çeken, gözyaşları içinde lirini çaldığı mezarda kalmış olacaktı. Kocasının sevdiği Art-Deco iki kadehi viskiyle doldurdu. Sonra buz almak üzere mutfağa yöneldi. Buzdolabını açtı... Baktı... baktı... baktı... Niye açmıştı buzdolabını? Bütün raflara bakındı... bakındı... hatırlayamadı. Buzdolabını kapadı ve salona geri geldi. Sek içkili iki kadehi görünce buz için gittiği aklına geldi. Bu defa kendi kadehini eline alıp döndü mutfağa. Çünki Atlas sek içerdi, onu hatırlıyordu. İki parça buz attı içkisine. O arada gözü hâlâ tezgâhın üzerinde duran "Unutma Beni" defterine ilişti. İşte, ekleyeceği bir kayıp daha olmuştu. Tabii, şayet yazmayı hatırlarsa. Yani, unuttuğunu hatırlarsa. Maya yeni bir olgunun farkına varmaya başlamıştı: Unutmak ile unuttuğunu da unutmak farklı iki durumdu. Unuttuğunu unuttuğun zaman hiç hatırlama şansın olmuyordu. Kaybettiğin zamanı da hatırlamıyordun. Doktor Murat'ın demek istediklerini şimdi daha iyi anlıyordu.

Salona dönüp kadehleri sehpaya koydu ve kafasındaki çaresiz düşüncelerle baş başa kanepeye oturdu. Az sonra Murat mis gibi sabun ve şampuan kokusunu taşıyarak içeri girdi. Karısının yanağına bir öpücük kondurup yanına oturdu. Birbirlerinin gözüne bakarak kadeh tokuşturdular ve birer yudum aldılar. Atlas genzini temizler gibi hafif öksürdü ve "Bu arada, bugün Murat'la konuştum." dedi.

Maya, elinde kadehi, heyecanla, "O mu aradı?" diye sordu.

"Hayır canım, ben aradım, bir haber var mı?" diye.

"Evet?"

"O da zaten beni aramak üzereymiş. Pazartesi muayenehanesine bekliyor."

Maya nefesini tutarak baktı kocasına, devamında ne gelecek diye. Atlas onun yanağını okşayarak, "Pazartesi öğleüzeri gibi bütün bilgiler elinde olacakmış. Bizi de o saatlerde bekliyor."

Maya, oturduğu yerde bedenini kocasına doğru döndürerek sordu:

"Peki, şu gün itibariyle söyleyebileceği hiçbir şey yok muymuş bize? Sana hiç mi bir şey söylemedi?"

Atlas kadehini sehpaya bıraktı, karısının elini tuttu ve onu ikna etmek gayretiyle konuştu:

"Canım benim, Murat'ın bugün söyleyeceği bir şey olsaydı, bugün çağırırdı bizi."

"Anlayamıyorum. Bu kadar tahlilden, MR'dan hiçbiri mi geçmedi eline?"

"Bir tanem. Neticelenenler olmuştur elbette. Ama hepsini birden değerlendirmesi gerektiğini söyledi. Bu arada..."

"Evet... Bu arada?"

"Bilgisayarlı tomografinle ilgili bir-iki güvendiği meslektaşıyla da görüşüyormuş."

"Bilgisayarlı tomografim..."

Maya'nın sesi donuk, kendi kendisiyle konuşur gibiydi.

"Evet canım. Bize bir şey söylemeden önce her şeyden emin olmak istiyor olmalı."

"İki gün daha bekleyeceğiz demek ki..."

"Bugün bitti sayılır."

Maya güldü, "Doğru." dedi, "Bir buçuk gün kalmış." Sonra kadehini kaldırdı, "Zaten ne olduysa oldu. Geri dönüp değiştiremeyeceğiz. Gel, biz anımızı yaşayalım. Şerefine!"

Atlas içkisini yudumlarken karısının, kafasındaki endişeleri gerçekten bir kenarda bırakabilmiş olmasını diliyordu. "Roman nasıl gidiyor?" diye sordu, konuyu bir an önce dağıtmak için.

"İstediğim hızda gitmiyor ama yazdıklarımdan memnunum."

"Önemli olan da bu değil mi?"

"Evet ama zihnimden o kadar daha hızlı geçiyor ki hikâye, yazmaya oturduğumda yetişemiyorum. Hele şimdi bu unutkanlıklarımla, telaşlanmaya başladım. Ya aklımdan geçenleri de unutmaya başlarsam Atlasçığım, ne olacak o zaman? Bütün yazma hayatım biterse..."

"Düşünme böyle şeyleri lütfen. Hani anımızı yaşayacaktık şimdi. Belki sadece zihinsel bir yorgunluktan ibaret çıkacak zaten."

"Doğru. Ama elimde değil. Bir gün yazamayacağımı düşünmek dahi çok acıtıyor içimi."

Atlas karısının yanına doğru kayarak kolunu omuzundan sardı. "Bak ne diyeceğim. Gel, şu bir buçuk gün, Murat'a gidene kadar bu endişelerinden uzak dur, konuşmayalım bu konuyu şimdilik. Olur mu?"

"Tamam canım. Haklısın. Kendi kendime ters düşüyorum böyle. Aldırma ne olur söylediklerime. Üstelik, daha romanımla ilgili de hiçbir unutkanlık yaşamış değilim. O da enteresan değil mi? Çayı buzdolabına koydum, şeker yerine tuz kullandım, duşu açamadım ama Orpheus'la ailgili her şeyi ezberden yazıyorum."

"Gördün mü, dediğim de bu. Bence her şey düzelecek. Romanının nerelerindesin şu anda? Kolaylandı mı?"

"Neredeyse. Aslında ne kadar yazmak istediğime bağlı. Elli sayfa sonra da bitirebilirim, yüz elli sayfa sonra da."

"Bu kitabının ucunu açık bırakma bari. Bütün kitapların devamı geliyor gibi bitiyor hep. Bence artık daha fazla beklenti yaratma okurlarında."

Maya keyifle güldü, "Ama çoğunun da devamı geliyor zaten. Bitemiyorlar."

"Yazar sensin. Bitirirsen biter."

"Sanırım, kendim bitmelerini istemiyorum içten içe. Çünkü kahramanlarımı çok sevmeye başlıyorum ve onlarla yaptığım uzak yolculuklardan geri dönsem bile bir gün yine oraya, onlara doğru yola çıkabilmek istiyorum. Onun için, hep bıraktığım yerden serüvene devam edebilecek gibi kalsın istiyorum."

Maya bir kısa an durdu ve elini kocasının yanağında gezdirirken, "Aynen her gece uykuya giderken sabah gözümü açtığımda seni görecek olduğumu bilmenin heyecanı gibi... Şu anı yaşarken daha böyle nice zamanımız olacağını düşünerek onların güzelliğini de hissetmek gibi..." dedi.

Atlas onun elini kavradı, avucunun içine uzun, sıcak bir öpüş kondurdu. Sonra yavaşça çekip dizine oturttu ve belinden iki koluyla sıkıca sardı. Maya, kendisini onun sıcaklığına teslim etti, kollarını boynuna sardı. Bir müddet, sakin, yumuşacık, sıcacık, şefkatli okşamalarla, telaşesiz geçen zaman dilimi, kendi ateşini yakmakta gecikmedi. Şimdiyi ve gelecek zamanları da içine alan duygularla yürekleri, ruhları ve bedenleri kaynaştı, bir bütün oldular.

Sevişmeleri bittiğinde Maya kanepede kocasının kolları arasında uzanmış, parmak uçlarıyla onun kollarını, göğsünü okşarken bir taraftan düşünüyordu. Şu an o kadar huzurlu, mutlu, her türlü telaşeden, endişeden, kaygıdan uzaktı ki dünyası, zaman burada, böylece donabilirdi. Ne olacağını, ona neler getireceğini bilemediği bir ileri zaman için üzülmek çok anlamsız geliyordu. Düşüncelerinde dalmış, parmakları kocasının teninde sıcacık dolaşırken Atlas onu biraz daha sıkı kavrayarak "Teşekkür ederim karıcığım." dedi.

"Ne için canım?"

"Bana anı yaşamayı öğrettiğin için." Sonra iki koluyla sımsıkı kucakladı karısını, "Sana bir sır vereceğim." diye fısıldadı.

"Sır?"

"Ben seninle birlikte olana kadar böyle sarılıp yatmazdım hiç. Âdetim değildi. Seviştikten sonra genellikle sırtımı dönerdim. Ama sana hep sarılmak istiyorum. Bunca zaman sonra hâlâ. Herhalde çok azınlıktayızdır çift olarak, bunca sene sonra böyle yatan."

Maya mutlulukla, ona biraz daha sokuldu, gözlerini kapadı ve teninin kokusunu içine çekti.

"Ben bu harika azınlıkta olmayı seviyorum. Onun için sen bana sarılmaya devam et canım. Sakın sırtını dönme bana..."

Dudaklarını Atlas'ın göğsüne kondurdu ve öpüşünün onun yüreğinin içine kadar işlemesini bekler gibi, kıpırdamadan, kollarının arasında, öylece sessiz kaldı, sıcak ve mutlu…

# 8

Bitmeyen karışık, sıkıntılı rüyalar uyutmuyordu Maya'yı. Yüreğinde bir sıkışmayla uyanıyor ama tekrar uykuya daldığında kâbus kaldığı yerden devam ediyordu. Hatırlamıyordu detaylarını, sadece aynı huzursuzluğu hissettiğini biliyordu. Birilerinden, bir şeylerden kaçıyor, saklanıyor, düşüyor, kayıyor, adımları kilitleniyor, nefesi kesiliyor, tam yakalanmak üzereyken uyanıveriyordu. Ama sonra tekrar uyur uyumaz bu defa farklı gölge mahlûklar düşüyordu peşine. Sanki gecesi, rüyalarıyla beraber, duran ama durduğu yerde tekrarlanan bir zaman sarkacına asılı kalmıştı. Karanlıkta, uzandığı yerde bir müddet yattı. Karabasanlarının sebebini biliyordu. O gün öğleden sonra Murat'la buluşacaklardı. Ondan neticeyi alana kadar da huzuru olmayacaktı anlaşılan. Atlas'ın derin nefeslerini dinledi gıptayla. Sonra onu uyandırmaktan çekinerek yavaşça sıyrıldı yataktan. Sabahlığını giyip parmak ucunda çıktı odadan, kapıyı çekti usulca. Mutfakta, çaydanlığı ateşe koydu. Su ısınırken, aklı günün ileri saatlerinde, alışkanlığı olduğu hareketlerle fincanını aldı dolaptan. Bir diğer dolaptaki kutuyu indirip içinden çıkardığı bir poşet çayı fincanına koydu. Bir müddet, bakışları dalgın, düşünceleri belli ki bambaşka bir yerlerde, bekledi, elleri tezgâhın üzerinde. Sonra fincanı alıp yürümeye başladı. Mutfak kapısından henüz çıkmıştı ki fincanında sadece kuru çay poşeti olduğunu fark etti. Başını salladı iki yana, sanki unuttuğu bir şeyleri geri getirmek ister gibi. Mutfak tezgâhına geri döndü. Kaynamakta olan çaydanlığın altını kapadı. Fincana su koydu. Sonra çayına bal ve zencefil kattı ve ışığı kapayıp çıktı mutfaktan.

Çalışma odasında masasına yerleştiğinde bir müddet yakmadı lâmbayı. Gecenin karanlığında vadide titreşen ışıkları izledi, çayını yudumlayarak. Yağmur gittikçe hızlanıyor, hızlandıkça daha çok göz kırpıyordu ışıklar. Sayısını bilemeyeceği binlerce lâmba, takip edilemeyecek küçücük zaman dilimleri içinde gözlerini muzipçe açıp kapıyorlardı sanki. Çocukluğunun masum gül kurusundan siklamene varan pembeleri, gençliğinin filizi yeşilleri, olgunluğunun, sevginin, aşkın maviden mora tonları, huzurun beyazı, heyecanların sarıdan turuncuya, tutkuların vermiyondan macentaya, karmene akan kırmızıları, ne varsa renk yelpazesinde, gecenin siyahı içindeydi şimdi. Hepsi günle birlikte tekrar ortaya çıkacaktı sabah. Ama şimdi içini karartan sıkıntının, belki on, belki on iki saat sonra alacağı haberin endişesini tek aydınlatan vadinin ışıklarıydı. Aslında en iyi çareyi biliyordu, düşüncelerini uzaklaştırmak için. Masa lâmbasını yaktı, bilgisayarını açtı. *Orpheus ve Ophelia* dosyasını ekrana getirdi. YouTube'da daha önceden aramış olduğu müzik listesini taradı ve Eugene Doga'nın "Requiem"ini seçerek, kaldığı yerden romanını yazmaya başladı.

"Orpheus yeraltı dünyasının karanlığında, elinde tek silahı liri, ilerliyordu. Kaç gündür yollardaydı, bilmiyordu. Zaman mevhumunu yitirmişti gündüzü olmayan bu âlemde. Kızıl kara dehlizler, kaynayan simsiyah nehirler, oradan oraya savrulan, cezalarını bekleyen ruhların arasından yol alırken ölümün kendisinden ziyade burada yargılanmayı beklemenin ürpertici duygusuyla sarılmıştı. Sevdiği kadının bu ıstırabın içinde bir yerlerde olduğunu bilmek onu kahrediyordu. Bugüne dek sadece efsane gibi dinlediği dünyanın içindeydi şimdi ve anlatılandan daha da korkunçtu. Gelip de dönen olmamıştı ki tam olarak neye benzediğini anlatsın. Bu düşüncelerle yol alırken aniden karşısında sınırsız karanlığın içinde yükselen kapıları fark etti. Birden, kayaları inleten bir sesle birlikte zincirlerini sürüyerek gelen Cerberus'u gördü. Ölümlüler dünyasının tanrısı Hades'in üç başlı canavar köpeği kükreyerek üç ağzını birden açtığında köpükler saçıldı etrafa. En keskin hançerden daha keskin dişleri yeni avına geçmek üzere hazırdı. Hiddetle savurduğu yelelerinden onlarca yılan gövdesi salındı sağa sola. Tanrıların en vahşisi Titan'ın, yarı insan, yarı yılan, ölümlü bir kadından doğan oğluydu Cerberus. Görevi, yeraltı dünyasından kimseyi dışarı bırakmamaktı. İlk defa henüz ölmemiş biriyle karşılaşıyordu burada. Hiddetine şaşkınlık karışmıştı canavarın. Hades onu zincirlerle bağlamıştı kapıya ama Acheron'un bütün nehirlerini dolaşıp adım adım her tarafını kontrol edecek kadar uzundu zincirleri. Üç başıyla geçmişi, şimdiyi ve geleceği, aynı zamanda doğum, gençlik ve yaşlılığı temsil ettiği için bu göreve yerleştirmişti onu Hades.

Orpheus hiddetle üzerine gelen Cerberus'tan korkmamıştı. Çünkü sevdiğine duyduğu hasret, onsuzluğun verdiği acı ve ona kavuşmak, onunla kucaklaşmak arzusu korkusunun üzerindeydi. Canavar onu dişleri, pençeleri arasında paramparça etse, Eurycide öldüğünden beri duyduğu tarifsiz acının yanında hiç kalırdı yaşayacakları. Ancak, Cerberus'un kendisine doğru atlamasını beklemedi, hemen lirini çalmaya başladı. Önce bir iki hırıldadı canavar, sonra durdu ve olduğu yerde dişlerinin arasından soludu, yılandan yelelerini oynatarak. Orpheus'un nağmelerinin gücüne karşı koymaya uğraşıyor gibiydi. Ama o kadar duygusal, o kadar mistikti ki lirinden dökülenler, canavar o güne dek hiç tanımadığı duygularla sarıldı. Onca vahşi tabiatı huzura kavuşmuştu sanki. Çok geçmeden sesi kesildi, ağızlarını kapadı, yelelerindeki yılanlar sakinleşti ve olduğu yere oturdu Cerberus. Boynundaki zincirler birbirinin üzerine yığıldı ağır metalik seslerle. Üç başını da dev pençelerinin üzerine doğru uzattı ve derin bir uykuya daldı.

Orpheus şükran hisleriyle tek dizi üzerine çöktü, başını eğdi ve yeraltı tanrısı Pluto ile karısı Persophone'ye minnetini gönderdi. Babasının dediği gibi onlar yolunu açmışlardı buraya kadar ama ölülerin tanrısı ve yeraltı dünyasının imparatoru Hades'i ikna etmek bu kadar kolay olacak mıydı, bilemiyordu. Tanrıların işi belli olmazdı. Bazen kendilerine yakın veya iyi geçindikleri bir başka tanrının kolladığını sahiplenir, bazen de bunu bir güç yarışına dönüştürüp tam aksi tavır koyabilirlerdi..."

Maya üç noktadan sonra durdu. Her biri diğerinden farklı güçlerle donanmış, devamlı birbirleriyle kavga halinde olan tanrıların inancıyla yaşamanın zorluğunu düşündü. Hangisini hoş tutacağını bilemezdi insan. Sevecen tanrılarıyla kolay anlaşmış olmalıydı insanoğulları ama hiddetli olanlarıyla nasıl başa çıkacaklarını, onların gazabından nasıl korunacaklarını hiçbir zaman bilememişlerdi. Böyle düşündükçe Orpheus'un çaresizliğini daha iyi anlayabiliyordu. Ama işte yine düşünceleri kendine, öğleden sonraki doktor buluşmasına çekilivermişti. Bugünlük daha fazla bir şey yazamayacaktı anlaşılan. Bilgisayarını kapadı.

♡♡♡

"Şimdi" dedi doktor Murat, "sevgili Maya'ya neler olduğunu izah edeceğim."

Her zamanki dostane kucaklaşıp öpüşmelerine rağmen, daha muayenehaneye geldikleri anda, arkadaşlarının yüz ifadesinden çok da iyi haberler vermeyeceğini ikisi de hemen anlamıştı. Atlas kendi huzursuzluğunu saklamaya çaba göstererek karısının yüzüne baktı. Maya, hiçbir söylemeden doktorunun ışıklı tabloya filmlerini yerleştirmesini izliyordu. Sonra bilgisayarını açıp ekranı onlara doğru çevirdi Murat.

"Bunların hepsi benim mi?" diye sordu Maya.

"Çoğu senin. Aralarında karşılaştırma için koyduklarım da var."

"Bana bir sürü renkli renksiz sünger parçası gibi görünüyorlar. Yengece benzeyenler de var." dedi Maya, zoraki bir gülüşle." Sonra sorusunu ekledi: "Tümör mü çıktı?"

"Hayır, tümör yok."

Cevabı kötü bir ihtimâli dışlamış olsa da sıkıntılı şekilde genzini temizledi Murat ve devam etti.

"Size keşke, 'Tümör yok' dediğim rahatlıkla, bir de 'Hiçbir şeyin yok Maya.' diyebilseydim."

Atlas huzursuz, yerinde kıpırdandı. Maya pür dikkat, nefesini tutmuş, neler duyacağını merakla bekliyordu.

"Bütün tahlillerini, tüm MR, EEG hepsini detaylı inceledim. Başka uzman arkadaşlarımla da görüştüm ve onlar da benimle aynı kanıya vardılar."

Durup, tekrar genzini temizledi. Bunca tecrübesine rağmen, kendisine kardeş gibi yakın arkadaşlarına haberi vermekten çekiniyor gibiydi.

"Lütfen çabuk söyle." dedi Maya. Her ne ise kaldırabilirim."

"Önce izah etmek istiyorum."

"Lütfen Murat. Önce neyim olduğunu söyle. Sonra izah edersin."

Murat Atlas'a bir bakış attı ve "Pekiyi, tamam." dedi, "Maalesef Alzheimer..."

Maya denileni anlamak ister bakışlarla baktı Murat'a. Gözlerini kapadı kısa bir an, duyduğunu sindirmek için. Yavaş bir sesle sordu:

"Alzheimer?"

"Evet, maalesef..."

"Alzheimer... Alzheimer demek..." diye mırıldandı Maya kocasına dönerek. İkinci defa değil, daha onlarca defa duysa bir türlü kendisine ait bir haber gibi gelmeyecekti bu teşhis. Atlas uzanıp onun elini tuttu, ondan daha beter kaybolmuş bir ifadeyle.

"Neden?" diye sordu Maya. "Neden Alzheimer? Kesip atabilecek bir şey olsaydı keşke..."

"Şu an, tahribatı konuşulduğundan çok daha önemli bir hastalık Alzheimer. Bugün dünyada kırk dört milyon kişi mustarip bu hastalıktan. İnsan ömrü uzadıkça bu sayının artması, 2050'de yüz otuz beş milyona varması bekleniyor. Sinsi ve dünyanın belâsı bir hastalık. Hiç bilgin var mı Alzheimer'la ilgili?"

"Öldürmeden öldürdüğünü biliyorum. Yavaş yavaş her şeyi unutuyor insan... sonunda kendini bile unutuyor... öyle değil mi? Demansın bir başka türlüsü."

"Evet, sen bir şekilde, yazar yorumuyla özetledin... ama ben sana, size, bundan daha fazlasını anlatmak, ikinizi de hazırlamak isterim olacaklara, olabileceklere. Demans, beyinde oluşan arızaların hepsini bünyesinde toplayan bir başlık. Alzheimer onun alt kategorisinde o hastalıklardan birisi ve en sert, en zor yaşananı."

"Peki bana nasıl, nereden geldi bu meret?"

"Onu hiç bilemiyoruz Mayacığım. İnan, ben de hayretler içinde inceledim neticelerini. Senin kadar aktif, zihni sürekli öğrenmek, hayâl kurmak, yazmak, öğretmekle meşgul, hayatla iç içe, hem fiziki, hem ruhsal olarak sıhhatli, sportmen, mutlu bir kadının bu yaşta Alzheimer'a yakalanmış olması beni de çok şaşırttı. Yüksek tansiyonun, kolesterolün yok, diyabetin, genetik herhangi bir rahatsızlığın, daha önceden geçirdiğin bir beyin travması söz konusu değil. Hâsılı, sebepler listesinde ağırlıklı olan maddelerin hiçbiri mevcut değil senin durumunda."

Atlas şokunu daha atlatamamıştı. "Yüzde yüz emin misin Murat?" diye sordu.

Doktor onay olarak hiçbir şey demeden, çaresiz bir ifadeyle başını salladı.

Maya, "Ne olacak şimdi?" diye sorarken kocası aynı anda "Ne yapacağız şimdi?" dedi. "Yapabileceğimiz bir şey yok mu? Yurt dışında falan?" diye ekledi Atlas.

"Atlasçığım, Mayacığım, benim için ne kadar kıymetli olduğunuzu biliyorsunuz. İnanın, şu anda dünyanın hiçbir yerinde yapılabilecek bir şey yok."

"Ama daha çok başında değil mi? Durdurabilir miyiz, yavaşlatabilir miyiz? Ne bileyim, yapacak bir şeyler olmalı muhakkak. Okuduğu kitapları ezberden anlatıyor Maya. Duraksamadan yazıyor romanlarını. Tarihler, isimler, her şey ezberinde... Böyle bir hastalığa nasıl yakalanır?"

Atlas, karısının elini avucunda sıkı sıkı tutmuş, iskemlesinin ucunda rahatsız bir tavırla oturuyor ve sorularını arka arkaya hızla sorup konuşurken sanki Maya'nın tedavisine bir umut cevap bulacakmış gibi bakıyordu arkadaşının yüzüne.

"Biliyorum Atlas... biliyorum. Şimdi, az önce sorduklarınız ve aklınıza gelebilecek nice soruya cevap olarak bir şeyler söylemek istiyorum... İnanın, benim için de sizlerle bunları konuşmak çok zor ama mademki teşhisimiz belli oldu şimdi adım adım olacakları ve yapabileceklerimizi sıralamak istiyorum."

"Öncelikle Mayacığım, Alzheimer'ın başlangıcı, şu andaki bulgulara bizi getirdiği günden on, yirmi, hâtta otuz yıl öncesine dayanıyor. Yani hasta hissetmeden çok önce beyin değişikliğe uğramaya başlamış oluyor. Genellikle altmış beş-yetmiş yaşından sonra görüyoruz hastadaki sendromları. Beni rahatsız eden şeylerden biri de Maya'nın altmış yaşında sendromları vermesi. Bütün dünyada daha genç yaşa inmeye başladı bu hastalık. En yeni öğrendiklerini unutarak başlar belirtileri, yine genellikle. Ama Maya'nın durumunda, hafızası, hayatının parçası olan, bilgi alışkanlığı ve dağarcığına kayıtlı detayları atlamış. Kaygı, depresyon gibi sıkıntıları yok. Ama o iki kez yaşadığın bilinç bulanıklığı tipik belirtiler. Belli bir kıstası yok Alzheimer'ın. Her hasta kendi yaşam tarzına, zihin jimnastiğine, entelektüel seviyesine, genel ruh haline bağlı farklı örnekleme gösteriyor. Dolayısıyla Mayacığım, seni de kendi belirtilerinle izleyeceğiz."

"Neler olacağını bekleyerek yaşamalıyım Murat?"

Doktor başını ekrana çevirerek, "Önce beyninde ne olduğunu anlatarak başlayayım." dedi ve ekrana dönerek devam etti: "Şu gördüğünüz bölge, hipokampus, 'bellek sepeti' diye bildiğimiz alanı beynin. Bu bölgedeki hücrelerde, nöronlar içinde, nörofibriler yumak dediğimiz kötü birikim alanları oluşur Alzheimer'da. Hücreler arasındaki bu kötü birikimler betaamiloid plâkları oluşturur ve hücreler arası iletişimi bozar, dokular gittikçe küçülür. Bu da atrofiye yol açıyor. Hastalık belirtileri de o zaman ortaya çıkar. Şimdi bakın, şuradaki sıhhatli beyin ve bu da senin beynin Maya. Sende, demin dediğim gerçekleşmiş. Unutkanlık belirtilerin, kaybolma hissin bunun göstergesi. Öğrenmeden sorumlu asetilkolin maddesi azalırken, ciddi bir iltihap ve dejenerasyon nedeni olan glutamat maddesi yükseliyor buradaki farkta gördüğünüz gibi..."

"Tedavisi yok mu?"

"Şimdi yakın takipte olacağız Atlas. Maya'nın durumunda nasıl seyredecek hastalık, izleyeceğiz. Var bazı ilâçlar ama kesin bir tedavi yöntemi yok. Olan ilâçlar da iyileştirmekten ziyade semptomatik tedavinin parçası oluyor. Mayacığım, genellikle hastalar, belirtiler çok daha komplikeleşince geliyor. Bu seni rahatsız eden yenilikleri ya ciddiye almıyorlar, ya üzerlerine kondurmak, ciddi bir şey olabileceğini kabullenmek istemiyorlar. Sende de daha bu semptomların çoğu yok. Ama görüntüleme sonuçları, çok net Alzheimer'ı gösteriyor. Bu kadar aktif olman, zihnini sürekli işlevsel ve yaratıcı tutman, hastalığın ilerleme sürecini daha uzatabilir, uzatacaktır diye umuyorum. Ancak bu da bir tahmin sadece. Entelektüel hastaların bir kısmında daha hızlı ve daha sert bir çöküş yaşanıyor."

"Ama er veya geç hepsi olacak, değil mi?"

"Maalesef evet. Bu süreci durdurma, geri döndürme imkânımız yok."

"Meselâ neler olacak, er veya geç dediğin şekilde?"

"Dikkat işlevlerinin bariz bir şekilde bozulması, öğrenme, algılama zorluğu ve bellekte yer etmemesi, lisan bozukluğu, algı bozulması, sosyalleşmede bozulmalar gelecek zamanla..."

"Ne kadar zaman sonra?"

"İşte, dediğim gibi bu her hastanın kendi hastalığı içinde ayrı, farklı bir süreç. Senin avantajın, bazı şeyleri unutsan dahi, entelektüel ve sosyal zekânla durumu idare edebilecek olman."

"Dışarıya karşı kamufle etmek için..."

"Evet, birçok unuttuğun konuyu, ismi vs. başka bilgilerinle tanımlayıp iletişimde olduğun kişilerle kopmadan sosyalliğini devam ettirebilirsin... bir müddet..."

Murat masanın arkasındaki koltuğundan kalkarak onların olduğu tarafa geçti ve bir iskemle çekip yanlarına oturdu ve ağır ağır, Maya'nın durumuna ne kadar üzüldüğü belli, devam etti:

"Ezbere bildiğin, yaptığın şeyleri, anahtarının yerini, isimleri, verdiğin randevuyu, yemeğin altını açık unutma gibi küçük diyebileceğimiz ama baz teşkil eden hafıza kayıpları çoğalacak zamanla..."

Maya, çantasından "Unutma Beni" defterini çıkarıp Murat'a uzattı:

"Bu dediklerin zaten başladı..."

Murat defteri eline aldı, karşılaştırmalı sayfalarda hızla göz gezdirdi ve "Bu deftere böyle devam etmenizi istiyorum." dedi, geri verirken, "Ve Maya, her akşam ve her sabah yazılanları tekrar okumanı istiyorum. Bu seni kendi hatırladığın ve Atlas'ın tamamladığı anılara yakın, bağlı tutmaya yarayacak."

"Sonra? Sonra neler olacak, bana her şeyi anlatmanı istiyorum Murat."

"Sonra, ilerleme evresi geldiğinde, hem ruhsal, hem zihinsel, hem de sosyal davranışlarında farklılıklar olacak. Örneğin yaz günü kışlık bir giysi giyebilir hasta. Renk, mevsim, mekân uyumu kalmaz giyinmesinde. Çaydanlığı yatak odasına, yastığını mutfağa koyabilir. Parasını, kıymetli bildiği şeyleri saklar, bulamaz, birilerini suçlar. Çok iyi bildiği hobileri bile yapamaz hale gelir; resim gibi, örgü örmek, enstrüman çalmak gibi. Yemek pişiremez. Ruh halleri ani değişimler gösterir. İçine kapanıklık, ani sinirlenme, iştahsızlık veya bazen de aşırı iştah durumları ortaya çıkar. Uyku azlığı veya gündüzleri uyuyup geceleri dolaşma gibi yeni alışkanlıklar edinir..."

Murat bir an durdu. "Aslında..." dedi, "Şimdi felâket habercisi gibi saymak istemiyorum bütün bu gidişatı ama daha ağır evreye gelmeden önce her şeyi en ince ayrıntısına kadar konuşup, tedbirleri almak ve bu zamanı en kaliteli şekilde geçirmek üzere bilinçli hazırlanmak çok önemli. Her hastamla bu kadar detay konuşmam, konuşamam. Çoğu hastanın ya kendisi ya da yakını baştan durumu kabul edemiyor, konduramıyor. Teşhisi de detayları duymazlarsa hastalıktan kurtulacaklarmış gibi, dinlemek istemiyorlar. Ama sizler medeni, açık görüşlü insanlarsınız ve her adımı, yaşanacak her sıkıntıyı bilmenizi istiyorum..."

"Sonra?"

Maya konunun ağırlığını alabildiği kadar almak, sindirmek, iç kavgasını bir defada bitirmek istiyordu. Atlas, onun bütün problemleriyle böyle başa çıktığını bilmesine rağmen, bu konuda nasıl bu kadar sağlam durabildiğine şaşkındı.

"Sonra, kendi başına yaptığın birçok şeyde yardıma ihtiyacın olmaya başlayacak... sonra aile bireylerini, en sevdiklerini karıştırmaya başlayacaksın. Kendin belli zamanlarına yolculuk yapıp, orada yaşadığını zannedebilirsin. Ya da tamamen hayâli dünyalar yaratabilirsin, kendini huzurlu hissettiğin. Halüsinasyonlar başlar..."

"Yavaş yavaş biteceğim yani... Dedikleri doğru o zaman; ölmeden ölmek işte bu. Hem de her gün ölmek, defalarla... Çok hırçınlaşır mıyım?"

"Bilemem Mayacığım. Kimi hasta son derece içine kapanık oluyor, kimi çok agresif. Hırçınlaşma karşısında yapılabilecekler aslında hastadan ziyade sevenlerinin özen göstermesi gereken bir durum. Hasta hayâli dünyasında, halüsinasyonlarıyla kendi inandığı, olması istediği bir dünya, dünyalar yaratıyor. Bunlara ters düşülünce, anlaşılmayınca, kendini ifade edemeyince ya da korktuğu, kaçmak istediği olayları kontrol edemediği için hırçınlaşıyor. O zaman aileye büyük iş düşüyor."

Maya, kocasının avucu içindeki elini, onun bileğini okşayarak geri çekti. Dirseklerini koltuğunun kolçağına dayayıp ellerini çenesinin altında birleştirdi. İnmeye hazır yaşlarına hâkim olmak için gözlerini kapadı ve dudaklarını ısırdı. Sonra sordu:

"Hiç kimseyi, hiçbir şeyi bilmediğim zaman ne olacak?"

"O ileri evre Maya. O zaman için de bugün değil, ama daha sonra bir tarihte konuşalım yine. O günler için de senin baştan vermen gereken kararlar olacak."

"Ne gibi? Kendini bilmeyen insandan ne beklenebilir ki?"

"İşte o sebepten o kararlarla ilgili henüz karar sağlığına sahip iken senin şahsen bir açıklık getirmen ve bunu Atlas'a, çocuklara bildirmende fayda var."

Atlas başını iki yana salladı, sesinde isyan vardı. "İnanamıyorum! Bütün bu olanlara inanamıyorum."

"İnansak iyi olur sevgilim." dedi Maya. Sonra doktora döndü, "O gün ne zaman gelir? Sevdiklerimi tanıyamayacağım gün..."

"Maya, inan bilemiyorum. Bunu bilmemiz mümkün değil. Her Alzheimerlının durumu kendine özel."

"Pekiyi, kaç yılım var?"

Atlas yutkunarak baktı Murat'a, mümkünse en büyük yalanı söylemesi için rica eder gibi.

"Şimdilik hiçbir şey diyemem." dedi Murat. "Henüz en son noktayı düşünmeni istemiyorum Maya. Şimdi yapılacak şey senin yaşam kaliteni en yüksek düzeyde tutmanı sağlayacak hazırlıkların yapılması. Hayatın bir akşamdan sabaha değişmeyecek ama kontrol edemeyeceğin gün gelene dek yaşayabileceğin hayatı huzurlu, güvenli ve destekçilerinle, sevdiklerinle yaşayıp değerlendirmen senin elinde. Hayatını alıştığın, sevdiğin gibi yaşamaya devam edeceksin. Zihinsel ve sosyal aktivitenden, egzersizden, zihin oyunlarından vazgeçmeyeceksin."

"Duygularımı kaybedecek miyim?"

"Tabii ki kaybetmeyeceksin. Onları ifade etmekte zorlanabilirsin ama bu, duygularının yok olduğu anlamına gelmez."

Maya sesi titreyerek konuşurken Atlas'a döndü.

"İfade edemezsem nasıl bilecekler onları sevdiğimi?"

Atlas karısının güçlü görünmesine rağmen içinde kopan fırtınaları hissediyordu. Çünkü aynı duyguları taşıyordu şu an. Onun yeşil gözlerinde titreşen yaşlara bakarken içi parçalandı ve daha fazla dayanamayıp yerinden kalktı, ona omuzlarından sarıldı ve alnını öptü. "Sen hiç konuşmasan da bilirim ben senin sevgini." diye fısıldadı, kendisi ağlamaktan korkarak. Murat, sıkıntılı derin bir nefes alarak bekledi onların bir müddet sessiz, öylece durmalarını. Maya gözyaşlarını içine akıtmış olmalıydı. "Ohh!" dedi, huzurlu bir sesle, "Biliyor musunuz, rahatladım."

Atlas onun elini bırakmadan tekrar oturdu koltuğuna.

"Keşke seni gerçekten rahatlatabileceğim bir şeyler söyleyebilseydim." derken Murat'ın sesinde arkadaşlarının yaşadığı şoktan kendisi sorumluymuş gibi bir suçluluk duygusu vardı.

"Teşekkür ederim Muratcığım." dedi Maya. "İnan, şu teşhisi ve ardından yaşayacaklarımı duymak son haftalardır yaşadığım o bilinmezlik, kaybolmuşluk duygusundan sonra rahatlattı beni. Şimdi en azından neyim var biliyorum. Beni nelerin beklediğini biliyorum." Durdu ve kısa, gergin bir kahkaha atıp ekledi: "Hatta, hayatımda hiç geleceğimi nasıl yaşayacağım hakkında bu kadar bilgim olmamıştı... Zaten kimin olabilir ki? Şimdi, âdeta Nostradamus'a fal baktırmışım gibi hissediyorum kendimi."

Maya, hayatının kontrolünü tekrar eline almış gibiydi. Yavaşça ayağa kalktı. Kollarını göğsünde kavuşturdu ve Murat'a hitaben konuştu. "Bir tek şey daha bilmek istiyorum. Kesin cevap veremiyorsun, anladım. Ama bana ortalama bir şey söylemeni istiyorum lütfen."

Erkekler de ayaktaydı şimdi. Murat onun sorusunu bekledi.

"Ne kadar ömrüm olduğunu bilmek istiyorum. Bir yıl mı, beş mi, on mu?"

"Maya bu işkenceyi yapma kendine. Daha başındayız. Nasıl ilerleyeceğine bakalım."

"Maya, lütfen..." dedi Atlas, araya girmeye çalışarak. Ama Maya ısrarla Murat'ın yüzüne bakmaya devam etti, "Kaç sene?" diye tekrarladı sorusunu.

"Pekâlâ... Nasılsa eve gider gitmez interneti açacaksın, biliyorum. Ortalama sekiz-on sene yaşıyor Alzheimer hastaları. İki sene içinde tükenenler de var, yirmi sene yaşayanlar da. Birçok etken bu süreci hızlandırabilir: beynin vücudun beslenmesini kesmesi, anorexia yani hızlı kilo kaybı, genel sağlık problemlerinin kronikleşmesi, bünyenin zayıf düşmesi, enfeksiyonlar, kötü bakım, sevgisizlik, ilgisizlik gibi onlarca farklı sebep... Bu şansızlıklar olmazsa, hasta iyi bakılırsa hayatı uzayabiliyor."

Atlas boğazında bir yumru dinlerken Maya gayet rahat, "Gördün mü? Bak, ne kadar kolaymış şunları söylemek. Neden uzattın bu kadar, bilmem." dedi.

Atlas ile arkadaşı birbirlerine baktılar, onun tavrındaki rahatlığın gerçekliğine inanamayarak.

Karı koca el ele muayenehaneden çıktıklarında hava kararmıştı. Yağmur, sanki durmamaya yeminli, bütün hızıyla yağmaya devam ediyordu. Atlas arabaya bindiklerinde karısının artık kendini bırakıp doya doya ağlayacağını düşünüyordu. Ama teselli etmekte ne kadar çaresiz kalacağını da biliyordu. Zira kendisi darmadağındı. Dünyası yıkılmış, gerçek ile kâbus arasına sıkışıp kalmıştı. Kafasında sorular, direksiyona oturduğu zaman Maya ona doğru döndü, boynuna sarıldı ve "Haydi sevgilim, güzel, romantik bir yerde yemeğe gidelim ve kafayı çekelim." dedi.

Atlas, huzursuzluğuna rağmen kendisini bir nebze rahatlamış hissetti. Üzüntü ve çaresizliği o boyuttaydı ki, karısının güçlü tavrı içine su serpmişti. İçi sevgiyle titreyerek baktı ona. "Seviyorum seni." dedi, "Çok seviyorum."

Sadece sevgi değildi, aşk değildi hissettiği. Şimdi onu her zamankinden fazla koruma, kollama, içine alıp karşılaşabileceği her türlü kötülükten saklama ihtiyacını hissediyordu. Kabul edemiyordu karısının başına gelenleri, gelecekleri. Onun başını iki avucu arasına aldı, esas hissettiklerini gözbebeklerinde görmek arzusuyla bakarken, "Kızgın değil misin?" diye sordu.

"Hayır." diye sakin bir sesle mırıldandı Maya, "Yapabileceğim hiçbir şey yok ki."

"Evet ama en azından kızabilirsin. Ben kızgınım. Sana böyle bir lânetin tebelleş olmasına çok kızgınım, hiddetliyim. Evet, hiçbir şey yapamıyorum ama en azından hiddetleniyorum."

"Hiddetlenme sevgilim. Herkes bir şekilde gidecek... Bu da benim gidiş şeklim olacakmış."

Birden, kocasını içinde olduğu ruh halinden çıkarması gerektiğini fark etti. "Hey!" dedi, "Haydi neşelen artık. Merak etme, inatlaşacağım bu hastalıkla. Sonuna kadar uğraşacağım. Alt edemesem bile raundu uzatacağım. Üstelik daha kaç roman var yazacağım. Haydi gel şimdi gidelim, bu anımızı yaşayalım."

"Evet" dedi Atlas, onu dudaklarından öperek, "anımızı yaşayalım. Nereye gitmek istiyorsun?"

"Senin götürmek istediğin yere."

# 9

Ezel, Ege ve Bahadır duyduklarına inanamamış, şaşkınlık, endişe, belki de kötü bir şaka ihtimâli olduğuna umutlu, hiç konuşmadan bakakalmışlardı. Sümer, konu kendisine çok uzak olmasına rağmen, onların yüz ifadesinden ürkütücü bir şeyden bahsedildiğinin farkında, babaannesini dinliyordu.

"Sizlere hemen söylemek istedik." dedi Maya.

"Evet." diye araya girdi Atlas, "Bana kalsa biraz daha beklemeyi tercih ederdim. Ama Maya bir an evvel hepinizin durumu bilmesini istedi."

"Emin misin anneciğim? Her şeyinle o kadar mükemmel görünüyorsun ki, nasıl böyle bir hastalık kondurulabilir sana?"

Ege sorusuyla diğerlerine de sözcülük yapmıştı. Onu onaylayarak baktılar.

"Size öyle geliyor canım. Sürekli benimle olmadığınız için bilemezsiniz. Aynı değilim... kendim farkındayım. Atlas da farkında."

Çocukların kendisine dönen bakışlarına sessizce başını sallayarak onay verdi Atlas.

Maya yanındaki sehpanın üzerindeki defteri eline aldı, "İşte" dedi, "bu da şahidim."

"Nedir o?" gibilerinden baktı çocuklar.

"Her sabah bir gün evvelden hatırladıklarımı yazıyorum buraya. Müşterek zamanlarımızla ilgili eksik bıraktığım kısımları Atlas dolduruyor. Korkarım, bir müddet sonra ona daha çok iş düşecek."

"Siz ne derseniz deyin, sizin Alzheimer olduğunuza inanmak çok zor." dedi gelini. Birkaç arkadaşımın da yakınları var bundan mustarip ama inanın sizin onlarla yakından uzaktan ilginiz yok. Siz, hayatınızı hepimizden daha enerjik, daha dolu dolu yaşıyorsunuz."

"Şu an o bahsettiğin o kişilere benzemiyor olabilirim Ezelciğim ama er veya geç onların durumuna düşeceğim, biliyorum."

"İnanamıyorum." dedi Bahadır isyanla, "Senin böyle bir hastalığa yakalanabileceğine inanamıyorum."

"İnanmaya başladığımız gün çok geç olacağı için zaten sizlerle şimdiden konuşmak istedim Bahadırcığım. Güvenilir bir tarafı, yazılı bir programı yok bu meretin. Nasıl bir tempoda, nerelerde çatlak verip ilerleyeceğini bilemiyoruz. Sadece olabileceklerin bir listesi var elimizde. Ne zaman, ne mekân, ne de ortaya çıkacak ruh hallerim kesin değil. Alzheimer'ın sebebinin bilinmediğini, önlenmesinin ve geri dönüşünün imkânsızlığını düşünürsek, şu an teşhisimin konması dahi çok önemli bir durum. Bana ne olduğunu ve daha neler olacağını biliyorum en azından. Kaçınılmaz netice de belli. Bilemediğimiz, bunu yaşayacağım sürecin ne kadar olduğu ve hangi hızla seyredeceği..."

Maya durdu. Hepsinin gözlerinde hâlâ daha güzel, umutlu bir söz duymak üzere beklenti vardı, görebiliyordu. Onların yaşamakta olduğu çaresizlik için hissettiği üzüntüyle derin, iç çekti. "Biliyorum" dedi, "bu sizlere vereceğim güzel bir haber değildi. Hâtta çok zalimce, biliyorum."

"Ne zalimcesi anneciğim, yapma Allah aşkına!" diye isyanla konuştu Ege, "Esas zalimlik bu hastalığın sana yapışması. Senin neler yaşadığını tahmin edebiliyorum. Tabii ki paylaşacaksın. Tabii ki bilmemiz lâzım. Biz senin aileniz."

"Özellikle senin için çok acımasız bu anlattıklarım canım Sümerciğim." diye devam etti Maya, torununa bakarak. "Ama senin olgunluğunu biliyorum ve sonra abuk subukluklar yapan bir babaanneye şaşmak, kızmak, küsmek yerine, senin de baştan her şeyi bilmeni istedim. İnanın çocuklar, şayet sizi dışında tutabileceğim bir durum olsaydı, ruhunuz bile duymasın diye elimden geleni yapardım. Hepinizin kendi hayat telaşı içinde bir de kafanızı bununla meşgul etmek istemezdim. Keşke kendi başıma ya da sadece Atlas'la paylaşarak yaşayabilseydim... Ama öyle bir meret ki bu, şu anki hafızam, karar ve yorum yeteneğim kalmadığı gün hanginize karşı bir yanlışlık yaparım, saçma bir şey söylerim, belli olmaz. Hangi birinizle, ne zaman böyle bir tatsızlık yaşayacağım, bilemiyorum ancak anladığım kadarıyla o gün, bir gün gelecek. Bilmenizi istedim ki, böyle bir şey olursa anlayışla karşılayın beni. Dediğimin, yaptığımın veya diyemediğimin, yanlış yaptıklarımın sebebini bilin."

"Biz ne yapabiliriz?" diye sordu Ege, oturduğu kanepede öne doğru gelerek.

Onun yanındaki Bahadır ekledi:

"Evet, muhakkak bizim yardımcı olabileceğimiz bir şeyler olmalı."

"Her ne ise, seve seve..." diye mırıldandı gelini, duyduklarından çökmüş bir vaziyette. Sümer oturduğu yerden kalkıp Maya'nın yanına geldi. Onun koltuğunun dibinde dizleri üzerine oturup elini tuttu. Gözlerinde, konunun ciddiyeti karşısında delikanlı yaşının çaresizliği okunuyordu. Maya diğer eliyle onun başını okşarken konuştu:

"Hepinize iş düşecek çocuklar... Korkarım hem de çok iş düşecek..."

"Yani tedavin için bir şeyler yapabilecek miyiz babaanneciğim?"

Genç çocuğun gözlerinde umut ışığı belirmişti.

"Tatlım benim, dediğim gibi bunun geri dönüşü yok. Ama ilerleyen zaman sürecinde hayatımızın kaliteli geçmesi için sizin çok anlayışlı olmanız gerekecek. Şu an anlayışlı değilsiniz demek istemiyorum. Sadece, ben unuttukça, karıştırdıkça, o dünü, yarını olmayan dünyanın içine girdikçe size çok daha fazla iş düşecek. Sizi tanımadığım, dediklerinizi anlayamadığım, sorularınıza cevap veremediğim veya her şeyi ters, yanlış yaptığım zamanlar bana karşı çok ama çok sabırlı olmanız gerekecek. Çünkü bir zaman sonra ben bilemeyeceğim tavırlarımın, konuşmamın değiştiğini. Daha yaşarken unutacağım yaşadıklarımı, söylediklerimi... Size yabancı kalacağım. Siz de bana..."

Onların yüzündeki isyankâr ifadeleri görebiliyordu. "Ben kızmıyorum, siz de kızmayın." dedi, "Bu duruma sinirlenmek, hiddetlenmek, inkâr etmek sadece engel olacak yaşamımın kalitesine, bunun farkındayım. Ne zaman ki hafif bir isyana kapılıyorum, tamamen bloke olduğumu hissediyorum. Onun için bu negatif duygulardan uzak duracağım. Yapabileceğim tek şey, hastalığımı ve bana yapacaklarını kabul etmek ve bu süreci en iyi şekilde yaşamak üzere plân yapmak. Sizlerin yardımıyla tabii. Yardımı ve sabrıyla..."

Sümer'in bakışlarından babaannesini onun kendisini ileriye dönük anlattığı haliyle canlandıramadığı belliydi. "Söz veriyorum, ben çok sabırlı olacağım." derken, gözlerinde yaşlar pırıldıyordu.

"Biliyorum canım benim, biliyorum." dedi Maya onu sevecenlikle okşarken.

Birden sessizlik çöktü. Maya ve Atlas çocuklarının nasıl sarsıldığını hüzünle izlerken, diğerleri duyduklarını içine sindirmeye çalışıyordu. Eve çöken kasvet havasını yine Maya dağıttı. "Benden haberler bu kadar!" dedi canlı bir sesle, "Şimdilik bu kadar. Artık hepiniz bildiğinize göre, günlük hayatlarımıza devam edebiliriz. Lütfen öyle acıklı yüzlerle bakmayın. Bakın, birçok Alzheimerlıya göre çok ama çok şanslıyım ve beni bilirsiniz, öyle kolay da pes etmeyeceğim. İnzivaya çekilmeyeceğim, kendime acımayacağım ve hayatın bana verdiği nimetlerin tadını çıkararak yaşamaya devam edeceğim. Demin sordunuz ya her biriniz, "Ne yapabiliriz?" diye. Söyleyeyim. Siz de hayatlarınızı en anlamlı şekilde yaşayın. Mutluluğu, huzuru ön plânda tutun. Daha sık bir araya gelelim. Birbirimizi özlemeyi beklemeyelim... Haydi biraz da sizleri dinleyelim. Neler oldu, bitti, son görüşmemizden bu yana."

Ege ile Ezel birbirine baktı. Belli ki söyleyecekleri bir şey vardı. Ama kimsenin kendisine ait bir konu konuşacak hali yoktu şu anda, Maya'nın ölümcül derdinden sonra. Maya, her birinin yüzüne bakarak, az önceki konuyu değiştirmeleri için iteledi onları:

"Eee? Yok mu hiç hayatınızda olan biten bir şey?"

Ege arzusuz bir sesle konuştu:

"Gelirken paylaşmak istediğimiz bir konu vardı anneciğim ama şu anda bütün her şey o kadar önemsiz ve anlamsız kaldı ki..."

"Ne kadar saçma! Ne demek anlamsız kaldı? Ben Alzheimer oldum diye sizlere ait her şey anlamını yitirir mi hayatta? Bir daha böyle bir şey duymak istemiyorum Egeciğim."

Sümer araya girdi, babaannesini mutlu etmek ister gibi atıldı:

"Annem işini değiştiriyor. Daha önemli bir göreve başlıyor."

"Sümer..." diye uyarmak istedi Ezel.

"Bunu mu saklayacaktınız? Halbuki ben haberini bekliyordum Ezelciğim."

"Annem biliyor muydu zaten?" diye hayretle sordu Ege.

"Annene çıtlatıp fikrini almak istemiştim."

"O ne demişti?"

"Annen seni benden iyi tanıyormuş Ege. Senin vereceğin cevabı biliyordu."

"Çok sevindim." dedi Maya, "Hayırlı olsun." Sonra torununa doğru eğilip saçlarının arasına bir öpücük kondurdu, "Sümerciğim, madem şimdi annen sık sık iş seyahatinde olacak, onun burada olmadığı zamanlar, baban gelemese dahi sen muhakkak bize geleceksin. Belki arada bir de okul çıkışında dışarıda yemek yeriz. Tamam mı?"

"Tamam babaanneciğim. Harika olur."

Maya kocasına döndü, "Sevgilim" dedi, "haydi bunu kutlayalım. Buzluğa kadehler koymuştum."

Sonra Bahadır'a hitapla ekledi:

"Evet canım, sende yok mu bir haber?"

Bahadır genzini temizler gibi bir ses çıkarmıştı, herkes dönüp ona baktı. Biraz kararsız, "Benim de" dedi tereddütlü, "benim de bir haberim vardı. Ama Ege'nin dediği gibi şimdi söylemek çok anlamsız geliyor."

Maya, torununun başını okşayıp ayağa kalkarken, "Ona söylemiştim, böyle bir kısıtlamanın saçmalığını. Sana da tekrarlayayım mı?" dedi, şaka yollu kızarak.

Atlas mutfağa giderken durmuş, oğlunun ne diyeceğini bekliyordu. Hepsine hitaben, "Çocuklar, bizimle paylaşmaya hazır olduğunuz her şey anlamlı bizim için. Bunu hissettiremedik mi size şimdiye kadar?" diye serzenişte bulundu.

"Evet evet, haklısınız."

Şimdi bütün bakışlar Bahadır'ın üzerindeydi. Bir an önce söyleyip kurtulmak ister gibi çabucak döküldü kelimeler dudaklarından:

"Ciddi bir ilişkim var. Sizlerle tanıştırmak istiyorum... Oh! Rahatladım!"

Maya, dudaklarında kocaman bir tebessüm, alkışlayarak yaklaştı Bahadır'a ve ayağa kalkan genç adamı yanaklarından öptü.

"Nihayet! Çok sevindim canım." dedi, "Ama daha geçen hafta kimse yoktu. Ne zaman ciddileşti böyle?"

"Tanıyor muyuz?" diye sordu Atlas.

"Sanmıyorum babacığım. Ben de yeni tanıdım."

"Amma sır adamsın." dedi Ege, annesinin haberinin burukluğunu taşıyan bir gülümsemeyle.

"Sizin kadar değil. Baksana siz de hepimize sır haberle gelmişsiniz bugün."

"Canım, o nihayet iş." dedi Ezel, "Seninki kocaman bir hayat değişikliği."

"Eh, daha iyi saklanması gereken bir sır değil mi?"

Az önce konuşulanların ağırlığı üzerlerinde olmasına rağmen güldüler. "Harika!" dedi Maya, "Bak, kutlayacak iki olayımız var şimdi. Biliyordum, o köpüklü şarapları açacağımız bir şeyler olacağını. Atlasçığım, sen içkileri hazırlarken ben de atıştırmalık bir şeyler çıkaracağım."

"Yardıma geleyim." diye atıldı gelini. Ardından hepsi mutfağa doru ilerledi ve geniş mermer tezgâhın etrafına dizildi. Maya buzdolabından çıkardığı peynir çeşitlerini, taramayı Ezel'e teslim ederken "Bir dakika!" dedi, "Hay Allah, nasıl hemen düşünemedim!"

"Ne o canım?" diye sordu Atlas.

"Eh, madem Bahadır'ın tanıştırmak istediği biri var, neden onu da çağırmıyoruz. Bundan daha güzel bir gün olabilir mi tanışmak için, ailemize yeni gelecek biriyle?"

"Mayacığım, sadece ilişkimiz ciddileşti biraz ama 'ailemize gelecek' faslı için şimdilik erken daha."

"Ciddi olmak başka ne anlama gelir ki?"

"Yani, bu defa diğer ilişkilerimden çok farklı bir şeyler hissediyorum. Ama sonrası ne olur, bilmiyorum."

Atlas buz kovasını hazırlarken, "Aile buluşmaları bu kararlarda çok etkili olur." dedi.

"Tabii bilemezsin, hızlandırır mı, sonlandırır mı." diye muziplik yaptı Ege.

Maya, geliniyle birlikte tabaklara mezelerini yerleştiriyordu, elindekileri bırakıp Bahadır'a bakarak konuştu:

"Canım, bize tanıştırmak istediysen muhakkak değer verdiğin biri olmalı bu. Bence hiç zamanı harcama. Haydi, daha çok erken. Ara onu..."

Sümer heyecanlanmıştı. "Haydi! Haydi! Çağırsana Bahadır Ağabey." diye atıldı.

"Olmaz." dedi Maya, "Çağrılmaz."

"Ee? Hani gelsin diyordun babaanne."

"Evet, gelsin dedim, ama öyle değil."

Ege gülümseyerek, "Nasıl gelecek anneciğim? Sen nasıl uygun görüyorsun?" diye sordu.

"Bahadır gidip alacak, buraya beraber gelecekler."

Ege gülmeye başladı.

"İlâhi anneciğim. Nedenmiş o?"

"Aşk olsun Ege. Ben sana böyle mi öğrettim? Ezel'le çıkmaya başladığında az mı tembih ettim, 'Çok aksi bir şey olmazsa muhakkak git kapısından al, arabanın klâksonunu çalarak çağırma. Git kapısını çal, anne babasıyla selamlaş, öyle çıkar. Eve bırakırken yine kapısını açana kadar yanında ol diye."

Ezel şakacı bir içerlemeyle, "Vay vay! Ege Bey, benim aklımı çelen bütün o centilmenlikler anneciğinin sayesindeymiş demek."

Ege karısının omuzuna kolunu attı.

"Evet ama sonra da hiç yanılttım mı seni?"

Ezel kocasının yanağını öptü. "Yok" dedi gülerek, "Hiç yanıltmadın. Dersini iyi öğrenmişsin."

"Bahadır da biliyor bu incelikleri." diye takıldı oğluna Atlas, "Ama kapısından aldıklarını, bıraktıklarını biz hiç görmediğimiz için bilemiyoruz."

Ege, "Ama anneciğim, sevgili Atlas" dedi, "şimdi zamane kızları aynı ihtimamı istiyorlar mı, bilmiyoruz. 'Tek taşımı kendim alırım.', 'Sigaramı kendim yakarım.' diyen bir nesil var şimdi. Bu kız da onlardan biri belki. Neden Bahadır'a bırakmıyoruz bunun kararını."

"Olmaz öyle şey. Her kız, her kadın hoşlanır kibarlıktan, incelikten, ne kadar zamane kızı olsa da. Üstelik bizim ailenin erkeklerine yakışmaz başka türlü davranmak... Bahadır, uzakta mı evi sevgilinin?"

"Değil ama..."

"Aması, maması yok."

Maya çok heyecanlanmıştı. Gözleri parlıyordu keyiften, tekrarladı:

"Bahane yok. Şimdi hemen arıyorsun telefonla, davet ediyorsun ve gidip getiriyorsun. Sonra da akşam hep beraber burada yeriz..."

"Mümkün değil Mayacığım."

"Nedenmiş o?"

"Çünkü kendisi İstanbul'da değil."

"Bunu niye söylemedin ki?"

Atlas güldü ve başını iki yana salladı, buzlanmış kadehleri doldururken.

"Oğlum baştan söylesene. Herkes birbirine girecekti."

"Fırsat bırakmadınız ki. Hepiniz bir şey söylüyor deminden beri. Ağzımı açtırmadınız."

"Haydi o zaman başlayalım. Buyrun kadehlerinizi. Bugün, Ezel'in yeni işine içiyoruz."

"Ve ailemize!" diye ekledi Ezel.

Kadehlerini ortada buluşturup tokuşturdular hep beraber.

"Ailemize!"

Maya dudakları buzlu kadehinde, bakışlarını ailesinin üzerinde gezdirdi sevgiyle. Köpüklü şarabını, zamanın kırılganlığını, bir zaman sonra tekrarlanamayacak şu anın nefesini de içine çekiyor gibi yudumladı.

Atlas karısının dimdik, sakin duran zarif bedeninin içinde yaralı ama yine de hayatı kaçırmadan, hem de bundan sonra daha da hızlı yaşamak isteyen ikinci birinin varlığını algılayabiliyordu... ve biliyordu ki o yaralı Maya yavaş yavaş, belki hızla yüzeye yaklaşacak, dışarı çıkacak ve yirmi bir senedir tanıdığı, delicesine âşık olduğu kadının yerine geçecekti. Kadehinden aldığı yudum boğazındaki yumruya takıldı.

# 10

Atlas prova dönüşü kapıyı açtığında evin sessizliğine şaştı. Koridor, salon karanlıktı, müzik çalmıyordu. İlk defa karşılamamıştı Maya onu. Bugün evde olacaktı, biliyordu. Korku ve telaşla salonu, mutfağı geçip dairenin arka tarafına yönlendi. Maya'nın çalışma odasından hafif bir ışık sızıyordu.

"Sevgilim!" diye seslendi endişeyle.

"Buradayım canım!"

Karısının sesini duyunca rahatladı ve yüzüne yayılan tebessümle odadan girdi. Maya halıda oturduğu yerden ayağa kalkıyordu. "Duymadım canım geldiğini, çok dalmışım." dedi, "Hoş geldin."

"Merhaba" öpüşünden sonra gözleri halının üzerine yayılmış fotoğraflara takıldı Atlas'ın. "Albüm mü yapıyorsun?"

"Bunlar da 'Unutturma Bana' fotoğraflarım olacak."

Atlas sorar gibi baktı karısına. Maya gözleri yerde istiflenmiş fotoğraflarda, devam etti:

"'Unutma Beni' defterim bir müddet sonra bana bir şey ifade etmeyecek bir tanem. Bunu biliyorum. Unuttuğumu, hatırlatılınca hatırlayacağım evre geride kalacak... O kadar silinecek ki hafızam, sen o deftere ne yazarsan yaz, bana ne dersen de, benim için bir şey ifade etmeyecek..."

Atlas gereksiz yalan söylemenin anlamsızlığını biliyordu. Zira kendisi çalışma odasında, sitelere girip Alzheimer'ın a'sından z'sine detaylarını okurken, koridorun karşı tarafındaki odada Maya'nın aynı şeyi yaptığını biliyordu. Karısının, konuyu çok konuşmamasına rağmen, şu anda birçok hastanın bilmediği kadar bu hastalığa vâkıf olduğundan emindi. Sadece patırtı yapmak, kendini acındırmak ve duyguları sömürüp ilgi çekmek onun tarzı değildi, Atlas bilirdi. Bir şeyden daha çok emindi ki içinde fırtınalar kopuyordu, duygusal, hassas ve güçlü olmayı bu kadar önemseyen sevdiğinin. Hiçbir şey demeden onun omuzuna sarıldı ve fotoğraflara baktı. "Ne yapmayı düşünüyorsun bunlarla?" diye sordu.

"Hepsini asacağım sevgilim... Evin her yerine asacağım. Altlarına yazacağım nerede çekildiğini, içinde kimler olduğunu. Evin her gittiğim köşesinde tekrar tekrar göreceğim bu simaları, kim olduklarını, nerede fotoğraflandıklarını... zaten anılarımda olan görüntüleri, sürekli yeni bilgiymiş gibi seyredersem belki hafızamdan silinmelerini engelleyebilirim diye düşünüyorum... hiç değilse bir müddet..."

"Yardımcı olabileceğim bir şey var mı?"

"Yok sevgilim. Sen yokken yaparım ben o işi. Şimdi gel, bir kadeh bir şeyler içelim beraber, sohbet edelim. Provaları anlat bana, merak ediyorum. Çok az kaldı."

"Harika gidiyor canım. Yönetmen çok mutlu. Canan'ın dekorları harika, sahneler sıcacık, giriş çıkışlarımız eksiksiz oturdu. Her şey çok güzel. Hazırız. Yarın bir genel prova daha yapıyoruz. Sonra hafta sonu bir 'es' veriyor yönetmen ve salı sabahı, gala öncesi son provaya kadar boşum."

"O arada unutmazsınız rollerinizi değil mi?" diye şaka yollu sordu Maya.

Salona geçtiklerinde, "Bak, ne düşündüm sevgilim." dedi Atlas, içkilerini koyarken.

"Eminim iyi bir şey düşünmüşsündür."

"Sanırım, hem de çok iyi bir şey."

Maya kanepeye yerleşmiş, kocasının ikram ettiği kadehi alırken merakla baktı ona. Atlas onun yanına yerleşirken devam etti:

"Şu boş birkaç günü değerlendirelim. Güneye kaçalım diyorum. Ne dersin?"

Maya'nın sevinçle gözleri parlamıştı.

"Ne mi derim? Harika olur! En güzel zamanı şimdi."

Eğilip kocasını öptü, "Canım kocam benim, ne kadar tatlısın. Aklınla bin yaşa!" dedi.

"Çok sevindim. Açıkçası romanını falan bahane edeceksin diye korkuyordum."

"Seninle geçireceğim özel zamanlar önceliğim. Ayrıca, istesem romanımı her yerde yazabilirim, biliyorsun."

Atlas muzipçe gülerek, "Bilmem" dedi, "ben sana pek yazma fırsatı vermeyi düşünmüyordum bu kaçamakta."

"Tamam o zaman. Ben de yazmam... Sadece seninle..."

Aynı anda Atlas onun dediğine aynen katıldı. Beraberce "Anımızı yaşarız." dediler.

"Peki, nereye gidiyoruz?" diye sordu Maya.

"Onu sen seç. Nereye gitmek, hangi otelde kalmak istiyorsan..."

"Otele gitmek istemiyorum. Olabildiğince, kalabalıktan, yabancılardan uzak, baş başa kalmak istiyorum seninle. Murat'ın evine gitsek... ısrarla açık davetiye sundu bize. Hem, beş sene evvelinin yazını anmış oluruz, hem yeni güzelikler yaşarız sakin, inzivada."

"Tamam canım. Memnuniyetle. O zaman cuma sabahına yaptırıyorum uçak rezervasyonumuzu. Pazartesi de döneriz. Tamam mı?"

Maya sevinçle ellerini ovuşturdu.

"Hiç hesapta yoktu bu kaçamak, çok mutlu oldum bir tanem. Teşekkür ederim, düşündüğün için."

"Roman karakterlerinden ayrılmak üzmeyecek mi seni?"

Güldü Maya. "Yok, hayır." dedi, "Tam aksine, biraz Hades'ten uzaklaşıp güneyin cennetine gitmek iyi gelecek."

"Bu bir hafta yazdan kalma olacakmış hava güneyde."

"Sabırsızlanıyorum sevgilim. Tekneyi çekmiş midir acaba Murat? Ne iyi olurdu bir gün de denize açılmak."

"Bildiğim kadarıyla kasım ortalarına kadar suda. Sorarım yarın."

"Umarım yelkenciliğimi unutmamışımdır."

Karısının sesinde gizli hüznü fark eden Atlas, onun saçlarını okşayarak başını kavradı. Gözlerinin derinliğine bakarak, yavaş bir sesle, "Gel buraya." dedi. Maya, bedeninin ısındığını hissetti. Ona yaklaşırken gözlerinin içine bakarak sordu usulca:

"Neden bu ses tonun bende aşk yapma arzusu uyandırıyor hep?"

"Seni aşk yapmaya davet ediyorum da ondan." diye fısıldadı Atlas.

"O kadar tatlı söylüyorsun ki, hiç emir gibi gelmiyor."

"Tabii ki emir değil. Sana nasıl emir verebilirim? Bu bir arzu çağrısı."

Dudakları buluştu, ardından bedenleri bir diğerini kucakladı. Atlas, parmaklarını onun saçlarından geçirdi, sevgiyle tarar gibi. Dudakları karısının yüzünde, boynunda dolaşırken, yavaşça aldı kucağına. Sakin ama tutkulu dokunuşlarla bluzunun düğmelerini açtı. Başını onun boynuna gömdü ve teninin kokusunu içine çekerek buselerle dolaştırdı dudaklarını, omuzlarında, göğüslerinde. Sonra kucağından bırakmadan ayağa kalktı ve yatak odasına doğru yöneldi.

Hep olduğu gibi, gözlerini bir diğerinden ayırmadan, bakışlarını bir diğerinden kaçırmadan, sadece vücutlarıyla değil, gözbebekleriyle de seviştiler. Bir kez daha dolu dolu, yüreklerinin bile içiçe geçtiği bir sevişmeydi yaşadıkları. Ama bu defa daha farklı bir derinlikteydi göz temasları. Maya bir gün hiç hatırlayamayacağı sevgiliyi gözbebeklerine nakşetmek, kendisi de onunkilerde kalmak istiyordu sanki. Atlas ise, kolları arasındaki âşık olduğu sıcacık, tutkulu, aşk dolu kadının gözünde bir müddet sonra tamamen yabancı olacağını düşünürken ağlamamak için kendisini zor tutuyordu. Sevişmeleri bittiğinde göğsüne yatırdı onu ve saçlarını, yüzünü okşamaya devam ederken mırıldandı:

"Seni seviyorum... çok seviyorum."

"Ben de seni canım, ben de seni."

"Şu yaşadığımıza kimse inanmaz, bu yaşımızda."

"Kimseye de söyleyecek değiliz zaten."

"Heyecanımızı, aşkımızı hiç eskitmeden onca sene... Şaka gibi... Ama bunda senin çok büyük payın var. Yüreğin hep heyecanla çarpıyor, tutkunu, aşkını her daim hissettiriyorsun erkeğine. Seni yirmi bir yıl önce nasıl tanıdıysam halen öylesin."

"Demiştin ya, o zamansız kadınlardanım."

"Kesinlikle öylesin. Geçen yıllara çelme atıp geçiyorsun."

"Ama şu merete takamadım bir çelme."

Maya'nın neden bahsettiğini biliyordu Atlas. Daha sıkı sarıldı karısına, saçları arasına uzun bir öpüş kondurdu. Ama bir şey demedi... diyemedi. Yüreği acıyordu.

♡♡♡

Deniz katmerli köpüklerle çalkalanırken, rüzgâr sanki geceyi sürüklüyordu. Lacivert, derin gökyüzünde ışıldayan mehtap dolunaydan geri dönüş yolunda, karanlık denizin sathını, sularla beraber pupa yelken yol alan yelkenlinin bembeyaz kuğu gövdesini, rüzgârla şişmiş yelkenlerini aydınlatıyordu.

İki tepenin arasındaki koya doğru ilerleyen teknenin yelkenleri küçülmeye başladı ve zarif gövdesi dalga boyuna uyarak karaya burnunu verdi, açık denizi ardına aldı, kıyıya doğru ilerlemeye devam etti. Koya yaklaşmaya yakın, cenova, trinket, ana yelken sırayla sarıldılar. Motor gücü ve arkasına aldığı dalgayla süzülen yelkenli, koyun koynuna sokuldu. Irgatla beraber zincirin ve ardından çapanın suya dalış sesi duyuldu. Motor durdu. Şimdi sadece teknenin altından heyecanlı küçük dalga boyları ile kıyıya doğru akan suların tatlı şırıltısı, hafif bir esintinin okşadığı ağaçların melodisi ve dalgayla gerilen zincirin iniltisi duyuluyordu. Deli rüzgâr ve çılgın dalgalar koyun dışında kalmıştı.

Kamaradan dışarıya Renee Fleming'in muhteşem sesinden "Song To The Moon" yayılırken mehtap koyun üzerine gölge yapan zeytinlik tepenin ardında yolculuğuna devam etmekteydi. Dallar, rüzgârla birbirine dolanıp sonra açılıyor, salınırken gökyüzünde uçuşarak dans eden balerinleri anımsatıyordu. Ay ışığının çarptığı bedenlerinde sanki gümüş, lâcivert yüzlerce parça tül sarılmış, uçuşuyordu.

Maya ve Atlas yelkenlinin burun tarafında, ön kamaranın üzerinde oturmuş, sessizce karşılarındaki tepenin üzerinde ışıldayan mehtabı izliyorlardı. Ana yelkenin tepesindeki ışık teknenin tek aydınlığıydı. Atlas karısına omuzundan sarılmış, Maya'nın bir kolu onun belinde, başı omuzunda, zaman zaman ellerindeki kadehten kırmızı şaraplarını yudumluyorlardı. Gündüzün yazdan kalma güney sıcaklığından sonra gece koyda tatlı bir serinlik hâkimdi. Sadece kendilerine ait bir zaman diliminin ve tabiatla iç içe olmanın tadını çıkarmaktaydılar. Maya yaşamakta oldukları büyüyü bozmaktan korkarak, fısıldar gibi konuştu:

"Biliyor musun, hâlâ inanamıyorum, burada olduğumuza. Âdeta zamanda ışınlanmış gibi hissediyorum kendimi."

"Harika, değil mi?"

"Koca deniz, koca koy bizim. Rüzgâr bizim, ay bizim. Ne güzel akıl ettin."

"Keşke daha uzun vaktimiz olsaydı."

"Bu da yeter bir tanem. Hem, harika bir olay için dönüyor olacağız. Heyecanlı mısın?"

"Heyecanlıyım tabii. Karımın yazdığı bir oyunda oynayacağım. Oyun harika, ekip harika. Heyecanlanmamak için duyarsız olmak lâzım."

"Ben de dört gözle bekliyorum gala gecesini... Ne geldi aklıma, biliyor musun, oyundan sonra bizde toplayalım herkesi."

"Sevgilim, hiç gereksiz iş çıkarma kendine."

"Bence herhangi bir yere gitmekten çok daha sıcak ve anlamlı olur. Zaten, niye daha evvel düşünmedim ki?"

"Bence hiç girme böyle bir külfete. Zaten pazartesi döneceğiz eve, ertesi akşama onca insana sofra hazırlamak bence çok yorucu olacaktır."

"Olmaz. Çok daha keyifli olacak, göreceksin."

"Benim de sana yardımım olamayacak. O gün sabahtan gideceğim tiyatroya."

"Merak etme. Gerekirse Ezel'den rica ederim, yardımcısını gönderir."

"Emin misin?"

"Evet, çok eminim."

"Ama abartma lütfen. Kendini paralamanı istemiyorum."

"Abartmayacağım, söz."

"Tamam, yarın mesaj atarım herkese."

Kadehlerini vuruşturup birer yudum içtiler. Aynı anda Debussy'nin "Clair de lune" parçası başlamıştı çalmaya. Maya tüm tabiatı içine çeker gibi derin bir nefes aldı, başını kocasının omuzuna yasladı tekrar. Aslında hiç konuşmak istemediği bir şeydi ama kendiliğinden dudaklarından dökülüverdi sorusu.

"Korkuyor musun?"

"Neden? Kritiklerden mi?"

"Hayır. Alzheimer'dan."

Atlas içini çekti, karısının saçlarını okşarken cevapladı.

"Korkmuyorum dersem yalan olur... Çok hiddetleniyor ve korkuyorum. Hayatta korkacağım bir şey olacağını söyleselerdi, inanmazdım. Ama diğer taraftan, senin başına bir şey gelebileceği ihtimâli zaten hep endişelendirmiştir beni."

"Alzheimer olacağım aklına düşmüş müydü hiç?"

"Yok! Hayır, hayır... o değil ama herhangi bir şekilde yaralanman, hastalanman, bende hep endişe yaratmıştır."

"Ama bu daha farklı şimdi, değil mi?"

"Evet... evet... evet... Ya sen? Korkuyor musun?"

"Hastalığın kendisiyle ilgili daha ziyade üzüntü ve boşluk duygusu hissediyorum. Korkularım ise yaşatacaklarıyla ilgili."

"Biliyorsun bir tanem, bunlar belki on, belki yirmi seneye bile uzayabilir."

"Evet, ama iki sene de olabilir. Eninde sonunda, kendimden başka, bambaşka birine dönüşecek olmaktan korkuyorum. Bağımsızlığımı kaybedecek olmaktan korkuyorum. Ama en çok da duygusal bağım olan, canım ciğerim insanları tanımayacak olmak fikri ürpertiyor beni. İşin enteresan tarafı yaşamış olduğu hayattan şikâyetçi, anılarını unutmuş olmak isteyen o kadar insan var. Ben ise çok güzel yaşadım, çok güzel anılarım var. Hiçbirini unutmak, kaybetmek istememem ve bana düştü şans. Ama öyle inanıyorum ki; o gün bile sizlerle duygusal bağım hiç kopmayacak... kopmaması lâzım... kopmamalı..."

"Benim bildiğim Maya, Alzheimer'ı da yine kendine has tarzıyla yaşayacaktır. İnatla karşı durarak, hayata, sevgilerine sarılarak. Belki de bu hastalığın tarihine geçecek bir mucize yaratırsın."

"Benim için artık sizleri tanıdığım, sevgimi sunabildiğim, yazabildiğim, anlayabildiğim, kendimi bildiğim her gün mucize sevgilim. Daha fazlasını beklemek hayâlperestlik olur ve hayâl kırıklığı yaratır. Ama sana şunu söyleyebilirim, Alzheimer'ın beni istediği gibi şekillendirmesine, tanımlamasına izin vermeyeceğim. Hastalık geldi, yapıştı, bunu değiştiremem. Teşhis de kondu ve bu er geç ölüme götürecek beni. Bunu da değiştiremem. Ama o ara zamanı, her ne kadar ise, hâkim olabildiğim sürece, en etkili, en pozitif şekilde yaşamak, kontrol edebildiğim kadarını hem kendime, hem sevdiklerime en güzeliyle yaşatmak benim elimde... ve ben bunu yapacağım."

Debussy'nin ardından Erik Satie'nin notaları yayılmıştı gecenin içine. "Gymnopédies", Anne Queffelec'in piyanosunun tuşlarından geceye kendi hüznünü yayıyordu. Maya yerinde doğruldu. Söyleyeceği şeyden rahatsızlık duyduğu belliydi. "Sevgilim" dedi, "bu güzelliği bu konuyla daha fazla bozmak istemiyorum. Yaşadığımız ana haksızlık bu, biliyorum. Ama diğer taraftan, aklımdan geçenleri, düşündüklerimi, iç sesimi duyduğum, hissettiğim an paylaşmak istiyorum. Çünkü sonra tekrar hatırlayıp hatırlayamayacağımı bilmiyorum. Onun için arada tadını kaçırırsam affet beni lütfen."

Atlas onun yüzünü okşadı şefkatle.

"Sakın, aklından benim tadımı kaçırmak gibi bir şey geçirme, sakın. Her güzelliği, lezzeti paylaştığımız gibi bunu da paylaşacağız bir tanem. Senin aklına düşen, sıkıntın olan, düşündüğün her şeyi benimle paylaşabilirsin, paylaşmalısın çekinmeden, bunu biliyorsun."

"Evet canım, biliyorum. Bu gecelik de bu son. Sonra konuyu kapatalım."

"Dinliyorum."

"Senden bir isteğim olacak."

"Ne istersen."

"Gabriel Garcia Marquez'in *Aşk ve Diğer Şeytanlar*'ındaki sözü hatırlıyor musun?"

"Hatırlatır mısın?"

"'Seni unutmama izin verme!' Lütfen, sen de kendini unutturma bana... elinden geleni yap. Olur mu?"

Atlas, kadehini bıraktı, iki eliyle karısının yüzünü avuçları arasına aldı. Maya'nın gözbebeklerinde ıslak yakamozlar yanıp sönüyordu. Boğazına bir yumru oturdu Atlas'ın. Onun bedenini kendine doğru çekti, sıkı sıkı sarıldı. "Söz" diye fısıldadı.

Maya daha fazla hüzne izin vermemek için elindeki boşalmış kadehi fırlatıp denize attı, "Bunu hep yapmak istemişimdir." dedi, gülerek. Sonra kocasının saçlarını okşarken mırıldandı: "Bundan sonra hiçbir şeyi ileriye bırakmayacağım. Aklıma düştüğü gibi yaşayacağım."

"Sen zaten hep hür ruhtun, değişen ne olacak ki?"

Güldü, Maya kocasının kolları arasında. "Evet ama biraz olsun düşünürdüm. Artık hiç beklemeyeceğim." Aynı anda iki koluyla onun boynuna sıkı sıkı sarıldı ve kendini onun bedenine bastırarak, dudaklarını öptü. Atlas ellerini onun süveterinin altına sokarak sırtını okşamaya başladı. Mehtap tepenin ardında kaybolmak üzereydi. Zeytin ağaçları üzerinden görünen son pırıltısı ikisinin de gözbebeklerinde gece oyunları yapıyordu. Atlas ona biraz daha sıkı sarıldı, alınları, yanakları, nefesleri bir diğerininkiyle öpüştü. Dudakları kocasının dudaklarında dolaşırken gözlerini kapadı Maya. Kısacık zamanda yaşadığı inişli çıkışlı ruhsal, içsel, tensel yolculuğu düşündü. Atlas, onun saçlarını nazikçe kavrayarak başını kendisine doğru kaldırdı. Gecenin lâciverdine rağmen bakışlarından bir diğerinin ne düşündüğünü hissedebiliyorlardı. Zaman çok kıymetliydi. Her anını, her fırsatı değerlendirmeleri, tadını çıkarmaları lâzımdı. Bir gün hatırlanamayacak dahi olsa... Çalmakta olan notalar sanki hızla akan, yavaşlatılamayan zamanı taklit ederken gerisindeki ağır geçen, sonsuzmuş duygusu veren derin hüznü hissetti Maya. Atlas parmaklarını sevdiğinin teninde dolaştırırken görünmeyen bir piyanoda melodiye eşlik eder gibiydi. Önce sağ eliyle yavaş, hüznü içine sindiren dokunuşlarla başlayan okşamaları, o meşum sonu uzaklaştırmak tutkusuyla hızlandı ve iki eli sevdiği kadını sarmak, sevmek, onda aşk anısı bırakmak üzere tenine sıcaklığını yayarak yol aldı.

Mehtap, zeytin ağaçlarının arkasında yok olmuş, gökte bıraktığı gümüşi aydınlığın dışında tepe karanlığa bürünmüştü. CD'de Philip Glass'ın "Metamorphosis"i çalıyordu, Lainia Meejer'in harbından. Onu dinlerken antik insanların, neden müzisyenler ile tanrılarının aynı frekansta buluştuğuna inandıklarını anlamak çok kolaydı. Harbın tellerinden çıkan tanrısal sesler rüzgâr, dalgacıklar, gerilen zincir, mataforada asılı sallanan dingi, yelken direklerine çarpan *cord*'ların sesine eşlik ediyordu. Karanlık, derin, yalnız, ıssız, sakin, aşk kokan bir geceydi; içinde gizliden hüzün, endişe, çaresizlik barındıran.

♡ ♡ ♡

O iki günü teknede geçirmeye karar vermişlerdi. Yaşayacakları böylesine zamanların artık sınırlı olduğunu ikisi de biliyordu. Hayat zaten ne zaman sonlanacağı bilinmeyen ve hep özümsenerek içilir gibi yaşanması gereken bir serüvendi. Ama şimdi... şimdi kesin bilinen ölümün dışında, birinin yaşarken defalarla öleceği, diğerinin de buna seyirci olmaktan başka çaresinin bulunmadığı bir karabasan vardı önlerinde.

Bu duyguları onları bedbinliğe ve isteksizliğe itecekken, tam aksine birbirine daha çok kaynaştırıyordu. Sevişmeye doyamıyorlardı. Her defasında daha tutkulu ve hiç bitmesin isteyerek aşk yapıyorlardı. Konuyu hiç konuşmasalar bile, bilinçaltındaki "o bir gün" hep onlarlaydı. Her defasında bir evvelkinden daha ateşli, daha coşkulu ve tutkulu, son haklarını kullanıyor gibi sevişiyorlardı. Çünkü her öpüşmenin, her sevişmenin, onları, bir evvelkine nazaran, sona bir adım daha yaklaştırdığının farkındaydılar. Medeniyetten, gürültüden uzak sihirli koylar, asırlık zeytin ağaçları, deniz, dalgalar, köpükler, gündüz portakal rengi "sarı yaz" güneşi, gece gümüşi mehtap, hepsi romantik, mistik görüntüleri, kokuları, duygularıyla onları daha da coşturuyor, ileriye dönük birbirine şimdiden duydukları hasrete afrodizyak oluyordu.

Pazar günü öğleden sonra tekneyi kaptanına teslim edecekleri koydaki iskeleye döndüler. İskeleden çıkışta ormanın içine doğru uzanan patika, bu ıssız cennetin tepesindeki Murat'ın evinde sonlanıyordu. Son derece sade ve rafine bir mimariyle inşa edilmiş ev çam ve zeytin ağaçlarının gölgesinden aşağıdaki koya ve uçsuz bucaksız denize bakıyordu.

Maya teknenin az ilerisinde suyun içinde sırtüstü, kolları iki yanında bedenini denize, yüzünü güneşe teslim etmiş, âdeta zamana demir atmak ister gibi uzanmıştı. Bu belki de son deniz sefasıydı. Kendini bilerek, hatırlayarak yüzeceği son sahildi belki de bu koy. Olduğu yerde döndü, yelkenliye doğru baktı.

Kendisini gördü ileri bir zaman diliminde ve yanında kocasını. Atlas onu sudan çıkarmış, havluyla bir çocukmuş gibi kuruluyordu. Sonra oturtup saçını tarıyor, o ise öylece sessiz, gözleri görünmeyen bir yerlerde, bomboş bakıyordu.

Gözleri yaşlanmış, boğazında yumrular oluşmuştu. Bir hıçkırık dudaklarında boğuldu, ardından boğazında düğüm oldu. Arka arkaya yutkundu. Birden, geleceğin endişesiyle içinde olduğu güzel zamanı öldürdüğünü fark edip kendisine kızdı. Derin bir nefes aldı ve suyun dibine daldı. Boğazı yandı keskin tuz tadıyla. Gözlerini güneşin ışıltılarla yıkadığı denize açtı tekrar. İçine sim atılmış gibi pırıldayan kumun üzerinde, nazlı salınan yosunları, deniz kabuklarını, hepsini elleyerek, okşayarak yüzdü nefesi tükenene kadar. Suyun yüzeyine çıktığında bir müddet açığa doğru yüzdü. Sonra tekneye doğru kulaç atmaya başladı.

Atlas teknenin burnunda, parapete oturmuş onu seyrediyordu. Yirmi bir senedir güzelliğinden, enerjisinden, aşkından hiçbir şey eksilmeyen harika, akıllı, yaratıcı kadın, sevgilisi, karısı, en iyi arkadaşı, tutkusu, heyecanı, her şeyi kadın... Onu eksilirken düşünemiyordu. O kadar hayat dolu, o kadar sıcacıktı ki, onun hafızasının çürümekte olduğunu, bir gün konuşamayacağını, yürüyemeyeceğini... ve nefes alamayacağını hayâl dahi edemiyordu... bağıra bağıra ağlamak istiyordu şu an. Ama Maya'nın kendi içinde neler yaşamakta olduğunu düşününce, hem onun, hem kendi için ne kadar sağlam durması gereği, bir kez daha kendini hatırlattı. Daha bu zorlu ve acımasız yolun başındalardı. Her damla pozitif enerjiye ve duyguya ihtiyaçları olacaktı.

Maya ona el sallıyordu.

"Gelsene sevgilim. Su harika!"

Atlas kafasını bulandıran kötü düşünceleri def ederek karısının tabiriyle "anını yaşamak" üzere atladı suya. Birkaç uzun kulaçtan sonra onun yanındaydı. Maya'nın güneşten renk almış yüzüne bakarken içi açıldı yine.

"Harika görünüyorsun." dedi.

"Öyle de hissediyorum. Anlatamam, nasıl iyi geldi şu iki gün."

"En kısa zamanda tekrar geliriz." der demez "zaman" kavramından bahsetmiş olmaktan sıkıntı almıştı Atlas. Ama Maya olduğu yerde dalmıştı bile. Suyun yüzüne tekrar çıktığında daha yakınında, yüz yüzeydi kocasıyla. Omuzlarından, yüzünden süzülen su damlacıkları yansımalar yapıyordu güneş ışıklarıyla. Yeşil gözleri sanki olduğundan daha bir sıcak bakıyordu şimdi. Atlas onu öpmek için büyük bir arzu duydu. Belinden kavradı. Maya kollarını doladı sevdiğinin boynuna. "Sarı yaz" güneşi dudaklarının arasında hapsoldu. Deniz suyu ısındı bedenlerinin arasında. Bacakları sakin hareketlerle bedenlerini suyun içinde oldukları yerde tutarken, hiç konuşmadan öylece kaldılar.

"Cennet bu olmalı." diye fısıldadı Maya.

"Benim için cennet senin olduğun yer." dedi Atlas.

"O zaman cennetime hoş geldin sevgilim."

Kendisini bıraktı, sevdiği erkeğin kollarına ve suya. Şu anda vücuduna, kimliğine ait ne varsa, hepsi, denizin içinde yüzer gibiydi. Sanki fırtınadan sonra, "kalan" denizin yoğun, ağırlaşmış dalgaları arasında gidip geliyordu. Aynı açık denizde, bir diğerine, palamarsız, usturmaçasız, görünmeyen ipek halatlarla bağlanmış iki maceracı tekne gibi, aynı dalga boyunda, uyum içinde salınıyorlardı. Tek kelime paylaşmadan ama aynı şeyleri düşündüklerinin farkında, şimdiye dek yaşadıkları tüm güzellikleri durgun, durağan sıcacık koyda zihinlerinden geçirip, kendilerinden ve anılarından oraya iz bırakmaktaydılar sanki. Kıyıdan tepeye güneşin altında puslu yeşil yaprakların süslediği, gövdeleri parçalara ayrılmış ve âşık çifte nispet yapar gibi tekrar birbirine sarmaşmış zeytin ağaçları, sanki Zeus'la, Poseidon'la, Titan'la sulh yapmış huzurlu Delfi rahipleri gibiydiler. Onlar da belki böyle bir aşk, böyle âşıklar bir daha görmeyeceklerdi, ne bu sarı yaz, ne gelecek yaz...

## 11

Işıklar sönerken salona, uzaktan uzağa, Rus baritonun sesiyle "Moscow Nights" melodisi yayıldı ve ardındaki hikâyeyi sunmak üzere bordo kadife perdeler yavaş yavaş açıldı. Maya sahnedeki dekoru hayret ve keyifle gülümseyerek izledi. İşte, aynen Albay Vladimir'in salonuydu karşısındaki. Hikâye 1980'de geçmesine rağmen, zaman, Albay Semenovich'in evinde olduğu gibi 1900'ların başında aristokrat bir Rus mekânında takılı kalmıştı. "Helâl olsun Canan." dedi içinden Maya. Her şey o kadar gerçekti ki? Yanında oturan yaşlı albaya baktı. Sağ elinin işaretparmağı dudaklarının üzerinde, tebessümle sahneye bakıyordu Albay Vladimir Nicholaevich Semenovich. Başını döndürüp Maya'ya "Mükemmel" işareti yaptı eliyle. Onun yanı sıra oturmakta olan Lola Davidova, Lydia Lebedeva, Natasha Oblenskaya, Leonid Senko-popovskiy, karısı Agafya, hepsi minik mırıltılar, iç çekişleriyle heyecanlarını belli etmekten geri duramadılar. Sahne, hikâyenin gerçek kahramanları üzerinde etkisini yapmıştı.

Maya, mutlu, arkasına yaslandı, kendisini yıllar evvelinin Aynalıçeşme Sokağı'ndaki evde yolculuğa bıraktı. Duvarlardaki eski çerçevelerin içinde sepya fotoğraflar, varaklı ayna önündeki konsolun üzerinde, büyük bir tepsi içinde, kendi orman ve gölüyle çevrili, el yapımı maket bir Rus daçası, köşede, yanmakta olan çini soba, kütüphanede eski ciltli kitaplar ve hatıra küçük objeler, bir diğer duvardaki cam vitrinde eskrim ve merasim kılıçları, bir tabanca, nişanlar, kanepe ile koltukların arasında piyano, yanında çello ve üzeri donanmış bir uzun masa. Gözler sahneyle tam yakınlık kurmuştu ki sahnenin sol tarafındaki kapı açıldı ve Atlas'ın Albay Vladimir olarak sahneye girmesiyle salonda alkış koptu. Aktörün temsil ettiği albay doksan yaşında olmasına rağmen elindeki gümüş saplı bastonu ihtiyaçtan ziyade şıklık için kullandığı belliydi. Atlas'ın, gerçek karakterin dimdik, vakur yürüyüşü ve beden dilini temsil etmesi için çok zorlanması gerekmiyordu zaten. Sahnenin ortasına doğru gelirken kolalı beyaz gömleği, kravatı, yün twit pantolonu ve yeleği, rugan mokasenleri, kır muntazam taranmış saçları, bıyığıyla duvarlardaki sepya fotoğraflardan birinden fırlamış gibiydi.

Albay Vladimir eğilip Maya'nın kulağına fısıldadı:

"Seneler evvelki halim. Ama benden yakışıklı."

Maya nazikçe onun eline dokunurken gülümsedi ve bakışlarını sahneye çevirdi tekrar. Oyundaki Albay Vladimir bir taraftan melodiye eşlik ederken sol elinin başparmağı yeleğinin cebinde, masanın üzerini teftiş eder bakışlarla etrafında şöyle bir dolaştı. Bardakları tabakları, ortadaki vazoda duran sarı güllerin baktığı yönü düzenledi. Sonra geriye doğru çekildi ve masaya tekrar alıcı gözle bakarak, yeniden yaklaştı ve bir şeylerin yerini değiştirdi.

"Aynı bizim Palkovnik... Aynı bizim albay."

Gerçek Leonid'in, ne kadar kısmak istese de, bariton sesi duyuluvermişti. Natasha ile Lydia sessizce kıkırdadılar. Albay, onları uyarmak üzere hafifçe genzini temizledi ve sol elinin parmaklarıyla işaret etti. Maya gülmemek için dudaklarını ısırdı, gözlerini sahnedeki kocasından ayırmadan. Oyunun albayı müziğin sesini biraz daha açtı ve biraz daha yüksek sesle, bu defa mimikleri ve adımlarıyla şarkıya eşlik ederken büfeye doğru yürüdü. Bastonunu yana bıraktı, ceviz büfenin kapağını çekti ve çıkardığı bir ahşap kutunun kapağını açtı. İçinden aldığı desenli paskalya yumurtalarını birer birer masadaki servis tabaklarının içine koymaya başladı. Son yumurtayı bıraktığında masada bir gariplik görmüş olduğu belli, içeriye doğru hükmeden bir tonda seslendi. İlk hecelerde vurgulu, bariz bir Rus aksanı vardı.

"Armen!.. Armen!" Cevap gelmeyince daha sert bir sesle tekrarladı: "Arrrmennn!"

Yan taraftaki mutfak kapısından telaşla çıktı Armen karakteri. Onu görür görmez güldü seyirciler. Beyaz çoraplarını gösteren bileklerinin üstündeki pantolonu, belinde kırmızı çiçekli önlüğü, tepesinde yükselmiş kıvırcık saçları ve hafif şaşkın yüz ifadesiyle Armen saygıyla, asker selamında hazıra durdu ve Ermeni aksanıyla konuştu:

"Buyurun albay!"

"Duyulmuyor benim ses?"

"Müzikten albay. Müzikten duymadım."

Albay müziğin sesini kısarken Armen hâlâ hazıroldaydı.

"Armen, kaç defa söyledim size, 'Orduda değiliz.' diye. Hazırolda durmayınız karşımda böyle."

"Ama koca Çarlık ordusunun albayıydınız efendim."

"Neyse, boş verin onu şimdi. Masada bir tabak fazla duruyor. Hemen düzeltiniz lütfen."

"Düzeltemem efendim."

"Nedenmiş o?"

"Çünkü o zaman bir kişi ayakta kalır."

"On ıki kişiyiz. Her zaman on ıki. Hatırladınız?"

Armen mahcup, önlüğüyle oynadı. Albay tekrarladı:

"Hatırladınız?"

"Biliyorum... biliyorum da..."

"Evet?"

"On iki kişi değilsiniz bugün."

"Kaç kişiymişiz?"

"On üç efendim."

"On uç? Nedenmiş on uç? On ıkiyiz."

"On üçsünüz."

"Armen, delirtmeyiniz beni! Hiçbir zaman on uç olmaz benim masam. Her zaman on ıkidir ya da on..."

"Ya da sekiz..."

"Evet, her zaman. Ama on uç, hiçbir zaman."

"Ama bugün on üç kişi oluyor."

"Armen, bakınız, madem meraklısınız asker olmaya, şımdi bir güzel soldat dayağı çekerim, görürsünüz. Sinirlendirmeyiniz beni."

"Ama efendim... Pardon, o arada o dediğiniz neydi albay?"

"Hangi dediğim Armen? Bir sürü şey söyledim."

"Hani bir dayak cinsi olarak..."

"Oh, evet, 'soldat'... asker dayağı yani."

Armen ürpertiyle omuzlarını, başını salladı, lüleleri oynaştı yeniden. Seyirciler karakterleri daha en baştan sevmişlerdi. Maya'nın Beyaz Rusları dahil herkes gülüyordu.

"Evet ama, beni dövmeniz sayıyı değiştirmez albay. Çünkü bugün on üç kişisiniz."

"On uç olamayız. Paskalya yumurtalarım bile on ıki tane. Hiçbir zaman, yanlışlık yapmam. En fazla on ıki kişi olur bu masada."

"Ama Mikhail Kozlov da geliyormuş."

"Kim demiş onu?"

"Kendisi... aradı da sabah, 'Ben de geliyorum' dedi..."

Albayın yüzü allak bullak olmuştu. Elindeki kutuyu kenara bırakırken "Ne!" diye bağırdı, "Kozlov! Lânet Kozlov, kendi kendini nasıl davet eder? Ev benim, davet benim."

"Yanlışlık olmuş efendim. Leonid ağzından kaçırmış hatayla herhalde. İsteyerek değil. Öyle anladım."

Albay kızgınlık içinde bastonunu aldı ve gümüş sapını iki avucunda sıkarken başını yukarıya kaldırıp hiddetle, "Hırrrrr!" dedi.

Armen ürkerek olduğu yerde geriye doğru çekildi, gözleri faltaşı gibi açılmış, dudaklarını yutmuş, albayın sakinleşmesini beklemeye başladı. Albay Vladimir masanın etrafında bastonunu sallayarak hızla dolaşırken bir kez daha saydı tabakları:

"Bir, ıki, uç, dort, beş, altı, yedi, sekız, dokuz, on, on bır, on ıki..." burada durdu ve bağırarak "on uç... lânet Kozlov on uç... Sayısı da kendisi gibi uğursuz. Başka bir numara olamazdı zaten. Ancak on uç..."

O arada kapının zili çaldı. Albay, Armen'i durdurup kendisi ilerledi kapıya doğru. Açtığında çoğu Maya'nın iyi arkadaşları olan oyuncular Lola Davidova, Natasha Oblenskaya, Lydia Lebedeva, Leonid Senko-popovskiy, Leonid'in karısı Agafya ve Maya rolleriyle içeri girdiler. Seyircilerden bir alkış daha koptu. Fırsattan istifade, Maya göz ucuyla sol tarafındaki gerçek Ruslara baktı. Hepsi çok memnun görünüyordu. İçi rahat, tekrar oyuna odaklandı.

Oyundaki albay, gayet nazik, hanımların ellerini, sonra yanaklarını öptü. Siyah kadife pelerinini ve altındaki uzun elbisesini âdeta bir kraliçe edasıyla taşıyan Lola, kızıl sarı dalgalı saçlarının üzerindeki saten şapkayı düzeltirken sordu:

"Kuzum Vova, neydi o sesler? Dışarıdan duyuluyor. Neye kızdırdılar sizi yine?"

Albay Vladimir Leonid'e bakarak, "O bilir." dedi, kızgınlıkla, "Ona sorun."

Herkes Leonid'e doğru döndü. O ise omuzlarını kaldırdı, bilmez bir tavırla. Lydia, "Ne yaptın yine Lyonya?" diye sordu, pardesüsünü çıkartırken. Elleriyle bahar çiçekleriyle desenlenmiş ipek elbisesini ve saçlarındaki dalgaları düzeltirken cevap bekliyordu.

"Ben burda bile değildim. Nasıl kızdırmış olabilirim ki albayı?"

"Ahaha! İşte burada yanıldın. Burada olmana gerek yok. Kozlov'a daveti haber ver, yeter."

"Kozlov? Ama ben onu davet etmedim ki. Bana sormuştu, 'Paskalyada ne yapıyorsun?' diye, ben de 'Albay Vladimir'e gidiyorum.' dedim. O kadar."

"Ama geliyor işte. Ve de bilin bakalım o gelince masada kaç numara oldu? On uç! On uç! Oh! Aman Tanrım! Böyle bir uğursuzluk, hem de paskalya günü..."

"Oh, kusura bakmayınız Maya." diye, genç misafirine elini uzattı albay, "Sürpriz bir haber aklımı başımdan aldı az önce, kabalığımı affediniz. Hiç hesapta yoktu."

Armen kenarda durmuş, herkesin verdiği ceket, anorak, atkıyı kolları arasına toplamakla meşguldü. Misafirlerin gelmesiyle rahatlamışa benziyordu.

"Kusura bakmayın ama beni suçlayamazsınız albay." dedi Leonid, "Aklıma gelmezdi ki davet olmadan katılsın."

Misafirleri kanepe ve koltuklara yerleşirken albay hâlâ huzursuz, ayaktaydı. Natasha Oblenskaya tatlı bir sesle albaya hitapla konuştu:

"Aldırmayınız sevgili Vova, hepimiz buradayız, izin vermeyiz münasebetsizlik yapmasına."

"Oh Taşa, sanki adamımızı bilmiyorsunuz. Ne zaman izin istedi münasebetsizlik için?"

Kadınlar bakışıp güldüler. O sırada Armen ve Sıdıka karakteri mutfaktan ellerinde tepsilerle çıktılar. Herkesle selamlaşıp içki ve ordövrleri dağıtmaya başladılar.

"Barones nerede kaldı?" diye sordu Lola Davidova.

"Doktoru gelecekti bugün. Biraz gecikeceğini söylemişti."

"Önemli bir şeyi yok inşallah."

Albay votkasından bir yudum aldı. Sinirleri biraz yatışmışa benziyordu. "Her zamanki şey. Kâlbi..."

Servis yapmakta olan Sıdıka Arnavut Türkçesiyle lâfa girdi, "Bu sabah oradaydım ben, daha iyiydi." dedi, "Gazinoda piyanosuyla notaları yanmış, sandığım ona üzüldü kâlbi."

Kapı tekrar çaldı. Armen kapıya koştu ve açtığında Barones İrina Clodt von Stroganova ve Demitri Negroponti karakterleri sahneye girdiler. Yine alkış yükseldi salondan. Barones beyaz pudralı yüzü, pembe allıklı yanakları, aynı renk ruju, bembeyaz topuz saçı, incileri, broşu ve mink etolüyle albayla aynı zaman diliminden çıkmış olduğu belli bir zarafet ve vakur tavırla bir an durdu kapının eşiğinde. Albay onun elini nazikçe avucuna alıp reveransla dudaklarını değdirmeden elini, sonra yanaklarını öptü.

"Hoş geldiniz barones, canım İroçka. Ne güzel sizi burada görmek. Umarım çok daha iyisiniz."

"Mersi sevgili Vova. İyiyim. Çok daha iyiyim. Kaçıramazdım davetinizi. Paskalya yaşanır mı başka türlü?"

Demitri elindeki akordeon çantasını kapının yanındaki iskemleye bırakıp evsahibiyle el sıkışırken barones kendisini karşılamak üzere ayağa kalkanlara doğru ilerledi salonda. Kadınlarla ve Leonid'le öpüştü. Armen ve Sıdıka'yla el sıkıştı ve kendisine gösterilen baş köşeye oturmuştu ki, kapı yeniden çalındı. Armen yine kapıya seğirtirken onu durdurdu albay ve "Sıdıka Hanum" dedi, "bana mutfaktan bir yumurta getirir misiniz?"

"Yumurta? Ne yumurtası?"

"Timsah yumurtası! Ne yumurtası olacak? Tavuk yumurtası."

Sıdıka elindeki tepsiyi sehpaya bırakıp mutfağa koşturdu. Herkes merakla albaya bakıyordu. Kapı bir kez daha ısrarla çalındı. Albay kapının ağzında bekleyen Armen'i el işaretiyle durdurmaktaydı hâlâ. Ta ki Sıdıka mutfaktan elinde bir yumurtayla çıkana dek. Albay Vladimir yumurtayı onun elinden alıp masadaki boş tabağa yerleştirdi ve "Açabilirsiniz Armen." dedi, "Uğursuz on uç için hazırız."

Barones ve Demitri anlamamıştı ne olduğunu, diğerleri aralarında gülüşerek baktılar.

Armen kapıyı açtı ve Mikhail Kozlov karakteri, albaydan

on yaş kadar genç, yüzünde büyük bir sırıtma ve kendini beğenmiş bir tavırla kapı eşiğinde durdu ve herkesin kendisine baktığından emin, şemsiyesini oyuncu bir el hareketiyle Armen'e uzattı.

"Kutlu paskalya!"

Sahne kararırken alkışlar ve "Moscow Nights" melodisi yükseldi.

Oyuncuların hızlı adımlarla sahnede hareketleri görüldü belli belirsiz ve tekrar aydınlandı sahne.

♡ ♡ ♡

Herkes masanın etrafındaydı. Armen içkileri tazeliyor, Sıdıka mutfaktan getirdiği dolu servis tabağından yemek servisi yapıyordu.

"Ellerinize sağlık sevgili Vova." dedi barones, "Olivye salatanız her zamanki gibi enfes olmuş."

"Sebzeleri ben hazırladım." dedi Sıdıka masadaki yerine otururken.

Albay ona aldırmamıştı. Sağına dönerek baronese hitaben, "Canım İroçka, sizin ellerinizden dökülene benzemesi mümkün değil."

Barones tabağının önünde duran paskalya yumurtasında dolaştırdı parmaklarını. "Bunlar da beni çocukluğuma götürüyor Vova. Nasıl kırılmadı, sakladınız bunları bu kadar sene?"

Cevabını verirken sesi titredi albayın.

"Ah İroçka" dedi, "Livadia'da, yazlığımızda girmiştik paskalyaya bir sene. Çok küçüktüm. Belki beş, belki altı yaşında. Annem o zaman elleriyle boyamıştı bunları. Çocukluğumuz, gençliğimiz... ne kadar hatıra var üzerinde... onun için o kadar iyi sakladım. Birine bir şey olsa, ağlarım herhalde."

"Çok zarifsiniz Vova. Kıyıp çıkarıyorsunuz masanızı süslemeye."

"Sadece sizler gelince İroçka, sizin gibi lâyık olanlar gelince."

Mikhail Kozlov kendi payına düşen kahverengi yumurtayı eline aldı, evirdi, çevirdi, "Ben de buna mı lâyık? Bakkal yumurtası..." dedi.

"Yok, o timsah yumurtası." diye mırıldandı Sıdıka. Armen'le gülüştüler.

Albay, masanın tadını kaçırmamak için konuşmamayı tercih ettiği belli, kadehinden bir yudum aldı. Leonid meydanı boş bulmuştu. Araya girdi:

"On üç uğursuz sayı ya. Hani kırılırsa, bari bakkal yumurtası kırılsın demiştir albay."

Lola ile Lydia gülerken Natasha ve Agafya da Leonid'i iki yanından dürterken kıkırdadılar dudak altından.

"Ben mi uğursuzum?" diye içerledi Kozlov. Leonid yine alaylı, "Yok" dedi, "sen değil, on üç sayısı uğursuz."

Leonid'in karısı yanında oturan Demitri'ye fısıldayarak olay hakkında bilgi veriyordu. Demitri gülerken bir albaya, bir Kozlov'a bakarak "Albayın annesi bilseydi davetsiz misafirleri, birkaç tane daha boyardı." diye mırıldandı. Leonid, Agafya, Lola, Lydia, Natasha, Armen duyup güldüler. Mikhail Kozlov farkındaydı, hakkında konuşulduğunun. Alınmış görünüyordu.

"Radi boga!" diye sitem etti, "Tanrı aşkına! benim uğursuz olduğumu kimse söyleyemez."

Demitri, "Eh bre Kozlov" dedi, "kimse öyle bir sey demedi ki. Biz on uç sayısından bahsediyoruz. Hani sen on uçuncu misafir olduğun için saka yapıyoruz bre, nedir bu kadar alınganlık?"

"Haydi, kavga etmek yok. Siz çocuk gibi hep. Büyümek lazım artık. Haydi, evsahibimizin, Albay Vladimir'in şerefine! Kaldırınız kadehleri." diye araya girdi barones. "Na zdorovye!"

Hep beraber votka kadehlerini kaldırdılar, "Na zdorovye!" sesleri arasında. Bir müddet kadehler yan yana, karşı karşıya tokuşturuldu aynı temenniyle ve fondip yapıldı. Sıdıka son yudumun ardından yüzünü buruşturarak titredi ve sıcak basmış gibi boynundaki eşarbın düğümünü açtı. "Ateş basmıştır?" diye, hafif flörtöz, şaka yollu sordu Armen.

"Senin ateşin değil, onu bilesin." diye cevap verdi Sıdıka.

"Sıdıka Hanum, füme balıkla turşumuz nerede?"

"Ah! Kusura kalmayın albay. Hemen getiriyorum."

Sıdıka iskemlesini çekip mutfağa koştururken albay ekledi:

"Armen, kadehler boş bakıyor."

"Biz de boş kadehlere bakıyoruz." dedi Leonid kadehini neredeyse gözlerine sokup içine bilhassa şaşı bakarken. Agafya kocasının gömleğini çekiştirdi:

"Sarhoş mu oldun sen?"

"Yok be kuzum. Ne sarhoşu? Dalgamı geçiyorum."

Barones albayla konuşmasına rağmen duymuştu. Tatlı bir disiplin tonuyla uyardı Leonid'i:

"Ay ay ay Lyonya, ne biçim konuşmak o? 'Dalga geçmek' ne demek kuzum?"

O arada Sıdıka elinde füme balık ve turşu tabağıyla gelmiş, servise girmişti yeniden. Armen de masanın etrafında boşalan kadehleri doldurup yerine oturdu.

"Kusura bakma İroçka. Affedersin." dedi Leonid. "Ben sizin gibi çarlığın asalet dünyasında doğmadım biliyorsun. Burada doğup büyüdüm. Yani eğlenmek demek 'dalga geçmek'. Kötü bir şey değil."

Barones şaka yollu parmağını sallayarak, "Haydi Lyonya, dalga geçmek ne demek ben de bilir o kadar. Sen doğmadan geldim ben de buraya. İstediğin kadar dalga geç ama bizim aramızda değil. Dalga geçecek kadar çok değil biz Beyaz Ruslar artık."

Leonid, annesi tarafından azarlanmış yaramaz bir çocuk gibi ama yüzünde hâlâ duran muzır bir ifadeyle, "Tamam barones... tamam." dedi. Karısı yine dürterken, "Yavaş iç diyorum sana." diye mırıldandı.

Müzik bir müddettir susmuştu. Albay, baronesten izin isteyerek yerinden kalktı ve yeniden aynı kaseti koydu. "Moscow Nights" çalmaya başladı. Kozlov, hafif çakırkeyif sesle, "Volodya" dedi, "çarın albayıydın da nasıl olur dinlersin bu komunıst muzıkasını?"

"Bilgin için Kozlov, bu komunıst muzıkası falan değildir."

"Nasıl değildir ki? Kızıllar zamanında bestelendi bu şarkı. Bilirdin?"

"Elbette bilirim. Ama komunızm anlatmıyor ki. Bizim güzel Moskova'mız için yazılmış ve aşk için."

"O Moskova bizim değildir artık."

"O Moskova her zaman bizimdir Kozlov. Biz nasıl hatırlıyorsak öyledir. Değil mi İroçka?"

Barones başını salladı onayla, "Evet" dedi, "bizim hatırladığımız bütün Rusya bizimdir... ve de bütün aşklar..."

"Haydi aşka içelim o zaman" dedi Leonid, "bütün aşklara!"

Agafya hafif kıskançlıkla, "Senin Moskova'da aşkın mı vardı ki?" diye sordu kocasına.

"Komiksin Agafi, ben Rusya'yı mı gördüm ki Moskova'da sevgilim olsun."

Kozlov yarım kalan tartışmasını devam ettirmek istiyordu belli ki. Yine albaya dönerek "Anlamıyorum seni Semenovich" dedi, "anlamıyorum seni."

"Problem değil." diye cevapladı albay, sinirli bir sesle, "Önemli değil. Sen zaten anlama beni."

Kozlov kadehini bir dikişte bitirdi ve boş kadehi avucu içinde yuvarlayarak konuştu. Aksanı iyice vurgulu hale gelmişti. "Bazıları onlardan iyi iş bulmamı hiç yutamadı."

"Bir kere "yutamadı" değil Kozlov, "hazım edemedi" derler, ayrıca bazılarının seni hazım edememesi için hiçbir sebebi yok. Hem birileri Türkçeyi beceremeyecekse gel Rusça konuşsun. Ama o zaman anlayamayan misafirlere ayıp olur."

"Yine başlıyorlar." dedi Lola, Lydia'ya.

Albay, koltuğunda oturuşunu biraz daha dikleştirmiş, duruma hâkim bir beden diliyle, devam ediyordu:

"Şunu bil Mikhail Kozlov, ben seçtim sevdiğim işi, yaptım seçtiğim işi ve hep mutlu oldum. Böyle düşünmeyen birileri de umurumda değildir."

Kozlov, gevrek bir sarhoş kahkahası attı, "Ama bazıları birilerini hep kıskanmıştır." dedi.

Barones Kozlov'a hitaben, uyarmak isteyerek, "Mişa!" dedi, "Mişa, tamam."

Ama belli ki Kozlov'un söyleyecekleri vardı. Dili peltekleşerek, "İzvenite baronessa... beni affedin ama bazılarının kıskançlığı bitmiyor... ta o geldiğimiz zamandan beri... 1920'den beri..."

"Soyadı keçi olan bir adamı mı kıskanacaklar? O bazıları koskoca Rus Çarı'nın Semyonesky Alayı'nın başındayken, birileri de basit bir erdi. St. Petersburg'da olsa, o bazıları, o birileriyle değil aynı masada oturmak, el sıkışmazdı bile."

Bu arada Leonid Maya'ya izah ediyordu, "Kozlov keçi demek de Rusça'da."

Kozlov bu sözlerin üzerine nasıl hücuma geçeceğini düşünürken Sıdıka da Armen'e söyleniyordu:

"Ehe, benim kadehte neden içki yok Armen Bey?"

Armen onun sesini ve şivesini taklit ederek cevapladı:

"Ehe, siz de benim tabağa füme balık koymamışsınızdır da ondan Sıdıka Hanum."

O arada Kozlov ne diyeceğini düşünmüş ve başlamıştı konuşmaya:

"İşte! İşte! Sebep budur zaten, kıskançlık. Çarın özel alayında albay o bazıları, sonra burada gelince ne oldu?

Barones tekrar, "Mişa! Yeter!" dedi ama Mikhail Kozlov'u artık kimse durduramayacak gibiydi. Herkes, bundan sonra nelerin geleceğini bilir gibi, eğlendikleri belli bir ifadeyle, dinlemeye geçti. Albay cevap veriyordu şimdi.

"Burda çok güzel oldu her şey o bazıları için. Bir asker olarak öğretebileceği en güzel şeyin hocası oldu." derken bakışlarıyla cam vitrinin içindeki eskrim kılıcını gösterdi albay. "Ülkenin en prestijli kolejinde tenis, eskrim ve jimnastik hocası oldu. Ama o birileri ne anlar eskrimden, jimnastikten, gerçek bir asker olmaktan..."

"Hah hah! O birileri onlardan anlamadığı için muhasebeye girdi aynı okulda. Öbür bazıları her ay gelip maaşını o birinden aldılar. Buna ne dersin?"

Albay patlamıştı sonunda. "Radi boga!" dedi, "Tanrı aşkına Kozlov, kimin parasını veriyordun? Kendi paranı veriyordun sanki? Komik olma!"

"Beni üzmeyiniz lütfen." diye araya girdi tekrar barones. "Üstelik paskalyadayız. Üstelik albayın misafiriyiz Mişa. Lütfen!"

"Haddini aşıyorsun Mişa." diye uyardı Leonid, alçak sesle masanın üzerinden. Lola, Natasha ve Lydia, "Hı hı" diyerek ciddi bakışlarla onayladılar.

Kozlov kendini özür dilemeye mecbur hissetmişti. İstemeye istemeye, "Tamam... tamam... Kusura bakma Volodya." dedi ve içki kadehine sarıldı.

Albay, uzanıp Baronesin elini eline aldı nazikçe ve "*Prostite menya dorogaya İroçka.*" dedi, "Affedin beni sevgili İroçka."

Barones diğer eliyle onun eline nazikçe dokundu ve teselli eder gibi konuştu, "Siz asil bir insansınız Volodya. Unutmayınız, kartal sinek yakalamak için uçmaz."

"Ne güzel bir söz." dedi yazar.

"Evet. Bizim eski Rus atasözlerinden." diye onayladı barones.

"Tam da yerine oturdu." dedi Leonid, gülerek. "Bir de 'Niyetler sineğin, güç kartalın' deriz."

Kozlov, her nedense albay ve baronesin sözlerinden ziyade onunkinden alınmışa benziyordu. Konuşmak için dudaklarını yaladı sonra, "Madem atasöz pek seviyorsun Senko-povskiy...." dedi, "Bir de ben söylesin."

Hepsi gülümseyerek onun sarhoş tavırlarla ciddi bir konuşmaya hazırlanır halini izledi.

"İşte bir tane, hem de o beğenmediğiniz keçinin..."

"Keçi atasözü mü söylemiş?" diye sordu Natasha, alaylı.

"Keçi söylememiş tabii. Keçi için söylemişler, 'Sütü içeceksen keçiyi koru.' diye."

Masada önce herkes birbirine baktı, ardından gülmeler geldi.

"Senin için mi söylemişler bunu Mişa?" diye sordu Natasha, eğlenceli bir sesle.

"Kozlov, kim içecek ki senin sütünü?" diye sordu Leonid, gülerek.

Kozlov o arada votkasını devirmekle meşguldü, cevap vermedi. Leonid devam etti:

"Yeminle Kozlov, senin sütünü içeceğime votkada boğulurum."

Armen Kozlov'un kadehini yine doldururken Kozlov boş durmayıp onun kadehini başına dikti. Artık etraftan tamamen kopmuş gibiydi.

Albay, yine sakin, duruma hâkim tavrına geri döndü ve ayağa kalktı. "Şimdi" dedi, "birilerinin uygunsuz konuşmaları bittiğine göre paskalya kutlamamıza geri dönebiliriz."

Albay müziği kapadı, çellosuna doğru ilerledi, iskemlesini çekti. Enstrümanını nazikçe, âdeta sevdiği bir kadını kucaklar gibi kendisine yaklaştırdı. Baronese doğru baktı ve "Sevgili İroçka, bu sizin için." dedi. Bu arada Kozlov bir şeyler söylemek üzere ağzını açmıştı ki Leonid kısa bir öksürük sesiyle konuşmaması için uyardı. Şimdi, herkes, pür dikkat albayı izlemekteydi. Vladimir Nicholaevich Semenovich okşar gibi parmaklarını ve yayını tellere yerleştirdi ve Offenbach'ın "Barcarolle"ünü çalmaya başladı. Baronesin gözleri pırıldamıştı. Bir işareti üzerine Leonid onun kolundan tutup kalkmasına yardımcı oldu ve piyanoya doğru ilerlediler. Albay tebessümle onun parmaklarını tuşlara yerleştirmesini izlerken, "Buyurun" gibilerinden bir işaret yaptı ve beraber devam ettiler. Derken Lola, Natasha ve Lydia oldukları yerden, anlaşmış gibi bir arada, soprano ve mezzo soprano, Leonid ise bariton sesleriyle eşlik etmeye başladılar.

*Belle nuit, o nuit d'amour / Souris a nos ivresses / Nuit plus douce que le jour / O, belle nuit d'amour...*

Masadaki diğerleri de mırıldanarak katıldılar aryaya. Demitri de masadan kalkmış, enstrümanını kutusundan çıkarmış ve akordeonuyla yakalamıştı notaları.

Maya salondaki yerinden gururla izliyordu kocasını ve ekibi. Albay onun kulağına doğru eğilip "Atlas muhteşem bir seçim olmuş benim için, hele çello..." diye fısıldadı. Sonra o da başladı nağmeleri mırıldanmaya. Ona önce diğer Beyaz Ruslar, ardından diğer seyirciler de katıldı. Birden izleyiciler sahnedeki orkestranın vokali olmuştu. Sıcacık, keyifli, oyuncuların ve izleyicilerin birleştiği bir şölene dönüşmüştü piyes. Bu, hiç beklenmeyen güzel bir sürprizdi. Maya başını döndürüp salonu, locaları izledi. Sihirli bir andı, gerçekten sihirli. Mutluluktan yaş geldi gözlerine.

"Barcarol" bittiğinde salon alkıştan yıkılıyordu. Sanki oyun bitmiş gibiydi. Halbuki daha perde kapanmamıştı. Sahnede albay çellosunu yerleştirdikten sonra piyanonun pufundan kalkması için baronese yardımcı oldu, elini avucuna alıp dudaklarına götürdü. Repliği için alkışların kesilmesini beklemek zorunda kalmıştı.

"Bana eşlik ettiğiniz için teşekkürler sevgili İroçka."

"Sizinle çalmak beni hep o eski Rusya'ya götürüyor Vova. Verdiği huzuru anlatamam."

"Benim için de öyle canım İroçka, benim için de öyle. Kaç kişi kaldık şurada bizim hatırladıklarımızı hatırlayan... Her çaldığımızda Akilina nasıl eşlik ederdi, hatırlıyor musunuz İrocka?"

Güldü Barones, "Hatırlamaz olur muyum, hayatımda öyle yetenekli bir köpek daha görmedim." dedi.

"Gerçekten" dedi Leonid onlara yol açmak için ayağa kalkarken, "çok insandan daha iyi eşlik ederdi melodiye."

"Pardon, Akilina kimdi?" diye sordu yazar misafir Lola'ya. Albay, baronesin iskemlesini çekip onu yerine oturtmaktaydı.

"Albayın köpeği. Harika bir Samoyed idi, cins, ödüllü falan." dedi Lola.

"Anladım" gibilerinden bir işaret yaptı genç Maya. Albay yerine otururken sobanın yanındaki duvarda asılı tabloyu gösterdi ona.

"Bakınız sevgili Maya. İşte bu benim güzeller güzeli Samoyedim Akilina... Bir taneydi, bir tane. Çok asildi. Sibiryalıdır Samoyedler. Kuvvetli, cesur, atak... tam bir asker köpeğiydi."

Maya, dünya güzeli bembeyaz cins köpeğin tablosuna bakarken, "Çok şanslıymış köpeğiniz albay. Benim bile bir yağlıboya tablom yok." dedi gülerek.

"Esas ben şanslıydım sevgili Maya. Müthiş bir arkadaştı. Sadıktı, sevgi doluydu."

"Müziğe eşlik mi ederdi?"

"Ah, evet, melodiyi, ritmi hiç bozmadan eşlik ederdi."

Kozlov, dirseği masanın üzerinde, başı avucunun içinde yan yatmış, diğer eliyle kadehini masada döndürürken, "Anlayacağınız ulurdu." dedi ve o anda Armen'den bir dirsek yedi. Kozlov gözleri kayarak baktı Armen'e.

"Şto? Şto?"

"Şto? Şto? Daha ne olacak. Bre bir sussan artık."

Sözü bitince içkileri tazelemek üzere masadan kalktı Armen.

"Doğru söylemiyor muyum? Bal gibi de uluyordu işte." diye devamla başını arkaya atıp köpek sesini taklit etti:

"Uuuuu! Uuuu!"

O kadar sarhoştu ki masadaki herkes gülmeye başladı. Albay dahi kızamamıştı bu defa. "Kozlov, sen yine keçi gibi mele sadece. Ulumayı bile beceremiyorsun." dedi.

"Kopek gibi kopek benim Ponçiğimdi esas." dedi Kozlov.

"Haydi Kozlov! Sen ona kopek mi diyorsun. Kopekler utanır ona kopek demene."

"Şto?"

"Neden? Öyle bir cins kopek yok dünyada da ondan. Ne olduğunu kendi bile bilmiyordu zavallı."

"Zavallı?"

"E ya, zavallı."

"Şto?"

"En fazla zavallı çünkü senin gibi sahibi vardı."

"Ay yay yay mamoçka... Bazılarının kıskançlığı tuttu yine..."

Artık barones de onların arasına girmiyordu. Herkes içkinin rehavetinde, sadece gülüyordu onları dinlerken. Albay hiç istifini bozmadan, dimdik bedeniyle ve hâkim ses tonuyla mücadelesini sürdürürken Mikhail Kozlov kâh masada direğinin üzerine kayıyor, kâh iskemlede arkasına doğru gidiyordu konuşurken.

"Bazıları neden kıskansın senin cinsi bulamaç kopeğini?"

"Çok asildi bir kere benim Ponçiğim."

Lola alaycı bir tonla sordu:

"Sama'nın asaletini biliyoruz Mişa, soyağacı vardı da senin Ponçiğin asaleti nereden geliyordu kuzum?"

Kozlov gözleri hafif kayarak sağ elinin işaretparmağını başının yanında döndürürken kendisine cevap arar gibi bekledi.

"Nereden mi? Söyleyeyim nereden. Çünkü asil olmasaydı asil dişiler yüz vermezdi ona."

"Kozlov!" diye kükredi albay. Herkes ona döndü. "Kozlov! Hatırlatma! O bulamaç cinsi çomarını saldın benim zavallı Akilinamın üstüne."

"Eee?"

Albay Vladimir onun sarhoş halini taklitle, "Eeesi" dedi, "kıyıp da hiçbir cinsle buluşturmadığım Akilinam senin piçlerini doğurdu..."

"Benim piçlerim oldu şimdi?"

"Evet, senin piçlerin ya."

"Ne yani, ben yaptı senin Akilina? Ponçik yaptı."

Albay, Kozlov'a doğru hışımla yerinden kalktı, Kozlov olduğu yerde başarısız bir hamle yaptı. Barones Volodya'yı kolundan çekelemeye, Armen ve Leonid sarhoş Kozlov'a hâkim olmaya çalışırken, diğerleri birbirlerine, "Ben yaptı? Ponçik yaptı." sözlerini tekrarlayarak gülüyorlardı.

Sahne ışıkları kararırken "Moscow Nights" yükseldi yine ve birinci perde kapandı. Seyirciler kahkahalarla, ayakta alkışlıyorlardı. Maya'nın sağ yanında oturan Sümer yanağından öptü babaannesini, sağ elinin başparmağıyla "Ok" işareti yapıp. Bahadır, Ezel ve Ege onu taklit ettiler. Maya'nın Beyaz Rusları "Horosha!", "Horosho!", "Otlichno!" sesleriyle avuçlarını patlatırcasına alkıştaydılar. Albay Semenovich gülerken Maya'nın elini iki avucuna aldı, "Spasibo Mayecka." dedi, "Bolseye spasibo..." Senelerin hikâyesini taşıyan gözlerinden yaşlar iniyordu. Gülerken ağlıyordu yüz on yaşındaki çınar.

♡ ♡ ♡

Gece yarısını geçmiş, evdeki kutlama devam ediyordu. Maya'nın tiyatroya gidene kadar bütün gün hazırladığı yiyecekler yenmiş, şişeler devrilmiş ama galanın heyecanı hâlâ geçmemişti. "Maya'nın Beyaz Rusları" ile oyuncular sanki aynı ailenin iki nesil bireyleri gibi garip bir duygu içindeydi. Keyifler yerinde, sohbet koyu, kahkaha boldu.

"Tam ağlamak üzereydim baronesin mezarı sahnesinde." dedi Lydia, "Karga hikâyesi başlayınca öldüm gülmekten."

"Aynı bizim hayat olmuş işte." derken kendisini oynayan Dilek'in koluna girdi Lola Davidova, "Hem kahkaha, hem hüzün, hem zekâ, hem aptallık."

Dilek gerçek Lola'nın, kolu üzerindeki elini tutarak konuştu:

"Ben oyunu ilk okuduğumda o sahneyi tamamen Maya'nın hayâli zannetmiştim; mezarlık hüznünü dağıtsın diye."

"Yok, yok. Tamamen gerçek."

Hülya, oynadığı karakterin mesleğine ve adına uygun balerin duruşuyla konuya katıldı:

"Açıkçası ben de ilk önce gözyaşlarıyla okumaya başlamışken ardından kahkahalara kapılmıştım oyun bana geldiğinde. Sonra Maya anlattı gerçek olduğunu."

"Ben unutmuştum bile." dedi gerçek Lydia, yaşlanmış ama hâlâ sahnede duygusu veren beden diliyle. "Spot, dekor ağacın üzerindeki kargayı gösterince hatırladım seyrederken ve o zaman gülmeye başladım."

"Natasha, gerçekten o kadar didiştiniz mi Kozlov'la o gün?" diye sordu Filiz, canlandırdığı karaktere. "Ben fazla abartmadım inşallah oyunda."

"Yok canım, harika oynadınız. Aynı, öyle, nasıl canlandırdı siz, öyle didişti biz o gün."

"Çünkü tam Mişa'nın yapacağı gibi bir işti, mezara bırakılan yemekleri yemek."

Hep beraber gülerlerken devam etti Natasha:

"Hem yemek, hem ceplerine doldurmak... tam ona göreydi."

"Ama o gün karga ondan önce davrandı. Ona fırsat kalmadı." dedi Lola.

"Dua bitip dağıldıktan sonra gidip tekrar bakmadık. Vallahi gidip geri kalanları yemiş olabilir. Ya da kargayla paylaşmıştır, anlaşıp." derken gülüyordu Natasha.

"Mezara dökerken votkaya nasıl baktığını görecektiniz. Gözleriyle bağırıyordu, 'Yazık ediyorsun! Yazık ediyorsun! Bana ver, ben içeyim!' diye."

Onlar kahkahayla gülerken Leonid katıldı gruba.

"Votka mı dediniz? Bütün gece oyunu izlerken ne düşündüm biliyor musunuz? Keşke gitmeseydi Smirnoflar, Fabergeler ve diğer o güzel insanlar İstanbul'dan, ne güzel olurdu."

"Sanki Faberge'den alışveriş mi yapacaktın?" diye güldü Natasha.

"Hah hah!" diye ona katıldı Leonid'in karısı.

"Yok canım. Oyunun içinde olurlardı ne güzel. Faberge'den değil de, Smirnof'tan yapardım bol bol alışveriş." diye cevapladı Leonid. Yanlarına gelen Maya duymuştu onun esprisini, "Smirnofumuz var barda." dedi.

"Yok, Smirnof artık Amerikalı oldu. Ben Stolichnaya içiyorum."

"O da komünist ama Amerikalıdan daha mı iyi?" diye araya girdi Natasha.

"En azından babamın memleketinden geliyor; Kaliningrad'dan."

O arada, Albay Semenovich açık büfeden aldığı temiz bir bıçağı nazikçe kadehine vurarak herkesi kendisine bakmaya davet etti.

Misafirler sohbetlerini bırakıp ona döndü. Albay genzini temizledi ve konuşmaya başladı:

"Bu akşam..." dedi ve durdu. Sesi duygusaldı, "bu akşam, bu gece bir... bir rüyaydı. Daha da bitmedi. O kadar senedir tanıştığımız Mayecka bizi ne kadar yakından gözlermiş meğer."

Gülüşmelere cevap, "Evet, şimdi rahat gülebiliriz." dedi, "Çünkü çok güzel şeyler yazmış bizim için. Aksi de olabilirdi."

"O zaman bizi çağırmazlardı galaya." dedi Leonid, "Haberimiz de olmazdı."

Tekrar güldü dinleyenler.

"O kadar güzel hatırlamış ki." dedi albay, "Ben bile kendi evimden unuttuğum çok şeyi bu akşam hatırladım. Eve gidince annemin paskalya yumurtalarını nereye koyduğumu bulmalıyım."

"Giderayak Kozlov almış olmasın?" dedi Leonid.

Herkes gülerken, "Leonid!" diye uyardı Lola, "Ölünün arkasından konuşulmaz."

"Eh, demin siz konuşuyordunuz ya. Ben konuşunca..."

Albay yine söze başlayınca sustu.

"Aramızda olmayanların da toprağı bol olsun. Hepsini andık bu akşam." diye devam etti Semenovich, "Evet, ne diyordum, onun için çok mutluyum ki, bu harika artist kadronun harika oyununu izleyebildik. Dekor sanki benim salondu. Yani beni orada bıraksanız yatabilirdim. Yabancı kalmazdım."

Herkes Canan'a dönüp alkışladı. Maya, "Bravo!" derken elini kâlbine koyup ona sevgi gönderdi.

Albay kadehini evsahibesine doğru kaldırdı, "Maya'ya!" dedi, "Önce bizim duygusal, yetenekli Mayeckamıza içiyorum, biz İstanbul'un biten Beyaz Ruslarına hayat verdi, yeniden hatırlattı."

Albayı takiben herkes kadehinden bir yudum alıp onu dinlemeye devam etti.

"Bizi bu kadar güzel canlandıran tüm oyunculara, hikâyemizi sahneleyen, yöneten sevgili yönetmene, sanatçı, emekçi herkese hem kendim, hem arkadaşlarım adına kâlbimizden en büyük teşekkürler. Hele beni oynayan Atlas'a çok teşekkürler. Beni olduğumdan daha yakışıklı gösterdiği, çelloyu benden daha iyi çaldığı için. Spasibo! Sizlere içiyorum!"

Yeniden içkiler yudumlandı. Alkışlar yinelendi. "Ha..." diye devam etti ardından Albay, "size bir itiraf şimdi... Geçenlerde, yüz on yaşına girdiğim gün kendime şöyle demiştim: "Ey koca Vladimir Nicholaevich Semenovich, neler gördün, neler yaşadın, sevdiklerini birer birer kaybettin, sen o arada kaç hayat yaşadın ve artık unutmaya başladın. Artık beynin hayatını içine alamıyor, yaşadıklarının çoğunu dışarıda bırakıyor. Hâlâ ne zorluyorsun hayatı? Bırak, elini tutma artık sevgilinmiş gibi. Bırak, git. Ya da bırak, o gitsin senden..."

Görenler, Maya'nın gözlerinden inen yaşların da, kendilerinin şu an hissettiği gibi duygusallıktan olduğunu zannetti. Bir Atlas biliyordu, karısının şu an gerçekten ne hissettiğini. Onun yanına sokuldu, elini omuzuna koydu, kendine doğru çekti ve yanağını öptü. Albay devam ediyordu:

"Ama bu akşam, oyunu izlerken dedim ki, "İyi ki yaşadın Volodya, iyi ki yaşadın. Yaşadın ve kendi evinin hikâyesini izledin..."

Sesi titremeye başlamış, gözleri yaşlanmıştı. Zor tamamladı konuşmasını.

"*Ya vas lyublu*... Sizleri seviyorum... Sizleri çok seviyorum..."

♡♡♡

Maya'nın Beyaz Rusları, tiyatro ekibinin bir kısmı ve aile bireyleri ayrılmış, Dilek ve Filiz ısrarla ortalığı toparlamaya yardım için kalmışlardı. Ellerinde muhtelif tabak bardakla mutfağa girip taşıdıklarını tezgâha bıraktılar.

"Harika bir gece oldu Mayacığım, ellerine sağlık." dedi Filiz, artan yemekleri kaplara boşaltan Maya'ya.

Dilek, "Gerçekten" diye atıldı, "ellerine, yüreğine sağlık. Aklınla bin yaşa. Nereye gitsek bu kadar eğlenemezdik."

"Baksana sabahın üçü olmuş. Nerede bu kadar yayılıp oturabilirdik bu saate kadar. Unutulmaz bir gece oldu."

Filiz'in son cümlesiyle Maya, elindeki kâseyi bıraktı ve gözleri yaşararak kapının yanındaki duvara teksif oldu.

Ondaki ani değişiklikle iki arkadaşı da aynı yöne çevirdi bakışlarını. Duvarda boydan boya onlarca fotoğraf bantla yapıştırılmıştı. Her birinin üzerinde ispirtolu kalemle gayet muntazam bir el yazısıyla yazılmış notları gördüler. Fotoğraflardaki kişilerin her birinin yanında kendi ismi, altta da fotoğrafın nerede çekildiği ve tarihi yazılmıştı.

Filiz biraz şaşırmış, döndü. "Mayacığım, affedersin ama bunlar niye?"

"Onlar..." dedi, Maya arkadaşının yanına gelirken. Dilek de aynı soruyu sorar gibi bakıyordu Maya'ya. O sırada Atlas da elinde boş kadehlerin olduğu tepsiyle mutfağa girmişti.

"Onlar... fotoğraflarımız" dedi Maya, birden gizli bir şey yaparken yakalanmış gibi.

"Fotoğraflar da..."

Filiz'in sorusunu Maya kendisi tamamladı.

"Niye isimleri yazdığımı merak ediyorsunuz, değil mi?"

"Pek senin tarzın bir sergileme usulü de değil ayrıca." dedi Dilek.

Evsahiplerinin yüz ifadesinden hiç beklemedikleri hassasiyette bir konuyu açmış olduğunu anlamışlardı ikisi de. Maya kocasına baktı bir an için, sanki bir konuda fikrini almak ister gibi. Atlas başını salladı, onun aklından geçene onay vererek.

"Size söylemek istediğim bir şey var." dedi Maya.

Filiz onun söyleyeceklerinin fotoğraflarla ne ilgisi olduğunu anlamak ister gibi bir arkadaşına, bir duvardaki resimlere baktı.

"Bize hiçbir şey söylemek zorunda değilsin." dedi Dilek, Maya'nın ne kadar zorlandığını fark ederek.

"Yok canım, söylemem lâzım. Sizler benim yakın arkadaşlarımsınız. Bilmeniz gerek. Zaten yakında anlayacaktınız."

Maya tezgâhın önündeki bar taburelerinden birine oturdu. Atlas ona destek vermek arzusuyla yanına geldi ve kolunu omuzuna attı. Filiz ile Dilek merak ve endişeyle onların yüzüne bakarak bekliyorlardı. Maya derin bir nefes aldı ve bir belâdan kurtulmak ister gibi bir çırpıda söyledi söyleyeceğini.

“Ben Alzheimer’ım.”

Arkadaşları yüzlerinde inanamamazlık, kötü bir şakayla karşılaşmışlık ifadesiyle, donup kalmışlardı.

“Şaka yapıyorsun.” dedi Dilek, yine de şansını deneyerek.

“Keşke...” diye mırıldandı Maya.

Filiz duyduğunu hazmetmeye çalışıyordu hâlâ. “İnanamıyorum.” dedi ve diğer tabureye âdeta çöktü.

“İnan canım.”

“Muhakkak bir yanlışlık vardır.” diye ısrar etti Dilek.

“Maalesef doğru.”

“Her doktor hata yapabilir.”

“Hata yapan biri varsa doktor değil, benim beynim Filizciğim.”

“Nasıl yani? Fıstık gibisin pekâlâ.”

“Şimdilik dışarıdan öyle görünebilirim. Ama kendim biliyorum yaşadıklarımı. Atlas biliyor.”

“Peki, şimdi ne olacak? Ne yapılacak?”

“Yapılacak bir şey yok Dilekçiğim. Kendi seyrinde gidecek hastalık... Yapabileceğimiz hiçbir şey yok.”

Bakışlarıyla duvarı işaretle devam etti:

“Yakında her şeyi unutacağım. Sizi de, ailemi de, kimseyi hatırlamayacağım. Kendimi bile unutacağım...”

“Ama çok erken değil mi Alzheimer için bu yaş?”

Cevabı Atlas verdi.

“Artık altmışlara kadar inmiş. Ama ben öyle inanıyorum ki Maya Alzheimer tarihinde bir mucize yaratacak ve alt edecek bu meredi.”

“Atlas inatla benim hastalığı yeneceğime inanıyor.”

“Ben de ona inanıyorum.” dedi Filiz.

Dilek onun iyi niyetini güçlendirmek için ekledi:

“Evet, şu oynadığımız oyunu yazan, nakış işler gibi romanlar yaratan Maya Alzheimer’a esir olmaz. Ben de hakkından geleceğine inanıyorum.”

"Pozitif düşünceleriniz, dilekleriniz için çok teşekkür ederim canım. Tabii teslim olmak istemiyorum ben de. Bu resimler de hafızamdakilerin taze kalması için. Sadece bu duvar değil, banyoda, çalışma odamda, koridorda, her yerde izler bırakıyorum hayatımla, hayatımızla ilgili. Ama er geç bir gün bana benzemeyen bir başka ben karşınıza çıkacak. Kendinizi hazırlayın lütfen."

Filiz elini uzatıp onun yanağını okşadı.

"Ah canım benim... Biz ne yapabiliriz?"

Maya güldü.

"Saçmalamaya başladığım zaman anlayış gösterebilirsiniz."

"Her şeye inanırım, senin saçmalayacağına inanamam." dedi Dilek.

Maya gülümseyerek konuştu.

"Siz yine de aklınızda tutun. Çünkü kontrolümde olmayacak hiçbir şey."

Sonra duvardaki fotoğraflara çevirdi gözlerini. Hepsini ezberlemek ister gibi bakarken devam etti:

"Sevgilim, bu gecenin fotoğraflarını da yaptıralım... Unutulmaz bir gece oldu. Unutmamam lâzım... Unutmamam lâzım. Gerçekten unutulmaz bir geceydi... Unutmamam lâzım...

Bir küçük kelime keyifli gecenin uykuya yatırdığı bir canavarı uyandırmıştı. Üç oyuncu; biri âşık olduğu kadını, ikisi yakın arkadaşlarını izlerken duygularını saklayacak bir rol bulamıyorlardı.

# 12

O akşam, bir seyahatleri dolayısıyla galaya katılamayan doktor Murat ve karısını tiyatroya davet etmişlerdi. Maya oyunu onlarla birlikte bir kez daha seyrederken ilk akşamki heyecanla yine gülmüş, yine duygulanmış, gözleri yaşlanmıştı. Akşamın keyfini uzatmak için beraber yemek yemeye kadar vermişlerdi. Siparişleri gelene kadar şaraplarını yudumlayarak, oyun üzerinde sohbet ediyorlardı. Buket simsiyah iri gözleri pırıldayarak, her zamanki heyecanlı haliyle konuşuyordu.

"*Şahane Züğürtler* kadar etkiledi beni. Muhteşemdi öykü, muhteşemdi oyuncular. İkinizi de tekrar tebrik ediyorum. Sadece tiyatro oyunu değildi izlediğimiz. Resmen konser verdiniz. Müthişti."

"Tek kelimeyle mükemmeldi." dedi Murat.

Maya yanında oturan kocasının elini tuttu.

"Çok teşekkürler ama esas başarı yönetmen ve oyunculardа. Albay Semenovich de, diğerleri de hayran oldular sahnedeki canlandırmaya. Aktörler böyle bir oyun çıkarmasaydı, benim yazdıklarımın hiçbir anlamı kalmazdı. Komedi ve hüznü bir arada o kadar güzel işlediler ki."

Atlas onun elini dudaklarına götürüp öptü ve "Karıcığım yaptığı işi önemsiz gibi göstermeye çalışıyor. O kadar güçlü ve detaylı bir hikâyeyi kötü canlandırmak mümkün değil ki."

Maya tebessümle, sevgi dolu baktı kocasına cevaben.

"Şerefinize içiyorum." dedi Buket.

Kadehlerini tokuşturup birer yudum aldılar. Maya, Murat'ın, kadehine bakışını fark etmişti. "Merak etme doktorcuğum." dedi, "Çok azalttım içkiyi. Bir kadeh alıp oyalanıyorum bütün gece." Sonra kadehini masaya bıraktı ve "Özür dilerim. Şimdi geliyorum." diyerek kalktı.

"Bir şey mi oldu?" diye sordu Atlas.

"Tuvalete gidiyorum canım." diye fısıldadı Maya kulağına fısıldayarak.

Onun uzaklaşmasını takiben Murat Atlas'a sordu: "Nasıl gidiyor?"

"Muratcığım, bilemiyorum. Görüyorsun, nasıl enerjik. Gala gecesi onca kişiyi evde ağırlamak istedi, vazgeçiremedim. Her şey de mükemmel gitti. Öyle inanıyorum ki hafif unutkanlıklarla atlatacak bu işi."

Murat, Maya'nın gelip gelmediğini bakışlarıyla kontrol ederek "Atlasçığım" dedi, "seni üzmek istemiyorum ama aldanma şu anki duruma. Sonra çok daha büyük bir üzüntü yaşamandan korkarım."

"Murat..." diye uyarmak istedi karısı, "aşk olsun."

"Ben doktorlarıyım, yanıltmak istemiyorum ikisini de."

Yerinde kıpırdandı Murat. Sonra hafifçe karşısındaki Atlas'a doğru eğilerek devam etti:

"Bu yaşta Alzheimer başladığında, daha yaşlılara nazaran daha hızlı ilerliyor. Maya hem mesleği, hem hayata bakış açısı dolayısıyla beynini daha işlevsel tutuyor şu anda ama bu olacakları değiştirmez Atlas. Kabul et bunu. İnan, sana umut verebilecek ufacık bir sebep olsa onu söyleyeceğim. İstemez miyim, içinize su serpecek bir şeyler söylemeyi. Ama yok. Yok öyle bir şey."

Buket gözüne gelen yaşları silerken içini çekerken, "Biliyor musunuz" dedi Atlas, "teşhisin üzerinden haftalar geçti, daha bir kez ağladığını, isyan ettiğini görmedim."

"Ağlıyordur muhakkak. Ağlamaz mı." derken sesi titriyordu Buket'in, "Sana göstermiyordur."

"Bilmiyorum... bilemiyorum. Birbirimize her zaman çok açık olduk. Neden benim yanımda ağlamasın ki."

"Maya çok zeki bir kadın Atlas. Eminim çoktan su gibi ezberlemiştir hastalıkla ilgili her şeyi. Çaresizliğiyle seni üzmek istemiyor olabilir. İç dünyasında ne fırtınalar koptuğunu bilemeyiz. Belki de bir psikoloğa görünmesinde fayda olacaktır."

"Psikolog?"

"Evet... Sana, ailesine, arkadaşlarına söyleyemediği, içine attığı duygularını, korkularını paylaşması iyi olur."

"Bunu kabul edeceğini sanmam. Karımı tanıyorum."

"Kabul etmez." diye onu onayladı Buket.

"Doktoru olarak tavsiyede bulunabilirim."

"Sen bilirsin. Dene, ama cevabının olumsuz olacağını şimdiden söyleyeyim." dedi Atlas.

Maya az önce tuvaletten çıkmış, koridora ayak bastığı anda olduğu yerde kalmıştı. Sanki kapanan kapıyla beraber bilinci bir başka boyuta geçiş yapmıştı. Koridorun sağına, soluna bakındıktan sonra gözlerini kapayıp ne taraftan gelmiş olduğunu düşünmeye çalışmıştı. Ama beyninin içini saran sisle, birden müthiş bir paniğe kapılmıştı. Kırmızı halı kaplı koridor, duvarlardaki varak çerçevelerdeki tablolar tamamen yabancıydı ona. Sağına doğru yürüyüp kendisine nerede olduğunu hatırlatacak bir ipucu ararken koridorun sola döndüğü yerde durmuştu. Şimdi iyice puslanmıştı kafası. Geriye dönüp baktı. Diğer tarafta iki kadın belirmişti. Konuşarak ilerliyorlardı Onun az önce çıktığı kapıdan içeri girmek üzereydiler ki biri Maya'yı tanıdı. Arkadaşına hitaben, "Aaa, bakar mısın, Maya Rodoslu." dedi, sonra yüzünde kocaman bir gülümseme ile Maya'ya doğru ilerledi. "Merhaba Maya Hanım. Ne kadar güzel bir sürpriz sizinle karşılaşmak. Büyük hayranınızım."

"Ben de." diye elini uzattı diğeri, "Bütün kitaplarınızı okudum."

Maya tebessüm etmeye çalışırken gözlerindeki kayıp olmuş ifadesini saklayamadı. "İyi misiniz?" diye sordu biri. Maya mırıldanır gibi cevap verdi.

"Eeee, evet, teşekkür ederim."

Bir taraftan da kadınların nereden çıktığını anlamaya çalışıyordu. "Bir şey sorabilir miyim?" dedi.

"Gayet tabii."

"Siz nereden geldiniz?"

Kadınlar birbirine baktı. "Restorandan." dedi ilk hayranı, soruyu garip bulduğu belli bir ifadeyle. Maya başıyla koridorun o ucunu göstererek, "Oradan mı?" diye tekrar sordu. Şaşkınlıkları artmıştı iki kadının. Maya'nın sarhoş olduğunu düşünmüş olmalıydılar. "Yardımcı olmamı ister misiniz?" diye sordu yine hayranı, "Sizi masanıza götüreyim mi?"

Maya'nın zihninde iki kelime de bir yere oturmadı. Ne restoran, ne masa... Ama en azından yabancıların geldiği yönden giderse bir yere çıkacağını anlamıştı. "Teşekkür ederim. İyi geceler." dedi ve yürümeye başladı. Boşlukta gibiydi. Sanki tanımadığı birinin hayâletini takip ediyordu. Perdelerin ayırdığı kapının önüne gelince durdu. Diğer tarafa geçtiği takdirde ne göreceğini, gördüğü yeri tanıyıp tanımayacağını bilmiyordu. Onu tanıyacak birileri olup olmadığından da emin değildi. Cesaret edemiyordu bir adım daha atmaya. Duvara sırtını dayadı ve kafasındaki sisin dağılmasını beklemeye başladı. Birden karşısında tanıdığı bir sima gördü.

"İyi misin Mayacığım? Merak ettik." diyordu Buket.

Maya, kaybolduğu bir panayırda tanıdığı birini bulmuş bir çocuk gibi sevinçle baktı arkadaşına. Ama ismini hatırlayamamıştı.

"Sen nereden çıktın?" dedi, heyecanla.

Buket önce onun kendisiyle şaka yaptığını sanırken yüz

ifadesinden olayın ciddiyetinin farkına vardı.

"Mayacığım, restorana yemeğe geldik canım, sen, Atlas, Murat ve ben. Hatırladın mı? Sen tuvalete gitmek için kalktın masadan. Gecikince merak etti Murat. Ben de onun üzerine sana bakmaya geldim canım."

Maya arkadaşının söylediklerini kendi gerçeğinde bir yerlere oturmak ihtiyacıyla onun yüzüne bakarken gözlerinden ürküntü ifadesi okunuyordu. Buket'in yüzünü ve onunla yakın olduğunu hatırlamıştı ama ismini çıkaramıyordu. Fakat en azından yalnız olmadığını, kendi başına bir yerlerde kaybolmadığını öğrenmişti. Derin bir nefes aldı. "İyi misin canım?" dedi Buket onu kolundan tutarak, "Su getireyim mi sana?"

Maya'yı kaplayan sis açılmaya başlamıştı. Ne yaşadığını, nereye kaybolduğunu anlamaya çalışıyordu. Sanki bir müddet için bedeninden çıkmış, şimdi de geri dönüyordu. Aynen tiyatrodan ayrıldığı günkü gibiydi yaşadığı. Ama bu defa daha uzun sürmüş ve daha çok yormuştu onu.

"Biraz duralım burada. Böyle gitmek istemiyorum masaya." dedi.

Hayranları tuvaletten çıkmış geri dönüyorlardı. Tazelenmiş, ağır parfümleri Maya'nın burun kanatlarını yaktı sanki. "İyi geceler Maya Hanım." dediler ve aralarında fısıldaşarak salona geçtiler. Arkalarından, "İyi geceler" diye mırıldandı Maya. Sonra, "Kayboldum." dedi. O anda arkadaşının adını hatırlayıvermişti, "Kayboldum Buket." diye ekledi. "Burada, bu koridorun üzerinde kayboldum..." Gözlerinden sessiz yaşlar iniyordu. Buket ona sarıldı. Söyleyecek bir şey bulamıyordu. Sadece "Şşştt... şşşttt" diyebildi "geçecek canım... geçecek..."

Hiçbir şeyin geçmeyeceğini, her şeyin yeni başladığını ikisi de biliyordu. Ama şu an Maya'nın da buna inanmaya ihtiyacı vardı, şimdi eskisinden daha çok.

"Atlas'ı çağırmamı ister misin?"

"Yok canım. Daha iyiyim... Haydi gidelim masamıza."

Atlas gözleri kapıda merakla bakarken onları görür görmez ayağa fırladı. Maya'nın tebessümle bakma çabasına rağmen ters giden bir şeylerin olduğunu fark etmişti. Hemen onların yanına doğru seğirtti. "Her şey yolunda mı sevgilim?" diye sordu karısına.

"Şimdi evet canım. Ama az önce değildi."

Murat Maya'nın iskemlesini çekti ve oturmasını bekledi, sonra yanındaki yerine yerleşti, onun elini tuttu ve yüzüne baktı, anlatacaklarını bekleyerek.

"Özür dilerim sizleri telaşlandırdıysam." diye başladı Maya, "Birdenbire oldu her şey. Bir anda kayboldum. Yani kaybolmuşum gibi hissettim. Yolumu, yönümü bulamadım... hatırlayamadım. Her şey yabancı göründü gözüme. Aynen tiyatrodan çıktığım günkü gibi..."

Atlas Murat'a kısa bir bakış attı ve yüz ifadesinde onun az önce söylediklerinin tekrarını gördü. Boğazı düğümlendi. Karısının yanağını okşadı. O arada yemekleri gelmişti. Garsonun servis yapmasını beklediler. O gidince Maya doktoruna döndü:

"Bu bilinmezlik beni korkutmaya başladı Murat. Önceden işaret vermiyor. Hazırlıksız yakalanıyorum. Çok korkunç bir duygu. Bu defa daha uzun sürdü... Sanki hızlanıyor."

Murat düşünceli bir tavırla masaya yerleştirdi dirseklerini, ellerini çenesinin altında birleştirdi. Konuşmak çin kendisine zaman tanımak ister gibiydi. Ağır ağır, "Mayacığım" dedi, "baştan beri dürüst oldum sana, yalan umutlar vermedim. Şimdi de aksini söyleyecek değilim. Bunu beraber atlatacağız, diyemiyorum, keşke diyebilseydim, keşke... ama elbirliğiyle en kaliteli şekilde yaşamanı sağlayacağız."

"En kötüsü bir şeyleri kaybettiğimi, bir şeylerin kaybolduğunu hissetmek ama neyi kaybettiğimi bilememek. Normalde unuttuğunda, düşünürsün, hafızanı zorlarsın, oralarda bir yerde bağlantı bulup hatırlamak için çağrışım yapan başka bir şey düşünürsün aklına gelebilecek. Ya da bir bağlantı kuracağın mekân, zaman veya isim gelir aklına en azından. Yani unuttuğunun, neyi unuttuğunun farkındasındır ve beyninin arka loblarından birinde ipucunu bulacağını bilir, zorlarsın kendini hatırlamak için. Ama bu öyle değil... bu kâbus... hatırlamaya götürebilecek bütün bağlantılar yok oluyor. Düşünemiyorum... ilişki kuracak, tutunacak hiçbir şey kalmıyor kafamda... sadece sis... sadece sis ve kocaman bir boşluk kalıyor..."

Konuşmadan dinlemişlerdi onu. Buket ağlamamak için dudaklarını ısırıyordu. Kimse yemeğine dokunmamıştı henüz.

"Ne kadar, neleri unuttun az önce?" diye sordu Murat.

"Her şeyi... nerede olduğumu, hangi yoldan oraya geldiğimi, sizlerin burada olduğunu... hiçbir şeyi hatırlayamadım. Sanki uyutulup, bilmediğim bir zaman ve mekânda yeniden uyandırılmışım gibiydi duygusu... ve en kötüsü o yalnızlık duygusu."

Durup Atlas'a baktı, "Kimsesizmişim, yapayalnızmışım duygusu..."

"Öyle olmadığını biliyorsun."

"Tabii biliyorum. Ama öbür ben bilmiyor. Problem o."

Sonra Murat ve Buket'e döndü:

"Bu akşam olan bir uyarıydı. Artık bazı kararları çok hızlı vermem ve paylaşmam lâzım. Bu hafta çocukları çağıracağım. Siz de gelir misiniz lütfen."

"Ne zaman istersen." dedi karı koca birlikte.

Maya yeniden kendisine has enerjisi ve neşesine dönmüştü sanki. Masaya döndüğü anki Maya'yla ile ilgisi yoktu şu an yine.

"Tamam o zaman." dedi, "Bu akşam bu kadar Alzheimer konusu yeter. Yemeklerimiz buz oldu. Bu arada ben bir tekila ile tuz mu istesem acaba?"

Hepsi, "Ne diyorsun?" gibilerinden endişeyle baktı ona. Maya onların yüz ifadelerini görünce başını arkaya atarak tatlı bir kahkaha bıraktı. "İlâhi! Şaka ediyorum." diye izah etti. "Ne demiş Pablo Neruda: 'Hayat sana ekşi limon sunuyorsa sen de tuz ve tekila iste.'"

Hepsinin gülüşünün ardında çaresizlik ve hüzün vardı.

♡ ♡ ♡

Maya romanının sayfalarında yukarı aşağı gidip geliyor ama bir türlü konusuna konsantre olamıyordu. Kafası akşam kocasına ve çocuklara söyleyeceklerindeydi. Aklına gelenleri defterine not alıyor, çiziyor, tekrar yazıyordu. Sonunda romanı bırakıp bilgisayarında yeni bir dosya açtı ve notlarını geçirmeye başladı. Bitirdiğinde üst üste birkaç kez okudu ve bazı düzeltmeler yaptı. Sonunda yazdıklarından tatminle iki sayfalık metni beş adet bastı. Her birinin altına imzasını attı ve zarflara koydu. Atlas, Bahadır ve doktor Murat'a birer, Ege ve Ezel'in isimlerine müşterek bir zarf yazdı. Beşinciyi de çalışma masasının çekmecesine yerleştirdi. Rahatlamış gibi bir nefes aldı. Uzun zamandır aklında olan ama hep erken bulduğu bir şeydi. Ama artık sürüncemede kalmaması gerekiyordu. Zaman aleyhine işlemekteydi, farkındaydı. Şimdi üzerinden bir yük kalkmış gibi hissediyordu. Arkasına dayandı ve renkleri kışla buluşmaya başlamış vadiyi izledi. Sonra bakışlarını duvardaki çerçeveler içindeki ve panoya yapıştırdığı fotoğraflara çevirdi. Şimdilik hatırlıyordu hepsini. Ama daha henüz bu odada sisli günlerinden birini yaşamamıştı. Bir gün o da olacaktı. Bu hayat dolu, anı yüklü, renkli resimlerin hepsi hikâyeleriyle, karakterleriyle pusun ardında kalacaklardı. Ayağa kalktı. Her birinin üzerinde parmaklarını dolaştırarak tek tek yüzlere baktı, manzaralara baktı... Sonra yerine oturdu tekrar ve masasının çekmecesinden teybini çıkardı. Küçük bir öksürükle genzini temizledi, düğmesine bastı ve konuşmasını kaydetmeye başladı.

Bugün, 24 Kasım Pazartesi. Ben Maya Rodoslu. Bu ilk kaydım. Unutmadıkça her gün not düşeceğim buraya. Ertesi günü dinleyip kayıp zamanları hatırlamaya çalışacağım. Birkaç gündür o sis çökmedi dünyama. Sanki her şey yolunda gibi. Ama değil, biliyorum. Bu sadece bir aldatmaca. Uykuya yatmış bir canavarla yaşar gibiyim. Ne zaman uyanıp, nasıl saldıracağı belli değil. Daha yavaş düşünüyorum sanki. Oradan oraya süratle atlardı düşüncelerim. Son günlerde duygularımla kelimeler arasında çok hızlı bağlantı kuramıyorum. Yavaşlıyorum sanki, farkındayım. Henüz ailemi, arkadaşlarımı, fotoğraflardaki herkesi tanıyorum. Ama bugün, sabahtan beri, romanıma devam edebilmek için eski yazdıklarımı birkaç defa okumam gerekti. Bir an önce bitirmek istiyorum. Fakat duygusunu verememekten korkuyorum. Duygularım orada ancak ifade etmek istediğimde sanki kelimelerim sınırlanmaya başladı. Alıştığım gibi akmıyor cümleler. Aynı kelimeyi arka arkaya kullandığım paragraflar olmuş. Bunu yapmamaya çok özen gösterirdim halbuki. Bu akşam aileme, karar verme yeteneğim bittiği zaman neler yapmalarını istediğimi söyleyeceğim. Bir an önce bütün isteklerimi bildirmek istiyorum. Ne zaman, nasıl bir süratte yetilerimi kaybedeceğimi bilmiyorum ve onların da benim adıma karar vermeleri gerektiği gün perişanlık yaşamalarını, birbirlerine düşmelerini istemiyorum. Hepsine ayrıca mektup yazdım, doktorum dahil. Hiç eğlenceli değil biliyorum ama zaten başıma gelen de bir şaka değil. En azından son romanım bitene kadar şu halimle kalabilsem... Orpheus'la Ophelia'yı buluştursam. İyi bir deneme olacaktı...

Teybi kapadı, çekmecesine yerleştirdi. Zarfları eline aldı ve salona doğru ilerledi. Kütüphanenin kenarına bıraktı elindekileri. Mutfağa doğru geçmek üzereydi ki kapı açıldı. Atlas tiyatrodan, matineden dönmüştü. Öpüştüler. "Kendime bir kahve yapacaktım. İster misin?" diye sordu Maya.

"Memnuniyetle canım. İyi misin? Nasıl geçti öğleden sonran?"

"Çalışmaya çalışmakla geçti. Çok başarılı olduğum söylenemez. Ama akşam sizlere söyleyeceklerimi hazırladım en azından."

"Sen ciddisin bu konuşma hakkında."

"Evet canım. Geçen akşamdan sonra daha fazla geciktirmek istemiyorum."

"Bana şimdiden söyleyebilir misin?"

"Kahvemizi içerken söylesem."

"Tamam. Elimi, yüzümü yıkayıp geliyorum."

Maya mutfağa girdiğinde kahve makinesinin durduğu tezgâha yanaştı. Yan taraftaki porselen kutunun kapağını çevirdi. Kaşığa kahveyi doldurdu ve durdu. Önce makineyi hazırlaması lâzımdı, unutmuştu. Kaşıkla kahveyi bıraktı. Filtre makinesini açtı, suyunu doldurdu, filtresini yerleştirdi. Ama çok iyi bildiği bir alışkanlığını tekrarlar gibi değildi hareketleri. Adım adım düşünerek yapıyordu hepsini. Bu ağırlaşmanın kendisi mi, yoksa ataletinin farkına varıyor olması mı daha rahatsız ediciydi bilemedi ama kesinlikle kötü bir duyguydu hissettiği. Makineyi çalıştırıp fincanları hazırladı. Ve bar taburelerinden birine oturdu. Atlas mutfağa girdiğinde Maya daldığı düşüncelerden sıyrılıp tebessüm etti. "Nasıl geçti oyun?" diye sordu. Atlas yanındaki tabureye, bedenini ona döndürerek oturdu, "Harika!" dedi, "Kapalı gişe gidiyor. Herkes çok mutlu."

"Çok sevindim. Açıkçası bu kadar tutacağından şüpheliydim."

"Neden?"

"Artık kimsenin hatırlamadığı bir dönem, unutulmuş insanlar. Ne karakterler, ne de konu güncel."

"Ama evrensel konu. Hâlâ göç var dünyada, hâlâ göçmenler vatan arıyor kendine sınırlar arasında. Ayrıca o tarihleri hiç bilmeyenler için de İstanbul'un bir geçmiş zaman rengi canlanıyor. Karakterler renkli. İçinde bol müzik var. Beğenilmemesi zor."

"Belli ki öyle."

Mutfağa yayılan mis gibi kahve aromasını içine çekti Maya ve ayağa kalktı kahveleri doldurmak üzere. Fincanlarla gelip yerine tekrar oturduğunda kısa bir sessizlik oldu.

"Evet?" dedi Atlas, onun yüzüne bakarak, "Benim haberler bu kadar. Şimdi seni dinliyorum."

"Canım, biliyorsun, teşhisimden beri çok araştırıyorum, okuyorum, videoları izliyorum bu konuda. Anladığım kadarıyla hastalık ilerlediğinde en büyük zorluk hastanın sevenlerine düşüyor. Özellikle beraber yaşadığı yakınına. Benim durumumda bu sensin. Ne zaman bilemem ama çok önemli kararlar verilmesi gerekecek bir müddet sonra. Murat da bahsetmişti hatırlarsın. Hep, daha erken diyordum. Ama geçen akşam yaşadıklarım beni iyice korkuttu. Her an, her şey değişebilecek gibi hazırlıklı olmamız lâzım. İleride sizleri sıkıntıya sokmamak için şimdiden bazı arzularımı bildirmem gerek ki sonra aranızda problem yaşamayın."

"Neden bahsediyorsun kuzum sen?"

"Atlasçığım, hastalık beni esir aldığında düşünce, karar kabiliyetimi... aslında hürriyetimi kaybetmiş olacağım. Sağlığım çöküşe geçtiğinde bir sürü tedavi yöntemleri sunulacak ve ben bunları reddetmek ya da içlerinden birini seçmek durumunda olamayacağım. Benim adıma karar hürriyetimi senin kullanmanı istiyorum."

Atlas konunun verdiği rahatsızlıkla onu durdurmak üzere ağzını açıyordu ki Maya işaretparmağıyla onun dudağına dokundu nazikçe, "Lütfen" dedi, "lütfen bitireyim. Sana şimdiden söylüyorum ki akşam konuşurken şoke olmayasın. Çok özür dilerim, biliyorum, sana çok ağır, çok sıkıntılı bir yük veriyorum. Ama iki sebebim var senden bunu istememin. Birincisi, sonuna kadar en çok yanımda olacak sensin. Yirmi yılı geçti, hayatı paylaşıyoruz. Bundan sonra da değişken yeni beni en yakından, sürekli izleyen, değişimlerimi ilk fark eden sen olacaksın. En çok sen tahammül etmek zorunda kalacaksın."

"Ne gerekiyorsa gönüllü ve severek yapacağım. Seni kimseyi sevmediğim kadar seviyorum."

"Beni ne kadar sevdiğini biliyorum. Ama seni ne kadar üzeceğimi ve yoracağımı da biliyorum. Hiçbirini isteyerek yaşatıyor olmayacağım sana ancak netice değişmeyecek. Senin bütün enerjini, ilgini, zamanını çalmaya başlayacağım ve işin fenası hiçbir karşılığı olmayacak."

"Ne yapsam bana bunca yıl verdiğin mutluluğu ödeyemem sana."

"Aramızda öyle bir hesap hiç olmadı ki sevgilim. Bana hiçbir borcun yok. Sakın bu duygunun seni esir almasına izin verme lütfen. Onun için de şimdiden söylüyorum ki, işler zorlaştığı zaman sakın kendini bana bakmakla yükümlü hissetme. Bu hastalık senin suçun değil. Artık sizleri tanıyamadığım, evde yaşamı zorlaştırdığım ve senin için imkânsızlaştırdığım gün beni bir bakımevine yatırmanı istiyorum. Araştırıyorum şimdiden."

"Neler diyorsun sen! Seni nasıl bakımevine bırakırım!"

"Ama öyle yapmanı istiyorum."

"Yapamam!" diye isyan etti Atlas, "Yapamam!"

"Sevgilim, şimdi bu halime bakıp söylüyorsun bunları. Ama sizleri de kendimi de bilmediğim gün karşında bu kadın olmayacak. Sevdiğin, âşık olduğun kadın tükenecek, bitecek. O başka biri olacak. Senin için ifade ettiğim hiçbir özelliğim kalmayacak."

"Ne olursa olsun, benim için o hep sen olacaksın Maya. Hep aynı sevdiğim, âşık olduğum kadın olarak kalacaksın."

"Gerçekçi olalım sevgilim. Bu hastalığı yaşayan onlarca ailenin dramını okudum. Bir yerden sonra kimsenin gücü kalmıyor, ne fiziki, ne ruhsal anlamda taşımaya bu meredi. Sırf hafıza problemi değil ki olay. Bakımım zorlaşacak. Elden ayaktan düşeceğim, birinin beslemesi, yıkaması, giydirmesi gerekecek beni. Saçma sapan konuşacağım önce. Sonra hiç konuşamayacağım, duymayacağım..."

Atlas'ın gözlerinde yaşlar pırıldıyordu, "Hayır!" dedi, "Hayır..."

"Bir tanem, inkâr etmek, saklanmak bir şeyi değiştirmeyecek, sen de biliyorsun. Kefaret verip, cezasını çekerek kurtulacağım bir şey de değil. Kabul etmek ve bundan sonra neler yapabiliriz, ona bakmak en iyisi. İnkârla zaman kaybetmeyelim."

"Ne kadar, kolaymış gibi söylüyorsun."

"Hayır, hiç kolay söylemiyorum canım benim. Bu akşamdan sonra da bu konuyu konuşmak istemiyorum mümkünse. Bundan sonra anlık yaşayacağız ve göreceğiz."

Maya'nın gözleri de puslanmıştı. Ama Atlas onun ağlamayacağını, önce aklında olanları söylemeden kendisini duygularına teslim etmeyeceğini bu kadar senedir öğrenmişti. Uzanıp onun ellerini avuçları içine aldı ve "Devam et, dinliyorum seni." dedi yavaşça.

"Evet, bu külfeti neden senin sırtına bırakayım diye söylüyordum. İkinci sebebim; beni artık bırakmanın günü geldiğinde bunu senin yapabileceğini biliyorum. Yaşamla, ölümle ilgili aynı şeyleri düşündüğümüz için beni en iyi sen anlayacaksın. Beslenmek, nefes almak gibi hayati ihtiyaçlarım durduğu gün beni tüplere, borulara bağlatmayacaksın. Kesinlikle. Yemekten kesilen hastaların midesine, ameliyatla PEG diye bir tüp takıyorlarmış. Sakın ola ki beni o işkenceye sokmayın, ölümle buluşmakta acılı bir durak daha istemiyorum. Onun için bu akşam bunları hepinize söylemek istiyorum, Murat'ın yanında. Ayrıca hepinize yazılı olarak vereceğim. Ot gibi yaşamaya başladığımda benim adıma artık her şeyi sonlandırma kararını senin vermeni bekliyorum. Çocuklar bu kararı veremez. Öyle bir ıstırabı ne kendim yaşamak, ne de sizlere çektirmek istiyorum. Bana söz ver, oksijen tüplerine, serumlara falan bağlatmayacaksın beni. Bırakacaksın. Çünkü vücudum, ruhum o acıyı hissediyor olacak, sadece konuşamayacağım, 'Beni bunlardan kurtarın.' diyemeyeceğim. Ne kadar korkunç, düşünebiliyor musun?"

Atlas gözlerini yummuş, sessizce ağlıyordu. "Bunu benden isteme." dedi, "Bunu benden isteme."

Maya bir şey demedi. Bir eliyle onun başını okşadı. Sarıldılar. "Bana söz ver." diye tekrarladı, kulağına fısıltıyla. "Benim ot gibi ve acı çekerek yaşamama izin vermeyeceksin... Söz ver. Bunu senden başkasından isteyemem... Söz ver bana."

Karısını kendisine doğru çekti erkek. Başını onun boynuna gömdü... Hıçkırıklar arasında neredeyse duyulmayacak bir sesle, "Söz." dedi... sözünden bin pişmanlık duyarak.

# 13

Maya çalışma masasında, hikâyesinin içinde zaman yolculuğuna çıkmıştı. Bugün kendini çok iyi hissediyordu. Sanki yaz mevsiminin enerjisi sadece tabiata değil, beynine de dokunmuştu. Her şey pırıl pırıl, aydınlık ve sevinç vericiydi bugün. Tuşlardaki parmakları sanki diğer odada Catalani'nin "Reverie"sini çalmakta olan Atlas'ın çellosuna eşlik etmekteydi. Durdu ve son yazdığı paragrafı mırıldanarak okudu:

Ophelia kırılan söğüt dalıyla beraber aşağıda akan dereye düşerken yaşamına isyan için söylediği şarkı hâlâ dudaklarındaydı. Deli gibi akan uyun içinde sürüklenirken kendisini kurtarmaya çabalamadı hiç. Narin söğüt ağacına tırmanmadan önce topladığı papatyalar, ısırganotları, morsalkımlar, sanki bedenini yolcu eder gibi, kollarının arasındaki demetinden birer ikişer çözülüyor ve renkleriyle suda izini bırakıyordu.

Yaralı yüreğini, ezilmiş ruhunu, bedeniyle beraber suya teslim etmiş, köpüklerle çırpınarak akan suyun içinde taşların, kayacıkların arasından akıp gidiyordu Ophelia. Ölmekte olduğunu biliyordu ama korkmuyordu. Bütün acı veren duygularından temizlenmekte olduğunu hissediyordu. Babası Polonius, ağabeyi Leartes ve sevdiği adam Hamlet... hepsinin ihanetine uğramıştı, hepsi gururunu kırmıştı. Acımasız erkekler dünyasında genç bir kadın olmanın bedelini ödetmişlerdi ona. Ama onuru, ruhu kaldıramamıştı yaşadıklarını. Babası da olsa, sevgilisi de, hepsi ataerkil dünyanın kadını aşağılayan, onu kullanan, ona hükmeden ve ezen örnekleriydi sonunda. Bütün bu yaşadıklarının bir sebebi olmalıydı. Bir sebebi olmalıydı böyle ölmesinin... Birden hiçbir şey düşünemez oldu. Kapkaranlık bir derinliğe doğru çekiliyordu. Sadece tenini saran su vardı şimdi. Zifiri karanlık bir su... gittikçe aşağıya, daha aşağıya... Sanki bedeninden ayrılmış ama onu izleyerek, göz gözü görmeyen bir karanlıkta, nereye vardığı bilinmeyen bir derinliğe doğru yolculuk yapıyordu. Sanki ne yaşıyordu, ne ölüyordu... sanki ne canlıydı, ne de ölü...

Maya, yazdığından memnun, tebessüm etti. Hades'te karısını ikinci defa ölüme teslim eden kederli Orpheus'un yeni aşkına kavuşmasına az kalmıştı. Ophelia da Shekespeare'ın hikâyesinden yeraltı dünyasına yolculuğuna geçmişti. "Ah!" diye düşündü, şu hastalık biraz daha izin verseydi, hafızasına da güneşler doğsaydı daha çok, ne kadar güzel olacaktı romanı için. Ama olmuyordu işte. Haftada birkaç sayfayı bile istediği gibi öykülendirebilseydi, şanslıydı. Bazen yazmak için masasına otururken kelimeleri bulamayacak, istediği gibi kullanamayacak olmaktan korkuyordu. Anlatmak istediğini vurucu tek bir kelimeyle ifade etmek yerine uzun uzun tarifini yaparak yazdığı zamanlar oluyordu. Fark ettiğinde ağlamaklı oluyordu böyle cümleleri. Yazma gücünün, kelime haznesinin, tanımlamalarla sihirler yaratma yetisinin nasıl aşındığını görerek, hissederek yaşamak çok ağrına gidiyordu. Teşhisinden beri dokuz ay geçmiş olmasına rağmen bitememişti kitap. Kendisini erimekte olan buzullara benzetiyordu. Bütünlüğü içinde, kendisinin parça parça bitişini, tükenişi, eriyip gidişini görebiliyordu ve bu böyle devam edecekti, ta ki kendisinden ayrılan parçalardan daha küçük kalana ve kendisini tanımayana kadar.

Silkindi düşüncelerinden, masadan kalkıp odadan çıktı. Atlas, Vivaldi'nin "Mevsimler"inden "Yaz"ı çalmaya başlamıştı. Keyifle dayandı, onun açık oda kapısının pervazına. Kocası ona sevgiyle bakarak devam etti çalmaya. Maya onu izledi hayranlıkla. Çellosuyla nasıl bütünleştiğini, onu nasıl bir canlıymış gibi sardığına bakarken içi ısındı. Parça bittiğinde alkışladı heyecanla, "Yine harikaydın sevgilim." dedi.

"Teşekkürler canım. Senin roman nasıl gidiyor?"

"Bugün şaşırtıcı derecede iyiydi. Uzun zamandır olmadığınca iyi. Sanki eski günlerim geri gelmiş gibiydi. Ben terasta bir kahve içmeyi düşünüyorum. Güneşin keskin saati geçti. Katılır mıydın?"

"Memnuniyetle! Harika fikir. Ben yaparım kahveleri."

"Sağ ol bir tanem."

Mutfakta Atlas kahveyi hazırlamaya başlamıştı ki Maya'nın çatal bıçak çekmecelerini açıp kapaması dikkatini çekti.

"Bir şey mi arıyorsun canım?" diye sordu.

"Evet. Bahçe makasına bakıyordum."

"Kapı arkasındaki dolapta. Boyaların, fırçaların orada."

Maya şaşırmış gibiydi. Sordu:

"Hep orada mı dururdu?"

"Evet canım. Sen nasıl yerleştirdiysen aynı yerde duruyor."

"Allah Allah..."

Kocasının dediği yerden bitki makasını aldı. Mutfağın terasa açılan kapısından geniş terasa çıktı. Bir müddet durduğu yerden mutlulukla temaşa etti son yirmi senedir yarattıkları güzelliği. Vadinin derin yeşilliğine ve göle bakan terasın ferforje parmaklıklarını saran tabiat güzelliğine hayranlıkla baktı. Bir tarafında dört mevsim sarmaşığı ve borazan çiçekleri, diğer tarafında ise hanımeli ve morsalkımlar, yıllardır yerlerinden memnun oldukları belli, öbekler halinde, kâh aşağı kata doğru sallanmış, kâh dış duvarlara ve tırabzanlara dolanarak daireyi çepeçevre kuşatmışlardı. Göle bakan tarafta terasın sağında ve solunda kurulmuş olan küçük kameriyelerin kolonlarını ve tepelerini kaplamış olan Arap yaseminleri iç bayıltan parfümleriyle hanımeliler ile morsalkımlarla rekabetteydi. Pencerelerin dibinde sıralanmış mermer ayaklı saksılarda ortancalar, güller, dahlialar, krizantemler, petunyalar çıldırmış, diğerlerinin rayiha sarhoşluğuna renkleriyle katılıyorlardı.

Atlas, kahvenin demlenmesini beklerken mutfağın penceresinden karısını seyrediyordu. Onun zarif adımlarla, saksıların arasında dolaşmasını, kurumuş yaprakları, çiçekleri incitmekten korkar gibi hassas dokunuşlarla koparıp toplayışını, boğum sayarak dallarından kesişini takip ederken hareket halinde bir tablo izler gibi hissetti kendini. O kadar zarif, o kadar kırılgan ve aynı zamanda ne kadar güçlüydü sevdiği kadın. Olduğu yere güzellik katan, güzelliği artıran bu kadın onun karısıydı, sevgilisiydi, en yakın arkadaşıydı. Bundan daha büyük mutluluk olabilir miydi? İşin ironik tarafı en büyük endişesinin, iç acısının da aynı sebepten olmasıydı. Kaçınılmaz süreç ilerledikçe sadece bir insan eksilmeyecekti hayatından. Maya onun her şeyiydi. Hayatını doldurduğu bütün anlamlarıyla, zengin varlığıyla birlikte çekip alacaktı hastalık onu kendisinden. Bir değil, birçok kadını özleyecekti. Flörtü, sevgilisi, karısı, hayat arkadaşı, sırdaşı, kahkahaların, sıcacık sohbetlerin, yumuşacık sarılışların, tutkulu sevişmelerin sahipleri, hepsi birden uzaklaşacaktı ondan. Hiçbiri diğerinin yokluğunu teselli edemeyecekti. Hiçbiriyle bir diğeri için duyduğu hasreti paylaşamayacaktı. Bu boşluğun bir gün yaşanacağını bilse de, hâlâ bunu kafasında canlandıramıyor, konduramıyordu sevdiği kadına. Şimdi onu, yüzünde çiçeklere duyduğu sevgiyi içine alan mutlu tebessümüyle seyrederken beynindeki hastalık o kadar imkânsız, getireceği yoksunluklar o kadar uzak görünüyordu ki. Bu sebepten, kendisini hâlâ fikren hazırlayamamıştı gelecek o zor günlere. Çünkü inanmıyordu, inanamıyordu. Karısının nasıl inatla hayata asıldığını ve beynini işlevsel tutmak için ne kadar özel çaba sarf ettiğini görüyordu. Yaşama hiç küskünlük göstermemişti Maya, teşhisten beri. Yaptığı hiçbir işten vazgeçmemişti. Düşünmesi, konuşması, hareketleri biraz ağırlaşmış olsa da, bir gün şikâyet etmemiş, hastalığını hiçbir durumda koz olarak kullanmamıştı. Mümkün olduğunca yardım istemeden her işini görmeye çaba gösteriyordu. Bir gün surat asmamıştı, karamsarlıkla. Onun bu güçlü duruşu karşısında, hastalıkla ilgili kendi isyanından, endişe ve üzüntülerinden utanıyordu Atlas. Bu, karısına olan hayranlığını daha da artırıyordu.

Fincanlara kahveleri doldurup terasa çıktığında Maya elindeki makası bırakıp çardağın altındaki masaya geldi. "Ellerine sağlık sevgilim." dedi, otururken, "Nedense sen hazırlayıp ikram ettiğinde daha lezzetli geliyor kahve de, çay da. Sanırım, kendim yaptığımda hiçbir zaman sıcak içemediğimden. Bir yerlerde bırakıp başka işlere dalıyorum."

"O zaman bundan sonra çaylar, kahveler hep benden."

"Zaten genellikle öyle olmuyor mu? Her şey için teşekkürler."

"Ne için bir tanem?"

"Ne olacak? Ne kadar çok işi üstlendin, farkındayım."

"Doğal olanı bu değil mi? Hayatı paylaşıyoruz."

"Sadece hayatı paylaşmıyorsun. Hastalığımı paylaşıyorsun artık."

"Sen daha farklı mı davranırdın?"

"Hayır. Ama bu kadınlar için daha normal bir durum."

"Nedenmiş o?"

"Kadınlar anaç olur. Birçok erkek senin taşıdığın gibi taşımaz karısının böyle bir hastalığını."

"Peki sen farkında mısın ki ne kadar çok kadın hastalığını kapris, şımarıklık için bahane yapardı."

Maya tatlı bir gülüşle, "Belli ki ne sen diğer o birçok erkeğe, ne de ben diğer o birçok kadına benziyoruz." dedi.

"Bunu zaten bilmiyor muyduk?" diye takıldı Atlas.

"Evet ama yaşadığımız kadarını biliyoruz hep. Bazı şeyler başa gelmedikçe o durum karşısında herhangi birimizin nasıl davranacağını, ne reaksiyon göstereceğini bilmemiz mümkün değil. Benimki gibi sürpriz durumlarda eşlerden diğerinin nasıl tavır alacağı da sürpriz bence."

"Sınıfı geçtim mi o zaman?"

"Evet" diye güldü Maya, "şeyle geçtin..." sonra durdu ve sordu: "Neydi o sınıfı geçince verilen?"

"Karne."

"Karne de... hani çok başarılı olanlara..."

"Takdir mi?"

"Evet, takdirle geçtin."

Kahvesinden bir yudum aldı ve "Bak, gördün mü, yine oldu." dedi, "Yine kelimenin kendisini hatırlayamadım. Bu yazarken de çok oluyor artık."

"Bugün çok güzel çalıştığını söylemiştin ama."

"Evet. Bugün. Ama dün öyle olmadı, ondan önceki gün de. Yarın nasıl olacak, bilmiyorum."

Atlas onu rahatlatmak için ne diyebileceğini düşünürken gülerek devam etti Maya.

"Sanırım bana tersinden yazılmış bir lügât lâzım. Ben tarifini vereceğim, o da bana kelimeyi söyleyecek."

"Var mı öyle bir şey?"

Kahkahayla, "Yok canım!" dedi Maya, "Şaka yapıyorum. Ama olsa iyi olurdu. Çoktan bitirmiş olurdum romanı."

"Ne zaman biter gibi düşünüyorsun?"

"Ah sevgilim, düşündüğüm gibi olsa, çoktan bitmişti. Biliyor musun, hiç yazamamaktan daha çok korktuğum bir şey var artık."

"Nedir o?"

"Hafızamın bana oyun oynayıp, bambaşka bir şeyler yazdıracak olması."

"Olabilir mi bu?"

"Olabilir gibi geliyor. Henüz medcezirlerde hafızam. Onun için görebiliyorum hatalarımı, fark edebiliyorum. Bazen yazarken, anlatmayı plânladığım şey, o an için yarattığım hayâli başka bir dünyanın anlatımı oluyor. Yani, esas plânladığım kurgumla ilgisiz bir roman akıyor. Bağlantılar, karakterler kopuyor..."

"Çok oldu mu bu?"

"Şimdilik çok değil. Ama fark edemediğim zaman böyle bir hata yeter romanı mahvetmeye. En fenası da mahvolduğunu bile bilmeyeceğim. Nerede yanlış yaptığımı, hatamın ne olduğunu bilmeden yazacağım. Bir de üstelik kelimeler yerine uzun uzun tarifler yapacağım... Düşünebiliyor musun? Bir yazarın yaşarken intiharı demek bu."

Maya'nın ne yüzünde, ne ses tonunda kendine acıyan veya acındırmak isteyen bir duygu ifadesi vardı. Sanki bir genel bilgiyi paylaşıyor gibiydi. Ama kocası onun zihninden gerçekten geçenlerin farklı olduğunu tahmin edebiliyordu. Tanıyordu sevdiği kadını. Maya hiçbir zorluğunu daha farklı anlatmamıştı yıllardır. Hep sakin, hem makul, hep iradeli ve duygularına hâkimdi. Ama Atlas onun iç dünyasında ne çalkantılar olduğunu, yüreğinin ne kadar acıdığını, çaresizliğini ve tasalarını hissedebilecek kadar seviyordu ve tanımıştı kadınını. Yerinden kalktı. İskemlesini onun yanına çekti ve sarıldı. Yumuşacık bir sesle, ağır ağır, onu ikna etmek ister gibi konuştu:

"Ben, bütün bu endişelerinin boş olduğuna inanıyorum. Çünkü sen bu romanı, ilk plânladığın gibi bitireceksin, eminim. Evet, belki istediğin süratte ve netlikte yazamıyorsun ama her hatanı düzelteceksin ve istediğin gibi bitireceksin... Eminim."

Maya, kocasının, omuzundaki elini tuttu ve avucunun içini öptü, "Ne kadar güzel bu kadar güvenilmek." diye mırıldandı.

"Ben sana her zaman güvendim. Bundan sonra da değişmeyecek bu."

Sonra konuyu Maya'yı oyalayacak tarafına çekmek üzere sordu:

"Bana anlatmak ister misin, Orpheus'un geri kalan hikâyesini? Benim için yarım kalmıştı, meraktayım."

"Gerçekten merak ediyor musun?"

"Evet."

"Karının uçuk kurgusunu dinleyecek kadar sabrın var mı?"

"Sevgilim, bir aktörle evli olduğunu unutma. Uçukluk olmasa sende, bende, buluşur muyduk zaten bu kadar ayrılmamacasına."

Maya sevgi dolu gözlerle baktı kocasına. Atlas onun dudaklarına sıcacık bir öpüş kondurdu ve ardından, "Dinliyorum." dedi.

"Biliyorsun, bunu klâsik tarz bir roman gibi düşünmemiştim. Masalsı, gerçek dışı bir anlatım. Fantastik roman da diyebilirsin. Mitolojideki orijinâl halinde; Orpheus, Zeus'un izniyle, ölmüş sevgili karısını son bir defa öpüp koklamak, sarılmak arzusuyla yeraltı dünyasına gider. Ama liriyle ve o harika sesiyle sevdiğine söylediği hasret şarkıları Hades tanrısının yüreğini öylesine dağlar ki, Eurydice'nin canlanıp yeryüzüne Orpheus'la beraber gitmesine izin verir. Ancak bir şartı vardır: Yeraltı dünyasının bütün karanlık, korkutucu dehlizlerinden geçip yeryüzüne ulaşmaya çalışırlarken Orpheus önden gidecek, karısı arkadan onu takip edecektir ve Orpheus hiçbir şartta dönüp Eurydice'ye bakmayacaktır. Şayet dönerse karısını ilelebet kaybedecektir. Genç adam bunu kabul eder. Heyecanla yola düşer ve yeraltı dünyasından yukarıya doğru çıkmaya başlar. Bir taraftan da sevdiği kadın arkasından geliyor mu diye, onun ayak seslerini duyma telaşındadır. Ama kendi adımlarından başka ses duyamaz. Tanrıların onu aldattığını düşünür. Halbuki Eurydice tam arkasındadır. Ancak henüz ölümlüler dünyasına ait olduğundan, bir gölge olarak, sessizce onu takip etmektedir ve bir an önce yeryüzünün ışığını görüp hayata dönmek arzusuyla o da heyecan içindedir..."

Maya, ağır ağır, kelimelerini tartarak kontrollü konuşuyordu. Atlas onun düzgün ve akıcı bir anlatım için kendisini ne kadar zorlamakta olduğunun farkındaydı. Onu motive etmek arzusuyla gözlerinin içine bakarak dinliyordu.

"Orpheus bir müddet daha, kulağı ardından gelebilecek seste, yürür ve sonunda umudunu kaybedip geriye dönüp bakar. Zeus'un şartına uymamıştır. O anda karısı tekrar yeraltının ölüler dünyasına gönderilir. Orpheus büyük bir pişmanlık içinde yine Hades'e gitmeye uğraşır ama Hades hiçbir canlıya iki kez kapılarını açmamaktadır. Bundan sonra karısına ancak gerçekten ölürse kavuşabileceğini anlayan Orpheus bu defa kendi ölümünü çağırmak için lirini çalıp şarkı söylemeye başlar."

Anlatımını durdurup kahvesinden bir yudum aldı Maya ve devam etti:

"Mitolojiye göre iki bitişi var bu trajedinin. Birincisinde, Orpheus'un ölüm çağırısına canavarlar cevap verir ve onu parçalar. İkincisinde ise Zeus, yeraltı dünyasının sırlarını insanoğluna anlatacağından endişeyle, Orpheus'u yıldırımla çarpar ve öldürür. Ama periler bu harika sesin ve melodilerinin yok olmasına izin vermez. Ölümlülerin dünyasında yaşamaya ve hayranlık yaratmaya devam etmesi için başını kurtarırlar."

"Sevgilim" dedi Atlas, biraz irkilmiş olarak, "iki sonuç da çok iç açıcı değil. Böyle mi bitecek romanın?"

Maya tatlı bir kahkaha attı, "Yok canım" dedi, "bunlar şimdiye kadar mitolojide var olanlar. Benim romanımda Orpheus karısını tekrar kaybedince yas içinde Hades'le yeryüzü arasındaki dünyada kalır. Ağıtlar yakarak, karısını çağırır bilinmeyenden geriye. O kadar acı çeker ki tanrılar yine dayanamaz onun perişanlığına. Onu geriye göndermezler ama acısından uzaklaştırmak için Acheron Nehri'nin kıyısında derin bir uykuya yatırırlar. Ancak, onun müziğinden o kadar hoşnut kalmışlardır ki, liri, sahibinin en sihirli nağmelerini kendi kendine çalmaya devam eder. Orpheus bin küsur sene sürecek derin mi derin bir uykuya dalmıştır."

Atlas, kahvesini yudumlarken kendisine masal anlatılan bir çocuk gibi, keyifle, karısının dinlemektedir.

"Hayâl gücün nereye götürecek bu trajediyi, merak ediyorum." dedi.

"Sevgilim, hayâl gücüm çok iyi kurguladı da, yazmak nasıl olacak bilmiyorum."

Atlas, karısının zihnini yaşadığı zorluktan ziyade daha mutlu olacağı anlatıma yönlendirmek için, "Devamını bekliyorum." dedi.

Maya kahvesinden arka arkaya birkaç yudum aldı. Anlatacaklarını düşünüyor gibiydi. Yüz ifadesi ciddileşmişti aniden. Kocasının yüzüne baktı, cevabını onda aradığı bir sorusu var gibiydi.

"Ne oldu canım?" diye sordu Atlas.

"Adını unuttum, meşhur İngiliz tiyatro yazarı..."

"Shakespeare..."

"Doğru, nasıl unuturum, evet... Bu bölümde Orpheus'u, Acheron nehrinin kıyısında uyurken bırakırız. Bin küsur yıl geçmiştir ve Shakespeare'in zamanıyla başlarız yeni bölüme. Ophelia babası ile ağabeyi tarafından horlanmış, gönlünü verdiği Hamlet tarafından gururu hiçe sayılmış, kırgın, perişan bir halde ormanda, nehir kıyısında dolaşmaktadır. Dudaklarında yüreğini, ruhunu acıtan erkeklere isyanını dile getiren bir şarkı, vahşi çiçekler toplayarak ilerler. Nehrin hemen kıyısındaki bir söğüt ağacının dalına oturur..."

Maya diyeceğini hatırlatmasına yardımcı olacakmış gibi,

parmak uçlarını masanın üzerinde arka arkaya oynattı ve sordu:

"Sevgilim, ne diyorduk suyun böyle dönerek akmasına, hani içine çeker..."

"Anafor?"

"Değil, öbürü..."

"Girdap?"

"Evet! Ophelia girdaplar yaparak akan nehri seyrederken ağıt gibi şarkısını söylemeye devam eder. Oturduğu dalın kırılması üzerine suya düşer. Orijinâl hikâyede Ophelia böyle ölür. Buraya kadar Shakespeare... Benim kurgumda Ophelia'nın suda sürüklenen bedeni diplere doğru çekildiğinde yeraltı dünyasının nehri Akheron'a ulaşıyor. Kendi kendine hüzünle çalmakta olan Orpheus'un lirine şarkısıyla eşlik etmeye başlıyor. Bir kadın olarak erkekler tarafından nasıl yok sayıldığından, nasıl onuruyla, gururuyla oynandığından, bu gencecik yaşında gerçek sevgiyi, şefkati tatmadan ölmekte olduğunu anlatıyor şarkısı. Yeraltı dünyasının tanrıları çok etkileniyorlar ve derin derin uyumakta olan acılı Orpheus ile Ophelia'nın bir diğerinin acısına ilâç olabileceklerini düşünüyorlar ve Hades'in kralıyla beraber o güne kadar yapmadıkları bir şeyi gerçekleştirmeye karar veriyorlar..."

Maya burada durdu ve kocasına, "Sıkıldın mı?" diye sordu. "Kesinlikle hayır." diye cevapladı Atlas, "Çok enteresan bir deneme oluyor. Hoşuma gitti."

"Teşekkür ederim. Daha birçok şey var anlattığım ama şimdi o detayları hatırlayamadım. Yazarken de notlarımdan baka baka ilerliyorum zaten."

"Neticeyi söyleyebilirsin belki."

"Evet. Tanrıların emriyle kayıkçı Kharon hem Orpheus'u, hem Ophelia'yı kayığına bindiriyor ve ilk kez iki insanı tekrar yeryüzü dünyalarına götürmek üzere Acheron boyunca kürek çekiyor. Canlılar dünyasına yaklaşırlarken

Orpheus'un lirinin nağmeleri ağıttan aşk nağmelerine dönüyor. Bedenlerinde yeniden hayatı hisseden genç kadın ve erkek gözlerini açtıklarında birbirilerini görüyor. Tanrılar onların geçmişleriyle ilgili, hafızalarındaki bütün acılarını silmek istemişler, ama hatıralarından sadece acıları ayırmaları mümkün olmamıştır. İkisinin de sevgileri, aşkları, yaşamlarıyla ilgili her şey anılarından silinmiştir. İlk defa sadece bir diğerini görmüşçesine bakarlar birbirlerine ve o anda âşık olurlar..."

Atlas, hayatının bu özel ve çaresiz döneminde karısının yarattığı kurgudan son derece etkilenmişti. Onun masalsı, efsanevi anlatımının ardında, kendi unutmak üzere olduğu dünyasıyla ilgili çare arayışı olduğu o kadar belliydi ki... Boğazında bir yumru hissetti, yutkundu ve "Çok beğendim." dedi ona sevgiyle bakarak. "Büyükler için masal gibi olmuş."

"Ne dersin? O kadar ciddi romandan sonra bu çok çocuksu kaçmayacak mı?"

"Sen yazıyorsun, değil mi? Demek ki bu romanın da böyle yazılması gerekiyormuş. Bence çok enteresan bulacak okurun. Çok farklı, çok sürpriz bir hikâye. Ben sevdim."

Maya tatlı tatlı güldü, "Bu dediklerin bana yeter." dedi. Sonra şakacı bir ses tonuyla ekledi, "Aklında iyi tut anlattıklarımı. Yazarken unuttuğum bölüm olursa hatırlatırsın bana, şunu şunu yazmamışsın, diye."

"Ama sen basılmadan okutmazsın hiçbir romanını."

Maya konuyu hafife alıyor hissi veren bir edayla güldü. "O eskidendi." dedi, "Artık okunmasına ihtiyacım olacak. Editörüme de çok iş düşecek bu defa. Umarım pişman olmaz zavallı, editörüm olduğuna."

"Hayatındaki hiç kimsenin senden pişmanlığı olamaz sevgilim. Merak etme... Bir kahve daha içer miydin?"

"Yok canım, teşekkür ederim..."

İçeriden cep telefonunun sesi duyulmuştu. Atlas yerinden

kalkıp boş fincanları alırken, "Bakıp geliyorum sevgilim." dedi. Az sonra Maya'nın cep telefonuyla geri geldi.

"Sanaymış canım. Bahadır arıyor."

Maya, "Merhaba Bahadırcığım..." derken yüzündeki tebessüm sesine de yansıyordu. "İyiyim canım, sen nasılsın?... Gayet tabii, çok çok mutlu oluruz..."

Atlas'a bakarak, "Bahadır kız arkadaşıyla uğramak istiyor." diye bilgi verdi ve konuşmasına döndü.

"Tamam canım. Çok gecikmeyin. Güneş batışının tadını çıkaralım beraber... Yedide görüşmek üzere."

Telefonu kaparken, "Nihayet" dedi, "tanıştırmaya karar vermiş demek ki."

"Kerata, seni arıyor bak, beni değil." diye şakadan serzenişte bulundu Atlas.

"Nasılsa senin bana soracağını biliyor da ondandır." derken güldü Maya.

"Bu akşama misafir istediğine emin misin? İstersen başka bir gün gelsinler."

"Yok canım. Bugün kendimi enerjik hissediyorum. Akıllı bir zamandayım. Tam misafir ağırlama zamanıdır. Başka gün nasıl olacağımı bilemiyorum. Yeni tanışacağımız biri söz konusuyken, özellikle de bu kişi gelin adayımız iken risk alamam."

"Akıllı zaman", son zamanlarda Maya'nın hafızasının iyi çalıştığı günler için kendini tarifiydi.

Maya, Bahadır'ın kız arkadaşını daha görür görmez içi ısındı. Seneler evvel, aynen Ezel'le tanıştığı zaman da böyle hissetmişti. Defne, doğal, sıcacık ama ölçülü, hoş bir genç kadındı. Onun da Maya'ya özel bir hayranlığı vardı.

"Çok heyecanlıyım sizinle tanışmaktan dolayı." dedi, genç kadın içtenlikle, "Sizin kitaplarınızla büyüdüm. Ailece okurunuzuz."

"Çok teşekkür ederim. Ne mutlu bana."

"Sizin romanlarınız aşka inandırdı beni." derken hafif mahcup ama samimiydi Defne.

"Ben de, kendime paye biçmiştim." diye takıldı Bahadır.

"Alınma Bahadırcığım ama Maya Rodoslu'nun kitaplarıyla seninle tanışmadan çok önce tanışmıştım."

"Bu büyük bir iltifat." dedi Maya, "Çok teşekkür ederim. Okurlarımın dünyasında böyle pozitif ve anlamlı duygular yaratabilmek çok harika bir his. Ama, eminim, birbiri için yaratılmış iki insan bunun farkına varacak erdeme sahip ise o ilişkinin hiçbir kitaba ihtiyacı yoktur. Romanlar sadece iç sesi, duyguları tetikleyebilir, farkındalığı körükleyebilir."

"Ben iltifat etmiyorum Maya Hanım..."

"Bana sadece Maya de lütfen."

"Ben iltifat etmiyorum Maya..." derken tereddüt etti genç kadın. Böyle hitaba zorlandığı belliydi. Ama Maya, "Böyle daha iyi" diyerek onun devam etmesini sağladı.

"Bahadır biliyor..." derken sevgilisine baktı Defne ve devam etti, "Aşka inancımı tamamen yitirmiştim o hayâl kırıklığından sonra. Sizin romanlarınız beni yeniden âşık olabileceğime inandırdı. İç sesimi dinlemeyi, farkındalığın anlamını ve önemini, kendimi sevmeyi ve güzeli hak ettiğimi sizin o muhteşem kadın örneklerinizle kavradım. Bu farkındalığı yaşamasaydım yaşam koçu olmam bile mümkün olamazdı, eminim."

"Defneciğim, gerçekten beni mahcup ediyorsun. Çok mutlu oldum duyduklarımdan. Hele şu ara, çok iyi geldi söylediklerin."

"Rica ederim. Samimi duygularımdı. Paylaşmak istedim."

Bahadır, "Evet" dedi, "bunlar benim için yeni değil. Daha tanıştığımız gün aynen bunları söylemişti Defne."

"Zaten samimiyetine inandığım için mutlu oldum. Haydi, şimdi biraz sizlerden bahsedelim. Neler yapıyorsunuz, neler plânlıyorsunuz, yaz için program yaptınız mı?"

Maya'nın sorularının ardından lâf lâfı açtı ve bir içkilik diye plânlanan tanışma akşamı, uzun, keyifli bir sohbetle devam eden uzun bir geceye dönüştü. Gençler ayrıldığında saat gece yarısını geçiyordu.

Çocukları geçirmiş, terastaki şezlongta yan yana uzanmışlardı. Mehtap göle vurmuş, ağustosböcekleri coşmuştu. Hanımeliler, morsalkımlar, yaseminlerin kokuları gecenin ılık rutubetine yayılıp sanki parfümlü bir bulut gibi havada asılı kalmıştı. Maya muhteşem rayihayı içine çekerken başını kocasının göğsüne yasladı. "Sevdim Defne'yi." dedi, "Ayakları yere basan bir genç kadın. Hem olgun, hem keyifli, kendisinden emin, kibar. En azından ilk görüşte edindiğim intiba. Geçmişini, romanlarımın üzerindeki etkisini anlatırken ne kadar rahat ama zarifti. Her kızın, kadının harcı değildir sevgilisinin henüz tanıştığı ailesine geçmişinden, hele hele aşk hayatından bahsetmesi. Hem medeni cesaret, hem de çiğleşmemesi için incelik ister."

"Evet, görünüş öyle. Benim daha çok dikkatimi çeken Bahadır'ın abayı yakmış olması."

Maya güldü, "Çok belliydi, değil mi?" dedi, "Onu ilk kez böyle gördüm. İçi eriyordu sevgilisine bakarken. Bence kız da ona sırılsıklam âşık. Ama bizim yanımızda Bahadır'ın olduğu kadar rahat değildi."

"Umarım yanılmıyoruzdur. Başlangıçlar hep güzeldir. Sonra devamı önemli."

"Dilerim, en az bizim kadar mutlu olurlar."

"Bunun için Defne'nin senin gibi bir kadın olması lâzım."

"Bahadır'ın da senin gibi bir erkek."

Atlas gülerek, "Kendimizi çok mu beğeniyoruz, ne?" dedi.

"Hayır" dedi Maya, "sadece birbirimize çok değer veriyoruz."

"Doğru."

Atlas karısını iki koluyla sarıp çenesini nazikçe onun başına dayadı. "Seni seviyorum." diye mırıldandı. "Seni çok seviyorum."

"Biliyorum canım benim. Hep hissediyorum sevgini..."

Durup düşündü. Gecenin sihrini bozmak istemiyordu ama her şeyi konuşmaları için de çok "akıllı zaman"ları kalmamıştı. Onun için aklına geleni paylaşmak ihtiyacındaydı. Atlas fark etmişti onun dilinin altında bir şeyler olduğunu, "Ne vardı?" diye sordu.

"Canım, biliyorum, şu an çok münasebetsiz gibi geliyor ama senden bir şey isteyeceğim."

"Nedir?"

"Bütün zamanını bana ayırmanı istemiyorum."

"Ne yapmam gerekiyor zamanımla?"

"Yani, tiyatronun dışında... farkındayım, arkadaşlarına, hobilerine artık fazla zaman ayırmadığının."

"Ben seninle olmak istiyorum."

"Atlasçığım, bu ne kadar sürecek bilmiyoruz. Daha zor zamanlara dayanabilmen için kendini de önemsemelisin."

Atlas şakaya vurmaya çalıştı:

"Şikâyet edilecek bir durumum olduğunu sanmıyorum. Çok sevdiğim, dünya güzeli, yetenekli karımla biraz daha fazla zaman geçirmek gibi bir şansım var. Benim yerimde olmak isteyen çok erkek olduğundan eminim. Ben çok şanslıyım."

"Atlasçığım, ben ciddiyim."

Kocasının bu konuyu daha fazla konuşmak istemediği belliydi. "Ben de..." dedi. "Mecburiyetten yaptığım bir şey değil bu. Seninle olabildiğince zaman geçirmek istiyorum."

"Biliyorum bir tanem ve çok memnunum bunun için. Ama, senin kendine ait, özel zamanlarına da ihtiyacın olduğunu düşünüyorum. Şimdilik seninle, bir sene evvelki gibi değilse bile, hafızam biraz aksayarak, tekleyerek de olsa eşlik, arkadaşlık yapabiliyorum sana. Ama bu yetilerim azaldığı zaman benim sorumluluklarımla boğulmanı istemiyorum. Senin beni sevmen bana bakmandan önemli benim için. İşlerime koşturacak birini her zaman bulabiliriz. Ama o kişi bana senin verdiğin sevgiyi veremez. Çok eminim ki her şeyi unutsam bile senin beni sevmiş olduğunu hiçbir zaman unutmayacağım. O hissin beni hiçbir şartta terk edeceğine inanmıyorum. Onun için senin sevgini taze tutman bana çok önemli olacak. O sevgiyi ve sabrı devam ettirebilmen için de senin ruh sağlığının ve enerjinin yerinde olması gerek..."

"Doktor gibi konuşuyorsun."

Maya bir kahkaha attı, ardından devam etti:

"İnan bana, şu an bir doktor kadar iyi biliyorum nerede durduğumu, neler olacağını. Onun için bu güzel, sihirli akşamı piç etme pahasına da olsa konuşmak istedim. Yarın nasıl olacağım, bunların ne kadarını hatırlayacağım veya konuşmayı akıl edeceğim meçhul. Aklıma gelse bile nasıl, ne kadar ifade edebileceğim, hep sürpriz. İçimden çıksın istedim."

"Ne yapmamı istiyorsun Mayacığım?"

"Öyle tatsız günlerim çoğaldığında lütfen güvenilir birini bul ve bakımımı ona emanet et. Kendine zaman ayır ve çık, git, dolaş. Sevdiğin arkadaşlarınla buluş, bir içki iç, yemeğe git, sporunu yap. Onu bile azalttın. Belki de yeniden ders verirsin. Bence o seni hem oyalayacak, hem dinlendirecektir."

Atlas gülerek, "Çello dersi vermeyi dinlendirici mi zannediyorsun?" dedi.

"Kolay demedim zaten, kafanı dinlendireceğinden bahsettim. Kafanı, düşüncelerini dağıtır. Sevdiğin, bildiğin bir konuya konsantre olursun ve rahatlarsın diye düşünüyorum. Üstelik sen çok keyif alırdın öğrenci yetiştirmekten."

Atlas onun çenesini tutup hafifçe kaldırdı ve gözlerinin içine bakarak konuştu:

"Benim en sevdiğim, en çok keyif aldığım, en iyi bildiğim sensin ve en çok seninle olmak istiyorum. Tamam mı?"

Maya elini uzatıp kocasının yanağını okşadı, "Tamam." dedi, "Ama lütfen bu dediklerimi unutma. Benden, benimle olan kendinden kaçmak isteyeceğin günler olursa, tereddüt etmeden uzaklaş..." Ardından gülerek ekledi: "Ama çok uzun değil. Geri dön tekrar. Ben hatırlamasam bile dön."

"Aşkım benim, benim olacağım tek yer senin yanındır. Anlayamadın mı hâlâ, sen her şeyimsin benim, kalacağım, gideceğim, döneceğim her yer, senin olduğun yer. Sen yuvamsın benim..."

"Bu söylediklerini ve bana hissettirdiklerini ilelebet hatırlamak için neler vermezdim."

"Unutturmayacağım sana, söz. Unutmana fırsat vermeyeceğim."

"Ama ben sana hiçbir karşılık veremeyeceğim. Hafızam burada olmayacak."

"Ben ikimiz için de burada olacağım..."

Maya gözbebeklerinde ışıltılarla baktı kocasının yüzüne. "Aşk yap benimle." diye fısıldadı, "Şimdi, burada... Seni, sıcaklığını, ay ışığını, bu mis kokuları bir arada hissetmek istiyorum."

Dudakları birleştiğinde Maya kadar Atlas da, içinde bulundukları anı nefes alır, su içer gibi yaşamak, hafızasında ölümsüzleştirmek ihtiyacındaydı. Çok iyi biliyordu ki kendisi de hayatın, aşkın, sevişmelerin anlamını, tadını, sevdiği kadının hafızasıyla beraber yitirecekti. Onu kollarının arasında sımsıkı sardı, dudaklarını boynuna doğru indirirken teninin kokusunu çekti içine. Üzerindeki giysiyi, iç çamaşırlarını birer birer, nazik, yumuşak temaslarla vücudundan sıyırıp yere bıraktı. Maya, hiç kıpırdamadan, çıplak bedeninde erkeğinin parmak uçlarıyla omuzlarından boynuna, göğüslerine, karnına doğru tüy gibi dokunuşlarla yolculuğunu hissederek bekledi. Yüreğinde kuşlar, midesinde kelebekler kanat çırpıyordu. Şimdiye dek yaşadıkları bütün sevişmeleri, arzuları, hüzünleri, müşterek hayâlleri, bundan sonrası için endişeleri, korkuları, hepsi harmanlanmış, bir yaz gecesinin bir kısa diliminde hayatlarının tüm müşterek zamanları ve duyguları resmigeçit yapıyordu.

# 14

Atlas çalışma odasında bir dizi teklifini okumakla meşguldü. Maya, üzerinde geceliği kapıda belirdiğinde, başını bilgisayarından kaldırdı. Karısını bu öğlen saatinde hem gecelikli, hem de telaşlı bakışlarla görünce endişeyle sordu:

"Ne oldu sevgilim?"

"Fotoğraflar nerede?

"Hangi fotoğraflar?"

"Romanımın fotoğrafları..."

"Romanının fotoğrafları?"

"Evet, kahramanlarımın fotoğrafları."

Atlas, Maya'nın, birkaç gün önce Orpheus ve Ophelia'nın internette paylaşılmış hayâli tablolarının bilgisayardan çıktısını aldığını hatırlayarak "En son, çalışma masanın çekmecesine koymuştun."

"Hayır, ben onları salondaki masaya yaymıştım. Yerinde yoklar. Kaldırmışsın."

"Evet, Bahadır'la sevgilisi geleceği akşam kaldırdın canım. Masanın üzerindeki diğer bir sürü kâğıdınla beraber çalışma masana götürmüştün."

"Hayır götürmemiştim."

Atlas hayretle baktı karısına. Onun şimdiye kadar bu ses tonuyla konuştuğuna hiç şahit olmamıştı. Gergin yüz ifadesi ve beden dilinden onun iyi bir anında olmadığını fark etmişti. Yerinden kalktı, ona yaklaştı ve "Canım benim" dedi, "masanın üzerine yaydığın ne varsa hepsini bir araya getirdin, bir plâstik dosya içinde götürüp masanın çekmecesine bıraktın. Gözümle gördüm."

"Hayır, orada değiller. Yok etmişsin resimleri."

Atlas bir an için irkilerek baktı karısına. Onu tanımakta zorluk çekiyordu. Yumuşak ve ikna edici bir sesle cevap verdi. "Sevgilim, ben hiçbir şeyi yok etmedim. Eminim, o çekmecede değilse, bir başkasındadır. Yerini değiştirmiş olabilirsin."

"Hayır, değiştirmedim. Hepsi salondaki masadaydı. Şimdi orada yok ama. Hiçbir yerde yok. Ben masaya bırakmıştım. Sonra sen ne yaptın, bilemem."

"Evet hayatım. Başlangıçta oradaydılar. Ama Bahadırlar geliyor diye kaldırdın."

Maya onu dinliyor gibi değildi. Sinirli bir ifadeyle inatla sürdürdü konuşmasını:

"Neden yok ediyorsun benim fotoğraflarımı? Ben hep bir şeyler arayarak mı dolaşacağım bu evde?"

"Mayacığım, kaybettiğini sandıklarının hepsini buluyoruz sonra. Dert etme, bunu da buluruz şimdi. Ben de seninle beraber arayacağım."

"Baştan yok etmesen yerlerinden. Aramak zorunda da kalmayız."

"Karıcığım, gel salondan başlayalım. Oradan buraya doğru geri gelip masanı, odaları arayalım. Tamam mı? Belki daha iyi hatırlarız. Hatta ben sana o akşam, "Bırak, kalsın, uğraşma." demiştim. Sen de, 'Bu masa evrak yeri değil, dağınık duruyor.' deyip toplamıştın."

"Öyle mi dedim?"

"Evet, 'Salondaki masa evrak yeri değil.' dedin."

Maya sinirle kesti onun sözünü, "Evet ama benim evraklarımın yeri." dedi.

"Ben demedim zaten. Bu senin sözündü."

"Ama bak, sen de söylüyorsun."

"Ben sana hatırlamak için söylediklerini tekrarlıyorum Mayacığım."

Atlas, kendi ses tonundan sabırsızlanmaya başladığını hissediyordu. Olabildiğince sakin ve anlayışlı olmaya çalışarak kendisine hâkim oldu. "Üstelik" diye ekledi, "inan, onun bunun nerede durduğuna hiç mi hiç aldırmıyorum. Beni ilgilendiren senin huzurlu olman, kaybettiğini bulmamız, o kadar."

"Niye yok ediyorsun o zaman? İnatla, her şeyimi yok ediyorsun."

Atlas, konuşmanın konuya çözüm olmayacağının farkındaydı. Karısını elinden tuttu, "Haydi gel canım" dedi, "bir de beraber bakalım."

Maya'nın çalışma odasının kapısını açtıklarında masanın, koltuğun, sehpanın üzerinde, halıdaki kâğıtlar açık pencereden gelen yaz rüzgârıyla uçuştu. Maya kocasının elini bırakıp "Ah! Olamaz! Bunlar da uçup yok olacaklar!" diye fırladı.

"Yok olmazlar sevgilim, sadece dağılmışlar." deyip ona yardımcı olmaya çalıştı Atlas. Maya telaşla, paniklemiş bir halde kâğıtları toplamaya başlamıştı, "Hayır" dedi, "sen sırasını bilemezsin şimdi." Atlas, birden, hastalığın bir başka safhasıyla tanıştığının farkındaydı. Ne yapacağını bilemeyerek durdu. En azından daha fazla probleme sebep olmaması için kurander yapan açık kapıyı kapadı. Maya yerde dizüzeri çöktü, kimi el yazısıyla yazılmış, kimi bilgisayar çıktısı muhtelif not kâğıtlarını yan yana dizdi, üst üste topladı sonra tekrar tek tek gözden geçirdi. "Yok, yok yok!" diye hiddetle ayağa kalktı. Elindekileri masada duran kristâl ağırlığın altına yerleştirdi. "Mahvoldum." dedi, ağlamaklı. Atlas onun bambaşka bir dünyaya ışınlandığını görebiliyordu. Gerçekten yıkıcı olaylarda bile soğukkanlılığını ve güçlü duruşunu bozmayan karısı şimdi bulamadığı iki bilgisayar çıktısı fotoğraf için perişandı. Ama daha kötüsü, gösterdiği reaksiyondu. "Odaya bir de benim bakmamı ister misin?" diye sordu. Maya bezgin, kendisini koltuğa attı ve "Boşuna..." dedi, "Bulamayacaksın. Yoklar."

"Sevgilim, bulamazsak da problem değil ki. bilgisayarında indirilmiş resimler bunlar. Ne zaman istersen, tekrar çıktı alırız."

"Olmaz. Aynı şey değil. Üzerlerine notlar almıştım."

"O zaman bakayım."

"Bulamayacaksın."

"Olsun, yine de deneyelim. Ne dersin?"

Maya omuzlarını silkerek, "Sen bilirsin." dedi, üzüntüyle, "Asla bulamayacağız."

Atlas da az önce odasında okuma yaparken içinde olduğu duygulardan sıyrılmış, Alzheimer'ın unutkanlık, agresyon, suçlama, umutsuzluk, çaresizlik durumlarının hepsinin, ilk defa bir arada Maya'yı pençesine aldığını dehşet içinde ama sakin bir tavırla kabullenmeye çalışıyordu. Maya'nın alnına şefkatli bir öpücük kondururken, "Her şey yoluna girecek canım." diye fısıldadı ve onun masasının çekmecelerini teker teker açıp bakmaya başladı. O çok iyi bildiği ve imrendiği düzenden çok uzaktı çekmeceler. Mektup kâğıtları, küçük not defterleri, ataş, silgi, zımba, her zaman renklerine ve cinslerine göre ayrılmış kalem bölmeleri karmakarışıktı.

Maya oturduğu çalışma koltuğunda sabırsız, kızgın, endişeli bakışlarla izliyordu kocasını. "Bulamadın, değil mi?" diye sordu. "Tabii, buraları da karıştırmışsın. Baksana ne hale gelmiş."

"Bu çekmeceleri sen kullanıyorsun, ben değil."

"Beni suçluyorsun, değil mi?"

"Hayır canım, seni suçlamıyorum. Şimdi şu resimleri bulalım. Çekmecelerinde değil, ama aramaya devam edeceğim canım. Meraklanma, olur mu?"

Maya ansızın yerinden kalktı ve odadan çıktı. Atlas onun ardından gidecek gibi oldu ama vazgeçti. Kitaplığın raflarındaki mecmuaların, kitapların, araştırma dosyalarının aralarına teker teker bakmaya başladı. Romanlardan birinin içinde, sayfalar arasına yerleştirilmiş oldukça önemli miktarda kâğıt parayı gördüğü anda resimlerin herhangi bir yerde olabileceğine kanaat getirdi ve bir defa da ilgili ilgisiz her şeyin içine bakmaya karar verip en baştan taramaya başladı kitaplığı. O esnada Maya dönmüştü odaya. Yüz ifadesi sakinlemiş gibi görünüyordu. "Bulamadın, değil mi?" dedi.

"Henüz arıyorum ama bak bu kitabın içinden neler çıktı."

Atlas, Homeros'un *Odesseia* kitabının sayfalarını parmaklarının arasında döndürüp gösterdi. "Çıkarmadım içinden. İşaret olarak koymuş olabilirsin diye düşündüm."

"Allah Allah..." dedi Maya kitabı eline alırken. Konuyla ilgili hiçbir şey hatırlamadığı belliydi. Kocasının yüzüne bakarak, "Şaka yapmıyorsun, değil mi?" diye sordu.

"Hayır canım. Şakası olur mu böylc şeyin?"

Maya elinde kitapla koltuğa çöker gibi oturdu. Gözlerini dalgın bakışlarla arasında para olan sayfalarda gezdirirken kayıp gibiydi. "Anlamıyorum." diye mırıldandı, "Bu sayfaları neden özellikle işaretlemek istediğimi bilemiyorum. Hem, neden para koyayım ki işaret olarak?"

Atlas bir taraftan elindeki "İnternet siparişleri" dosyasını tararken onu bu kafası karışık halinde daha fazla üzmek istemediği için rahatlatmak isteğiyle cevapladı:

"Bilemiyorum sevgilim. O an için öyle gerekli görmüş olabilirsin."

Maya cevaptan tatmin olmamıştı. "Saçmalamışım." dedi. Atlas ona bir cevap vermek üzereydi ki elindeki banka dosyasının içinde aramakta olduklarını gördü. "İşte, biri burada. Yanlışlıkla buraya koymuş olmalısın." diyerek uzattı, Orpheus'un resmini.

"Ben koymadım oraya." dedi Maya, kendinden gayet emin, "Sen kaldırmış olma?"

"Mayacığım, bu zaten senin özel dosyan. Benim bir ilgim yok bununla. Kaldı ki resimleri de hiç ellemedim. Bilgisayardan çıktısını aldığım an dışında."

"Diğeri nerede peki?"

"Öbür fotoğraf da bence başka bir dosyanın içinde olabilir."

Maya oturduğu yerde ağlar gibi konuştu:

"Neden böyle yapıyorsun?"

"Ne yapıyorum sevgilim? Ben sana yardımcı olmaya çalışıyorum."

"Hayır. Neden karıştırıyorsun benim dosyalarımı?"

"Karıştırmıyorum bir tanem. Bak birini buldum işte kaybettiğinin."

"Sen karıştırmasan kaybolmayacak zaten."

Atlas kitaplığın yanından ayrıldı, gelip Maya'nın yanında çömelerek elini tuttu ve gözlerinin içine bakarak konuştu.

"Canım, biliyorum, şu an kızgınsın, aradığını bulamadığın için. Ama, benim bunda bir suçum yok."

"Ben mi suçluyum yani?"

"Hayır, sen suçlusun da demedim. Suçlu aramıyoruz şu anda. Kaybolan kâğıtlarını arıyoruz. Birini bulduk. Şimdi diğerini arayacağım, tamam mı?"

Maya cevap vermedi ama bakışlarındaki mutsuzluk açıkça görülüyordu. Atlas çaresiz hissediyordu kendisini fakat yapabileceği bir şey yoktu, diğer resmi bulmaktan başka. Tekrar kitaplıktaki arayışına döndü. Bu defa alttaki bölmenin kapaklarını açıp baktı. Banka evraklarını barındıran dosyanın ters duruşu dikkatini çekti ve önce onu eline aldı. Daha kapağını açar açmaz ekstreler, resmi mektuplar yere saçıldı. Klâsöre takılı bir tek kâğıt vardı. Nehrin üzerine eğilmiş söğüt ağacının dalında ayaklarını sallandırıp oturmuş Ophelia ona bakıyordu baskı kâğıdın içinden. Kollarının arasındaki yaban çiçeklerini sımsıkı kucaklamış, omuzlarından inen gür saçları mevzun boynundan, güzel omuzlarından sanki bal rengi bir akarsu gibi, dalgalarla akarak iniyordu. Atlas bir an için kâğıttaki sahnenin ve kahramanın görüntüsünde kaybolmuştu. İlk defasında hiç dikkatini çekmeyen bir şeyi fark etmişti. 1500'lerde resmedilmiş hayâli tablodaki Ophelia, ilk defa karısının yazdığı romanla bu kadar bağdaşıvermişti. "Bak Mayacığım, diğerini de buldum." dedi.

Maya yerinden kalktı heyecanla, "O nereden çıktı?" diye sordu kocasının yanına gelip.

"Banka ekstrelerinin içinden."

Maya inanamayarak dosyanın sırtını çevirdi, yazılı nota baktı, sonra yerde dağılmış kâğıtlara ilişti gözleri.

"Bunlar ne?"

"Bu klâsörde durması gereken bilgiler."

"Ne alâkası var banka dosyasıyla bu kızın?"

"Ophelia'nın..."

"Evet, ne ilgisi var?"

"Aslında yok. Ama aynen diğeri gibi bu da yanlışlıkla buraya konulmuş. Kafan çok doluyken ya da çok acelen varken, fark etmeden serpiştirmişsin farklı yerlere. Bak, bahsettiğin notların da üzerinde. Her şey tamam mı şimdi?"

Atlas, onun artık rahatlayacağını düşünüyordu ama yanılmıştı. Maya'nın zihninde oluşan huzursuzluğa çözüm getirmemişti kaybettiklerini bulmak. "Evet, sen serpiştirmişsin farklı yerlere." dedi, itiraz kabul etmeyen bir tonda.

Atlas durumu nasıl idare edeceğini bilemiyordu. Maya'nın bu tarzı ona tamamen yabancıydı. "Yapma sevgilim!" dedi, "Ben sana teslim ettiğim günden beri ilk defa şimdi görüyorum bunları."

"O banka dosyası burada durmazdı. Belli ki sen getirmişsin."

Atlas derin bir soluk aldı, "Mayacığım" dedi, "o dosyanın yeri her zaman burasıydı."

Maya, dediğim dedik bir çocuk gibi ısrar etti: "Karıştırmışsın."

"Ben karıştırmadım canım. Ama şimdi bu banka dosyasını tekrar düzenleyeceğim. Hepsi yerinden çıkmış."

Atlas, hastalıkla ilgili okuduklarını, Murat'ın uyarılarını düşünerek, Maya'yı suçlayacağı, onun kendisini köşeye sıkışmış hissedeceği hiçbir kelime sarf etmemeye gayret gösteriyordu ama bu hiç de kolay olmuyordu. Maya bir taraftan elindeki iki kâğıdı bir elinden diğerine değiştirirken bir taraftan da ilk konusuna takılmış vaziyette devam ediyordu:

"Bunlar iki taneydi. Yan yana muntazam duruyordu salondaki masada. Nasıl girdiler buradaki dosyaların içine?"

Atlas kendisini yorgun hissetmeye başlamıştı. "Bak canım, zaten ikisini de bulduk. Önemli olan bu değil mi? Şimdi bu dağılmış dosyayı da düzenleyeceğim. Her şey hallolacak."

"Olmayacak, mümkün değil."

"Niye mümkün olmasın?"

"Çünkü karıştılar bir kere. Bak, şimdi bilemiyorum hangisi birinci sayfa, hangisi ikinci."

"Fark eder mi?"

"Tabii eder. Bunlardan birisi birinci sayfa, diğeri ikinci olmalı. Ama şimdi karıştılar işte."

"Sevgilim, sen hangisini birinci sırada istiyorsan onu üste yerleştir, diğerini de altına. Olmaz mı?"

"Olmaz... olmaz... olmaz..."

Maya'nın sesinin tonu çaresizlik ve üzüntü doluydu. Atlas ona iyice yaklaştı ve yavaşça kollarının arasına aldı. "Gel canım" dedi "gel, biraz sakin oturalım. Çok yoruldun. Her şey düzene girecek, göreceksin. İkimizin de kafası karıştı biraz."

Maya söz dinleyen bir çocuk edasında, yorgun adımlarla elini tutan kocasını takip etti. Atlas onu kafasının karıştığı mekândan çıkarıp kendi çalışma odasına yönlendirdi. Kanepeye oturttu ve çellosunun başına geçti. Onun, yüz ifadesinden, beden dilinden, ne çalarsa onu sakinleştirebileceğini anlamaya çalıştı. Az önce yaşadığı kızgınlık, arayış ve çaresizlik duygular Maya'yı yormuştu belli ki. Şimdi, sakin, sessiz otururken, elindeki iki kâğıda bakıyordu sırasıyla. Bakışları merak, soru doluydu. Atlas duygusal, yumuşacık bir melodi mi çalsın, yoksa enerjisi yüksek neşeli bir beste mi, bilemiyordu. Her an, her şeyin geri tepebileceği endişesi yaşarken, bir taraftan da karısının içinde olduğu sakin andan sıyrılıp yeniden travmatik bir sürece girmesinden korkuyordu. Şansını denemeye karar verdi ve onun yorgun, düşünceli veya sıkıntılı olduğu zamanlarda dinlemeyi en çok sevdiği melodiyi, Offenbach'tan "Barcarolle"ü seslendirmeye başladı. Bir taraftan da yaratacağı tesiri merakla, onu izlemeye devam ediyordu. Maya yavaş yavaş başını elindeki resimlerden kaldırdı. Atlas'a, yüzünde bir şeyler okumak ister gibi baktı. Yorgun başını kanepenin sırtına dayadı ve gözlerini kapadı. Daha parça bitmeden yüzündeki ifade yumuşamış, rahatlamıştı. Atlas, doğru seçim yaptığından emin, aynı melodiyi tekrarlayarak devam ediyordu ki, Maya'nın gevşeyen ellerinden kâğıtlar yere kaydı. Atlas enstrümanını bırakıp derhal onun yanına seğirtti. Nefesini dinledi. Karısı huzur içinde, derin bir uykuya dalmıştı. Bu da hiç alışık olduğu bir şey değildi ama istemese de, hastalığın yepyeni bir evresine girdiklerini kabullenmek zorunda olduğunun farkındaydı. Onu uyandırmamaya özenle bacaklarını kanepeye uzattı, başını yana yatırarak altına yastık yerleştirdi ve yere diz çökerek yanında oturdu. Uykusu normalde son derece hafif olan Maya hissetmedi bile bunları. Atlas onun sakinlemiş yüzünü izlerken sevdiği kadına karşı bugüne kadar olmadığınca, bir küçük kardeşe, bir evlâda duyulan cinsten korumacılık barındıran bir şefkat duydu. Maya'nın güçlü ifadesi, şimdi, uyuyan korunmasız, kayıp bir çocuğun duygularını taşıyordu. Onun alnına hafif bir öpücük kondurdu, kanepenin kolundaki ince örtüyü alıp üzerini örttü, yerdeki fotoğrafları topladı ve masasına geçti. Senaryosunu bıraktığı yerden okumaya başladı ama aklını veremiyordu. Cep telefonunu eline aldı ve Murat'a son yaşadıklarıyla ilgili kısa bir mesaj yazdı. Murat'ın cevabı hemen geldi. Ertesi gün kontrole bekliyordu. Ardından internete girdi Atlas. Maya'daki değişikliğin yaşandığı evreyi anlamak ve elinden neler gelebileceğini öğrenmek istiyordu. Objeleri yanlış yerlere bırakmak, kelime bulmakta zorlanmak gibi sendromları aşmıştı bu son örnek. Atlas kim bilir kaçıncı kez taradığı sayfaları bir defa daha gözden geçirdi. Unutkanlık ve organizasyon kabiliyetinin yitirilmesi yönünden "hafif düşüş" denilen üçüncü evre olduğu kabul edilebilirdi ama aynı sendromların daha kuvvetli görüldüğü bir sonraki "orta dereceli düşüş" dedikleri arasında çok az fark vardı. Bu noktada tıkandı, kaldı. Gönlü, karısının hastalığının olabildiğince yavaş ilerlemesinden yana üçüncü şıktaydı ama şu dosyalama olayı ve takıntılı hali sanki olayı dördüncü aşamaya daha yakınlaştırıyordu. Gerçek değerlendirmeyi ancak bir doktor yapabilirdi. Neden sonra Atlas, karısının kıpırdanmasıyla gözlerini bilgisayarından ayırdı. Yerinden kalktı ve onun yanına gitti. Maya, uzun, yorucu bir yolculuktan döndükten sonra daldığı dinlenme uykusundan uyanmış gibi bakıyordu. Onun yanına oturup, "İyi misin canım?" diye sordu Atlas.

"Nasıl uyudum böyle?" dedi Maya merakla.

"Çok derin uyudun."

Maya yavaşça yerinde doğruldu, "Ne zamandır uyuyorum?" diye sordu.

"Bir saat kadar oldu."

"Nasıl uyuyakaldım, hiç hatırlamıyorum."

"Demek ki dinlenmeye ihtiyacın varmış."

"Uyumadan önce ne yapıyordum?"

"Roman kahramanlarının resimlerini kaybetmiştin. Ona telaşlandın biraz."

"Buldum mu sonra?"

Atlas şu anda yine kendine gelmiş olan karısını, detaylarla üzmek istemiyordu. Sadece "Bulduk canım. Odanda, kütüphanede duruyordu." diye geçiştirdi. Ona müzik çaldığını hatırlayıp hatırlamadığını soramıyordu. Ama Maya birden gözlerinde bir anı pırıltısıyla, "Sen bana çello çaldın, değil mi? Yoksa rüya mıydı?" diye sordu. Atlas bu kadar ufak bir detaya bu kadar sevineceğini hiç tahmin edemezdi. Sevinçle, "Evet sevgilim" diye cevapladı, "Rüya değil. Sana çok sevdiğin bestelerden birini çaldım."

"Hatırlıyorum. Melodiyi hatırlıyorum ama ismini çıkaramıyorum."

"Offenbach'ın..."

"Dur! Söyleme lütfen. Hatırlamaya çalışacağım. İsmi dilimin ucunda... ismi... ismi..."

Maya bir taraftan hatırlamaya uğraşırken bir yandan da melodiyi mırıldanmaya başladı. Atlas memnuniyetle tebessüm etti. Bu bile az önce yaşadıklarından sonra içine biraz olsun su serpmeye yetmişti. "Evet buydu" diyerek onu cesaretlendirdi. Ama Maya zihnindeki o çok eski bilgiye ulaşamadı bir türlü. Üzüntüyle "Pes ediyorum." dedi, "Neydi, söyler misin."

"Barcorolle... La Belle ô nuit"

"Doğru... La Belle ô Nuit... Benim için bir daha çalar mısın?"

"Memnuniyetle."

Atlas çellosuyla aryayı seslendirmeye başladığında Maya'nın bakışları önce balkona, sonra dışarıdaki ağaçlara, oradan göle doğru uzandı ve sesiyle eşlik etmeye başladı.

*Belle nuit, ô nuit d'amour / Souris à nos ivresses / Nuit plus douce que le jour / Ô belle nuit d'amour! / Le temps fuit et sans retour / Emporte nos tendresses / Loin de cet heureux séjour / Le temps fuit sans retour.*

Atlas şaşkınlık içindeydi. Daha bir buçuk saat önce unutkanlığı, kızgınlığı, mantık dışı inatçı, takıntılı tavırlar sergileyen karısı, şimdi yumuşacık sesiyle, tek kelime atlamadan aryayı seslendiriyordu. Yüreği umutla dolmuştu. Maya uzakta bir sahnede, *Hofman'ın Masalları*'nı izler gibi, dudaklarında tatlı bir tebessüm, devam ediyor, hatırlayamadığı yerde mırıldanıyordu:

*Zéphyrs embrasés / Versez-nous vos caresses / Zéphyrs embrasés / Donnez-nous vos baisers! / Vos baisers! vos baisers! Ah! / Belle nuit, ô nuit d'amour / Souris à nos...*

Parça bittiğinde Atlas, "Harikasın sevgilim." dedi. Sonra karısının yanına gelip oturdu ve elini avuçları içine alıp onun yüzüne baktı. Maya gülümsüyordu. "Harikaydım, değil mi?" diye sordu kocasına, "Nasıl oldu, nasıl becerdim, bilmiyorum."

"Uzun zamandır söylemiyordun. Beni de şaşırttığını itiraf etmeliyim. Sana hüzün vermeyecek bir şey çalmaya çalıştım."

Maya kocasının elini dudaklarına götürüp öptü, "Çok teşekkür ederim canım kocam benim... Çok teşekkür ederim."

"Ama gözlerinde hâlâ biraz hüzün mü görüyorum, yoksa yanılıyor muyum?"

"Hüzün değil. Sadece o garip boşluk duygusu. Tarif etmem çok zor. Bildiklerini unutmak ile unuttuğun bir şeyler olduğu bilmek arasında karmakarışık bir his. Hatırladıklarım oldukça daha ne kadar çok şeyi unuttuğumu düşünüyorum. Daha hatırlayamadığım, doğru söyleyemediğim neler var diyorum, kendi kendime. Sanki beynim bir eleğe döndü ve içindekiler yavaş yavaş akıp gidiyor, hissediyorum. Yamayamıyorum, delikleri kapayamıyorum. Bazı şeyler, yoğun kıvamda, ağır ağır akıp uzaklaşıyor. Sanki boza, sanki yoğurt süzülür gibi. Kimi de saf likit gibi hızla akıyor ve yok oluyor. Beynimi görmüyorum ama algılıyorum Atlasçığım. Orada aynen bu anlattığım gibi bir şeyler oluyor, eminim."

"Murat bizi bekliyor yarın."

"Ne zaman konuştun?"

"Sen uyurken mesaj atmıştım."

"Ne konuda?"

"Kayıp kâğıtların konusundaki tepkin çok farklıydı."

"Hatırlamıyorum. Ne gibi?"

"Sen gibi değildin. Hırçınlaştın, kızdın, aşırı üzüldün."

"Evet, hiç ben gibi değil. Peki kim gibiydim o zaman? Kim gibiydim?"

"Bence yine sendin ama farklı bir sen."

"Belki onun için bu kadar yorgun hissediyorum kendimi."

"Sanıyorum."

"Bu anlattığın hiç çekilecek bir kadın gibi gelmiyor kulağa. Nasıl taşıyacaksın bu zorluğu Atlasçığım? Ben bilmeyeceğim hiçbir zaman böyle anlarımı ama sen yaşayacaksın."

"Canım karım benim, senin de ne kadar acı çektiğini görüyorum. Sonradan hatırlamıyorsun belki ama yaşarken acı içindesin. Seni değiştiren, kızgın yapan da o."

"Bu durumda ben senden şanslıyım." derken küçük bir gülüş attı Maya.

"Nasıl?"

"Ben sonradan unutuyorum, sen hatırlamaya devam ediyorsun."

"Bu meredin sana yapışmış olmasından başka hiçbir şikâyetim yok bir tanem. İkimiz için de hatırlamaya söz vermiştim sana. Her şartta o sözümü tutacağım."

"Farkında mısın 'Unutma Beni' defterinde benim sayfalarım ne kadar kısaldı ve senin yazdıkların artmaya başladı. Ama ertesi gün senin sayfalarını okuyunca unuttuğum şeyler çağrışım yapıyor sanki. Ama bilemiyorum, orada okuduğum ve sana güvendiğim için mi yaşadığıma inanıyorum, yoksa gerçekten mi hatırlıyorum... Bunu da bilemiyorum."

Bir an ikisi de düşünceleriyle başbaşa kaldı. Sessizliği bozan yine Maya oldu.

"Kayıp kâğıtlarımı nerede bulduğumuzu söylemedin daha?"

"Mayacığım, banka ekstrelerinin durduğu dosyadan çıktı. *Odesseia* romanının içinde de, sayfalar arasına serpiştirilmiş kâğıt paralar vardı."

"Ciddi misin?"

"Evet... Sevgilim, biliyorum, eve yabancı kimseyi almak istemiyorsun. Ama güvenilir bir yardımcı bulsak artık diyorum."

"Nereden bulacağız güvenli yardımcıyı?"

"Araştıracağız. Çocuklara, arkadaşlara soralım. Yanlış anlama. Ben sana yardım etmekten gocunuyor değilim. Ama benim evde olmadığım zamanlar, yanında sana göz kulak olacak birinin olması içimi rahatlatacak."

"Hiç tanımadığım biriyle beni bırakınca için nasıl rahat edecek, anlayamadım."

Maya'nın sesi kırgındı. Atlas hemen onun gönlünü almak istedi. "Sadece bir fikirdi canım." dedi, "Sen istersen olacak bir şey zaten."

Maya gayet kesin bir ses tonuyla, "İstemiyorum." dedi. "Hiç bilmediğim biriyle aynı evde kalmak fikri hoşuma gitmiyor. Hele, her şeyi, kendimi unutmaya doğru yol alırken... sen evde yokken, yabancının, kötü biriyse, neler yapabileceğini düşünüyor musun? Haberin bile olmaz. Çünkü ben şikâyet etmek için olanları hatırlamayacağım bile."

Atlas, o ana kadar hiç aklına gelmeyen bu dehşet senaryosuyla gerilmişti. Birden, konuyu dillendirdiğinden pişmanlık duydu. Maya'nın, hasta ve çökmekte olan bir beyinle düşündükleri hiç yabana atılacak bir şey değildi. Bunu

Alzheimer'ın paranoyasına vermek isterdi ama olmayacak şey değildi. Bir an için, Maya'nın hastalığının ilerlediği bir evrede, kendisinin ev dışında olduğu bir zaman diliminde, bir tehlikeye, kötülüğe maruz kalabileceğini düşünmek dahi irkilip içinin titremesine yetmişti. Onun ses tonundan kendisini istemediği bir şeye zorlanmış hissettiğini ve gerginliğini algılamıştı. Kolunu karısının omuzuna doladı ve alnını öperek, "Tamam canım." dedi, "Tamam. Şimdilik kimseyi aramayacağız. Ben elimden gelen yardımı yapacağım sana. Sen gerekli gördüğün vakit aramaya başlarız birini."

Bunları söylerken, Maya'nın, gerçekten ihtiyaç duyduğu anda yardıma ihtiyacı olduğunu farkına dahi varmayacağını biliyordu ama daha çok taze yaşadığı travmatik zamanın üzerine yeni bir endişeyle onu zorlamaktan korkuyordu.

"Haydi gel, bir yerlere çıkalım." dedi, "Sinemaya, yemeğe, nereye istersen..."

"Bir yere gitmek istemiyor canım. Burada oturalım. Dışarısı kalabalık ve gürültülü geliyor."

"Peki. Nasıl arzu edersen. O zaman ister misin, bir film seçelim, atıştıracak bir şeyler hazırlayayım, şömineyi yakalım ve kendimize evde sinema akşamı yapalım. Ne dersin?"

"Harika olur, derim."

Sonra ilk defa üzerindeki giysiyi fark ederek, "Ben böyle gecelikle mi dolaştım bugün?" diye sordu.

"Hayır canım. Sabah duş aldıktan sonra bir kot ve süveter giymiştin. Ama sonra değiştirmiş olmalısın."

"Değiştirmeliyim hemen."

Atlas onu elinden tuttu. Beraber kalktılar ve odadan çıktılar. Mutfağa doğru yürürlerken Maya koridor duvarlarını tamamen doldurmuş olan çerçevelerdeki fotoğrafları izleyerek ilerledi. Hepsini tanıyordu henüz ama altlarına yazdığı notları görmese, çoğunun nerede çekildiğini bile bilemeyecekti. Zamanı ve mekânı hapseden fotoğraflar şimdi çekildiği tarihleri ve yerlerini beynindeki elekten süzmüş atmıştı bir müddettir. Birden yalnızlık hissiyle sarılmıştı. Hafızasının kayıpları ruhunda da bir şeyleri eksiltiyordu sanki. Aniden içi titredi soğuk bir hisle. Soğuktu bu hastalık, çok soğuk... Hiçbir şeyden ölmese, ruhunun üşümesinden ölecekti belki de... Birden oradan çıkmak, hatırlamak zorunda olduğu hayatının detaylarından uzaklaşmak ihtiyacı hissetti. Salonda dönerek, "Atlasçığım, ben vazgeçtim kararımdan. Beni bir yerlere götürür müsün?" dedi.

"Gayet tabii. Nereye gitmek istiyorsun?"

"Herhangi bir yere. Kalabalık olmasın. Binelim arabaya ve gidelim... sadece müziğimizi açalım ve gidelim."

Az sonra arabada, ormanın içinden göle uzanan yolda, Adamo'nun duygusal sesi eşliğinde yol almaktaydılar. Gözle görülmeyeni, elle tutulmayanı tarif ediyordu şarkının sözleri:

"Rüzgârın rengi, suyun şekli, zamanın yaşı..."

Maya başını arkaya yaslamış, gözlerini kapamış, kendini yaşadığı anın huzuruna bırakmıştı. Atlas yolu olabildiğince uzattı. Göl kıyısı ile orman yolları arasında defalarla yön değiştirdi. Yol boyu müzik, rüzgâr, aşk sözcükleri, hiç ayrılmayan kenetlenmiş el temasları, sıcacık bakışlar, Lucio Battisti, Fred Bangusto, Amelia Rodriquez, Madre Deus, Road Blues eşliğinde ilk günkü heyecan ve tutkuyu yaşarken aynı zamanda yılların yaşanmışlığının, paylaşılmışlığın, nice yılı beraber aşmışlığın, emeğin mutluluğunu da sindiriyorlardı. Yolculuklar aşkı pekiştirirdi, gerçek aşksa. Yoksa, sahte aşkların ölüm zamanı olurdu yolculuk. Ama her halükârda hayat zaten doğumdan ölüme giden bir yolculuk değil miydi?

# 15

Maya, elindeki kitaptan yüksek sesle ağır ağır okumakta olan doktor Murat'ı dikkatle dinliyordu.

"Tepeye doğru yol alıyoruz. Kâh bağların arasından, kâh dar dereciklerden geçit veren tahta köprücüklerin üzerinden, kâh tepeden limana giden anayoldan, defalarla inip çıkıyoruz."

Murat cümleyi noktaladıktan sonra, "Hatırladığın kadarını tekrarlar mısın Maya." dedi.

"Tekrar okur musun lütfen. Aynı kelime çok tekrarlanmış, dikkatimi dağıttı."

"Hangi kelime o?"

"Kâh."

"Peki. Tekrar okuyorum."

Murat aynı paragrafı yine okudu ve Maya'ya bakarak bekledi. Atlas da karısının dudaklarından dökülecek kelimeleri merak ediyordu.

"Tepeye doğru yol alıyoruz." diye başladı Maya, "Kâh bağın arasından... kâh dar dereciklerden... kâh limana giden yoldan... birçok defa çıkıyoruz."

"Peki şimdi dediklerimi aynı sırada söyler misin: Selvi, gürgen, çam, meşe palamudu, erguvan."

"Selvi... çam... gürgen... yok... meşe palamudu, erguvan."

"Hangi mevsimdeyiz?"

"Sonbahar."

"Aylardan?"

"Ekim."

"Ayın kaçı bugün?"

Maya önce düşündü, sonra muzip bir ifadeyle, "Sen söyler misin, ayın kaçı bugün?" dedi.

Murat güldü.

"Senin söylemeni tercih ederim."

Maya kendinden emin duruşunu değiştirmeden kafasından hesap yapmaya başladı:

"Geçen gün teşhisimin birinci yılıydı onu biliyorum 7 Ekim. Ertesi gün... ertesi gün ne yaptığımızı hatırlamıyorum ama ayın 8'i oluyor. Sonra dün... dünü hatırlıyorum. Atlas bana çello çaldı. 9'u dündü. Bugün 10 Ekim olmalı."

Doktorundan bir cevap alamayınca kocasına baktı onay bekleyerek. Ama belli ki yanlıştı cevabı. "10 Ekim'de değil miyiz?" diye sordu.

"17 Ekim'deyiz."

"Nasıl olur? Teşhis yıldönümüm 7 Ekim değil miydi?"

"Evet. O tarihin tastamam. Ama o gün, bir hafta daha önceydi."

"Defterime yazmıştım. Oradan hatırladım 7'sini ama sonra o kadar günü atladım demek. Atlasçığım, ne yaptık biz o günlerde? Neler oldu hayatımızda?"

"Hepsi defterimizde yazılı canım. Eve gidince tekrar okutacağım sana."

"Genelde nasıl hissediyorsun kendini?" diye sordu Murat.

"Bazı günler pırıl pırıl güneşli, bazı günler sisli, puslu."

"Hangi günler daha çok?"

"Sisliler çoğalmaya başladı. Önce sadece beynimde hissediyordum bu pusu. Şimdi artık kulaklarıma, gözlerime, parmak uçlarımdaki temasa, her yere birden sis çöküyor sanki. Kızıyorum ama kime, neye kızdığımı bilmiyorum. Bazı günler de yumurta kabuklarının üzerinde yürür gibi hissediyorum kendimi."

"Açıklayabilir misin?"

"Nazik, hassas bir şeyleri kırarak, ezerek yaşıyorum gibi geliyor. Beynimin içinde duyuyorum bazen o sesleri."

"Başka sesler de duyuyor musun?"

"Hayır."

"İçkiyi bıraktın, değil mi?"

"Evet dersem yalan olur. Ama eskisi gibi içmiyorum."

"Tamamen bırakmanı tavsiye ederim. Alkolsüz bir şeylerle oyala kendini. Zaten beyinde bir enflamasyon söz konusu. Daha fazla tetikleme. Sosyal hayatın nasıl gidiyor?"

"Kalabalıklara girmek istemiyorum. Ama ailemle, sevdiklerimle sık sık bir araya geliyoruz."

"Kalabalıktan kaçış sebebin ne?"

"O kayıp sürelerimden birini başkalarının yanında, yabancı bir yerde yaşayacak olmaktan endişeleniyorum. Konuşulanların bazılarını kaçırıyorum. Kelimelerimi unuttuğum, tekrarladığım sohbetlere girip zorlanmak istemiyorum. Kendimi evde veya sevdiklerimin yanında güvende hissediyorum."

"Günlük işlerinin ne kadarını kendin yürütebiliyorsun?"

"Sürekli olarak yürütemediğim bir şey yok ama hangisi ne zaman aksayacak belli değil. Bazı günler duşun sıcağını, soğuğunu ayarlayamıyorum. Bir gün çayı demledikten sonra demliği tezgâhta bırakıyorum. Dolapları açıp öylesine uzun uzun baktığım oluyor. Ne alacağımı, ne yapacağımı hatırlamıyorum. Ocağı kapamayı unuttuğum günler oldu. Daha yeni oldu, dosyalarımı kaybediyorum. Eski fotoğraflarımızın çoğunun nerelerde, ne zamanlarda çekildiklerini unuttum. Ancak üstlerinde yazılı olanlardan hatırlıyorum. Yıllardır ezberden yaptığım işleri düşünerek yapmak zorunda kalıyorum çoğunlukla."

"Meselâ?"

"Hangi sırada yapacağımı bilemiyorum. Bazen giyinirken,

sofrayı kurarken, CD'yi yerleştirirken... böyle aptalca kolay, senelerdir mihaniki yaptığım şeylerde bedenim yavaşlıyor sanki, istediğim hızda ve sırada hareket etmiyor."

"Bu ne sıklıkta oluyor Maya?"

"Şu son iki hafta arttığını hissediyorum. Ama tabii bir de hatırlamadıklarım var. Atlas'ın yazdıklarından görüyorum onları da."

"Atlas, dünkü hadisede ne kadar kızgın, hâtta hiddetli olduğunu anlattı. O anlarını hatırlıyor musun?"

"Hayır. Sadece sonradan çok yorgun hissettim kendimi. Ama o iki resimle, dosyalarla ilgili bir şey hatırlamıyorum. Derin bir uykuya dalmışım."

"Gece uykuların nasıl? Dinlenmiş kalkıyor musun sabahları?"

"Hayır. Uyumak ile uyanık kalmak arasında geçiyor gecelerim."

"Gece uykusuzluğu gündüzün yaşam kalitesini de düşürür. Biraz ilâç desteğiyle bunu düzenleriz."

"İlâç istemiyorum Murat, biliyorsun."

"Maya, biliyorum ilâç kullanmayı sevmediğini. Ama uykusuzluğun, hastalığının endişeleri, gerginliği, unutkanlıkların esnasında ve sonrasında yaşadığın agresyon için tetikleyici olacaktır. Yazacağım bir-iki ilâç, bu süreci olabildiğince sakin, huzurlu geçirmene yardımcı olacaktır. Ufak doz bir şeyler yazacağım sana. Sonra yine takip edeceğiz."

Maya bu defa razı olmuştu. Kafasının karıştığı, kızgın olduğu anları tam net hatırlamasa da kendisinde bıraktığı yorgunluğu hissediyordu. Ancak, hâlâ doğal yollardan kendi kendine yapabileceği bir şeyler olduğuna inanıyordu. Eve gelir gelmez tekrar girdi internete. Uzmanlar, Akdeniz diyetinin yararlarında hemfikirdi. Zaten daha önce okuduğu ve kendisinin beslenme tarzı da olsa, bir kez daha taradı bilgileri ve notlar aldı defterine. Hayvansal protein ve yağlardan uzak durulması gerekiyor, E vitamini, folik asit ve Omega 9'a ağırlık verilmesi tavsiye ediliyordu. Buğday tohumu, soya fasulyesi, fındık, ıspanak, brüksel lâhanası, tahıl, yumurta gibi gıdalar doğal E vitamini içeriyordu. Akdeniz diyetiyle yüksek tansiyona karşı geliştirilen DASH diyetinin harmanlanmasından oluşan MIND diyeti, toplamda hastalığın riskini % 53 oranında azaltıyordu. Yeşil salata, yeşil sebzeler, yağlı tohumlar, hindi ve balık eti, sade yulaf ezmesi, tam buğday unundan ekmek, beyaz yerine esmer pirinç ve bulgur, kuru baklagiller, meyvelerden yaban mersini, böğürtlen, ahududu, karadut, çilek, kuş üzümü, kızılcık bu diyetin içindeydi. Yemeklerin buğulama, ızgara, haşlama veya buharda pişirilmesi tavsiye ediliyordu. Bunun dışında vegan veya vejetaryen diyetlerin Alzheimer'ı önlediğine veya durdurduğuna dair de hiçbir kanıt yoktu. Sadece baştan böyle beslenenlerin Alzheimer ve diğer demans hastalıklarına yakalanma oranı nispeten düşük oluyordu.

Genelde beslenmesi bu olmasına rağmen belli ki tamamen dışlaması gereken gıdalar vardı. Severek yediği kırmızı et, balık dışındaki deniz mahsulleri, makarna gibi gıdalar bu listede yoktu. İçkiyle birlikte bunları da kesin, hayatından çıkaracaktı. Belki çok özel günlerde kendisine hak tanırdı. Fiziksel ve zihinsel aktivitelerini de olduğundan daha fazla tekrarlayacaktı. Maya, bir kez daha gördü ki ne çırpınsa bu hastalık onunla kalacak ve kendi bildiği süreçte ilerleyecek. Onun elinden gelebilecek tek şey bu süreci olabildiğince az hasarla ve daha kaliteli yaşamak için gayret sarf etmekti. Hiçbir şey yapamasa en azından bunu yapabilirdi.

♡♡♡

Güneşin güz renkleri, bir yerlerden çağırılmışlar gibi, az önce içinden süzüldükleri aralık teras kapısından gerisingeriye çekiliverdiler. Rüzgârın hırsla savurduğu tüller birbiri etrafında dönüp, sarhoş âşıklar gibi sarıldılar. Camlara ürkek damlalar bırakmaya başladı yağmur. Maya yerinden kalkıp sürgülü kapıyı çekti ve terasa çıktı. Ferforje korkuluğa avuçlarını yerleştirip gözlerini kapadı. Yüzünü, saçlarını teslim etti yağmurla rüzgâra. Esinti göz kapaklarını, göğsünü, ıslak toprak kokusu burun kanatlarını okşadı. Bulutların, yağmurun ve rüzgârın kendisini sarmaladığını hissetti, kendilerine has rayihalarıyla birlikte. Yağmur hızlanmıştı. Damlalar yüzüne, boynuna, kollarına değerken tüm sinirlerinin, kaslarının gevşediğini hissetti. Kendini, bildiği her şeyi unutmaya teslim etti. Sadece hastalığının seçip unuttuklarını değil, geride hatırlanır kalan her şeyi de beraber unutmak istiyordu. Belki tamamen boşalırsa dağarcığı, taptaze hatırlayabilirdi yeniden. Beyninin bütün lobları boşalırsa, kendisi seçerek yeniden alırdı anılarını içeriye. Nereye gidiyordu bütün bildikleri gerçekten, nereye saklanıyorlardı? Hani, hiçbir şey yok olmuyordu esasında kâinatta? Hani her yok olduğunu sandığımız aslında başka bir şeye dönüşüyordu. O zaman bütün o unutmaya başladıkları da bir yerlerde olmalıydılar şimdi. Öyle ya, anılar enerji değildi de, neydi? Anılardan daha kompleks, daha yüksek bir enerji olabilir miydi? İnsanın bedensel, ruhsal, zihinsel ve duygusal tüm enerjisiyle yaşadıklarının en karmaşık, en yoğun hali değil miydi anılar? Mikroskobik gri bir hücrede üst üste yığılan, sonra bir renk, bir ses, bir duygu, bir temasla patlayıp yuvasından fırlayan ve insana yeni baştan o eskilerde kalmış ânı, çoktan zamana gömülmüş o günü, o mevsimi, yılı hatırlatmaz mıydı anılar? Sesleri çoktan unutulmuş insanların siluetlerini geçirirdi zaman perdesinden, üzerine hüzünler örtülmüş kahkahaları çıkarırdı ortaya. Acıların batıramadığı keyifleri bir kez daha yansıtırdı zaman perdesine... unutmayı tercih edilene saygı duyardı anılar, bazen hemen, bazen yavaş yavaş puslandırırdı onları. Tekrar tekrar yaşamak isteneni besler, hep taze tutardı.

İnler gibi derin bir iç geçirdi. Nasıl kaybetmekteydi bu yeteneğini, nasıl yitirmekteydi bu kadar büyük doğal bir gücü? Onca ezber kabiliyeti, güçlü hafızası nasıl böylesine ihanet etmekteydi ona? Bütün o enerji nereye gidiyordu? Tek bildiği, kendinden uzaklaştığıydı. Zira sadece hafızası değil, yetileri de onu terk ediyordu. Bedeninin de kısa bir süre sonra ona itaat etmeyeceğini biliyordu. Ürpertiyle kollarını bedenine sardı, sıkı sıkı. Çıplak ayaklarını mermere bastırıp küçük halkalar çizdi parmak uçlarıyla. Baldırlarındaki kasları, kalçalarını, omuriliğinden sırtına, boynuna yayılan sinirleri hissetti, zihninin dokunuşuyla. Şimdilik bedenine sahipti. Ne zaman olacağını bilmediği bir süre sonra onu algılayamadan, yönlendiremeden, yardım alarak yaşaması gerekecekti. Nasıl yaşayacaktı o zavallılıkla? O yaşamak mı olacaktı? Sürecini bilemediği zaman diliminin ve kaçınılmaz sonucun düşüncesinin verdiği acz ve isyan duygusuyla birdenbire vücudunun ağırlığından, varlığından kurtulma ihtiyacı hissetti. Sonbahara karışmak, onun parçası olmak istiyordu şu an. Çakan şimşeği, camları sarsan bir gök gürültüsü takip etti. Beyninin ihanetine inat, tabiatın tüm enerjisini hissetmek ve onun parçası olmak istedi. Şimşekler siyaha çalan Prusya mavisi bulutlara serseri oklar atıyor, gök kubbe gazap kusar gibi çatırdıyordu. Rüzgâr, yağmurdan ıslanmış bedeninin etrafına, yüzüne, uçuşan saçlarına doluyor, sarmalıyor, sonra derin bir nefesle tekrar ayrılıp uzaklaşıyordu. Yağmur ve esintiyle kucaklaştıkça bedeninin ağırlığından kurtulduğunu hissediyordu. Önce ayakları, bacakları, sırasıyla kalçaları, göğüsleri, kolları, boynu, başı... Tüm uzuvları onunlaydı ama ağırlıkları ondan aşağıdaydı. Bedenine sahipti ama onu hür kılmıştı işte. Öylesine hafiflemişti ki, yağmur damlaları bile teninde ağırlık yapıyordu. Rüzgâr neredeyse onu alıp uçuracaktı balkondan. Galiba Freud'du, "Mutsuzluk, anılarımızı terk edememekten doğar... ve buna sebep de, onları hatırlamamızdır." dememiş miydi? Belki de hatırlayamamanın tedavisi her şeyi birden unutmaktı... İşte, beyni ona ihanetini tamamlamadan kendisi bunu başarabilirdi belki de.

Az sonra zihninden, anılarından, gerçeklerinden, unuttuklarından, henüz unutmadıklarından, unutmak istemediklerinden, hepsinden uzaklaşmıştı... ne kadar, bilmiyordu ama şu an artık canı acımıyor, kâlbi ağrımıyordu. Bedeninin, ruhunun dinlenmeye çekildiğini hissediyordu. Kapalı gözlerinin ardında bambaşka bir dünya açılmıştı şimdi. Sonsuz bir dünya... Sonsuzluk... Bedeni o kadar hafiflemişti ki, artık onunla değildi. Şekli yoktu bedeninin. Giysileri de yoktu, kimliği de... hiçbir şeyi hatırlamasına da gerek yoktu artık. Bu dünya her anıdan, her şekilden, her materyalden ırak bir dünyaydı. Sadece gökyüzü, şimşek, yağmur, rüzgâr, sonbahar kokusu, gök gürültüsü ve sonsuzluk vardı. Hepsi, hep orada olduğundan sonbaharın hiçbirini hatırlaması gerekmeyecekti. Hep bildiğini tekrarlayacaktı sonbahar, her yeni gelişinde. Renkleri, kokusu kendine dönecekti, yağmuru yine böyle yağacaktı, çakacaktı şimşekler ve gürüldeyecekti gökyüzü. Ah, bir sonbahar olabilseydi keşke, onun hatırlayabildiği gibi kendisine ait olanları, ait olduklarını; sevdiklerini, canlarını hep tutsaydı hafızası, hiç zorlamadan, yalvarmadan.

♡ ♡ ♡

Mevsimin ilk karı, bir hafta sonra gelecek yeni yılı beklemeden yağmaya başlamıştı. İki gündür çatılar, yollar, vadi beyaza bürünmüştü. Maya başını kucağındaki kitabından kaldırıp yekpare camın ardından akşamın çöküşünü izledi. Günler önce özenle süslemiş olduğu yılbaşı ağacının ışıkları yanıp sönerken dışarıda ateşböcekleri uçuşuyormuş gibi camda yansımalar yapıyordu. Kar taneleri, çalmakta olan Vadim Kiselev'in Sonat'ına eşlik ediyordu sanki. Telaşsız ama kararlı dokunuşlarla iniyorlardı. Vadideki, çoğu yaprağını dökmüş dev ağacın arasına serpiştirilmiş evlerin kiminin penceresinden ışık huzmeleri titreşerek gri beyaz akşamın içine doğru uzuyor, kimi ağaç gövdeleri arasında yok oluyor, kimi bir diğeriyle örtüşüyordu.

Kocası karşı koltukta, gece lâmbasının ışığında kitabını okumaktaydı. Ona içi titreyerek sevgiyle baktı. Onu tanıyamayacağı zamanların yaklaştığı düşüncesiyle ruhunu tarifsiz bir hasret kapladı. Tanımadığını özler miydi insan? Ama şimdiden onun kim olduğunu bilemeden yaşayacağı zaman dilimini düşündüğünde bile, onu özlüyordu. Kocasının kim olduğunu hatırlamasa dahi onunla yaşadığı aşkı, anları, anıları bir şekilde özleyeceğini tahmin ediyordu. Kocasının kır saçlarla çevrelenmiş yakışıklı yüzünü, uzun kirpiklerin gölgelendirdiği gözlerinin maviliğini içine çeker gibi baktı.

Sevdikleri, canları, en yakınları içinde en çok onun için üzülüyordu. Ege ve Ezel birbirine ve Sümer'e sahiplerdi. Sümer daha yolun başındaydı, yaşamı çeşit çeşit renkle dolacak, kalabalıklaşacaktı. Bahadır için de aynı şey geçerliydi. O da evlenecek, kendi çocukları olacaktı. Ama Atlas'ın tüm yaşamı boşalıverecekti birden. Ölüm olmadan boşalıverecekti hem de, sevdiği kadın yanı başındayken. Önce uzun uzun, derin sohbetler yaptığı, keyifleri, hüzünleri, hayâlleri, rüyaları paylaştığı arkadaşını kaybedecekti. Sevgilisini kaybedecekti. Zamanla... Konuştuğunda, kucakladığında, öptüğünde karşılığını alamayacağı, sevgisine âşkına cevap bulamayacağı, bambaşka kimlikte, anlaşılamaz, güvenilemez bir kadınla yaşamak zorunda kalacaktı.

Çocuklar için de, yüreğini burkan, acı veren bir hasret duyuyordu şimdiden. "Alzheimerlı hasta olayları unutur ama onların, duygularının bıraktığı ruhsal etkiyi unutmaz." diye okumuştu bir yerde. Anlamının fiziki karşılığını bulamadığı, ne olduğunu, nereye gittiğini anlayamadığı duygularla cebelleşecekti yakında. Kafası karmakarışık, darmadağın, bütün o geçmişini kaybetmiş duygulara, telaşlara, beyninin içindeki derbederliğe, bedeninin istemsiz, kontrolsüz diline sahip çıkacak bağlantılar, mekânlar, insanlar arayacaktı haybeye. Kimini tanımayacak, kimini bir başkasına benzetecek, bir başkasının yerine koyacaktı. İsimler uyduracaktı. En önce kimi unutacaktı acaba?

Onları unutmak istemiyordu. Nasıl unutabilirdi canı gibi sevdiklerini, bakarken yüreğinin sevgiyle titrediği can parçalarını? Ege'nin bebeklik kokusunu unutacak mıydı? Onu göğsünde sıcacık sarmalayıp emzirdiği günlerden, ilk adımlarının mutluluğundan, başarılarından duyduğu gururdan, delikanlılık günlerinden, evliliğinden, babalığından hatırasında hiç mi bir şey kalmayacaktı! Ya sevdiğinin, her milimini aşkla ezberlediği yüzünü? Beyni unutsa avuçları, parmak uçları hatırlardı onun alnında, göz kapaklarında, elmacık kemiklerinde, çenesinde sevgiyle dolaştığı zamanları. Gözleri muhakkak hatırlardı, kendisini göz bebeklerinde izlediği sevgiliyi... onun, içi eriyerek, aşkla bakışını... bedeni nasıl unutabilirdi ki o tutkuyla, şefkatle, heyecanla kucaklaşmalarını, sevişmelerini. Onca duygu, onca sıcaklık nasıl yaşanmamış gibi yok olup gidebilirdi? Ama gidecekti işte, bitecekti, unutulacaktı. Kendisi farkına varmadan, kontrol edip durduramadan, akıp gidecekti anılar; kara, kapkara bir canavarın nefesinde bir daha hatırlanmamak üzere dipsiz bir kuyuya çekileceklerdi. O, karanlığın içinde, geçmişi olmadan, düşleri olmadan, sevdiklerini tanımadan, yalnız kalacaktı, yapayalnız. Ne garipti ki hayatı boyunca, fiziksel yalnızlıktan daha çok ruhsal yalnızlık acıtmıştı canını ve şimdi de böylesine bir terk edilmişlik yaşayacaktı. Bildiği anılar, simalar, hepsi ondan uzaklaşınca çıplak, çırılçıplak kalacaktı hasta ruhu. Birden, çaresizliğinin girdabında kendisini simsiyah bir girdaba çekiliyor gibi hissetti. Boğazına oturan bir yumru soluğunu kesti. Gözyaşlarına hâkim olarak yerinden kalktı. Kocası başını kitabından kaldırıp, “Bir şey mi istedin sevgilim?” dedi.

“Evet.” dedi, yumuşacık bir sesle, ona doğru ilerlerken, “Sana sarılmak istiyorum.”

Atlas gülümseyerek kitabını kapadı ve kollarını açtı. Maya munis bir kedi gibi kocasının yanına ilişti ve onun kolları arasına yumuldu. Atlas onu sıcacık kucakladı, dudaklarını saçları ile alnı arasında sevgi öpücükleriyle dolaştırdı. Hiç sormadı, “Aklına ne geldi? Ne oldu birdenbire?” diye. Onun narin bedenini sonsuza dek koruyabilmek arzusuyla sarmaladı sadece. Maya, başı kocasının göğsünde, onun açık gömlek yakasından yayılan teninin aşk kokusunu içine çekerek sessizce anının tadını çıkardı. Az önce aklından geçenler ile yaşadığı yalnızlık ve karanlık korkusu nispeten yatışmıştı. Başını kaldırdı, kocasının göğsünü, boynunu öptü. Sonra sağ eliyle onun yanağını avuçlayarak gözlerinin içine baktı. “Ne olur... yalvarırım...” diye mırıldandı, “... yalvarırım, seni unutmama izin verme...” Bakışları bir diğerinin gözbebeğindeki hüzünlü denizde kucaklaştı.

♡♡♡

Yılbaşından sonra Maya ve Buket, arada bir başbaşa çıktıkları öğle yemeklerinden birisindelerdi. Genellikle iş paydosunda dolan restoran nispeten boşalmış, geldiklerinden beri havadan sudan, çocuklardan, geçmiş hikâyelerden oluşan sohbetleri, Maya’nın sağlığına gelmişti. Hem Maya’nın çok iyi bir arkadaşı, hem bir doktor karısı olarak Buket her sorusunun, her kelimesinin ne kadar büyük önem taşıdığının farkında, kelimelerini itinayla seçiyordu. Söylediğine samimiyetle inandığı belli bir tonda, “Seni pes etmemiş ve yaşamına sahip çıkıyor görmek beni çok mutlu ediyor Mayacığım.” dedi.

“Teşekkür ederim canım. Elimden geleni yapıyorum. Ama gittikçe zorlaşıyor. Süreci geciktirmek için yaptığım her şeyde, yavaş yavaş daha zorlanır oldum. Konuşmamdaki değişikliğin farkında mısın?"

"Her zamanki gibi düzgün konuşman. Ne var farklı?"

"Konuşmamın ağırlaştığını fark etmedin mi?"

"Şimdi sen söyleyince evet."

"İşte, kendime düşünme payı alıyorum. Yanlış bir şey söylememek için."

"Şu ana kadar yanlış söylediğin bir şey olmadı bugün."

"Kendimi nasıl zorladığımı anlatamam sana. Ama pes etmeyeceğim. Şimdilik, belki yine fark etmedin ama, unuttuğum kelimelerin yerine benzer bir şeyler yerleştiriyorum. Ufak ufak şeyler, unuttuklarım. Sonra daha önemli şeyleri unutacağım. Sonra hayatın kendisini unutacağım..."

Burada bir an durdu. Söyleyeceklerini unuttu mu, yoksa söylemekten vaz mı geçti, anlayamadı Buket. Sessizce bekledi. Maya konuşmasına devam ederken ses tonu sakin, duruma hâkim, acındırma duygusundan uzaktı.

"... ve öleceğim..."

"Lütfen, yapma..." diye onu susturmaya çalıştı arkadaşı ama Maya durmadı.

"Ama" dedi, "işin en hüzünlü tarafı ne biliyor musun, ölmekte olduğumu dahi bilemeyeceğim... Sadece öleceğim... Daha ne kadar basit olabilir ki ölmek... Yaşadığını dahi bilmeden, ölümün korkusunu hissetmeden, endişe duymadan..."

"Beni üzüyorsun Maya, kendini yıpratacaksın böyle."

"Hayır Buketçiğim. Bunlar hep özterapimin bir parçası. Konuştukça ne kadar doğal kabullenmem gerektiğini fark ediyorum. Tek derdim, yapacağım yanlışlar karşısında sevdiklerimi ne kadar üzeceğim."

"Yanlış diyemezsin ki olacaklara. Ne yaparsan yap Maya, bunun suçlusu sen olmayacaksın hiçbir zaman, bunu bil. Seni sevenler de bunu bilecek."

"Biliyorum suçlu olan hastalığım ama onu kimse görmeyecek. Bana bakınca, ben konuşunca beni görecek herkes. Alzheimer ise saklanmış beynimin içinde, oradan yiyor beni... Bir tek ben biliyorum orada olduğunu. İçime girmiş beni kontrol eden kötü bir uzaylı gibi. Dışarıdan insan gibi, Maya gibi görünüyorum ama bir müddet sonra o canavarın istediklerini yapıyor, dediklerini diyor olacağım ve beni kötürüm etmesine, yetilerimi engellemesine ses çıkaramayacağım. Yedirmeyecek bana, içirmeyecek, nefes aldırmayacak... öyle, sinsi, ölmemi bekleyecek."

"Ah Maya..."

"Bırak içimi dökeyim Buketçiğim. Bunları başka kimseyle konuşmam mümkün değil. Senin içini karatmak için anlatmıyorum bunları. Bana acıman için de değil. Ama anlaman için paylaşıyorum. Hislerimi anlaman için. En azından şimdi daha anlatabiliyorken paylaşmak istiyorum. Ölümün kendisi değil beni korkutan. Bunu daha evvel söylemiş miydim bilmiyorum. Belki de sana değil, belki Atlas'a söylemişimdir, bilemiyorum. Artık tekrarlıyorum çok şeyi."

"Hayır canım, bana söylemedin bunları daha evvel."

Gülümsedi Maya, "İyi o zaman." dedi, "Bu da iyi bir şey... Ne diyordum en son?"

"Ölümün kendisi değil beni korkutan, diyordun."

"Evet, ölümün kendisi değil, farkında olmadan ölecek olmam beni korkutan. Korkutmasından ziyade... Yani yaşadığımın bile farkında değilken ölüm öylesine gelecek. İnan, yüzleşerek ölecek olsam bu kadar ağrıma gitmeyecek. Beni kalleşçe ele geçirmesi, ota çevirmesi, yaşamımı kaybettiğimi dahi anlayamadan ölümle buluşturması fikri çok adi, çok hakince geliyor." Sonra sinirli bir kahkaha attı, "Düşünsene, şımaramayacağım, şikâyet bile edemeyeceğim, kızamayacağım, isyan edemeyeceğim."

"Benim tanıdığım Maya, ne olursa olsun, hiçbir zaman şımarmazdı, şikâyet de etmezdi zaten."

"Belki de onun için bana yapıştı Alzheimer." derken, sohbete eğlenceli bir dokunuş yapmaya çalışıyor gibiydi Maya, devam etti, "Tam kendime göre." Cümlesi bitince tekrar ciddileşti. "Buketçiğim, seninle bugün konuşmak istememin esas sebebi..."

"Ne istersen."

"Sana güvenebileceğimi biliyorum... Ben ben olmaktan geçince Atlas'ın yapayalnız kalacağını biliyorum. Tabii ki o anlamda değil, çocuklar var, sizler varsınız. Ama o evde, ruhen ve duygusal olarak büyük yalnızlığa düşecek. İçine kapanmasına izin vermeyin, olur mu? Yalnız ve kırgın yaşamasını istemiyorum. Ben Maya olmaktan çıktığım zaman lütfen, hayatına birini alması için ona destek olun."

"Şimdi saçmalıyorsun işte."

"Hayır, son derece cidddiyim. Çocuklardan da aynı şeyi rica ettim. Kendisine bu konuda bir şey söyleyemiyorum, dinlemiyor bile, konuyu kapatıyor. Ona göre ben yeneceğim bu illeti ve Alzheimer'ın tahine geçeceğim, mucize kadın olarak."

"Onu suçlayamazsın." dedi Buket acı bir tebessümle, "Sen onun hayatının mucizesisin. O inanıyor senin mucizene. Ayrıca, sana söyleyeyim mi kocam da olsa, doktor da olsa, Murat ne derse desin, kitaplar ne anlatırsa anlatsın, ben de bu konuda Atlas gibi düşünüyorum. Sen bunu aşacaksın."

"Şu an aştığım bir şey varsa, sadece hastalığın kendi yolu Buketçiğim. Murat'ın olacağını söyleyip de olmayan bir şey yok. Biliyorsun kocan nasıl yorumluyor durumumu: Entelektüel zekâmla bir müddet uyutabilirmişim insanları."

"Haydi Maya, öyle bir şey demedi hiç."

"Şaka ediyorum canım. Tabii, aynen bu kelimelerle söylemedi ama aşağı yukarı bunu demek istedi."

"Kendini çok hafife alıyorsun. Sen çok güçlü ve çok zeki bir kadınsın."

"Kendimi hafife almıyorum. Tabii ki almıyorum. Ama düşmanımın da hakkını vermem lâzım. Yabana atılır bir şey değil."

O gülümserken, Buket neredeyse ağlamak üzereydi. Sesi titreyerek, "Mayacığım" dedi, "hasta olan sensin ama inan şu anda benden kuvvetlisin. Benim sana güç vermem gerekirken, çaresiz hissediyorum kendimi. İyi bir arkadaş olamıyorum sana. Özür dilerim."

Maya masanın üzerinden elini uzatıp onun elini tuttu, "Sakın!" dedi, "Sakın söyleme böyle. Nasıl iyi arkadaş olmazsın? Baksana kocamı üzmeyeyim diye sana açıyorum bazı dertlerimi. Beni dinliyorsun, anlıyorsun. Daha nasıl iyi arkadaş olunur?"

"Biliyor musun, Murat'ın da bu kadar senedir, hiçbir hastası için bu kadar içlendiğini görmedim. Her bir problemi çok ciddiye alır, her hastası onun için özeldir, hepsine karşı şefkatli ve sevecendir. Başlarına gelenden üzüntü duyar ama sonunda profesyonel. Kendini duygusallığa kaptırmamaya, tıbbın gereğini yapmaya çalışır. Senin için farklı durumu. Onu ilk defa bir hastasının problemiyle özdeşleşmiş görüyorum. Sen onun için kardeş gibisin, biliyorsun."

"İşte bu sebepten, beni sevenlere verdiğim üzüntü de ayrıca kederlendiriyor beni. Kendimle ilgili duygularım ise bambaşka, tarifi çok zor. İçimde müthiş bir hüzün var. Ama bana ait bir hüzün değil de sanki... sanki hastalığın kendisi hüzün. Öyle beynime çöreklenmiş, oradan yüreğime, ruhuma uzanıp sarmış gibi... Şimdi, demin dediğime geri gelirsek, benim ota dönüşmeye başladığımda, Atlas'ın..."

"Bir de unutmaktan bahsediyorsun. Hâlâ aynı yerde takılısın, bak."

"Çünkü, bugün buluşmak istememin en büyük sebebi seninle bunu paylaşmaktı. Hem uzun zamandır düşündüğüm, hem de halletmek istediğim bir konu bu. Çocuklarla da paylaştım."

"Onların reaksiyonu ne oldu?"

"Seninle aynı."

"Aklın yolu bir, gayet tabii. Sen Alzheimer oldun diye kocana çöpçatanlık mı yapacağız? Olur mu öyle şey?"

"Çöpçatanlık yapın demiyorum. Ama yalnız kalmaması konusunda destek verin diyorum. Eminim, karşısına sağlıklı, hoş, hâtta daha genç çok kadın çıkacaktır..."

"Maya, yeter lütfen. Benden bunu isteme. Şu an ben seni karşımda durduğun halinde biliyorum ve bu konuyu konuşmak dahi bana ağır geliyor."

"Ağır ya da hafif Buketçiğim, aklında tut bu isteğimi lütfen. Atlas duygusal, sanatçı, romantik bir erkek. Çok sevilmeye alıştı. Çok eksikliğini hissedecek ben ona veremeyince."

"Atlas herhangi bir sevginin değil, senin eksikliğini hisseder hissedecekse."

"İşte, o boşluğu dolduracak birileri olmalı hayatında. Ona hem sevgili, hem arkadaş olacak, yaşamı paylaşacak..."

"Nasıl bir kadın olacak o? Alzheimerlı karısına âşık bir erkeğin hayatında stepne gibi olmayı hangi kadın ister?"

"Şaşarsın kaç böyle kadın olduğuna." dedi Maya. "Ayrıca beni boşaması da bir çare olabilir. Mahkemede bence son derece geçerli bir mazeret."

"Atlas'ın seni Alzheimer olduğun için boşayacağına inanabiliyor musun? Gerçekten çılgınsın sen. Normalde dünden boşanmaya hazır çiftler bile böyle durumlarda vicdan azabı korkusuyla boşayamıyor eşini. Sen Atlas'tan bahsediyorsun burada."

"Haklısın, gerçekçi olmadı söylediğim... Ama başka bir şey yapabiliriz."

"Neymiş o benim çılgın arkadaşım?"

"Ben dibe vurmadan boşanabiliriz. O zaman Atlas'ın yolunu açmış olurum ilerisi için."

"Eh, pes Mayacığım! Gerçekten bu hastalığın sana vurmaya başladığına inanacağım. Ağzından çıkanı kulağın duyuyor mu senin? Benim bir içkiye daha ihtiyacım var."

Buket işaretle garsonu çağırıp bir kadeh daha Chardonnay rica etti sonra Maya'nın yüzüne baktı, dikkatle. Onun, "Şaka! Şaka!" diye haykırmasını ve söylediklerinin bir oyundan ibaret olduğunu söylemesini bekledi. Ama öyle olmadı. "Sen ciddisin." diye mırıldandı Buket.

"Evet" dedi Maya, "ciddiyim. Benden sonra Atlas'ı düşünmem lâzım. O gün bu kaostan koruyamayacağım onu. Ama bugün, hâlâ imkânımız var."

"Kusura bakma" dedi, "seni ciddiye alamıyorum."

"Şimdi belki. Ama ileride artık bana değil, Atlas için üzüleceğiniz o gün gelince anlayacaksın ne demek istediğimi. Umarım sana söylediklerimi hatırlarsın."

"Merak etme, bunları unutmam mümkün değil."

"Sevindim o zaman."

"Nasıl bir kadınsın sen, kuzum?"

"Neden?"

"Hangi kadın kocası bir başka kadınla hayat kursun diye program yapar?"

"Ot gibi yaşamaya ve ardından ölüme mahkûm bir kadın."

"Yok, sadece sen. Normalde kadınlar, 'Benden sonra kimler olacak hayatında?' düşüncesiyle kendi beynini yer bitirir."

Maya uzun, tatlı bir kahkaha attı, "İlâhi Buketçiğim" dedi, "benim beynim zaten kendi kendini yiyor. Daha ne olabilir ki?"

"Ne kadar dayanıklısın. Nasıl gülebiliyorsun? Atlas'a inanıyorum. Bu Alzheimer pes edecek senin karşında. O zaman bugün konuştuklarımızı hatırlayıp gerçekten güleceğiz beraber."

Maya masanın üzerinden elini uzatıp onun elini tuttu, "Ah, canım arkadaşım..." dedi, "İnan, nasıl isterdim öyle bir gün gelmesini... Nasıl isterdim..."

# 16

Maya'nın bakımevini görme ısrarlarından sonra, o gün Murat'la buluşmak üzere Altın Göl'e yola çıkmışlardı. Atlas, bu ziyaretin, karısını oraya götüreceği günlere yaklaştıklarını hatırlattığı için rahatsız, Maya ise son derecede sakin ve keyifliydi. Vadiyi kaplayan ormanın içindeki yolda bir müddet yol aldıktan sonra "Altın Göl Dinlenme Evi" işaretini gördükleri yerden saptılar. Sağlarında kalan gölün üzerindeki orman yolunda tabelâları takip ettiklerinde yüksek, çok şık siyah ferforje büyük bir kapının önünde durdular. Kapının ardındaki koruma kulübesinden çıkan yetkili Atlas'ın ismini ve kimliğini aldıktan sonra kapıları açtı. Ormanın tabii, sık ağaçlığından sonra, özenle ve plânlı ekilmiş ve çiçeklik alanlar açılmış geniş bir bahçe çıkmıştı karşılarına.

"Baharda herhalde harika oluyordur." dedi Maya, kurumuş dalların sardığı pergolalara, süs havuzlarının etrafındaki tarhlara bakıp. Az ötelerinde Altın Göl Dinlenme Evi'nin binası karşılarında duruyordu. Maya hayretle "Atlas, bakar mısın o eve ne kadar benziyor." dedi, şaşkınlık içinde.

"Hangi eve bir tanem?"

"Hani bir yaz gitmiştik ya, Hamptonlarda."

Atlas, karısının hatırlatması üzerine binaya daha dikkatli baktı. Ön tarafındaki sütunlar arasında kalan verandaları, geniş pencere ve balkon camlarını gölgelendiren bordo tenteleriyle iki katlı beyaz yapı, gerçekten de renkleriyle değilse de mimarisi itibariyle birkaç yıl önce ailece Hamton kumsalında kiraladıkları büyük evi andırıyordu. Ancak burada aynı plân, binanın sağına ve soluna doğru birkaç kanat daha uzatılmıştı.

"Gerçekten" dedi, Atlas "sanki aynı mimar çizmiş."

"Onun kepenkleri bordo, yeşil, beyazdı. Sütunlarındaki işçilik farklıydı. Ama fark etmez. Beni o yaza götürmesine yetti. Çok sevdim."

"Bu kadar detayı nasıl hatırlıyorsun?"

"Bilmem. Çok benzediği için belki."

Kapıdan girer girmez mis gibi lâvanta sabunu kokusu geldi Maya'nın burnuna. Bantta hafif, huzur verici bir meditasyon müziği çalıyordu. Parke kaplı geniş fuayenin diğer ucundaki resepsiyonun iki tarafında doktorlar, idari personel ve nekahet döneminde bakım için kalan hastalara ayrılmış üst kata çıkan merdivenler yer alıyordu. Resepsiyondaki güler yüzlü genç hemşire karşıladı onları.

Az sonra Murat'la birlikte evi gezmeye başlamışlardı. Maya, âdeta yeni bir aile evi almaya çıkmışlar gibi heyecanlı ve dikkatli izliyordu her şeyi. Özellikle de hastaları. Bir tarafı giriş cephesine, diğeri göle birleşen bahçeye bakan büyük salona girdiklerinde önce göl bahçesine açılan balkon kapısının yanındaki piyanodan yükselen ses duyuldu. Bebek yüzlü bir genç kız Chopin'in uvertürünü çalıyordu. Maya onun bu yaşta bu eve gelmiş olabileceğine hayret ve üzüntü duyarak bakıyordu ki, "O hastamız değil." diye fısıldadı Murat, "Her gün iki saat gelip çalıyor hastalarımız için. Konservatuar talebesi kendisi."

Maya rahatlamıştı. Atlas'a dönerek, "Bak, ben yatınca buraya, sen de gelir çalarsın." dedi ve güldü. Atlas bunda komik bir şey bulmamış, tam aksine huzursuz olmuştu. O günleri düşünmek dahi istemiyordu ama kaçış yoktu şu an. Tam içinde, göbeğindeydiler, Maya'nın gelecekteki adresinin.

"Burada sakinlerimizin rahat etmeleri için rutin bir düzenleri olmasına çok özen gösteriyoruz. Personel, açtığımız günden beri bizimle olan ekip. Çok eliyoruz seçerken ama sonra da bizimle kalmaları için sahip çıkıyoruz. Değişkenlik en kafa karıştırıcı durumdur bizim hastalarımızda. Diğer taraftan her sakinimiz kendi bünyesine, o günkü enerjisine göre bir saatte uyanır, yer, tekrar uyur veya meşgul olur. Öyle sıkı, disiplinli bir hastane rejimimiz yok."

Maya doktorunu dinlerken bir taraftan da etrafı gözlüyordu. Evin kimi sakini kendisi, kimi yürüteciyle, kimi tekerlekli sandalyesinde bakıcısıyla hareket halindeydi; kimi iskemlesinde, hareket etmeden, boş gözlerle manzaraya bakıyordu. Bir masada yapbozla uğraşan, bir diğerinde yazı yazan, sohbet ederek çay, kahve içenler, grup halinde domino veya tombala oynayanlar, gözlerini kapamış bir maestro edasıyla hayâli bir orkestra idare eden, herkesten kopmuş, oturduğu koltukta kendi kendine sözleri anlaşılamayan bir melodiyi söyleyen, birkaçı kendisinden daha genç, çoğu yetmişlerinin üstünde hastalar Maya'nın çok ilgisini çekmişti. Kendisini onların arasında görmeye çalışıyor ama bir yere oturtamıyordu.

"Kocacığım" dedi, "sen haklıymışsın. Benim buraya gelmem için daha erken."

Murat yeri gelmişken fikrini belirtmek istedi: "Mayacığım, ben de Atlas'la hem fikirim. Şu an, çok daha ileri safhayı yaşayanlarla birlikte olman seni ruhsal ve zihinsel olarak aşağıya çeker, demoralize olursun ve başka sıkıntılar yaratır. Gerçi, burada hastalığının daha en başında olanlar da var ama onlar ya aileleri uzakta yaşamasına rağmen buraya güvendikleri için yerleştirilen veya hiç kimsesiz olup varlıklarını bağışlayarak durumları zorlaşmadan önce buraya gelenler. Sen daha uzun müddet evinin, sevdiklerinin tadını çıkaracaksın, çıkarmalısın."

Maya piyanonun arkasındaki koltukta yan yana, el ele oturmakta olan seksenli yaşlardaki çifti gösterip "Karı kocalar mı?" diye sordu.

"Hayır. Kadının kocası şurada gazete okuyan."

"Anlayamadım. O da mı Alzheimer?"

Atlas da dikkatini o taraf yöneltmiş, bu garip durumun izahını merakla bekliyordu.

"Hayır, kocasında bir problem yok. Haftada bir karısını ziyarete geliyor. Ama kadın onu tanımıyor. O arada bir erkek hastayla bir yakınlık kurdular. Bir şey olduğundan değil. Birbirlerini ne tanıyorlar, ne isimlerini hatırlıyorlar. Konuşmuyorlar da. Ama her gün kahvaltıdan sonra buraya geldiklerinde yan yana, el ele oturuyorlar."

"Zavallı kocası." diye mırıldandı Maya. "Nasıl tahammül ediyor böyle bir şeye?"

"Başka çaresi yok. Ne yapabilir ki?"

"Kendisini aldatılmış hissetmiyor mu?"

"Çok zor kabullendi. Ağladığı bile oldu. Ama şimdi anladı ki orada oturan onun bildiği karısı değil artık. Beyninde, kendisine ait hiçbir şey kalmamış bir kadın. Bunun bir aldatma olmadığını kabullendiğinden beri de rahatladı."

"Bu büyük bir azap olmalı." diye acıyarak baktı Maya, adama.

"Hiç kolay değil, ama geri döndürebilecek bir durum yok. Fakat hiç ihmâl etmeden hâlâ her hafta geliyor. Karısı bazen onunla da konuşuyor, bir misafiri gibi. Bazen ona hiç bakmıyor bile. Bugün de o günlerden biri."

"Çok acıklı" diye mırıldandı Maya, "çok acıklı."

"Hatırlar mısınız, size söylemiştim, bir yerden sonra hastanın kendisinden ziyade sevenleri için acı olur bu hastalık diye. İşte, bu o örneklerden biri, canlı, karşınızda."

Atlas bu kısacık hikâyenin içinde Maya ile kendisinin başına gelebileceklerin, tahmininin ne kadar ötesinde trajik olabileceğini fark etmişti.

"Şurada tombala oynayan beyi görüyor musunuz?" diye onların dikkatini oturma köşelerinden birine yönlendirdi Murat. Erkek yetmişlerinin çok üzerinde olmalıydı. Ama yüzündeki çizgiler dışında her şey yaşıyla ilgili aldatıcı olabilecek gibiydi. Kolalı beyaz gömleği, boynunda portakal rengi fuları, üzerinde siyah kadife yeleği, kotu ve ilk defa giyilmiş gibi gıcır gıcır siyah rugan mokasenleriyle, yaşına inat, bir moda mecmuasından çıkmış gibi duruyordu. Bir elini briyantinli kır saçlarında tarar gibi gezdirirken kendisinden çok emindi. Karşısında oturan hanımla konuşurken ona oldukça cüretkâr bir tavırla göz kırpması dikkatten kaçacak gibi değildi. Aşağı yukarı aynı yaşlardaki, bir zamanlar bir âfet olduğu belli hanım hasta hayatından memnun, kıkırdadı ve o da ona bir şey söyledi.

"Onlar kim?" diye sordu Maya.

"Bu bey, tam anlamıyla bir kadın fatihi. Hep öyleymiş, çocuklarının söylediğine göre. Enteresan olanı artık oğullarını tanımamasına rağmen karakterinin bu yönünü hâlâ yaşamakta."

"Karşısındaki hanım mı şimdi aşkı?" diye sordu Atlas.

"Bugünlük o. Dün başkasıydı, yarın bir başkası olacak. Her gün birini tavlıyor, ona kur yapıyor. Sonra sıra yine birine geliyor."

"Diğer hanımlar kızmıyor mu bu duruma?" diye, şaşkınlıkla sordu Maya.

"Hatırlamıyorlar ki, alınsınlar. Ertesi gün ne kendisi, ne mavi boncuk dağıttıkları anımsıyor. Hepsi birden yeni bir güne başlıyor."

"Çok trajikomik. Çok acıklı olmasına rağmen gülmek istiyor insan."

"Öyle çok değişik hikâye var burada Mayacığım."

"Biliyor musunuz, aslında burada sırf bu hikâyeleri yazmak için kalınabilir. Keşke hafızam ve kalemim eskisi kadar kuvvetli olsa, sadece bu insanları yazmak için buraya yerleşirdim. Ama diyeceksiniz şimdi, 'Seni kim yazsın?' diye."

"Sen şimdi daha iç açıcı şeyler yazmaya bak bence." diye, endişeli bir sesle konuştu Atlas.

Murat'ı takiben hobi atölyelerini, jimnastik salonunu, kapalı yüzme havuzunu, meraklı hastaların kendilerine ait ekim köşeleri olan serayı gezdiler. Sıra odalara gelmişti. Hepsi ya ormana, ya bahçe ve göle bakan manzaralı, banyosu, oturma ve yemek köşesi, televizyonu, gardrobuyla, hemen yerleşmeye hazır bir düzendeydi. Sadece ebatları ve dekorasyonları farklıydı.

"Hastalarımızın rahat hareket etmesi, kafa karışıklığı yaşamaması için olabildiğince sade tutuyoruz." dedi Murat, "Fuzuli eşyalar, dönemeçler, sivri köşelerden arındırılmıştır odaların hepsi. Yataklar özellikle alçak tutuldu ki hasta kontrolsüz bir anında düşerse problem olmasın.

"Ama çok şık, ev gibi." dedi Maya.

"Sakinlerimizin o duyguyu almaları da çok önemli. Burasını bir hastane, terk edildikleri bir bakımevi gibi değil, ziyarete geldikleri bir arkadaş, bir akraba evi gibi hissetmelerini istiyoruz."

O sırada önlerinden geçtikleri odanın kapısı açılmıştı. Bir hemşire ile koluna girmiş olduğu dizlerini kırarak, ağır adımlarla yürüyen orta yaşlarında bir kadın koridora çıktılar. Murat'ı görür görmez dudaklarında bir gülümseme yayıldı kadının ama doktorun hatır sormasına bir karşılık vermeden hemşiresiyle yürümeye devam etti. Kapıyı tutarak bekledi Murat ve Maya'ya dönerek, "Burası standart odalarımızdan biri." dedi. Kapının ağzından içeriye bakarken koltuğun üzerinde duran, mecmuadan kesilmiş fotoğraf karşısında üçü de şaşkınlık içinde kaldı. Atlas'ın, son oynadığı diziyle ilgili verdiği bir röportajda çekilmiş fotoğrafı odaya en hâkim yerde durmaktaydı.

"Senin bir hayranın demek." dedi Maya, dudaklarında bir tebessümle.

"Bu, yeni bir durum." dedi Murat. "Kocası ziyaretine geldiğinde o koltukta otururdu. Sonra vefat etti. Kadıncağız kocasının vefatını anlayacak olmaktan çok uzak bir durumda. Yasını da tutması söz konusu değildi. Ama ne var ki eksikliğini hissediyor olmalı, o koltuğu hiç boş bırakmıyor. Önce Richard Gere'in resmini koymuştu, sonra Brad Pitt aldı yerini. Bugün de sen..."

Maya kocasının yanağını okşarken şaka yollu, "Umarım sen kalıcı olursun." dedi, "Diğerleri tutunamamış."

"Çok komiksin..." dedi Atlas, karısına bu işi şakaya vurduğuna içerlemiş bir ses tonuyla Ama, gülmeden de edemedi.

Murat'ın kapısını açtığı bahçeye ve göle bakan geniş bir odaya girmişlerdi. Boydan boya pencereden giren manzara büyük keyif verdi Maya'ya. "Atlasçığım bak" dedi, "sanki bizim evden bakınca gördüğümüz yer."

"Burası süitlerimizden biri." diye izah verdi Murat.

"Ben gelirsem burada kalabilir miyim? Bayıldım manzarasına. Hem yeşilliğe, hem göle bakması harika! Ayırtılabiliyor muyuz oda?" diye sordu Maya, kolonla ayrılmış yatak odası bölümüne doğru yürürken.

Doktoru ile kocası bakıştılar. Atlas, bu konudan hoşlanmadığını belli eden bir tavırla kollarını göğsünde kavuşturup baktı.

"Şimdiden meraklanacağın bir konu değil. O zaman gelince halledilir." dedi Murat. Maya kapının önüne geldiklerinde takındığı heyecanlı, neşeli tavrı devam ettiriyordu. Sanki ölümünden önce son evi olacak bir yerde değil de bir tatil köyünde oda seçiyordu.

"Kendi eşyalarımdan getirmek istediklerim olursa?"

"Gayet tabii. Özel eşyalarını, değer verdiklerini, kendisi için anısı olan şeyleri getirebiliyor sakinlerimiz. Hâtta bu eşyalarla da yaşamak zorunda değiller. Odalarında rahat ve güvenli dolaşmalarını, oturup kalkmalarını engellemediği müddetçe istediklerini buraya alabiliyorlar."

"Harika!" dedi Maya, "Bu iş tamamdır. O gün gelince, odam burası. Yalnız komşum koltuktaki fotoğrafı değiştirmemişse, işimiz zor olacak. Kocamı kaptırabilirim."

Atlas, içinden gelmese de karısının ve Murat'ın gülüşüne katıldı. Evet, trajediden bile gülme payı yaratabilen bir kadına eşlik etmekten başka ne çaresi olabilirdi ki?

Murat'la vedalaşıp eve dönüş yoluna geçtiklerinde bir müddet sessiz yol aldılar. Sonra Maya "Atlasçığım" dedi, "iyi ki geldik. Şimdi, içim çok daha rahat. Ya senin?"

"Bir tanem, bunun benim için yürek rahatlatan bir tarafı yok. Ben seni kendi evimizden başka bir yerde görmek ve düşünmek istemiyorum."

"Ama benim isteğimi yerine getireceksin, değil mi?"

"Evet çünkü sana söz verdim."

"Böyle düşünürsek, nasıl buldun Altın Göl'ü?"

"Başka bir yerle tecrübem olmadı, bilemiyorum. Ama Murat'ın başında olması benim için bir güvence. Gördüğümüz kadarıyla da çok özenli bir yer."

"Evet. Ben sevdim. Hele her şeyi unutacağım bir dönemi düşünürsek, sanırım mutlu olabileceğim bir yer burası... Hikâyeler de ne kadar enteresandı, değil mi?"

"Bana enteresandan ziyade acıklı geldi."

"Senin için, şimdilik benim için acıklı. Ama o hastaların hiçbiri acıklı bir şey yaşadığını bilmiyor. Onlar, mutlu."

Atlas bir şey söylemese de Maya onun aklından geçenleri sezmişti. "Merak etme" dedi, "ben kimsenin beni ayartmasına izin vermem. Başka bir erkeğin elini tutacağımı da sanmıyorum. Zaten Murat da söyledi ya, bunlar geçici, günlük aşklarmış. Ertesi gün her şey yeniden başlıyormuş."

"Geçici olması neyi değiştirir ki? O adamcağızı düşünsene, her geldiğinde karısını öyle izliyor; nasıl altından kalkılır öyle bir duygunun, bilmiyorum."

"Sevgilim, bence bu yakınlıklara aşk denmez. Sanırım, kendilerine yabancı bir dünyada kayboldukları ve korktukları için el ele tutuşuyor, yakınlaşıyor o insanlar."

"Haklısın belki de. Ama birden, unutulan o eşlere karşı büyük bir haksızlık yaşanıyor hissine kapıldım."

"Evet bir tanem. Burada unutulan eşin yaşadığı büyük acı ve haksızlık. Esas yorgun ve bedbaht olan, Alzheimerlının eşi gerçekte. Hasta olan hayâli de olsa kendisine yeni hayatlar yaratıyor ama sevdiği, ondan ayrı düşen yaşamında acısı ve yalnızlığıyla baş başa kalıyor. Eşi hayatta ama bir dul olarak yaşamak zorunda. Bu büyük vicdansızlık. Unutulan eşlerin de yeni bir aşk yaşama şansı olmalı. Bence Alzheimerlının bilinçsiz aldatışı nasıl yadırganmıyorsa, hastanın eşinin de öyle bir çizgiden sonra bir başka ilişki kurması tabii karşılanmalı."

"Ne diyorsun sen Allah aşkına!"

"Ciddi söylüyorum. Ben o hallere düştüğüm zaman, hayatına birilerini almak hakkın."

"Maya..."

"Evet, bunu da yeri gelmişken söyleyeyim. Sakın, 'Kim ne der?' deme, 'Karım böyle istemişti' dersin."

"Maya! lütfen! Bu konuyu derhal kapatıyoruz ve bir daha da duymak istemiyorum."

Maya, bunca senelik kocasının, tahammül sınırının ne zaman tükendiğini ses tonundan bilirdi, sustu. Atlas onun elini avucuna alıp kendi dizine yerleştirdi ve müziği açtı. Konuşmaya devam ederlerse karısından yine tatsız bir şeyler duyabilirmiş de buna fırsat vermek istemiyor gibiydi.

Maya, eli kocasının elinde, başını arkaya dayadı. Camı hafif açtı. Aida Garifullina ve Dmitri Hvorostovsky'nin muhteşem düeti "Deja Vu" sessizliklerini süslerken, ormanın rutubetli toprak ve ağaç kokusu arabaya dolmuştu.

♡ ♡ ♡

Gözlerini açtığında niye bir trende olduğunu, ne zaman bindiğini anlayamadı Maya. Bir istasyonda durmuşlardı.

Kompartımanda, yanında ve karşısında oturan iki hastabakıcıdan başka kimse yoktu. Onların kendisinden sorumlu olduğunu hissedebiliyordu ama neden trendeydi? Neden Atlas yanında değildi? Nereye gidiyorlardı? Hafızasında bu yolculukla ilgili hiçbir bilgi yoktu.

"Nereye gidiyoruz?" diye panikle sordu. Yanında oturan hastabakıcı eliyle onun dizine bastırarak, "Şşştt!" dedi, gülümseyerek ama sert bir tavırla, "Meraklanacak bir şey yok. Bakımevine gidiyoruz."

"Atlas?"

"O gelmiyor. Biz götürüyoruz sizi."

Bu bilgiler Maya'yı ancak daha da korkutmaya yetmişti. Demek Altın Göl'e gitmiyorlardı. Orası evlerine arabayla sadece yarım saatlik bir mesafedeydi. Demek Atlas onu aldatmış, başka, çok uzakta bir yere göndermeye karar vermişti. Belki de bu sebepten yanında değildi. Yüzleşmek istememişti. Maya yerinden fırlayıp kaçıp inmek için davrandı ama bu defa karşısında oturan hastabakıcı uzanıp onun kollarını tuttu. Maya'nın direnecek gücü yoktu, anında çöküp kaldı yerine. Ağlamak üzereydi. Yardım istemek üzere boş perona bakındı. Birden evdeki çalışma masasını, iskemlesini, salondaki kanepeyi taşıyan adamlar arka arkaya geçmeye başladılar perondan.

"Bu eşyalar..." dedi Maya, "Bunlar benim! Nereye götürüyorlar? Kim bu adamlar?"

"Sakinleşin Maya Hanım." dedi, yanındaki sahte tebessümlü, sert sesli hastabakıcı. "Bakımevindeki odanız için. Yabancılık çekmeyin diye onları da gönderiyor Atlas Bey."

"Atlas nerede? O nerede?"

"Haydi ama, sakin olun Maya Hanım. Çok seveceksiniz yeni evinizi."

"Nereye götürüyorsunuz beni?"

"Biz sadece sizin rahat yolculuk yapmanız için yardımcı oluyoruz. Sakinleşin."

Maya olduğu yerde çırpınarak haykırdı. "Hayır! Ben bir yere gitmek istemiyorum. Kocamı istiyorum ben. O nerede?"

O arada trenin ıslığı duyuldu ve ardından harekete geçti. Maya kendisini yardım alabileceği son duraktan da ayrılıyor hissiyle aciz ve kapana kısılmış hissediyordu. Camı yumruklarken ağlamaya başladı. Yanındakiler artık çok sıkı tutmuyorlardı onu. Bu, içini rahatlatmadı. Tam aksine, kaçabileceği bir durum olmadığını gösteriyordu. Perondan ayrılıp hız almaya başlamışlardı ki, trenin ön tarafından savrulup raylarda parçalanarak dağılan eşyaları fark etti. "Bunlar benim!" diye bağırdı, "Niye atıyorlar eşyalarımı?"

"Gittiğimiz yerde onlara ihtiyacınız yok artık." dedi karşısındaki hastabakıcı. "Onlar sizi yola çıkana kadar rahat hissettirmek içindi."

Maya haykırmak için ağzını açtı ama sesi boğazında takılıp kaldı. Vücudu pelteleşmişti âdeta. Elinin parmaklarını dahi kıpırdatamıyordu. Tren yolunun iki tarafında yer alan derin ormanın içinden süratle geçiyorlardı. Ağaçların nispeten seyreldiği yerlerde hayâl meyâl gölün mavisi görülebiliyor, sonra tekrar görüntü yeşillerle kaplanıyordu. Bir an için Altın Göl Dinlenme Evi'ni görür gibi oldu fakat çok çabuk geride kaldı o da. Bütün vücudu uyuşmuş, hareketsizdi ama çaresizlik ve korku hissini çok net hissediyordu. Katatonik bir hasta gibiydi. Kendisini nereye götürdüğünü bilmediği trende, sonraki hayatının nasıl olacağına dair ipuçları veren iki hastabakıcıyla gidiyordu. Tren biraz daha hızlandı, hızlandı, hızlandı. Artık dışarıdaki ağaçlar dahi seçilemiyordu süratten. Hıçkırarak ağlıyor olmalıydı ama sesini kendisi bile duymuyordu. Yanaklarına inen yaşları, teninde bıraktığı sıcaklıktan hissetti. Ancak silmek için elini bile kaldıramadı... Uzaktan isminin çağrıldığını duydu. "Maya! Mayacığım!" Bu, Atlas'ın sesiydi. Demek onu terk etmemişti, orada bir yerde, yakınlarındaydı. Omuz başlarındaki sıcak teması, yanaklarının okşandığını hissetti. Evet, kocası hemen yanında olmalıydı. "Atlas..." diye mırıldanabildi, "Atlas..."

Kocasının yumuşacık sesini duydu. "Bir tanem, buradayım, buradayım canım benim." derken onun gözlerindeki yaşları siliyordu. Onu görmek için başını tren yolundan diğer tarafa çevirdi. Hasta bakıcılar yok olmuştu, trende de değildi. Yatağında yatıyor, Atlas lâmbanın ışığında, endişe içinde üzerine eğilmiş, yüzüne bakıyordu.

"Buradayım bir tanem. Kâbus gördün. Her şey yolunda, buradasın, benimlesin."

Maya, rüya içinde rüya görmediğine emin olmak ihtiyacıyla kocasının yüzüne dokundu, parmaklarını saçlarından geçirdi, etrafına bakındı. Evet, emniyetteydi. Atlas onu meçhuldeki bir bakımevine göndermemişti. Hastabakıcılar kâbustu, tren kâbustu. Birden rahatladı, gerilmiş sinirleri, bedeni gevşedi ve hıçkırıklarıyla gözyaşlarına hâkim olamadı. Atlas karısını kollarının arasına aldı ve öperek, okşayarak teskin etmeye çalıştı.

Maya neden sonra sakinleştiğinde, gördüğü kâbusu anlattı kocasına. "Bir tanem" dedi Atlas, "bu bakımevi konusunu artık kafana takma lütfen. Seni nasıl yıpratıyor, görmüyor musun? Dün yol boyu ettiğin o lâfları da bir daha duymak istemiyorum senden. Anlaştık mı?"

Maya hiç ses çıkarmadan yattı kocasının kucağında. Daha hâlâ o tiz düdük, çalışan lokomotiften, raylardan yayılan sesler kulaklarındaydı. Beyaz önlüklü iki hastabakıcı yarattıkları dehşetle henüz orada gibilerdi. Aynı kâbusa dönebilirim korkusuyla gözleri açık bir müddet uzandı, başı Atlas'ın göğsünde. Sonra yorgun, farkına bile varmadan tekrar daldı uykuya.

# 17

Atlas çalışma odasında terasa bakan kanepesine gömülmüş yeni bölümün senaryosunu çalışmaktaydı. Maya elinde sarı kartondan bir dosyayla içeri girince başını okuduklarından kaldırdı, "Bir şey mi istedin canım?" diye sordu.

Maya, "Yok, teşekkür ederim." dedikten sonra masaya bıraktı zarfı. Kalem kutusundaki ispirtolu kalemlerden kırmızı renklisini aldı, dosyanın üzerine bir şeyler yazmaya başladı. "Olmadı." dedi kendi kendine. Onu bırakıp bir başka renk kalem aldı, aynı harflerin üzerinden gitti. Atlas, karışmadan ama yakından izliyordu karısını. Doğal değildi Maya'nın hareketleri. Bir kez daha başka bir renk kalem seçip yazdıklarının tekrar üzerinden geçti. Atlas dudaklarını ısırarak onu izlemeye devam etti sabırla. Maya kalemlikteki tüm renkleri aynı harflerin üzerinde kullanmaya devam ediyordu. Atlas nihayet dayanamayıp sordu.

"Ne dosyası o sevgilim?"

"Bankanın dosyası. Şimdi hazırlıyorum."

"Canım, banka dosyasını odandaki kitaplıkta yerine koymuştum ya. Yeniden düzenlemiştim, hatırlıyor musun?"

"O senin düzenin. Bu da benim banka dosyam."

"Aynı banka, aynı hesap, aynı işlemler. Niye iki dosya tutacağız, anlamadım ki."

"İşte, sen kendi dosyanı yapmışsın, ben de kendi dosyamı yaratıyorum."

"O dosyayı da sen yapmıştın, ben değil. Sadece hesabımız

müşterek olduğundan benim ekstrelerimi de oraya koyuyoruz."

"Yok, bunu ben yaptım. Diğeri senin."

"Peki, bütün evraklar diğer dosyada. Sen buna ne koyacaksın?"

"Elbet koyacak bir şey bulurum."

Atlas bütün uğraşına rağmen sabrının zorlandığını hissediyordu.

"Anlamadım..." dedi, "sırf inattan dosyaya banka adını verip içine başka şey mi koyacaksın?"

"Benim dosyam değil mi? İçine istediğimi koyarım."

Kocası ona yine ulaşamayacağının farkında, çaresizlikle bakıyordu. "Şaka ediyor olmalısın." dedi.

"Hayır, son derece ciddiyim."

"Pekiyi. Ne koyacaksın bu dosyaya, öğrenebilir miyim?" diye sorarken ayağa kalkıp onun yanına gitti Atlas.

"İşte... fotoğraflar."

Atlas, bıkkın bir sesle, "Ophelia ile Orpheus'un fotoğrafları mı?"

Maya dosyanın kapağında okşar gibi gezdirdi elini.

"Evet." diye cevapladı.

Maya romanı yazmayı bırakmasına rağmen hâlâ iki kahramanıyla ilişkisini kesmemişti. Atlas bundan ümitlensin mi, yoksa dertlensin mi bilemiyordu.

"Ne alâkası var sevgilim?" dedi, "Söyler misin, Banka hesaplarının dosyası olacak ise bu, senin roman kahramanlarının işi ne içinde; ne ilgisi var?"

"Şimdi var işte. Çünkü ben bu dosyada saklayacağım fotoğrafları."

Atlas karısının realiteden ne kadar uzaklaştığının farkındaydı. Ophelia ile Orpheus sanki onun hastalığının ilerleyişinde mihenk taşları olmuştu bir zamandır. Onu nasıl ikna edeceğini, durumu nasıl idare edeceğini bilemiyordu şu an. Sinirden gülmek ile ağlamak arasında sıkışıp kalmıştı duyguları. Derin bir nefes aldı, sakin kalmaya çalışarak sordu:

"Sonra hangi evrakın hangi dosyaya girdiğini nasıl takip edeceğiz?"

Maya, dosyası kolunda, odadan çıkarken cevapladı:

"Sen karıştırıp yok etmezsen, her şey yerli yerinde durur. Hiçbir şey karışmaz."

Atlas bir an olduğu yerde durdu, sonra kanepeye oturdu düşünceleri karmakarışık. Onun arkasından gidip konuşmasının bir fayda etmeyeceğini biliyordu. Maya böyle anlarında karşısındakini dinlemekten tamamen kopuyordu ve gerçek Maya'nın olmadığınca inatçı ve dediğim dedik bir tavır sergiliyordu. Bunların hepsinin hastalığın parçası olduğunu biliyordu Atlas ama sabrının derecesi hastalığın sendromlarıyla aynı hızda ilerleme gösteremiyordu. Bunun için de sadece ve sadece kendisine kızıyordu. Zavallı Maya, kendi beyninin zulmüne hâkim olamazken, anılarına, karakteristik davranışlarına sahip çıkamazken bir de onun duygularıyla nasıl uğraşabilirdi ki. Artık çok iyi fark ediyordu ki, yıllardır yıpranmayan bir aşkla yürüyen beraberliklerinin, evlerinin huzuru, dengesi, sıcaklığı, kavgasız, gürültüsüz huzurlu dünyalarının esas sebebi Maya idi. Her şeyi alttan alan, en ufak tartışmada suçlu aramadan özür dileyip aksayanı yeniden yoluna koyan, küskünlük daha yaşanmadan sıcacık sokulup gönlünü alan hep Maya olmuştu. Narin bedeninden taşan pozitif enerjiyle, problemlere sakin, yumuşacık yaklaşımı, sanki dipsiz bir kuyudan çektiği sabrıyla hep sevgiyi, aşkı, huzuru, mutluluğu davet eden oydu aslında. Şimdi, o, Alzheimer'ın karanlık koridorlarına daldığında yalnız kalıyordu Atlas, yapayalnız. Hem onu incitip kırmadan, içine çekildiği dünyayı anlamaya çalışarak destek olması, hem de kendi sabrını terbiye etmesi gerekiyordu. Gittikçe zorlanıyordu. Kader onu sınıyor olmalıydı. Başını yana çevirip masasının üzerindeki gümüş çerçevede duran Maya'nın büyük portre fotoğrafına baktı. Onun yemyeşil gözlerinde, tebessümünde, ince, oval yüzünde, senelerdir ilişkilerini taşıyan, hayatın her anında şikâyetsiz, kavgasız, her şeye sabreden, ne olursa olsun sevgisi eksilmeyen kadını görüyordu. İçi sıcacık oldu, ona her baktığında olduğu gibi. Kâğıtlarını kanepeye bırakıp kalktı. Karısının nerede olduğunu anlamak için koridorda seslere kulak kabarttı ve salona doğru ilerledi. Maya şöminenin karşısında oturmuş, önündeki sehpaya yaydığı birbirinden farklı konuları kapsayan onlarca kâğıdın üzerine eğilmiş, birini alıp diğerinin yanına, sonra üzerine koyuyor, sonra tekrar yerlerini değiştiriyordu.

Atlas yaklaşıp onun yanına oturdu. Yumuşacık bir sesle, "Yardımcı olabilir miyim?" dedi. Maya az önceki sert, mantıksız tavrından sıyrılmış, düşünceli bakıyordu. Gözlerini sehpadakilerden ayırmadan, "Bunları niye toplamışım, nereden çıkarmışım, anlamaya çalışıyorum. Hepsi farklı şey. Hangisini nereye koyacağım, bilemiyorum." dedi. Atlas eliyle onun alnına düşen saç tutamını geriye çekti ve kolunu omzuna koyup sarıldı, "Beraber bakar, anlarız sonra. Haydi gel kollarıma gel biraz. Özledim seni." diye mırıldandı. Maya yorgun bir ifadeyle başını kocasının omuzuna dayadı ve göğsüne doğru sokuldu. Sonra yavaşça mırıldandı:

"Neler oluyor bana Atlas? Neden böyle oldum ben?"

"Geçecek canım, geçecek. Atlatacağız bunu, göreceksin."

"Burada dursa da razıyım canım." diye mırıldandı Maya, "Korkunç bir şey bu boşluklar. Hayatı kaybediyorum. Ama daha zor geleni, çocukları kaybediyorum... seni kaybediyorum."

Atlas onun başını öptü, "Hiçbirimizi kaybetmiyorsun bir tanem. Hiçbirimizi kaybetmiyorsun..." dedi ve durdu. "Biz seni kaybediyoruz." diyemedi.

♡ ♡ ♡

Haziran gelmiş, tiyatrolar kapanmış, dizi çekimleri sona ermişti. Atlas çalışma odasında, yapacağı kitap seslendirmesi için okuma yapıyordu. Açık balkon kapısından giren ılık esinti ve yayılan kuş sesleri huzur yayıyordu. Maya'nın odasından gelen şikâyet sesleri üzerine merakla masasından kalktı ve koridora çıktı. Karısı yerde dizleri üzerine çökmüş, yaydığı birtakım evrakları karıştırıp kendi kendine söyleniyordu.

"Ne oldu Mayacığım? "diye sordu, onun yine bir şeyleri kaybetmiş olduğundan emin.

"Bakar mısın, ortadan kopmuş kâğıtlarımız."

Atlas halının üzerine dağılmış, resmi, şahsi evraklarda göz gezdirdi, "Hangisi kopmuş?"

Maya ikisinin nüfus kâğıtlarını yan yana getirip "İşte" dedi, "ayrılmış bunlar birbirinden. Yapıştırabilir misin?"

"Sevgilim, nüfus kâğıtlarımız bunlar. Zaten biri seninki, biri de benim. Bunlar bitişik olmaz ki..."

"Tabii bitişik olur. Yoksa evlendiğimiz nasıl belli olacak?"

"Canım benim. Sen evlenme cüzdanıyla karıştırıyorsun. Onda beraber olur fotoğraflarımız. Nüfus kâğıdı, herkesin kendisine aittir. Bak, renkleri bile farklı. "Bu pembe kadınlar için, mavi de erkekler için."

"Hangi kadınlarla erkekler?"

"Yani biri senin, biri de benim."

"Aptal değilim, elbet biliyorum senin erkek, benim kadın olduğumu. Ben evli olmamızdan bahsediyorum. Böyle nasıl anlaşılacak ki?"

Atlas onun ses tonundan her an tutturaklı evreye geçebileceğinin farkında, evrak kalabalığının arasından evlilik cüzdanlarını bulup açtı ve gösterdi.

"İşte burada yazıyor evli olduğumuz, gördün mü?"

Maya ilk defa görüyormuş gibi baktı, "Hep bunda mı yazıyordu evlendiğimiz?" diye sordu.

"Evet canım. Nikâhlandığımız gün sana teslim etti nikâh memuru."

"Niye bana teslim etti ki? Baksana hatırlamıyorum bile." derken tatlı bir kahkaha attı Maya. O kadar içten söylemiş ve gülmüştü ki, Atlas da gülmeden edemedi. Ardından, "Önemli değil bir tanem." dedi, "Bu defteri hatırlamasan da, biz evliyiz. Unutman bu gerçeği değiştirmez."

"Peki, ya seni unutursam, o zaman da evli olur muyuz?"

Atlas bacaklarını uzatıp onun yanına oturdu, yanaklarını avuçladı, gözlerinin içine bakarak konuştu:

"Her zaman... biz her zaman evli kalacağız. Sen hep benim biricik karım olarak kalacaksın."

"Ama ben bilmeyeceğim. Bana kızmayacak mısın o zaman? Kâlbin kırılmayacak mı? Küsmeyecek misin bana?"

"Hayır sevgilim benim. Hiçbir şartta sana kızmayacağım, küsmeyeceğim ve seni bırakmayacağım, bunu bil."

Maya onun ellerini ellerine aldı ve ikisini ayrı ayrı öptü sonra gözlerini halıdaki evraklara çevirdi. "Demek bu ikisi hep ayrıydı. Eminsin, değil mi?"

"Çok eminim bir tanem. Biri senin, biri benim, iki ayrı nüfus kâğıdıydı hep."

Maya söylediğinden eğlenen bir çocuk gibi, "Biri erkek, biri kadın." dedi ve güldü. "Kâğıtların kadını, erkeği olduğunu bilmezdim. Peki ben mavi renk istesem, vermezler mi?"

Maya'nın söyledikleri hastalıklı bir beynin değil de, alaycı bir tavrın ürünleriymiş gibi geliyordu kulağa. Onun Alzheimer olduğunu bilmeyen biri pekâlâ yanılabilirdi. Atlas dudaklarında kocaman bir tebessümle, "Sanmıyorum bir tanem." dedi.

"Neden?"

"Çünkü mavi rengi erkeklere ayırmışlar."

"Sen mavi renkten memnun musun?"

"Açıkçası hiç önemsemedim bugüne kadar."

"Şimdi önemsiyor musun?"

"Hayır."

"Neden?"

"Çünkü hayatımızı etkileyecek bir önemi yok nüfus kâğıdımın renginin."

"Hiç şikâyet eden olmuş mudur?"

"Nüfus cüzdanı renginden mi?"

"Evet. Sevdiği renge çevirmek isteyen olmuş mudur?"

"Sanmıyorum. Çünkü öyle bir alternatif yok. Ya pembe, kadınlar için ya da mavi, erkekler için."

"Çok üzücü..."

"Üzülecek ne olabilir ki bunda?"

"Tabii üzücü. Kısıtlı yaşamak.."

"Hayatımızı kısıtlayan bir şey değil ki."

"Ama renklerimizi kısıtlıyor..."

Maya aniden düşünceli bir ifadeye bürünmüştü. "Bir şey soracağım." dedi, "O zaman sen benim pembe kâğıdımı da mı kullanacaksın?"

"Ne zaman? Neden senin nüfus cüzdanını kullanayım ki ben?"

"Gerekmeyecek mi daha sonra?"

"Neden öyle bir şey gereksin sevgilim?"

"Ben her şeyi unuttuğum zaman. Benim için karar vereceksin ya, o zaman."

Atlas'ın tebessümü dondu dudaklarında, o meşhur yumru oturdu boğazına. Yutkundu, gitmedi. Tek kelime çıkmadı dudaklarından. Maya ondan ayrıldı yavaşça, ayağa kalkıp masasına gitti, çekmecesini açtı. Gelip tekrar kocasının yanına oturduğunda elinde bir seloteyp vardı. İkisinin nüfus kâğıtlarını yan yana getirdi, ihtimamla. Üzerlerinden bir arada sardı, bir defa daha, bir defa daha... "İşte" dedi, "şimdi oldu. O zaman geldiğinde, bilecekler karı koca olduğumuzu. Kimse karışamaz sana böylece. Kimse karışamaz..."

Sonra seloteybi sarmaya devam etti. Atlas sessizce ağlıyordu.

♡ ♡ ♡

Maya'nın ruhsal değişimi o güne dek sakin, yumuşak bir finalle son buluyordu. Ama hastalığın bambaşka bir yüzünü daha göstereceği gün gelmişti.

Atlas, yaz tatili dolayısıyla evde olmasını fırsat bilip bir yardımcı arayışına girmişti. Onun evde olduğu sürede Maya kadına alışır ve gelen de aranan niteliklere sahip çıkarsa, sonbaharla beraber işine iç rahatlığıyla dönebilir diye düşünüyordu. Ezel'in yardımcısının vasıtasıyla Ukraynalı bir kadıncağız bulunmuş, ilk görüşmeyi Ezel yapmıştı. Maria daha önce bebek ve yaşlı bakmıştı. Alzheimer'la ilgili bir tecrübesi yoktu ama tavsiye mektupları titiz, yumuşak huylu, dürüst ve sabırlı olduğunu söylüyordu. Elbirliğiyle Maya'ya kabul ettirene kadar akla karayı seçmişler ama sonunda "denemek üzere" rızasını almışlardı. Maria, kendisi gibi bakıcı olarak çalışan birkaç arkadaşıyla paylaştığı bir evde kalıyordu. Dolayısıyla akşam işini bitirdikten sonra da, kendisine ihtiyaç yoksa gidiyordu. Bu nispeten Maya'yı rahatlatan bir durumdu. Zira evin içinde bir yabancının yatılı kalıyor olmasını kabul etmesi mümkün değildi.

O gün sabah Maya oldukça düşünceli ve durgun görünüyordu. Atlas, ajansında yapılacak bir toplantı için çıkması gerektiğinden, onu evde bırakmadan önce her şeyin yolunda gittiğinden emin olmak istiyordu. Terasta, mutfağın dışındaki kameriyede oturmuş kahvesini içmekte olan karısının içeriye doğru ısrarlı bakışı dikkatini çekti. Maya tüm dikkatini içeride kahvaltı bulaşıklarını yıkayan Maria'ya odaklamıştı sanki.

"İyi misin bir tanem?" diye sordu Atlas.

"O kadın ne yapıyor benim mutfağımda şimdi?"

"Bulaşık yıkıyor canım."

"Hoşuma gitmiyor. Her şeyi bildiği gibi yapıyor. Kendi evi gibi."

"Canım benim, biz ondan ne istiyorsak, nasıl istiyorsak öyle yapıyor."

"Onu mu koruyorsun bana karşı?"

"Ne münasebet Mayacığım, anlaşmıştık, bir deneme dönemi geçirelim diye. İyi bir kadıncağız. Bizim istediğimizin dışında da bir şey yapmıyor. Ne dersin? Biraz sabredip bir fırsat verecek misin?"

"Hepiniz niye istedi bu yabancıyı evde, anlamıyorum. Hepiniz bana karşısınız."

Atlas onun yanındaki iskemleye oturup sürdürdü konuşmasını. "Biz hepimiz seni seviyoruz. Bu dünyada seni en çok seven insanlar biziz canım. Her kararı, senin hayatını rahatlatmak için düşünüyoruz."

"Ben bu karardan rahat değilim, söyledim size. Beni mutsuz ediyorsunuz."

Atlas, onun sinirini yatıştırmak gayretiyle ellerini tuttu uzanıp. "Bu en son isteyeceğimiz şey." dedi, "Benim de, çocukların da. Seni çok seviyoruz. Hayatını kolaylaştırmak istiyoruz, o kadar."

Maya'nın yüz ifadesi yumuşadı aniden ve kocasına bakarak, "Seni üzüyorum, değil mi?" dedi. "Neden hepinizi üzüyorum?"

"Bir tanem, bizi değil, kendini üzüyorsun. Hiç gereksiz yere hem de."

"Gereksiz deme." Maya yine bir önceki ruh haline dönüvermişti. "Gereksiz deme... Gerekli olmasa neden üzüleyim? Benim için önemli olduğunu neden kabul etmiyorsun?"

"Mayacığım, senin için önemli olan her şey benim için de önemli. Bak, ne diyeceğim. Toplantıyı erteletmeye çalışacağım, tamam mı, burada kalacağım seninle."

"Hiç gerek yok buna. Yapacağım işler var zaten."

"Emin misin?"

"Evet. Bak, seni yine üzdüm işte."

Atlas ayağa kalkıp alnından öptü karısını, "Beni üzmedin canım." dedi, "Toplantım biter bitmez döneceğim."

“Evet canım.” diye cevapladı Maya, düşünceleri uzak bir yerlerden geri dönüyormuş gibi.

“Benden istediğin bir şey var mı, gelirken getireyim.”

“Yok. Teşekkür ederim.”

“O zaman görüşürüz sevgilim. Maria’ya da tembihledim, herhangi bir ihtiyacın olursa beni ara veya arat, tamam mı?”

“Tamam.”

“Atlas içeri girmek üzereydi ki, Maya yumuşacık, sevgi dolu bir sesle “Atlasçığım!” diye seslendi. Kocası dönüp bakınca, “Merak etme!” derken gülümsedi. Her şeyin yolunda olduğunu ona ispat etmek ister gibiydi. Atlas bundan ancak memnun olabilirdi. Yine de iç huzuru yoktu ayrılırken.

Onun ardından, Maya kahvesini yudumlamaya devam etti. Ama bakışları yine kocasıyla konuşmadan önce daldığı yerde, mutfağı düzenleyen yardımcının üzerindeydi. Nihayet bir şeye karar vermiş gibi, “Maria Hanım!” diye seslendi. Kadıncağız elindekileri bırakıp hemen çıktı terasa. Kırık aksanıyla, “Buyurun Maya Hanım.” dedi, “Ne istemiştiniz?”

“İşiniz bitince haber verir misiniz? Bir işim vardı dışarıda.”

“Birkaç dakikaya hazır olurum.”

“Eğer postaya verilecek bir şeyiniz varsa alın yanınıza. Postahaneye gideceğiz.”

Maria çok memnun olmuştu. Memleketine para göndermesi gerekiyordu ama yeni geldiği için bir türlü çalışma saatlerinden izin istemeye yüzü tutmamıştı.

Az sonra yan yana yolda yürümekteydiler. Maya, yardımcı olmak için koluna girmeyi teklif eden Maria’yı kibarca savuşturdu ve her zamankinden daha yavaş, temkinli adımlarla yürüdü. Az sonra apartman girişinin karşısındaki orman yolu üzerindeki sitenin başında birkaç dükkân, market, postahane ve bankadan oluşan küçük alışveriş merkezine varmışlardı. Postahanenin önüne geldiklerinde Maya, “Siz girin.” dedi, “Ben postaya atacağım zarfları unuttum evde.”

"Koşup alayım..."

"Yok, hiç gerek yok. Acil değillerdi. Siz, girin, işinizi yapın. Ben şu bankta oturur, beklerim."

"Sizi yalnız bırakamam Maya Hanım. Ben sonra hallederim işimi."

"Maria Hanım, siz gelene kadar dadım yoktu benim. Siz, gidin ve işinizi halledin."

Maria, onun ses tonundan, kendi dediğinden başka bir fikir kabul etmeyeceğini anlamıştı. "Emin misiniz? Sonra Atlas Bey kızmasın bana."

"Maria Hanım!"

"Tamam, tamam Maya Hanım. Ben hemen şu parayı gönderip geleceğim."

Yardımcı kadın koşturarak postahaneye girdi ama içi rahat değildi. Sırada beklerken bir taraftan da dışarıyı, Maya'yo kontrol ediyordu. Birilerinin durup Maya'yla sohbet ettiğini gördü. Sonra, posta arabasının kapının önüne gelmesiyle görüşü kapandı.

Maya, isimlerini çıkaramadığı ama yüzleri yabancı gelmeyen iki komşusuyla hatırlaşmış, şimdi o bankta niye oturduğunu, oraya niye geldiğini sorgulamaya başlamıştı. Bir plânı vardı ama neydi, hatırlamıyordu. Etrafında bakındı, yardım arar gibi. Bankayı görünce, birden hafızasında bir şeyler canlanır gibi oldu. Emin değildi ama kalkıp oraya doğru yürüdü. Koruma, kapıyı açarken güleç bir ifadeyle ve ismiyle hitap ederek karşıladı onu. Maya da her zamanki nezaketiyle karşılık verdi genç adama. Sonra vezneler ve cam bölmelerle ayrılmış memurların çalışma alanlarına baktı. Bir diğer uçta geniş bir odada tek başına oturan hanım onu görmüştü. Yerinden kalkıp onun yanına geldiğinde Maya çok iyi tanıdığı banka müdiresinin ismini bir anda hatırlayamadı. Ama onu gördüğüne de çok sevinmişti. "Hoş geldiniz Maya Hanımcığım." dedi müdire, "Ne zamandır uğramıyorsunuz. İyi misiniz?"

"Evet, çok teşekkür ederim. Sizi de iyi gördüm."

"Buyurun, bir çay, kahve ikram edeyim size."

"Teşekkür ederim. Vaktinizi almayayım."

"Aşk olsun. Keyif olur benim için. Buyurun."

Karşılıklı oturduklarında "Sizin için ne yapabilirim?" diye sordu bankacı, "İşiniz ne ise hallettireyim, biz kahvemizi içerken."

"Hesaplarıma...hesaplarıma bir göz atmak istiyordum."

"Ekstreleriniz gelmiyor mu size?"

"Epeyidir postalara bakamadım. Gelmiş olabilir."

"Ziyan yok. Hazır buradasınız, size hemen çıkartalım ekstrelerinizi."

Kahvelerin ardından hesap dökümü de Maya'nın önündeydi. Uzun zamandır tamamen Atlas'a bırakmıştı hesap kitap işlerini. Gözleri sayfa üzerindeki rakamları ve izahları anlamak üzere dolaştı.

"Allah Allah..." dedi kendi kendine.

"Bir gariplik mi gördünüz?" diye sordu müdire.

"Evet, bu eksilen şeyleri anlamaya çalışıyorum."

Bankacı yerinden kalkıp Maya'nın elindeki evraklarda onun işaret ettiği bölümlere baktı.

"Onlar, elektronik ödeme talimatı verdiğiniz elektrik, su, gaz ve apartman aidat masrafları Maya Hanımcığım." diye izah etti.

"Ben böyle bir talimat verdiğimi hatırlamıyorum."

"Vermiş olmalısınız. Belki de zamanında Atlas Bey vermiştir. Uzun zamandır bu hesaptan ödeniyor bu giderleriniz."

"Başka hesap da var mı?"

Müdire, onun sorularının ve tavrının değişikliğine bir anlam verememişti ama Maya'nın hayatında olan biteni bilmediği için ne olduğunu da kestiremiyordu. Belki de karı kocanın arasında bir problem vardı. Belki hesapları kontrol etme ihtiyacı hissetmişti. Her ne ise, onun işi değildi, detayları bilmek. “Bir de sizin teliflerinizin yattığı şahsi bir hesabınız var. Onu da görmek ister misiniz?”

“Evet, lütfen.”

Maria postahaneden çıktığında Maya’yı bıraktığı yerde göremeyince paniklemişti. Sağa, sola bakındı. Bakkala, marketin kapısında duran delikanlıya sordu, görmemişlerdi. O esnada manavın çırağı bankayı işaretle, “Az önce oraya girdi.” dedi. Kadıncağız, bir koşu kendisini bankadan içeriye attı. Müdirenin odasında onu görünce rahatlayıp bekleme iskemlelerinden birine çöktü.

Maya şimdi de kendisine verilen diğer hesabın detaylarına bakmaktaydı. Rakamlar, yanlarındaki şirket isimleri kafasını karıştırıyordu ama şu an esas takıldığı konu diğer hesaptan çıkan ödemelerdi.

“Ben o deminki ödemeleri iptal ettirebilir miyim?” diye sordu.

“Gayet tabii.” dedi müdire, “Atlas Bey ile ikinizin de tek başına hesap üzerinde tek imzayla tasarruf hakkınız var.”

“O zaman iptal edelim lütfen.”

“Diğer hesabınıza mı aktarmak istiyorsunuz elektronik ödemeleri?”

“Başka nasıl olabilir? Hesaptan para çıkmadan yani?”

Müdire iyiden işkillenmeye başlamıştı durumdan ama üstüne vazife değildi. “Faturanız adresinize geldikçe elden yatırıp ödeyebilirsiniz.” diye cevapladı.

“Bence bu en iyisi.”

“Genelde elektronik ödeme daha rahat gelir ama tabii siz bilirsiniz.”

“Evet, öyle yapalım lütfen.”

“Önümüzdeki aydan itibaren sistemden çıkartıyoruz o zaman. Yalnız iptale dair imza rica edeceğim.”

Maya gerekli imzaları verdikten sonra müdireye teşekkür etti ve kalktı. Maria’yı kendisini beklerken görmek hiç hoşuna gitmemişti. "Bana bekçilik yapmanıza gerek yok." dedi ve tek başına bankadan çıktı. Kızgındı. Hayatını kısıtlanmış, kontrol altında hissediyordu. Önce banka hesaplarında habersiz olduğu talimatlar, bir de yabancı birinin devamlı kendisini takip ediyor olması, üstelik kocasının talimatıyla... içinde müthiş bir öfke oluşmuştu. Şu an yok oluvermek ve hepsinden uzaklaşmak istiyordu. Bankanın yanındaki durakta müşterisini henüz indirmekte olan taksiyi görünce fazla bir şey düşünmedi. Şoföre işaretle hemen arka koltuğa oturdu, aceleyle kapıyı kapadı. Maria durumu çözemediğinden öndeki yolcu koltuğuna oturmak üzere kapıya elini uzatmıştı ki, Maya bir el işaretiyle izin vermediğini ifade etti. Senelerdir duraktan çağırdıkları taksinin şoförü, "Merhaba Maya Hanım." dedi, "Ne tarafa?"

"Eve, lütfen."

Onun, bu kadar kısa mesafe için niye arabasına bindiğini anlayamadı adamcağız ama sebebi ne olursa olsun, onun yabancı kadından uzaklaşmak istediğini görebiliyordu.

Bir dakikaya varmadan apartmanın kapısındaydılar. Şoför Maya'nın verdiği paraya bakınca gözleri yuvalarından fırladı. "Bu çok fazla." diyecekti ama müşterisi, "Kalsın." deyip indi arabadan ve apartmanın kapısına yöneldi.

Maya'nın acelesi vardı. O yabancı kadın gelmeden önce evine girmek, kapıyı kapamak istiyordu.

Lobideki resepsiyon masasında duran görevli her zamanki gibi güler yüzle ve saygıyla karşıladı Maya'yı. Onun telaşlı ve ürkek bakan halinden endişelenmişti. "İyi misiniz Maya Hanım?" diye sordu.

"Teşekkür ederim. İyiyim."

Ama birden asansörde hangi düğmeye basacağıyla ilgili bir boşluk hissetti dağarcığında ve "Benim için asansörün düğmesine basarsanız sevinirim." dedi. Görevli bunun sebebini anlayamamıştı ama denileni yaptı. Maya, onun dördüncü katın numarasına basışını izledi. Hafızasındaki bilgiyle eşleştirmeye çalıştı. Hayâl, meyâl bir şeyler oturdu yerine ama çok fazla değil. Hâlâ çok kızgındı. Tam neye kızmıştı, hatırlamıyordu sadece bir an evvel evine girmek ve kendini emniyete almak ihtiyacını hissediyordu. Kapıyı açması çok kolay olmadı. Telaşlıydı, acelesi vardı ve anahtarlığındaki anahtarları tek tek kilide sokup denemesi gerekti. Sonunda en tahmin etmediği anahtar kapıyı açtı. İçeri girer girmez, sanki bir saldırgandan kaçıyor gibi kapadı kapıyı. O an nefes nefeseydi. Çantasını kenara atıp doğru salondaki koltuğa çöktü. Elleri titriyordu. Hiddet, çaresizlik, aldatılmışlık hissi, korku... hepsi içinde birikmişti. Ama tek tek, her birine neyin sebep olduğunu bilemiyordu. Bir müddet oturdu. Yorgundu, çok yorgun. Hayatının tüm kontrolünü kaybetmişti. Onun istemediği, ondan habersiz bir şeyler oluyordu. Ona sorulmuyor, onun adına kararlar veriliyordu. Güvensizlik ve yalnızlık hissi diğer zedeleyici bütün duygularıyla birleşince azab verici bir hale dönüşmüştü.

Arka arkaya kapının zili çalmaya başladığında, korkulu gözlerle, yerinden kıpırdamadan, antreye doğru baktı. Tam aksine, oturduğu koltuğun kenarlarını sıkı sıkı kavradı önce. Sonra ısrarla çalan zil sesinden rahatsız, kulaklarını tıkadı, gözlerini kapadı ve susmasını bekledi. Kapının zili birkaç defa daha çaldıktan sonra sustu. Ardından cep telefonu, sonra ev telefonu devreye girdi. Sanki bir korku filmiydi. Onu çıldırtmak istiyordu birileri sanki. Melodik sesler beyninde büyüyor, çoğalıyor, onlarca kampananın gürültüsüne ulaşıyordu. Maya, bacaklarını kendine doğru çekti, dizlerine sarıldı kollarıyla ve koltuğun geniş gövdesine sanki kendini güvenceye alıyormuş duygusuyla gömüldü.

Atlas, Maria'nın telefonu üzerine, toplantısının bitmesini beklemeden eve dönmüştü. Yol boyu da karısını aramasına rağmen cevap alamayınca eve vardığında neredeyse çıldırmış vaziyetteydi. Lobide, ağlamaklı bekleyen Maria'yı da yanına alıp ve eve girdi. Doğru, hıçkırıkların ve inlemelerin geldiği salona doğru koştu. Maya koltuğun üzerinde büzülmüş, küçücük kalmıştı sanki ve hıçkırıyordu. "Ah! Bir tanem" diye sarıldı ona Atlas. Bir karşılık almadı ama aksi bir reaksiyon da görmedi. Az sonra Maya nispeten sakinleşmişti. Atlas'ın sarılmasına, kucaklamasına itiraz etmeden, kendisini bıraktı onun kolları arasına ve yavaş yavaş hıçkırıkları duruldu. Maria kenarda durup onları seyrederken, şayet Maya'nın başına bir şeyler gelmiş olsaydı ne yapacağına, nasıl bir pişmanlık yaşayacağına, mesleği için ne kadar kötü olacağına dair düşünceler geçiyordu aklından.

Maya, Atlas'ın kolları arasında sakinleşmişti. Ancak içindeki küskünlük geçmemişti. Neden olduğunu hatırlamadığı, içini acıtan küskünlük... Kocası onu kucağına alıp yatak odasına götürürken onun sevgisini hissediyordu ama beynindeki karanlık köşelerin huzursuzluğu o sevginin verdiği güveni gölgelendiriyordu... Neden, niye... bilemiyordu ve yeniden hıçkırarak ağlamaya başladı.

♡ ♡ ♡

"Ne yapacağımı bilemiyorum Murat." dedi Atlas kadehine içki doldururken. Zor bir gün olmuştu. Maya'yı susturması, ilâcını vermesi mümkün olmamıştı. Murat geldiğinde duruma hâkim olabilmiş ve Maya uykuya daldıktan sonra salona geçmişlerdi.

"Sen elinden gelen her şeyi yapıyorsun Atlas. Hâtta fazlasını yapıyorsun. Bu arada, erken değil mi içki için?"

Atlas, sorunun ikinci kısmını duymamış gibi davranmayı tercih etti, "İnsanın sevdiği için yaptığı fazla olabilir mi?" dedi.

"Onu düşündüğün kadar kendini de düşünmen lâzım. Hep onun yanında olmak istiyorsan, senin akıl ve ruh sağlığının yerinde olması gerek. Maya'nın isteklerini hatırlayıp düşünmeni tavsiye ederim."

"Onu bakımevine bırakırsam kendimi affedemem."

"Atlas... dinle beni. Bunlar senin kararın değil, biliyorsun. Maya, daha işin en başında kendi seçimlerini dikte etti hepimize. Sen onun sana verdiği vekâletle onun yapmak istediğini yerine getiriyor olacaksın sadece. Bu, onun daha hafızası, yetileri, karar gücü yerinde iken kendisi için verdiği kararlardan biri. Ona saygı duymamız lâzım. Üstelik, onun isteğine de tam uymadın, hatırlarsan. Direndin, denedin evde bakımını. Ama olmuyor, görüyorsun. Kendisi için tehlikeli olmaya başladı unutkanlığı. Hatırla lütfen, son zamanlarda yaşadıklarını, çocukların yaşadıklarını. Şu an realist ve en uygun olabilecek düzen, bakımevinde kalması. Göreceksin, bir müddet sonra orada bile zorlaşacak durum. Senin evde başa çıkman, altından kalkman olanaksız. Alzheimer bakıcısının, aynen hastanın kendisi gibi an'ı yaşaması lâzım ki, hastanın o anlık ihtiyaçlarına, duygularına cevap verebilsin. Ama bu senin işin değil, mesleğin değil. Kendi işin gücün var. Çocuklar var, torun var. Kopamazsın geçmişinden, ileriye dönük hayâllerinden."

"Deneyebilirim."

"Saçmalama. Neyi deneyeceksin? Bu senin elinde olan bir şey değil ki. Unutma, Maya'nın seçimi değil ne geçmişi unutmak, ne hayâlsiz kalmak. Ne yapacaksın, mesleğini bir kenara mı bırakacaksın? Maya'yla yirmi dört saat beraber yaşayamazsın. Bu mantıklı değil, gerçekçi değil. Üstelik hafızanı, beynini bildiklerine kapamaya çalışsan bile, Maya'nın devamlı değişen gerçeklerinin ne olduğunu bilmen mümkün değil ki. O hafızasının yarattığı oyunlarla farklı yerlere gidiyor, geliyor veya oralarda kalıyor. Hepsi anlık, dakikalık gidiş gelişler. Senin onu çözmen, ona eşlik etmen mümkün değil. Unut bunları."

"Biliyorum, biliyorum. Bunların hepsi doğru ama elimde değil. Doğrusu ne düşüneceğimi bilemiyorum. Lânet hastalık aşkımı çaldı benden, sevgilimi çaldı, karımı, en iyi arkadaşımı aldı benden. Nasıl bir duygu biliyor musun yaşadığım?"

"Biliyorum dersem yalan olur Atlas. Doktor da olsam, dünya kadar hastam da olsa, senin yaşadıklarını ancak tahmin edebilirim, birebir bilmem mümkün değil. Böyle trajediler ancak şahsen yaşanırsa bilinebilecek şeyler."

"Benim kendimden daha çok Maya'nın bunları yaşıyor olmasına kahroluyorum Murat. Yaşarken bitiyor. Sadece hafızasıyla değil, her şeyiyle sonlanıyor."

"Demek istediğim de bu."

"Hep, şayet bugün karar verebilecek olsa hâlâ daha bakımevine gitmek ister miydi, yoksa evde kalmayı mı tercih ederdi diye sorguluyorum."

"Bu mümkün değil... ve bunun mümkün olmayacağını bildiği için isteklerini yazıp verdi hepimize. Bu konuların tartışılmaması, kararların hiçbirinizi sorumluluk altında bırakmaması için seçimlerini bildirdi en başından. Şimdi bizlere onun isteklerini uygulamak düşüyor. En fazla da sana... İnan bana, bebek gibi bakılacak. Gerekli herhangi bir durumda doktoru, hemşiresi olacak. Ben haftanın beş günü oradayım. Göreceksin, bu Maya için de, sizler için de en iyisi olacak."

Atlas alnını ovuşturdu, düşünceli bir tavırla, "Bilemiyorum" dedi, "bilemiyorum... Biraz düşünmem lâzım."

"Şu an karar ver demiyorum ama çok da uzatma. Şimdilik kontenjanım olan süit odayı tutuyorum açık."

"Çocuklarla da konuşayım."

"Onlarla tabii konuş ama fikirlerini almak için değil. Hatırla, Maya kendisi adına karardan bir tek seni sorumlu kıldı. Sırf fikir ayrılığından dolayı karmaşa olmasın, çocuklar daha duygusal davranıp istediklerini yerine getiremezler diye. İstersen ben de gelirim buluştuğunuzda. İstersen bir de hep beraber gelin evi gezmeye. Onların da içi rahat eder."

"Teşekkürler Murat. Bu desteğin hepimiz için çok önemli."

"Saçmalama" dedi Murat ayağa kalkarken, "sizler benim kardeşimsiniz." Lütfen herhangi bir ihtiyacın olduğunda, günün hangi saati olursa olsun aramaktan çekinme."

"Maya'nın beyninde neler olduğunu anlamak istiyorum Murat, onu anlamak istiyorum. Beynimin içinde onun yaşadıklarını görebilmek isterdim."

"Bu, maalesef mümkün değil kardeşim. Ama bu konudaki gelişmeleri yakın takipteyim...

♡ ♡ ♡

Bankada olanlar, Maya'nın paranoya belirtilerinin ilk büyük örneğiydi; son olmayacaktı. Atlas, sık sık onun düzenini değiştirdiği ödemeleri, banka hesaplarını, kontratları takip edip düzeltmek zorunda kalıyordu. Bu arada yardımcısından kurtulma çabası, Maya'nın hayatındaki en büyük projeye dönüşmüştü. Atlas ve Ege, anlayışlı olmak için çabalamalarına rağmen onun kapris yapmaya başladığını sanıyorlardı. Halbuki Maya'nın hisleri son derece gerçekti. Yabancı herkes onu işkillendiriyordu. Zaten hayatı boyunca yardımcıyla yaşamak fikrinden rahatsızlık duyarken şimdi bir de hafıza oyunlarının getirdiği paranoya başlamıştı. Henüz, bir şeyleri unuttuğunun, neleri unuttuğunu hatırlamasa da farkındaydı. Yaşadığı kafa karışıklığı, olayların takibini, zamanlamasını kaçırdığını bilmesi onda aşırı güvensizlik duygusu oluşturmuştu. Tanımadığı ve tanıdığı kadarını da hatırlayamadığı bir yabancıdan da her an, her türlü kötülük gelecek endişesi yaşıyordu. Maya, Maria onun giysilerini çekmecelere, dolaplara yerleştirirken özel hayatına tecavüz edilmiş gibi hissediyor, onun her şeyin düzenini kendi bildiği gibi değiştirdiğine inanıyordu. Kafası daha sakin olduğu anlarda kadının kimliğini yeniden keşfediyor, sorular soruyor ve nispeten kabullenir oluyordu ama bu zaman dilimleri gittikçe azalmaya başlamıştı. İyi anlarında Maria'nın yaptığı yemekleri teşekkürle karşılıyor, iltifat ediyor ama bir sonrakinde aynı yemeğin lezzetini, kıvamını yerden yere vuruyordu. Nereye koyduğunu hatırlayamadığı eşyaları veya objeler özellikle büyük problem oluyordu. Atlas da, Ege ve Ezel de, kadını hoş tutmak için Maya'nın yorumlarını kişisel almaması gerektiği konusunda kendisine izahta bulunuyorlardı ama konu bununla da bitmiyordu. Maya bir keresinde Maria'yı çarşıya gönderip geldiğinde kapıyı açmadı. Bir diğerinde çiçekleri sulayan kadıncağızı, kapıyı kilitleyip terasta bırakıp yatmaya gitti. Sonunda istediği oldu, Maria pes etti. Hastalığı nedeniyle Maya'nın ruh halini anlıyor, kırılıp gücenmeden idare edebiliyordu ama kendisinin gözetiminde olduğu bir zamanda başına gelebileceklerden çok korkmaya başlamıştı. Bu sorumluluğu daha fazla taşıyamayacağına karar verdi ve ayrılmak üzere izin istedi.

Maria'dan sonra bir başka Maria, sonra Ella, sonra Hatice Hanım, Firdevs Hanım... yardımcıların biri geldi, biri gitti. Kimi birkaç hafta, kimi birkaç gün, birkaçı da sadece birer gün kalabildi. Her birinin varlığı Maya'yı daha gergin, daha hiddetli yapmaktan öteye gitmiyordu.

Atlas, tiyatro, stüdyo kayıtları ve ev arasındaki koşuşmasında ne yapacağını, bu zor hayatı nasıl sürdürebileceğini, Maya'ya daha nasıl yardımcı olup onu huzurlu tutacağını bilemez hale gelmişti. Ansızın gelen bir telefonla ya bir çalışmadan çıkıp eve koşması, ya çocukların birinden yardım istemesi veya oyundayken gelen telefonu kaçırdıysa, ardından deliler gibi eve dönmesi... onun da ruh hali değişmeye başlamıştı. Hayatın anlamı, eğlencesi, bir sonraki günle ilgili heyecanları, Maya'yla birlikte süratle ondan uzaklaşmaktaydı.

♡♡♡

# 18

Atlas'ın gözleri kan çanağı gibi, yüzü allak bullaktı. Gece lâmbasının ışığında, şöminenin karşısındaki kanepede oturuyordu. Kadehi tutan elinin bileğinde, dışına kan sızmış geniş bir bandaj vardı. İçkisini bir defada dikti başına. Sehpada dibine inmiş viski şişesinden tekrar doldurdu kadehini. Başını avucunun içine bıraktı yorgun bir tavırla ve dirseği dizi üzerine düştü. İnler gibi bir ses çıktı dudaklarından. Ardından hıçkırıklara boğuldu, "Tanrım... Buna nasıl dayanırım?... Nasıl yaparım bunu? Yardım et..."

Yerinden kalktı. Gözyaşlarını eliyle sildi ve mutfağa doğru ilerlerken, halıların ve parkenin üzerindeki kan damlalarına basmamaya çalıştı. Davlumbazın üzerindeki ışığın aydınlattığı mutfak bir deprem yeri gibiydi. Yere, tezgâhların üzerine dağılmış cam ve porselen parçaları, kanlı musluk tezgâhı ve büyük doğrama bıçağı yaşadıklarının üzerine dinlenmeye çekilmiş şahitlerdi sanki. Bir müddet evvel olanları tekrar izler gibi ağır adımlarla ilerledi Atlas. Ayaklarının altındaki bardak, tabak kırıkları çıtırdıyordu yürürken. Kapının sağındaki duvarda çerçeve içinde, seloteyple yapıştırılmış onlarca fotoğrafın önünde durdu. Kiminde kendisi ve aynı olgun yaşlarda güzel, alımlı, zarif bir kadın, kiminde daha genç yaşlarda iki erkek ve güzel bir kadınla delikanlının sevgi, tebessüm dolu sıcacık duygular veren fotoğraflarına baktı, gözlerinde yaşlarla. Birkaçında da hep beraberlerdi. Tüm fotoğraflardaki kişilerin üzerinde itinalı bir el yazısıyla isimleri ve resmin dibinde de mekân ve tarihler yazılmıştı. Atlas, Maya, Ege, Ezel, Bahadır, sarı yaz, Kaliforniya, Van, Göreme, New York, yılbaşı... Filiz, Dilek, Hülya, Canan, oyun galası... Erkek kaybettiği ve bir daha yerine koyamayacağı bir şeylere bakar gibi seyrediyordu fotoğrafları. Özellikle o kadını... Fotoğraftan bile enerjik, sıcacık, sevgi veren ve sevgiyi çağıran bakışlarla, iç eriten bir tebessümle bakan kadın... Bir zamanların yolculuğundan, teknenin güvertesinden bronz teni ve yeşil gözleriyle çıkıp o an mutfağa girecekmiş gibi canlı bakan kadın... Kendisinden çok sevdiği ama artık var olmayan kadın...

Kendini tutamadı, yine ağlamaya başladı. Duvardan dönüp birkaç adım attı ve mutfağın ortasındaki mermer bar tezgâhına bandajlı elini hırsla vurdu. Canı acımıştı ama şu an ruhunu ondan daha çok acıtan bir şey vardı ve başka hiçbir ıstırabın farkına varacak hali yoktu. Lâvaboya doğru ilerledi. Önce suyu açıp ellerindeki kanı yıkamaya yeltendi ama sonra vazgeçti. Elleri musluğun kenarında, başı önünde, kısa bir müddet düşündü. Birden kararını vermiş olarak toparlandı ve mutfaktan çıktı, tekrar salona geçti. Sehpada duran cep telefonunu aldı ve bir numarayı otomatik çevirdi. Cevap alması uzun sürmedi. "Murat..." dedi, "Yardımına ihtiyacım var. Çok kötü şeyler oldu."

♡ ♡ ♡

Atlas'ın telefon konuşmasından on beş dakika geçmemişti ki Murat ve karısı kapıdaydı. Onun darmadağın yüz ifadesi, şişmiş gözleri ve sağ kolundaki kanlı bandaja gözlerine ilişince ikisinin de gözleri büyüdü bir an. Gözlerinde açıkça korku okunuyordu.

"Neler oldu?" diye sordu Murat. Buket'in endişeli sesi duyuldu ardından:

"Nerede Maya? Maya nerede Atlas?"

"Yatak odasında..."

Buket paltosunu çıkarmadan yatak odasına doğru fırlarken Murat gözleri Atlas'ın bandajlı kolundaki kan lekesinde, onu kolundan tuttu, "Bana her şeyin yolunda olduğunu söyle lütfen." dedi.

Atlas'ın arkadaşına bakışlarında ve ses tonunda alkolle karışmış acı, hüzün, suçluluk duygusu, perişanlık vardı. "O uyuyor" dedi, kanepeye çökerken, "Uyuyor... Derin uykuda... Korkunçtu... Her şey mutfakta başladı." ve sustu. Murat neler olduğunu anlamak için onu daha fazla sorgulamadan mutfağa doğru koştu. Işığı açtığı an gördüklerinden dehşete kapıldı ve çığlığı boğazında düğümlenip kaldı. Tekrar salona geldi koşarak ve Atlas'ın omuzlarını avuçlayıp sarstı onu.

"Neler oldu söyle bana!"

Atlas gece yaşamış olduklarının ve içtiği içkinin tesirinde, başka bir dünyaya geçmiş gibiydi. Cevap veremedi dahi. Sadece içkisinden kocaman bir yudum daha aldı. Murat onu daha fazla sorgulamak yerine yatak odasına yöneldi hızla. Murat odaya girdiğinde uyumakta olan Maya'yı ve onun yanında oturmuş karısını gördü. Buket onun adımlarını duyunca dönüp parmağını dudağına götürüp sessiz olması için uyardı. Murat telaş ve endişeyle ama nazik adımlarla yatağa yaklaştı. Konsolun üzerinde sakinleştirici ilâç kutusu ve yarısı içilmiş su bardağı duruyordu. Maya yüzünde yorgun, acılı bir ifadeyle, derin uyumaktaydı. Önce onun nefesini dinledi Murat ve yastığın üzerindeki bileğini tuttu, nabzına baktı. Sonra nazikçe başını, boynunu inceledi. Yorganı açtığında, Maya'nın krem rengi ipek geceliğinin sardığı mevzun bedeni herhangi bir gece uykusunda gibiydi. Derin, yorgun ve şikâyet eder gibiydi nefesinin tonu. Geceliğinin sağ bileğini yukarı doğru sıyırınca o anda karı kocanın gözleri dehşetle açıldı. Maya'nın bileğinin ve dirseğinin üzerinde açıkça morarmış parmak izleri görünüyordu. Murat derhal sol kolunu da muayene etti. Aynı şekilde, izler onda da mevcuttu.

"Neler oldu dersin?" diye fısıltıyla sordu karısı, korku içinde.

"Bilemiyorum" dedi Murat, "Atlas'la konuşmam lâzım. Sen burada kalır mısın lütfen."

Buket başıyla, "Evet." dedi ve Murat tekrar salona döndü. Atlas'ı kadehine yeniden içki doldururken buldu ve hemen şişeyi elinden aldı. "Yeter." dedi, "Kâfi miktarda içmişsin. Şimdi lütfen bana ne olduğunu anlat."

Atlas kadehinde olduğu kadarıyla içkisini başına dikti, kadehini sehpaya bıraktı. Gözlerini, kötü bir rüyayı uzaklaştırmak ister gibi sıkı sıkı kapadı, dudaklarının arasından acılı bir nefes çıktı. Murat sabırla onun anlatacaklarını bekliyordu.

Atlas zorlukla konuşabildi.

"Baştan beri haklıydın..."

"Hangi konuda?"

"Benim baş edemeyeceğim konusunda."

"Neler oldu Atlas, lütfen anlat bana. Başka kimseyi aradın mı?"

"Hayır... hayır... bir tek seni aradım."

"Dinliyorum." deyip elini Atlas'ın bileğine uzattı Murat, "Şuna da bir bakayım."

Atlas elini çekti geriye, "Gerek yok, hafif bir kesik."

"Bana öyle gelmiyor. Hâlâ kanıyor."

"O ilk sardığım zamanki kan. İyiyim, önemli değil."

"Nasıl önemli olmaz? Senin bileğinde kanlı bandaj, Maya çürükler içinde yatıyor. Mutfak perişan..."

"Göründüğü kadar önemli değil."

"Ancak anlatırsan karar verebileceğim Atlas. Ne sizi, ne bu evi bu halde gördüm daha evvel. Onun için tekrarlayıp durma bana 'Önemsiz' diye."

"Bileğimden bahsettim. Yoksa olay dehşet vericiydi Murat. Ne yapacağımı bilemedim."

"Maya'nın çürüklerinin de bu akşamla bir ilgisi var mı?"

"Korkarım evet. Ama onu korumak için... kendinden korumak için... Seslendirmeden dönmüştüm..."

Atlas konuşurken hâlâ yaşadıklarının etkisindeydi ama olanları dillendiriyor olmak onu alkolün verdiği rehavetten uzaklaştırmaya başlamıştı.

## İki saat önce

Atlas daha kapıyı açarken Philippe Glass'ın "Metamorphosis"inin yumuşak ve rüyamsı ikinci bölüm başlangıcı kulaklarını doldurdu. İçeri girdiğinde, geldiğini Maya'nın niye duymamış olduğuna şaşmadı. İlk iş müzik setinin yanına gidip sesini biraz kısmak oldu. Sonra çatal bıçak seslerini duyduğu mutfağa doğru ilerledi. Maya üzerinde siyah bir tayt, krem rengi kaşmir bir tunik, saçlarını atkuyruğu yapmış, eviyenin yanındaki tezgâhta bir şeyler hazırlamaktaydı. Belli ki müziğin kısıldığını fark etmemişti. Atlas, bir an, her şeyin yolunda gittiği zamanki haliyle gördü karısını. "Merhaba sevgilim." dedi ona doğru ilerlerken. Maya aniden ona döndüğünde yüzünde kocaman, mutlu bir tebessüm belirdi. Elindekileri bırakıp kollarını açarak karşıladı kocasını. "Hoş geldin sevgilim. Duymadım geldiğini." dedi, ona sokulurken. Atlas dudaklarından öptü karısını, sonra onu omuzlarından tutarak, geriye doğru çekildi ve inceler gibi baktı, keyifle.

"Ne oldu?" diye sordu Maya.

"Harika görünüyorsun."

"Teşekkür ederim."

"Hep harikasın ama bu akşam başka bir pırıltın var."

"Evet! Çünkü kutlamamız var."

"Kutlamamız? Bir şeyi mi kaçırdım."

"Kaçırmadın. Çünkü senin bildiğin bir şey değil."

"Söyleyecek misin?"

"Tabii. Yoksa nasıl kutlarız?"

"Eveeeetttt?" diye uzun bir soruyla, merak eden gözlerle baktı Atlas. Maya uzun zamandır olmadığınca çocuksu ve oyuncu tavrıyla, "Şimdi olmaz..." dedi "keyfimiz bölünsün istemiyorum. Önce bir şeyler hazırlayacağım. Hatta bu akşam seninle bir kadeh içebilirim bile."

"Demek o kadar önemli bir kutlama."

"Hem de nasıl!"

"Benim yapabileceğim bir şey var mı?"

"Var bir tanem. Şömineyi yakabilirsin. Bir de sehpadaki mumları. Beceremedim bir türlü. İçki hazırlayabilirsin. Ben de bir kadeh içebilirim bu akşam."

Atlas onun alkol alması konusunda endişeliydi ama o kadar özlemişti ki karısının bu halini, onun tadını kaçırmak istemedi. Üstelik bir kutlamadan bahsetmişti. Belli ki Maya için çok önemli bir durum vardı. Ama yine de sormadan edemedi.

"Emin misin, içki konusunda?"

"Çok eminim. Üstelik biliyorsun sevgilim, içki değil beni Alzheimer yapan."

"Evet, ama..."

"Lütfen, mumları ve şömineyi yakarsan sevinirim."

Atlas konuyu mücadeleye çevirmek istemiyordu. "Peki canım." diyerek karısını öptü ve mutfaktan çıktı. Önce şömineyi alevlendirdi. Sonra mumları yakmak üzere sehpaya yaklaştı. Muhtelif boy bronz şamdanların arasında, uçları yakılmamış, bir kısmı kırılmış onlarca kibrit çöpü vardı, boş kutuları da orada duruyordu. O arada Maya elinde bir tabakla mutfaktan gelmişti. "Sevgilim, sen nasıl yakmaya çalıştın bunları?" diye sordu Atlas.

"Aah!" dedi Maya şaşkınlıkla, "Nasıl yaktın? Ben beceremedim. Tutuşmadı kibritler bir türlü."

"Tersinden uğraşmışsın yakmaya da ondan."

"Nasıl tersinden?"

"Yanacak ucundan değil de tersinden denemişsin."

Maya inanamayarak baktı, sonra omuzlarını silkti, aldırmazca.

"Ama şimdi yanıyorlar."

"Çünkü bu taraflarını kullandım."

Maya elindeki tabağı sehpaya bırakırken "Geliyorum şimdi." dedi ve tekrar mutfağa doğru yürüdü. "Ne içmek istiyordun?" diye seslendi kocası arkasından. "Şaşırt beni." diye cevapladı Maya gülerek ve mutfağa gitti.

Atlas bara doğru yürümek üzereydi ki sehpadaki tabağa ilişti gözü. Yine Maya'nın her zamanki artistik zevkini yansıtan ama farklı bir sunumdu. Genellikle böylesi bir ikramda peynir ve farklı meyve dilimlerini bir tablo gibi düzenler, üzerlerinde de ceviz, badem gibi kuruyemişler serpiştirirdi. Şimdi ise tabağın alt tarafında onun mükemmeliyetçiliğine uymayan tarzda farklı boylarda, farklı inceliklerde kesilmiş meyvelerin üzerlerinde birazı rendelenmiş, birazı didiklenmiş peynirler yerleştirilmişti... ve karısının bir meyve tabağında en yapmayacağı şey, tam ortalarına da ançuez dilimleri konmuştu. Gerçi yine onun zevkini gösterecek şekilde bir gonca gibi düzenlenmişlerdi ama her halükârda Maya'ya ait olmayan bir durum vardı. Atlas artık bunları olağan karşılaması gerektiğini biliyordu. Bu bile Maya'nın hayata nasıl asıldığını, her şeyi alıştıkları gibi yine en güzel şekilde yaşamaları konusunda harcadığı gayreti gösteriyordu. Onun ne kadar kendisini zorladığının ve inatla yaşama asıldığının farkındaydı. Onun için bu tip farklılıklarda hiçbir şey söylemiyor ve Maya'nın yaptığından, hazırlayıp sunduğundan memnun olunduğunu bilmesini istiyordu. Aynen tuzlu çaylarını içtiği, şekerli köftelerini yediği gibi, bu akşam bu tabağın da tadını çıkaracak ve onu üzmeyecekti. Atlas, onun bu hazırlığı yaparken yaşadığı zorluğu, zihnini zorlayarak nasıl neleri hatırlamak zorunda kaldığını, eksikliklerini fark edip bunaldığını, kendisine kızdığını ve sonunda nasıl bir eforla bu tabağı düzenlemiş olduğunu hayâl etmeye çalıştı... hayâl edemiyordu... ama meyve ve peynirle ançuez yemenin onun çabalamalarından çok daha kolay olacağından emindi.

Maya bardaki buz kovasını önceden doldurmuştu bile. Atlas martini kadehlerini, Dry Vermouth ve Beefeaters cin şişesini, yeşil kokteyl zeytin kavanozunu çıkardı. Sevdiği kadına en sevdiği içkiyi hazırladı; dry martini ve kendisinin en sevdiği içki olmasa da bu akşam ona eşlik etmeye karar verdi.

Az sonra Maya ona katıldı. "Bir şey daha yapacaktım, içkinin yanına ama hatırlayamadım." dedi, "Buzdolabını açtım, kapadım, aklıma gelmedi."

"Hiç önemli değil canım." dedi, Atlas ona buzlanmış martini kadehini uzatırken. "Sana içiyorum güzel karım benim."

Kadehlerinden birer yudum alıp kanepeye yerleştiklerinde sordu:

"Neyi kutladığımızı söyleyecek misin şimdi?"

"Ah! Doğru, söylemedim sana daha, değil mi?"

"Hayır canım, söylemedin. Benim şömineyi ve mumları yakmamı bekliyordun."

Maya bakışlarını şömine ve mumlar üzerinde dolaştırıp tatlı, kısa bir kahkaha attı, "Demek ki zamanı gelmiş söylememin." dedi. "Yalnız, bilgisayarımı getirmem lâzım buraya."

"Sen otur, ben getiririm."

Atlas kadehini sehpaya bırakıp Maya'nın çalışma odasına gitti ve bilgisayarla döndü geriye. Yanına oturduğu karısı o kadar heyecanlıydı ki Atlas olağanüstü bir durumla karşılaşacağı duygusuyla aynı heyecana kapılmıştı. Maya bilgisayarın kapağını kaldırdı. Bir müddet dosyaları arasında gidip geldi bakışları. Gözleri ekrandan ayrılmadan mırıldandı kendi kendine:

"Niye bulamıyorum ben bunu? Daha yeni kapattım. Şimdi niye karşıma gelmiyor?"

"Nedir aradığın?"

"Romanım."

"Telaşlanma canım. Kaparken oradaysa eminim yine oradadır."

"Ama yok..."

"Belki yanlış bir tuşa bastın. Başka bir tarafa yönlendirdin."

"Bilmiyorum. Öyle bir şey yaptım mı, onu hatırlamıyorum. Eğer silmişsem ağlarım oturup. Ne olur bulsana bana."

Bilgisayarı kocasının kucağına verdi. Ses tonu aniden rahatsız, endişeli bir tona bürünmüştü.

"Rahatla canım, bulacağız, merak etme." dedi Atlas, onun daha fazla gerilmemesi için. "Romanlarım" dosyası içindeki isimlere tek tek bakmaya başladı. Önce gözleri "Orpheus ve Ophelia"yı aradı. Göremedi. Sonra tek tek isimleri okumaya geçti. Hepsini tanıyordu, karısının bugüne kadar yazmış olduğu ve basılmış kitaplarının. Ama birini ilk defa görüyordu.

"Burada benim bilmediğim bir romanın var sevgilim." dedi, "Ama Orpheus ile Ophelia yok."

"O bilmediğin hangisi?"

"Unutkan Aşk..."

"Ah! İşte o, yeni romanım!"

"O zaman ismini değiştirmiş olmalısın."

"Sanırım. Kulağıma tamam geliyor. Demek ki değiştirmişim."

"Ama eski isminle ilgili başka hiçbir dosyan yok görünürde. Umarım silmedin yanlışlıkla."

"Ege'nin geldiği gün, o yardım etmiş olmalı. İsmi o zaman değiştirdim galiba."

"Açıp bakalım mı?"

"Tabii. Merak ettim. Silinmişse mahvolurum."

Atlas "Unutkan Aşk"ı açtı ve bekledi. İnen sayfa sayısını görünce içi rahatladı. Arada gözlerinin önünden akan Orpheus, Ophelia, Argonotlar, Hades, Hamlet kelimelerinden doğru hikâyeye baktıklarından emindi. "En son kaç sayfa yazdığını bilmiyorum sevgilim" dedi, "Ama burada üç yüz elli sayfa var. Sanırım kaybın yok. En azından umuyorum."

Maya çocuk gibi sevinmişti yeniden. Kocasının yanağını öptü sevinçle. "Sürpriz bu." dedi, "Romanı bitirdim."

Atlas hayretle başını çevirip baktı ona, "Bitirdin mi?"

"Evet, bugün bitirdim. Hiç korktuğum gibi olmadı. Hastalığım ilerlerken yarım kalacak zannediyordum. Ama bitirdim."

"Mayacığım, nasıl güzel bir haber bu! Gerçekten kutlamalık bir habermiş! O zaman romanına içiyorum bir tanem."

Atlas gururla baktı karısına ve kadehini kaldırdı. Maya'nın bakışları, duruşu Alzheimer'ın uğramadığı bir zaman diliminden kalmaydı. Şu ters yakmaya çalıştığı kibrit çöpleri, garip düzenlemesiyle peynir tabağı, romanının ismini değiştirdiğini unutması olmasaydı, sanki her şey yolundaydı. Fakat Atlas artık bu küçük detayların bile ne kadar önemli olduğunun bilincindeydi. Mucize beklemiyordu. Sadece hastalığın ağır ilerlemesi, aralarda onlara yine hayatın tadını çıkarabilecekleri, eski sıcaklıklarıyla paylaşabilecekleri zamanlar tanımasını umuyor ve diliyordu.

"Haydi, okusana." dedi Maya. Düşüncelerinden uyandı bir anda ve dosyayı açtı. "Nereyi okumamı istiyorsun?" diye sordu karısına.

"Son bölümü... bitişini..."

Atlas romanın en sonuna indi ve oradan bölüm başlığını arayarak sayfa sayfa geriye döndü ve okumaya başladı. Kelimelerde tapaj hatası ile eksik harfler vardı ve bazı kelimeler iki kere tekrarlanıyordu. Ama Atlas, hataları es geçerek Maya'nın anlatmak istediği gibi okudu metni.

Tanrıların emriyle kayıkçı Kharon hem Orpheus'u, hem Ophelia'yı kayığına bindirdi ve ilk kez iki insanı tekrar yeryüzü dünyalarına götürmek üzere Acheron boyunca kürek çekmeye başladı. Canlılar dünyasına yaklaşırlarken Orpheus'un kendi kendine çalmakta olan lirinin nağmeleri ağıttan aşk nağmelerine dönüşüverdi. Bedenlerinde yeniden hayatı hisseden genç kadın ve erkek gözlerini açtılar yavaş yavaş ve o anda ilk olarak birbirlerini gördüler, sadece birbirlerini. Tanrılar onların geçmişleriyle ilgili, hafızalarındaki bütün acılarını silmişti. Ama hatıralarından yalnızca acıları ayırmaları mümkün olmadığından ikisinin de daha önce yaşadığı sevgiler, aşklar, aileleri, yaşamlarıyla ilgili her şey anılarından silinmişti. Ophelia Hamlet'i, Orpheus ise Eurydice'i hatırlamıyordu. Tarihin hangi zamanlarından geldiklerini de unutmuşlardı. Yadırgamadılar farklı zamanlardan kalma giysilerini. Sanki yeni doğmuş ve ilk defa sadece bir diğerini görmüşçesine bakıştılar. Âdeta dünyaya indirilmiş Adem ve Havva gibilerdi... o anda dünyaya aşk dağıtan bütün varlıklar onları kollamaktaydı. Tarifsiz bir aşkla tutulmuşlardı birbirlerine. Maya elini uzatıp onu tanımak ister gibi okşadı erkeğin saçlarını, yüzünü, dudaklarını. "Nasıl?" dedi, kulağına doğru fısıldayarak, "Nasıl buldun romanımı?" Zaman gibi lisan farkı da kalmamıştı aralarında. Anlamıştı onu Atlas. "Çok beğendim" dedi, "Büyükler için masal gibi olmuş." Sımsıkı sarıldılar. Dudakları ve bedenleri birleştiğinde yeryüzüne varmışlardı. Tüm nehirler, gökler, ağaçlar, kuşlar onları karşılıyordu Atlas'ın çellosu kendi kendine çalmaya devam ederken. "Hoş geldiniz!" diyorlardı, "Hoş gelmişsiniz, aşkla gelmişsiniz. Hep aşkla kalınız!"

Atlas, şaşkınlıkla okumuştu son satırları. Bu paragraf, Maya'nın aylar önce bir yaz akşamında terasta kendisine özet olarak anlattığı cümlelerle aynıydı. Ta ki eklenen son birkaç cümlede kahramanların ve enstrümanın adlarının değiştiği yere kadar. Maya bunun farkında mıydı, bilemiyordu. Fakat bir şeyi çok net görebiliyordu; karısı çürümekte olan bilinçaltından dışarı çıkış, kurtuluş, yeniden, taptaze bir hayata ulaşmak ihtiyacında, kahramanlarını, kendilerine çevirmişti. Eskiyi unutsa da yeni anılarla yeniden hayatı kucaklayabilme ihtiyacını haykırıyordu satırların arasından. Atlas boğazında yine o kocaman yumrunun oturduğunu hissetti. O kadar duygusallaşmıştı ki bir müddet bir şey konuşamadı. Belli ki Maya aslında o son birkaç cümle dışında yeni bir şey yazmamıştı. Ama en ilginci eklenen kısımda, Maya için çok uzak kabul edilebilecek o yaz akşamında ona aktardığı yorumunun da yer almasıydı. Beyninin bunca zaaf gösterdiği bir zamanda o cümleleri nasıl hatırlayıp onları nasıl finalle bağdaştırmıştı karısı, bu inanılmazdı. İsimleri kahramanlarının adlarına çevirse, yadırganacak en ufak bir şey kalmayacağı gibi, harika bir bitiş olacaktı. Bunu ona nasıl söyleyeceğini düşünüyordu şimdi.

"Beğenmedin mi?" diye sordu Maya, endişeyle.

Atlas duygularına hâkim olmaya çalışarak, "Tam aksine" dedi, "harika olmuş bir tanem. Çok duygu yüklü, çok romantik ve umut dolu bir bitiş."

"Çok mutlu oldum canım benim. Çok endişeliydim. Anlaşılmayacak diye..."

"Harika olmuş... Belki bir ufak düzeltme gerekebilir, bilmiyorum."

"Ne o?"

"Son birkaç cümlede kahramanlarının yerine bizim isimlerimizi kullanmışsın."

"Bizim isimlerimizi mi?"

"Senin ve benim."

"Bakayım."

"Atlas dizlerinde bilgisayarı ona doğru çevirip ekranda gösterdi. Maya satırları ağır ağır okudu ve gözlerinden yaşlar indi.

"Hey!! Ağlanacak bir şey değil bu sevgilim" diye yüzünü okşadı Atlas. "Sadece iki isim. Değiştirirsin, olur biter. Bu kadar ufak bir yanlışlık için üzülmeye değmez."

"Ona üzülmüyorum ki ben."

"Pekiyi, neye bu gözyaşı şimdi?"

"O kadar duygusal bir sahneye kendi isimlerimizi koydum ve sen beğenmedin..."

"Sevgilim, yapma... beğenmedim demedim. Sadece Orpheus ile Ophelia'nın hikâyesini anlatırken bizim ismimizle bitirdiğin için yanlışlık olmuş yorumu yaptım."

"Hayır, yanlışlık yapmadım."

"Bilerek mi yazdın böyle?"

"Hayır, bilerek de yazmadım. Demek içimden öyle gelmiş. Yetmez mi?"

Atlas dudaklarını ısırarak ne diyebileceğini düşündü. Her şey birdenbire hassaslaşmıştı yine. "Senin romanın karıcığım." dedi, "Nasıl istersen öyle bitirirsin."

"Yani, aslında iyi olmamış ama ben istediğim için tahammül edeceksin."

"Öyle bir şey demedim. Ben bayıldım finale. Harika olmuş. Okurların konusunda ne kadar hassassın, biliyorum. Onların kafası karışır gibi geldi bana, onun için söyledim."

"Benim kafam karışık değil mi zannediyorsun?"

Atlas bilgisayarı kucağından bıraktı, karısına doğru dönerek konuştu:

"Bir tanem, arada aklının karıştığını biliyorum. Onun için gördüğüm farkı sana söylemek istedim. Seni kırmak değildi niyetim. Sadece o kadar güzel gelmişsin ki sonuna, sırf isim farkından dolayı okurlarının kafasını karıştırmamalısın diye düşündüm. Ama dediğim gibi roman senin, istediğin gibi bitirirsin."

Maya'nın ne kadar üzgün olduğu aşikârdı. Kırgın bir sesle konuştu:

"Demek böyle bir aşk hikâyesinde senin ve benim adımı kullanmam yanlış oldu sana göre."

"Mayacığım, 'Yanlış' demedim. Anlattığın hikâye bize ait değildi, son birkaç satırda ismimizi kullandığın için kafa karıştırıcı olabilir dedim. Bir tanem, Orpheus ile Ophelia değil miydi senin kahramanların? Bütün kitabı onların hikâyeleri üzerine kurgulamamış mıydın?"

"Evet."

"İşte, benim bütün dediğim de bu zaten. Yoksa senin bir romanında büyük bir aşkın kahramanlarından biri olmam benim için büyük mutluluk."

Maya dönerek baktı onun yüzüne ve sordu:

"Emin misin?"

"Evet, çok eminim."

"O zaman niye böyle yapıyorsun? Neden kâlbimi kırıyorsun şimdi?"

"Maya, canım, tekrarlıyorum, bitişe bayıldım ama isimlerimizi yanlışlıkla yazdığını düşünüp sana hatırlatmak istedim, o kadar."

"Hayır, sen bizimle ilgili bir aşkı anlatmamdan hoşlanmadın."

Atlas cevap vermek üzereydi ki Maya ayağa kalktı, "O zaman..." dedi, "senden bir şey isteyeceğim."

"Nedir o?"

"Bu bölümün çıktısını alır mısın bana lütfen? Ben beceremiyorum."

"Şimdi mi?

"Mahzuru var mı?"

"Hayır. Sadece son bölüm mü?"

"Evet. Problemli olan bölüm o değil mi? Hâtta son iki bölüm olsun. Eminim o da hatalıdır."

Atlas Maya'nın kinayeyle söylenmiş bu sözlerine cevap vermedi. Sadece bilgisayarı alıp çalışma odasına yöneldi. Az sonra elinde son iki bölümün çıktı sayfalarıyla geri geldi. Maya ayakta, sabırsız bir tavırla onu beklemekteydi. Kâğıtları kocasının elinden aldı ve mutfağa doğru ilerledi. Atlas, onun değişen ruh halinden ve davranışlarından endişeli, arkasından gitti. Maya lâvabonun yanındaki tezgâhın üzerine koydu sayfaları. Sonra çekmeceleri karıştırmaya başladı. Büyük bir kıyma bıçağını dikkatsizce çekip çıkardı çekmeceden. Atlas ona çok yaklaşmadan ama endişe içinde yakın takipte bekledi. Üzerine gidip yaşadığı sıkıntıyı daha da artırmak istemiyordu. Maya bir tomar kâğıdı avuçlar gibi aldı. Bıçağı üzerine yerleştirdiğinde, Atlas "Yapma! Dikkat!" diye bağırarak ona doğru atıldı. Maya bir an için irkilerek durdu ve ona döndü. Kocası, fırsattan istifade, onun elindeki bıçağa uzandı yavaşça. "Kendini keseceksin. Yapma canım." dedi, sakin bir sesle. "Onları yok etmek istiyorsan gel makasla keselim beraber. Bıçakla olmaz o iş." Ama Maya kendini korumaya alarak geri çekildi. Onun gözüne bakarak kâğıdı kesmeye çalıştı. Atlas daha fazla bekleyemedi. Bir hamleyle karısının sağ bileğine yapıştı ve bir eliyle bileğini, diğeriyle kolunu kavrayarak geriye doğru açtı. Maya kocasının bu ani ve saldırgan tavrından müthiş korkmuştu. Zaten demin kâlbini kırmıştı bu erkek ve şimdi de bedenini acıtıyordu. Buna izin vermeyecek, kendisini koruyacaktı. Bileği dönmesine rağmen inatla bıçağı tutmaya devam ediyordu. Diğer elindeki kâğıt yere uçuşurken boş kalan sol eliyle kocasını itelemeye çalıştı.

Atlas, tehlikenin farkındaydı. Bıçağı onun elinden kurtarmak için sağ bileğini sıkmaya devam ediyordu. Bir taraftan da onu sözle ikna etmeye çalışıyordu:

"Maya, lütfen bırak şunu. Yalvarıyorum bırak şu bıçağı. Kendine zarar vereceksin. Allah aşkına, bırak!"

"Sen beni bırak!" diye bağırdı Maya. Bu Atlas'ın karısından şimdiye kadar hiç duymadığı bir sesti. Onun bambaşka bir agresyon içinde olduğunu görebiliyordu. Ama tatlı konuşup gönlünü almaya, makul yoldan güvenini sağlamaya imkân olmadığının da farkındaydı. Ondan bir adım uzaklaştı. Maya, bıçağı bırakmadan, raflardan, tezgâhın üzerinden eline geçen cam ve porselen objeleri yere atmaya başladı. Atlas onun sadece hırsını almak için kırmakta olduğunu görebiliyordu. Zira sadece mutfağın boş tarafına doğru fırlatıyordu tabakları, vazoları, mumlukları. Sonra bir anda durdu ve gözyaşları içinde konuşmaya başladı. Bir taraftan da ağır hareketlerle elindeki bıçağı tezgâhtaki kâğıtların üzerine vurup, çiziyor, deliyordu.

"Beni sevdiğini zannediyordum. Bana âşıktın. Âşıktın bana! Ama yazdığım zaman tahammül edemedin. Başkaları okuyacak diye korktun. Ben de yok ediyorum hepsini. Kimse bilmeyecek artık... Rahatladın mı?"

Atlas, dehşet içindeydi. Soğukkanlı kalıp duruma el koyması gerektiğini biliyordu ama karısının bir sonraki hamlesinin ne olabileceğini kestiremiyordu. Olabildiğince sakin, yumuşak bir ses tonuyla konuşurken küçük adımlarla ona yaklaştı.

"Sevgilim, dinle beni ne olur. Lütfen dinle. Bırak o bıçağı bir an için, dinle."

Maya susmuştu ama kâğıtları bıçaklamaya devam ediyordu, gittikçe ağırlaşan hareketlerle. Atlas bunu fırsat bilip konuşmasını sürdürdü:

"Sevgilim, seni ne kadar sevdiğimi bilmiyor musun? Nasıl âşık olduğumu? Bunu zaten bizi bilen herkes de biliyor. Sevgimizden, aşkımızdan hep gurur duydum ben, karım olmandan gurur duydum ve hâlâ öyle. Hiçbir duygum değişmedi sana karşı, bunu sen de biliyorsun aslında. Sadece biraz kafan karışık şimdi. Lütfen, haydi, bırak o bıçağı, gel bana. Haydi canım benim."

Maya bıçak hâlâ elinde, ama hareketsiz, hıçkırarak konuştu:

"O zaman neden kırdın kâlbimi?"

Atlas'ın aylardır okuyup ezberlediği, Murat'ın tekrarladığı uyarılar kulaklarında çınlıyordu:

"Mantık arama! Mantıklı olanı anlatmaya çalışma! Söylediklerini düzeltme! Konuyu değiştir! İlgisini başka şeye yönlendir!"

"Sevgilim" dedi, "haydi gel, biraz yürüyüşe çıkalım seninle. Ya da bir film izleyelim, ne dersin?"

Bunları söyler söylemez yine bir başka uyarı geldi aklına: "Alternatif kararlar sunmayın. Kafa karıştırıcı olacaktır."

Maya susmuş, dalgın, önündeki pencereden dışarıya bakıyordu. Onun durgunluğundan istifade ederek yaklaştı Atlas. Yavaşça, hâlâ bıçağı tutmakta olan eline doğru uzandı. Aynı anda Maya ürkerek elini bıçakla beraber sağa doğru çekince Atlas duyduğu acıyla birlikte inledi.

Maya, şaşkınlıkla, eli havada, gözleri kocasının uzun bir kesikle kanayan kolunda kalakalmıştı. Atlas yaşadıklarına inanamayarak, sağ kolundan bileğine doğru uzanan yaraya ve akan kana bakıyordu. Olayın kendisi sebep olduğu yaradan daha önemliydi şu an. Karısının şaşkınlığından istifadeyle, diğer eliyle, yavaşça, bıçağı elinden aldı, lâvabonun içine attı. Sonra musluğu açıp yarasını yıkadı. Göründüğünden daha derin olmalıydı. Atlas çekmeceden aldığı kurulama bezini bastırdı yarasına. Kolunu dezenfekte edip sarmadan önce daha önemlisi Maya'ya ilâcını verip bir an evvel dinlendirmesiydi. Kendisini sanki rüyadaymış gibi izleyen karısını kucakladı şefkatle. Maya ürkek, kendinden emin olmayan bir hareketle hafifçe sarıldı ona, "Ne oldu bize?" dedi, "Neler oluyor?"

"Şşştttt. Her şey yoluna girecek bir tanem. Gel, biraz uzan. Haydi sevgilim."

Karısının omuzundan sarıldı ve onu yatak odasına götürdü. Maya yatağa çöker gibi oturdu. "Çok yorgunum." dedi.

"Şimdi ilâcını alıp biraz uyu. Toparlanırsın canım."

İlâca her zaman tavır koyan Maya bu defa itirazsız içti sakinleştiricisini. Aynı şekilde, Atlas, onun mokasenlerini, taytını, tuniğini çıkarıp geceliğini giydirirken, yatırırken bir çocuk gibi teslim etti kendisini. Onun üzerini örtüp yatağın kenarına oturdu kocası. Saçlarını, alnını, yüzünü okşadı, şefkatli dokunuşlarla. Az sonra Maya derin bir uykuya dalmıştı. Atlas banyoya girip kolundaki bezi çıkardı. Yarası hâlâ kanamaktaydı. Oksijenli su ve ardından tentürdiyotla yıkadı, gazlı bezle sardı. Musluğu temizledi. Ellerini kurularken aynadaki aksine takıldı gözleri. Kendisine benzeyen başka birine bakıyordu sanki. Gözlerinde çaresizlik, endişe, üzüntü ve yalnızlık vardı. Aynen Maya'nın krizlerinin geldiği zaman baktığı gibi bakmaya başlamıştı. Birden, kesildiğinden beri ilk defa hissetti kolunun sızısını. Ancak, yine de şu an içini acıtan duygunun yanında çok hafif kalıyordu. Banyonun küçük lâmbasını ve kapısını açık bıraktı. Maya'nın yüzünü izleyerek nefesini dinledi tekrar ve odadan çıktı.

Salona döndüğünde, çok değil, daha bir saat önce keyifli bir akşam için hazırlanmış sehpa ve üzerindekiler onu karşıladı. Kutlama kaosa dönüşmüştü ve hepsi sanki hüzünlü bakıyorlardı. Atlas kanepeye oturdu. Martini kadehlerinden önce birini, sonra diğerini su içer gibi içti. Yüreği daralıyor, ağlamak istiyordu. Kalkıp bardan viski şişesini ve kadehini alıp yerine döndü. Huzurlu bir sesle kadehi dolduran Bushmills'in amber renginde karısını gördü Atlas. Yüzünü değil, varlığını hissetti, onun en sevdiği renk amber olduğu için. Viskisinden arka arkaya birkaç yudum içip kadehini sehpaya bıraktı ve dirsekleri dizlerinin üzerinde, başı avuçlarının arasında kapanıp kaldı bir müddet. Yüzünü kaldırmadan ellerini yumruk yapıp başına vurdu ardı ardına. Dudaklarından dökülen inlemeler başı değil, kâlbi acıdığındandı. Gözü yanı başında, açık kalmış olan bilgisayara ilişti ve çekip dizlerine aldı. Romanın son satırlarına bakarken zamanı geri alabilmiş, geceye en baştan başlayabilmiş olmayı diledi. Nasıl, ama nasıl hızla değişmişti her şey? O kadar sevgi dolu, sıcacık başlayan gece nasıl böyle noktalanıvermişti. Mutfakta kendisini aşkla karşılayan dinamik, hayat dolu sevdiği nasıl yine o kayıp, bambaşka kadına dönüşüvermişti. Öpüşerek buluştukları mutfak harp alanına çevrilmişti. Hayatında kendisini hiçbir şey karşısında bu kadar çaresiz hissetmemişti. Son paragrafı özümseyerek, içine sindirerek bir kez daha okumaya başladı.

Bedenlerinde yeniden hayatı hisseden genç kadın ve erkek gözlerini açtılar yavaş yavaş ve o anda ilk olarak birbirlerini gördüler, sadece birbirlerini. Tanrılar onların geçmişleriyle ilgili, hafızalarındaki bütün acıları silmişti. Ama hatıralarından yalnızca acıları ayırmaları mümkün olmadığından ikisinin de daha önce yaşadığı sevgiler, aşklar, aileleri, yaşamlarıyla ilgili her şey anılarından silinmişti. Ophelia Hamlet'i, Orpheus ise Eurydice'i hatırlamıyordu. Tarihin hangi zamanlarından geldiklerini de unutmuşlardı. Yadırgamadılar farklı giysilerini. Sanki yeni doğmuş ve ilk defa sadece bir diğerini görmüşçesine bakıştılar. Âdeta dünyaya indirilmiş Adem ve Havva gibilerdi... o anda dünyaya aşk dağıtan bütün varlıklar onları kollamaktaydı. Tarifsiz bir aşkla tutulmuşlardı birbirlerine. Maya elini uzatıp, erkeğini tanımak ister gibi okşadı saçlarını, yüzünü, dudaklarını. "Nasıl?" dedi, kulağına doğru fısıldayarak, "Nasıl buldun romanımı?" Zaman gibi lisan farkı da kalmamıştı aralarında. Anlamıştı onu Atlas. "Çok beğendim." dedi, "Büyükler için masal gibi olmuş." Maya, "Çok mutlu oldum beğendiğine." diye aşk kokan bir nefesle fısıldadı. Sımsıkı sarıldılar. Dudakları ve bedenleri birleştiğinde yeryüzüne varmışlardı. Tüm nehirler, gökler, ağaçlar, kuşlar onları karşılıyordu Atlas'ın çellosu kendi kendine aşk çalmaya devam ederken. "Hoş geldiniz!" diyorlardı, "Hoş gelmişsiniz, aşkla gelmişsiniz. Hep aşkla kalınız!"

Atlas gözlerinde biriken yaş bulutunun ardından son cümleyi zorlukla gördü. Noktaladığında daha fazla dayanamadı, ciğerinden kopan uzun bir "Ahhhh!" çıktı ağzından ve ardından hıçkırıklara boğuldu. Maya'nın, hikâyesinde, sevdiği erkeğe, hayata, aşka nasıl tutunmak istediğini, yaşama dönmek için onlardan nasıl medet umduğunu görmemek mümkün değildi. Bu bir yalvarışın romanıydı, bir yakarıştı. Az önce yaşadıklarını daha iyi idare edemediği için kendisini lânetliyordu şimdi. En başta onu ikna etmeye çalışacağına sımsıkı sarılıp öpseydi, hiç konuşmadan bekleseydi sakinleşmesini, ısrar etmeseydi isimler konusunda, bu gece bambaşka bitebilirdi. Bunu düşünürken yüreğinin, ruhunun parçalandığını hissediyordu. Ama bu parçalanmanın bir sebebi daha vardı: İçten içe, Murat'ın söylediği zamanın geldiğine inanmış olması... Bu kararı verebileceğini hâlâ daha da kabullenemiyordu ve gırtlağından kopan bir sesle haykırdı. İsyan dolu nefesinden titreşti mumların alevi. İçkisini bir defada dikti başına. Sehpada dibine inmiş viski şişesinden tekrar doldurdu kadehini. Başını avucunun içine bıraktı yorgun bir tavırla ve dirseği dizi üzerine düştü. İnler gibi bir ses çıktı dudaklarından. Ardından hıçkırıklara boğuldu.

♡ ♡ ♡

"İşte" dedi Atlas, "olanlar bu... Kolları da mutfaktaki o kısa didişme zamanında morarmış olmalı. Çok korktum Murat. Yoksa, onun canını yakabilir miyim hiç? Kontrolü yoktu. Her an kesebilirdi bir yerlerini."

"Kendini suçlama. Sen elinden geleni yapmışsın."

"Hayır!" dedi Atlas isyanla, "Daha iyisini yapabilirdim. Ama o kadar sıhhatli, keyifli ve olağan halindeydi ki, görmeliydin Murat. Pırıl pırıl bir enerjiyle karşıladı beni. Konuşması, düşüncesi, tavırları... her şeyiyle sanki hastalıktan önceki Maya idi. Yazdıklarıyla ilgili düzeltme önerimin işi buraya getirebileceğini hiç düşünemedim, göremedim. Bilseydim..."

"Bilemezdin. Bilmen mümkün değildi. Çok iyi idare etmişsin. Kendine vicdan azabı yükleme sakın."

Atlas şişeye uzanırken, "Okumak ister misin yazdıklarını?" diye sordu. Murat bu kez engellemedi içkisini ve kendisine döndürülen ekrandaki metni okumaya başladı. Zaman zaman satırlarda geri gidiyor, tekrar okuyordu. Bitirdiğinde gözleri dolmuştu. Arkasına dayandı ve "Vaaayyy!" dedi, "Vaaayyy!" Sonra ayağa kalktı, "Ben de bir kadeh alacağım." diye ekledi. Atlas, senelerin doktoru arkadaşındaki değişikliği görebiliyordu. Bu onun profesyonelliğiyle ilgisi olmayan bir durumdu. Murat kadehini doldurduktan sonra bir yudum aldı ve tekrar "Vayyy!" diye tekrarladı.

"Başka diyeceğin bir şey yok mu?" diye biraz ironiyle sordu Atlas.

"Şaşkınlık içindeyim..."

O arada aniden bir şey hatırlamıştı, "Bir dakika" dedi, "Buket'i çağırayım."

Az sonra karı koca beraber geri geldiler. Buket kendine bir kadeh aldı ve doldurup oturdu. "Uyuyor, değil mi?" diye sordu Atlas.

"Evet. Çok derin uyuyor. Kıpırdamadı bile ben başında kaldığım sürece."

Atlas Murat'a döndü bu defa, "Ne düşünüyorsun?" diye sordu, yorgun bir sesle.

"Demin dediğim gibi, şaşkınım. Yaşadığı agresyon, obsesif tavırlar, unutkanlıklar, yanlış isimlendirmeler, zamanda kayıplar, kızgınlık... hepsi hastalığının gidişatıyla paralel. Ama diğer taraftan şu yazdıklarını okuduğum zaman bambaşka bir derinlik, başka bir kaçış noktası olduğuna dair düşünmeden edemiyorum. Evet, biliyordum ki entelektüel zekâsıyla birçok şeyi örtbas edecek. Ayrıca karakterinin özelliği bir tarzı, bir duruşu, inceliği var. Hafızası dibe de vursa bu özellikleri onda kalmaya devam ediyor. Şu tabaktaki sunum gibi. Yanlışlıkları da olsa, bütün düzenleme harika, yine Maya'nın estetiğine sahip. Ançuezden çiçek yapmak... Bakar mısın şuna Buket? Bu Maya'nın mükemmeliyetçiliği ve hiçbir yere kaybolmuyor. Hastalığına rağmen tavizi yok bundan. Bu aslında bana ümit veriyor."

Buket konuşmadan, kadehinden bir yudum aldı cevap alarak. Kocası bilgisayarı işaretle, "Okur musun sen de şu yazdıklarını." dedi.

"Ne kadar ümit Murat? Ne için ümit? Ne olur söyle." diye yalvarır gibi konuştu Atlas.

"Sakın bu söyleyeceklerimi bir söz olarak kabul etme. En baştan beri söylüyorum, Alzheimer'ın kurtuluşu yok sadece sonuca giden süreç değişir diye. Bu dediğim hâlâ geçerli. Ancak Maya'nın sendromlarından, bu süreyi olabildiğince en iyi şekilde uzatabiliriz gibi geliyor. Yani aslında biz değil, kendisi yapacak bunu. Bilerek değil belki ama yapacak. Sanki yedekte bir başka hafızası var Maya'nın. Diğeri çökerken bu yedekte olan onun asla vazgeçmek istemediği yönlerini ayakta tutmaya uğraşıyor."

"Ama aslında unutmak istemediği birçok şeyi de unutuyor."

"O kaçınılmaz. Onu kontrol edemez. Ama sihirli olan taraf, karakterinin özelliği olan detaylara sahip çıkan farklı bir fonksiyon var sanki beyninde. Zarafet, sevgi, incelik, detaycılık, yaratma arzusu... bir şekilde bunlara asılıyor büyük bir güçle... en önemlisi de yaşama arzusu..."

"Anlamıyorum Murat. Ne demek istiyorsun? Bir ümit var mı?"

"Hayır. Onu demedim. Bunu tekrarlamayı sevmiyorum ama hatırlatmak için söylüyorum. Alzheimer'ın teşhisinden sonra hastaya iyi bakımla sekiz, on sene ömür biçebiliyoruz. Bu bir ortalama. İki senede de ölen var, yirmi senede de. Bir bilinmezin içindeyiz Atlas. Bunu söylemek bana da çok acı geliyor ama gerçeğimiz bu. Her ufak şey tetikleyebiliyor çöküşü veya sürecin uzamasına yardımcı oluyor. Anlattım sana, daha evvel. Biten, yiten sadece hafıza olsa, zamanı istediğin kadar uzatabilirsin, tahmini olarak, ama Alzheimer'da hafızanın yanı sıra diğer yetiler bitiyor. Beyin yavaş yavaş vücut fonksiyonlarına son veriyor. Tat alamamak, sonunda hiç beslenmemeye, yürüyememek sonunda tamamen yatağa bağlı kalmaya kadar gidiyor. Beyin yaşaması için gereken emirleri vermiyor. Ama bunları zaten biliyorsun, neden anlatıyorum ki tekrar..."

Konuşmaları Buket'in hıçkırıklarıyla kesildi. "Sanki... sanki yardım istiyor..." diye mırıldandı.

"Biliyorum" dedi Atlas, zorlukla konuşarak, "ama ne yapabileceğimi bilmiyorum. Bu akşam yaşadıklarımızdan sonra hiç bilemiyorum... Bana davranışı o kadar yabancıydı ki..."

"Bu ve benzeri olayları sakın kişisel alma Atlasçığım. Unutma, bunları yapan, söyleyen Maya değildi, beynindeki hasardı... Bu arada sana söylediklerimi düşündün mü?" diye isim vermeden bakımevini hatırlattı Murat.

"Evet... Evet... İnan, onu yatırdığım andan beri bunu düşünüyorum. Onun için senin gelmeni istedim ve Allah seni inandırsın, kendimden nefret ediyorum bunu aklımdan geçirdiğim için."

"Bak, ne diyeceğim. Maya'yı bakımevine bırakıyor gibi değil de, kısa bir süreliğine tedavi için hastaneye yatırdığını düşün. Birkaç haftalık gelsin Altın Göl'e..."

"Bu olabilir belki. Kendisine de izahımız daha kolay olur. Terk edildiğini düşünmesini istemiyorum. Henüz her şeyin farkında... Yine de bilemiyorum Murat. Acaba tecrübeli bir hemşire tutsak, evde onunla kalsa."

"Bu mümkün ama özellikle bu sebeple ben bu süreci mekâna alışarak, kendi düzenini kurarak geçirmesinden yanayım. Orada rahat edecek Atlas, emin ol."

"Maya evinden daha fazla hiçbir yeri sevemez. Ne sıhhatli günlerde, ne muhteşem otellerde kaldık, yine 'Evim' dedi sonunda."

"Biliyorum ama şu an farklı düşünmemiz gerek."

"Evdeki sürecini uzatacak bir şeyler yapamaz mıyız? Dün aniden olan değişimi saymazsak hayatımızı gayet güzel idare ediyorduk Murat. İstediği gibi olmasa da yazmayı sürdürüyor. Sürdürmek için çabalıyor en azından. Çiçekleriyle oyalanıyor; çocuklar, arkadaşları ziyaretine geliyor. Bütün fotoğrafları, anıları, senelerin düzeni burada, elinin altında. Ben çalışmaya gitmediğim müddetçe yanındayım. Devamlı sohbetteyiz. Hafızasını dinç tutmak için elimden geleni yapıyorum ve mutlu burada, evinde. Çok mutlu... Sadece bu ani ve tehlikeli olabilecek değişim beni korkuttu."

"Bu birçoklarının başlangıcı olabilir. Anladığım, beni aradığında verdiğin kararı değiştirdin yine."

"Evet. Onu göndermeye hazır değilim daha. Maya hakkında konuştukça onu ne kadar çok yanımda istediğimi daha iyi anlıyorum. Böylesi daha iyi olacak."

"Kendin için mi, onun için mi?"

"Samimi olmam lâzım, ikimiz için de."

"O zaman agresyonunu yatıştıracak birkaç ilâç daha vermem gerekecek. Yalnız bunun da yan tesirleri olacaktır."

"Ne gibi?"

"Daha yavaşlatacaktır onu."

"Ama..."

"Maalesef. İkisinden birini seçmek durumundayız. Ya bu inişli çıkışlı ve gittikçe zaman araları kısalıp dozu yükselen hiddet, kızgınlık hallerine razı olacağız ya da bunları yatıştırmak için kullanılan ilâçlarla daha sakin, daha yavaş ama daha mutlu bir süreç yaşatacağız."

"Keşke bunu da sorsaydık en başta kendi yapsaydı seçimini."

"Seçimini belirttiklerini sanki uygulayabiliyormuşsun gibi..."

"Bakımevi konusunda, Maya, 'Kendimi bilemediğim, hayatını çekilmez hale getirdiğim zaman' tarifini yapmıştı Murat."

"Sence yaşadıklarınız Maya'nın bu dediklerine uymuyor mu?"

"Hayır... Hayır, henüz değil."

"Peki Atlasçığım. O zaman ilâç yazacağım. Bir de muhakkak yardımcı olması lâzım evde. Yalnız kalmamalı kesinlikle. Maya'nın her ikisine de alerjisi var, biliyorum ama madem evde kalacak, başka türlü olmaz. Ben bu tip hastalarda tecrübeli, diplomalı bir hemşire ayarlayacağım, sadece onunla kalıp ilgilenecek."

Atlas yaşadığı duygu karmaşasına rağmen bu son kararla nispeten rahatlamıştı. En azından bir müddet daha beraber kalacaktı sevdiği kadınla. Çok yorgun hissediyordu kendisini. "Tamam Murat" dedi, "ne gerekiyorsa yapalım. Bu evi ve beni tanımayacağı güne kadar onu yanımda tutmak istiyorum."

Murat başıyla onaylayıp sonra karısına, "Haydi" gibilerinden bir işaret yaptı ve ayağa kalktılar. Buket kadehleri toplayıp mutfağa götürmek üzereyken onu durdurdu Atlas.

"Bırak Buketçiğim. Ben toparlarım. Yerler berbat, girme şimdi mutfağa."

"Çıkmadan şu mutfağı toparlasaydık bari."

"Sağ ol, hiç gerek yok. Yarın hallederim. Ben de artık yatacağım, çok yorgunum."

"Emin misin?"

"Evet, son derece eminim." Birden aklına gelen soruyla devam etti: "Murat, ne dersin, mutfağın bu halini Maya görmeden toparlamam mı daha iyi olur, yoksa görmesi ve neler olduğunu anlatmam mı uygun?"

"Atlasçığım, olmaması gereken bir şey varsa, o da Maya'nın bu olanlardan dolayı suçluluk hissetmesidir. Yarın, bu gece uykuya gittiğinden çok farklı bir ruh halinde uyanacak büyük bir ihtimâl. Yine bu akşam geldiğin zaman seni karşılayan Maya olacak karşında. Yaşananları unutmuş olacak. Mutfağı böyle görmesi ve senin olanları anlatman ona büyük bir darbe olur. Utanç, vicdan azabı, pişmanlık, hâtta kendinden nefreti getirecektir bu yüzleşme. Yeni bir hiddet, yeni bir saplantılı direnme yaşanabilir."

"Anlıyorum."

"Bundan sonra herhangi bir konuda takıntı gösterirse katiyen izahla kendi doğrunu anlatmaya çalışma ona. O an dünyası, bildiği, inandığı farklı Maya'nın ve aksini ispata uğraşman onu ancak hiddetlendirir veya üzer. Hatırla ki artık her söylediğini, her yaptığını hafızasından bilgi toplamaya çalışarak büyük bir yorgunlukla yerine getiriyor. Onca çabadan sonra doğru bildiğinin aksi söylenmesi hastayı dibe çeker. Tereddütte olduğun an beni ara. Bu mücadelede yanındayım, biliyorsun."

"Teşekkür ederim kardeşim."

İki erkek sarıldılar. Murat, eliyle Atlas'ın omuzuna dostane vurdu birkaç defa.

"Ben yarın arayacağım Maya'yı." dedi Buket çıkarken.

Atlas kapıyı kapayınca, onlara söylediği gibi yatmaya gitmedi. Doğru mutfağa girdi ve büyük parça kırıkları toplamaya başladı. Sonra gürültü yapmamak için çalı süpürgesiyle süpürdü her yeri. Tezgâhları, musluğu, bıçağı temizledi. Çöp torbasının ağzını düğümleyip çöp bacasından aşağıya gönderdi. Mutfak birkaç saat evvel orada yaşananları hatırlamıyordu şu an. Maya da hatırlamayacaktı; Murat'ın dediği gibi, büyük bir ihtimâlle. Ama kendisinin, yaşadığı müddetçe unutması mümkün değildi.

Kadehini aldı, ışığı kapadı ve yatak odasına yöneldi. Derin uykudaki karısının alnını öptü, yanaklarını okşadı ve koltuğu yatağın kenarına çekip oturdu. İçkisini yudumlayarak onu izlemeye başladı. Böyle derin uyurken hiçbir farkı yoktu yılların Maya'sından. Yine güzel, zarif, çekici, o her zamanki Maya'ydı. Sevdiği kadının geçmişine duyduğu hasreti böyle anlarda gideriyordu. Eskisi gibi konuşamasa da, sevişemese de, en azından seyrederek yaşıyordu onu. Yıllardır paylaştıkları yatağın onsuz kalacağı günü hayâl etmek dahi istemiyordu. Yanı başındaki komodinin üst çekmecesini açtı. Maya'nın geceliklerinden lâvanta ve limon çiçeği kokusu yayıldı. Bu çekmecelerin, dolapların boşaldığını, Maya'sızlığı düşünemiyordu. Âşık olduğu kadın giderse bu evin anlamı kalmayacak, yaşam enerjisi tükenecekti. Gözlerine yaş geldi. Eğilip onun yorganın üzerindeki ince, narin elini eline aldı, öptü ve dudaklarını onun teninden ayırmadan yüzünü izlemeye devam etti. Karar verdi, onu hiçbir yere göndermeyecekti. Soyunup yanına yattı. Kolunu onun bedeni üzerinden doladı, yanağını öptü. Fısıltıyla, "Seni özledim karıcığım." dedi, "Çok özledim..."

# 19

Ailece harika bir hafta sonu akşamı geçiriyorlardı. Atlas'ın hazırladığı güveçte deniz mahsulleri ve patlıcanlı makarnadan oluşan çok leziz bir yemek yemişler, sohbete şömine başında devam ediyorlardı. Maya'daki farklılık kimsenin gözünden kaçmamıştı. Yine mutlu, keyifli ama oldukça durgundu. Kocasının günlük takip ettiği, sendromları eklenerek ilerleyen hastalığını çocuklar kısa aralardan sonra aşamalar halinde görüyorlardı. Maya konuşulanları dinlerken daha konsantre olması gerekiyor, kendisi bir şey söyleyeceği zaman düşünerek seçiyordu kelimelerini. Yanlış yapmamak için mi, unuttuğundan mı ağır konuşmayı tercih ettiği anlaşılmıyordu ama arada yarım kalan cümleler, uzun tariflerle anlatılan kelimeler aşağı yukarı hepsine fikir veriyordu. Bir süre öncesine kadar dünyayı takip ettiği ve çok okuduğu için birçok konuya çok rahat katılabilirken, şimdi birçoğunda sadece dinleyici olmayı tercih ediyordu. Kimi zaman kelimelerini tekrarlıyor, bir sonraki cümlesini düşünürken bir evvelkini, bu defa farklı cümle yapısıyla ama tekrar söylüyordu.

"Son romanınız ne zaman çıkıyor?" diye sordu gelini, onu kendine ait bir konuyla sohbete çekmek arzusuyla.

"Son Roman'ı daha yazıyorum canım. Son Roman'ı yeni yazıyorum."

Verdiği bu cevap üzerine Atlas şaşırarak baktı. "Sevgilim, bitirmemiş miydin zaten?"

"Hayır. Nasıl bitiririm, daha yeni... daha yeni başladım."

"Canım benim, iki sene evvel başlamıştın, hatırlıyor musun? Geçenlerde de bitirmiş ve bana da okutmuştun son bölümünü."

Maya, konuya tamamen yabancı, "Yok, daha yeni yazıyorum. Yeni başladım."

Atlas'ın bakışlarındaki endişe diğerlerine de sirayet etmiş, hepsi onların konuşmasını izlemeye başlamıştı.

"Aynı romandan mı bahsediyoruz acaba?" diye ona bir hatırlatma yapmayı seçti kocası. "Şimdi yazdığının adı ne?"

"Son Roman."

"Evet, son romanın."

"Son Roman."

"Evet sevgilim, son yazdığın romanın adını soruyorum."

"Söylüyorum... Son Roman."

Herkes kahkahayı basarken Atlas derin bir nefes aldı. Maya'nın artık ne kadar yazabildiği su götürürdü ama en azından aynı kitaptan bahsetmiyorlardı. "Şimdi oldu..." dedi, "Bizim bahsettiğimiz Unutkan Aşk, Orpheus ile Ophelia'nın aşkı canım. Hani, fantastik bir kurguyla, biri Shekespeare'den, diğeri mitolojiden iki kahramanı buluşturduğun roman..."

Maya keyifle, "Ah! O mu? Doğru, biten romanım oydu, değil mi? Bitirmiştim onu değil mi?"

"Evet canım. Benim bildiğim kadarıyla bitirmiştin. Son bölümünü de okutmuştun bana. Göndermemiş miydin editörüne?"

Maya düşünceli baktı kısa bir an. Sonra, "Hatırlamıyorum Atlasçığım." dedi, "Gönderdiğimi hatırlamıyorum... Ama, göndermediğimi de hatırlamıyorum."

"Göndermiş olsan bir cevap gelirdi, değil mi?"

"Gelmesi lâzımdı. Sonra oturup beraber çalışmamız gerekirdi... Editörümle..."

"Demek ki göndermeyi unuttun."

"Unutmuş olmalıyım... Hay Allah, unutmuş olmalıyım. O zaman hemen göndermeliyim."

Maya hamle edince, "Anneciğim, bu kadar beklemiş, yarın göndersen de olur. Zaten, gecenin bir saatinde kimse okumayacak. Haydi, ayrılma aramızdan, şimdi onun için." diye ikna etmeye çalıştı Ege.

Ama Maya çoktan ayaklanmıştı. "Olmaz Egeciğim, bak, kim bilir ne kadar zamandır, unuttum. Yarın yine unutabilirim." Sonra torununa elini uzattı, "Haydi Sümerciğim, gel bana yardım et lütfen."

Babaanne, torun salondan çıktıklarında Bahadır sordu:

"Peki, editörü hiç aramadı mı, kitap ne oldu diye?"

"Birkaç kez aradığına ben şahit oldum. Ama sonra Maya ayrıca konuştuysa bilemem. Bir ihtimâl, rahatsızlığından dolayı sıkboğaz etmek istememiştir yayıncısı. Kendi haline bırakmışlardır.

"Acaba metni almış olup da anlamsız, kopuk, v.s. bulmuş olabilirler mi?" diye sordu Ege.

"Sanmıyorum. Benim okuduğum kadarıyla çok ilginçti roman. Hele bu mücadelesi içinde, müthiş şaşırtıcı buldum, kurgu ve dilini. Ama, sonradan neler ekleyip çıkardığını da bilemiyorum. Diğer taraftan, basamayacak olsalar bir bilgi verirlerdi."

"Ben biraz düşünceli gördüm bu akşam kendisini." dedi gelini, alçak bir sesle.

"Çok büyük efor sarf ediyor Ezel. Yaşama asılmak için müthiş çabalıyor. Hiç söylemiyor ama bunun onu son derece yorduğundan eminim."

Evin diğer ucundan Maya ile Sümer'in önce gülüşmeleri duyuldu, ardından ayak sesleri. Sustular. Sümer salonu antreden ayıran kolonların arasından başını uzatıp, "Millet! Bulduk babaannemin romanını, göndermemiş meğer. Mektubu da yazmış ama göndermemiş. Taslaklar kutusundaydı. Şimdi tekrar okuyup halledeceğiz."

Delikanlı sözü biter bitmez dönüp gitti. Diğerleri kaldıkları yerden devam ettiler sohbetlerine.

"Sürekli yaşamakta olduğu sıkıntıları düşününce, nasıl hâlâ bu kadar idare edebiliyor durumunu, bilemiyorum. Ona saygım, hayranlığım gittikçe artıyor. Onu anlamaya ve yardımcı olmaya çalışıyorum, elimden geldiğince. Anlayışımızın ve sevgimizin bir müddet sonra ona yetmeyeceğinden korkuyorum. Çünkü onun neler yaşadığını hiçbir zaman bilmemiz mümkün olmayacak..."

Maya ile Sümer, ele ele, neşe içinde girdiler salona. Herkes yine sustu.

"Yakışıklı torunum buldu romanımı ve editörüme gönderdik." dedi Maya, "Nasıl unutmuşum öyle?"

"Ama bu arada bir de yeni romana başlamışsın demek. Ne kadar güzel, hiç ara vermeden yeniden ilham gelmesi."

Bunları söylerken, Ege'nin, hâlâ annesinden onun hayatına eskisi gibi devam edebileceğine dair bir şeyler duymaya ihtiyacı olduğu belliydi.

"Vallahi Egeciğim, dedi Maya, yerine otururken, Sümer'in, sıkı sıkı tuttuğu elini bırakmadan, "Yazıyor muyum, bilmiyorum... Ama yazmaya çalışıyorum." Durup bir kahkaha attı. Sonra ekledi: "İkisi başka..."

"Konusu ne?" diye sordu Bahadır, "Yoksa gizli mi?"

"Gizli olacak bir şey yok canım benim. Hepinizin bildiği şey."

Hepsi sorarak baktı Maya'ya.

"En iyi kimi yazabilirim şimdi?" Cevap bekledi. Kimseden bir şey duymayınca devam etti: "Aşk olsun çocuklar! Tabii ki kendimi. Alzheimerlı bir yazarı anlatıyorum, son romanını yazmaya çalışıyor. Artık kendimi anlatmak için yazıyorum."

"Bütün romanlarında sen kendin az çok ama hep olmuşsundur zaten." dedi Ege.

"Evet, doğru ama artık o ben değilim. Başka biriyim şimdi. Bu karakteri ilk defa anlatıyorum."

Büyükler ne diyeceğini bilemezken, "Bu muhteşem bir fikir." dedi Sümer, babaannesinin elini iki avucunun içine alıp.

Maya ona sevgiyle baktı, "Ben de öyle düşündüm canım benim." dedi, "Ne kadar gidecek bilmem ama çok gerçekçi olacak... olabilirse..."

Aile bireyleri sadece konuyu onun ilgi ve bilgi alanı içinde tutmaya çabaladığından değil, aynı zamanda gerçekten onun hastalığıyla mücadele ederken üretkenliğini nasıl ve ne derece yürütebildiğini meraktan, romanını konuşmak istiyorlardı. Maya bunun belki farkındaydı, belki değildi, onu bilemezlerdi ama en azından gecenin başındaki yavaş, düşünceli halinden sıyrılmış ve heyecanla sohbete katılmıştı. Hepsinin istediği de buydu zaten.

"Ne kadar yazdınız şimdiye kadar?" diye sordu gelini.

"İnanır mısın Ezelciğim, bilmiyorum. Eskiden her gün yazdığım sayfayı not ederdim. Artık bakmıyorum bile. Hiçbir şey demek değil sayfa sayısı. Yani, artık önemli değil. Çünkü o kadar çok unutup, o kadar çok aynı şeyi yazdığım oluyor ki... temizlenince geriye ne kalacak bilmiyorum."

"Bence önemli olan yazmayı devam ettirmen." dedi Atlas.

"Değil mi? Ben de öyle düşünüyorum." diye, kendinden memnun, gülümsedi Maya. Sonra Bahadır'a döndü:

"Sevgilin neden gelmedi bu akşam? İsmini unuttum, kusura bakma. Ama sormuş olmalıyım daha önce, değil mi?"

"Evet, Defne'yi sormuştun Mayacığım."

"Bak, hatırladın sorduğunu babaanneciğim. Bir de unutmaktan bahsediyorsun." diye araya girdi Sümer."

Maya tatlı bir kahkahayla güldü, "Hatırlamadım tatlı torunum benim. Sadece kibarlık sormamı gerektirirdi, onu hatırladım."

O kadar rahat ve samimiydi ki hep beraber güldüler. Gerçek de buydu. Çok şeyi mükemmellik, nezaket, kibarlık gibi derinlerdeki kayıtlarından istifadeyle idare etmekteydi.

"İş seyahatinde Mayacığım. Güneyde, bir sempozyumda. Yoksa muhakkak katılırdı bize."

"Ne iş yapıyordu, bak, onu da unuttum."

"Yaşam koçluğu yapıyor."

"Sevdim sevgilini Bahadırcığım. Söylemiş miydim bunu sana?"

"Evet, söylemiştin. Çok da mutlu etmiştin beni."

"Ama biliyorsun beni. Şayet sevmeseydim, bir şey söylemezdim sana."

"Biliyorum. Onun için çok mutlu oldum zaten."

"Ufukta bir hareket var mı?" diye sordu Ezel.

"Neden kadınlar hep ufuktakini merak ederler Allah aşkına?" diye şaka yollu sordu Ege.

"Kim bilir" dedi ona takılarak karısı, "erkeklerden daha uzak görüşlü olduğumuz için belki de."

"Çok doğru." diye katıldı Maya. "Ama Alzheimer olana kadar..."

Diğerlerinin bakışlarını görünce hemen konuyu değiştirdi, "Dün bir video izledim. Doktor, kadınların beyninin çalışması için, 'Bir internet otobanı gibi' dedi."

"Pekiyi, erkeklerin beyni nasıl çalışıyormuş?" diye sordu Bahadır.

"Tali yol..."

Kahkahalarla güldüler.

"İyi" dedi Maya, "alınmadığınıza sevindim."

"Patikadan iyidir." dedi Ege.

"Ya da daha beteri, 'çıkmaz sokak' diyebilirdi." diye ekledi Bahadır.

"Nasılsa kabullendiniz. Tebrik ederim." diye takıldı Ezel.

"Yok canım." dedi Maya, "Asla kabul etmezler. Sadece kibar davranıyorlar."

Sohbetleri havadan sudan konularla, kahkahalarla, müzikle devam etti. Gece yarısını geçmişti ki çocukları geçirip salona döndüler. Maya birden sevinç çığlığı atarak balkona doğru yürüdü:

"Atlasçığım, bakar mısın, kar başladı! İlk kar! Aman Tanrım, ne kadar güzel! Haydi gel, ışıkları kapayıp seyredelim şu güzelliği."

"Bir de müzik koyalım, tam bu manzaraya göre." dedi Atlas ve CD çalara Ciprian Porumbescu'nun orkestra ve keman için "Balad"ını koydu, lâmbaları söndürüp karısının yanına geldi. Arkasında durup iki koluyla belinden sardı, yüzünü hafifçe onun başına dayadı, saçlarının kokusunu içine çekerek kokladı. Maya elleriyle sardı sevdiği erkeğin kollarını ve karı izlemeye başladılar. Kar iri tanelerle, telaşsız, sakin ama dünyaya kalıcı olmak üzere yağıyordu sanki. Terastaki lâmbaların loş, sarı ışığında yaseminlerin, morsalkımların, hanımelilerin çıplak dalları, sarıldıkları kameriyelerle kar altında aşk yapar gibiydi. Dev toprak saksılar, ferforje oturma takımları, hepsi süratle beyazlıkla örtülmeye başlamıştı.

"Ne kadar huzurlu." diye mırıldandı Maya, başını kocasının göğsüne yaslayarak, "Ne kadar sessiz ve ne kadar huzurlu yağıyor."

"Öyle bir tanem."

"Bu ilk kar, değil mi? Daha önce yağmadı, değil mi? Yoksa, ben mi unuttum?"

"Hayır canım, unutmuş değilsin. Bu, senenin ilk karı."

"Sevindim... Bazı şeyleri unutmak artık çok üzmüyor beni ama güzellikleri unutmak üzüyor."

"Sen güzellikleri yaşadığın anda doya doya içine çeken birisin sevgilim. İnan, unutkanlığınla bile, unutmayan çok insandan daha çok güzellik kayıtlıdır sende."

"Hep böyleydim, değil mi?"

"Evet canım, hep böyleydin sen. Sana hayran olmamın sebeplerinden biriydi bu karakter özelliğin. Seninle tanışana kadar hayatın böylesine tadının çıkarılabileceğinden haberdar değildim..."

Maya gülerek, "Hiç şikâyetçi değildin ama hayatından, seni tanıdığımda." dedi.

"Evet, şikâyetçi değildim ama öylesine günü gününe yuvarlanarak yaşıyordum işte. Durup, hayatı dinleyip, izleyip, nefes gibi içime çekmeyi senden öğrendim. Bak, bu tarif bile senden bir tanımlama: 'Hayatı nefes gibi içime çekmek', 'Ânı yaşamak'. Teşekkürler, yaşamımı zenginleştirdiğin için. Birçok sebepten ama bir de bu sebepten benim için çok özelsin, çok kıymetlisin."

"Ne mutlu bana. Bunları bana hep hatırlat ileride, olur mu? Senin hayatında ne kadar özel ve kıymetli olduğumu... Unutturma bana."

Atlas cevap olarak eğilip boynunu öptü karısının... sonra yanağını... Maya yavaşça döndü onun kolları arasında ve "Haydi ânımızı yaşayalım." diye yumuşacık bir sesle konuştu. Dudakları buluştu. "Oh!!! Çok özledim seni." diye fısıldadı Atlas ona sıkıca sarılırken. Maya büyük bir teslimiyetle kendisini kocasının arzulu okşayışlarına ve öpüşlerine bıraktı. Beraber şöminenin önüne uzandıklarında erkeğinin aşk ve şefkat dolu tutkulu teması onun sadece tenini değil, karmaşık ruh halini, örselenmiş beynini, gelecekle ilgili kâbuslarını tedavi ediyordu sanki. Göğsüne doğru inen dudakların temasında nefesi kesildi âdeta. Zihninde, beyninin loblarında ileriye dönük endişe taşıyan ne varsa hepsi karlı geceye karışıverdi. Şu anda tek bildiği, kocasını çok sevdiği, onun tarafından delicesine sevildiği ve birbirlerini ne kadar arzuladıklarıydı. Atlas'la sevişmek, büyük denizlere açılmadan, kıyıdan vahşi dalgalarını izlemek, fırtınada sağanak yağmuru camın arkasından seyretmek gibiydi. Yürekleri, ruhları, bedenleri arzuyla coşup vücutları tutkuyla kaynaşırken aynı zamanda sınırsız güven, huzur ve rehavet hissedebiliyordu. Bir gün gelip onu hatırlayamadığında ne kadar çok şey azalacaktı hayatında. Ne kadar çok ve güzel duygunun karşılığıydı sevdiği erkek. Onu unuttuğu zaman acaba bilinçsiz bir şekilde özleyecek miydi? Kocasıyla bir daha sevişemeyecekleri, kucaklaşmalarının, öpüşmelerinin kendisi için anlamını yitireceği o karanlık zamanı düşünmek dahi hasret duygusuyla sardı Maya'yı.

Atlas, bakışlarını karısının yüzünden ayırmadan, nefesini dinleyerek, bütün duygularını hissetmeye çalışarak sevişti onunla. Sevdiği kadının kendisini bir gün hiç hatırlamayacağını, bütün bu sevişmeleri, öpüşmeleri, kucaklaşmaları unutacağını düşünmek içini acıtıyordu. Hayatının kadını şu an kollarının arasındayken, bedenleri, nefesleri iç içe, tenlerinin sıcaklığı bir diğerini körüklerken bile onu özlüyordu. Ona hasret kalacağı günlerin acısını çıkarmak ister gibi sarıldı bedenine. Alevlerin aydınlattığı yüzüne uzun uzun baktı. Aşktan başka bir şey görmedi, yeşil gözlerinde. "Seni seviyorum." dedi, halıya dağılmış saçlarını okşarken.

"Ben de seni seviyorum bir tanem." diye fısıldadı Maya, sanki daha yüksek konuşsa gecenin sihrini bozacakmış gibi. "Hem de çok seviyorum."

Baladın yüreği saran melodisi kemanın es'lerinde bir anlık sessizlik yarattığında, şöminedeki odunları yalayarak dalgalanan alevlerin çıtırtıları, camlara, pervazlara vuran karın yumuşak sesi okşuyordu geceyi. Karı koca, ikisi de, ne zaman gerçekleşeceğini bilmedikleri o meşum gelecek zamanla ilgili birbirlerine şimdiden duydukları hasretle inişli, çıkışlı bir ruh haline girmişlerdi. Bedenleri sevgiyle, ihtirasla, tutku ve şefkatle, mutluluk ve hüzünle sevişiyordu. Bütün tezat hisler onlarlaydı ve bir diğerinin her nefesinde sanki duygularına cevap alıyorlardı.

Tüm diğer aşk zamanları gibi çılgıncaydı bu da. Sanki hayatları boyunca bir diğerini beklemiş de ilk defa buluşmuş gibilerdi. Neden sonra sevişmenin rehavetinde sarmaş dolaş uzandıklarında Maya başını kocasının göğsüne yasladı ve aşk mahmurluğunda onun yüreğinin sesini dinledi. Atlas, onun, göğsündeki elini tutup parmaklarını parmakları arasından geçirip kavradı ve dudaklarına götürüp bileğine bir öpücük bıraktı. Maya erkeğinin sıcaklığını şah damarında hissetti. Balad bitmiş, şöminenin ateşi azalmış, dışarıda kar tipiye çevirmişti. Birbirlerine söyleyemedikleri hüzünlerine inat hayattan bir gece daha, bir mutluluk zamanı daha çalmışlardı.

# 20

Maya, iç sesi bir görevi olduğunu hatırlatmış gibi açıverdi gözlerini. Perdeleri açık camların arkasında günlerdir yağmakta olan kar birikmeye devam ediyordu. Pencere pervazlarında yükselmiş kar gecenin karanlığına beyaz mistik bir ışık tutulmuş gibi ışıldıyordu. Yataktan çıkarken Atlas mırıldandı:

"İyi misin canım?"

"Evet. Uykum kaçtı. Biraz çalışacağım.""

"Tamam canım. Bir yardım istersen uyandır beni."

Maya kocasını öpüp sabahlığını giydi ve çıktı yatak odasından. İçindeki dürtü neydi, niye uyanmıştı, bilemiyordu. Ne olduğunu hatırlamadığı bir şeyleri yapmak zorunluğu vardı sanki. Belki de yapması gereken bir şeyi yapmayı unutup yatmıştı. Atlas bilebilir miydi acaba? Ama onu uyandıracak değildi şimdi sormak için. Madem uyanmıştı, en azından işe yarar bir şeylerle değerlendirebilirdi zamanı. Çalışma odasına ilerledi. Çalışma iskemlesine yerleşti. Gece lâmbasına uzandı ama yıllardır gözü kapalı açtığı düğmesini bulamadı. Nereden açıldığını hatırlayamamıştı lâmbanın. Yerinden kalkıp iki eliyle çepeçevre yokladı pirinç tijini. Bulamadı. Bilgisayarının kapağını açtı. Onun ışığında baktı antika lâmbaya ve krem rengi şapkasının altında duran minik anahtarı gördü. Derin bir nefes aldı ama içindeki huzursuzluk artmıştı. Tekrar oturdu yerine. Masanın üzerindeki defterde yazılı olanlara baktı. "Unutmak üzerine sözler, sayfa 25..." Kendisine hatırlamak için böyle ipuçları bırakıyordu. Dosyasını açtı. Ancak direkt istediği sayfaya gitmek için nereden komut vereceği aklına gelmedi. Aşağıya indirme tuşuyla satır satır geçti sayfaları. Nihayet yirmi beşinci sayfaya geldiğinde, memnun, arkasına yaslanıp okumaya başladı. Bunlar, uzun zaman önce bir araya getirdiği unutmak ve hatırlamakla ilgili sözlerdi. Başına gelecekleri bilmiş gibi, senelerdir, küçük not defterlerine karşılaştıkça notlarını düşmüştü, bir gün nerede kullanacağını bilmeden. Şimdi her bir söz için kendi içinde olduğu durumun paralelinde duygularını, ruh halini ekliyordu, kâh deyişe katılıp, kâh zıt düşüp.

Biri diyordu ki: "Unutmak yıllar sürer ama hatırlamak dakikalar."

Maya tam altına kırmızı harflerle şunu eklemişti: "Unutmak bazen hatırlamaktan daha kısa zamanda gerçekleşebilir. Öyle hızlı gerçekleşir ki şaşarsınız."

Albert Camus da benzer bir şey söylemişti: "Hatırlamak için yavaşlarız ama unutmak için hızlanırız."

"Hiç de değil Mösyö Camus" diye yazmıştı Maya, "Bir bilseydiniz hatırlamak için ne kadar hızlanmak istediğimi ama unutmak için hiç acelem olmadığını; bir bilseydiniz hiç mi hiç acelem olmadığını."

Yazdıkları yazmayı düşündüklerinden farklıydı. Tekrarlar olmuştu. Cümleler çok fena, düşüktü. Ama şu an yazsa, kendisini bundan daha iyi ifade edebilecek de değildi. Bir sonrakine devam etti.

"Unutmak ebedi gençliğin sırrıdır. Hafızamız olduğu için yaşlanıyoruz. Çok az şey unutuyoruz." demişti Erich Maria Remarque.

Maya buna cevaben, "Unutmak, yok olma kapısının anahtarıdır. Hafızamız olduğu kadar yaşıyoruz. Unutmadıklarımız zenginliğimizdir." yazmıştı, epeyi önceki bir zaman diliminde.

"Aklında tut ki, geç yağan yağmur kurumuş çiçekleri yeşertmez." Bu cümleyi niye seçip buraya koymuştu, anlayamadı. Hafızayla, hatırlamakla hiçbir bağlantısı yoktu. Ne düşünmüştü acaba, nasıl bir bağlantı kurmuştu o zaman, hatırlamıyordu. Geçti bu cümleyi.

Friedrich Nietzsche'nin, "Kötü hafızanın avantajı, insanın birçok güzel hatıranın tadını ilk defa gibi çıkarmasıdır." cümlesini iki defa üst üste içinden, sonra bir defa da ağır bir tempoda sesli okudu. "Herhalde Alzheimer'dan haberin yoktu, Friedrich'çiğim" diye not düşmüş, bir de gülücük işareti koymuştu bunun altına. Yine gülerek bir şeyler daha ekledi: "Güzel şeyleri hatırlamak... kötü hafızaya gerek yok. İyi hafızayla güzel şeyleri daha sık ve daha çok hatırlamak mümkün. Her defasında da tadı çıkarılır, ilk defa gibi, pekâlâ."

Gözleri, parmakları tuşlarda bir zamanlarki hızıyla bağlantı kuramıyordu. Tek tek, büyük bir dikkatle bastı tuşlara.

Sıra Halil Cibran'ın sözüne gelmişti: "Anımsamak bir türlü buluşmaktır. Unutmak ise bir tür özgürlük."

Maya dudak büktü okuduğuna. Nitekim önceki çalışmalarında şunları yazmıştı yanına: "Anımsamak buluşmaktır kesinlikle. Ama unutmanın özgürlük olduğunu söyleyen, unuttuğu şeylerin kendisini ne kadar hür kılan şeyler olduğunun farkında değil demektir. Unutmak özgürlük değil, özgürlüğünü kaybetmektir."

Daha kelimelerine hâkim iken yazdıkları o kadar farklıydı ki. Yine öyle yazabilmek istiyordu. Ama şimdi, daha güzel yazmış olduklarını okuduğunda anlamak için bile gayret göstermesi gerekiyordu.

Freud, "Aslında unutmak acıyı artık hissetmemektir." demişti. Maya'nın notları, "Bir evlâdın, bir sevdiğinin acısı için, aşk acısı için söylendiyse, böylesine acılar nasıl unutulabilirdi ki? Diğer taraftan hafıza öyle bir seçim de yapmayabilirdi, iş unutmaya gelince." diyordu, bir de soru eşliğinde. "Ama ya unuttuklarımız sadece acılar değilse? Ya bütün güzellikleri, mutlulukları, sevgileri, sevdiklerini de unutuyorsa insan? Bu kendi başına dev bir acı değil mi?"

Maya yazdıklarını tekrar tekrar gözden geçirdi. Bazı yerlerinde kendini anlamaya çalışarak sesli okudu. Çok memnun kalmadı. Bu sözleri bir araya getirdiğinde onları nasıl işleyeceği düşüncesiyle not düştükleri arasında dağlar kadar fark olmalıydı. Doğrusu neydi, bilemiyordu ama tamam olmadıklarına dair hisleri oradaydı. Evet, belki özünde aynı şeyler yatıyordu fakat onun kelime haznesi, duygu çeşnisi bu kadarla sınırlı kalamazdı, çok daha iyi, mükemmel anlatabilirdi demek istediklerini. Ancak, olmuyordu işte. O eski Maya muhakkak ki farklı yazardı. Ne var ki o vurucu kelimeler, medcezir yaratan duygu anlamları ondan uzaklaşmışlardı artık. Bir sene evvel, iki sene evvel aynı hisleri nasıl daha anlamlı ifade etmiş olabileceğini düşünmek istedi, düşünemedi. En ufak bir ipucu yoktu hatırasında. Kendine bir kez daha söz verdi. Pes etmeyecekti. Israrla yazmayı sürdürecekti. Kimse için değil, kendi için ihtiyacı vardı buna.

Zihnindeki yavaşlık, kendini ifadesindeki durgunluk onu yine o çaresizlik ve kızgınlık içine almıştı. Kızacağı biri de yoktu, sadece kızgındı. Belki de beynine kızıyordu ama onunla iyi geçinmesi gerektiğini de biliyordu. Yakın bir zaman sonra bugünlerini de arayacak, sonra eksikliğini bile hissetmeyecekti. Aslında unuttuğu şeyler olduğunu hatırlayarak, acı çekerek yaşamaya razıydı, ot gibi yaşamaktansa.

Birden kendisini çok yorgun ve endişeli hissetti. Ekrandaki yazıları göremez oldu. Sanki bilgisayarın camı pusla kapanmıştı. Başını ileri geri oynatıp, gözlüklerini takıp çıkardı. Hiçbir şey değişmedi. Bu gecelik bu kadardı demek ki. Bilgisayarının düğmesine basmadan direkt kapağını kapadı. Yanlış bir tuşa dokunup ekrandakileri silmekten korkmuştu. Dirseklerini masaya dayayıp yüzünü avuçlarının içine aldı ve kendini bu kadar yoran karışık kelimelerden, cümlelerden arınmayı bekledi.

Ne kadar zaman geçtiğini bilmiyordu. Omuzundaki dokunuşla gözlerini açtığında sevinç çığlığıyla, "Anne!" dedi, "Ne zaman geldin? Nasıl haberim olmadı geldiğinden?"

Annesi onu yanağından öpüp, "Atlas aldı içeriye. Seni uyandırmak istemedik ama bir öpeyim dedim." dedi gülümseyerek. Her zamanki gibi sade ama şık bir giysi vardı üzerinde. Boynunda, kulağında incileri, kısa, özenle taranmış saçlarıyla hep bildiği annesiydi işte. Onu hiç başka türlü görmemişti zaten.

"Çok geç değil mi anneciğim?" dedi, "Nereden geliyorsun bu saatte?"

"Daha o kadar geç değil ki. Sen uyuduğun için öyle geliyor olmalı."

Maya yerinden kalkarken, "Kusura bakma" dedi, "şaşırttın beni. Ne ikram edebilirim sana?"

"Atlas bir kahve hazırladı canım. Balkonda içeceğiz. Madem uyandın, haydi gel sen de."

"Anneciğim, dışarıda kar yağıyor."

"Karın bana ne ziyanı olabilir ki? Hep çok sevmişimdir, biliyorsun. Haydi, geçir üzerine bir şeyler, gel sen de. Lâflayalım azıcık. Özledim seni."

"Ben de seni anneciğim. Hemen geliyorum."

Annesi geldiği gibi usulca ayrılıverdi odadan. Maya birden olduğu yerde silkindi. Etrafına bakınarak, "Anne?" dedi. Halen çalışma odasında, masasının önünde oturmaktaydı. Kalkarken, "Anne!" diye tekrarladı yavaşça. "Neredesin?" Birden camdaki kadınla karşılaştı gözleri. O da aynen, bilgisayar ekranındaki kelimeler gibi, sisin içindeydi sanki. Kendisine hem benziyordu, hem benzemiyordu. Annesini de hatırlatıyordu, kızını da. Ama... bir dakika, onun kızı yoktu ki. Yoksa vardı da, hatırlamıyor muydu? "Yok yok, benim kızım yok, hiç olmadı. Doğursam unutabilir miyim? Mümkün değil." diye düşündü. Evet, kızı yoktu ama annesi vardı ve terasta kahve içeceklerdi, öyle demişti. El salladı camdaki kadına. O da aynı anda el salladı karşılığında. Maya âdeta hipnotize olmuş gibi çıktı çalışma odasından, önce misafir odalarına girdi, döndü, salona ulaştı, balkon kapısını açtı. "Anne!" diye seslenirken buz gibi hava, rüzgârla savrulan kar yüzüne çarptı. Kapıyı ardına kadar açık bırakıp, karlı terasın karanlığına karıştı.

Atlas uykusu arasında diğer yanına döndü. Alışkanlıkla kolunu uzattı karısına sarılmak üzere. Ama tanıdığı o teni bulamadı eli. Birden hissettiği serinlikle gözünü açtı. Yatağı tekrar yokladı. Maya yerinde yoktu. Doğrulup yanı başındaki lâmbayı yaktı. Belden yukarısı çıplak vücudu ürperdi. Yolunda gitmeyen bir şeyler vardı. Yataktan çıkıp koridora vardığında soğuğun daha da arttığını hissetti. Karısı çalışma odasında değildi. Kapıları açık misafir odaları da boştu. Bir müddettir, Maya gece kalktığında yadırgayabilir endişesiyle her odada küçük bir ışığı açık bırakıyorlardı. "Mayacığım!" diye seslendi telaşla salona doğru ilerlerken. "Maya!"

Soğuğun nereden geldiğini hemen fark etti. Terasın sürgü kapısı boydan boya açıktı. Hâlâ yağmakta olan kar kapı ağzındaki parkelere kadar uzanıyordu. Koşar adımlarla oraya doğru hamle yaparken bu kez endişesi artmış olarak tekrar seslendi:

"Maya! Maya!"

Terası tamamen kaplamış karların üzerinde ayak izlerini gördüğü an beyninden vurulmuşa döndü. Bedeninin, ayaklarının çıplak olduğunu umursamadan haykırarak kendisini dışarıya attı ve izleri takip ederek koştu. Çatıyı çepeçevre dolanan terasta balkonu, mutfağı, Maya'nın çalışma odasını geçti ve dairenin arka tarafına dönmüştü ki kendi çalışma odasının balkon kapısının önünde gördü onu. Maya, karın altında, ayakları çıplak, üzerinde ipek sabahlığı, cama dayanmış duruyordu. Saçlarında, kirpiklerinde kar taneleri uçuşuyor, bedeni titriyordu. Atlas onu kollarının arasına alırken, "Ah! Mayam! Canım benim!" diye mırıldandı, az önce aklından geçen korkunç ihtimâllerin dehşeti hâlâ içinde. "Oh! Buradasın." dedi Maya ona sokulurken, "Odana giremedim. Kapısını açamadım... Seni gördüm orada, öbür kapının orada. Ama ben içeri giremedim."

"Şşşt.. Tamam canım, tamam. Şimdi içeri gidiyoruz."

Atlas onu kucağına alıp daireye geri döndü. Doğru banyoya götürüp duşun altına soktu ve kendisine gelene kadar sıcak suyun altında tuttu. Maya oturduğu pufta kocası saçını kuruturken aynada kendisini, bir yabancıya bakıyor gibi izliyordu. Rüyadaymış gibi konuştu:

"O kapıyı neden açamadım?"

"Bir tanem, içeriden kilitliyoruz kapıları, kullanmadığımız zaman. Kimse dışarıdan açamazdı. Bir şey mi arıyordun? Keşke bana söyleseydin."

"Seni arıyordum. Sana gelmek istedim."

"Ben burada yataktaydım."

"Ama odanı gördüm."

"Evet, çalışma odam orası. Ama ben burada uykudaydım. Ne oldu da uyandın bu gece, hatırlıyor musun?"

"Hatırlamıyorum. Uykumda bir şey oldu galiba."

"Rüya mı gördün?"

"Annem buradaydı."

"Sevgilim, annen on sene evvel vefat etti."

"Ama buradaydı. Çok canlıydı. Sen açmıştın kapıyı."

"Bir tanem ben yatağımda uyuyordum."

"Kahve verecektin anneme."

"Rüya görmüşsün Mayacığım. Sadece bir rüya."

"Annemi bulmak için çıktım. Sonra kayboldum. Ama seni bulmam lâzımdı. Eve nereden gireceğimi bulamadım. Seni bulamadım. Sonra odanı gördüm. Masanı, çellonu gördüm ama seni göremedim. Sonra gördüm. Öbür kapının önünden geçtin. Ben dışarıda kaldım."

"Seni arıyordum evin içinde."

"Ama almadın beni içeriye."

"Sevgilim, bilmiyordum senin dışarıya çıktığını. Tahmin etmedim."

"Beni dışarıda bıraktın."

Atlas fön makinesini kapayıp Maya'nın başına bir öpücük kondurdu, "Seni dışarıda bırakır mıyım sevgilim? Bak, geldim, aldım seni. Şimdi güvendesin, sıcaktasın, yanımdasın."

"Anneme ne oldu?"

"Canım benim, annen on sene evvel öldü. Gördüğün bir rüyaydı."

"Evin yolunu kaybettim. Bu çok kötü bir şey değil mi?"

"Önemli olan şimdi evinde olman bir tanem. Ama çok korkuttun beni. Umarım hasta olmazsın. Nasıl hissediyorsun kendini? Isındın mı?"

"Evet."

Atlas, karısını elinden tutup yatağa götürdü. Bornozunu çıkarıp çekmecesinden aldığı geceliği giydirdi. Üzerini örttü, yanına uzandı, kolunu başının altından geçirip sarıldı. "Haydi" dedi, "artık biraz uyu canım."

"Kaybolmak çok kötü, biliyor musun?"

"Evet canım. Ama artık benimlesin. Şimdi dinlen biraz."

"Yine kaybolmam, değil mi?"

"Seni böyle kollarımın arasında tutacağım, kaybolma diye. Tamam mı? Sen rahat rahat uyumaya bak."

"Teşekkür ederim..."

Atlas cevaben öptü karısını. Sonra gece lâmbasını kapadı. Bu gece tek kaybolan Maya değildi. Kendisinin de taze tutmaya çalıştığı umutları birer birer kaybolmaya, üstelik korkuları artmaya başlamıştı. Maya'nın kendisine verebileceği zarar bu gece kar altında üşümesinden çok daha ileri boyutlara gidebilirdi. Kendisinin dışarıda, oyunda, turnede olduğu bir zamana rast gelse, neticenin ne kadar daha vahim olabileceğini düşünürken içi titredi. Maya ne kadar istemese de bir yardımcı bulmaları şarttı. Derin bir nefes alıp karısına biraz daha sarıldı. İçi ısındı. Maya'nın bu çaresiz, yardıma muhtaç haliyle bile ona sıcaklık, dostluk, destek hissi veriyor olması çok enteresandı. Seviyordu onu, çok seviyordu... Gerçek sevginin, derin aşkın nelere muktedir olduğunu şimdi çok daha iyi anlıyordu. Ama ah o çaresizlik! O yok mu? Gözlerine yaş getirmişti, karısına yardımcı olamamanın aczi. Bundan böyle derin bir uyku uyuyamayacağından emindi.

♡ ♡ ♡

"Dün gece neler oldu, tam anlatır mısın?" dedi Maya, yatakta kocasının getirdiği ballı, tarçınlı çayı içerken. Sesi ve beden dili yorgundu. Bir gece evvel, bir kısmını hatırladığı, bir kısmını hatırlamadığı olaylar; rüyasıyla gerçeği, annesinin ziyareti, terasta yaşadığı kayboluş korkusu, karanlıkta, karın altında yapayalnız kalışının travması, sonra derin bir uyku hali... hepsi kopuk ve anlamsız bir sürrealist film gibi yer yer gidip geliyordu.

Atlas kendi çay fincanı elinde, karısının yanında oturdu yatakta. "Gece yarısı uyandın canım." dedi, "'Birazdan yatacağım' deyip kalktın. Sonra terasta benim odamın dışında buldum seni. Annenle ilgili bir rüya olmalı dışarı çıkış sebebin. Seni görene kadar yaşadığım endişeyi anlatamam. Çok korkuttun beni."

Maya düşünceli bir bakışla çayını yudumlarken dinliyordu onu.

"Aklımdan onlarca tehlike geçti." diye devam etti Atlas, eliyle onun yanağını okşarken, "Kendimi asla affedemezdim, senin kılına zarar gelse. Bugün de yataktan çıkmayacaksın lütfen. Sıcak kalıp istirahat etmeni istiyorum. Nasılsın şu an?"

"İyiyim bir tanem. Şu an iyiyim. Ama kayıbım. Kaybolmak tam kelime mi, bilmiyorum. Artık birçok kelimeyi hatırlamıyorum. Aslında başka bir şey demek istiyorum. Ama bir tek 'kayıp' kelimesi geliyor aklıma."

"Seni anlıyorum karıcığım. Dert etme. Ama şimdi senden bir ricam olacak."

"Evet?"

"Biliyorum, hiç istemiyorsun ama bir yardımcı tutmamız lâzım artık. Lütfen inat etme."

"Yardımcı ne yapacak ki? Gece uyurken başımda mı bekleyecek?"

"Hayır, ama evin içinde bir nefes daha olur. Ben seni bırakıp giderken içim rahat eder. Ama bunları zaten hep konuşmuştuk daha evvel."

"O zaman ben de senden bir şey isteyeceğim."

"Dinliyorum."

"Bakımevi..."

"Bu konuyu çok önce konuşmuştuk..."

"Konuşmuştuk, değil mi?"

"Evet. Üstelik yazılı vermiştin hepimize, neler yapılmasını istediğini. Daha böyle bir değişikliğe gerek yok."

"Doğru, konuşmuştuk... şimdi sen söyleyince hatırladım."

"Sadece bakımevi de değil, gerekirse hastanede yapılmasını, yapılmamasını istediklerini de belirtmiştin."

Maya, kendisine hayret edercesine dudak bükerek baktı, hafifçe tebessüm etti:

"Bak, iyi ki yapmışım, şimdi hatırlamıyorum bile. Bir ev vardı, hani, adı..."

"Altın Göl."

"Ah, evet, Altın Göl... değil mi?"

"Evet canım. Murat'ın da ortak olduğu, çok iyi bir bakıme-

vi. Sen kendin seçmiştin orayı, bir gün gerekirse diye. Gidip gezmiştik."

"Yaa, gitmiş miydik oraya?"

"Tabii. Beraber gezdik. Odalarını, bahçesini, hobi salonlarını gezdik."

"Kim karar verecek, gitmem konusunda."

"Buna aslında sen karar verdin bir tanem. Ama o gün geldiğinde karar gücün olmazsa diye de beni görevlendirdin, senin adına isteğini yerine getirmem için."

"Bütün bunları ben mi akıl etmişim?"

Maya'nın sesinde ve yüz ifadesinde neredeyse şakacı bir ton okunuyordu.

"Evet canım." dedi Atlas, tebessümle, "Sen hem çok akıllı, hem çok ileri görüşlü bir kadınsın."

"Oo! Teşekkür ederim. Sanırım öyleyim."

Keyifli bir kahkaha attı ve ardından, "Mutlu oldun mu?" diye sordu Maya.

Kocası onun eksiksiz konuşmak için çabaladığını ama ifadelerinde kayıplar olduğunu gördüğü için elinden geldiğince dikkatli dinleyip ona soru sormak zorunda kalmadan cevaplamaya çalışıyordu. Sohbetleri çoğu zaman Atlas için de beyin zorlayan bir bulmaca gibi oluyordu.

"Senin akıllı ve uzak görüşlü olman bana hep keyif vermiştir bir tanem. Seninle ne kadar gurur duyduğumu bilirsin."

Ama cevabı tamam değildi ki, Maya "Yok, gururu sormadım." dedi, "Onu sormadım. Mutlu oldun mu, senden istediğim için, onu sordum."

Atlas bir an durdu. Maya'nın ondan isteğinin üzerine getirdiği yükü, daha en başta duyduğu vicdan azabını anlatacak değildi kendisine. Temkinle ve onun yüz ifadesini izleyerek cevapladı:

"İsteklerini yerine getirmem konusunda beni seçmen çok duygulandırdı beni."

"Niye seni seçtiğimi de biliyorsun, değil mi?"

Atlas, onun unuttuğu bir detayı kendisinden öğrenmek için akıllıca bir soru mu yönelttiğini, yoksa bunun bir sınama mı olduğunu kestirememişti.

"Tabii canım. Senin isteklerini duygusallığımdan önce tutacağıma güvendiğin için. Ama sen bu olayı hatırlamazken, beni niye seçtiğini nasıl hatırlıyorsun şimdi?"

"Seçimi bugün de yapacaksam aynı olurdu, ondan."

Sonra fincanını konsola bırakıp kocasına doğru döndü. Gözlerinin içine bakarak sordu:

"Hâlâ güvenebilirim sana, değil mi?"

"Her zaman. Bunu biliyorsun."

"O zaman şimdi zamanıdır."

Atlas sorar gözlerle baktı karısına. Maya uzanıp elini tuttu kocasının, "Artık gitmek istiyorum." dedi.

"Maya..."

"Şşşttt... Lütfen... Bak, en akıllı günlerimde istemişim, yazmışım... şimdi azalan akıllı zamanlarımdan birindeyim ve gitme zamanım geldi diyorum."

"Mayacığım, bunu yapma. Bize zamanında söylediğin durumunla ilgin yok. Neden beni, evini bırakıp gidesin oraya? Hâlâ bu hayatın tadını çıkarıyoruz beraber. Ailen etrafında, bildiğin, sevdiğin bir yerdesin. Neden?"

Maya Atlas'ın yüzünü okşadı sevecenlikle, "Bir tanem" dedi, yavaşça, "ne olur kızma..."

"Kızmıyorum sevgilim. Üzülüyorum."

"Neredeyse aynı şey..."

Atlas onun elini avucuna aldı, dudaklarını içine gömüp uzun bir öpücük bıraktı. "Sana nasıl kızarım? Sadece üzülüyorum." dedi.

"Biliyorum, onu demek istedim. Sen bana kızamazsın... kızınca da üzgün olursun. Onu demek istedim işte. Ama artık zor söylüyorum her şeyi. Aklım ile dudaklarım aynı şeyi söylemiyorlar sevgilim... söylemiyorlar... sanki yabancı oldular..."

"Ama bak, her şey yolunda. Problemsiz götürüyoruz."

"Problemsiz? Canım kocam benim... Nasıl değişti hayatımız? Ne kadar yoruyorum seni? Görmüyor musun? Ne yanlışlıklar yapıyorum, hatırlamıyorum. Aklıma gelirse üzülüyorum. Kendim için, senin için... bir sürü şey için üzülüyorum. Bak, şimdi o üzüldüğüm şeyleri bile hatırlamıyorum. Dün gece neler olmuş, haberim yok. Sana, bana ait bir hayat değil. Kopuk, yarım, eksik... Biri makasla kesiyor gibi yaşadığım zamanları."

"Tabii ki bize ait bir hayat. Belki şartlar, dengeler değişiyor ama bu hâlâ seninle benim hayatımız, bizim hayatımız. Beni yerleştir oraya Atlasçığım... lütfen. Beni bu evde, bu yatakta iyi halimle hatırlamanı istiyorum. Her şeyi tamamen unutup seni daha fazla üzmeden, acınacak duruma gelmeden gitmeliyim buradan. Zavallı bir Maya'nın izi kalmamalı bu evde. Anlıyor musun beni?"

Atlas fincanını komodinin üzerine bırakıp ona sarıldı ve "Seni seviyorum." dedi, "Seni çok çok seviyorum."

"Ben de seni çok seviyorum sevgilim. Beni bakımevine bırakman, beni daha az sevdiğin anlamına gelmeyecek. Beni ne kadar sevdiğini, nasıl korumak, kollamak istediğini biliyorum. İnan, bu hem senin, hem benim için en iyisi. Artık hiç güvenemiyorum kendime. Tehlikeli olmaya başladım. Kendim için, senin için, ev için. Kiminleysem onun için. Yarattığım tehlikenin farkında olmuyorum. En fenası da bir tehlike anında nasıl yardım isteyeceğimi bilmiyorum."

"Sevgilim, o sebepten yardımcı tutalım istiyorum ya hep."

"Evet, yardımcı iyi. Ama 'akıllı günümde' isem. Sonra her şey puslanıyor ve yabancı, düşmanım gibi geliyor bana."

"Bakımevinde de tanımadığın insanlar olacak etrafında. Onlar için de aynı şeyi hissedersen ne olacak? Bu defa ben de yanında olmayacağım."

"Orada seveceğim biri vardır."

"Ya sevemezsen."

"Yok, biliyorum. Orada çok sevdiğim bir hemşire var."

Atlas şaşırmıştı. "Ne zaman tanıdın o hemşireyi?" diye sordu.

"Murat'a gittiğimizde oradaydı. Sen de gördün. Çok sevdim o hemşireyi."

"O Murat'ın muayenehane hemşiresi. Altın Göl'de çalışmıyor canım."

"Öyle mi? Ben sanmıyorum. Bence orada çalışıyor."

Atlas, karısıyla inatlaşmak ve inandığının aksini tekrarlamak istemedi. "Belki de öyledir." dedi.

"Belki değil, eminim. Söyleriz, o benim hemşirem olur. O zaman problem çıkarmam."

"Sevgilim, sen isteyerek, plânlayarak bir şey yapmıyorsun ki..."

"Ama yine de problem çıkarıyorum. Belki o hemşireyle olmaz. Ben evde kaldığım sürece sen hep merakta olacaksın. Her kayıp zamanda bir şey yapınca sen üzüleceksin. İstemiyorum bunu. Söz ver bana. Beni götüreceksin Altın Göl'e bu hafta."

"Hemen mi?"

"Bekleyecek ne var ki bir tanem? Dün gece kar altında kendi balkonumuzda kaldım. Yarın ne olacak, bilemiyorum. Beklemeyelim artık. Ne olur."

Atlas ağlamaklıydı. Yanında, yatakta oturan sevdiği kadına baktığı zaman, onu bakımevinde göremiyordu. Ama şu anda egoistlik yaptığının farkındaydı. Onu kendisi için istiyordu evde. Fakat diğer taraftan Maya'nın da henüz çoğunlukla kendisini bilerek yaşadığı zaman dilimlerinde evinden ve ondan uzakta nasıl bir azap çekeceğini tahmin edebiliyordu. Karısının, sırf onu endişeden, sorumluluktan kurtarmak için bunu seçtiğinden emindi. Şu an bunu mücadeleye çevirmek ve onu olduğundan daha fazla yormak istemiyordu. Sarıldı ve "Tamam" dedi, "düşünelim bunu önümüzdeki günlerde. Altın Göl en son çaremiz, unutma. Oradan önce ailen var senin. Seni seven ve yanında isteyen bir kocan var. Oğullarımız, gelinimiz, torunumuz... seni seven sıcacık bir ailemiz var. Bunlardan uzaklaşmanı istemiyorum."

Atlas konuşurken kendisini kaçıncı defa tekrar ettiğinin farkındaydı ama bütün bunlar karısının unuttuğu detaylar olabilirdi. Ona tekrar hatırlatmak istiyordu. Bu mücadeleden bu kadar çabuk vazgeçmeyecekti.

Atlas gün boyu kafa patlattı, yeni gerçeğiyle nasıl yüzleşeceğine dair. Maya'nın hastalığı son evrelerine geldiğinde dahi onu bakımevine bırakacağı fikrini kabul edemezken, şimdi bu yeni durumda, bu fikirle nasıl başa çıkacağını bilemiyordu. Maya'nın isteği çok ani çıkmıştı ortaya ve Atlas için çok sarsıcı olmuştu. Karısını, sevdiklerinin hiçbirini hatırlamadığı, kendisinin kim olduğunu bilmediği, özleyeceği bir aile, bir ev kavramı kalmadığı zaman Altın Göl'e bırakma fikrine alıştırmaya çalışırken, şimdi daha hepsini tanıyorken uzaklaşması, kendisine yabancı bir yerde yapayalnız kalacak olması vicdanını her zamankinden fazla acıtıyor, yüreğini dağlıyordu. Ailesini, evini, alıştığı düzeni, geçmişini, kopuk parçalar halinde de olsa, henüz tamamen kaybetmiş değildi Maya. Hâtta, onu tanımayan, geçmişteki enerji ve yeteneklerini bilmeyen biri için Maya hastalığıyla ilgili pek bir ipucu bile vermeden idare edebilirdi. Diğer taraftan Maya'nın henüz bu seçimi yapabildiğinde kendisinin üzerinden bu yükü alıp bakımeviyle zamanlamayı şahsen seçmiş olması, Atlas'ı tahmin ettiği kadar rahatlatmamıştı. Her halükârda bu fikirle nasıl başa çıkacağını bilemiyordu. Şu an kendisini Maya'dan çok daha zayıf, daha kararsız hissediyordu. Bir çözüm bulmaya, bir desteğe ihtiyacı vardı. Son olanları anlatmak üzere Murat'ı aradı.

# 21

Murat'ın bulduğu hemşire birkaç haftadır onlarda kalıyordu. Emekli olduğundan beri evlerde özel bakım hemşireliği yapan işinin ehli, şefkatli, tertemiz, güçlü kuvvetli bir kadındı. Özellikle Alzheimer, demans hastalarının bakımı konusunda tecrübeliydi. İki misafir odasından birini ona hazırlamışlardı. Bütün gün Maya'nın bakımı, yemeğiyle meşgul oluyor, yanında yürüyüşe gidiyor, gönüllü üstlendiği akşam yemeği servisinden sonra onları karı koca baş başa bırakıp odasına çekiliyordu. Maya kocasının ısrarlarıyla, evde yardımcıyla bir deneme yapmaya razı olmuştu. Kullandığı ilâçlarla eskisi kadar agresif, hiddetli zaman aralarına düşmüyordu ama ne var ki kadıncağızın tüm şefkatli çabasına rağmen bir türlü ısınamamıştı kendisine bakılıyor olması fikrine. Onunla arasındaki mesafeyi korumaya özel gayret gösteriyordu.

Hemşirenin izinli olduğu akşamlardan biriydi. Karı koca yemekten kalkmış, salonda oturuyorlardı. Atlas eski albümlerden birini almış, Maya'nın anılarını tazelemek için fotoğraflar üzerinden, çekildiği zamanların hikâyelerini anlatıyordu.

"Ne kadar güzelsin, bakar mısın?" dedi, karısının su altında şnorkelle yüzerken kendisinin çektiği bir deniz dibi fotoğrafını gösterip. "Denizkızı gibisin."

Maya keyifle, "Teşekkür ederim." dedi, hafif utangaç.

"Gerçekten öylesin." diye tekrarladı Atlas.

"Kaç sene önce bu?"

"Beş sene Maya."

"Sadece beş sene mi?"

"Evet canım... ve sen hâlâ aynısın."

"Evet, ben hâlâ Maya'yım."

"Sadece o değil, fiziğin de halen aynı."

"Ama artık karada yaşıyorum."

Güldüler beraber. Onun keyfinden mutlu, öptü dudağından Atlas, "Seni seviyorum." dedi.

"Ben de seni seviyorum. Ama bir şeyi merak ediyorum."

"Evet?"

"Beni denizkızı gibiyken seviyorsun ya, acaba denizanası gibi olursam da sever misin?" Cevap beklemeden kendi gülmeye başladı. "Şaka, şaka, cevap vermene gerek yok."

"Ama cevap vermek istiyorum."

"Hayır! Cevabını duymak istemiyorum." derken hâlâ gülüyordu. "Ne olur söyleme. Belki de hoşuma gitmez."

"Pekâlâ." dedi Atlas ve ona sarılıp fotoğrafları çevirmeye devam etti. O arada Maya'nın kahkahası ciddi bir ses tonuna dönmüştü. "Atlasçığım" dedi, "madem o yok şimdi. Sana bir şey söylemek istiyorum."

"Kim? Nihal Hanım mı?"

"Oydu değil mi ismi? Evet o."

"Bir problem mi var?"

"Gitsin istiyorum. Ben mutlu değilim."

"Yanlış bir şey mi yaptı?"

"Hayır. Belki de yapıyor, onu da bilmiyorum... Bilmiyorum. Sadece istemiyorum."

"Ama bir sebebin olmalı bir tanem. Sana bir terbiyesizlik mi yaptı? Zor bir anında yardımsız mı bıraktı?"

"Hayır... Böyle bir şey hatırlamıyorum. Ama onu etrafımda istemiyorum."

"Ne kadar rahatladın o geldiğinden beri, farkında mısın sevgilim. Düşünmen gereken ve seni yoran birçok işi üzerinden aldı. Bana da yardımı oluyor."

“Olabilir. Ama yabancı. Yanımda yabancı istemiyorum.”

“Biraz fırsat vermek istemez misin kendisine?”

“Gitmesini istiyorum. Sadece onu değil, kimseyi istemiyorum, yanımda polis gibi.”

“Pekiyi canım. Yalnız lütfen bu günlük sabret. Stüdyoda çalışmam var. Yalnız kalmanı istemiyorum. Ben döndüğümde görüşeceğim kendisiyle. İzah eder, kâlbini kırmadan göndeririz. Olur mu? Bugünü idare et.”

Maya rahatlamıştı, tamam anlamında başını salladı. Kocasının elini tuttu, mutfağa doğru yürümek üzerelerdi ki geri döndü, tekrar baktı odaya, “Bu Ege’nin odası mıydı, Bahadır’ın mı?” diye sordu.

“Ege’nin canım.”

“Ama ona ait hiçbir eşya yok, niye?”

“Çocukların ikisi de kendi evlerine taşınırken özel eşyalarını aldılar da ondan canım. Sonra sen yeniden dekore ettin iki odayı da.”

“Şimdi oldu. Neden, hiç erkek odasına benzemiyor diyordum.”

Atlas gülerek öptü onu yanağından. “Haydi, gel, sana şöyle güzel krepli bir kahvaltı hazırlayayım. Ne dersin?”

“Bayılırım.”

Mutfakta balkon kapısının önündeki masada kahvaltıya oturduklarında Atlas Maya’nın elinde çatal bıçağı, tabağındaki krebe baktığını fark etti. “Başka bir şey mi isterdin?” diye sordu. “Yok” dedi, Maya gülümseyerek, “senin başlamanı bekliyorum.”

“Hanımlar önce.”

“Pembeler önce demek istiyorsun.”

“Pembeler?”

“Pembe kâğıtlılar. Hani benim pembe, senin mavi var ya.”

Atlas, onun ne kadar zaman önceki konuşmalarındaki detayı unutmamasına çok şaşırmıştı. “Ah! Evet! Pembe nüfus cüzdanlılar önce.” derken güldü. Karısı krebini keserken göz ucuyla kendisini izliyordu, dikkatinden kaçmadı. Belli ki nasıl hazırlanacağını hatırlamıyordu. Maya tabağındakini önce ikiye, sonra dört parçaya kesip oyalanırken Atlas kendi krebine tereyağını, ardından balı sürdü. Maya hemen aynı şeyi tekrarladı. İlk lokmayı ağzına alıp ağır ağır çiğnedi ve "Eline sağlık canım." dedi. "Ben de bir akşam blini hazırlayayım. Sahi, ne kadar olmuştur blini yapmadığım. Çocukları da çağırırız. Muratları da... Ama ne var, biliyor musun? Nasıl yapıyordum, çok iyi hatırlamıyorum. Yazmış mıydım acaba bir yere?"

"Sen her şeyi ezberden pişirirdin. Hiç tariflere baktığını hatırlamıyorum."

"Bu çok fena. Şimdi nasıl pişireceğim... Neydi o pişireceğim?"

"Blini"

"Ah! Evet, blini."

"Ben sana içine neler koyduğunu söylerim, kendi hatırladığım kadarıyla."

"Harika!"

"Ama ölçülerini bilemem."

"Ziyan yok. Bana yardım edersen beraber tuttururuz kıvamını."

Atlas bir taraftan karısıyla sohbeti yürütürken diğer taraftan onun krebini hazırlamakta yaşadığı hafıza kaybıyla, karşısındakinin ne yapacağını bekleyip mahcup olmadan devam etmeyi akıl etmesi arasındaki çelişkiyi düşünüyordu. Murat'ın dediği gibi Maya'nın entelektüel zekâsı, mükemmeliyetçiliği, estetik düşkünlüğü, inceliği birtakım eksiklikleri hâlâ kamufle etmeye yarayabiliyordu. Kapının ziliyle sohbet ve düşünceleri yarım kaldı. "Ben açarım." derken ayağa kalktı.

"Kim olabilir?" diye sordu Maya.

"Nihal Hanım olabilir. Ama, lütfen kendisine hiçbir şey söyleme. Ben sonra halledeceğim. Tamam mı?"

Atlas mutfağa döndükten az sonra hemşire de üstünü değişmiş, görev başı yapmak üzere mutfağa gelmişti. "Günaydın Maya Hanım." dedi, kibar bir tebessümle. Atlas karısının reaksiyonunu izlerken endişeliydi. Ama Maya gayet nazik, gülümseyerek "Günaydın" dedi, "hoş geldiniz."

"Benden istediğiniz bir şey var mı?"

"Hayır, teşekkür ederim."

"O zaman ben odamdayım. Kahvaltınız bitince haber verirsiniz."

O uzaklaşınca, "Şimdi, bir de emir veriyor." diye söylendi Maya.

"Sevgilim, emir falan vermedi kadıncağız."

"Bal gibi emir verdi. Şimdi onu koruma bana karşı."

"Bir tanem, hiç kimseyi korumuyorum. Ama gereksiz yere sıkıntıya sokuyorsun kendini."

"Yalan mı söylüyorum?"

"Yalan demedim, gereksiz dedim."

"Senin için gereksiz olabilir. Benim için gerekli."

Atlas alttan almayı seçti.

"Peki canım, tamam. Ben birazdan çıkacağım. Sen nasıl geçirmek istiyorsun gününü?"

"Belki resim yaparım biraz. Kitap okurum."

"Gelirken getirmemi istediğin bir şey var mı?"

Maya ayağa kalktı, kocasının göğsüne doğru sokuldu. "Kendini" dedi ve kapıya kadar beraber yürüdü onunla. Öpüşüp ayrıldıktan sonra yatak odasına gitti. Kapısını kapadı. Bundan sonraki hareketleri aslında senelerdir her sabah yaptıklarından faklı değildi. Ama bir müddettir düzen konusunda artan takıntısı artık her şeyi daha zor ve vakit alır hale getirmişti. Üstelik evde istemediği hemşirenin kapının ardındaki varlığı çok canını sıkıyordu. Sanki evdeki bütün kontrolü o yabancı ele almış gibi hissediyordu. Yatağın örtüsünü, yorganı, yastıkları kaldırıp oturma köşesine bıraktı. Çarşafı çıkardı ve terastan silkeledi. Tekrar yaydı. Kenarlarını dört bir tarafından gererek şiltenin altına yerleştirdi. Tatmin olmadı. Bir kez daha dolandı etrafında, hiç kırışıksız olması için. Sonra yorganı ve yatak örtüsünü yaydı. Örtünün ters olduğunu fark edip yönünü değiştirdi. Eliyle önce enine, sonra boyuna düzeltti defalarca. Hiç kat yeri kalmayana, kıvrım gözükmeyene kadar çekiştirdi sağından, solundan. Yastıkları birer birer vurarak kabarttı. Yerlerine koydu. Oldukları yerde çevirdi, beğenmedi, tekrar çevirdi. Sonra banyoya girdi. Yan yana iki lâvabonun yer aldığı mermer konsolun önünde durup aynaya baktı. Bugün kendisini görüyordu, aynanın aksinde. Yabancıya bakar gibi hissettiği zamanlar olmuyor değildi. Diş macununu aldı porselen bardaktan. Kapağını açtı. Diş fırçası diğer elinde bir müddet kaldı. Fırçaya macunu nasıl koyacağıyla ilgili bilgisi birden yok olmuştu hafızasından. Önce fırçayı macun tüpünün ağzına sürttü. Sonra içine doğru batırmaya çalıştı. Sinirlenmeye başlamıştı. Aynı hareketleri birkaç kez daha tekrarladı ve sonunda pes ederek fırlattı elindekileri. Tüp, mermer konsola çarptığında bir parça macun çıktı dışarı. Fırçasıyla sıyırıp aldı tezgâhtan ve dişini fırçalamaya başladı. Sert hareketlerle uzun uzun fırçaladı. Sanki yaşadığı sıkıntının acısını dişlerinden çıkarıyordu. Ağzını çalkalayıp tükürdüğünde, diş etlerinden kan geldiğini gördü. Oda kapısı vuruluyordu. Önce aldırmadı. Hemşire sesleniyordu dışarıdan, "İyi misiniz Maya Hanım? Yardım ister misiniz?" diye. Onun sesini duymak bile rahatsız etmişti Maya'yı. Banyodan çıkıp kapının arkasından konuştu:

"Hayır, istemiyorum. Başka bir iş bulun kendinize."

Hasta beyninin bilinçaltından asıl aklından geçenler çıkıvermişti ama bunu fark etmedi dahi. Sonra verdiği cevap kendisine tamam gelmedi, "Teşekkür ederim." diye daha nazik bir sesle ekledi.

Tekrar banyoya girdiğinde üzerindekileri çıkarmaya başladı. Ama bacakları, kolları ona itaat etmiyordu. Ne yapması gerektiğini bilmesine rağmen bir türlü beceremiyordu. Kolu, paçası, yakası, hepsi birbirine karışmış gibiydi. Pufun üzerine oturdu ve aklını toparlamaya çalıştı. Akıl diyebildiği mekanizma şu an onunla değildi belli ki. Eşofmanının altını neredeyse düğüm halinde çekebilmişti bacaklarından. Üzerindeki askılı spor atletini ise çıkarmayı denemeyecek kadar yorulmuştu. Ayağa kalktı. Duşun musluğunu açtı. Isınmasını bekledi, parmaklarıyla suyu kontrol ederek. Kapadı, açtı, yine kapadı, açtı ancak bir türlü ısınmıyordu su. Uzun zamandır Atlas yardımcıydı bu konuda, bir müddettir de hemşire. "O kadın"ı yardıma çağırmamaya kararlıydı. Sonunda sıcak suyu bekleme gereğini unuttu. Sadece yıkanması gerektiğini biliyordu. Önce soğuktan ürpererek geriye çekildi. Şampuan ve saç kremi şişelerinin kapaklarını açık bırakıyorlardı ne zamandır, gerekirse rahat kullansın diye. Ağır hareketlerle eline aldığı iki şişenin hangisinin şampuan, hangisinin krem olduğunu bilemedi. Ne olursa olsun, "O kadın"ı çağırmayacaktı. İkisinden de döktü başına. Saçlarını köpürtürken birden sendeledi. Dengesini bulmak üzere gözlerini açtı. O arada kaçan köpüklerle gözleri yandı. Telaşlı hareketlerle yüzündeki şampuandan kurtulmak istedi ama elleri istediği yönde hareket etmiyordu. Kontrolünü kaybetmişti. Tam aksine, saçındaki sabunları gözlerine doğru indiriyordu. Yanan gözlerini kapayınca da sendeliyor, düşecek gibi oluyordu. Birden panikledi. Bedenine sürekli inen buz gibi su, gözlerindeki şampuan... Olduğu yerden çıkmak istedi. Elleri panelin camlarına çarptı... Çıkışı yoktu. Hapsedilmişti. Camın kenarındaki metal kolu zorladı. Açamadı. Açamazdı da, tersine ittiğinin farkında bile değildi. Bildiği hiçbir şey kalmamıştı hafızasında. Hayatı, kocası, ailesi, evi, gün, saat, yatak odası, hâtta içinde bulunduğu banyo bile uzaklara, hafızasından çok ötelere gitmişti. Tek hissettiği, bildiği şu andı ve o an korkunçtu. Bilmediği bir yerde, bilmediği birileri tarafından küçük bir odaya kapatılmış ve buz gibi suyun altında kendisine işkence ediliyordu şu an. Duşu kapatamıyor, gözlerini yakan şeyi temizleyemiyor ve olduğu yerin kapısını açamıyordu. Yardımına gelecek kimse yoktu. Algıladığı şu an, hayatta hiç kimsesinin olmadığıydı. Kim olduğunu, içinde olduğu mekânın arkasında kalan dünyanın ne olduğunu da bilmiyordu, düşünemiyordu. Duş, sabun ve kapı üçlüsü de artık farkındalığının dışındaydı. Soğuk bir mezara kapatılmış olarak algılıyordu kendisini. Ağlayarak, duş odasının camını yumruklamaya başladı. Buradan çıkması lâzımdı. Her şey bilinmezdi. Camı kırarsa kendi yatak odasına ulaşacağının farkında dahi değildi. Duşun suyu halen daha bedenine soğuk kırbaç gibi iniyor, gözleri köpükle yandığından önünü tam görmüyor, reflekslerini kontrol edemiyor, yapmak istediğine fiziksel olarak hâkim olamıyordu. Şu anda onun için önemli ve hayati olan tek şey vardı, o da sadece yaşadığı dehşetten, içinde olduğu korku anından kurtulmaktı; o kadar. İhtiyacı, bir bütünden bir küçük anın kurtuluşuna dönmüştü. Canhıraş, kollarını kendini soğuk sudan savunmak üzere başının üzerinde, bedeninin etrafında savurmaya başladı. Ama duşun bir diğer tarafına çekilmek veya suyu kapamak şu anki hafıza bilgisinin dahilinde değildi. Onun için bedenini donduran sudan kurtuluşu mümkün olamıyordu. Aynı sebepten duş kabininden dışarı da çıkamıyordu. Kapana sıkışmıştı. İnler gibi bir sesle paneli yumruklamaya başladı... biraz daha hızlı... daha hızlı ve... sesinden güç alacakmış gibi haykırarak vurdu cama... alnında, yanaklarında, göğsünde, elinde duyduğu acıları umursamadı. Hürriyete giden kapıyı açmıştı. Camdan kapılar yıkılmış ve ardındaki dünya gözüküyordu. Tanımıştı o dünyayı. Boydan boya aynanın önündeki krem rengi mermer konsol, lâvabolar, beyaz ve bal rengi havlular, opalin saksıdaki beyaz orkide, tepedeki geniş camdan görünen gökyüzü, her şey ona tanıdıktı. Derin bir nefes aldı, uzun, zorlu bir yolculuğun ardından evine varmış seyyahların duygusuyla... duşun karşısındaki köşeye sığındı ve olduğu yere yığılıp kalmıştı ki, Nihal hemşire koşarak girdi banyoya. Kadıncağız koridorun diğer ucundaki odasından duyduğu haykırış ve kırılan cam sesiyle birlikte evsahiplerinin yatak odasına koşmuş ve bu defa vurmadan kapıyı açmıştı. Maya'nın halini görünce nefesini tutarak, küçük bir çığlık attı:

"Aman Allahım!"

Maya, yüzünde, elinde, kolunda muhtelif kesiklerle, duşun içinde dizleri üzerinde çökmüş, soğuktan ve korkudan titremekteydi. Hemşire karşılaştığı sahne ve zamanında el koyamadığı için duyduğu vicdan azabıyla perişan, "Aman Allahım!!!" diye tekrarlarken dikkatlice camı kırık duş kapısını çekip açtı. Suyu kapadı. Dudakları morarmış, titreyen Maya'yı havluyla sarıp, kaymasın diye duşun ve banyonun yerine de havlular serdi. Bir yandan da ardı ardına tekrarlayıp duruyordu:

"Her şey düzelecek. Her şey iyi olacak... Maya Hanım, duyuyor musunuz beni? İyileşeceksiniz... Her şey iyi olacak... Şimdi sizi çıkaracağım buradan. Kırık camlara basmamalısınız. Haydi koyun kollarınızı boynuma... Kaldıracağım sizi. Her şey düzelecek... Her şey düzelecek."

Benzeri durumlara alışıktı Nihal hemşire. Soğukkanlılığını koruyordu ama yine de her hastanın her yeni durumu kendi içinde farklı bir hikâyeydi, onu da biliyor ve endişe duyuyordu. Maya'yı kucaklar gibi sardı belinden ve banyodan çıkarıp yatağa getirdi. Geceliğini giydirip yatağa yatırdı, üzerini sıkı sıkı örttü. Sonra ecza dolabından aldığı malzemeyle, onun cam kesiği yerlerini ilâçladı. Nasılsa, ufak tefek çiziklerle kurtulmuştu Maya. Ancak son derece yorgundu. Hemşirenin hazırladığı çayla sakinleştiricisini içtikten sonra uykuya daldı.

Akşam Atlas geldiğinde, hemşireyle konuşacağı konu gerçekçiliğinden çok uzaklaşmıştı. Şimdi, yanında olamayacağı bir hafta sürecinde Maya'yı en huzurlu, en emniyetli şekilde kime teslim edebileceği her zamankinden daha önemli bir hale gelmişti. Ege'yle konuştuklarında bir müddet onların mı buraya gelmesi, Maya'nın mı onların yanına gitmesinin daha iyi olacağı konusunda fikir alışverişinde bulundular. Realist olanı Maya'nın oğlu ve gelininin yanına gitmesiydi. Diğer taraftan alışkanlığı olan bir ev, hafızasının gidip geldiği anlarda kendisine hayatını hatırlatacak objeler, fotoğraflar söz konusu olunca da onların toparlanıp buraya gelmesi daha makul görünüyordu. O akşam Ege karısıyla birlikte bu konuyu konuşmak üzere geldiklerinde Maya giyinmiş, salonda oturmaktaydı. Atlas onu yatakta kalmaya ikna edememişti. Konu açıldığında, Maya alınganlıkla baktı hepsinin yüzüne, "Aşk olsun Atlas." dedi, "Demek ben yatarken konuşacaktınız bu konuyu."

"Canım benim, bir program yapmaya çalışıyoruz, benim burada olmayacağım günler için."

"Beni ilgilendiren bir konuda, beni burada istemediniz ama."

"Anneciğim, sadece dinlenmen gerektiği için istirahat etmeni istedik, o kadar."

"Hayır. Bence, ben olmadan daha rahat karar vereceğiniz için istemediniz beni aranızda olayım."

Ezel konuya hiç karışmamayı tercihle, susuyordu. Atlas karısını yumuşatmaya uğraştı: "Sevgilim, seninle ilgili bir konuda senden habersiz bir şey yapmamız söz konusu değil. Aramızda neler yapılabileceğini konuşacaktık sadece. Sonra zaten karar senin.

Maya kinayeli bir ses ve bakışla, "Teşekkür ederim." dedi, "Hepiniz çok anlayışlısınız. Haydi konuşun şimdi, ne konuşacaksanız. Ben de buradayım."

Üçü de Maya'nın yine farklı bir boyutta ve durumun ne kadar hassas olduğunun farkında, birbirlerine baktı. Ege, bir göz ifadesiyle sözü Atlas'a bıraktı.

"Mayacığım, hepimiz seni çok seviyoruz ve şu anda da senin daha huzurlu, daha güvenli olman için önümüzdeki bir hafta nasıl kalacağını konuşacağız. Tabii ki sen karar vereceksin ama önce alternatiflerimizi konuşmamız lâzım."

"Konuşun o zaman." dedi Maya, hâlâ kırgın ve sinirli bir sesle. "Kendi aranızda ne konuşacaksınız şimdi ben buradayken konuşun."

"Canım, ben yokken sen Nihal Hanım'la birlikte Egeler'de kalabilirsin ki, aslında bu daha kolay olanı. Ya da onlar buraya taşınacaklar. Her gün onlar işe, Sümer okula gittikleri için giysilerini vesaire hepsini taşımaları gerek. Ama senin için de ikinci alternatifin daha büyük rahatlık olduğunda hemfikiriz. Alıştığın her şey burada."

"Sümer'le Bahadır'a ne olacak?" diye sordu Maya.

"Bahadır zaten kendi evinde. Bu programla ilgisi yok. Sümer de anne babası neredeyse orada olacak tabii ki."

"Yani burada kalırsak, buraya mı gelecek?"

"Evet anneciğim." dedi Ege, "Önemli olan senin en rahat edeceğin yerde kalmamız. Biz buradaysak, tabii ki Sümer de burada kalacak."

"Bak buna sevindim." derken yüzündeki ifade yumuşamıştı Maya'nın. Ama hemen ardından ciddileşti tekrar. "Ama olmaz ki." diye devam etti, "Misafir odamız dolu."

Sonra Atlas'a dönerek, üzüntü karışık bir kızgınlıkla konuştu:

"Sana demiştim, 'O kadını gönderelim.' diye. 'Çocuklar gelince ne olacak?' demiştim."

Kocası nazikçe ona içeriyi işaret ederek, hemşirenin varlığını hatırlatmaya çalıştı ama mesaj vermekte muvaffak olamadı. Ezel ve Ege konuya vâkıf olmadıklarından merakla baktılar. Onlara dönerek devam etti Maya:

"Atlas'a söylemiştim. Biliyordum böyle olacağını. O yabancı kadın yatıyor odada, çocuklar kalmaya gelirse yerimiz yok." diye.

"Sümer benim çalışma odamda yatabilir Mayacığım." diye araya girdi Atlas.

"Evet" dedi, bu konu açıldıktan sonra ilk defa konuşan Ezel, kayınvalidesini yumuşatmak umuduyla, "kocaman kanepe var. Sümer gayet rahat yatabilir orada."

"Olur mu öyle şey? Torunum gelecek ve çalışma odasında yatacak. Olmaz."

"Anneciğim gayet güzel olur. Ne bizim, ne Sümer için dert. Üzme sen canını bu konuyla."

"Küsmesin sonra."

"Kim? Sümer mi? Atlas'ın efsane çalışma odasında yattığı için mi? Çocukluğundan beri ne kadar sever o odayı, biliyorsun."

"Evet" dedi, Ezel sevinçle, kocasının hatırlattığı konunun bir çözüm olacağı umuduyla, "masklara, katanalara bayılırdı. Hayâli kahramanlar yaratır, onlarla hayâli savaşlar yapardı... senelerce..."

Maya birden sıcacık duygularla dolu bir rüyayı dinliyormuş gibi, "Öyle mi yapardı?" diye sordu. Ses tonu, beden dili birden yumuşamış, sakinleşmişti. "Evet" diye devam etti gelini, "Atlas'ın kanepesine oturur, masklarla konuşurdu. Hâtta onlara isimler vermişti. Katanalardan her biri de o hayâli kahramanındı."

"Objelere dokunmasını yasaklamıştık." diye güldü Ege, "O da oturduğu yerden, bakarak yaratırdı hayâli oyunlarını."

"Sonra da olduğu yerde uyuyakalırdı, kendi kendine." diye ekledi karısı.

"Ne güzel... unutmuşum ben bunları... Demek Sümer seviyordu o odayı."

"Sevmek az kalır. Dünyalar yaratırdı orada."

"Ben niye bilmiyorum bunları?"

"Çok sene geçti üstünden anneciğim. Baksana, biz bile şimdi oda konu olunca hatırladık. Biz de unutmuştuk yoksa."

Maya Atlas'a dönerek sordu:

"Sen hatırlıyor muydun Sümer'i böyle?"

"Ben de unutmuştum."

"Ben olsam unutmazdım. Yani benim odam olsaydı, Sümer için o kadar önemli olan, ben unutmazdım. Bir çocuğun hayatında önemli olmak çok özel bir şey."

Bir an daldı gözleri.

"Anneciğim sen de hepimizin hayatında çok önemlisin. Artık çocuk olmasak bile. Benim için, doğduğumdan beri, hâtta doğumumdan çok önceden çok önemlisin."

"Bizim için, benim için önemlisin. Bizi, beni unutma ne olur." diye yakarıyordu sesinde saklı duygu sanki. Ezel kocasının gözlerinde annesini arayan çocuk bakışını hüzünle fark etti ve Maya'ya döndü. "Evet. O zaman sizin bizleri unutmamak üzere çok sebebiniz var." diyecekti ki, tuttu kendini, sadece "Evet" diyebildi. Atlas sohbeti tekrar ana konuya döndürmek niyetiyle, "Çocukların da söylediği gibi Mayacığım, Sümer'in benim odamda kalması bir problem değil. Şimdi önemli olan, sen ne istiyorsun?"

"Sence hangisi daha iyi olur Atlasçığım?"

Maya'nın birden değişen tavrı ve teslimiyetçi sorusu hepsini meraklandırmıştı. Atlas, karısının kızgın, tavırlı tutumundan sonra geçekten bunu sorduğuna inanamamıştı. "Mayacığım, biz sana soruyoruz. Senin isteğin önemli." dedi.

"Bana söz vermemiş miydin, benim için karar vereceğine dair."

Ezel ve Ege Atlas'ın bir çıkmaza girdiğinin farkında, sessiz beklediler.

"Bir tanem, şayet kendi adına karar veremeyecek durumda olduğun bir zaman için geçerliydi o sözüm. Şimdi öyle bir durum yok ortada. Üstelik, kendin bu konuşmanın içinde olmak ve yönlendirmek istedin. Şimdi çocuklar her iki alternatif için de hazırlar. Ona göre evlerden birinden birinde bir düzenleme yapacağız."

"Sence hangisi daha iyi olur?"

"Pekiyi, ısrarla bana soruyorsan, gerçi çocuklar için valizlerle taşınma gerektirecek ama onların burada kalması daha uygun olur diye düşünüyorum. Dediğim gibi, burada bildiğin düzende daha rahatsın."

Maya'nın sorar gibi kendisine baktığını görünce "Bizim için hiç problem değil." dedi gelini, "Memnuniyetle gelir, kalırız burada. Üstelik, hoş bir değişiklik olur."

"Teşekkür ederim canım. Sen ne diyorsun Ege?"

"Bize zorluk olacak diye düşünüyorsan, hiç düşünme anneciğim. Atlas gitmeden bir akşam evvelden geliriz."

"Sağ olun çocuklar. Harikasınız." dedi Maya, rahatlamış bir tavırla, "Çok düşüncelisiniz. Haklısınız. Burada kalmam benim için büyük rahatlık. Baksanıza duvarlar, dolaplar, çekmeceler, her yerde notlarım var. Ona rağmen olduğum yeri unutuyorum artık." Sonra yine o eski keyifli kahkahalarından birini attı: "Kendi evimde bile kayboluyorum. Sizinkinde tam yok olurum herhalde. Öyle yok olurum ki, siz bile bulamazsınız."

Trajikomik bu söyleminde aslında hiç de gülünecek bir şey yoktu ama üçü de o gergin anlardan sonra o kadar rahatlamışlardı ki pozitif ruhsal değişiminden, gülmeye başladılar.

"Merak etme anneciğim. Biz seni buluruz nereye kaybolsan." dedi oğlu.

"Çok da güvenmeyin kendinize. Bazen öyle bir yok oluyorum ki, kendimi bile göremiyorum. Siz hiç göremezsiniz."

Atlas yerinden kalkıp karısının yanına otururken, "Biz seni buluruz canım benim." dedi.

Maya güldü, onun elini tutarken. "Ama bazen sanki buharlaşıyorum."

"Olsun. Yine de buluruz."

Maya'nın huzurlu olması hepsini rahatlatmıştı. Özelikle Atlas'ı. İki gündür, arka arkaya yaşanan travmadan sonra sanki bir "es" vermişti sevdiği kadının beyni. Ne kadar süreceği belli olmayan zaman diliminin verdiği rahatlıkla derin bir nefes aldı ve karısını öpüp tekrarladı:

"Sen buhar olsan da buluruz seni..."

# 22

Maya uyandığında yatakta Atlas'ın tarafının bozulmamış olduğunu görünce panikleyerek yerinde doğruldu. Kocasının yastığının üzerindeki kâğıttaki notu fark edince rahatladı ve okumaya başladı.

Sevgilim benim, gün aydın!

Sen bunu okurken ben çoktan bir başka şehirde olacağım. Dün gece daha ayrılmadan özlemiştim bile seni. Şimdi bir hafta sensiz nasıl yapacağım, bilmiyorum. Uzun zamandır ayrılmamıştık seninle. Onun için, bu sabah kalktığında birden şaşırma diye sana bu notu bırakıyorum. Bu mektuplarımdan altı tane daha var. Uzakta olduğum her gün için bir tane yazdım ve Ezel'e teslim ettim. Böylece her sabah uyandığında sana "gün aydın" diyebileceğim. Seni ne kadar sevdiğimi her gün yeniden duyacak ve buluşmamıza kaç günümüz kaldığını bileceksin.

Sana sahip olduğum için dünyanın en şanslı erkeğiyim ve sana yeniden sıkı sıkı sarılacağım günü iple çekiyorum.

Seni seviyorum bir tanem benim.

Atlas

Okuduğunda içi sıcacık olmuştu Maya'nın. Kâğıdı öperek, "Teşekkür ederim canım kocam." diye mırıldandı, "Ben de seviyorum seni... çok seviyorum."

Onu özlemişti bile. Ama en azından bugün nispeten o

"akıllı gün"lerinden birindeydi ve kocasının bıraktığı mektubu okuyup anlayabilmişti. Sabahlığını giyip odasının kapısını açtığı anda hemşire de koridorun diğer ucunda kaldığı odadan fırladı. "Günaydın Maya Hanım." dedi, "Güzel uyudunuz bugün."

Maya, ısınmadığı bir yabancının onun hayatıyla ilgili bir karar bildiriyor olmasından rahatsızlık duydu, "Nasıl uyuduğumu nereden biliyorsunuz ki?" diye sordu, sonra kibarlığı elden bırakmamak için, "Size de günaydın." diye ekledi. Nihal Hanım, daha önce nice agresif, sinirli, saldırgan, her türlü hastayla muhatap olduğundan tecrübeli, hiç alınganlık göstermeyip konunun üzerinde durmadan sordu:

"Kahvaltıda ne hazırlamamı istersiniz bu sabah?"

"Kahvaltı edeceğimi nereden biliyorsunuz?"

"Bilmiyorum. Onun için soruyorum." dedi hemşire, nezâketini bozmadan.

"Ben de bilmiyorum." deyip salona doğru ilerledi Maya. Tavrı ve ses tonu kaba değildi ama inatçılık akıyordu. Hemşire tebessümle, onun arkasından yürürken, "Çayı demlemiştim." dedi, "Filtre kahve de hazırladım... isterseniz."

Maya bir anda durdu, döndü ama aniden söyleyeceğinden vazgeçti ve gülümseyerek, "Bir kahve rica ederim." dedi. "Bir ricam daha olacak sizden. Bundan sonra, çocuklar kalktığında uyuyorsam beni uyandırın. Çok ayıp oldu böyle. Onlarla kahvaltı edip kapıdan geçirmem lâzımdı."

Hemşire ne diyeceğini bilemedi. Ağzından ne çıksa Maya'nın tersleneceği bir şey olabilirdi. Susmayı tercih etti. Onun kendisinin varlığını kabullenmekte zorlandığını anlayabiliyordu. Böyle birkaç hastası daha olmuştu. Bu defaki hiç değilse kibardı.

Maya salonda radyoda klâsik kanalı açtı. Philippe Jaroussky'nin sesinden Vivaldi'nin "Sovente il sole"si yayıldı. Birden yine hür hissetti kendisini. Müzik, onu etrafındaki herkesin egemenliğinden, yönetmesinden koruyordu onu sanki. Terasa bakan berjere oturdu. Evini seviyordu. Ailesini seviyordu. Kocası birkaç gün sonra gelecekti yine. Sarılabilecekti ona. İçi hasretle doldu birden. Hatırlamıyordu, en son ne zaman böyle ayrıldıklarını. Bugüne dek hiç mi hiç ayrı bir yere gitmemişler gibi geliyordu. Akşama oğlunun, gelininin ve torununun buraya geri döneceğini düşündü. İçi sevgiyle doldu. Ne kadar güzeldi onlara sahip olmak. Ne kadar güzel bir ailesi vardı. Bahadır'ı da, kendi oğlu olsa o kadar sevebilirdi. Kendini bildi bileli hepsiyle berabermiş gibi hissediyordu. Onlarsız yıllar hiç olmamıştı hayatında sanki. Buna imkân yoktu tabii ki. Sadece duygusu öyleydi. Nihal hemşirenin sesiyle anına döndü.

"Buyurun kahveniz Maya Hanımcığım."

Sesinde yine şefkat, dudaklarında tebessüm vardı hemşirenin. Uzun, meşakkatli meslek hayatında problemli hastalarının gelgitli ruh hallerini kişisel olarak almaması ve anında unutması gerektiğini öğrenmişti. Görevi hastasına iyi bakmak, onu tehlikeden korumaktı. Küsmeye, alınmaya, tavır koymaya izin vermezdi bu meslek.

Maya'nın içindeki huzur birden hemşiresiyle olan ilişkisine de yansımıştı. Yumuşak, dostane bir sesle teşekkür etti.

Nihal Hanım, "Rica ederim." deyip ayrılmak üzereyken "Siz de bir kahve alıp gelsenize." dedi, "Sohbet edelim biraz."

Hemşire duyduklarını iyi anladığından şüpheyle, temkinli bir ifadeyle baktı. Maya ısrar etti:

"Lütfen. Haydi, çay, kahve, neyse, alın gelin."

"Sizi rahatsız etmek istemem."

"Etmezsiniz."

"Bir şey içmeme gerek yok. Otururum sizinle."

"Ama olmaz. O zaman sohbet olmaz. Konuşmak olur."

"Pekiyi. O zaman müsaadenizle."

Maya onun arkasından bakarken düşündü. Hiç de fena bir kadın değildi hemşiresi. Onu pekâlâ sevebilirdi. Daha önce niye sevmemişti bilemedi o anda. Ama şimdi her şey yolunda görünüyordu. Kadın geri döndüğünde onu sevecen bir ifadeyle bakarak karşıladı, "Oturun lütfen." dedi.

Hemşire onun karşısındaki koltuğa eğreti bir tavırla yerleşti. Hâlâ bunun gerçek olduğuna inanamıyor, temkini elden bırakmamayı tercih ediyordu.

"Ailenizden bahsedin bana." dedi Maya, "Eğer isterseniz tabii."

"Bir mahsuru yok Maya Hanımcığım. Kafkas ve Rumeli kökenli benim ailem."

"Oh! Onun için kanım çekti sizi."

Hemşire elindeki çayı dökecek gibi oldu. Gülmemek için kendisini zor tutmuştu. İçinden, "Kan çekince böyleyse, çekmese neler olurdu kim bilir." düşüncesi geçerken, gırtlağını temizler gibi yapıp kahkahasını tuttu içinde.

"Siz de mi o taraflardan geliyorsunuz?" diye sordu.

"Evet... Sizin ailenizde hiç Alzheimerlı var mıydı?"

"Hayır Maya Hanım."

"Benim de yok. Hiç Alzheimer'dan ölen yok. Hep genlerimizin kuvvetinden bahsedilirdi. Babaannemin de, anneannemin de yaşı yüzden fazlaydı, uykuda öldüler. Öyle, huzurla, acı çekmeden. Babam denizde şey oldu..."

"Boğuldu mu?"

"Hayır... ne deniyor o, derinden yüzeye çıkarken..."

"Vurgun?"

"Evet! Nereden biliyorsunuz?"

"Sahil çocuğuyum Maya Hanımcığım, oradan olmalı."

"Ne diyordum en son?"

"Babanızın denizde vurgun yediğinden bahsediyorsunuz."

"Ah! Evet. Babacığım öyle öldü. Anneciğim... onu hastanede hatırlıyorum. Ama iyiydi, konuşuyorduk. Şu an hatırlayamadım. Neden ordaydı. Ama çok akıllı konuşuyordu. Alzheimer'dan ölmedi yani..."

"Allah rahmet eylesin hepsine."

"Teşekkürler..."

Maya'nın gözleri terasa doğru uzandı, "Biliyor musunuz? Pardon, isminiz neydi?"

"Nihal"

"Biliyor musunuz Nihal hemşire, bu hastalığa yakalandığım için çok kızıyorum kendime."

"Bu sizin kabahatiniz değil ki."

"Ailemde Alzheimer'dan ölen hiç kimse yok. İlk ben olacağım."

Nihal hemşire profesyonelliğine rağmen burada hemen söyleyecek bir şey bulamadı. Maya devam etti:

"En çok neye üzülüyorum, biliyor musunuz?"

"Ne?" gibilerinden baktı hemşire.

"Ben hasta olduğum için üzülmüyorum... Evet, şimdi yalan söylemiş olmayayım. Tabii üzüldüm... Ama en çok şeye üzülüyorum... o ağaçta... hani herkesin ismi olan..."

"Aile ağacı?"

"Evet! Aile ağacında bu hastalığı başlatan benim... Şimdi artık oğlum, torunlarım hep tehlikede. Ben başlattım... ben başlattım bu hastalığı ve şimdi hepsi..."

Maya sözlerini tamamlayamadı, hıçkırıklara boğuldu. Kendi kendine yarattığı ve yaşadığı vicdan azabı okunuyordu yüzünden. Nihal hemşire anında yerinden kalkıp, onun koltuğunun önünde dizleri üzerine oturdu ve ellerini tutup avuçladı.

"Maya Hanımcığım, Maya Hanımcığım, lütfen, lütfen, kendinizi suçlamayın. Hem biliyorsunuz, bunun oğlunuza, torunlarınıza geçmesi diye bir şey söz konusu değil.

"Ama genler... benim genlerim onlarda..."

"Söylemek istediğim bu. Ailenizde genetik değil bu hastalık."

Maya hıçkırıklarına hâkim olup, birkaç derin nefes aldı ve "Ben genleri değiştirdim... ona üzülüyorum" diye mırıldandı, "Ben genleri değiştirdim... pardon, adınız neydi?"

"Nihal."

"Nihal hemşire ben aile genlerimizi bozdum..."

"Siz hiçbir şey yapmadınız. Kendinizi suçlamayın ne olur. Bu sizin değil, bu hastalığın kabahati. Hâlâ, nereden, nasıl geldiğini, neden olduğunu bilmiyor tıp. Lütfen... lütfen Maya Hanımcığım..."

Nihal hemşire ilk defa böyle bir hastaya rastlıyordu baktığı Alzheimerlılar arasında. Geçmişi ile geleceği arasında bu kadar bağlantı kurabilen, sorumluluk hissiyle nostaljiyi melânkolik bir hüzne çeviren, bunu böylesine kelimelerle ifade edebilen Maya'ya şimdi, belki artık duygularının yoğunluğunu daha yakından hissetme fırsatı bulduğu için, belki onca sertlikten sonra kendisine içini döktüğü için, inanılmaz bir sevgi ve bağlılık hissedivermişti. Şimdiye kadar onun kendisine soğuk ve mesafeli tavırlarını profesyonellik gereği kabullendiyse, bundan böyle samimi bir sevgi ve hayranlık duyduğu için sahiplenecekti. Duruma yine Maya hâkim oldu. Ellerini onun ellerinden çekip koltuğunun sırtına yaslandı. Hıçkırıkları durdu. Eliyle gözyaşlarını sildi. Öylesine olduğu yerin ve zamanın kontrolüne sahipmiş gibi bakıyordu ki, hemşire birden durduğu pozisyonda kendisini komik hissetti ve ayağa kalkıp yerine geçti. Yine aynı rahatsız oturuşla koltuğa ilişti, şimdi fark ettiği gözyaşlarını sildi elinin tersiyle ve Maya'nın şimdi ne söyleyeceğini merakla bekledi. Maya fincanına uzandı ama tek eliyle kulbunu kavrayamadı. Hemşiresi yardım için yerinden kalkmak üzereydi ki ağır hareketlerle ve kontrolünü zorladığı belli, iki eliyle birden kavradığı fincanı tutup dudaklarına götürdü. Bedenini dikleştirip, hemşirenin gözlerine bakarak sordu:

"Memnun musunuz burada olmaktan?"

Şimdi, hemşiresinin bakımında bir hasta olmaktan ziyade, evde çalışanını merak eden bir patron kimliğindeydi.

"Memnunum." dedi samimiyetle Nihal Hanım.

“Gerçekten mi?”

“Evet.”

“Gözleriniz doğru söylüyor...”

“İki eliyle tutup bir yudum daha aldı fincanından. Sonra sordu:

“Size hiç kötü davranmadım, değil mi?”

Hemşire bir an düşündü.

“Doğruyu söyleyin... Size kötü davrandım mı?”

“Bana kötü davranmadınız Maya Hanımcığım. Biliyor musunuz, ben sizin zaten hayranınızdım. Bütün romanlarınızı okudum. Sizin ne kadar güzel bir insan olduğunuzu biliyorum.”

“Nereden bilebilirsiniz ki?”

“O romanları ancak güzel, sevgi dolu yüreği olan biri yazabilir. Onun için Murat Bey bana sorduğunda hiç düşünmeden, ‘Giderim’ dedim.”

“Demek gönüllü geldiniz.”

“Evet.”

“Ama ben başka biriyim. Yazdıklarım... neydi onlar... hikâye değil... romanlarımdaki kadınlar değilim ben.”

“Olsun. Onları anlatan bir yazarın da güzel ruhlu olacağını düşündüm.”

“Teşekkür ederim. Ama ben artık kendimi güzel hissetmiyorum...”

“Siz çok güzel bir insansınız Maya Hanım.”

“Yok, artık değilim. Hırçın oluyorum, kötü oluyorum... bir de en büyük kötülük ne, biliyor musun?... Güzellikler yok oluyor...” Maya aniden gözlerini kapadı. Sonra başını iki yana salladı ve “Yatmak istiyorum.” dedi, “Yatmak istiyorum... Beni götürür müsün?”

Nihal hemşire hemen fırladı. Maya’nın kolunu kendi omunuza yerleştirip belinden sarıldı ve onu yatak odasına taşıdı. Henüz yapılmamış yatağa uzattı ve üzerini örttü. Onun son cümlelerini ikinci tekil şahıs söylemesinin ardında, kendisinden yardım istenip sığınılacak kadar büyük bir yakınlık duygusunun olduğunun farkındaydı. Henüz yeni uykudan kalkmışken tekrar uyuması Maya'nın gün evresinin değişmekte olduğunun göstergesiydi. Bir müddet sonra gündüzleri daha çok uyuyacak, geceleri kendisine projeler yaratıp etrafta dolanacaktı. Bu çok iyi bildiği bir sendromdu. Şu anki hastasına yakıştıramasa da, tecrübelerinden bunların artık çok yaklaştığının farkındaydı. Odadan çıkmadan önce kapının ağzında tekrar durup baktı Maya'ya. Profesyonel hayatında ilk defa bir hastasına bu kadar yakınlık hissediyordu. Kendisini bu duygudan uzaklaştırması gerektiğini biliyordu ama şu an elinde değildi. Onun yaşsız, zamansız, duygu karmaşasında yorgun yüzüne bakarken ağlamak geldi içinden. Sanki hastası değil, evlâdıydı. Halbuki ondan sadece yedi yaş büyüktü.

♡ ♡ ♡

Maya her sabah, bir gece evvel yattığı zaman Ezel'in yastığına bıraktığı Atlas'ın mektuplarıyla uyanıyordu. Onun için yataktaki yalnızlığından korkmuyordu. Kocasının aşk mektupları ona ayrılıklarının kaçıncı gününde olduklarını ve tekrar kaç gün sonra buluşacaklarını bildiriyordu. Her gün birkaç kez de telefonla arıyordu.

Ege ve Ezel, o evde kalmaya karar verirken, Atlas o mektupları üşenmeden yazarken Maya'nın dünyasına ne derece huzur getireceklerinin farkında olmaları mümkün değildi. Evet, onun hayatını kolaylaştırmak, onu huzurlu kılmak üzere vermişlerdi kararı ve neticede kendisi istemişti böyle olmasını ama hiçbiri, bu yaptığının onun için ne kadar büyük bir anlamı olduğunu tahmin edemezdi. Ancak Maya, beyninde büyümekte olan hasara rağmen bunları fark ediyor, hissediyordu. Onların hayatına verdiği huzuru, kendisine hissettirdiği olağanüstü duyarlılığı, anılarını canlandırdığını hissediyordu. Zira anılar hatırlanmasa bile duyguları oradaydı.

Sadece bir bağlantı kurulması gerekiyordu. Atlas'ı çok özlemekle beraber akşam eve doluşan kalabalığı, Sümer'in genç, heyecanlı, dinamik varlığı hoşuna gidiyordu. "Hep beraber yaşasak ne kadar iyi olur." düşüncesinin aklına geldiği oluyordu. Unutmazsa bunu söyleyecekti kendilerine.

Hemşiresini de sevmeye başlamıştı. Oğlunu, gelinini, torununu geçirdikten sonra onunla sohbetler ediyor ve onun giydiği beyaz üniforma ve hemşirelik bilgisinin ardındaki kimliğini keşfettikçe mutlu oluyordu. Ona güvenmeye başlamıştı.

Maya'nın bu sıcak yaklaşımı ve hikâyelerini paylaşımı Nihal hemşirenin de profesyonel hayatında bir kırılma noktası olmuştu. Bu kısacık zamanda, hiç olmadığınca duygusal bir bağlantı kurmuştu ununla. Kendini tamamen emekliye ayırmadan önce, en mükemmel hastasıyla buluşmuş olduğunu düşünüyordu.

♡ ♡ ♡

Atlas'ın dönmesinden evvelki akşamdı. Bahadır'ın da katıldığı yemekten sonra hep beraber salonda oturmuş, aile slaytlarını izliyorlardı. Yılbaşıları, yaz, kayak tatilleri, tekne gezileri, şehirler, memleketler birbiri ardı sıra resmigeçit yapıyordu ekranda. Maya hayatından memnun, torununun yanında, onun elini sımsıkı tutmuş oturuyor, zaman zaman izledikleri bir fotoğrafın hatırlattıklarını paylaşıyordu. Yanık tenlerinde can yelekleri, yan yana, sörfleriyle dalgalar üzerinden kaymakta olan iki delikanlının fotoğrafı belirdiğinde, Maya, "Bahadır sen ne kadar genç çıkmışsın. Neredeyse Sümer'le yaşıt. Nerede çekildi bu?" diye sordu.

"Yok anneciğim" dedi Ege, "fotoğraftakiler, Bahadır ve ben..."

"Ne kadar benziyorsun Sümer'e."

"Eee, biraz benzer oğlum bana." diye güldü Ege, "Ben on altı, Bahadır on dört o zaman. Atlas'la evlendiğiniz yaz. Hatırlıyor musun?"

Maya'nın bir an gözleri pırıldadı. "Mutluluğumu hatırlıyorum." dedi. "Siz de ordaydınız, değil mi?"

"Kaçırır mıyız Mayacığım?" dedi Bahadır, "Yılın olayıydı."

"Şaka yapıyorsun."

"Şaka değil anneciğim. Gerçekten sizi yazmayan gazete, mecmua kalmamıştı."

"Allah Allah. O kadar mı önemliydik?" derken mutlu, güldü Maya.

"Düğün fotoğraflarını seyretmek ister misin? Onları çıkaralım."

"Tabii... ama yok, yok. Onları Atlas gelince hep beraber izleyelim. O da yanımda olsun."

Sonra birden duruldu. "Özledim Atlas'ı." dedi, "Ama iyi ki sizler buradasınız. Çok mutlu ettiniz beni. Hele bu yakışıklı torunum yanımda olunca kendimi gençleşmiş hissediyorum."

"Babaanneciğim, sen hiçbir zaman yaşlanmadın ki." deyip yanağına bir öpücük kondurdu Sümer, "ve hiçbir zaman da yaşlanmayacaksın."

"Sana yaşlı görünmüyorsam, o zaman her şey yolunda demektir canım torunum benim."

Ege, yeni bir slayt koymuştu. Birkaç sene evvel Atlantik kıyısında kiraladıkları bir kumsal evinde çekilmiş resimler kışın ortasında olduklarını unutturacak kadar sıcak, egzotik ve keyif doluydu.

"Ne kadar güzel bir evdi. Sahi, bu evimize ne oldu bizim?" diye sordu Maya.

"Anneciğim böyle bir evimiz hiç olmadı ki. Kiralamıştık o yaz bir aylığına."

Maya'nın yüz ifadesindeki keyif yerini endişeye bırakmıştı. "Yoksa sattınız da, ben üzülmeyeyim diye mi söylemiyorsunuz?" diye sordu, kırgın ve hafif kızgın bir sesle.

"Anneciğim, sadece kiralamıştınız bu evi. Hâtta sen, 'Bir

gün inşallah alabiliriz kumsal üzerinde bir ev' demiştin, çok beğenmiştin ama sadece kiralamıştınız."

"Atlas'ın da haberi var mı?"

"Tabii, hep beraber oradaydık."

"Onu demiyorum." derken Maya'nın sesinin ruh haline paralel değiştiği barizdi. "Evi sattığınızdan haberi var mı?"

Bahadır kendisine bakarak konuşan Maya'yı daha önce hiç böyle görmediğinden şaşkın, "Şaka yapıyorsun Mayacığım, değil mi?" diye sordu.

"Bunun şakası olur mu?" dedi Maya, "O çok sevdiğim bir evdi, hiç satılmasını istemezdim."

"Ege'nin dediği gibi, bir acenteden kiralamıştınız o evi. Bizleri de davet etmiştiniz. Harika bir tatil geçirmiştik."

Maya bu defa gelinine bakıp, "Sen bir şeyler biliyor musun bu konuda?" diye sordu.

Ezel, "Onların diyeceğinden başka bir bilgim yok." dedikten sonra kayınvalidesinin dikkatini mutlu bir şeylere çekmek için ekledi: "Bize evlilik yıldönümümüz için sürpriz yapmıştınız. Çok mutlu olmuştuk. Harika bir ay geçirmiştik hep beraber. Geceleri kumda ateş yakıyorduk. Gündüz güneşleniyor, yüzüyor, sörf yapıyorduk. Buz gibi martinilerimizi içip güneşi batırıyorduk. Bol bol deniz mahsulü yedik. Atlas ile siz yemek pişirme yarışına girmiştiniz. Her akşam muhteşem lezzetler sunuyordunuz..."

Maya, Ezel'in hatırlattıklarını tatlı bir rüyaya dalmış gibi dinliyordu.

"Çok güzeldi, değil mi? Şimdi sen sayınca daha iyi hatırlıyorum. Yazık oldu... Bana sormadan satmış olmalısınız..."

"Maya anneciğim, isteseniz de satın alınamazdı o ev. Otel gibi işletiliyordu. Biz ayrıldık, başkaları geldi yerimize. Sadece bir aylığına müşteriydik orada."

Maya yavaşça ayağa kalktı. "Belli ki hepiniz anlaşmışsınız." dedi, "Atlas gelince onunla konuşacağım bunu. Benden sakladığınız bir şeyler var. Ben gidiyorum yatmaya. Siz keyfinize bakın. Çok üzdünüz beni, çok..."

Hiçbirinin, böyle bir anda Maya'nın nasıl idare edilebileceği konusunda tecrübesi, bilgisi yoktu. Kaygıyla birbirlerine baktılar. Sümer son derece üzülmüştü, babaannesinin kırgın haline. Sessizce, "Bir şeyler yapsanıza" diye işaret etti büyüklere. Üçü de ayaklanmıştı, yardımcı olmak için ama Maya el işaretiyle onları durdurdu ve ağır adımlarla salondan çıktı. Sessiz, kalakalmışlardı. O kadar güzel eğlenirken, sıcacık, keyifli bir sohbetin içindeyken, nasıl olmuştu da buraya gelmişti iş, anlayamıyorlardı.

"Nereden çıktı şimdi bu ev hikâyesi?" dedi Ege, kendi kendine konuşur gibi. "Hay, elim tutulsaydı da, o slaytı göstermeseydim."

"Belki baş bir fotoğraf da tetikleyecekti onu, bilemiyoruz ki, ona neden, öyle bir şey düşündürdü."

"İnanın" dedi Bahadır, "ben bir an için gerçekten o ev alındı da, satıldı falan zannettim."

"Haklısın. Sen rastlamadın bu iniş çıkış durumlarına."

"Ben bir bakacağım." diye hareket etti Ezel, "Yalnız kalmasın."

"İyi olur canım."

Ege, düşünceli, üzgün, slaytları topladı. Ekranı kapadı. Sıkıntılı bir, "Offf!" çekti. "Her şey ne güzel gidiyordu. İş mi şimdi bu? Burada son gecemizde, şu geldiğimiz hale bak."

"Yarın hatırlar mı dersin?"

"Atlas'ın anlattığı kadarıyla biliyorum. Bazen takıntılarını tekrarlıyormuş, bazen kısa bir süre sonra unutuyor, bazen üzüntülü bir şey yaşadığını hatırlıyor ama detayını bilemiyormuş."

"Yani yarına tamamen unutmuş da olabilir."

"Evet. Ama önemli olan şu an bu kadar üzülmüş olması. Benim, bizim, sahip olduğu bir evi sattığımızı düşünmesi. Yarına, belki az sonra unutacak olsa da, demin yaşadığı o on dakika var ya, o yeter. Annem gerçekten inanıyordu söylediklerine ve onun üzüntüsünü yaşıyordu, kızgınlığını yaşıyordu... ve ben bir şey yapamadım."

"Ne yapabilirdin ki Ege, 'Evet, sattım.' mı diyecektin, satmadığın bir şey için?"

"Bilmiyorum, belki de öyle demem daha iyi olurdu. Olur muydu? Ufff! Bilmiyorum Bahadır."

Ezel, sessizce yatak odasının kapısını vurdu. Cevap gelmedi ama içeriden hıçkırıkları duydu. Tekrar vurdu. Cevap alamayınca yavaşça açtı ve çekinerek girdi. Gece lâmbalarının aydınlattığı odada Maya terasa bakan kanepede oturmuş, hıçkırırken, canı acıyor gibi; küçük, kısa iniltiler çıkarıyordu. Ezel telaşla ona doğru ilerledi. Ama her an ters bir şey de söyleyebilir endişesindeydi. Kayınvalidesini bunca sene hiç böyle bir tavırda, böyle bir durumda görmemişti. Yavaşça yaklaştı ve hiç ses çıkarmadan kanepenin diğer ucuna ilişti. Maya eliyle yanaklarındaki yaşları silerken sustu ama sessizliğini korudu. Ezel bir cesaretle sordu.

"Maya anne, daha iyi misiniz?"

"Çok kırdılar kâlbimi."

Elini uzatıp onun dizine koydu gelini. "Size bir şey getirebilir miyim? İstediğiniz bir şey var mı?"

"Evimi istiyorum."

"Evinizdesiniz zaten."

"Hayır. O eski evimi istiyorum. Kumsaldaki evimi. Çok güzel hatıralarım vardı orada. Oraya gitmek istiyorum."

"Yaza tekrar gidebilirsiniz isterseniz." dedi Ezel çaresizlikle, beyaz yalanının kayınvalidesini şimdilik yatıştırmasını umarak.

"Satmışlar ama."

"Hayır, orası satılık değildi, Maya anne. Eminim, hâlâ öyle, bıraktığımız gibi duruyordur."

"Öyle mi dersin?"

"Evet. Eminim, hâlâ o kumsalın üzerinde sizi bekliyordur o ev."

Maya, "Sen de mutlu muydun o evde?" derken elini tuttu Ezel'in.

"Evet. Hem de çok. Rüya gibi bir ay geçirdik."

"Belki de rüyadır zaten."

"Yok, değil, tamam hatırlıyorsunuz. Ama güzel bir rüya tadındaydı o bir ay."

"Tekrar gitmek ister miydin?"

"Tabii. Seve seve."

"Ama yeni sahipleri izin vermez ki."

"Geçen defaki gibi yine gidebiliriz."

"Bunu Atlas'la konuşmam lâzım. Sahi, o ne zaman geliyordu? Gelecek, değil mi?"

"Evet, yarın geliyor."

"Oh, rahatladım. Onunla konuşacak çok şey var."

"Tahmin ediyorum."

"Ama bu akşam ne kadar üzüldüğümü söylemeyeceğim ona."

"Şimdi iyisiniz ama, değil mi? Gerçekten üzülecek bir şey yoktu Maya Anne."

"Sizi de üzdüm, değil mi?"

"Biz sizin üzülmenize üzüldük."

"Hiç hakkım yoktu sizi üzmeye."

Ezel onu rahatlatmak için bir şeyler söyleyecekti ki Maya devam etti:

"Ama sizin de hakkınız yoktu evimi satmaya. Çok seviyordum o evi. Çok güzel hatıralarım vardı o evde. Yine gitmek istiyorum..."

Ezel, çaresizlik içinde bakındı, "Yarın, hemen internette bakacağım o eve." dedi, "Eminim yerinde duruyordur ve sizin gitmenizi bekliyordur."

"Yapar mısın bunu?"

"Memnuniyetle."

"Teşekkür ederim. Seni seviyorum."

"Ben de sizi çok seviyorum."

Tam sarılmışlardı ki Ege, Bahadır ve Sümer kapının eşiğinde belirdiler. Konuşmadan izlediler. Ezel onları görmüştü, sordu:

"Maya Anneciğim, tekrar içeri gidelim ister misiniz, yoksa yatacak mısınız?"

"Yok, burada oturalım. Çok huzurlu burası."

"Yalnız mı oturalım yoksa Ege, Bahadır ve Sümer'i de çağıralım mı buraya, ne dersiniz?"

"Onlar nerede şimdi?"

"Salondalar."

"Çağır tabii. Neden ayrı oturuyorlar? Bana mı küstüler yoksa?"

"Size küsebilirler mi hiç? Bakın, gelmişler bile."

Maya onları gördüğünde, yüzünde kocaman bir tebessüm oldu. "Gelsenize çocuklar." dedi, "Neden ayrı ayrı oturuyoruz ki?"

Ege, annesinin yatıştığını görmekten memnun, saçını okşadı yanına gelip. Maya onun elini tutup okşadı sevecenlikle sonra, "Ne oldu sana öyle?" diye sordu, "Niye üzgün bakıyorsun?" Sonra Bahadır ve Sümer'e dönüp, "Sizler de öyle?" dedi.

"Yok anneciğim, iyiyiz. Üzgün değil kimse."

Bahadır da, "Biz iyiyiz Mayacığım, sen nasılsın?" diye katıldı konuşmaya.

"Hımm... O zaman bu lâmbaların ışığından olmalı. Ben romantik buluyorum diye takıyor Atlas bu rengi ama çok dramatik de oluyor. Neyse, morg renginden iyidir, değil mi?"

Sonra Sümer'e döndü:

"Sen de gelmiş miydin o evimize?"

Sümer, olanlardan şaşkın, ne cevap vereceğini bilemeyerek anne ve babasına baktı. Ege onun adına, "Tabii, anneciğim, Sümer de geldi, hep beraberdik o yaz tatilinde."

"Orada sörf yapmayı öğretti bana babamla Bahadır." diye ekledi Sümer.

"Benim de hayatımda unutamayacağım yaz tatillerimden biri olmuştu." diye ekledi Bahadır.

Maya'nın rahatlamış yüz ifadesi birden yine değişti. "Madem herkes mutluydu, neden sattınız o zaman?" diye sorarken sesi yükseldi. Ege, "Haydi, başa döndük" bakışıyla derin bir sabır nefesi aldı. Kollarını kavuşturup çaresizlikle annesine baktı. Hepsi, kısa bir müddet evvel yaşadıkları şaşkınlığın içindeydi, bir kez daha.

"Hemşireyi göndermeyecektik bu akşam." diye mırıldandı Ezel. Maya kızgınlığı artan bir ses tonuyla devam ediyordu:

"Hanginiz yaptı bunu bana? Belki de berabersiniz. Nasıl yaparsınız bunu? Daha kim bilir neleri sattınız? Onun için bulamıyorum çok şeyimi."

"Nelerin kayboldu anne, söyler misin?" diye sorarken Ege'nin yüz ifadesi darmadağındı.

"Bilmiyorum şimdi. Ama bir şeylerim kayboluyor işte. Bulamıyorum. Onları da sattınız belki."

Ege annesi ile Ezel'in arasına oturup onun elini tutmak için uzandı. Maya sert bir şekilde çekti elini. "Beni böyle aldatamazsın." dedi, "Nasıl güvendim sana?" Sonra Ezel'i, Bahadır'ı da işaretle, "Sen de, sen de." dedi, "Hepiniz aldattınız beni. Ardından iki kolunu birden Sümer'e doğru açarak devam etti:

"Ah canım benim. Sana da zarar verir bunlar. Gel bana, gel, ben seni korurum."

Sümer neredeyse dehşet içindeydi. Olan bitenleri anlaması mümkün değildi. Endişeli, ürkek adımlarla ona yaklaştı. Her zaman koşarak kollarına atıldığı babaannesine şimdi temkinle ve çekingen sokuldu. Ona kollarını dolarken gözleri diğerlerindeydi. Ama Maya onu o kadar sevgiyle kucaklamıştı ki, rahatladı. Ege yerini oğluna bırakarak kalktı. Üç yetişkin bundan sonra ne olacağını bilemez halde, öylece bakakaldılar.

"Gel canım." diye tekrarladı Maya, "Ben seni korurum. Kimse zarar veremez sana."

Maya'nın torununa sarılıp sakinleşmesi üzerine Ezel iki erkeğe işaretle onları odanın dışına çağırdı. Koridorda fısıltıyla, "Hatırlıyor musunuz doktor Murat'ın söylediklerini, 'Israrlarına ters düşmeyin sakın.' demişti, 'Konuyu değiştirin. Düşüncesini dağıtamazsanız onun dünyasına katılın.'"

"Evet" dedi Bahadır, "bunları söyledi, okudum da ama böyle aniden yaşarken panikledim, inan hiçbiri aklıma gelmedi."

Ege hâlâ aynı konuda takılmıştı: "Haklısın. Ama olmayan evini sattığımızı nasıl kabulleneceğiz, bilemiyorum doğrusu."

"Bak ne diyeceğim" dedi Ezel, "demin konuşurken nispeten yatışmıştı. O evin bir fotoğrafını bulun internetteki sayfasından, olmadı bir benzerini. Onu görürse içi rahat edecek gibi geliyor bana. Bu arada ben kızgınlığını geçirmeye çalışacağım."

Ezel yatak odasına geri döndüğünde Maya ile oğlu halen sarılmış, sessiz oturuyorlardı. Zavallı Sümer, ne diyeceğini, konuşsa babaannesinin ne reaksiyon vereceğini bilemez haldeydi. Şu an sarılıp oturduğu kadının tanıdığı babaannesiyle ilgisi yoktu. Fiziken değil ama ruhen tamamen yabancı bir kadındı ona.

Ezel, ilgisini çekmek için, kayınvalidesinin kendisini görebileceği açıda bir koltuğa oturdu ve bekledi. Onu yorgun ve üzgün yüzünü içi acıyarak izledi. Ürkütmekten korkarak yavaşça "Yatmak ister miydiniz? "diye sordu.

"Hayır. Uyumak istemiyorum. Uyumayacağım. Ondan sonra neyimi kim alıp götürecek, bilemeyeceğim. Uyanık kalmalıyım."

"Kaybolan eşyalarınız mı var?"

"Evet. Birçok."

"Çok üzüldüm. Pekiyi, madem uykunuz yok, ister misiniz Sümer'le ben yardımcı olalım bulmaya?"

"Nasıl yardımcı olacaksınız ki? Birileri alıp götürmüş."

"Belki de evde başka bir yerdedirler. Bakalım beraber. Ne aradığınızı söyler misiniz bize?"

"Bir yazlık şapkam vardı. Krem rengi, el örgüsü bir şapka. O gölge yapan yerinde..."

"Siperliğinde?"

"Evet. Orada bal rengi bir kurdelası vardı. Yanından fiyonklu. Çok şapkam var ama en sevdiğim odur yazın."

"Yazlıklarınızla kaldırmış olabilir misiniz?"

"Yazlıklarımı niye kaldırayım?"

"Bilmiyorum. Dolabınızdakileri mevsimlik değiştirmiş olabilirsiniz diye sordum."

"Gel" dedi Maya, ayağa kalkarken, "gel, bakalım."

Giyinme odasına girdiklerinde Ezel dolapların kapaklarında ve çekmecelerin üzerindeki notları fark etti. "Maya'nın eşarpları", "Maya'nın kazakları", "Maya'nın elbiseleri" gibi muhtelif notlarla ona ait bölümler belirtilmişti. "Maya'nın yazlıkları" yazan sürgüyü açtığı zaman mis gibi yasemin çiçeği kokusu yayıldı. Ezel kayınvalidesinin dolaplarını daha önceden görmüştü, kendisine vereceği elbiseleri denerken. Elbiseleri, pantolonları, gömlekleri, her biri kendi rengindeki askıda ve koyudan açığa düzende, uzundan kısaya asılı olurdu. Bu defa gardrobun dibinde ayrıca kimi katlanmış, kimi buruşuk bir yığın kıyafet daha vardı. Maya'nın titizliğine uymasa da birçok evdeki dolaptan daha düzgündü... "Sizden ders almam lâzım." dedi Ezel, "Ne kadar muntazam her şeyiniz."

"Ama kafam çok karışık." diye şikâyetçi bir ses tonuyla konuştu Maya, "Zihnim çok dağınık. Bazı eşyalarımın da sırasını karıştırıyorum. Meselâ bu; kışlık mı bu, yazlık mı?"

Ezel, onun gösterdiği cam göbeği ham ipek ince hırkaya bakıp, "Sanırım bu her mevsim giyilebilir." dedi.

"Ah! Onun için yerini bulamadım demek."

Ezel bu defa da "Maya'nın kışlıkları" dolabını açtı, kayıp şapkasına bakmak için. Orada da o mevsime ait her şey aynı düzendeydi. Bu arada Sümer, "Babaanneciğim, ne kadar güzel bir valiz bu!" deyince dönüp baktığında köşedeki küçük antika bavulu fark etti. Kahverengi derisi yer yer çatlamış, aşınmış, cilalı kahverengi deri gövdesine artık ancak müzayedelerde görülebilecek çeşitten anı parçaları yapıştırılmıştı. Muhtelif ülkelerin muhtelif şehirlerinden karakteristik görüntüler veya maskotlarının resimleri, artık var olmayan havayollarının etiketleri, üzerinde oldukları objeyi alelâde eski bir valiz olmaktan çıkarmış, yolculukları özendiren bir vitrin düzenlemesinin parçasına dönüştürmüştü. "Gerçekten, ne kadar güzel bu." dedi Ezel bakarken. "Çok eski olmalı. Hâlâ kullanıyor musunuz bunu?"

"Evet. Hazırladım yine içini."

"Bir yere mi gidiyorsun babaanne?"

"Ah, evet. Atlas gelsin, gideceğiz."

Ezel hiç konusu olmadığı için merakla, "Ne güzel! Nereye?" diye sordu.

"Deniz kıyısındaki evimize. Çok özledim orayı. Her şeyi hazırladım."

"Oraya koymuş olabilir misiniz şapkanızı?"

"Bilmem. Hatırlamıyorum."

"Müsaade ederseniz açabilir miyim?"

"Tabii."

Pirinç kilit açılırken sanki sır veriyormuş gibi yumuşak, fısıltılı bir ses çıkardı. Ezel koruyucu kılıfın fermuarını açtığında şaşkınlıkla bakakaldı. Yolculuk için hazırlanmış olmaktan ziyade kaldırılmak istenen bir şeyler tıkıştırılmış gibiydi valizin içi.

"İşte" dedi Maya, "bunları hazırladım. Atlas neler almak isteyecek bilemiyorum. Kendisi seçer, gelince."

Ezel her şey olağanmış gibi eğilip eşyaları birer birer kaldırıp baktı. Birbiriyle hiçbir uyumu olmayan eşarp, süveterler, gömlekler, saç fırçası, terlik, kışlık bir çift eldiven ve kaşkol, birkaç dosya ve en altta da krem rengi örgü bir yazlık şapka ortaya çıktı.

"Buldun!" diye sevinçle atıldı Maya, "Teşekkür ederim, buldun!"

"Zaten kaybetmemişsiniz ki. Yolculuk için hazırlamışsınız."

"Sen koymadın onu şimdi oraya, değil mi?"

"Yok, Maya Anneciğim, beraber açtık ya valizi. En altından çıktı şimdi.

"Çok ezilmiş, yazık."

"Ben size düzeltirim, merak etmeyin. Başka koymak istediğiniz bir şeyler var mıydı bavulunuza, yardımcı olayım size."

Ezel, kocasından bir ses çıkmadığı için kayınvalidesini mümkün olduğunca oyalamak ve dikkatini dağıtmak istiyordu.

"Var." dedi Maya, "Renk sırasına sokmak istiyorum bunları da. Ama yapamadım dün gece. Karıştırdım renkleri."

"Nasıl bir sıraya sokmak istiyorsunuz?"

"Haydi bu akşam yeter. Yoruldum biraz. Yatmak istiyorum şimdi. Sonra yaparız."

"Nasıl isterseniz."

Maya, ana oğula ellerini uzattı. Yatağa doğru yürüyorlardı ki, Ege ve Bahadır kapının ağzında göründüler. Elindeki cep telefonunu gösterdi kocası Ezel'e, bulduk anlamında. Konuyu belki de hatırlatmamanın daha iyi olacağını düşünerek, "Annen artık uyumak istiyor." dedi genç kadın. Ama Ege çoktan yanlarındaydı. "Bana telefon mu geldi?" diye sordu Maya. Ege'nin artık dönüşü mümkün değildi. Ayrıca annesini rahatlatacağına inanıyordu gösterirse. "Yok anneciğim." dedi, "Senin evin fotoğrafını bulduk."

"Hangi evin?"

"Hamptonlardaki sahil evinin. Soruyordun ya, ne oldu diye."

"Evet, evet! Ver bakayım."

Oğlu cep telefonunun ekranındaki fotoğrafı gösterdiğinde Maya sevinçle gülümsedi, "Bu o ev, değil mi?"

"Evet anneciğim. Gördüğün gibi aynı yerde duruyor."

"Demek satılmadı."

"Kimse satmadı evi anneciğim."

"Oh! Buna çok sevindim."

"Artık rahat uyursun, herhalde."

"Evet. Çok teşekkür ederim. Haydi siz de uyuyun artık. O resmi benim yanımda bırakabilir misin?"

"Tabii. Hâtta istersen sana bilgisayarından daha büyük çıktısını getirebilirim."

"Ne kadar iyi olur. Biliyorsun değil mi, benim bilgisayarımı açmayı."

"Biliyorum anneciğim."

Ege plâj evinin resmini basıp getirdiğinde, üç erkek Maya'yı öpüp odadan çıktılar. Gelini geceliğini giymesine yardım ederken gözlerini resimden ayırmadı Maya. "Çok özledim orayı." dedi, "Keşke hemen gidebilsek. Ama Atlas daha gelmedi. Ne zaman gelecekti?"

"Yarın geliyor Maya Anneciğim."

"Ne güzel. Çok özledim onu. Ama Atlas gelince de gitmeseniz, ne güzel olur. Hep beraber oluruz. Seyahate de beraber gideriz."

Ezel, şu anda ona realiteyi anlatmanın gereksizliğinden emin, eğilip yanağını öptü ve "Ne güzel, bizi de yanınızda istemeniz." dedi, "Ama şimdi uyuyun artık. Uzun bir gece oldu. Ah! O arada, unutmadan, mektubunuzu getireyim."

Ezel bir koşu kaldıkları odaya gidip geldi ve Atlas'ın mektubunu koydu Maya'nın başucuna. "Bu da son emanetiniz." dedi, "İyi geceler. Bir şey isterseniz seslenin lütfen."

Maya gelininin elini tuttu ve "Teşekkür ederim." dedi. Ona tebessümle cevap verdi Ezel ve banyonun ışığını yakıp kapısını açık bıraktı. Kayınpederinin tarif ettiği üzere, her akşam yaptığı gibi, başucu lâmbasını kapatmak üzereydi ki Maya durdurup, "Kalsın, lütfen." dedi.

O çıktıktan sonra Maya önce Atlas'ın mektubunu okudu. Kâğıdı öptü, "Ben de seni seviyorum. Çabuk gel. Seni özledim." diye mırıldandı. Ardından konsoldaki plâj evinin iki cephesini de gösteren resmini aldı eline. Ön tarafında sütunlar arasındaki kalan verandaları, geniş pencere ve balkon camlarını gölgelendiren yeşil, bordo, beyaz çizgili tenteleri ve ikinci katına kadar dolanmış sarmaşıklarıyla gelenleri karşılayan ev, diğer tarafta, kumsala ve okyanusa açılıyordu. Maya parmaklarını detayların üzerinde gezdirirken, hayâlinde oraya gitmişti bile. Ancak, şu an ne kadar zaman önce orada olduğu, kaç defa gittiğiyle ilgili bilgiler ondan uzaktı. Tek bildiği bu mekânla ilgili aidiyet hissi ve oraya duyduğu hasretti.

# 23

Atlas kapı çalındığında heyecanla açtı. Bekliyordu geleni. Maya'yı, plânladıkları üzere Ege ile Ezel gelip almıştı. Murat kapıdan girer girmez, "Nedir sürprizin? Çok merak ediyorum." dedi Atlas.

"Hatırlar mısın, 'Maya'nın beyninden neler geçtiğini anlamak, beynimde onun yaşadıklarını yaşayabilmek ve onun dünyasını hissetmek istiyorum.' demiştin bana. İşte şimdi bu fırsat elimizde. Elimdeki çantanın içinde."

Az sonra salonda oturmuşlar, Atlas, Murat'ın sehpaya yığdığı teçhizata bakarak arkadaşını dinliyordu.

"Bunlar yeni geldi Amerika'dan. Muhteşem bir buluş. Maalesef hastamıza direkt faydası olacak bir şey değil ama yakınlarının hastayı anlaması açısından müthiş bir gelişme. Kısacık bir sürede Alzheimerlı kişinin neler hissettiğin, nasıl yaşadığını anlamamıza yardımcı olacak bir düzenek."

Sonra her birini tek tek ele alarak izaha başladı. "Bu, vazelin kaplı, Alzheimer hastasının çevresini gördüğü gibi görmemizi sağlayan bir simülasyon gözlüğü. Bu hastalarda zamanla oluşan glokom, katarakt gibi makula dejenerasyonu yaşatıyor. Lateks eldivenler, parmaklar bantlanınca hastamızın hissettiği şekilde, ellerin işlevini azaltıyor. Ayakkabılar, içindeki malzemeden dolayı yürümemizi zorlaştırıyor. Kulaklıklar sürekli dikkat dağıtan, anlamsız sesler yaratıyor. Hastanın sürekli duyduğu, beynini yoran, bitmeyen ses karmaşasını yaşatıyor. Hazır mısın?"

"Evet, evet."

"Bunları takıp giydikten sonra senden beş şeyi on iki dakikada yapmanı isteyeceğim."

"Ne gibi şeyler?"

"Önce giy bunları. Sonra söyleyeceğim. Dediklerimi bu şartlar altında dinlemen gerek. Şimdi beraberce bir düzen yaratalım, seninle."

Atlas, dersini dinleyen bir talebe gibi arkadaşının istediklerini yaptı. Yemek masasına sembolik iki kişilik bir servis hazırladılar. Mutfaktaki masanın üzerine dört-beş kurulama bezini dağıtarak bıraktı Murat. Sonra yatak odasına geçip bir valiz, farklı renklerde birkaç gömlek ve süveterler çıkardılar dolaptan, yatağın üzerine koydular ve sonra salona döndüler. Atlas, arkadaşının tarif ettiği şekilde deneye hazırlandı. Ayağa kalktığında sendeledi. Ayakkabının içine yerleştirilmiş ağırlık dengesini bozuyordu. Kulaklıkları taktığı anda parazit halindeki sesler doldurdu beynini. Murat, "Şimdi" dedi, "yapmanı istediklerimi sayıyorum. Önce yemek masasındaki tabakları, çatal bıçakları alıp mutfaktaki yerlerine yerleştireceksin..."

"Duyamıyorum Murat. Anlamadım tam ne dediğini."

"Sonra mutfak masasındaki bezleri düzgün katlayıp çekmecesine kaldıracaksın."

"Murat, ancak dudaklarından çıkarabildiğim kadarını anlıyorum. Duyamıyorum doğru dürüst."

Arkadaşı devam ediyordu. Atlas onun dudaklarına konsantre olmaya çalıştı ama gözlükleri net bir görüntüyü engelliyor, bu arada tiz, cızırtılı sesler başka hiçbir sesi sağlıklı duymasına müsaade etmiyordu.

"Sonra yatak odasına gidip yatağın üzerindeki eşyaları katlayarak valize koyacaksın. Bir de içlerinden beyaz olan süveteri seçip giymeni istiyorum."

Atlas her şeyi kesik ve anlam veremeyeceği şekilde duymuştu. Ancak yaptıkları hazırlıktan Murat'ın ondan ne beklediğini aşağı yukarı tahminle şansını denemeye karar verdi.

Yarım yamalak duyduğu kadarıyla, önce masadaki tabakları toplaması gerekiyordu. Ayakkabıların adımlarını şapşallaştıran, sendeleten duygusuyla masaya kadar ilerledi. Önce tabakların her birini birer eline almak istedi ama eldivenin üzerinden birbirine bağlanmış yüzük ve orta parmakları buna izin vermedi. İki elinin avucunu kullanarak tabaklardan birini diğerinin içine koydu. Çatal ve bıçakları bir kez kaydırıp ancak tutabildi, tabakların içine yerleştirdi. Mutfağa doğru ilerlemeye çalıştı. Ama birden yön duygusunu kaybetmişti. Kulaklığından aralıksız akan tiz, parazitli, mekanik sesler ve uğultu, bacaklarını istediği gibi yönlendirmesini engelleyen ayakkabılar, gözlüğün vazelinli camından görebildiği buğulu, puslu dünya, yaşadığı evde olmasına rağmen çevresini ona yabancılaştırmış, bu kadar iyi bildiği bir yerde kontrolünü yitirtmişti. Elindekileri kendisine en yakın yere, yemek masasına bıraktı yeniden. Beceriksizliğine sinirlenmişti. Yüksek sesle söylendi:

"Ne yapıyorum ben? Gerçekten, ne yaptığımı bilmiyorum. Dediklerinin hiçbirini de anlamadım zaten. Bilmiyorum..."

Birkaç saniye kendi etrafında dönendi. Yukarıya aşağıya bakındı. Sonra koridora doğru ilerlemeye başladı. Mutfağa girdiğinde adımlarını tereddütle atarak az önce tabakları çıkardığı dolabın kapağını açtı. Kulaklıktan gelen sesler farklı bir frekansta, ama aynı çıldırtıcı şekilde devam ediyordu. "Ne yapacaktım ben?" diye mırıldandı yine, "Niye açtım ben burayı? Ne alacaktım buradan?"

Murat, arkadaşını yakından takip ediyordu. Atlas sonunda mutfağa ulaşmıştı ama bu defa tabakları oraya getirmesi gerektiğini, dolabı neye açtığını unutmuştu bile. Bir müddet ne yapacağını hatırlamaya çalışarak baktı ve yine sinirlenerek, "Allah kahretsin!" dedi, "Niye bakıyorum ben bu dolabın içine? Ne yapacaktım burada?"

Hatırlayamayınca vazgeçti, küçük masadaki mutfak bezi yığınını görünce orada bir işi olduğu aklına geldi. Kurulama bezlerini düzgün katlamaya çalıştı. Ancak katladıklarını ya tekrar açıyor ya da ters yöne doğru birleştiriyordu. "İnanamıyorum!" diye bağırdı, "Nasıl yapamıyorum bunu, inanamıyorum..."

O denemeden de vazgeçti. Sinirle attı bezleri birbirinin üzerine ve mutfaktan çıktı. Karanlıkta tereddütsüz gidebildiği yatak odasına oldukça tedbirli adımlarla geldi. Yıllardır valizlerini büyük bir beceriyle hazırladığı için bu defa başaracağından şüphesi yoktu. Gömlek katlamak gözü kapalı yapabileceği bir şeydi. Yatağın üzerindeki yığına baktığında önce renkleri ayıramadığını fark etti. "Ne renk bunlar şimdi?" diye sordu, yine kendi kendine. Eline aldığı gömleği iyice yüzüne yaklaştırdı, "Beyaz mı bu? Yok değil. Ama mavi de değil. Biz iki renk çıkarmadık mı buraya? Neden iki rengi de göremiyorum şimdi? Aman Allahım! Bu felâket bir şey. Bu, bu beyaz olmalı. Evet bu beyaz."

Gömleği yatağa yayarak önce düğmelerini iliklemeye çalıştı. Ama parmakları ona itaat etmiyor, birbirinin üzerine geliyor, düğme elinden kayıyor ya da ilikten geçiremiyor, bazen de yanlışlıkla iliği düğmeye doğru itiyordu. "Katlamak nerede, ilikleyemiyorum bile." diye söylendi. Pes edip bıraktı. Beyaz süveteri seçip giyme faslına geçmeye karar verdi. Burada rengini görmekten ziyade dokusuyla ilgili geçmiş bilgisinden istifade etti. Kaşmir ve ham ipek karışımı süveteri eline aldı. İş şimdi giymeye gelmişti. Bütün engellere rağmen herhalde bunu becerebilirim, diye düşündü. Ama öyle olmadı. Kollarını içine sokmaya çalışırken sağ elinin süveterin boynundan çıktığını fark etmedi. Başından geçirmek istediğinde kolu ve kafası aynı yerde sıkıştı. "Bu ne?" dedi, isyanla. "Ne yapıyorum böyle?" Sinirle başını kollarını geri çekti. Giyeceğinin tersi yüzüne döndü ve bir kolu da içinde kaldı. Tekrar deneyecekti ki Murat'ın, çok uzaklardan bir yerden gelir gibi, sesi duyuldu:

"Zamanın doldu."

Atlas kendisini yatağın üzerine bıraktı. Önce kulaklıkları, ardından gözlüğü çıkardı. "Pes etmiştim zaten." dedi, eldivenleri elinden sıyırırken. Hem yaşadığı tecrübenin üzerinde yarattığı etki, hem de Maya'nın sürekli neler yaşıyor veya yaşayacak olduğunu bu kadar yakından tecrübe etmesi onu darmadağın etmişti.

"Neler hissediyorsun?" diye sordu Murat.

"Korkunç..." dedi, "Tek kelimeyle korkunç... Yalnızlık hissediyor insan, çaresizlik ve karanlık. Beynimin bedenimin üzerinde kontrolü kalmadığını hissettim. Feci bir duygu. Şu on iki dakika bile delirtti beni. Maya'nın bunu yedi gün, yirmi dört saat yaşamakta olduğunu düşününce..."

Atlas gözlerinden inen yaşları sildi, elinin tersiyle, "Maya'nın yardımıma ihtiyacı var. Onu anlamama ihtiyacı var..." diye mırıldandı.

"Bu hissettiklerin henüz Maya'nın sürekli olarak ve aynı kuvvette yaşadığı bir durum değil. Ama sana ilerideki zaman dilimi için fikir verdi bu deney. Alzheimer onu tamamen esir almadan önce sen onun neler yaşayacağını öğrenmiş oldun. Farkında mısın, nasıl kendi kendine konuşmaya başladın? Çünkü bir şeyler yapman gerektiğini biliyorsun. Ama nasıl yapacağını bilemiyorsun. Sürekli kafandaki yabancı sesler dikkatini dağıtıyor. Refleks kaybın, ağırlaşan ve kontrol edemediğin hareketlerin de eklenince hiddetlenmeye başlıyorsun. Kafandaki sesle, kontrol edemediğin vücuduna ve sana ihanet eden hafızana sinirleniyorsun. Mutfak dolabının karşısında niye durduğunu, orada ne aradığını unuttuğun için öylesine bakıp kaldın bir müddet. Oraya getireceğin tabakları hatırlayamadın. Çünkü onları düzenli taşımak için verdiğin kavga esnasında kulaklığından gelen sesler seni plânındaki esas görevinden uzaklaştırdı. Belki de senelerdir giydiğin süveterin haline bak. Mutfaktaki peçeteler de öyle."

"O zaman Maya çok iyi idare ediyor durumunu."

"Hiç şüphen olmasın. Nasıl beceriyor, bilemiyorum ama Alzheimer'ı bu kadar, duruma hâkimmiş gibi taşıyan hasta görmedim."

Atlas acı bir gülüşle, "Belki yıllardır hepimizi idare etmeyi becerdiği gibi hastalığını da idare ediyor... Bu arada çocukların da bu testi yaşamalarını isterim. Mümkün mü?"

"Gayet tabii. Bence çok iyi olur. Gördüğün gibi bu, anlatılmakla açıklanabilecek bir konu değil. Sen de bu kadar okudun, bu kadar konuştuk. Aynı mı?"

"Hayır, katiyen. Şimdi bilfiil, geçici Alzheimer yaşayıp da normal hayatıma dönmüş gibiyim. O on iki dakika bir ömür kadar sürdü benim için. Maya'nın yaşadıkları karşısında hissettiğim çaresizliği artırdı bu deney. Şimdiye kadar onu izliyor, sadece sabırlı, sakin ve anlayışlı olma konusunda kendimi eğitiyordum; ne kadar süre, ne derecede ne yapmam gerektiğini bilemeden. Şimdi onun beyninde gerçekten neler olduğunu, yaşadığı dehşeti, korkuyu ve yalnızlığı bilerek yanında olacağım.

# 24

Maya terasta oturmuş, ne zaman almış olduğunu hatırlayamadığı kitabın sayfalarını çevirip duruyordu. Doktor Gary Small'un, Gigi Vorgan'la birlikte kaleme aldığı *2 Weeks to a Younger Brain*! (İki Haftada Daha Genç Bir Beyne). Hafızayı güçlendirmenin ve daha zinde kılmanın yollarını anlatan bu kitap hep başucundaydı. Oraya ne zaman koyduğunu hatırlamıyordu, daha önce ne kadarını okuyup okumadığını da. Ama kendisiyle bir ilgisi olduğunu, içinde kendi durumuna bir çare bulabileceğini hissediyordu. Gözlüğünü taktı. Okumak ve anlamak üzere müthiş bir istek duyuyordu fakat İngilizce kelimelerin bir kısmı onun için anlamını yitirmişti. Sarı ispirtolu kalemle üzerleri çizilmiş olanlara özellikle konsantre olmaya çalıştı. Ancak harfler karışmaya başladı gözünün önünde. Kolunu ileri, geri oynatarak kitabın gözünden mesafesini ayarlamaya çalıştı, faydası olur diye. Hemşirenin, "Maya Hanımcığım, bakın kim geldi." demesi üzerine başını kitaptan kaldırdı.

Bahadır, elinde kocaman bir çiçek buketiyle yanına geldi. Maya elindeki kitabı masaya bırakıp kucakladı genç adamı, "Nereden çıktın? Ne güzel sürpriz bu." dedi. Bahadır, bir gün önce konuştuklarını söylemek yerine, "Evdeysen diye şansımı denemek istedim Mayacığım." demeyi tercih etti.

"Ne kadar iyi ettin. Ama baban yok burada."

"Önemli değil. Ben seni görmeye geldim."

"Şimdi, daha da mutlu oldum. Gel, otur. Ne ikram edebilirim sana? Gerçi, artık Nihal Hanım yardımcı oluyor. Ben her şeyin yerini karıştırıyorum."

"Sen ne içiyorsun? Eşlik ederim."

"Ben limonata içiyorum. Ama sen beni boş ver. Sana soğuk bir beyaz şarap verelim."

"Hayır diyemem, biliyorsun. Ben kendim alırım."

Bahadır kadehini doldurup geldiğinde, "Ne okuyorsun?" diye sordu masadaki kitabı gösterip.

"Bir bilsem." dedi, Maya gülerek.

Bahadır kitabın sayfalarını çevirirken, "Ooo" dedi, "bitirdiğinde ben de okuyabilir miyim?"

"Hemen okuyabilirsin. Ben artık okuyamıyorum. Ne zamandır bakıyorum sayfalara bilmem. Belli ki okumuşum daha önce. Ama harfler, kelimeler kayboluyor gözümün önünde, karışıyor."

"Gözlük numaran..."

"Yok, gözlüğümden değil, sanırım kolumun boyu kısalmış. Ne kadar uzakta tutsam olmuyor."

Bahadır gülerek, "Âlemsin Maya" dedi, "hayatı her zaman eğlenceli kılmayı nasıl başarıyorsun her şartta..."

"Her zaman değil canım. Keşke dediğin gibi olsa. Babacığın neler çekiyor benden, bilemezsin."

"Bunca senedir, babamdan seninle ilgili değil en ufak bir şikâyet, serzeniş bile duymadım."

"Duyamazsın. Çünkü çok seviyor beni." derken tatlı bir gülüş attı Maya, "Gerçekten seviyor. Yoksa, bazen çekilmez olduğumu tahmin ediyorum."

Bahadır onun hüzünlendiğini fark etmişti. Kadehini Maya'nın limonata kadehine dokundurup "Şerefine" dedi ve bir yudum aldıktan sonra, "sen hepimizin çekilmez hallerini hep taşıdın Mayacığım" dedi, "babam çekilir miydi her zaman? Ben? Ege? Hangimiz her zaman mükemmel olduk ki...

Hepimize sürekli anlayış gösteren, her şeyi kotaran, bizleri bir arada tutan hep sen oldun."

Maya, memnun, tebessüm ederken onun elini okşadı, "Öyle mi diyorsun?"

"Evet. Bunu sadece ben de söylemiyorum. Bu ailenin her ferdi, Ezel, Sümer dahil, hepsi aynı şeyi söyleyecektir."

"Çok naziksin Bahadırcığım. Beni çok duygulandırdın. Teşekkür ederim."

"Bana teşekkür etme. Ben sana teşekkür borçluyum ve hiçbir zaman karşılığını veremeyeceğim."

"Karşılık?"

"Senin bana verdiğin sevgiyi sana nasıl geri vereceğim, bilmiyorum."

"Sen beni seviyorsun. Ben biliyorum. Yetmez mi?"

"Yapayalnız, annesinin terk ettiği küçücük bir çocuktum, sen beni kucakladığında. Annem oldun benim. Bilmediğim, hatırlamadığım annemin yerine geçtin."

"Her zaman çok mutlu oldum sana annelik yapmaktan."

"Zaten önemli olan bu benim için. Evet, babamla âşık olmuştunuz ama beni ayrıca çok sevdin. Bunu hep hissettirdin bana."

Bahadır, ne zamandır içinde birikmiş duyguları şu anda paylaşma ihtiyacındaydı. Kadehinden bir yudum alıp devam etti, Maya'nın gözlerine bakarak.

"Mayacığım... Sana bunca senedir söylemediğim şeyler olduğunu fark ettim geçen gün."

Maya, hiçbir şey demeden onu sakin, sevgi dolu bir ifadeyle, "Seni dinliyorum" bakışıyla dinliyordu. Bahadır onun elini tuttu ve "Bana anne olduğun için teşekkür ederim sana." dedi, "Babamı mutlu ettiğin için teşekkür ederim. Bana Ege gibi bir ağabey verdiğin için teşekkür ederim. O sivilceli şımarık, ukalâ yıllarımda babam bile sinirlenirken anlayışla tahammül ettiğin için teşekkür ederim. Bana kızları, kadınları anlattığın için teşekkür ederim. Hayatta nasıl bir kadınla mutlu olacağımı bana gösterdiğin için teşekkür ederim."

Maya, "O kadar karıştım mı hayatına senin?" diye sordu, meraklanmış bir bakışla.

"Tabii ki hayır. Hiç karışmadın. Ama gerek yoktu ki. Aynen, Ege'yi olduğu gibi, beni de senin gibi bir kadın örneğiyle tanıştırdın. Daha ne olsun. Ne şanslı ki Sümer de seninle büyüdü, büyüyor. Sen, bizim hayatlarımızda ne güzellikler yarattığının farkında değilsin Mayacığım. Sen bize neler verdiğinin farkında olmadan, hesabını tutmadan, hesap sormadan, hep verdin, hepimizi hep besledin sevginle, anlayışınla. Gerçekten, nasıl becerdin bunu, hâlâ anlamış değilim. Eninde sonunda bir kişisin. Üstelik duygusalsın, kırılgansın. Hep çok çalıştığını hatırlıyorum senin, hep çok yorgun olmalıydın. Ama yine de en sakin, en huzurlu, hayatı en kolaylaştıran, her birimizi deli anlarında yatıştıran hep sen oldun. Babam gibi inişleri çıkışları olan bir erkek, iki erkek çocuk, buluğ çağları... Gerçekten Maya, sen bir mucizesin... Hâsılı, söylemek istediğim, seni çok seviyorum."

Maya, nefes almadan konuşan Bahadır'ı dinlerken onun dudaklarından toplu bir itiraf gibi ardı ardına dökülen duyguların verdiği mutlulukla, yüzünde huzurlu bir gülümseme yayılmıştı. Hiç beklemediği, geriye dönük bağlantılarını birebir birleştiremediği bu konuşmadan en etkin aldığı duygu, onu çok mutlu etmiş olmasıydı. Geçmişin detaylarını çok hatırlamıyordu ama şu an duydukları yüreğini kabartmaya yetmişti. Kollarını uzattı Bahadır'a ve kucaklaştılar. Onun sırtını sıvazlarken, "Teşekkür ederim canım." diye mırıldandı, "Teşekkür ederim. Seni hep sevdim. Başka türlü olamaz ki. Ben senin annenim..."

Nihal hemşire mutfakta, sadece duyup ama hiçbir zaman kimseyle paylaşmayacağı özel anlardan birine daha şahit olmuştu. Kutudan çektiği kâğıt mendili gözlerine bastırıp derin bir nefes aldı. Bu kadını niye bu kadar sevdiğini her gün daha iyi anlıyordu.

♡♡♡

Ege, ekibiyle birlikte pazartesi sabahı, hafta başı toplantısının ortasındaydı. Sessizde titreşen telefonuna göz ucuyla bakıp annesinin numarasını görünce, özür dileyerek masadan kalktı. Ama geride bıraktığı iş tartışması aklındaydı. Annesi çok gerekmedikçe onu iş saatleri içinde aramazdı. Dolayısıyla önemli bir durum olmalıydı. Atlas, kendisi, Ezel ve Bahadır Maya'nın acil arama listesindeydiler. Birinden birine ulaşabilmesi için uzun zaman önce bu düzeni kurmuşlardı. Ama bir müddettir Maya'nın hangi sırada aradığı da soru işaretiydi. Konuların, kişilerin ilişkisi konusunda hafızası eskisi gibi çalışmıyordu. Koridora çıkar çıkmaz açtı ve telaşla, "Merhaba anneciğim." dedi.

"Egeciğim..."

"Evet anneciğim."

"Seni seviyorum..."

"Ben de seni seviyorum anneciğim. Bir problem yok, değil mi?"

"Yok canım oğlum. Sadece seni sevdiğimi söylemek istedim."

"Ben de seni seviyorum anneciğim."

"Ama doğru söyle, seni işinden alıkoymadım, değil mi? Sadece çok sevdiğimi söylemek istemiştim sana."

"Anneciğim, ben de seni çok seviyorum... ve hayır, beni işimden falan alıkoymadın... İyi ki aradın."

"İyisin değil mi canım oğlum?"

"İyiyim anneciğim."

"Dün gece rüyamda gördüm de... belki de gündüz uykumda, bilmiyorum, iyi değildin."

"Her şey yolunda, merak etme, anneciğim."

"O zaman kusura bakma."

"Ne demek anneciğim, iyi ki aradın. Sesini duydum, çok sevindim."

"Seni seviyorum."

"Ben de seni."

Ege toplantı odasına geri dönerken, bu şirketin koridorlarında ilk defa annesinin elini tutarak yürüdüğü zamanlar canlandı hatırasında. Babasının ölümünden sonra ona hem annelik, hem babalık yapmaya yemin etmiş güçlü kadının ölen kocasının şirketteki haklarını savunmak için yıllarca verdiği mücadeleyi, mirasçısı olan oğlunu hayata hazırlayışı ve tüm hisseleri ona teslim edip kenara çekilişi, hızlı çekim bir dizi film gibi gözlerinin önünden geçti Ege'nin. Toplantı salonunun kapısında durdu, birden. Bir kez daha annesinin sesini duyma ihtiyacı hissetti ve numarasını çevirdi. Hemen cevap vermedi Maya'nın cep telefonu ama sonunda açıldı.

"Alo" dedi, Nihal hemşirenin sesi.

"Merhaba, annem müsait mi?" diye sordu Ege. Anında telefonda Maya'nın sesi duyuldu, "Evet canım, ne vardı?"

"Seni seviyorum anneciğim...

"Oh! Canım benim, ben de seni çok seviyorum. İyi misin? Her şey yolunda mı hayatında?"

"Evet anneciğim, sadece seni sevdiğimi söylemek istedim."

"Çok iyi yaptın bir tanem. Ben de sana aynı şeyi söylemek üzereydim..."

"Görüşürüz anneciğim."

"Görüşürüz canım."

Telefon kapanmıştı. Maya, Nihal hemşireye döndü ve "Bebeğim" dedi, "bebeğim beni aradı."

Çok mutluydu. Kendini uzun zamandır bu kadar iyi hissetmemişti.

# 25

Maya bir müddettir bilgisayarındaki tuşlarla mücadeleydi. Hangisine bastığından emin olamıyor, istediği dosyayı açamıyor, karşısına farklı bir şeyler çıkıyor, bir sonraki dokunuşunda her şey kayboluyordu. Uzun müddettir bu böyleydi ama hatırlamıyordu. Çalışma odası, masası, bilgisayarıyla organik bir bağı vardı sanki. Tam ne olduğunu hatırlamadığı bir ilişki hissediyordu onlarla ve o yakınlığı yaşamak için oturuyordu masasına ama gerisi gelmiyordu. Sonra üzülüyor, sinirleniyor ve ardından derin bir sessizliğe gömülüp dünyadan kopuyordu. Atlas yanındaysa ve duruma şahitse yardım etmeye çalışıyor, artık bir şeyler yazamayacağını da bilse dosyalarını kurtarıp onu sevindirmeye çalışıyordu. Bugün de yine niye çalışma masasına oturduğunu, ne yapmak istediğini, neyi aradığını da bilmez haldeydi Maya. Sonunda karşısında beyaz, bomboş bir ekran kalmıştı. Çaresiz, sinirli ve isyankâr bir sesle, "Haydi! Haydi, yapma bana bunu!" diye bağırdı. Seslendiği kimdi, yardım istediği kim? Belli değildi. Çaresiz, kontrolsüz ve hâlâ bir şeyler yapma ihtiyacındaydı, onu biliyordu...

Masasından kalktı. İçinde dolu bir şeyler vardı, anlatılmak istenen ama beyni ona itaat etmiyordu. Ağır adımlarla çıktı çalışma odasından, koridorda ilerledi. Uzaktan bir yerden su sesi duydu ve yürümeye devam etti. Nereye gideceğini düşünerek yürümüyordu ama mutfağa girdiğini fark etti. Nihal hemşire her zamanki gibi, boş anında kendisine bir işler yaratmış, çekmeceleri temizlemekteydi. "Bir şey mi istediniz Maya Hanımcığım?" diye sordu, elindekileri bırakıp.

"Çok kafam karıştı. Biraz hava alacağım."

Terasa bağlanan kapı açıktı. Dışarı çıktı. Hanımelileri, yaseminler, morsalkımlar tomurcuklarından patlamış, açmaya başlamıştı. Güller, ortancalar ve diğerleri... Hepsine sevgiyle baktı. Her birinin onun hayatında hatırası vardı, tam hatırlayamasa bile. Hepsinin kendisi ve bu ev için özel olduklarını anımsıyordu yer yer, ama niye, onu bilemiyordu. Önemli olan güzellikleri ve ona verdikleri huzurdu. Morsalkımlar coşmuş, ferforjeye dolanmış dalları birbirine sarılmıştı. Bazen çiçeklerin isimlerini unutuyor veya karıştırıyordu. Onun için, Atlas isimlerini yazıp sudan etkilenmeyecek şekilde kaplatmış ve her cins bitkinin toprağına saplamıştı etiketleri.

Maya, güllere bakarken, bugün renklerinin her zamankinden farklı olduğunu gördü. Renkleri solmuştu sanki. Kurumaya yüz tutmuş gibilerdi. Yaprakları da o diri yeşillerini kaybetmişti. Müthiş bir üzüntü çöktü içine. Bir yandaki saksıya baktı, onlar da öyleydi, bir sonraki de. "Ne oldu size böyle?" diye mırıldandı, yapraklarını okşarken, "Aman Allahım! Ne oldu size böyle?"

Mutfağa geri döndü. Çekmeceleri açıp kapadı. Aradığını bulamayınca kendisini yakından izlemekte olan hemşireye, "Bana bahçe makasını verir misiniz lütfen." dedi. "Aman dikkat edin, çok keskin." diye uyardı kadıncağız, makası endişe içinde ona teslim ederken. Maya dışarı çıktığında yapacağı işin güllerin hayatını kurtaracağından emindi.

Atlas duştan çıkmış, tıraşını olup giyinmişti. Karısını çalışma odasında bulamayınca salona geldi ve camdan onu terasta güllerin yanında görmekten memnun, kapıyı açıp ona doğru yürüdü. Ama aynı anda tebessümü dudaklarında dondu ve "Ne yapıyorsun Mayacığım? Neden?" diye haykırdı âdeta. "Korkuttun beni!" diye sıçradı Maya, yaptığı işi durdurarak. Gözleri yaşlı, son derece üzgün bakıyordu. "Neler oldu?" diye merakla sordu Atlas. Güllerin çoğu diplerinden budanmış, taze sapları, yemyeşil yaprakları ve kimi açmış, kimi gonca, rengârenk çiçekleriyle yerdeydiler. Travertenin üzerinde mezarlarına uzanmış gibilerdi. "Ne yaptın bir tanem?" diye tekrarladı Atlas, üzüntüyle. "Güçlensinler diye." dedi Maya, gözlerindeki yaşları silerek. "Eminim o gelen kadınlardan biri yaptı."

"Ne yaptı, hangi kadınlar?"

"Zarar verecek bir şey dökmüşler dibine ya da... bilmiyorum, kötü bir şey yapmışlar belli ki. Mahvolmuş hepsi. Benim zavallı güllerim."

"Mayacığım, bu çiçeklerde hiçbir problem yok. Hepsi gayet sıhhatli. Yeni çiçekleniyorlar baksana."

"Hayır, değiller. Renklerine baksana, solmuş hepsi."

"Canım benim, solmuş hiçbir çiçek yok burada."

"Neden bağırıyorsun bana? Kötü bir şey yapmadım ki ben."

"Bağırmıyorum sevgilim. Sadece şaşkınım ve üzüldüm. Senelerdir gözün gibi baktığın çiçekleri nasıl dibinden kestin böyle?"

"Kesmedim. Budadım. Çünkü birileri zarar vermiş bunlara. Şimdi daha kuvvetli çıkacaklar."

"Mayacığım, hiç kimse bir zarar vermedi güllerine. Sen kesiyorsun şimdi. Oysa dalından koparmaya bile kıyamazdın bunları. Hepsi sıhhatli bu çiçeklerin. Budanma gereği yoktu."

Maya alınmıştı, "İşte yine kızıyorsun bana." dedi, çocuk gibi ağlamaklı, "Artık her şeyime kızıyorsun."

"Kızmıyorum bir tanem, kızmıyorum. Ama bu çiçekler benden çok senin için kıymetliydi. Nasıl kıydığını anlayamıyorum."

"İşte, kızıyorsun bak, sesin kızgın çıkıyor."

"Kızmıyorum, anlatmaya çalışıyorum." derken Atlas, sesinin aslında, istemeden de olsa, yükselmeye başladığını fak etti ve sustu. Birden, Murat'ın kendisine yaptığı test aklına geldi. Maya'nın beyninde seslerin nasıl katlanarak çoğaldığını ve onu ne kadar yoruyor olduğunu hatırladı. "Tamam canım." dedi, yumuşak bir sesle, "Tamam... Özür dilerim. Bu kesilenleri ne yapmayı düşünüyorsun?"

"Bir vazoya koyacağım." diye mırıldandı Maya, küskün bir sesle, "Suya girince belki yaşarlar. Zavallı çiçeklerim benim..."

Atlas dikenlerini temizlediği gül dallarını Maya'nın vazolara yerleştirmesini izlerken onun yüzündeki hüzün içini burktu. Yıllar önce kurt köpeklerini artık acı çekmesin diye uyutmaya gönderdiklerinde nasıl o çok sevdiği canın ıstıraptan kurtuluşunu ölümde görüp karar verdilerse şimdi karısının güller için hissettikleri aynıydı. Aklındaki karışıklık ona çiçekleri olduğundan farklı göstermişti. Şu an, her bir dalı vazoya koyarken, bakışlarından, onun kendisinden daha çok üzüldüğünü görebiliyordu. Elindekileri bıraktı Atlas, Maya'ya sarıldı. Onun başını sevgiyle kavrayıp göğsüne doğru yasladı, "Üzülme canım." dedi, "Yaşayacak hepsi... üzülme..."

♡ ♡ ♡

Dulce Pontes ve Andrea Bocelli'nin muhteşem düeti "O mare e tu" terasa yayılırken ağustos güneşi gölün karşı kıyısındaki bakımevinin camlarını alev renklerine bulayarak batmaktaydı. Günün sıcaklığıyla yorulmuş çiçekler az önce sulanmanın keyfiyle dirilmişler, kokuları ılık akşamın içine yayılıvermişti.

Karı koca yaseminlerin sardığı kameriyenin altına oturmuş, Maya'nın gençlik yıllarının fotoğraflarından oluşan bir albüme bakıyorlardı. Kendinden yapışkanlı sayfalardaki fotoğrafların hepsine, bir zamanlar elleriyle desenlendirdiği çerçeveler çizmişti Maya.

"Şu peri kızına bakar mısın?" dedi Atlas, hayranlıkla, onun yirmili yaşlarındaki bir fotoğrafına işaret ederek. Maya tebessüm etti.

"O ben miyim?"

"Evet, bu harika genç kız sensin bir tanem."

"Enteresan. Geçen gün bu kız bize geldi sanki."

"O kız sensin."

"Yok, öyle değil. Bize misafir geldi sanki böyle biri."

"Yine bu albüme baktık geçenlerde. Onu hatırlıyorsundur."

"Belki de. Olabilir. O zaman bu evde mi oturuyorduk?"

"O zaman biz tanışmıyorduk sevgilim. Ayrı evlerde oturuyorduk."

"Okyanus kıyısındaki evde mi oturuyordum?"

"Sanmıyorum bir tanem."

"Ama okyanus kıyısında bir evimiz var, değil mi?"

"Bir yaz kaldığımız bir ev vardı."

"Niye hep kalmadık orada?"

"Bir yaz için gitmiştik. Sonraki yazlar başka yerlere gittik."

"Ama ben çok özledim o evi."

"Bir gün yine gideriz bir tanem."

"Neden şimdi gitmiyoruz?"

"Oldukça uzak, ondan."

Maya eliyle ve bakışlarıyla gölün karşı kıyısındaki bakımevini gösterdi.

"Ne kadar yakında, baksana."

"Ama orası okyanus değil sevgilim, göl."

"Olsun. Beni oraya götürür müsün?"

"Resimlere bakmak istemiyor musun?"

Maya, unuttuğu bir şey hatırlatılmış gibi, "Oo, doğru" dedi, "resimler..."

Az sonra okyanus kıyısındaki evi çoktan unutmuş, yine zaman aşımına uğramış fotoğrafların hikâyelerine dalmıştı. Maya'nın gençlik arkadaşları, gittiği mekânların çoğu Atlas için yabancı olduğundan, fotoğrafları arada bir albümden çıkarıp arkalarındaki notları okuyordu. Yine birini yerine koymak üzereydi ki Maya elini uzatıp, "Ben yapabilir miyim?" diye sordu. Kocası "Tabii ki" diyerek uzattı fotoğrafı. Maya iki eliyle kavradı resmi ve boş çerçevenin içine yerleştirmeye çalıştı. Önce yana doğru oturttu, kaldırdı, tekrar denedi. Atlas onun yaptığı işe odaklanmak için ne kadar gayret sarf ettiğinin farkındaydı. Birkaç denemeden sonra fotoğraf yerine yerleşmişti. "Tamam yaptım mı?" diye sordu Maya.

"Evet canım."

"Yapamayacağım diye korktum."

"Yapamasan da önemli değil ki bir tanem."

"Evet, önemli. Hem de çok önemli."

"Neden o kadar önemli senin için?"

"Çünkü, yarın hatırlamayacağım."

"Yarın hatırlamayacağın bir şeyi neden o kadar önemsiyorsun?"

"Çünkü herkes hatırlayacak. Sen hatırlayacaksın. Yanlış yaparsam sen hatırlayacaksın."

Atlas onun saçlarını okşarken, "Anlıyorum canım." dedi. Maya gülümsedi ona, sonra dikkatini yine albüme çevirdi.

"Senin niye resmin yok burada hiç?" diye sordu.

"Sevgilim, bunlar senin gençlik fotoğrafların. O zaman tanışmıyorduk bile."

"Ama sonra fotoğrafımız oldu birlikte. Değil mi?"

"Tabii, bak, şuradakilerin içinde de beraber fotoğraflarımız var. Seninle, çocuklarla, hep beraber."

"Mutluyuz biz, değil mi?"

"Evet bir tanem. Hem de çok mutluyuz."

"Her şeyi unutuyor olmama rağmen mi?"

"Evet sevgilim."

"Hiç sıkılmıyor musun benden?"

"Neler diyorsun bir tanem, nasıl sıkılırım senden?"

"Ne bileyim. Ben kendimden sıkılıyorum da... Hiçbir işe yaramıyorum artık."

"Kendine haksızlık yapıyorsun. Senin yanımda olduğunu bilmek yetiyor bana. Senin verdiğin sevgi yeter, başka hiçbir şey yapmana gerek yok."

"Sanki bir şeyler eksik ama. İçimde daha çok şey var ama onları nasıl çıkaracağımı unuttum. Özlediğin bir şeyler olmuyor mu, yani benimle ilgili?"

"Canım karım, ben seni her zaman özlüyorum. Yanımda da olsan, kollarımda da olsan, hep özlerim ben seni. Senin var mı özlediğin bir şeyler?"

"Sanki var ama bilmiyorum ne olduğunu. Aynı şey gibi, konuştuklarımızı unutuyorum ama bende bıraktığı hissi hatırlıyorum. Bu da öyle. Bir şeyleri özlüyorum ama isimleri yok, his olarak var."

"Tarif edebilir misin bana?"

"Dünü olmayan bir yerdeyim. Yarın da yok. Sadece şimdi var... Sonra o da yok oluyor... Yapmayı, hatırlamayı özlediğim bir şeyler var, hissediyorum. Ama onlar ne, bilemiyorum. Sadece bir boşluk oluyor içimde. Çok zor oldum, biliyorum."

"Zor olan sen değilsin bir tanem. Yaşadığın süreç zor olan."

"Farklı mı ikisi?"

"Çok farklı hem de."

"Yani benden sıkılmadın mı?"

"Hayır canım, hayır..."

Atlas uzanıp dudaklarından öptü karısını.

"Çok güzel bir duygu bu." dedi Maya, mutlu bir bakışla.

"Bence de." diye tebessüm etti Atlas ve bir daha öptü onu, bu defa uzun uzun.

"Su anda, senin beni hep sevdiğini hissediyorum."

"Yanılmıyorsun. Hep sevdim, hem de çok."

"Ne kadar zamandır?"

"Seni ilk tanıdığım günden beri. Yirmi dört sene oluyor."

"O uzun bir zaman mı?"

"Uzun sayılabilir. Ama seninle olunca çok kısa gelen bir zaman."

"Bu iyi bir şey mi?"

"Çok iyi bir şey. Hem de çok iyi."

"Çok sevindim." dedi Maya. "Çünkü sen beni mutlu ediyorsun."

♡ ♡ ♡

Maya'nın *sun-downing syndrome*, güneş batışı sendromu gittikçe daha bariz hale gelmişti. Geceleri uykusu çok azalmıştı. Bilgisayarını ne zamandır açmıyordu bile. Kafasını karıştırmaktan başka işe yaramıyordu. Genellikle çerçevelerdeki veya albümlerdeki fotoğraflara dalıyor ya da neden olduğunu bilmeden seçtiği bir kitabın sayfalarını çeviriyordu. Bazen de âdeta uyurgezer gibi dolaşıp, anlamı olmayan projeler yapıyordu. Çekmeceleri, dolapları açıp kapatıyor, içinden eşyalar çıkarıyor, bir yerlere istif edip sonra tekrar başka bir yere taşıyordu. Titiz ve mükemmeliyetçi karakteri hâlâ baskın olduğu için, yarattığı bu karmaşık düzenden ayrıca rahatsız ve mutsuz oluyordu. Sabahları yatağı ısrarla hâlâ kendisi düzeltiyor fakat istediği gibi düzgün yapması gittikçe daha uzun zaman alıyordu. Özellikle pastel ve birbirine yakın renkler konusunda kararsızlığı da başlamıştı. İşin garibi, bunun bilincindeydi ve giysilerini seçerken Atlas'a veya Nihal hemşireye sorarak onaylatıyordu renk uyumunu. Refleksleri yavaşlamasına ve kontrolü çok azalmasına rağmen, çok işini kendisi yapmakta ısrarcıydı. Yardım edilmesi gerektiğinde elinden inisiyatifi alınıyor duygusuyla hiddetleniyor veya kâlbi kırılıyordu. Murat, onu kendi haline bırakmalarını ancak çok çıkmazda kalacağı veya tehlikeli olabileceği zaman müdahale etmek üzere yakınında bulunmalarını tavsiye etmişti. Nitekim, birkaç kez açık bıraktığı musluk, ocak, sokak kapısı yeterli korkutucu deneyim olmuştu. Şimdi eskisinden daha çok şeyini kaybediyor ya da kaybettiğini sanıyordu. Her birinin yer değişikliğinin sebebinin bir başkası değil, kendisi olduğunu ona ispat etmek üzere evin muhtelif yerlerine kamera koymayı düşündü Atlas. Ama bunu daha sorarken Murat'ın, "Sakın Ha! Sakın öyle bir şey yapma." itirazıyla karşılaştı. "Böyle bir şey onu daha da kırılgan yapacaktır. Ona ancak büyük bir suçluluk hissi verir. O, çaresizlik içinde, kaybettiğini ararken sen ona, "Suçlu sensin." demiş olacaksın. Sonra unutacaktır ama o anda hem yarattığı kargaşadan, sebep olduğu problemden, hem de yaptıklarının farkında olmadığını o anlık fark etmekten dolayı altüst olacaktır."

Maya için gittikçe zorlaşan hayat, Atlas için de farklı değildi. Sevdiği kadın hafızası, yetileriyle birlikte üzerine kapanmakta olan kapının ardında kalıyordu yavaş yavaş. Onu oradan çıkarması mümkün olmayacaktı. Tek yapabileceği onun olduğu tarafa geçmeye çalışmaktı. Ama tam bunu başardığını sanırken Maya başka bir boyuta, biraz daha uzağa kayıyordu sanki. Onu anlamaya çalışmak ve destek olmak için gösterdiği çaba gittikçe daha fazla enerji, daha fazla sabır gerektiriyordu.

Maya'nın uykusuz, gece dolanmalarında, onun kendisine bir zarar verebileceği endişesiyle Atlas'ın da uykuları gecenin süzgecinden geçebilen dar zamanlara sıkışmıştı. Hemşirenin ertesi gün sağlıklı çalışabilmesi için gece vardiyalarını o üstlenmişti. Ama ekim başında tiyatro açıldığı zaman nasıl organize olacaklardı, bilemiyordu. Derken, hiç hesapta olmayan tatsız bir olayla, hayatları aniden farklı bir evreye geçiverdi.

Eylül ortasında, yazdan kalma bir gündü. Atlas yeni oyunun provaları için tiyatroya gitmeye hazırlanırken Nihal hemşire kâlp krizi geçirerek hastaneye kaldırıldı. Durumu tehlikeli değildi ama bir müddet kontrolde tutulması ve sonra da uzun zaman sakin bir hayat yaşaması gerekecekti. Maya, o sabah evde yaşananları, gelen ambulans görevlilerini ve hemşirenin bir sedyede götürülüşünü endişeyle izlemiş, bu çok hızlı yaşanan telaşlı zaman dilimi kafasını iyice karıştırmıştı. Birkaç gün sonra beraber hastaneye onu ziyarete gittiklerinde Maya kadıncağızı yorgun, bitkin, serum bağlı yatıyor görünce gözyaşlarını tutamadı. Bu görüntü ona çok sevdiği biriyle ilgili, acı bir anıyı hatırlatmıştı sanki. Ne olduğunu çıkaramıyordu ama duygusu hiç yabancı değildi. "Sizi özledim." dedi, "İyileşin ve eve dönün."

"Ne olur üzülmeyin Maya Hanımcığım. İyileşeceğim, tabii. Başka nereye gidebilirim ki, yine size geleceğim."

Ama bu söylendiği kadar kolay olmayacaktı, Atlas da, hemşire de farkındalardı. Maya'yı kısa bir an için sakinleştirmişti bu bilgi. Ancak çok uzun sürmedi. Zira alıştığı düzende bir değişiklik olmuştu, ister istemez. Güvendiği, sevdiği ve beraber yaşamaya alıştığı yardımcısı, küçülen, daralan, iniş çıkışlı hayatındaki önemli birkaç kişiden biri, şimdi yoktu. Banyosunu, ilâç, yemek, yürüyüş saatlerini organize eden, Atlas evde olmadığı zaman onu rahatlatan, endişelerini, korkularını yatıştıran, sohbetinden keyif aldığı bir insan eksilmişti hayatından. Bu, normalde çok da önemsenmeyecek durum Maya için travma yaratmaya yetecek ehemmiyetteydi. Atlas ona her sabah yeniden hemşirenin başına gelenleri ve neden kendileriyle olamadığını izah ediyordu. Maya bazen durumu anlamış görünüyor, "zavallı kadıncağız" için dua ediyor ve günü sakin geçiriyordu. Bazı günler onu, "hain" olmakla, kendilerini terk etmekle suçluyor, kimi zaman da onun kâlbini kırıp kaçırdığına dair düşüncelerle üzüntüden kahroluyordu. Atlas her bir ruh halini idare etmek için uğraşırken çaresizlik içindeydi ve sadece fiziki değil, ruhsal olarak da yorulmaya başlamıştı. Birkaç defa izah etme gayreti sırasında, sabrının taştığını fark etmemişti bile. Ama Maya, her şeyi unutmasına rağmen, onun ses tonundaki en ufak farkı algılıyor ve hemen gözleri yaşlanıyordu. Onu yeniden sakinleştirmek her zamankinden uzun sürüyor, çok daha büyük bir çaba gerektiriyordu.

Atlas evde olamayacağı zamanlar için geçici bir yardımcı fikrini düşünse de, bunun Maya'nın aklını daha karıştıracağı ve durumunu iyice çıkmaza sokacağından endişeyle, ev dışında olması gereken saatleri çocuklarla organize etmeye çalışıyordu. Kimin toplantısı yoksa veya işini erteleyebiliyorsa atlayıp geliyordu. Ancak o gün, Ezel ve Bahadır, iş için şehir dışındalardı. Ege'nin de bir konferansı olduğundan Atlas çaresizdi. Biraz düşündükten sonra tek çözüm olan, Maya'yı yanında tiyatroya götürmek fikrinde karar kıldı.

Maya çok sakindi o gün. Hâtta, olağanüstü sakindi. Duşunu alırken, giyinirken kendisine yardımcı olan kocasına, neredeyse hiç konuşmadan küçük bir çocuk gibi teslim oldu. Atlas onun saçlarını tararken, gözlerindeki hüzünlü, kaybolmuş duygusu içini burktu. "Dışarı çıkmak sana iyi gelecek bir tanem." dedi, "Sevdiğin arkadaşlarını göreceksin. Onlar da seni özlemişti."

Maya aynanın içinde uzaklara bir yerlere bakar gibi konuştu:

"Annem de orada mı?"

Atlas ne cevap vereceğini bilemedi, dudaklarını ısırdı. Sonra, "Belki de oradadır." dedi. Çaresizlikten söylediği beyaz yalanların haddi hesabı yoktu bir müddettir.

"Çok özledim annemi." diye mırıldandı Maya, "Hastaneden çıktı, değil mi?"

Atlas, artık, annesinin yıllar evvel öldüğünü izah etmekle uğraşmanın anlamsızlığını biliyordu. Nihal hemşirenin hastanedeki halinin de Maya'yı niye bu kadar etkilediğini ve onu niye bu kadar aradığını anlamaya başlamıştı. Bilinçli bir anımsama olmasa da, Maya, şefkatli hemşiresini hastanede vefat eden annesiyle bağdaştırmaktaydı, belli ki.

Sonbaharın sıcacık, zengin renkleriyle süslü orman yolundan ilerlerken Maya çok mutluydu. "Ne kadar güzel." dedi, "Her şey iyi olacak gibi sanki."

"Tabii ki iyi olacak bir tanem. Ama sana nedir böyle düşündüren?"

"Renkler... renkler sanki öyle olacak gibi."

Onun rahatladığını görmekten memnun, "Haklısın canım." derken, sevgiyle yanağını okşadı Atlas. Maya onun elini tuttu ve gülümseyerek baktı kocasına.

"Seni seviyorum."

"Ben de seni seviyorum bir tanem."

"Ne kadar zaman oldu, ben bu yoldan gitmeyeli?"

"Epeyi zaman oldu canım. Bir müddettir hiç çıkmadın evden."

"Neden acaba?"

"Kalabalık, gürültü istemiyorsun. Ayrıca evimizin manzarası o kadar güzel ki, orada çok mutlusun."

"Mutlu olduğumu hissediyorum. Ama biraz da hüzün var içimde."

"O neden, biliyor musun?"

"Hastalığım... hastalığım kendisi hüzün yapıyor. Üzüyor beni... Seni üzüyorum diye üzülüyorum. Çocukları üzüyorum..."

"Şimdi bunları düşünme. Sen hep 'Anımızı yaşayalım' derdin. Niye şimdi yine öyle yapmıyorsun?"

"Anımızı yaşayalım... güzel bir söz... Hatırlattığın için teşekkür ederim."

Atlas karısının elini öptü ve avucu içinde tutarak dizi üzerine koydu.

Orman yolundan çıkmış, şehre giden otobana girmişlerdi. Boş, sakin, ağaçlar arasındaki yolun huzuru yerini hızla akan trafik, korna, fren, gazlama seslerine bırakmıştı. Atlas, karısının, avucu içindeki elinin birden kasıldığını hissetti. Dönüp baktığında yüzündeki ürküntüyü fark etti. "Çok kötü bu." diye mırıldandı Maya, endişeli, "Çok kötü. Çok gürültü var. Hiç sevmedim."

Atlas da onun gerginliğinden etkilenmişti ama sezdirmeden karısını sakinleştirmeye çalıştı. "Uzun zamandır unuttun bu sesleri, ondandır. Şimdi güzel bir müzikle rahatlatırız seni."

Murat'ın yaptığı test aklına gelmişti. Maya'nın şu an kafasında nasıl bir karmaşa oluşmaya başladığını çok iyi hissedebiliyordu. Aslında yapabileceği en iyi şey, ilk çıkıştan çıkıp eve dönmekti ama otobanda bulundukları noktada o imkânı yoktu. CD çaların tuşlarında beş numarada meditasyon müziğini bulduğunda umudu Maya'nın bununla sakinleşmesiydi. Ancak hızlanan yağmurla birlikte sanki dışarının gürültüsü artmaya başlamıştı. Atlas, bir taraftan yola ve trafiğe odaklanırken göz ucuyla karısının yüz ifadesini gözlüyor, elini sıkı sıkı tutarak ona güven vermeye çalışıyordu.

Maya birden kendisini yabancı ve tehlikeli bir dünyaya geçmiş gibi hissediyordu. Ama Atlas'ın varlığı ve onunkini kavrayan eli az da olsa içindeki korkuyu yatıştırıyordu. Ta ki ortalığı siren sesleri kaplayana kadar.

"Tüh!" dedi Atlas, "Bir bu eksikti. Kaza var herhalde. Meraklanma bir tanem. İlk çıkıştan ayrılacağım, seni sessiz bir yere götüreceğim. Biraz sabret, olur mu?"

Ancak Maya'nın ruh hali, algılaması hiç gerekli sabrı göstermeye müsait değildi. Az ileride kaza dolayısıyla tıkanan yol, yanlarından kendine yol açıp geçmeye çalışan ambulans ve itfaiyenin sirenleri, kornaları, bir diğerine hiddetle çalan araba klâksonları, gökten boşanırcasına yağan yağmurun camlardaki, kaportadaki tınıları Maya'nın hasarlı beyninde cehennemi bir duygu ve işkence gibi ses yansıması yaratıyordu. Algıladığı korku, Atlas'ın varlığından duyduğu huzuru ve güveni aşmaktaydı artık. Hıçkırmaya başladı. Atlas çaresizlik içinde "Sevgilim" dedi, "azıcık sabret ne olur. İlk kavşaktan çıkacağız."

"Şimdi çıkar beni buradan, şimdi, ne olur..."

Maya'nın, sakin, kendi içinde yaşadığı travma dışarıya vurmaya başlamıştı. Algıladığı korku, gerçekte gördükleri ve duyduklarının yarattığının çok ama çok ötesindeydi. Kapının koluna sarıldı. Açıp çıkmak isteğiyle sallamaya başladı. Bir yandan da ağlıyordu, "Çıkar beni! Çıkar beni! Annemi istiyorum! Anneme gitmek istiyorum!"

Trafik tamamen bloke olmuştu. Direksiyon başındakiler sanki yaptıkları gürültü yolu açacakmış gibi, klâksonlarına ısrarlı bir şekilde basmaya devam ediyordu. Atlas, oldukları yerden çıkışlarını göremiyordu. Çaresizlik içindeydi. "Mayacığım..." dedi, ona sarılıp "Mayacığım! Bana bak! Bak bana lütfen!"

"Azarlama beni! Ben annemi istiyorum! Annemi istiyorum!"

Atlas onun kapıyı açamadığını görmesine rağmen, uzanıp, her ihtimâle karşı kilidini indirdi ve telefonunda Murat'ın numarasına bastı hemen. Çok çalmadan açıldı telefon. Maya'nın isyan ve korku dolu ağlama sesleri arasında Atlas kısaca olanı anlatmaya çalıştı. "Şu an Altın Göl'deyim. Derhal oraya gelin." dedi Murat.

Atlas sinyalini, flaşörlerini yaktı, arabanın burnunu sağa doğru çevirdi ve çılgın trafiğin akışını zorlayarak, az önce sinirlendiği birçok sürücü gibi kuralları hiçe sayarak en sağ şeride geçti. Bu arada kendisine küfür gibi klâkson çalınması umurunda değildi. Bir an önce Maya'yı doktoruna ulaştırmasıydı şimdi önemli olan. Artık arabadan çıkmaktan vazgeçmiş, sadece hıçkırarak, "Anne, kurtar beni!" diye ağlayan

Maya'yı teskin etmek için kâh başını okşayıp kâh elini öperek sağ şeritteki işkence trafiği de aşıp göle gidecek yola saptığında derin bir nefes aldı. Maya nispeten yatışmış, yaşadığı hırçınlıktan yorulmuş gibiydi.

"İyi misin şimdi bir tanem?" diye sordu Atlas, "Bak, ne kadar sakin bu yol. Az sonra daha da rahatlayacaksın. Murat bizi bekliyor. O çok sevdiğin eve gidiyoruz..."

Atlas, karısının dikkatini yaşadığı olaydan ve yolun stresinden kurtarmak için ardı ardına konuşuyordu. Ama kendisi o kadar gerilmişti ki, artık trafik olmamasına rağmen yol bitmeyecek gibi geliyordu.

Az sonra Maya, Altın Göl'ün revir bölümündeki hasta yatağında, doktorunun verdiği sakinleştiriciyle derin bir uykuya dalmıştı.

"Neler olduğunu anlayamadım Murat." dedi Atlas. "O kadar sakindi ki yola çıktığımızda. Hâtta anayola çıkana kadar çok memnundu hayatından."

"Çünkü huzurlu hissediyordu kendisini. Yanında bir tek sen vardın. Belki arada sırada geçen bir-iki araba. Sevdiği, bildiği ve hep huzur bulduğu manzara vardı. Sonra birden, korku duyduğu için uzaklaştığı, unuttuğu bir kaosun içine düştü. Bu yeni ortamına karşı kendisini korumasız, güçsüz hissetti. Kontrol edemeyeceği, düzeltemeyeceği bir ortamda panikledi. Böyle durumlar bu hastalar için bir korku tüneline dalmak gibidir. Düşünsene, arabayı kontrol edemiyorsun, yolu kontrol edemiyorsun, sesleri, kalabalığı kontrol edemiyorsun, geri dönemiyorsun. Tek yapabileceğin bağırmak, ağlamak, haykırmak..."

"Ben ne yapabilirdim?"

"En iyisini yaptın zaten. Onu oradan kaçırdın. Sakinleşmesinin sebebi de o."

"Hiç çıkarmamam lâzımdı evden."

"Kendini suçlama. Böyle bir an zaten gelecekti. Sadece bugün tetiklendi. Bu arada sen işine git. Ben buradayım. Odayı hazırlatıyorum. Yanına bir de hemşire vereceğim. Aklın kalmasın."

"Bir ihtimâl bu kafayla hiçbir işe yaramam bugün. Ama, biliyorsun, *The Show must go on*."

"Merak etme. Sana mesaj atarım arada. Bu arada Maya için burada ihtiyacı olabilecek şeyleri getirirsen iyi olur."

"İlk iş onları getirir, sonra tiyatroya giderim. Görüşmek üzere. Karım sana emanet."

Maya'ya küçük bir çanta hazırlamak için eve gitmek üzere yola koyulduğunda, bunun, romantik orman yolunda yaşayacağı birçok hüzünlü yolculuğun başlangıcı olduğunun henüz farkında değildi.

♡ ♡ ♡

Atlas, üzüntüsünü ve endişelerini olağanüstü bir güçle bastırarak geçirmişti prova gününü. Tiyatrodaki ekibin "Geçmiş olsun" dilekleri ve yoldan aldığı bir saksı kamelyayla Altın Göl'e döndüğünde Maya, göle bakan süit odaya yerleştirilmişti. Yorgun bir ifadeyle yatağında yatarken, kocasını görür görmez heyecanla doğruldu yerinde ve daha bir şey söylemeye fırsat olmadan ağlamaya başladı. "Geldin..." dedi gözyaşları içinde, "Geldin..."

Atlas elindekileri oturmakta olduğu koltuktan fırlayan güleç hemşireye teslim edip karısının yanına koşup sarıldı hemen.

"Tabii gelecektim, bir tanem. Nereye gittiğimi sanmıştın?"

"Bilmiyorum. Sadece gittin zannettim."

"Tiyatrodaydım canım. Prova biter bitmez sana geldim. Sorsaydın, söylerlerdi sana."

Hemşire onları baş başa zaman tanımak için ayrılırken Atlas yatağın kenarına oturdu, Maya'nın ellerini bırakmadan, "Nasılsın sevgilim?" dedi, "Daha iyi görüyorum seni."

"Daha önce nasıldım, bilmiyorum ki."

"Biraz kafan karışmıştı."

"Üzdüm mü seni? Onun için mi yatırdın beni buraya?"

"Hayır bir tanem. Murat burada birkaç gün kalmanın iyi olacağını söyledi."

Durdu, başıyla gösterip, "Bak sana ne getirdim?" dedi, hemşirenin köşedeki sehpaya koyduğu saksıyı işaretle.

"Çok teşekkür ederim. Ne kadar güzeller. Kokuları da harika."

"Birkaç gün burada sana arkadaşlık eder diye düşündüm."

"Niye? Beni bırakacak mısın burada?"

Atlas, uzun zamandır düşünmekten bile korktuğu olayla şimdi yüz yüze gelmiş olmaktan aldığı sıkıntıyla yutkundu, "Sadece birkaç gün bir tanem." dedi, "Sonra çıkıp, eve geleceksin yine."

"Ama burada yalnız mı kalacağım? Yalnız kalmak istemiyorum."

"Bilemiyorum canım, benim burada kalmam ne kadar mümkün?"

Maya'nın gözlerinde yine yaşlar pırıldadı, "Ama..." dedi, "çok yalnız kalırım burada... Annem de yok burada, değil mi?"

Atlas, birden, sabahtan beri yaşadığı stresin bütün kontrol mekanizmasını esir aldığını ve kendisini duygularına teslim etmek ihtiyacını hissetti. Özür dileyerek kalktı Maya'nın yanından ve aceleyle banyoya doğru yöneldi.

"Bırakma beni ne olur!" diye seslendi arkasından Maya, "Ne olur bırakma beni. Seni üzmek istemedim hiç."

Atlas, banyonun kapısından, başını çevirmeden, "Gitmiyorum sevgilim." dedi, sesini zor kontrol ederek, "Bir yere gitmiyorum."

Banyonun lâvabosunda yüzünü yıkadı, aynadaki yorgun, hüzünlü, çaresiz ifadesine baktı. Sanki Maya ne yaşıyorsa ona aynen yansıyordu. Geri döndüğünde hâlâ gözyaşlarına hâkim olamıyordu. "Neden ağlıyorsun canım benim?" diye sordu Maya, bütün yaşananlar ondan çok uzakta kalmış gibi. Sorusunu tekrarladı, kocasına elini uzatarak yanına çağırırken, "Söyle bana, neden ağlıyorsun?"

Atlas, az önce terk ettiği yere oturdu tekrar. "Bilemiyorum bir tanem." dedi, "Bilmiyorum. Sana nasıl yardım edeceğimi bilemiyorum. Çok çaresizim."

"Üzülme canım sen." dedi, Maya onun saçlarını okşarken. "Sakın üzülme. Annem her şeyi ayarlamış galiba... sakın üzülme. Ben seni hiç bırakmayacağım."

Atlas, artık saklayabildiği gözyaşlarını da tutamıyordu. Karısının boynuna sıkı sıkı sarıldı ve hıçkırıklara boğuldu. Maya, anaç, sevecen bir tavırla kollarını sardı kocasına ve onu okşayarak sakinleştirmeye çalıştı. "Canım benim... canım benim... üzülme sen... Benim için çok üzüldün sen... Artık üzülme. Seni seviyorum."

♡♡♡

Altın Göl'e geldiğinden üç gün sonra Maya'nın eve dönüp dönmemesi konusunda kocası ile doktoru hâlâ hemfikir değildi. Ama beraber yaşadıkları bir hadise bu kararın ne olması gerektiğini ortaya koydu.

Yağmurlar durmuş, yeniden yazı hatırlatan bir sıcaklıkla güneş çıkmıştı. Atlas sabahtan Maya'yı ziyarete geldiğinde onu yataktan çıkmış, giyinmiş, odasının oturma bölümünde, hemşiresiyle birlikte mecmualara bakarken buldu. Maya başını kaldırıp ona kocaman bir tebessümle baktığında karşısında, birkaç gün önce buraya getirdiği kadınla igisi olmayan, neşeli, zinde Maya'yı gördü. Yaşadıklarına şahit olmasa, sanki bitmiş bir zamandan geri dönmüş gibiydi karısı. Kirpikleri hafif rimellenmiş, dudağı şeffaf, renksiz bir rujla parlatılmış, atkuyruğu saçları, kot pantolonu ve beyaz süveteriyle enerji saçıyordu âdeta. Sarılıp öpüştüklerinde Atlas, artık onun sağlığıyla ilgili hayâl kurmasının anlamsız olacağını unutmuştu bile. Bahçeye çıkmak ister misin?" diye sordu.

"Çok sevinirim." dedi Maya, "Hiç çıkmadım. Hep yağmur yağdı."

Az sonra karı koca el ele, büyük salondan verandaya, oradan bahçeye inmişlerdi. "Oh!" dedi Maya sevinçle, "ne kadar güzel bir bahçe bu. Ne kadar büyük. Odamdan gördüğüm bahçe mi bu?"

"Evet canım. Bak, orada da odandan gördüğün göl var."

"Beni götürür müsün oraya?"

"Tabii."

Atlas sağ koluyla sevdiği kadının omuzuna sarıldı, sol eliyle de bir elini avuçladı. Onu böyle dinç, keyifli görünce, birden sağlıklı zamanlarına dönüvermişti sanki. Olabildiğince yakın olmak, tenini, kokusunu hissetmek istiyordu. Eğilip başını öptü, sonra alnını, yanaklarını. "Sevgilim benim." dedi içten bir sesle.

"Ne güzel söylüyorsun." dedi Maya, tebessümle.

"Güzel olan sensin."

Bir müddet konuşmadan gölün kıyısına kadar indiler. Örgü tel bariyerin önünde durduklarında Maya kokuyu içine çekti derin bir nefesle. Sonra dönüp, "Seni seviyorum." dedi, "İyi ki geldin."

"Sen burada olduğun kadar geleceğim bir tanem."

"Hiç gitmesen olmaz mı?"

"Evimizde bekliyorum. Sen de geleceksin diye."

"Okyanus kıyısındaki evde misin?"

"Hayır bir tanem. Bak, şurada, gölün karşı kıyısının arkasında yükselen tepeye bak. Ağaçların içinde."

Maya birden sevinç çığlığı attı, "Neden söylemedin bana? Bana sürpriz yaptın demek! Harikasın sevgilim, harikasın!"

Atlas gözlerini onun odaklandığı tarafa çevirince bakımevinin geride bıraktıkları binasına baktığını fark etti. Maya, mutlu bir öpücük kondurdu kocasının yanağına, "Ne güzel bir sürpriz bu!" dedi, aynı heyecanla, "Çok teşekkür ederim canım benim. Çok teşekkür ederim."

"Neden bir tanem?"

"Beni okyanus kıyısındaki eve getirmişsin, söylemedin. Çok teşekkür ederim."

Maya dışarıdan baktığı zaman gördüğü detaylarla, gölün kıyısını yine nasıl olduğu bilinmez, o geçmiş zaman Hampton eviyle birleştirmişti.

Atlas, şaşkın, "Mutlu musun?" diye, emin olmak isteyerek sordu.

"Çok mutluyum, çok. Ama nasıl sakladın benden? Nasıl getirdin buraya?"

Sonra döndü kocasına ve sıkı sıkı sarıldı, "Seni seviyorum." dedi, "Seni çok seviyorum."

# 26

Atlas ilk başlarda, Maya'nın, yakında eve geri döneceğini düşünerek evdeki yalnızlığını ve hüznünü dizginlemeye çalıştı. Ama bu acı veren duyguyla yaşaması gittikçe zorlaşıyordu. Akşamları kadehi elinde, terastan bakımevinin ışıklarını izliyor, Maya'nın orada ne yaptığını, neler hissettiğini düşünüyordu. Bu, vicdanını sızlatıyor, yüreği daralıyor, atlayıp onun yanına gitmek, sımsıkı sarılıp kucaklamak ve öpücüklere boğmak istiyordu. Ağladığı zamanlar az değildi. Maya Altın Göl'e gittiğinden beri yataklarında yatamıyordu. Odayı en son onun gittiği günkü gibi bırakmış, çalışma odasındaki kanepede uyumaya başlamıştı. Ona da uyku denirse. Senelerdir sıcaklığına sarıldığı sevgiliyi arıyordu kolları gece uykusunda. Rüyalarında geri geliyordu Maya. Başını göğsüne dayayıp yanında yatıyordu. Her uyanışı hüsran oluyor, evin içinde sesini, eşyaları arasında kokusunu arıyordu. Sabahları alışkanlıkla hâlâ iki kişilik kahve hazırlıyor, evden çıkarken onun öperek geçirmesini, gelince antreye koşup karşılamasını bekliyordu. Onu ziyarete giderken duyduğu hisler, imkânsız bir aşkın sevgilisine kavuşmaya gider gibiydi. Eve dönüşünde nasıl bedbinliğe, hasrete düşüyorsa, ona gidişleri de içindeki umutları yeşertiyor, kucaklaşacakları anın mutluluğuyla heyecanlanıyordu.

Atlas'ı her gördüğünde Maya'nın hisleri de farklı değildi. Aynı heyecanla, mutlulukla, kollarını açarak karşılıyordu onu. Atlas'ın niye orada onunla kalmadığını soruyordu her gün, tekrar tekrar. Ama işin ilginç tarafı, oradan başka bir yere gitmeyi de istemiyordu. Buna rağmen kocasının ayrılma saati gelince hüzünleniyor, onu bırakmak istemiyor, kırgın ve üzgün uğurluyordu. Bu, Atlas'ın hayatını daha da zorlaştırıyordu. Onu geri gelmeye ikna ettiğini sandığı birkaç defa, tam oradan ayrılmak üzerelerken Maya fikrini değiştirmişti. Atlas, onun gerçekten çok istediğinden mi, yoksa kendisinin hayatını rahatlatmak için mi orada kaldığından emin olamıyordu. Maya onu çok özlüyor, ayrılmak istemiyordu, bunu görüyordu. Ama bir türlü eve gelmeye ikna olmuyordu. Sanki çok uzun zaman önce plânladığı çıkış yolu için fırsat bulmuş gibiydi.

Güneşli fakat soğuk bir mart günüydü. Atlas her gün olduğu gibi, sabahtan beri Altın Göl'de karısının yanındaydı. Maya'nın odasında fotoğraflara bakmışlar, onun için gittikçe zorlaşsa da hâlâ çok sevdiği karışık harflerden kelimeler yaratma oyununu oynamışlar, Atlas üşenmeden her gün taşıdığı çellosuyla ona müzik yapmış, radyoyu açıp dans etmişler, harika bir gün geçirmişlerdi. Atlas'ın oyuna gitmek üzere çıkması gereken saat gelmişti. Bu hep en zor zaman dilimiydi, her gün tekrarlanan; ayrılanın da, kalanın da hüzünlendiği zaman. Atlas kendisini kahramanının bir çalar saatle uyanıp aynı olayı günler boyu, tekrar tekrar yaşadığı kurgu filmlerden birinde gibi hissediyordu. Maya'nın bugünkü ruh hali, sohbete, müziğe katılması onu bir kez daha sorusunu sormak için cesaretlendirmişti. Ama uygun bir anı beklemeyi tercih etti. Kolu Maya'nın omuzunda, müzik dinleyip bahçeyi, gölü izlemekteydiler. Saatine ilişti gözü ve isteksiz bir şekilde, "Artık ayrılmak zorundayım bir tanem." dedi.

"Mecbur musun?" diye sordu Maya.

"Evet canım. Oyuna yetişmem lâzım."

"Biliyorum. Sonra gelir misin yine?"

"Sonra çok geç oluyor canım benim. Sen de uykuda oluyorsun o saatte."

"Ama sen geleceksen, uyumam, beklerim."

"Dinlenmen lâzım. Dinlen ki sabah geldiğimde dinlenmiş, beni bekliyor ol."

"Niye burada kalmıyorsun benimle?"

Atlas, çok kez cevaplandırdığı bu soruyu, beklediği fırsat olarak gördü ve "Sen niye evimize gelmiyorsun bir tanem?" dedi, "Haydi, gel, seni evimize götüreyim."

"Şimdi mi?"

"Şimdi zor. Ama eve bir hemşire ayarlarız ve o zaman gidebiliriz."

"Seviyorum buradaki hemşireyi. Çok iyi bir kadın."

"Murat'la konuşurum. Belki yardımcı olur, bu hemşireyi gönderir bize. Ne dersin? Rahat eder misin o zaman evde?"

"Belki."

"Harika. O zaman konuşacağım Murat'la. Hemen halledebilirsek, yarın öbür gün seni eve götürebilirim."

"Bu ev ne olacak o zaman?"

"Mayacığım, bu ev aslında bizim değil, biliyorsun, değil mi?"

Atlas ağzından kazayla çıkan cümleye lânet okudu içinden. En söylenmeyeceği söylemişti. Ama karısının reaksiyonu onu hayrete düşürmekte gecikmedi. "Biliyorum." diye mırıldandı Maya, "Burası bizim evimiz değil."

Atlas'ın içinde umutlar yeşermişti yine.

"O zaman? O zaman eve daha kolay gelebilirsin demektir. Değil mi?"

"Ama bizim okyanustaki evimize çok benziyor. Seviyorum burayı. Sen de burada kalsan ne olur. Seni özlüyorum çok. Hiç gitmeni istemiyorum."

Atlas, birkaç saniyede iniş çıkışlar yaşadığı ruh haliyle, ne yapacağını yine bilemez halde sarıldı karısına, "Sen bir bilsen seni nasıl özlediğimi... Ben de senden ayrılmak istemiyorum bir tanem. Seni bir eve götürebilsem."

"Çok isterim gelmek ama şimdi olmaz."

"Neden?"

"Bilmiyorum. Bilmiyorum neden. Ama seni sevdiğimi biliyorum."

"Ben de seni seviyorum bir tanem. Hep sevdim..."

Atlas'a bir kez daha, ertesi güne kadar vedalaşmak ve gece yine evin yalnızlığında Maya'nın varlığının hayâliyle yaşamak kalmıştı.

♡ ♡ ♡

Maya'nın duygularını çözmek, anlamak ve ona karşılık vermek gittikçe zorlaşıyordu. Atlas, karısının, Altın Göl'ün aslında Hamptonlardaki ev olmadığını söylemesinden çok umutlanmıştı ama netice değişmemişti. Maya'nın o adrese bir şekilde bağlılığı oluşmuştu ve bunun gerçek nedenini anlaması mümkün değildi. Evlendiklerinde, karısının oturdukları evi nasıl mutlulukla seçtiğini, döşediğini, terası nasıl cennet bahçesine çevirdiğini ve manzarasına, huzuruna nasıl hayran olduğunu hatırladıkça, şimdiki seçimini bir türlü bir mantığına yerleştiremiyordu. Ama okuduğu kadarıyla Alzheimerlı bir beynin mantığı yoktu zaten. Gerçekte yok muydu? Maya'nın arada, hiç beklenmeyen bir an söyledikleri, sordukları, esprileri... onlar neydi o zaman? Atlas, bunları ve benzer soruları o kadar çok kendi kendine soruyordu ki, her gece sahneye çıktığında replikleri arasında bunları tekrarlamaması mucizeydi.

♡ ♡ ♡

Maya'nın Altın Göl'de kalmaya başladığının üzerinden aylar geçmişti. Atlas, hiç aksatmadan, elinde çellosu, her sabah Maya'ya ziyarete gitmeye devam ediyordu. Oyununun olmadığı akşamlar da orada, karısının yanındaydı, ta ki o uyuyana kadar. Bu yeni bir hayat tarzı oluşturmuştu. Geceleri evdeki yalnızlığı ve hasreti ertesi sabah göl kıyısındaki bakımevinde son buluyordu. Tiyatronun dışında tek yaşamı Maya'yla buluşmak ve onunla günü geçirmek olmuştu.

Atlas bu yeni yaşam tarzına kendini adapte etmiş ve ondan mutluluk bulmaya başlamıştı ama çocuklar Maya'nın evden gidişinin ardından Atlas'ın ruh halinden hiç mi hiç hoşnut değillerdi. Ancak onunla konuşmaları bir şeyi değiştirmiyordu. Tek yapabildikleri, sık sık Maya'yı ziyaret etmekti. Hepsi, onun hafızasında canlı kalmaya, onun kendilerini unutmasına fırsat bırakmamaya çalışıyordu.

Önceleri sevdiklerinin her gelişi Maya için şölen gibiydi. Sanki evinin mükellef imkânlarında misafir ağırlıyormuş gibi karşılıyordu onları. Lisanı sadeleşse de sohbetten keyif alıyor, sorular soruyor, anlatılanları anımsamak için kendisini zorluyordu. Sonra yavaş yavaş konulara odaklanması, katılması zorlaştı. Çocuklar her gelişlerinde, Maya'ya kendilerinden bir anıyı çağrıştıracak herhangi bir obje, bir resim, bir çiçek getiriyorlar, ona karanlığa gömülen geçmişinden sahneler hatırlatmaya çalışıyorlardı.

Atlas ise her gün bıkmadan usanmadan ona eskileri, hayatlarını, çocukları, seyahatlerini, yazdığı kitapların hikâyelerini anlatıyordu. Maya, eli onun elinde, bazen sessiz dinliyor, bazen şaşırıyor, bazen de meraklanıp sorular soruyordu. Hafızasından bir yerlerde, nereye saklandığı belli olmayan şekilde, bazen de en beklenmeyecek anda esprili bir yorum veya soru ortay çıkıyor, kocasının aldığı keyiften mutlu, kendisi de kahkahalarla gülüyordu. Değişmeyen şey, titizliği, mükemmelciliği, giyimine, görünüşüne gösterdiği özendi. Müzik, geçmişini gün ışığına çıkaramasa bile, sevdikleriyle, güzel anılarıyla en çok bağlantı kurabildiği araçtı. Atlas bunun farkında, onunla sohbet ederken muhakkak arka plânda bir müzik olmasına özen gösteriyor, her gün en sevdiği parçaları çalarak ona huzur vermeye çalışıyordu.

Ancak, bütün bu ihtimam, sevgi, iyi bakım lânet hastalığın gidişatını değiştirmeye muktedir değildi. Maya doktor Murat'ın da tahmin ettiği gibi nazik, zarif, düşünceli karakterini kaybetmemişti. İsimleri hatırlamasa, simaları unutsa da her zamanki inceliğiyle, güler yüzle ilişkilerini idare ediyordu. Lisanı çok sadeleşmiş olmasına rağmen sohbeti seviyordu. Birçok Alzheimerlının gösterdiği saldırgan, kavgacı, küfürbaz tavırlardan uzaktı. Altın Göl'e gelmeden önce yaşadığı; hiddetli, kırılgan sendromlarından da eser kalmamıştı. Sanki hastalığıyla anlaşmış, hayatının yeni evresinde kendine yeni bir kimlik yaratmıştı. O kimliğin bağlantıları günden güne değişebiliyordu. Hayatının muhtelif evrelerinde tanımış olduğu arkadaşları, yazarlar, aile bireyleri, okuduğu kitaplardan etkilendiği karakterler, kendi romanlarının kahramanları bir yerlerden çıkıp o gününe dahil olabiliyordu. Kişilerin gerçek kimlikleri ile isimleri birbirine karışabiliyordu. Kimisinden bir kez bahsedip unutuyor, kimisini sürekli anacak şekilde sahipleniyordu.

Altın Göl'e yatışından altı ay sonra Maya'nın o çok sevdiği canları, bir gün unutacak olmaktan dehşet duyduğu ailesi de yavaş yavaş beyninin karanlık mağarasına çekilmeye başladılar. Çocukların simalarını hatırlıyor ama onları birbiriyle karıştırıyordu. Sonra yavaş yavaş isimlerde de zorlanmaya başladı ve sonunda o kaçınılmaz noktaya gelindi. Her biri için sevgisini hissediyor, özlüyor, geldiklerinde seviniyor ama hayatındaki yerlerine oturtamıyordu. Sanki her bir sevdiği, beyninde kendilerine ait boşluklar bırakmış birer bilmece parçasıydı. Kendisine uzun uzun anlatıldığında bazen o boşluğa oturtuyordu karşısındakini ama bu çok kısa sürüyordu. Bu noktaya o kadar nazik bir geçişle gelindi ki Maya'nın kendilerini hiç hatırlamadığı gün ne çocuklar, ne de Atlas hep tahmin ettikleri gibi büyük bir dehşet yaşadı. Maya ise zaten, artık neyi unuttuğunun farkında olmadığı şu evrede, kendisini bir zamanlar kaygıya iten yok olmuşluk duygusundan çok uzaktı. Şimdi okyanus kıyısındaki evindeydi. Onu ziyarete geliyordu birileri. Onları sevdiğini, onların da kendisini sevdiğini hissediyordu. Sadece o an için değil, bilemediği bir zamanla ilgili bir sevgi hatırlatıyordu gelenler. Geldikleri zaman sarıldığında onları özlediğini fark ediyordu. Atlas sarıldığı zaman hiç ayrılmak istemiyordu. Huzur buluyordu onun kolları arasında. Öptüğü zaman mutlu oluyordu. Başka zamanlardan mutluluklar sesleniyordu sanki. Gözlerinin mavisinde nerede olduğunu hatırlamadığı denizleri görür gibi oluyordu. O çellosunu çalarken izlemeyi seviyordu. Ne olduğunu bilemediği birçok güzel duygu doluyordu içine.

Evini de çok seviyordu Maya. Salonunda devamlı misafirleri vardı. Kimi hiç kıpırdamadan oturuyor, kimi dolanıyor, kimi masalarda bir şeyler yapıyordu. Tanımıyordu hiçbirini. Birkaçının yüzü yabancı değildi ama kimlerdi, bilmiyordu. Bazen hoşuna gidiyordu bu kalabalık, bazen sıkılıyordu. O zaman hemşiresi onu odasına götürüyordu. Pencerenin kenarındaki koltuğuna oturup okyanusu seyrediyordu. Güzel şeyler düşündürüyordu okyanus ona.

# 27

Atlas, Maya'nın onu hatırlamaması konusuna artık eskisi kadar hassasiyet göstermese bile duygularının incinmesine engel olamıyordu. Bugün hangi isimle anılacağını, kime benzetileceğini bilemiyordu. Belki de tamamen yabancı kalacaktı ona. Çellosu yanındaydı her zamanki gibi. Karısını gittiği dünyadan müzikle geri getirebileceğine inanmak istiyordu.

Bakımevinin salonunda olduğunu söylediler Maya'nın. Onu daha içeri girer girmez gördü. Gözden kaçacak gibi değildi. Yaşadığı hastalığın zalimliğine rağmen, bedeni dimdik, alımlı duruşunu koruyordu. Oturuşuyla bile diğerlerinden o kadar farklıydı ki. Doğruca onun olduğu köşeye, pencerenin önündeki kanepeye yönlendi Atlas. Maya, son birkaç defadır gördüğünden değişikti bugün. Sanki büyük bir farkındalık vardı ifadesinde. Neşeli, oyuncu bir pırıltıyla gözlerinin içi gülüyordu. Yüzünde heyecanlı bir şeyler yapacak muzip insanların tebessümü fark ediliyordu. Atlas ona doğru yürürken onun kendisine gülümseyerek bakışından umutlandı. Yanına vardığında eğilerek dudağı ile yanağı arasına bir öpücük kondurdu. Ne kadar çok şey değişmişti ama teninin teninde bıraktığı duygu değişmiyordu. Ona her dokunduğunda, her öptüğünde o temasları karşılıklı paylaştıkları zamanlar yeniden canlanıyordu. Daha kocası bir şey demeden, "Hoş geldin." dedi Maya, elini uzatarak. Sonra salonu işaretle, "Öbür misafirlerim çoktan geldiler." diye ekledi. Atlas, çelloyu kenara dayayıp onun elini aldı avucuna ve bırakmadan kanepede yanına oturdu. Maya'nın gözleri yeşilin tonlarıyla pırıl pırıl yanıp sönüyordu.

"Hoşbuldum." dedi Atlas heyecanlı ve ümitli. "Beni tanıdın mı?"

Karısı yüz ifadesini değiştirmeden başını iki yana salladı, olumsuz bir ifadeyle. Atlas'ın yüreği buruluverdi yeniden. "Sana birini mi hatırlattım?" diye sordu.

"Evet... Evet. Bana birini hatırlattın."

"Yüzüm mü benziyor o hatırlattığım kişiye?"

"Evet, çok benziyor. Hem sesin de benziyor ona."

"Adımı biliyor musun?"

"Hayır."

"Benim adım Atlas."

"Oh! Benim kocamın adı da Atlas. Ona benzettim seni."

"Nasıl bir adam? İyi biri mi?"

"Hem de çok iyi biri. Çok seviyorum onu."

"Geliyor mu seni görmeye?"

Maya'nın gözlerinde düşünceli bir hüzün belirmişti aniden.

"Uzun zamandır gelmiyor." diye mırıldandı.

Daha bir gün önce orada olduğunu, karısına müzik çalıp uyuttuğunu düşünürken kâlbi paramparça oldu Atlas'ın. Yaşananların hiçbirinin izi kalmıyordu geriye.

"Emin misin?" diye ısrarla sordu, "Sen uyurken geliyor olabilir mi?"

Maya'nın dudaklarında kocaman bir tebessüm yayıldı, "Doğru" dedi, "o hiç aklıma gelmemişti. Eminim, ben uyurken geliyordur. Bırakmazdı kocam beni burada yalnız. Muhakkak geliyordur. Ama o kadar çok uyuyorum ki..."

Sonra elini uzatıp Atlas'ın yanağını okşadı, "Sen ne kadar akıllı bir erkeksin." dedi, "Hem de çok iyi bir insansın. Bak, şimdi üzülmüyorum eskisi kadar."

"Üzülüyor muydun?"

"Evet, kocam gelmediği için üzülüyordum. Beni bırakıp gitti diye üzülüyordum. Ama muhakkak senin dediğin olmalı. Çok uyuyorum ben çünkü. Geldiğinde uyuyorum demek ki..."

Atlas dudaklarını ısırdı, avucunun içindeki eli alıp dudaklarına götürdü, gözlerini kapayarak. Hâlâ alışamamıştı. Gözyaşlarının inmesinden endişeleniyordu.

"Biliyor musun" dedi Maya yine canlı bir sesle, "ben aslında tanımadıklarımla hiç böyle konuşmam."

Atlas başını kaldırıp baktı ona, "Nasıl konuşmazsın?" diye sordu.

"Yani böyle hemen, 'Sen' falan demem. Ama o kadar benziyorsun ki kocama, onunla konuşuyor gibi oldum şimdi, onun için 'Sen' dedim. Ayıp olmadı, değil mi?"

İçinde acı barındıran kısa bir kahkaha attı Atlas, "Hayır" dedi, "hayır, hiç ayıp olmadı. Tam aksine çok iyi oldu... Bak, sana yine bir sürprizim var bugün."

"Neymiş o acaba? Severim sürprizleri. Kocam çok hoş sürprizler yapardı bana."

Atlas onun elini bırakıp ayağa kalktı ve çellosunu aldı.

"Ooo, müzisyen misin?" diye sordu Maya.

"Evet. Çalmamı ister misin?"

Maya yerinde heyecanla kıpırdandı, "Ah, evet" dedi, "çok hoşuma gider. Ne çalacaksın?"

"Sen ne çalmamı istersin?"

Bir çocuk gibi sevinmişti. "Ben mi seçeyim?" diye sordu, ellerini birleştirip.

"Neden olmasın? Ne istersen çalacağım."

"Ama benim istediğimi çalmayı bilmiyorsan."

"Dene bakalım. Ne geçiyor aklından?"

Maya söyleyecek gibi yaptı sonra, "Yok, yok" dedi, "mahcup olursun. Üzülürüm o zaman."

"Nedenmiş o?"

"Çünkü bilmen mümkün değil. Onu bir tek kocam bilirdi."

Atlas çellosu elinde, yandan bir iskemle çekip karşısına oturdu karısının.

"Peki" dedi, "bir iddiaya girelim mi?"

"İddia sevmem ben."

"Ama o zaman çalıp çalamadığımı nereden bileceksin. Bana daha bestenin adını bile söylemedin."

"Peki haydi iddiaya girelim."

"Tamam. Nesine?"

"Neyin nesine?"

"Nesine iddiaya giriyoruz demek istedim."

"Ha o! Tamam. Eğer bilemezsen her gün geleceksin buraya, ne istersem çalacaksın."

Atlas, içten güldü bu defa, "Tamam" dedi, "anlaştık. Pekiyi, şayet çalmayı biliyorsam senin istediğini?"

"O zaman sana bir öpücük veririm... Ama yanaktan."

"Harika bir anlaşma bu! Bayıldım. Şimdi söyleyecek misin, neyi çalmamı istediğini."

Maya hafifçe öne doğru eğilerek dudaklarını kıpırdattı.

"Duyamadım ki. Biraz daha yüksek sesle söyleyebilir misin?"

"Kocam geliverir de duyarsa, üzülür diye yavaş söyledim. Bizim en romantik parçamızdı çünkü. Seni karşımda çalarken görürse kâlbi kırılır."

Atlas az sonra neyi seslendireceğini çoktan biliyordu ama yine de emin olamıyordu. Bu, Maya'nın hatırlaması için zor bir detaydı. Duymak üzere sabırla bekledi. Maya bu defa onun duyacağı gibi mırıldandı:

"Bak şimdi, adını unuttum..."

"'Oblivion' mu?"

"Olabilir. Evet, galiba o. Tam bilemedim şimdi."

Atlas'ın yine bir ümit ışığı belirmişti içinde. Ona gülümseyerek yayını çellosunun tellerine değdirdi ve çalmaya başladı. Daha ilk notalarla birlikte Maya gözlerini kapadı ve kendisini melodinin götürdüğü o gizli dünyaya teslim etti. Atlas karısının her mimiğini, ifadesini izlerken onun aklından neler geçtiğini, hafızasında neler canlandırdığını anlamaya çalışıyordu ama bu mümkün değildi. Sadece sihirli ve huzurlu bir dünyada olduğu belliydi halinden. Maya anılarından kurtulabilen küçücük parçalarla kendisine ait bambaşka bir gerçek yaratmıştı şu an. Atlas ise onunla başbaşa, herkesten, her şeyden ırak, sadece ikisi bir bütün olarak paylaştıkları o çok özel anları yaşıyordu yeniden. Kendilerini şöminenin karşısında, başbaşa hayâl ederken gözleriyle Maya'nın saçlarını, yüzünü, boynunu, bedenini okşamaya devam ediyordu. Onunla, teşhisten hemen sonra ateşin karşısında, halının üzerinde defalarla, çılgınlar gibi seviştikleri geceyi hatırladı ve diğer aşk yapışlarını. Çellosuyla beraber kâlbi ağlıyordu şu anda. Ne kadar zaman önceydi bütün o güzellikler? Aslında küçücük bir zaman dilimiydi hayatlarında ama sanki bambaşka bir dünyada, yıllar öncesinde kalmış gibiydi. Diğer taraftan düşününce teninde hâlâ, dünmüş gibi taze duruyordu sıcaklığı. Biliyordu ki; Maya şu an ne yaşıyorsa, yarın, hâtta daha yarın olmadan, belki biraz sonra bu anın ona yaşattıklarını da unutacaktı. Ama kendisi, o geçmiş, bitmiş zaman dilimlerini tekrar tekrar anmaya devam edecekti. Onu hâlâ inatla o zamanki haliyle hatırlamak istiyordu. O vazgeçmez, ona hep o eski Maya'ya bakar gibi bakmaya devam ederse, sevdiği kadın da bir gün birçok şeyi hatırlardı belki de. Ondan ne bakışlarını, ne duygularını, ne dokunuşlarını esirgeyecekti. Şartlar ne olursa olsun, sevgilisi, âşığı, karısı, en iyi arkadaşıydı Maya. Ondan vazgeçemezdi... Vazgeçmeyecekti.

Maya gözlerini kapamış, bir eliyle, başıyla ve mırıldanarak "Oblivion"a eşlik ediyordu. Atlas onun ritmi hiç kaçırmadığını hayretle fark etti. Diğer hastalar da kendilerini müziğe kaptırmıştı. Hepsinin yüz ifadesi farklıydı. Kimi meditasyon yapar gibiydi. Kimi görünmeyen bir yerlerde hayâle dalmış, kimi bir güzellik algıladığı belli, kimi ise kayboldukları âleme, başka bir âlemden gelen sesleri anlamak ister gibi bakıyordu. Hastabakıcılar, hemşireler yaşanılan sessiz, huzur verici zaman diliminden memnun, izliyorlardı.

Melodi bittiğinde bir müddet sessizlik hâkim oldu. Sonra yavaş yavaş mırıltılar, tekerlekli sandalye, yürüteç sesleri, konuşmalar başladı. Atlas çellosunu bırakıp karısının yanına oturdu. Maya, dudaklarında bir tebessümle açtı gözlerini. Atlas onun, hangi şartlarda, nerede olduğunu bilmese, âşık olduğu kadını o sıcacık, âşık bakışlarıyla karşısında gördüğünü sanabilirdi. Ona sımsıkı sarılmamak için zor tuttu kendisini. Ne reaksiyon göstereceğini bilemediği için dikkatli davranmayı seçiyordu. Onu ürkütmek ve yaşadıkları anın sihrini bozmak istemiyordu. Uzun zamandır olmadığı kadar yakınlaşmıştı bugün ona. Maya elini uzatıp onun yanağını okşadı. Parmak uçlarıyla alnında, şakaklarında, çenesinde gezindi; bir şeyler hatırlamak ister gibiydi. Atlas kıpırdamadan bekledi onu izleyerek. "Biliyor musun, senin gibi bir sevgilim vardı benim." diye mırıldandı Maya, "Çok benziyorsun ona."

Atlas'ın gözlerinde yaşlar parıldamıştı. Çaresizlik, umut ve büyük bir aşkla bakıyordu karısına. Altüsttü duyguları. Bunu yadırgamıyordu. Sevdiği kadının kafasının içindeki, ruh dünyasındaki karmaşanın büyüklüğünü tahmin edebiliyordu şu anda. Bir şeyler söyleyip, şu an Maya'nın çok yakınına geldiği, kendilerine ait güzel dünyayı kaybetmek istemiyordu. "Belki bugün" diye geçiyordu aklından, o her zamanki umuduyla. Belki bugün tanıyacaktı karısı onu. Sanki çok yaklaşmışlardı. Israrla ve neredeyse yalvaran gözlerle baktı onun gözlerinin içine. "Haydi, haydi söyle, söyle ne olur..." der gibi. Birden Maya'nın gözleri hayretle açıldı, kocasının saçlarını, yanaklarını okşarken sevinçle haykırdı:

"Sen, o olmalısın! Sen benim sevgilim olmalısın! Evet, evet, sen osun! Sevgilim..."

Atlas inanamayarak ona bakarken gözlerinden yaşlar iniyordu. "Ağlama" dedi Maya, "bak buluştuk yine sevgilim. Ağlama ne olur."

Sarıldılar. Atlas, onun kokusunu içine çekerek öptü saçlarını, yanaklarını. "Oh canım benim..." diye mırıldandı hasretine ilâç bulmuş duygusuyla, "Ohhhh, canım benim, canım benim... Tanıdın beni... Beni tanıyorsun."

"Nasıl tanımam seni, sevgilim benim."

Atlas geri çekilip onun yüzüne baktı, yaşadıklarına inanamayarak. "Bu bir mucize." dedi, "Biliyordum, senin teslim olmayacağını biliyordum... Aşkım benim, bir tanem. Ohhh... nasıl bekledim bugünü... Buradasın işte, döndün bana."

"Bir yere gitmedim. Ben hep buradaydım. Sen yeni geldin."

"Ben dün de gelmiştim canım. Ben dün de buradaydım."

"Hayret, onu hatırlamıyorum."

"Ziyan yok bir tanem. Şimdi beni hatırlaman önemli. Bu, gerçekten mucize."

"Üzüldüm dün geldiğini unuttuğuma."

Atlas, mutluluktan sarhoş, "Üzülme." dedi, onun saçlarını okşarken.

"Anlatsana, dün neler olmuştu."

"Sana çello çaldım. Kitap okudum."

"Hangi kitap?"

"Senin son kitabın Unutkan Aşk, Orpheus ile Ophelia'nın aşkı."

"Ah! Orpheus ie Ophelia... Yabancı gelmiyor bana."

"Sen yazdın o romanı."

"Ben mi yazdım?"

"Evet. Çok severek yazmıştın. Şimdi de çok severek dinliyorsun."

"Ne güzel..."

"Sonra albümlere baktık beraber."

"Hangi albümlere?"

"Seyahatlerimizden, çocuklarla beraber çekilmiş, düğünümüzden, balayımızdan, bir sürü fotoğrafa baktık beraber."

"Hangi evden getirdin onları?"

"Bizim evimizden."

"Ama bizim evimiz burası."

Atlas, onu yeniden kaybediyor korkusuyla durdu. Maya üsteledi:

"Burası değil mi bizim evimiz?"

"Öyle sayılır" diye cevap verdi Atlas, ona aksi bir şey söylemekten çekinerek. Sonra, "Ama bir evimiz daha var." dedi, "Gölün karşı tepesinde."

Maya kocasının gösterdiği tarafa, camdan dışarıya baktı.

"Hayret, onu da hatırlamıyorum. Nasıl bir ev orası?"

"Senin çok sevdiğin bir ev."

"Ne kadar çok seviyorum?"

"Hem de çok."

"Anlatsana bana o evi biraz."

"Tabii. Manzarasını çok seviyorsun. Derin, uçsuz, bucaksız vadiye bakıyor. Kışın karla kaplanıyor, ilkbaharda yeşilleniyor, sonbaharda sarı, turuncu, kırmızı yapraklı ağaçlarla süsleniyor..."

"Çok güzel bir yere benziyor. Nasıl unuturum böyle güzel bir yeri?"

"Eminim onu da hatırlayacaksın aşkım. Bak, bugün beni hatırladın. Yavaş yavaş her şeyi hatırlayacaksın."

Maya gülümseyerek kocasının başını okşadı tekrar. Yeşil gözleri yemyeşil, sevgiyle baktı ona. "Seni unuttuğum günler için özür dilerim." dedi, "Ama şimdi hatırlıyorum."

"Evet canım. Bugün o hep beklediğim mucize oldu, hatırladın beni de, ismimi de. O kadar hasret kalmıştım ki ismimi dudaklarından duymaya. Çok özledim seni, çok."

"Oh, ben de seni çok özledim sevgilim... Canım Orpheus..."

Atlas bir anda dondu... âdeta taş kesilmişti. Dünya parçalanmış, uzaya, boşluğa fırlatılmış, derin bir denizin içinde nefessiz kalmış gibiydi. Bu defa kendisine hâkim olamayacaktı. Göz pınarlarına gelen yaşları zor zapt etti ve salondan dışarıya fırladı. Kapıyı kapar kapamaz duvara kapandı ve hıçkırıklara boğuldu.

# 28

"Yastayım..." dedi Atlas, salonda karşısında oturan Murat'a. "Sevdiğimin ölümü arkasından duyulacak bir yas bu. Ama sürekli tekrarlanan bir ölüm ve yas hali. Ev bomboş, odalar boş, yatak boş... Sohbetini özlüyorum Murat, kahkahasını özlüyorum... Eve her girişimde onun koşup antreye gelişini özlüyorum. Sarılıp karşılayışını... Teninin kokusunu. Koridorda, salonda bir-iki lâmba yakıp bırakıyorum evden ayrılırken. Radyoyu açıyorum, onun sevdiği kanalı. Hiç değilse geri geldiğimde, sanki koridordan karşıma çıkıverecek, boynuma sarılıp karşılayacakmış duygusu veriyor. Biliyorum, aldatıyorum kendimi... ama Maya'nın geride bıraktığı sessiz karanlıktan daha iyi bu aldanış... Gözümün önünde yok oluyor. Bir defa değil, defalarla ölüyor sanki. Her defasında yeniden yasa giriyorum. Biliyor musun, ilk birkaç ay, hep bir gün geri gelecek diye kendimi teselli ediyordum. Onun için işe yarıyordu ışıkla müzik. Ama artık hiç geri dönmeyeceğinin farkındayım..."

Atlas bir anda hıçkırıklara boğuldu. Sonra gözlerini sıkı sıkı kapayarak yaşlarına engel olmaya çalıştı ve burnunu çekip derin bir nefes aldı. "Sıcaklığını... sevgisini, onunla ilgili her şeyi özlüyorum. Her dokunduğunda, her yerde onu görüyorum. En acısı, benden uzakta bir yerde, yapayalnız, bir başka yatakta yatmakta. Belki o an canı acımakta, belki bir şeyler hatırlayıp özlemekte, yalnızlık çekmekte, belki korkmakta... ve o an yanında değilim. Dayanamıyorum... dayanamıyorum..."

"Bu duygunun altından kalkabilmen için arada kendine bir nefes zaman yaratman lâzım. Birkaç gün ara ver ziyaretlerine. Bırak çocuklar gitsin o günlerde; ben, Buket... gideriz. Sen kaç bir yerlere."

"Benim orada olmadığım günlerden birinde hatırlarsa birdenbire her şeyi, o anda orada, yanında olmak istiyorum."

"Atlas, bu olmayacak, biliyorsun. Bu artık üzerine sünger çekmen gereken boş bir umut. Maya artık geri gelmeyecek. Tam aksine, gittikçe uzaklaşacak. Geçen gün yaşadığın olayı hatırla. Bir an Atlas'sın onun için, sonra Orpheus... sonra hiçbiri, hiç kimse..."

Atlas dudaklarını ısırarak baktı arkadaşına. Eliyle sildi gözlerini, "Kusura bakma." dedi, "Çok çabuk duygusallaşıyorum bu aralar."

"Bunun için birkaç gün ara vermeni istiyorum ziyaretlerine. Zaten duygusal olarak büyük bir kaybın, çaresizliğin içindesin. Ayrıca sinirlerin zayıfladı. Söylüyorum sana. Böyle gidersen bırak Maya'ya, kendine hayrın olmayacak Atlas. Dinle beni, lütfen. Uykuların nasıl?"

"Uyku? Uyku denirse..."

"Bir ilâç vermemi ister miydin?"

"Yok, Maya ne kadar karşıdır bu tip ilâçlara, biliyorsun."

"Maya şu anki halini görseydi, hiç mutlu olmazdı. Gündüz kafan zaten bu konuyla işkence çekiyor. En azından gece uykularını sıhhatli hale getirmemiz gerek. Senin enerjinin de bir sınırı var. Sadece fiziksel değil yorgunluğun, aynı zamanda ruhsal. Kendine öncelik tanıman lâzım. Böyle gidersen, Maya'nın yanında durman mümkün olamayacak."

"Elimde değil Murat. Hep o aklıma takılıyor her uykuya yattığımda... şimdi uyurken uyandıysa, yattığı yeri tanımayıp korkuyorsa, üstünü açtığını fark etmeyip üşüyorsa, çaresiz ve yalnız hissediyorsa, sığınacak birini arıyor, sesini duyuramıyorsa... diye."

"Onunla ilgili böyle bir vaka duymadım evdeki ilgililerden. Son derece rahat."

"Nereden bilecekler onun kendi içinde neler hissettiğini. O, korkularını, acılarını, üzüntülerini hiçbir zaman dışarı vurmazdı. Yine öyledir, eminim. Ama yakınındayken en azından iş kontrolden çıkarsa beni aradıklarında yetişebileceğimi biliyorum. En azından, yanına gidip ona sarılma ve sakinleştirme imkânım var. Onun için de bir yere gitmek istemiyorum. Burada, ona yakın olmam lâzım."

Murat, arkadaşının perişan ifadesine bakarken üzgün ve düşünceliydi. Ellerini çenesinin altında birleştirip izledi onu.

"Bak ne diyeceğim..." dedi Atlas. Sonra bir an durdu, tekrar düşünmesi gerekiyor gibi. Ardından devam etti, "Bu diyeceğimin büyük risk olduğunun farkındayım. Ama denemeye değer diye düşünüyorum."

"Nedir o?"

"Bu mevsim Maya'nın güneyde en sevdiği mevsim, biliyorsun, 'sarı yaz'. Belki doya doya her şeyden istifade edemeyebiliriz, ama en azından belki bir-iki anı hatırlatır ona. Güneş, deniz havası iyi gelebilir diye düşünüyorum."

"Onu seyahate götürmeyi mi düşünüyorsun?"

"Evet, şimdi geldi aklıma. Ne diyorsun? Birkaç gün kaçırsam onu da, eski sonbaharlarımızı hatırlatmaya çalışsam..."

"Atlasçığım, bundan bir buçuk sene, hâtta bir sene evvel olsaydı, hiç düşünmeden tamam derdim sana. Ama artık yeni mekânlarla bağlantı kuramaz Maya. Bakımevini evi zannediyor. Orada bile arada, şimdiye kadar gitmediği yerlerdeki evlerinden bahsediyor. Hafızasının oynadığı oyunlarla farklı zamanlarda, farklı mekânlarda dolaşıp duruyor. Ama yine de kendisini en çok evinde, güvende hissettiği yer bakımevi. Bir yolculuk onun için çok rahatsız edici, hâtta korkutucu olabilir. Bakımevinden çıkacaksınız, uçak seyahati yapacaksınız sonra tekrar uzun bir araba yolculuğu. Havaalanının gürültüsü, kalabalığı, kuyruklar... hepsi onun için korkunç yorucu şeyler. Sonra bambaşka bir yerde zaman geçireceksiniz. Çok hassas bir durum. Sabit mekân, sabit dekor, rutin bir düzen bu hastalar için şart. Onun kafası şu an zaten karmakarışık. Dışarı yansıtamadığı, dillendiremediği daha neler var hissettiği, anlam veremediği. Bu tip ani değişkenler onun için çok kaotik olabilir, olacaktır da. Seni tanıdığı gün var, tanımadığı gün var. Hem mekânı, hem seni hatırlamadığı an facia olabilir. Yaşayacağı korku, çaresizlik, kaybolmuşluk duygusu, sana yabancılığı, her şey onu mahvedecektir. Yaşayacağı krizi, sendromları tahmin dahi edemezsin ve ne yapacağını da bilemezsin... tek kelimeyle perişanlık olur."

Atlas, umutsuz, baktı, "Bilmem" dedi "bir anda çok iyi bir fikirmiş gibi geldi..."

"Olabilirdi... ama artık değil. Bana sorarsan siz o son yolculuğu en tamam zamanda yaptınız. Bırak, o kalsın senin için de hatıra olarak. Kâbusa dönüşebilecek bir deneme yapmanın âlemi yok."

Atlas, oturduğu yerde çökmüştü sanki. Murat onun karşısındaki koltuğunu daha yakınına çekti ve "Canım arkadaşım" dedi, "bütün bu anlattıklarını çok iyi anlıyorum ve yüreğim parçalanıyor. Keşke, keşke elimden gelen, keşke tıbbın elinden gelen bir şey olsa... inan sana deneyelim derdim... Şu an Maya'nın hastalığının seyrini ve ihtiyaçlarını takip etmek kadar senin sağlığınla da ilgilenmekten sorumluyum. Onun için ısrarla sana içinde olduğun hüzünlü dünyadan bir kaçış, en azından bir sürelik ayrılık tavsiye ediyorum. Madem uzaklara gitmek istemiyorsun, o zaman tiyatronun dışında kalan zamanların için kendini oyalayacak bir şeyler bul."

"Ne gibi?"

"Ne bileyim, hobilerine daha fazla vakit ayır. Doğa yürüyüşü, atıcılık, yelken... bir sürü merakın var... müzik... bir zamanlar çello dersi veriyordun mesela, yine başlayabilirsin. Birkaç saat daha fazla kafanı farklı bir konuya odaklaman sana iyi gelecektir."

"Ama istemiyorum."

"İsteyeceksin... kendin için, Maya için isteyeceksin."

Kolunu Atlas'ın omuzuna koydu arkadaşı ve ısrarcı bir dille, "Tamam mı?" diye sordu. Atlas dirseklerini dizlerine, başını da kavuşturduğu ellerinin üzerine koydu ama bir cevap vermedi.

# 29

Maya şalına sarınmış, bakımevinin verandasındaki masalardan birinde oturmuş, önündeki resim defterine pastel kalemlerle bir şeyler çizmekteydi.

"Maya Hanım, bakın bir misafiriniz var." diyerek hafifçe omuzuna dokundu hemşire. Maya başını kaldırdı çiziminden ve baktı. Hemşirenin yanındaki, yeşil gözlü, teni güneş yanığı yakışıklı delikanlıya tebessümle baktı. "Benim misafirim mi?" diye sordu hemşireye.

"Evet, Maya Hanım. Çok özel bir misafiriniz."

Gayet kibar, "Buyurun" dedi Maya, Sümer'e yanındaki iskemleyi gösterip, "hoş geldiniz."

Sümer'in elinde on beyaz sümbül ekili büyük bir saksı vardı. Onu masaya bıraktı. Sonra Maya'nın yanağına sevgi dolu bir öpücük kondurdu ve "Bunlar senin için babaanneciğim." dedi. Maya mutlu ve huzurlu bakıyordu. "Bana mı?" diye sordu çocuk gibi heyecanlı, "Bana mı getirdiniz bu harika çiçekleri?"

"Evet..."

"Babaanneciğim" diyememişti Sümer, bir evvel söylediğine bir reaksiyon almadığı için.

Maya oturduğu yerden eğilip gözlerini kapayarak çiçeklerin rayihasını çekti burun kanatlarına. "Çok teşekkür ederim." diye mırıldandı, "Çok teşekkür ederim. En sevdiğim çiçeklerden."

"Biliyorum. Onun için getirdim."

"Çok garip." diye mırıldandı Maya önündeki deftere bakarken, "Ben de bu resimde bir eksik var diyordum."

Sümer muhtelif renkte sap ve yapraktan oluşan çiçek resimlerine bakarken hayrete düştü. Maya verandadan inilen geniş bahçedeki kasımpatıları ve çam ağacını resimlendirmişti. Evet, renkler çok farklıydı gerçeğinden, bulundukları yerler de değişmişti ama yine de güzeldi.

"Sen mi yaptın bunu?" diye sordu.

Maya yaptığını umursamazmış gibi dudaklarını büzüp omuzlarını kaldırdı, "Çok iyi değil. Daha iyi olmasını isterdim."

Sümer, "Bence harika bu babaanneciğim." derken Maya'nın hâlâ pürüzsüz teni, yeşil pırıltılar saçan gözleri, hafif makyajı, dalgalı taranmış omuz hizasındaki gür saçları, inci küpeleri ve kaşmir şalının sardığı bedenini dimdik tutuşuna hayranlıkla baktı ve ekledi: "Sen de harikasın."

Maya gülümseyerek döndü ona doğru. "Teşekkür ederim." dedi, "Kocam da öyle derdi."

"Biliyorum." diye gülümsedi Sümer.

"Siz benim kocamı tanıdınız mı hiç?"

"Evet, çok iyi arkadaşız onunla."

"Öyle mi?"

"Evet ve o aynı zamanda benim dedem sayılır."

Duyduğundan çok eğlenmişti Maya. Gülerek sordu:

"Şaka yapmıyorsunuz, değil mi?"

"Hayır babaanneciğim, şaka değil."

"O zaman..." Biraz düşündü ve devam etti:

"O zaman, ben sizin neyiniz oluyorum?"

"Babaannem oluyorsun."

Çok keyiflenmişti Maya. "Harika bu!" dedi, "Demek artık sen diyebilirim. Demek senin babaannenim. Çok sevindim."

"Ben de senin torunun olduğum için çok mutluyum."

"Peki, neydi benim kocamın adı?"

"Şimdiki kocanın adı mı?"
"Evet."
"Atlas."
"Ah, tabii. Atlas. Atlas mı senin deden?"
"Evet."
"Ve ben de babaannenim. Öyle mi?"
"Evet canım benim. Hem de babaannelerin en muhteşemisin."
"Çok çok memnun oldum bunu duyduğuma. Ne kadar güzel bunları duymak. Ben de seni tanıdığıma çok mutluyum. Gerçekten, nasıl tanıştık biz?"
"Eee... ben doğduğumda sen oradaydın, öyle tanıştık. Her yaş günümde de en güzel hediyeleri hep sen verdin bana."
"Demek ki benim torunumsun."
"Evet babaanneciğim. Ben senin torunun Sümer'im.
Maya onun saçlarını okşadı sevgiyle, "Oh benim canım tatlı minik Sümerim." dedi.
"Evet babaanneciğim. Ben senin canın, tatlı, minik Sümerinim. Şimdi artık biraz büyüdüm ama senin için yine o minik Sümer'im hep."
Maya tekrar çocuksu bir kahkaha attı, "Emin misin? Şaka yapmıyorsun bana, değil mi? Masal gibi bir şey anlatmıyorsun, değil mi?"
"Hayır, hayır. Hepsi doğru söylediklerimin."
Kahkahalarla güldü Maya, "Oh! Olamaz!" dedi, "Gerçekten mi?"
"Ne gerçekten mi?"
"Atlas senin deden mi?"
"Sayılır. Çünkü ben esas dedemi hiç tanımadım."
"Esas deden kim?"
"Senin ilk kocan babanneciğim."
"İlk kocam mı?"
"Evet."

Maya'nın gözleri hayretle açıldı, "Kaç kocam var benim?" diye sordu.

"İlk kocan ve ikinci kocan... iki kocan var."

"Sen ilk kocamı tanıdın mı?"

"Hayır babaanne. Onunla hiç karşılaşmadım ben."

"Benim ilk kocamla yani."

"Evet babanneciğim. Benim esas dedem senin ilk kocan ama hiç karşılaşmadım onunla. Ben doğduğumda o yoktu."

"Oh zavallım benim..."

"Ama ikinci kocanı tanıyorum."

"Demek iki kocam var benim." Burada bir an durdu, inanamamazlıkla baktı, tekrar gülmeye başladı. "Ne yaparım ki ben iki kocayla?"

Sümer de kahkahayı bastı. Babaannesinin yanağına kocaman bir öpücük kondurdu ve "Şöyle babaanneciğim: İkinci kocanla birincisi gittikten sonra evlendin. Çok sonra."

"O nereye gitti ki?"

"Cennete."

"Cennete mi? Kabul ettiler mi onu oraya?"

"Sanırım... Sen aksini mi düşünüyorsun?"

"Bilmem. Ben birinci kocamı hiç bilemiyorum şimdi."

"Peki, ikinci kocanı biliyor musun?"

Maya tebessümü bırakmadan, düşündü. "Sanırım" dedi, "ama çok emin değilim."

"Emin değil misin?"

"Her şey o kadar sisli ki..."

Sustu ve derinlere daldı bakışları. Birden bir soruyla canlandı.

"Hiç kavga ediyorlar mı?"

"Kimler babaanne?"

"Kocalarım..."

Sümer kahkahalarını tutamadı. Öyle gülüyordu ki, Maya da ona katıldı, birbirlerinin ellerini avuçlayıp, bir diğerinin kahkahasından etkilenerek dakikalarca güldüler.

"Çok tatlısın babaanneciğim." dedi Sümer, onun yanağına bir öpücük kondurup.

"Sen de... Ama doğru söyle bana. Bütün bu anlattıklarını uydurmuyorsun değil mi?"

"Hayır babaanneciğim, hiçbirini uydurmadım."

"Aslında hepsi çok hoşuma gitti. Yani, uyduruyor olsan da aldırmam. Çok hoşuma gitti hepsi. Güldürdün, mutlu ettin beni."

Sümer onun elini avuçladı ve gözlerinin içine bakarak konuştu:

"Sen öylesin babanneciğim, hep de öyleydin."

"Nasıl yani?"

"Etrafındaki herkese hep mutluluk verdin. Sevdiklerini hep çok mutlu ettin. Benim babaannem olduğun için çok şanslıyım. Seni çok seviyorum."

"Ah, evet, ben de seni sevdim... Ama... akraba mıyız biz?"

Her şey baştan başlıyordu belli ki ama Sümer hiç bozmadı sohbetin akışını. Cevaplarken sevgiyle baktı Maya'nın gözlerine.

"Evet, akrabayız."

"Gerçekten mi? Oh! Ben de seni burada çalışanlardan biri sanmıştım. Madem akrabayız çok mutlu oldum. Çok yakışıklısın, çok sevimlisin. İsmin neydi peki?"

"Sümer."

"Sümer?"

"Evet."

"Hiç yabancı gelmiyor. Çok da gençsin. Kaç yaşındasın?"

"On altı. Sen kaç yaşındasın, biliyor musun?"

Maya'nın gözlerinde pırıltılar yanıp söndü yine, "Otuz iki?" dedi, sorar gibi.

"Yok. Daha fazla."

"Daha fazlasını bilmiyorum."

"Altmış üç yaşındasın babanneciğim."

"O ne kadar ki?"

Sümer tatlı bir kahkaha attı, "Altmış üç kadar."

Maya'nın çok hoşuna gitmişti, "Altmış üç kadar" diye tekrarladı gülerek. Sonra merakla sordu: "Ama otuz iki oldum bir ara, değil mi?"

"Tabii ki oldun."

"Dansı çok severdim, biliyor musun, yüzmeyi de."

"Evet, bana yüzmeyi sen öğretmiştin. Tango yapmayı da."

"Öyle mi? Ne kadar güzel. İyi yüzüyor musun?"

"Yüzme takımındayım babaanne. Ayrıca çello çalıyorum."

"Ne kadar güzel! Bana çaldın mı hiç?"

"Tabii, hep çaldım sana. Daha on gün evvel geldiğimizde çalmıştım. Ben çaldım, siz Atlas'la dans ettiniz."

"Burada mı?"

"Evet, içeride. Ben çello çalmıştım, Atlas da seni dansa kaldırmıştı."

"Atlas kim?"

"Atlas, eşin babaanneciğim, kocan senin."

"Peki sen?"

"Ben de torunun... Sümer."

Maya sevinçle ellerini tuttu onun, "Ah benim minik, tatlı Sümer'im! Ama baksana sen artık minik değilsin. Kocaman olmuşsun. Çok da yakışıklı. Oh! Canım benim, seni bana Tanrı gönderdi. Beni geçmişe götürdün. Güldürdün beni. Oh! Çok teşekkür ederim benim tatlı torunum, çok teşekkür ederim sana!"

Masanın üzerinde gezdirdi gözlerini ve birden bir şey hatırlamış gibi "Bak!" dedi, "Bu resimde bir eksik var diyordum. Şimdi buldum. Bu çiçekler, neydi adları?"

"Sümbül."

"Evet sümbüller eksikti..."

Defterin yanına çekti saksıyı. Avucunu sümbülleri okşar gibi üzerlerinde gezdirdi, sonra parmak uçlarını defterin sayfasında onların resmi çizer gibi dolaştırdı, "Şimdi tamamlandı işte." dedi, "Şimdi tamam..."

# 30

Ege bakımevine geldiğinde Maya bahçede sundurmanın altındaki bankta oturmaktaydı.

"Merhaba anneciğim." dedi Ege, eğilip onun yanağını öperken.

"Merhaba. Hoş geldin canım."

"Hatırladın mı beni?"

"Yabancı gelmiyor yüzün. Akraba mıyız?"

"Evet! Hem de çok yakın akrabayız."

"Ne kadar yakın acaba?"

"Ana-oğuluz biz. Sen benim annemsin."

"Annen miyim?"

"Evet, sen benim biricik annemsin."

Maya mutlu, gülümsedi, "Ne güzel" dedi, "hep böyle yakışıklı mı benim akrabalarım?"

Ege güldü, elinde olmadan, "Başka kim var benim kadar yakışıklı?" diye sordu, şaka yollu.

"Bilmem." derken içten güldü Maya, "Çok iyi hatırlamıyorum kimler ama sanki öyle."

"Evet, gerçekten de öyle. Haklısın."

Maya Ege'nin saçlarını, yüzünü okşadı eliyle. "Sen benim oğlumsun, değil mi?"

Ege onun elini aldı, avucunu öptü, "Evet" dedi, karşısında olduğu halde hasret dolu bir sesle, "evet, ben senin oğlunum."

"Çok mutlu oldum."

"Yanına oturabilir miyim?"

"Tabii, gel..."

Ege bankta annesinin yanına, ona doğru dönerek oturdu ve elini tutarken, "Sana bir sürprizim var." dedi.

Gözleri parladı Maya'nın, "Çok severim sürprizi." dedi, "Kocam bana hep güzel sürprizler yapardı." Sonra duruldu birden. "Ama" diye ekledi, "artık sevmiyorum sürprizleri."

"Neden sevmiyorsun artık?"

"Çünkü beni korkutuyor."

"Korkutuyor mu?"

"Evet..."

"Neden acaba?"

"Çünkü bana yabancı geliyor."

"Peki sürprizimin ne olduğunu söylesem?"

Maya yeniden gülümsedi, "O zaman olur." dedi.

"En çok ne yemeyi seversin?"

"Şimdi mi?"

"Eskiden, şimdi, hangisi aklına gelirse. Şu an en çok neyi istiyorsan."

"Eskideni hatırlamıyorum canım. Ama şimdiyi biliyorum."

"En çok ne yemeği istersin şimdi?"

"Denizle ilgili olanlar..."

"Deniz mahsulleri mi?"

"Evet."

"Sen eskiden de deniz mahsullerini severdin en çok."

"Öyle mi?"

"Evet. Ben bildim bileli senin en çok sevdiğin lezzetler onlar."

"Sen ne kadar zamandır biliyorsun beni?"

"Ohhh... Doğduğum zamandan beri."

Maya düşünceli baktı, "Demek o kadar uzun bir zamandan beri tanıyorsun beni. Ne zamandır yani?"

"Kırk senedir."

Maya gözlerini açıp, dudaklarını kıvırdı hayretle, "Demek kırk senedir tanışıyoruz. Uzun bir zaman, değil mi?"

"Oldukça uzun zaman anneciğim."

"Sen hep böyle miydin?"

"Değildim tabii. Önce bebektim..."

"Ah, senin bebekliğin çok tatlıydı herhalde."

Ege gülümserken onun saçlarını okşadı, "Sen öyle olduğumu söylerdin."

"Sana söyledim demek, tatlı olduğunu."

"Evet."

"Sevindim... insan söylemeli bir şey tatlı olunca, güzel olunca..."

"Sen her zaman söyledin anneciğim. Beğendiğini, sevdiğini, özlediğini, hep söylerdin."

"Bu iyi bir şey mi?"

"Çok iyi bir şey. Herkes yapamaz."

"Niye yapamaz?"

"Herkes duygularını söylemekte samimi olamaz senin kadar. Herkes sevgi dağıtamaz senin yaptığın gibi."

"Ama artık dağıtamıyorum, değil mi?"

"Olur mu? Sen hâlâ daha en çok sevgi veren insansın bizim hayatımızda."

"Nasıl veriyorum? Hiçbir şeyi hatırlamıyorum ki."

"Hatırlamana gerek yok ki. Sevgi sende hep var ve hep dağıtmaya devam ediyorsun."

"Bana da sevgi verenler var ama, değil mi?"

Ege yutkunarak elini avuçladı annesinin. "Olmaz mı anneciğim, olmaz mı." dedi, "Seni o kadar çok seven var ki. Ama en çok da ailen seviyor seni."

"Kimler var ailemde?"

"Ben, Ezel, Sümer, Atlas, Bahadır... bizler seni en çok severleriz."

Maya çocuk heyecanıyla baktı, "Ne güzel! Hatırlayamadım ama yine de sevindim. Çok iyi insanlarsınız demek ki... Sizi unuttuğum halde seviyorsunuz beni."

"Sen bize o kadar çok sevgi verdin ki..."

"Bak işte buna çok sevindim... çok sevindim. İçimde hissediyorum zaten... İsmin neydi?"

"Ege, anneciğim."

"Hımm. Evet, Ege'ydi, değil mi? Egeciğim, sana bir sır vereyim mi? Ama kimseye söylemek yok."

"Söz!"

"Hatırlamıyorum çok şeyi ama sevgi vermek istediğim birileri olduğunu hatırlıyorum. Sadece kimler olduklarını, nerede olduklarını hatırlamıyorum. Öyle, oturup kalıyorum içimdeki sevgiyle. İçimde kalıyor o sevgi..."

"İçinde kalmıyor anneciğim. Biz her birimiz seni ziyarete geldiğimizde sen çıkarıp o sevgileri dağıtıyorsun bize yine."

"Emin misin?"

"Evet."

"Duyduğuma sevindim."

"Bak, şimdi sana sevineceğin bir şey daha söyleyeceğim."

"Haydi söyle!"

"Demin konuştuk ya, deniz mahsullerini ne kadar çok sevdiğini."

"Konuştuk mu? Onu hatırlamıyorum ama deniz mahsullerini sevdiğimi hatırlıyorum."

"Seni deniz mahsulleri restoranına götüreceğim."

"Ne zaman?"

"Sen ne zaman istersen?"

"Ne yapacağım orada?"

"İstediğin deniz mahsulünü ısmarlayacağız, istediğin kadar yiyeceksin."

"Nasıl gideceğiz oraya?"

"Ben, arabayla götüreceğim seni."

"Ne kadar naziksin. Çok teşekkür ederim."

"Esas ben çok mutlu olacağım, geldiğin için."

"Nereye gideceğiz? Kalabalık değil, değil mi?"

"Hayır anneciğim. Restoranın sahibi arkadaşım. Bize üst katta, kendi toplantı odasında bir masa hazırlayacak. Denize nazır masamızda, seninle baş başa yiyeceğiz yemeğimizi."

"Başka hiç kimse olmayacak mı?"

"Hayır. İster miydin başkaları da olsun?"

"Yok, yok. Çok kafam karışır o zaman. Sen ve ben olalım. Ama para vermeyeceksin değil mi?"

"Ne için?"

"Yemek için."

Ege güldü, "Sen dert etme o kısmını." dedi.

"Dert ederim tabii. Ne kadarcık harçlığın var ki, beni restorana götüreceksin."

"Anneciğim, okulumu bitirdim ben, çoktan. Güzel para kazanıyorum. Dert etme sen. Hem zaten çok ödetmez bana arkadaşım merak etme."

"Demek bitirdin okulunu."

"Evet, epeyi oldu."

"Aferin sana. Bak, onu da kaçırmışım işte."

"Kaçırmadın canım. Mezuniyetime de geldin, sonra davet verdin şerefime."

"Aferin bana. İyi yapmışım o zaman. Ama unuttum işte."

"Önemli değil, bak şimdi yine hatırladın."

"Hatırlamadım ama sana inanıyorum."

"İçin rahat etti mi şimdi?"

"Evet."

"O zaman istersen gidebiliriz."

"Ama ben bu kılıkla gidemem."

Ege annesinin beyaz keten pantolon ve tuniğine beğeniyle bakarak, "Hiç gerek yok." dedi, "Üzerindeki son derece şık yemeğe çıkmak için."

"Güneş batacak mı, biz yemeğimizi bitirene kadar?"

"Bizim orada ne kadar kaldığımıza bağlı."

"Güneş battıktan sonra kalacaksak, değiştireceğim. Bunlar, gece için uygun değil."

Ege onun hâlâ canlı tuttuğu titiz giyim alışkanlığına gülümsedi.

"Anneciğim, bence yaz akşamı için de son derece güzel bu giysin. Sadece restoran değil, her yere gidebilirsin bununla, hiç merak etme."

"Emin misin?"

"Çok eminim."

Maya bu defa oğlunun kıyafetine alıcı gözle baktı. Mavi keten gömleğini, Beyaz Chino pantolonunu, loafer ayakkabılarını süzdü ve "Peki, senin kıyafetin tamam mı?" diye sordu ciddiyetle.

"Evet anneciğim. Sanırım, benim kıyafetim de tamamdır. Senin kadar şık değilsem bile..."

"Yani şimdi gidebiliriz."

"Bence de."

"Sevdim kıyafetini. Kim seçti üstündekileri?"

"Ezel."

"Ezel?"

"Karım, senin gelinin."

"Aferin ona. İyi seçmiş. Haydi götür beni artık. Sahi nereye gidiyorduk?"

"Restorana?"

"Düğüne değil mi?"

"Hayır anneciğim, düğüne değil, restorana yemek yemeğe gidiyoruz. Senin sevdiğin deniz mahsullerini yemeğe..."

"Harika! Düğünler çok kalabalık oluyor. Restoran daha iyi."

"Tamam, o zaman arkadaşımı arıyorum hemen. Benden haber bekliyordu.

Ege telefonunda konuşurken Maya tebessüm ederek onu izledi.

Az sonra Maya oğlunun kolunda ağır adımlarla bakımevinin koridorunda ilerlerken hemşiresi tekerlekli sandalyeyi iterek koşar adımlarla arkalarından geldi, "Ege Bey" dedi, "iskemleyi de alsanız yanınıza. Gerekebilir."

"Kimin için bu?" diye sordu Maya.

"Maya Hanımcığım, gittiğiniz yerde yürümekte zorlanırsanız diye, yanınıza alın diyordum."

"Gerek yok. Ben binmem o şeye."

Hemşire, ikna etmesi için Ege'ye bir bakış attı. "Anneciğim" dedi Ege, "daha rahat etmez misin, sen otursan, ben seni iterek götürsem?"

"Hayır."

Bu defa sesi otoriterdi Maya'nın. "Hayır!" diye tekrarladı, "Beni o alete bindiremezsiniz."

Hemşiresi ikna etmeye çalıştı yumuşacık ses tonuyla.

"Bazen ayağınız takılıyor ya Maya Hanımcığım, hani öyle bir şey olmasın diye..."

"Hayır dedim. Ben yürürüm. Allah Allah, herkes de her şeyi biliyor. Bir ben bilmiyorum."

"Peki anneciğim. Bak ne yapalım." diye Ege ele aldı konuyu, "Arabanın arkasına koyarız. Sen ihtiyaç görmedikçe de çıkarmayız, orada kalır. Tamam mı?"

"O beni ilgilendirmez. İstediğiniz yere koyun. Ama ben binmeyeceğim. O kadar."

Birkaç dakika sonra araba yola çıktığında Maya çoktan az önce kızdığı olayı unutmuştu bile.

"İyi misin?" diye sordu Ege.

"Teşekkür ederim. İyiyim. O kadın ne istedi bizden?"

"Hangi kadın? Hemşire mi?"

"Hemşire miydi o?"

"Evet anneciğim. Senin hemşirendi."

"Ne istiyordu?"

Ege, annesini son derece germiş olan hadiseyi tekrar hatırlatmak istemedi.

"Sana, 'İyi eğlenceler' diyordu."

"Sağ olsun. Kibar kadın."

"Evet, çok seviyor seni."

"Umarım" diye güldü Maya. Yine keyfi gelmişti. Sonra oğlunun giysilerini ilk defa görüyormuş gibi süzdü bir kez daha. Ege fark etmişti. "Ne oldu?" diye sordu.

"Kıyafetini çok beğendim."

"Sevdin mi?"

"Evet, bayıldım. O kızı çok seviyorum."

"Hangi kızı?"

"Seni giydiren kızı?"

"Ezel'i mi?"

"Evet, işte o. Seni o giydirdi değil mi?"

"Kıyafetlerimi o seçti."

"Aferin ona. Çok seviyorum onu. Ona bir hediye alsak mı?"

"Alabiliriz tabii. Neden olmasın?"

"Tamam... Ama sen niye bugüne yakışan bir kıyafet giymedin?"

"Neden anneciğim? Beğenmiştin ya giydiklerimi."

"Beğendim ama gittiğimiz yere uymaz."

"Ne uyar gittiğimiz yere?"

"Kolalı beyaz gömleğin ve takım elbisen olmalıydı."

Ege gülümsemeden edemedi. "Anneciğim, düğüne gitmiyoruz."

"Ah, evet! Gidiyoruz. Daha düzgün giyinmen gerekirdi."

"Bu resmi bir yemek değil anneciğim. Kimse aldırmaz kıyafetime, merak etme."

"Aldırmazlar mı diyorsun? Ne oldu böyle insanlara? Her yerin bir kıyafeti olmalı. Senin giydiğin kesinlikle düğün kıyafeti değil."

"Ama sen düğüne gitmek istemediğin için ben de bunları giydim. Biz şimdi balık restoranına gidiyoruz, seninle baş başa deniz mahsulleri yiyeceğiz. Düğüne gitmiyoruz."

"Eğer gitseydik çok utanırdım senin bu halinden."

Ege tebessümünü gizlemeye çalışıyordu.

"Benden mi utanırdın?"

"Yok, kıyafetinden... ve o kızcağız da utanırdı."

"Kim?"

"Seni giydiren kız."

"Karım..."

"Evet, karın da utanırdı senin halinden."

"Öyle mi söyledi sana?"

"Yok söylemedi. Onu görmedim. Ama ben biliyorum, utanırdı muhakkak."

Ege annesini kızdıracak olmaktan çekinerek kendini tutmaya çalıştı ancak dayanamadı ve sesli güldü. Maya'nın hoşuna gitmişti, o da katıldı oğlunun gülüşüne.

Deniz kıyısındaki restoranın yan kapısından girip asansörle üst kata çıktılar. Ege'nin okul arkadaşı Koray onları kapıda karşıladı ve kendi ofisine aldı. Maya'nın bakışlarına hafif bir çekingenlik gelmişti. Ege onun tedirgin tavrından endişeyle hemen elini tuttu. Bu temas Maya'yı rahatlatmıştı, gülümsedi.

"Sizi kimse rahatsız etmez burada." dedi restoranın sahibi, özellikle Maya'ya hitaben, "Sadece servisinizi yapmak için gelip gidecek bir eleman var. Dilediğiniz kadar kalabilirsiniz. Lütfen kendinizi evinizde gibi hissedin. Çok memnun oldum tanıştığımıza. Afiyet olsun."

"Teşekkür ederim. Ben de memnun oldum tanıştığımıza."

Denize bakan cam kenarında özenle hazırlanmış masaya geçtiler. Ege annesinin iskemlesini çekip yerleşmesine yardımcı olurken Maya'nın gözleri masadaki minik vazoyu süsleyen ateş kırmızısı canlı bakara güle ilişti. "Ne kadar kibar bir insan arkadaşın." dedi, "Ben tanıyor muyum onu?"

"Hayır anneciğim. Sen daha önce hiç karşılaşmadın onunla."

"İyi. Karşılaşıp unutmaktan iyidir, değil mi?"

"Çok tatlısın anneciğim. Seninle olmak çok güzel."

"Her şeyi unutmama rağmen mi?"

"Evet, her şeye rağmen, seninle vakit geçirmek çok keyifli."

Servislerini yapmak üzere, gözlerinden ışıltılar saçan, genç bir garson kız gelmişti. Maya ona tebessümle baktı, "Ne kadar güzelsin." dedi, "Seninle de akraba mıyız acaba?"

Genç garson salata, su servisini yaparken mahcup gülümsedi ve durumun hassasiyeti kendisine anlatılmış olduğundan, ne diyeceğini bilemeyerek Ege'ye baktı.

"Anneciğim, bu genç hanımla akrabalığın yok. Servisimize yardımcı olmak için geldi."

"Oh! Yazık olmuş." dedi Maya hayâl kırıklığıyla, "Hem çok güzel, hem çok tatlı. Akrabamız olmadığı için üzüldüm."

Siparişlerini alıp çıkan elemanın ardından Maya oğluna doğru eğildi masanın üzerinden. "Bence evlenmelisin onunla." diye fısıldadı. Ege gülümseyerek parmağındaki yüzüğü gösterip "Ben evliyim anneciğim." dedi.

"Aa? Kiminle evlendin?"

"Beğendiğin kıyafetlerimi seçen kızla evlendim ya."

"Adı neydi?"

"Ezel. Hani senin o çok sevdiğin kız."

Maya bir an düşündü, salatasını çatallarken, "Doğru" dedi, "doğru, sen evlisin. Hem de benim çok sevdiğim kızla. Adını hatırlamıyorum ama onu çok sevdiğimi hatırlıyorum."

"Evet, o da seni çok seviyor... Bu arada salatan nasıl? Sevdiğin gibi, ızgara karidesli."

"Çok lezzetli. Bunu mönülerine koymalılar."

"Evet. Söyleriz."

Birden çatalını bıraktı Maya. Durulmuştu. Ege birkaç saniye onu izledi ve yavaşça sordu:

"Ne oldu anneciğim?"

"Bir şey hissediyorum..."

"Ne acaba, söyleyebilir misin?"

"Ben hiçbir zaman mutlu olamayacağım."

"Neden öyle düşünüyorsun?"

"Çünkü nerede olduğumu bilmiyorum. Sonra nerede olacağım, onu da bilmiyorum. Kocamı, çocuklarımı bilmiyorum... Anlıyor musun?"

"Evet, anlıyorum. Ama hiç üzülmene gerek yok, çünkü kocan da hep yanında olacak senin, çocukların da."

"Kocam?"

"Evet, kocan."

"Nerede o?"

"Bugün akşam gelecek ziyaretine."

"Haydi gidelim o zaman. Gidelim ki kaçırmayalım."

"Ama daha sevdiğin birçok çeşit yemek gelecek."

"Olsun. Ben gitmek istiyorum."

"Ama daha erken. Atlas akşama gelecek seni ziyarete."

"Kocam mı Atlas?"

"Evet."

"Biz gidelim. Belki sürpriz yapar, erken gelir."

Maya birden yerinde kalkmaya davrandı. Ege fırlayıp yardımcı oldu. Annesini burada tutmasının artık mümkün olmayacağının farkındaydı. O cüzdanından bahşiş parası çıkarıp masaya bırakana kadar Maya yürümeye başlamıştı bile kapıya doğru. Sanki kaçıyordu bulunduğu yerden. Ege koluna girdi telaşla, "Anneciğim, yavaş canım." dedi, "Gerek yok bu kadar acele etmeye. Daha akşam olmasına çok vakit var."

"Çoktan oldu akşam." diye cevapladı Maya.

Ege onu omuzlarından tutup pencereye doğru çevirdi, "Bak" dedi, "daha hâlâ gündüz. Merak etme, biz gidene kadar akşam olmaz."

Camın ardından parlayan yaz güneşinin aydınlığı Maya'nın fikrini değiştirmesine yetmemişti. "Beni aldatamazlar.

Akşam oldu." dedi inatla ve dönüp yürümeye başladı yine. O esnada garson kız elinde dolu tepsiyle çıkmıştı merdivenlerden. Misafirleri gitmek üzere görünce şaşırdı. "Özür dileriz, ayrılmamız gerekti." dedi Ege, "Çok teşekkür ederiz. Ben Koray Bey'i arar, durumu açıklarım."

Arabaya bindiklerinde Maya'nın ruh hali tamamen değişmişti. İçine kapanmış, tedirgin bakışlarla yolu izliyordu.

"Anneciğim, iyi misin?" diye sordu Ege, meraklanarak.

"İyi değilim."

"Ne oldu?"

"Bir sürü şey oldu işte."

"Konuşmak ister misin?"

"Anlamazsın ki."

"Bir dene istersen."

"Anlamazsın."

"Neden?"

"Çünkü şekilleri yok, gösteremem."

"Yani seni üzen şeylerden mi bahsediyorsun? Seni kötü hissettiren şeylerden..."

"Evet... çoklar ama karanlıktalar, göremiyorum ne olduklarını. Şekilleri belli değil. Onun için anlayamazsın."

"Peki canım. Ama ne zaman istersen dinlerim."

Maya elini uzatıp onun omuzunu okşadı. "Sen iyi bir çocuksun." diye mırıldandı. Sonra sorusunu ekledi: "Beni nereye götürüyorsun?"

"Bakımevine geri gidiyoruz anneciğim. Dönmek istedin artık. Dönüyoruz geriye."

"Yazık oldu değil mi?"

"Neye?"

"Yemeklere..."

Ege, başını çevirdi bir an annesine bakmak için. Maya devam ediyordu:

"Kızcağız ne güzel yemekler getiriyordu. Onlara yazık oldu."

"Önemli değil. Önemli olan senin kendini iyi hissetmen. Kalmak istemedin yemekte."

"Ama niye hâlâ daha iyi hissetmiyorum kendimi."

"Belki odana dönünce iyi hissedersin."

"Sanmıyorum."

"Niye? Odanı çok seviyordun."

"Her zaman değil. Bazen her şey yabancı geliyor orada da. Çok kalabalık. Bir sürü misafirim var."

"İstersen dolaşalım biraz, hemen dönmeyelim. Ne dersin?"

"Yok, gidelim ama odaya girmeyelim."

"Bahçede mi oturalım?"

"Evet. İyi olur. Yemek yeriz beraber."

"Yoldan alalım mı? İstediğin bir şey var mı? Ya da... bak ne geldi aklıma. Bize gidelim mi? Orada yeriz yemeğimizi. Sonra Atlas gelmeden götürürüm seni bakımevine."

Maya bir an düşündü ve güldü, "Çok karışık..." dedi, "Söylediklerin çok karışık. Bir sürü şey yapmamız gerekecek."

"Karışık değil anneciğim. Bizim evde yemek yeriz, sonra seni istediğin bahçeye götürürüm yine."

"Ama benim misafirim gelecek."

"Atlas gelecek, ama akşama doğru. Gündüz çalışması vardı bugün."

"Doğru gidelim. Durmayalım bir yerde."

"Tamam canım. O zaman evin restoranından ısmarlarız istediğini."

Onu duymamıştı Maya. Işıklarda durduklarında karşıdan karşıya geçen aileye bakmaktaydı. Birden hıçkırmaya başladı. Ege yana eğilerek onun yüzüne dokundu endişeyle.

"Anneciğim, ne oldu canım? Neye üzüldün?"

"Bilmiyorum. Böyle aileleri görünce çok fena oluyorum işte. Hep ağlamak istiyorum."

"Senin de ailen var canım. Hep yanındayız, seninleyiz."

"Ama böyle değil. Bak nasıl güle eğlene beraber gidiyorlar."

"Bizim ailemiz hep sevgiyle, neşeyle bir arada olduk. Hâlâ öyleyiz anneciğim."

"Ama ben hatırlamıyorum onları."

Yeşil ışık yanmıştı. Ağır ağır hareket ettiler. Maya başını geriye doğru çevirerek kaldırımda yürümekte olan aileye baktı uzun uzun.

"Uzakta bir yerde olmalı bizim yaşadıklarımız. Bana yabancı artık."

"Eski günlere dönmek mi isterdin?"

"Bunun olmayacağını biliyorum. Mümkün değil."

"Bakımevine gittiğimizde sana eskilere ait güzel şeyleri anlatayım, ister misin, hatırlaman için. Sendeki albümlere bakar, aile günlerimizi anarız, arzu edersen."

"Tabii isterim. Ama bu, üzüntümü geçirir mi?"

"Deneriz. Belki neşelenmene yardımcı olur."

"Tamam o zaman."

Yolun geri kalanında Maya kendi âlemine daldı, Ege üzerine varmadı. Hiç konuşmadan geldiler bakımevine. Doğru bahçeye çıktılar, kol kola. Kameriyenin altında oturduklarında Maya hâlâ sükûnetini koruyordu.

"Neler düşünüyorsun anneciğim?" diye sordu Ege, onu karamsar dünyasından sıyırmak isteğiyle.

"Bilmiyorum... "Oh... Bilmiyorum... Bilmiyorum... Hiçbir şey bilmiyorum. Eğer bilseydim, bir düğmeye basar değiştirirdim. Sadece korkuyorum. Çok korkuyorum. Her şey bomboş, karanlık, hiçbir şey yerinde değil..."

"Biraz uyumak ister miydin?"

"Hayır. Burada oturalım. Uyumayı sevmiyorum. Daha da karanlık oluyor. Kâbuslar görüyorum. Bazen uyanıkken de görüyorum kâbusları. O zaman uyuyor muyum, uyanık mıyım, onu da bilemiyorum... Oh... Çok yoruldum bilememekten... çok..."

Ege, annesinin gözlerinden inen yaşlara çaresizlikle ve içi

parçalanarak bakarken ne diyeceğini bilemiyordu. "Düşüncelerini başka yöne çevirin." demişti doktor. İlk aklına geleni söyledi:

"Anneciğim, daha yemek yemedin doğru dürüst. Bir şeyler ısmarlayalım. Beraber yiyelim mi burada?"

"İyi gelir mi yemek yemek?"

"Bence gelecek."

"Emin misin?"

"Eminim. Albümü de alırız, hem yeriz, hem ben sana eski hikâyelerimizi anlatırım."

Maya uzun zamandan sonra ilk defa gülümsedi yine. "Çok iyi fikir olmalı." dedi, hüznünden sıyrılmış bir sesle. Sonra Ege'nin yüzünü okşadı, "Ama sen niye o kadar hüzünlü bakıyorsun, söyle bakayım bana." dedi.

"Hüzünlü değilim." dedi, Ege zorlanarak.

Maya, küçük çocuğunun derdine deva olmak isteyen anne bakışıyla okşadı onun saçlarını "Ohhhh canım benim." diye mırıldandı, "Görebiliyorum, bir derdin var senin. Gel canım, gel yanıma şöyle, sarılayım sana."

Ege iskemlesini annesinin yanına çekti, koluyla omuzlarından sarıldı. Maya başını onun göğsüne dayadı, eliyle yüzünü, kollarını okşarken mırıldanarak konuştu:

"İşte böyle... İşte böyle... ah canım benim.. Her şey düzelecek... şimdi her şey daha iyi olacak, göreceksin. Seni seviyorum..."

Ege'nin gözlerinde yaşlar, hıçkırıklarını zor tutarak, "Ben de seni seviyorum anneciğim." dedi, "Hem de çok..."

Maya onu nazik okşayışlarla teselliye devam ediyordu.

"Sevgi iyidir." dedi, "Çok iyidir. İlâç gibidir. İyileşeceksin canım..."

# 31

Hemşiresi odaya girdiğinde Maya'yı, yatağının içinde, sırtını yastığına dayamış, elindeki albüme bakıyor buldu. Başucundaki gece lâmbası yanıyordu.

"Günaydın Maya Hanım." dedi kapıyı kaparken.

"Günaydın."

"Nasılsınız bu sabah?"

"Teşekkür ederim. İyiyim. Hatırlamaya çalışıyorum."

Hemşire yaklaşıp albümün sayfasına göz attı. Bir tekne yolculuğundan çekilmiş aile fotoğraflarının hepsinin yanında fotoğraftakilerin isimleri, tarihler yazılmıştı.

"Ne kadar güzel bir aileniz var. Ne kadar mutlu resimler bunlar."

"Mutlu, değil mi?" derken tebessüm etti Maya, "Her zaman hatırlamıyorum onları, nerede olduğumuzu ama mutluluğu hatırlıyorum. Sevgiyi hatırlıyorum."

"Ne kadar güzel. Çok şanslısınız."

Hemşire perdeleri açtı. Yaz gününün doğal aydınlığı doluverdi odaya. Sonra Maya'nın yatağının kenarına iliști hemşire, onun elini tuttu ve okşayarak konuştu:

"Kalkmak ister misiniz? Yoksa daha resimlere mi bakacaksınız?"

"Kalkmasam olmaz mı?"

"Çok mu rahatsınız böyle?" diye sorarken sevecen bir tebessümle baktı hemşire.

"Evet." dedi Maya fistolu geceliğinin fiyonguyla oynarken.

"Ama bugün yine misafiriniz var."

"Kim?"

"Atlas Bey gelecek... Eşiniz."

"Demek unutmamış beni."

"Unutur mu? Her gün geliyor."

"Gerçekten mi? Her gün mü geliyor?"

"Evet, ya gündüz, ya akşam, muhakkak her gün geliyor sizi ziyarete."

"Çok şanslı olmalıyım."

"Ah, evet, ama o da çok şanslı, sizin gibi bir eşi var."

"Hiç hatırlamıyorum nasıl bir eş olduğumu."

"Kocanıza bakılırsa siz mükemmel bir eşsiniz Maya Hanım."

Gülümsedi Maya, "Sevindim bunu duyduğuma." dedi. Sonra heyecanla sordu: "Ne zaman gelecek? Kaçırmayalım onu."

"Yok, kaçırmazsınız. Hazırlanmaya vaktiniz var bol bol."

Maya albümü kenara itti, pikesini açtı, "Haydi o zaman" dedi, "hazırlanayım."

"Önce ne yapmak isterdiniz? Kahvaltınızı getireyim mi?"

"Yok, yok, önce hazırlanayım."

"Pekâlâ."

Hemşire onun kalkmasına yardımcı oldu ve koluna girdi. Banyoya girdiklerinde, "Önce duş almalıyım." dedi Maya, "Tertemiz olmalıyım."

"Siz hep tertemizsiniz Maya Hanımcığım. Zaten her gün yıkanıyorsunuz."

"Herkes öyle yapmaz mı?"

"Hayır, herkes sizin kadar titiz değil. Şimdi size yardımcı olacağım. Tamam mı? Üstünüzdekileri çıkaracağız beraber. Duş iskemlesine oturacaksınız. Ben de sizi yıkayacağım. Oldu mu?"

"Ben kendim yıkanırım."

Hemşire onunla tartışmaması gerektiğini bilecek kadar tecrübeliydi. "Tabii" dedi, "zaten hep kendiniz yıkanıyorsunuz. Ben sadece yardımcı oluyorum size."

"Teşekkür ederim."

Banyodan sonra ona bornozunu giydirdi hemşire, saçlarını havluyla sardı ve tuvalet masasının önündeki koltuğa oturttu. O saçlarını kurularken Maya aynadaki aksini izliyordu dikkatle.

"Acaba eskiden nasıldım? Biliyor musunuz?" diye sordu, gözleri aynanın sırrının ardını görüyormuş gibi uzaklarda.

"Hayır Maya Hanımcığım, ben sizi, siz buraya geldikten sonra tanıdım. Ama ne kadar güzel olduğunuzu tahmin edebiliyorum. Çünkü hâlâ çok güzelsiniz."

"Kocam biliyor mudur eski halimi?"

"Eminim o çok iyi biliyordur."

"Soracağım geldiğinde."

"Saçınızı nasıl taramamı istersiniz bugün?"

"Kocam nasıl seviyor benim saçımı? Ben hatırlamıyorum."

"En çok dalgalı, açık tarıyoruz."

"O öyle mi seviyormuş?"

"Onu bilemiyorum ama siz hep öyle istiyorsunuz."

"Demek ki o öyle seviyor. O zaman yine aynısını yapalım. Makyaj da yapmak istiyorum."

"Tabii. Her zamanki gibi; rimel ve ten rengi ruj, değil mi?"

"Her zaman öyleyse, yine öyle olsun... Muhakkak gelir, değil mi?"

"Atlas Bey mi?"

"Evet."

"Muhakkak gelir. Siz buraya yattığınızdan beri, turneye çıktığı zamanların dışında her gün, hiç sektirmeden geldi."

"Evliyim ben onunla, değil mi?"

"Evet Maya Hanımcığım."

"Ne iş yapıyor kocam?"

"Oyuncu. Tiyatroda oynuyor, dizilerde oynuyor. Ama aynı zamanda harika çello çalıyor."

"İyi oldu söylediğiniz. Konu açılırsa mahcup olmayayım ona."

Atlas akşamüzeri geldiğinde Maya her zamanki gibi bakımlı saçları, hafif makyajı ve özenli giyimiyle hazır, verandadaki sundurmanın altında oturuyordu. Yanında boş bir tekerlekli sandalye duruyor, hemen yanındaki bankta da ona göz kulak olan hemşire oturuyordu. Masaya yayılmış pastel kalemleriyle resim defterine bir şeyler çizmekteydi. Yanındaki küçük el radyosunda klâsik kanal açıktı. Pergolesi'nin "Lieto cosi talvolta"sını söylüyordu soprano Simone Kermes. Maya, askılı beyaz keten elbisesi, ayağındaki bilekten fiyonklu, hasır dolgulu beyaz espadrilleriyle bir plâj davetine gitmeye hazır gibiydi. Atlas ona doğru yaklaşırken aklından geçen, gerçekten de onu oradan kapıp bir tekneyle açılma arzusuydu. Ona yaklaştığında, "Günaydın sevgilim" dedi. Maya başını çevirip baktı. Gözlerinin yeşili heyecanla pırıldıyordu. Atlas o anda ona sarılıp kucaklamamak için kendisini zor tuttu. Tanımadığına göstereceği bir nezaketle, "Günaydın" dedi Maya. Sonra önündeki çizime döndü. Atlas ayağa kalkmış bekleyen hemşireye selam verdikten sonra bir müddet hiçbir şey demeden izledi karısını. Kalemi parmaklarıyla değil, avucunun içinde tutarak kullanıyordu. Mavi ve yeşil tonlarını ardı ardına kâğıdın üzerinde çiziktirmeye devam etti.

"Ne yapıyorsun?" diye sordu Atlas.

Maya ona bakmadan devam etti, yaptığına. Sonra sarı pasteli aldı avucuna ve sayfanın dibini boyamaya başladı.

"Bu gölü mü boyuyorsun?" diye şansını denedi Atlas.

Maya gülerek, "Resimden anlamıyorsun." dedi.

Atlas onun gülüşünden cesaret alarak yanındaki iskemleye yerleşirken, "Evet" dedi, "pek anladığım söylenemez."

"Baksana" dedi Maya, "kumsal var burada. Nasıl göl olabilir?"

"Haklısın. Ben onu fark etmemişim bile."

"Bu, okyanus kıyısı... orada bir evimiz var bizim."

"Çok güzel olmalı."

"Çok güzel. Ama artık gidemiyorum."

"Neden?"

"Kocam gelip götürecekti beni."

Atlas, onun eline doğru uzandı ve tutup, "Maya, Mayacığım, bak buradayım, geldim." dedi.

Bu defa daha dikkatle baktı Maya ona.

"Sen kocam mısın?"

"Evet canım, ben Atlas."

"Kafam karıştı biraz. Hemşire söyledi kocamın geleceğini. Ama bilmiyorum şimdi. Sen o musun?"

"Evet, bir tanem. Ben senin kocanım."

"O zaman okyanus kıyısındaki evimizi biliyorsun."

Atlas, hiç bozuntuya vermedi.

"Biliyorum canım."

"Ne zaman götüreceksin beni?"

"Çok yakında."

"Çok yakın ne kadar zaman?"

"Sen ne zaman gitmek isterdin?"

"Hemen."

"Orası çok uzak bir tanem. Hemen gitmemiz zor."

"Ama ben eve gitmek istiyorum."

Atlas onun "ev" demekten kastının huzur bulduğu bir yer olduğunu öğrenmişti artık. "Tamam canım" dedi, "madem öyle istiyorsun, götüreceğim."

"Sahi mi?"

"Evet. Ama tekerlekli sandalyeye oturman gerekecek. Yolda düşmenden korkarım."

"Tamam, oldu. Haydi gidelim."

Hemşire fırlayıp yanlarına gelmişti. "Ben hallederim, teşekkürler." dedi Atlas. Maya'yı kucakladı ve sandalyeye oturttu. "Çok kuvvetlisin." dedi Maya tebessümle. Sonra bir genç kız tavrıyla sordu:

"Saçlarımı beğendin mi?"

Atlas, sandalyenin kolluklarına ellerini koyup onun yüzüne doğru eğildi ve yavaşça konuştu:

"Sevgilim benim, senin her şeyini beğeniyorum ben. Her zaman beğendim."

Maya, hafif mahcup, güldü, "Sen gerçekten benim kocamsın, galiba."

"Evet, öyleyim." deyip onun yanağından öptü Atlas ve sandalyenin arkasına geçip itmeye başladı. Bakımlı geniş bahçenin ortasından göle doğru inen yolda ilerlemeye başladılar.

"Rahat mısın sevgilim?" diye sordu Atlas.

"Seni göremiyorum ama." dedi Maya. Kocası bedenini yana ve öne doğru uzattı, onun yanağını öptü, "Bak buradayım." dedi, "Bu kadar yakın."

Maya eğlence peşinde bir çocuk gibiydi şu anda, "Hep böyle gidebilir miyiz?" dedi gülerek.

Atlas, onu mutlu, keyifli görmekten o kadar memnundu ki hiç tekrarlatmadı bile. Bedeninin garip duruşunu bozmadan, yanağı Maya'nın yanağında, arabayı itmeye devam etti. Birden içinden coşkuyla gelen duygu onu sevdiği kadını mutlu edebilecek eğlenceli bir şeyler düşünmeye itti. Yanlarından geçen, diğer hastaları yürüten hemşirelerin, hastabakıcıların bakışlarına aldırmadan, bir taraftan onun kulağına, "Somewhere over the rainbow..." melodisini mırıldanıyor, bir taraftan sandalyeyi onunla dans eder gibi yönlendiriyor, arada duruyor, etrafında dönüyor, sonra yine itiyordu. Maya kahkahalar içinde, kollarını havaya kaldırmış, güneşle beraber mutluluğu kucaklıyordu sanki. Atlas coşkusunu gördükçe, onun artık kısıtlanmış, sınırlanmış, duyguları, anıları cendereye alınmış dünyasında bile hâlâ böylesine keyif yaşayabileceğini fark ediyordu. Sevdiği kadının bu duygularını devam ettirmesi için her şeyini verebilirdi.

Bu düşünceyle kendisini tamamen kaptırmıştı artık. Şarkı söylüyor, sandalyeyi durdurup öne geçiyor, birkaç dans hareketinden sonra karısına bir öpücük verip sandalyeyi tekrar yönlendiriyordu.

Gölün kıyısına vardıklarında ikisi de kahkahalar içindeydi. Tekerlekli sandalyeyi bahçe ile gölü sınırlayan yüksek telin orada durdurduğunda Atlas kendisinin de ne kadar mutlu olduğunu fark etti. Maya'yı güldürmek, mesut etmek ve bunu paylaşabiliyor olmak yetiyordu, hayatı mükemmel kılmaya. Âşık olduğu kadının yüzüne baktı. Onu hâlâ ilk tanıdığı günkü gibi görüyordu şu an. Aynı yaşta, aynı zekâ kontrolünde, sevgi dolu, aynı tutkuyla, azimle yaşama asılmış, zarif ama cinselliği aşk yapmalara çeviren tutkulu kadın... onunla bu anı paylaşmaktan çok ama çok mutluydu.

Tekerlekli sandalyenin frenini sağlamladıktan sonra, hâlâ gülmekte olan karısının önünde dizleri üzerinde çömeldi, çimenlere. Onun yüzüne bakarak göz göze gelmelerini bekledi. Maya iki eliyle onun yüzünü avuçladı ve "Çok teşekkür ederim." dedi, "Harika bir yolculuktu ama bitmedi, değil mi?"

Atlas, karısının yaşadığı mutluluğun sebebi olmaktan duygu sarhoşuydu şu an. Göle bakarak, "Şimdilik buraya kadar geldik sevgilim." dedi, "Burada biraz dinlenelim, konuşalım, sonra devam ederiz."

Maya derin bir nefes çekti, "Ne kadar güzel kokuyor." dedi, "Okyanus kokusu harika."

Atlas onun saçlarını okşarken, yaşadıkları anın gerçekten uzaklığının farkında, içi acıyla burularak, "Evet canım." dedi.

"Teşekkür ederim. Beni eve getirdiğin için."

Sonra dönüp Atlas'ın elini avuçladı ve "Sen gerçekten benim kocam olmalısın." dedi.

"Evet bir tanem. Hiç şüphen olmasın. Ben senin kocanım, hem de uzun bir zamandır."

"Hımmm." diye mırıldandı Maya, "O zaman benim sorularıma cevap verir misin?"

Atlas ona aşkla bakarak, "Memnuniyetle." dedi.

"Bana bizi anlatır mısın?"

Atlas, Maya'nın sandalyesinin dibinde, çimenlerin üzerine oturdu, onun elini tuttu ve "Biz çok güzeldik beraber." dedi, eski günleri hasretle anarak ve hemen ekledi: "Şimdi de çok güzeliz."

"Ama beraber değiliz ki."

"Beraberiz tabii ki. Her gün geliyorum sana."

"Ama sen bu evde yatmıyorsun, değil mi?"

Atlas bu zor cevabı düşünürken Maya onu beklemeden sorusuna devam etti:

"Sen ayrı bir ülkede mi yaşıyorsun?"

"Hayır, bir tanem. Aynı ülkede, aynı şehirde, sadece yarım saat ötede yaşıyorum."

"Neresi orası?"

Atlas eliyle gölün karşı tarafında vadinin üzerinde yükselen ağaçlık tepeyi gösterdi. "Bak canım" dedi, "orada, o ormanın kenarında bizim evimiz. Görüyor musun o dört katlı evi. Onun çatı katı..."

"Sen orda mı yaşıyorsun?"

"Evet. Sen de orada yaşıyordun." diyecekti ki onun kafasını karıştıracak olmaktan korkuyla sadece, "Evet." dedi.

"Aynı ülkede miyiz yani?"

"Evet bir tanem. Sen hangi ülkede isen ben de aynı yerdeyim."

"Benim ülkem 'Olmayan Ülke'. Seninki de o mu?"

Atlas onun yeşilin tonlarıyla pırıldayan gözlerinin ardında söylemek istediğinin anlamını görebiliyordu. "Benimkinin adı da o olmalı. Ama neden bu adı koymuşlar bilmiyorum.

Sen biliyor musun?" dedi, onun hislerini anlamak için.

"Çünkü her şey yok oluyor bu ülkede. Var gibiler ama sonra yok oluyorlar. Bazıları geri geliyor, bazıları gelmiyor."

"Ama biz buradayız, varız, bu güzel manzara var, harika bir yaz akşamındayız."

"Ama sonra yok olacaklar."

"O zaman yok olana kadar tadını çıkaralım. Sen ne derdin, biliyor musun: 'Anı yaşayalım.'"

"Ne zaman söylerdim bunu?"

"Zamanın doya doya keyfini çıkarmak için söylerdin. Sen hep çıkarırdın zaten de, bizlere hatırlatırdın."

Maya'nın gözleri göremediği bir yerleri arar gibi baktı gölün sularına.

"Zaman... zaman... Ben artık zamanı bilmiyorum. Ne kadar bir şey zaman... bilmiyorum..."

Sonra gerisi gelmedi. Sessizliğe gömülmüştü. Şimdi gözleri, sanki içini acıtan bir şeyler var da söyleyemiyor gibi bakıyordu. Elbisesinin eteğinde bir parça kumaşı baş ve işaretparmağıyla sıkıştırmış, döndürüp duruyordu. Birden, iç dünyasına, çaresizliğine dönmüş, kendisini orada kapatmıştı.

"Dönelim mi artık?" diye sordu Atlas. Cevap alamadı. "Biraz daha kalalım, istersen." dedi bu defa. Ama Maya gözlerini teksif ettiği uzaklarda takılı kalmış, kumaşı bükmeye devam ediyordu. Atlas, onun gittiği yerden döneceğini umut ederek, sessizce, bir müddet daha bekledi. Ama değişen bir şey olmayınca yerden kalktı. Karısının alnına bir öpücük kondurdu, sandalyenin frenini açtı ve bakımevine doğru döndürdü. Kapıya yaklaştıklarında Maya sessizliğini korumaktaydı. Atlas her zamanki gibi onunla yüz yüze gelecek şekilde çömeldi, "Mayacığım..." dedi, "Mayacığım..." Maya ona baktı ama orada değildi de uzakta bir yerdeki sesleri dinliyormuş gibiydi bakışları. "Mayacığım..." diye tekrarladı Atlas, belki dikkatini çekmeyi başarırım diye, "Canım benim. Ne yapalım istersin? Fotoğraflara bakalım mı beraber? Veya müzik dinleyebiliriz... Ya da sadece otururuz bahçede..."

Atlas karısını az önceki neşesine, mutluluğuna geri götürebilmek için her şeyi yapmaya hazırdı. Israrla sordu: "Söyle canım. Ne yapmak istiyorsun?"

"Uyumak istiyorum." diye mırıldandı Maya, "Uyumak istiyorum."

Ardından başını arkasında yasladı, gözlerini kapadı. Atlas ayağa kalkmıştı ki hemşire yanında belirdi. "Nasıl geçti?" diye fısıldayarak sordu.

"Her şey harikaydı, son on-on beş dakikaya kadar."

"Şimdi, bir müddet uyuyacaktır. Bana bırakabilirsiniz artık, götürüp yatırayım."

"Teşekkür ederim. Uyanınca söylersiniz, yarın yine geleceğim."

Anaç hemşire gülümseyerek, "Tabii söylerim." dedi. Ardından sanki ona moral vermek ister gibi ekledi, "Emin olun, sizi dört gözle bekleyecektir. Hep öyle bekliyor."

Atlas, olduğu yerde bir müddet daha kaldı. Maya'nın, uyuklayarak gidişini izledi. Kısacık zaman diliminde onu okyanus kıyısındaki eve götürmüş ama sonra "Olmayan Ülke"ye kaybetmişti işte. Kısacık sürmüştü, geçici mutluluğun saltanatı. Belki oradan hiç ayrılmasa, sürekli yanında olsa, Maya'nın onu unutmasına fırsat kalmayacaktı. Her defasında kendisini hatırlatması gerekmeyecekti. Altın Göl'den ayrılırken kafasında yeni fikirler oluşmaya başlamıştı.

Eve geldiğinde, kapıdan girer girmez açık bıraktığı radyoda Maya'nın en sevdiği bestelerden biri, Albinoni'nin "Yaylı Çalgılar İçin Adagio"su kulaklarını doldurdu. Bir kısacık an, beyni ona oyun oynadı ve boş bulunarak, "Mayacığım!" diye seslendi. Anında, ondan bir cevap alamayacağı fikri beynine vurdu ve gözlerine yaş geldi. Doğru bara ilerledi. Kadehine daha bir duble doldurmadan Jameson şişesi boşalmıştı. Maya gittiğinden beri iki günde bir bitirdiği şişe, bir müddettir günlük tüketime dönüşmüştü. Raftan yedek şişesini çıkarıp kadehini tamamladı. Kapıyı açıp terasa çıktı. Maya'nın yirmi üç sene evvel, kendi elleriyle diktiği hanımeliler, yaseminler, morsalkımlar muhteşem rayihalarıyla genzini doldurdu. Küçük mermer havuz onun bir Ege seyahatinde yol kenarındaki antikacıdan, adamı neredeyse bezdirecek bir pazarlıkla yorup yarı fiyatına aldığı yolculuklarını hatırlattı. Ferforje lâmbaların desenini kendisi çizip ustasına vermişti. Onlarda bile imzası vardı. Her şeyde, her köşedeydi karısı. Bütün bunlar onun yokluğunu daha tahammül edilmez bir eşiğe getiriyordu. Olan güzellikleri yaşaması zorlaşmıştı. Burada, onunla paylaştıkları anların keyfini, zevkini anımsarken, o zamanları güzel yapanın Maya olduğunu bir kez daha fark ediyordu. Tek başına hiçbir güzellik aynı şeyi ifade etmiyordu artık Atlas'a. Daha havanın kararmasına vardı ama ağustos mehtabı, güneşle rekabette gibi gökte görünüyordu şimdiden. Göl, batan güneşin renklerine bürünmüş, karşı kıyısındaki Altın Göl Dinlenme Evi'nin camları alev rengi olmuştu. Maya şimdi, orada, odasında derin uykusunda olmalıydı, "Olmayan Ülke"sinin uykusunda. Hıçkırarak, "Ah! Sevgilim" dedi. Kadehini başına dikti, "Seni çok özlüyorum... çok..."

# 32

"Sen aklını kaçırmış olmalısın." dedi Murat, şaşkınlıktan gözleri açılmış vaziyette.

"Hayır, aklımı kaçırmamak için bu seçimi yapıyorum."

"Senin bir hayatın var Atlas. Senin akıl sağlığına, var olmana hayatlarında ihtiyacı olan ailen var."

"Hiç kimsenin Maya kadar ihtiyacı yok bana. Hepsinin kendi hayatı var."

"Tiyatro ne olacak?"

"Tiyatroyu bırakacak değilim. Oyun gün ve saatleri dışında çok zamanım var. Başka iş de almayacağım artık."

"Mesleğinin en olgun, en verimli çağındasın. Emin misin, böyle bir karar vermek istediğinden."

"Çok düşündüm Murat. Buna dünden bugüne karar vermiş değilim. Ama buluşmalarımızın arasında zaman oldukça her şeye baştan başlıyoruz."

"Bunun senin ruh sağlığına nasıl bir etkisi olacağını düşündün mü?"

"Şu an yaşamakta olduğumdan daha kötü olamaz. Evde, delirecek gibi oluyorum."

"Bunun ne kadar zor olduğunu tahmin edebiliyorum kardeşim. Maalesef, Alzheimer hastalarının yaşadıkları, bir yerden sonra sevenleri için daha büyük işkence oluyor. Hep, yaşadıklarının ölüm kaybından daha korkunç olduğunu söyler hasta yakınları. Eşin yaşıyor, dul değilsin. Ama eşin yok, onunla bir hayatın da yok. Sen kendin de söylemiştin, 'Sanki her gün yeniden, tekrar, tekrar ölüyor.' diye."

"Evet ama geçen gün onu göl kıyısına kadar götürdüğüm zaman mutluluğunu görecektin Murat. Çocuk gibi keyiflendi."

"Ama kalıcı olmadı, değil mi?"

"Önemli mi? O kadarcık zaman için bile kendisi de mesuttu, beni de mutlu etti o haliyle."

Murat koltuğunda arkasına yaslandı. Düşünceliydi. "Sana bir şey söyleyeyim mi?" dedi. "Bu anlattıklarını dinlediğim zaman Maya'nın sana ihtiyacı olduğundan ziyade senin ona ihtiyacın olduğu duygusuna kapılıyorum."

"Öyle de diyebilirsin, gocunmam. Çünkü ona gerçekten ihtiyacım var. Hastalığının hangi evresinde olduğunu umursamıyorum. Sadece onunla geçirebileceğim kadar zamanı beraber geçirmek istiyorum. Kısacık zaman araları da olsa, beni hatırladığı, ismimi telâffuz ettiği zamanları yaşamak istiyorum."

"Kararlısın."

"Evet. Senden düzenlemeler için yardım istiyorum, o kadar."

"Birkaç çift daha var evde ama onların durumu farklı. Onlar hep karı koca demans veya Alzheimer teşhisinden sonra gelenler. Eşlerden birinin sağlam olup da yattığı ilk örnek sen olacaksın."

"Biliyorum. Onun için de yardımını unutmayacağım. Bunu gerçekleştiremezsem zaten kafayı başka türlü sıyırıp her halükârda oraya geleceğim."

"O zaman şöyle yapalım. Birkaç hafta gel, kal. Sonunda hâlâ daha kararın sabitse, devam edersin. Maya'ya da nasıl bir tesiri olacak, açıkçası merak ediyorum."

"Teşekkür ederim."

Murat başını iki yana sallarken "Benim çılgın arkadaşım..." dedi, "Daha ne fikirlerle geleceksin bana, merak ediyorum.

♡♡♡

Altın Göl'ün çevresindeki, vadideki, karşı tepelerdeki ağaçlar sonbaharın sarıdan, vermiyona, rubiden kahveye uzanan çılgın renklerine bürünmüştü yeniden. Hava, göl, güneş bile sonbahar kokuyordu.

Maya, Atlas'ın onun için bestelediği 'Olmayan Ülke'yi dinlerken, pencere kenarındaki kanepede bakışları dışarılara dalmış gitmişti. Atlas müziğin onu rahatlattığını, huzur verdiğini biliyordu, birkaç kez daha çaldı ardı ardına. Birden Maya başını çevirdi ona doğru. Gittiği yerden dönmüştü belli ki. Gözleri parıldıyordu. "Geldin!" dedi, "Ne zaman geldin?"

Atlas çellosunu bırakıp karısının yanına oturdu. "Çok oldu canım." dedi, "Uzun zamandır buradayım. Artık hep yanındayım sevgilim."

"Oh! Ben sevgilin miyim senin?"

"Evet bir tanem. Her zaman benim sevgilimdin sen."

"Ne güzel. Senin sevgilin olduğuma sevindim." Sonra etrafa bakındı. "Neredeyiz biz?" diye sordu.

"Senin ülkendeki evimizdeyiz."

"Hangisi ülke?"

"'Olmayan Ülke'deyiz bir tanem."

"Ah, evet! 'Olmayan Ülke'... Dönmeyeceğiz değil mi? Hep burada kalalım. Olur mu? Çok güzel burası."

"Dönmeyeceğiz canım. Hep burada kalacağız seninle beraber."

"Ya sen dönmek istersen?"

"Hayır bir tanem. Hiç istemeyeceğim."

"Neden?"

"Çünkü seninle olmak istiyorum."

"Ama yine de bir gün dönersen..."

"Dönmeyeceğim. İnan bana."

"Buradan dönüş yok mu?"

"Yok canım benim."

"Demek burası dönüşü olmayan ülke."

Atlas'ın boğazına bir yumru oturdu, "Evet sevgilim" diye fısıldadı, "Burası olmayan ülke... dönüşü olmayan ülke..."

Maya'nın yüzünde mutluluk, huzur dolu bir ifade yayılmıştı. Gülümseyerek, "Ne güzel" dedi, "demek artık burada-yız beraber." Atlas karşısında ilk tanıştığı ve o an âşık olduğu kadını gördü bir anda. Maya onun yüzünü okşadı sevgiyle, sonra koluyla ona sarılıp başını onun göğsüne koydu. "Sesini duyuyorum." dedi.

"Kâlbimin sesini duyuyorsun."

"Evet... Ne güzel bir ses... Teşekkür ederim."

"Ne için bir tanem?"

"Eve döndüğün için..."

Atlas'ın gözünden bir damla yaş, Maya'nın saçlarına düştü...